ZETA

1.ª edición: marzo 2009

© María Gudín, 2006
© Ediciones B, S. A., 2009
para el sello Zeta Bolsillo
Bailén, 84 - 08009 Barcelona (España)
www.edicionesb.com
www.edicionesb.com.mx

ISBN: 978-84-9872-184-3

Impreso por Quebecor World.

La reina sin nombre

MARÍA GUDÍN

ZETA

Omnia vincit amor

Virgilio

Esta novela se ha realizado gracias a las sugerencias y aportaciones de múltiples personas. En primer lugar, agradezco a Argentina Martínez, por compartir mil historias de mundos celtas a las orillas del Duero; a Natividad Lorenzo, por tantos años de libros e ideas; a María Molina, que escuchó muchas cosas que están presentes en este libro; a Pilar de Cecilia, que me ha enseñado a valorar la literatura y a creer en lo que escribo; a Carlos Pujol, quien, con su crítica exigente, ha hecho que dé lo mejor de mí misma; a Lourdes Álvarez por sus acertadas indicaciones estilísticas; a M.ª José Peña por sus aportaciones sobre la Historia altomedieval; a Almudena Jiménez, a Pachi Sánchez y a María Victoria Arredondo, por sus ideas, ánimo y confianza; a mi hermano José María Gudín por sus oportunas indicaciones y por su paciencia; a mis sobrinos Adrián y María, que querían siempre oír el cuento de los celtas de su tía María.

Finalmente esta novela está dedicada a mi mejor crítico literario, mi madre, M.ª Teresa Rodríguez-Magariños.

PRIMERA PARTE

BAJO UNA LUNA CELTA

I

El cautiverio

Bajo una luna celta las sombras de los árboles se alargan hacia el valle. Herida y anhelante, rodeada de bosques en penumbra, espero su regreso. Sé que él no volverá. La luna produce claros en la espesura, atravesando las ramas de los robles renegridos. Huele a sangre y madera quemada. El lugar de mi niñez, ahora en ruinas, es un mundo de fantasmas donde la vida se ha esfumado. Tengo miedo y mis sentidos se embotan, pero el viento fresco y húmedo de la madrugada me devuelve a la realidad. Aún hay llamas en el antiguo castro, ya no hay gritos. Ayer los había. Las gentes que lo habitaban gritaban de odio, de miedo y de dolor. Maldecían a Lubbo. Las construcciones de piedra semicirculares, elípticas, cuadrangulares, han sido incendiadas y todavía arden, otras son como yesca de piedra roja. Sólo yo, escondida, custodiando la copa de Enol, me mantengo viva.

Dirijo mis pasos hacia la cañada del arroyo, camino cada vez más deprisa hacia donde el agua viva surge multisecular de la roca y forma un remanso. A lo lejos escucho cascos de caballos, ruidos de armaduras. Ellos posiblemente estarán al otro lado de la colina y siento miedo, al llegar a la cumbre quizá puedan divisar mis vestiduras blancas, bajo la luna llena de invierno. Si eso ocurre todo habrá acabado.

En lo lejano aúlla un lobo.

Emprendo una carrera atropellada hacia el vado que cubren los robles aún incandescentes, hacia donde la piedra se abrirá salvadora. Las ramas de los árboles ocultan en parte mi figura, me agacho. Una mata de acebo, todavía verde, tiende sus ramas hacia el remanso del río. Me escondo tras ella.

En lo alto de la colina, los guerreros detienen su marcha y olisquean el viento. La luna, llena, alta en el cielo, ilumina con fuerza el valle.

Escondida en el suelo tras el acebo, contengo el aliento y me deslizo hacia la roca plana bajo la cascada, allí guardaré la copa. Es posible que al moverme, desde lo alto de la colina, los guerreros cuados me descubran, pero nada importa ya. El agua helada hiere mis manos, mis brazos níveos, mi blanca ropa. Tras ejecutar lo que Enol me indicó, muevo con gran esfuerzo la enorme roca e introduzco la copa, cerrando con dificultad la losa. Suspiro ante el esfuerzo, y tiemblo por la humedad fría que me atraviesa las ropas. Tras de mí, cae el agua, su ruido cubre mi respiración jadeante. Lentamente, encorvada, me retiro del manantial. Al fondo del estanque, en el agua ya mansa, la luna destella en mi pelo, trigo dorado, y lo transforma en plata. Ahora la cara que manifiesta el agua está herida, con restos de sangre y arañazos, y me es extraña. Cierro los ojos y escucho solamente el borboteo del agua viva cayendo. Un ruido y al abrir los ojos, en el remanso se refleja la luz de la luna rebotando en la armadura de un guerrero. Tras de mí oigo un grito bronco y triunfal y noto el dolor de un guante de hierro que coge mi cintura y me eleva hacia el cielo, por un segundo diviso la luna brillando en el agua, un golpe seco en el cráneo y todo cesa para mí.

El dolor y el frío me despiertan, soy un fardo cargado en una carreta, la sangre brota de mis manos atadas. Escucho las voces extrañas de un idioma desconocido. En el carro, sacos de bellotas y centeno; el centeno robado del poblado de Arán, de mi casa y de mis gentes.

Al ir recuperando la conciencia, la congoja regresa a mi ser. En el cielo, la luna va descendiendo, y desde mi corazón una plegaria se eleva a la deidad de la noche. Al lado del carro cabalga un guerrero, su casco terminado en una punta que brilla por el rayo de luna, de él salen mechones pardos en la noche. Es un hombre recio y barbudo. Mira al frente, hacia los otros hombres que escoltan al carro pero, de modo repentino, al percibir que le observo, gira la cabeza hacia la dirección donde me oculto. Cierro los ojos, y escucho el estallido de un latigazo y un grito que no puedo entender. Una voz de mando detiene el látigo y de mi captor sale un grito enojado. Se oyen risotadas y aquel rumor de voces extranjeras que me aterra. Me adentro en la inconsciencia y por ella cruzan a menudo las imágenes de un pasado que no ha de volver. No tengo nada, rota por dentro y herida por fuera. Nada aguardo del futuro. Adivino el lugar adonde me conducen los que destruyeron el poblado. En sus cascos brilla plata, el último rayo de luna.

El bamboleo del carro prosigue sin término. Amanece. Un día gris y frío con el cielo surcado por nubes de tormenta. La marcha transcurre lenta. Con los huesos entumecidos, no percibo nada. Intento recordar el pasado pero en gran parte ha huido de mi mente. Corrieron rumores de guerra en el castro. Sin embargo, nada hacía presagiar la barbarie. Los hombres seguían cazando y las mujeres cultivaban la tierra. Aquel mismo día busqué raíces para un preparado con el que curar los dolores de un anciano. Los niños jugaban a la entrada del pueblo. Libres.

Tras muchas horas de camino, de nuevo cae la noche. Mis raptores se detienen junto al cauce de un río. Un sauce inclina las ramas sobre la corriente y una muralla de castaños cobija un claro en el bosque. Con una voz, el carretero detiene el armatoste de madera. Al cesar el vaivén de las ruedas, siento alivio, pero surge de nuevo un temor oscuro. ¿Qué harán de mí aquellos hombres desconocidos?

Mientras acampan, los guardianes parecen olvidarse de la cautiva. No sé quiénes son. A mi lado unos guerreros hablan, sin importarles la existencia de su rehén. Comienzo entonces a entender las palabras del idioma distinto. Su conversación es lenta y pausada, no a gritos como en el camino. Uno de los jefes de la comitiva habla con un subalterno.

Siento necesidad de amparo. Añoro a Enol. De niña pensaba que él no moriría jamás. Años atrás, cuando averigüé el destino de los hombres, él me prometió no morir. Y ahora... no sabía si él seguía entre los vivos y yo debía continuar, sola, entre desconocidos; con un destino que podría ser peor que la muerte.

Unos pasos se aproximan al carro donde, atada de pies y manos, intento vanamente ocultarme sin ser vista. Un hombre, de unos cincuenta años, de barba oscura, vestido con pieles y con el casco brillante, con una túnica ceñida por un cinturón de cuero, me suelta las ataduras de los pies. Por su atuendo parece un criado. A empellones me conduce junto al fuego, desata mis manos y me obliga a beber de una bazofia. Después a una señal de sus jefes me sujeta de pie a un árbol y estira mis brazos alrededor del tronco. Siento cómo me crujen las articulaciones. Me rodean varios guerreros que ríen sin compasión. Uno de ellos me levanta la barbilla para verme mejor la cara, le miro desafiante y tuerzo la cabeza con brusquedad. Al girar la cabeza, mi cabello le roza. Él lo coge con la mano y yo intento morderle. El hombre ríe y de forma que pueda entenderle me dice:

—Lubbo te domará.

A la voz de un guerrero con casco, uno de los capitanes, el criado se aleja de mí, todavía riendo.

Los hombres visten cortas túnicas, con ásperas capas negras que recogen con una fíbula en el hombro. Portan escudos ligeros y cubren sus piernas con bandas de lana. Algunos llevan en sus cabezas cascos de bronce; los jefes, cimeras plateadas.

Después del incendio de la aldea, pensé que no volverían, pero regresaron porque buscaban algo entre las ruinas de las casas, y así me encontraron junto al manantial. Quizá lo que perseguían era a mí misma.

Comen alrededor de un fuego un potaje de bellota, y comienzan a beber una bebida fermentada de la que no puedo conocer su origen. Suena una gaita primitiva, el sonido de una flauta y el tambor. Una melodía rítmica y salvaje. Risotadas y palabras fuertes. Dos hombres pelean. El guerrero del casco con punta les detiene y ellos, quizá para distraer al capitán, me señalan bromeando. Todos ríen y apuestan sobre mí.

Miro a la luna y una plegaria a la diosa madre sale de mi corazón. Mi respiración se hace cada vez más fatigosa por el miedo. Cuando están ya cerca, a menos de unos pasos, entro en trance como en tantas otras ocasiones muchos años atrás. El druida hubiera cogido mi cabeza suavemente, acariciándome las sienes y calmando mi turbación. Pero estoy sola y el trance prosigue. Veo una gran luz, como un fogonazo blanco que todo lo envuelve, la luz se transforma en figuras geométricas y por último aparece la amada figura de un hombre de barba gris. Comienzo a notar cómo un trance se apodera de mí, entonces me muevo convulsa, giro la cabeza en dirección a la luna, elevando el brazo izquierdo que con la fuerza del trance rompe ataduras y señala al astro de la noche. Antes de perder por completo el sentido, veo el rostro de los bárbaros que muestra horror y asombro.

Cuando recupero la conciencia, mis miembros se encuentran doloridos y descoyuntados. Las manos, ya libres de ataduras, han caído al suelo. Al incorporarme, los guerreros me rodean a una distancia prudente, forman un gran círculo alrededor del árbol. Una risa nerviosa remueve mis miembros, mientras un silencio tenso llena el claro del bosque. La luna brilla en lo alto, partida por una fina nube oscura. Los hombres tienen miedo de mí y de la luna. Todavía temblando me levanto del suelo, una brisa fina hace que mis ropas blancas ondeen al viento. Los guerreros cuados se alejan atemorizados.

II

El herido

Tras el trance, el cautiverio se hace menos duro. Los hombres me temen. Vigilada por dos soldados a caballo pero con las manos libres monto sobre un mulo de carga. Comienzo a comprender alguna de sus palabras. Durante el trance, mi madre la luna se hizo presente, y ellos empezaron a llamarme «hija de luna». Me llaman Jana, como Aster lo hizo meses atrás. Creen que soy una ninfa del bosque encontrada junto al arroyo.

Nos alejamos de la aldea de mi infancia y caminamos hacia el occidente bordeando el mar. Atravesamos senderos entre bosques inmensos. A veces veo acebos, el árbol de Enol, otras veces castaños y robles, adivino el muérdago colgando sobre sus ramas. Entre las voces de los guerreros escucho el nombre de Albión una y otra vez. Mis recuerdos me llevan atrás, al día en que encontramos al guerrero huido.

Han transcurrido ya muchas lunas y en aquella época yo había cumplido los quince años. Una mañana, Enol y yo, mientras recogíamos plantas en el bosque, encontramos un guerrero en la espesura. Un hombre herido y solo, oculto entre los árboles.

Recuerdo aquel día como si fuese hoy: habíamos salido de la casa de piedra muy de mañana en la hora en la que todavía el aire es fresco. Dejando la casa atrás, giramos a la izquierda, hacia el arroyo que circulaba con escaso caudal entre las piedras. El sol, no muy alto en el horizonte, introducía sus brazos de luz entre las ramas del roble, el castaño y el pino albar. Aquel camino de piedras y polvo aún serpentea hoy entre los bosques. Seguimos fatigosamente la ancha senda y después tomamos un camino lateral poco transitado y amurallado por rocas. El sendero se introducía en el bosque, a lo lejos se mostraba desierto; sólo en algunas épocas del año, en otoño y primavera, los leñadores del poblado recorrían aquella senda.

Dejamos el camino, que ancho y hendido por las ruedas de los carros, tras más de dos horas de marcha, conduce al castro vecino. Aquel día, Enol, nunca supe bien por qué, tomó un camino lateral, casi cubierto por la vegetación y se alejó de todo lugar habitado.

Enol cortaba el ramaje con una hoz grande y se abría paso, yo correteaba tras él. A hurtadillas le observé en silencio. Por allí, el bosque se volvía más sombrío y en sus sombras crecían hongos y setas. A veces al recoger las plantas, Enol musitaba unas palabras que parecían una oración. El sonido armónico de su voz se tornaba a menudo ininteligible, y parecía expresar adoración a Algo o a Alguien.

Le pregunté:

—¿A qué Dios rezas, Enol?

En el poblado, algunos adoraban a Lug, y las mujeres invocaban a Navea en sus partos; en plenilunio se daba culto a la diosa luna, y aun había alguno que rezaba a las viejas divinidades de los romanos. Yo conocía a quien adoraba a un solo Dios. Se les llamaba cristianos y no había muchos en nuestra aldea, pero en el poblado más allá de la colina —años atrás— se refugiaron algunos que huían del occidente. A Enol no le gustaban, los consideraba pobres, atrasados e incultos. Sin embargo, yo sabía que Enol no adoraba a los antiguos dioses. Cuando me respondió, sin levantar los ojos de las plantas que arrancaba, dijo:

—Al Único Posible...

No me causó sorpresa su respuesta, tantas veces le había visto rezando en el bosque o en la cámara alta de la casa junto a las pajas. La faz de Enol orante se metamorfoseaba en un rostro más joven, intemporal y eterno; pero yo sabía que en su oración él no encontraba sosiego. Era una oración tensa y triste, llena de pesar, sin paz alguna.

Por eso, el día en que encontramos al hombre en el bosque, después de hablar de su Dios prosiguió, sin apenas mirarme, y musitó para sí:

—... pero Él me ha dejado.

Me daba miedo su actitud y no fui capaz de proseguir la conversación, aunque en aquella época el tema de los dioses me interesaba mucho. A menudo había discutido sobre ello con los otros chicos del poblado. Cuando después de una travesura buscábamos refugio tras la tapia del lado sur del castro, donde no nos podían ver los guardias, hablábamos de los dioses y de los hombres.

Además de Lug y Navea, se adoraba al caballo —señor de fuerza— y al monte Cándamo, pero Enol adoraba al Único Dios Posible. Una vez me explicó que si un dios tenía rival dejaba de serlo, que el Único Posible tenía que ser el Uno, el Verdadero. No le entendí. A mí me gustaban las figuras de los dioses antiguos y adorar al sol y a la luna que, ingenuamente, me parecían más cercanos que el Único Posible, el dios de Enol, que era un Dios lejano y celoso, que no quería a otros.

Los hombres del poblado respetaban a Enol porque les infundía temor, curaba sus enfermedades y adivinaba el futuro. Aunque el druida no compartía sus cultos, los toleraba. Alguna vez le oí decir que cualquier rito sagrado era siempre el culto al Único Posible. Así, Enol no se oponía a sus ritos, más de una vez había presidido con respeto los cultos nocturnos, pero cuando la fiesta se llenaba del olor del hidromiel y el alcohol, discretamente se retiraba.

El calor se volvía espeso entre las ramas de los pinos, caminábamos despacio bajo la calima, ajena a aquellas tierras. Enol, siempre observador, se detenía a menudo y recogía plantas de diversas especies. Me enseñaba sus nombres y propiedades. Algunas eran venenosas y mortales, otras curativas, estaban las que serenaban el espíritu y las que producían el sueño. Me gustaba conocer las virtudes de las plantas y, por aquellos días, ya me adelantaba a la mirada de Enol, que a veces se volvía imprecisa, y ayudaba a recoger las plantas que el druida requería. Enol emitía un sonido polisilábico al recoger ramas y raíces, mientras su larga barba gris rozaba los pétalos de las flores.

Nos hundíamos en el bosque umbrío y espeso, yo recogía las raíces en un saco pequeño. Los tubérculos pasaban de las manos, grandes y huesudas de Enol, a las mías, pequeñas y blancas. El sol fue ascendiendo en lo alto, me encontraba cansada por el trabajo que no había cesado desde el amanecer. Nos habíamos internado demasiado en el bosque cada vez más oscuro.

Enol sonrió al ver mis esfuerzos por mantenerme a su altura. Se detuvo, quizá para que yo le siguiera y me mostró una flor con hojas picudas.

—¿Ves esta flor? —me dijo.

—Es el diente de león.

—¿Sabes para qué sirve?

—Facilita la digestión y calma los cólicos.

Enol sonrió. Le encantaba enseñar, y sobre todo le gustaba comprobar que yo aprendía. Había logrado instruirme en los nombres de todas las plantas en aquel bosque que tenían función medicinal. Evitaba que aprendiese sus enseñanzas como una cantinela, siempre me explicaba los porqués de cada tratamiento. Con pocos años, yo conocía ya muchos remedios y el cuerpo humano. Disfrutaba aprendiendo y Enol me dijo alguna vez que yo poseía el don de la sanación. Decía que quizá se debía a que mi madre me había traído al mundo una luna llena, por eso —afirmaba Enol— yo sabía relacionarme con las plantas y con las enfermedades de los hombres.

Nos detuvimos frente a un enorme fresno de hoja ancha y alargada, con el tronco de corteza gris y resquebrajada.

—Al fresno le gusta el sur, necesita sol y aquí, exceptuando en el verano, no hace mucho. Es un árbol agradable, sus hojas hervidas calman el dolor de mis huesos.

El druida, con una rama en quilla, tiró de las ramas del fresno e hizo que descendiesen, después cortó unas hojas. Inmediatamente, prosiguió andando y se dirigió a un claro en lo más escondido del bosque por donde corría un arroyuelo. Solía acudir a aquel lugar porque allí crecían multitud de setas por la humedad y la penumbra. Tras llenar un talego de hongos, nos sentamos sobre un tapiz de hierba y flores pequeñas; de una faltriquera Enol sacó pan moreno y queso. Con una escudilla tomó del arroyo agua transparente, muy fría. Después me acercó la vasija, y noté su mirada alegre al ver mis rizos dorados que se introducían en la escudilla sin dejarme beber.

Fue entonces cuando le oímos. Primero muy suave, después más profundo, más alto, más agudo: un quejido proveniente de lo más recóndito del bosque, no muy lejos de donde corría el arroyo.

Comenzó como un gemido que se transformó en lamento, en un sonido doloroso y amargo. Enol se levantó, tomó la escudilla de mis manos y la guardó. A zancadas bruscas, atravesó el claro seguido por mis pasos cortos de niña. Corrí tras él. Las aguas del arroyo se originan en la montaña, y son frías. Nos mojamos los pies, chapoteando entre las rocas. Aún recuerdo su frescor después del calor de aquel día. Más adelante, en el cauce del río, pudimos ver que las aguas cristalinas del arroyo se encontraban teñidas de un color sanguinolento. Enol aceleró el paso, y a lo lejos vimos una figura de un hombre. Un viejo roble hundía sus raíces hacia el regato; sobre ellas yacía el cuerpo de un joven que en medio del río, sumido en la inconsciencia, gemía con aquel grito lento y doloroso que rebotaba en la profundidad del bosque. Un hombre alto y fornido de cabello oscuro, entrado ya en la veintena, emitía aquel sonido del que el viento hacía eco. De repente, el sonido cesó pero Enol ya se encontraba junto a él, examinándole de un modo detenido, tal y como solía hacer con los enfermos.

—Está grave, niña, acércate y ayúdame.

Le ayudé, y retiramos el cuerpo del herido de la corriente. En su espalda había clavada una flecha, una flecha con penacho negro. Enol tiró con cuidado de ella. El desconocido vestía una túnica larga marrón y una capa negra, con botas y calzas de cuero; la túnica estaba desgarrada y llena de sangre.

Pude ver la cara del forastero, de rasgos rectos, sin apenas barba; los ojos se entreabrían, dejando ver su color muy oscuro, las pestañas espesas y las cejas negras, densas y casi juntas. El druida escudriñó atentamente su cara, y pude observar una arruga en su frente, la misma que se producía en él cuando se encontraba preocupado e indeciso. Adiviné una lucha en su interior. Si aquel hombre era un enemigo de la aldea, Enol tendría problemas con Dingor. Y muy probablemente no sería un amigo, dado que huía hacia la profundidad del bosque, lejos de los lugares poblados. Sin embargo, Enol nunca hubiera dejado abandonado a un herido.

Además de la herida de flecha en su espalda, en su vientre se adivinaba un corte producido por una espada, no muy profundo pero que sangraba abundantemente y al caer se había roto una pierna que se veía torcida.

—Ha recibido un buen tajo en el vientre, tiene la pierna rota, pero lo que le ha abatido ha sido la herida de flecha, está emponzoñada, ¿lo ves? —habló el druida y mostró el veneno en la punta—. Ha ejercido su efecto mucho más tarde de cuando fue clavada. Habrá sido lanzada a traición por la espalda.

Después me pidió la bolsa con las hierbas, las bayas y raíces. Con desasosiego buscó una determinada raíz.

—El antídoto. Ve a buscar agua del arroyo.

Cuando encontró la hierba, me pidió el agua, y después de lavar la herida de la espalda, mascó la hierba y la introdujo en la estrecha herida de la flecha.

—Nunca introduzcas nada mascado en una herida. Siempre ha de hervir antes, pero ahora hay veneno y lo primero ha de ser neutralizar los efectos nocivos de la ponzoña.

Giró una vez más al herido y pude ver su rostro contraído por el dolor.

—Debemos hacer fuego, para calentarle.

Con yesca y pedernal encendió la hojarasca; le traje ramitas secas y después algún tronco más grueso. Después Enol sacó la copa, su preciosa copa. La copa ritual de medio palmo de altura, exquisitamente repujada con base curva y amplias asas unidas con remaches con arandelas en forma de rombo. Me atraía su visión; cada vez que Enol la sacaba a la luz, yo no podía apartar mis ojos de ella, de sus incrustaciones de coral y ámbar, de su base repujada en oro, de su fondo de piedra de ónice. Enol extrajo de su faltriquera los ingredientes de la pócima, me envió a buscar alguna hierba en el bosque y fue juntando los componentes, revolviendo todo con cuidado. Me explicaba despacio lo que estaba haciendo; sentí que algún día lo volvería a necesitar.

—Los venenos de Lubbo sólo curan con este brebaje, que debe ser preparado en la copa. Lubbo tiene muchos venenos.

Mientras al fuego en la copa hervía la poción, colocamos al herido en un lecho improvisado de hojarasca; Enol le colocó mi capa de niña bajo la cabeza, y le cubrió con su manto, más grueso. El guerrero temblaba de fiebre, de vez en cuando penetraba en la inconsciencia; otras veces parecía despertar de su letargo y gritaba de dolor. Abrió los ojos y pude ver sus ojos de color oscuro, unos ojos brillando como carbones negros sobre la piel pálida y blanca.

Cuando la pócima hubo hervido, el sanador limpió de nuevo las llagas con el líquido humeante. El herido protestó al sentir el escozor de la quemadura. Después Enol vendó la herida y le hizo beber la infusión que actuó como un narcótico; por fin, entró en un sueño que reparaba heridas y padecimientos ya pasados.

Nos quedamos junto al herido todo el día sin movernos del bosque. Enol estaba extrañamente silencioso, hosco y callado; en esas condiciones, sabía bien que era mejor no hablarle.

El día de verano se hace largo. El sol va descendiendo entre los árboles iluminando la penumbra de la fraga, al mirarlo me deslumbro. Percibo que Enol se levanta.

—¿Qué vas a hacer?

Enol responde bruscamente a mi pregunta.

—No lo sé.

—¿Le llevaremos al poblado?

—Sería su fin, Dingor le entregaría a sus perseguidores.

—¿Quién es?

Enol dudó en la contestación. Creo que desde el primer momento supo quién era él.

—Debe de ser un hombre de Ongar, quizá perseguido por los de Albión, posiblemente un rebelde a Lubbo.

Al oírle, pensé en Ongar, donde los insumisos a Lubbo se habían refugiado, en las altas montañas de nieves perpetuas, junto a los lagos, y pensé también en Albión, en las extrañas historias que circulaban por el poblado. La antigua capital del país de los castros, ocupada ahora por invasores a los que el poblado pagaba un tributo anual. Albión, la ciudad junto al Eo, el más grande de los castros de la montaña, protegido por el mar y el río.

Llegó la noche y con ella una brisa fresca; el hombre bajo la gruesa capa de Enol dormitaba. La luna menguaba entre los árboles. En la fogata, lumbreaban los rescoldos de las brasas.

Sentados sobre el suelo apoyando la espalda sobre los troncos de los árboles velamos el sueño del herido. Cuando la luna estaba ya muy alta sobre el horizonte, el hombre abrió los ojos, y al verse entre sombras intentó revolverse y coger su espada. Se oyó la risa de Enol, me pareció fría y dura, yo nunca le había oído reírse así. El hombre intentó levantarse y no pudo, un dolor en el abdomen se lo impidió. La voz de Enol se volvió suave mientras decía:

—No te haremos ningún daño.

El herido miró al frente y no vio sino a un hombre casi anciano y una adolescente casi una niña, se tranquilizó.

—¿Quiénes sois? —preguntó con voz débil.

—No, no. Las preguntas las haremos nosotros. —Enol habló con aspereza, y después continuó en un tono más amable—. Vivimos en el castro de Arán.

Al oír el nombre del castro, inmediatamente el joven preguntó:

—¿Servís a Lubbo?

—Se le paga un tributo. No, no te llevaremos al poblado, no es seguro para ti. Tras el río hay una cueva, allí estarás bien.

Antes de levantarle, Enol examinó de nuevo la pierna, torcida y posiblemente rota a mitad de pantorrilla. Con el cuchillo taló una rama de fresno y, mediante un vendaje, inmovilizó la articulación de la rodilla y el pie. Con cuidado, Enol le ayudó a levantarse, todo su peso se reclinaba en nosotros. Entonces me di cuenta de la fortaleza de Enol; pasó uno de los brazos bajo el hombro del herido y con el otro le sostuvo por la espalda. Yo, débilmente, le así por la cintura y percibí su peso. Él apoyó un brazo sobre Enol y el otro sobre mi hombro. Noté que al rozar mi cabello extendido por los hombros, lo hacía con suavidad, delicadamente.

Recorrimos con lentitud el espacio que nos separaba hasta la cueva, un lugar fresco y recogido, rodeado por el río, oculto por sauces y álamos que formaban una cortina de verdor y lo aislaban de miradas extrañas.

De nuevo, con mi capa Enol formó una almohada, y con hojas secas un lecho, le cubrió con su manto, revisó la herida y sonrió.

—Necesitas descanso —dijo Enol.

—¿Cómo agradecer vuestra ayuda?

—Callando —contestó secamente Enol—. Aquí estarás seguro, pero si te encuentran no hables de nosotros. La niña te traerá comida, y yo cuando pueda vendré a verte y revisaré tus heridas. No salgas de aquí. Si te encuentran los del poblado... bien, no podré hacer nada por ti.

Salimos de la cueva, era muy tarde, pero la luz de una luna que descendía en el cielo nos iluminaba en el camino. En el poblado, los guardas habrían cerrado ya las puertas, pero la casa de Enol no estaba dentro de la muralla. Eran tiempos de paz aparente y fuera de los muros del castro vivían gentes sin recursos, o extranjeros como Enol y como yo. Sobre la puerta de nuestra casa nos recibió el escudo de acebo, símbolo del sanador. Enol no habló apenas por el camino. Yo ardía en preguntas, pero conocía bien que en aquel momento él nunca las hubiera contestado.

Cada tarde, cuando las sombras de los árboles se volvían largas y estrechas, tomaba mi cántaro y en lugar de dirigirme a la fuente me adentraba en el bosque. Llevaba al herido agua y comida. Yo no sabía quién era.

Tiempo después Aster me confesó que deseaba que el sol descendiera del cielo a la caída de la tarde sólo para verme aparecer. Mi figura clara aparecía a su vista en el bosque umbrío y muchas veces creía ver a un hada o una ninfa de las fuentes, o una jana de los bosques. Así comenzó a llamarme, Jana, el mismo nombre que tiempo después me dieron mis captores. Me dijo también que contenía la respiración al ver el sol de atardecer reflejándose sobre mi pelo dorado.

Fueron días alegres y arriesgados. Deseaba que descendiese el sol para ver a mi herido y durante el día me consumía de impaciencia, temía encontrarlo peor porque sus heridas tardaban en curar. Anhelaba que llegase el momento de volver a estar junto a él y entre mis ocupaciones diarias en el hogar, con Marforia, se me representaba a menudo su rostro maltrecho. Veía su boca firme y fina, sus cejas negras y arqueadas, sus ojos oscuros, casi negros, que se fijaban en mí al entrar en la cueva, como se fijan los ojos de un perrillo pendiente del amo. Su piel blanca se había tornado casi translúcida por la pérdida de sangre, la barba escasa de hombre joven se iba formando en un rostro anteriormente lampiño. Su cara angulosa, enmarcada por los pómulos elevados y rectos, mostraba a menudo un rictus de dolor. Ansiaba que llegase el momento de volverle a ver, pero no siempre era fácil escapar sin ser vista; los mozos del lugar, anteriormente mis compañeros, me seguían porque sospechaban que ocultaba algo.

Yo no había nacido en el poblado, Enol y yo llegamos a Arán en un tiempo del que no tengo memoria. Enol construyó la casa fuera del castro, labró toscamente el escudo de piedra de sanador, y con su arte se ganaba la vida. Adquirió prestigio en el lugar como druida y curandero, venían de lugares lejanos a que él les sanara. Me crié con un ama —la vieja Marforia— que me nutrió, pero nunca hubo un sitio para mí en el poblado. Al correr de los años, Enol se ausentaba a menudo, nunca me dijo adónde se dirigían sus pasos, y a menudo me quedaba sola en la casa, o lo que era peor, cuando Enol preveía que se iba a ausentar durante mucho tiempo, me recluía en la casa de la vieja Marforia. No trataba a las niñas de mi edad porque sus madres las retiraban de mí, apartándolas por ser extranjera. Sin embargo, nunca me vi sola en el poblado de Arán, los chicuelos del lugar jugaban por el bosque y no me negaron su compañía, me convertí en uno más de ellos e incluso, no sé por qué extraña jugada del destino, aquellos muchachos me obedecían.

Entre nosotros se hablaba de la caída del príncipe de Albión y del gobierno despótico de Lubbo; pero, niños aún, los sucesos no nos afectaban más que por la cara adusta de los mayores.

Los habitantes del lugar, como los de los otros castros de las montañas, estaban divididos. Para algunos, los tiempos antiguos les parecían los mejores; éstos eran partidarios de Lubbo, que había restaurado el orden tradicional. Lubbo permitió sacrificios de animales e incluso de hombres en los castros. Lubbo era cruel y se había aliado con los guerreros cuados para derrocar a Nícer, *princeps Albionis*, príncipe de Albión.

Los hombres más sabios y prudentes de los castros odiaban a Lubbo. A éstos, los tiempos antiguos les causaban horror; del sur llegaban aires nuevos y hombres de paz predicaban una buena nueva. Los hombres prudentes habían querido a Nícer, príncipe de Albión, y sabían que la ocupación de Lubbo y los cuados era injusta, pero no se atrevían a levantarse en armas contra Lubbo. Sólo algunos resistían en las montañas de Ongar, proscritos de sus castros, pero a la vez siendo la esperanza de muchos otros, que confiaban en que la invasión terminase y la tiranía de Lubbo alcanzase un final. Dentro de los poblados, nadie protestaba abiertamente, habían perdido toda esperanza; después de la muerte de Nícer y la caída de Albión, todo había acabado y se sometieron a Lubbo.

Entre mis compañeros de juegos, los más valientes odiaban a Lubbo, algunos habían perdido a parientes y familiares cercanos en la persecución que se originó tras la caída de Nícer. Lesso era uno de ellos, pensaba que Nícer o alguien como él volvería. Su hermano Tassio había escapado hacia Ongar.

Aquellos días, no podía ver a Lesso, no debía hablar del herido y Lesso, que me conocía bien, habría adivinado que tenía un secreto. Juré a Enol no hablar con nadie del hombre del bosque y debía cumplir mi palabra.

En cuanto a Enol, su actitud era extraña, cuando en el poblado se hablaba de Lubbo y de Nícer, él se mantenía al margen. Extranjero en aquellas tierras, no parecía interesarle la suerte de los albiones, de los luggones o de los pésicos. Sin embargo, yo intuí muchas veces que Enol odiaba a Lubbo. Sí. No lo expresaba con palabras, ni decía nada al respecto, pero cuando el jefe del poblado se acercaba trayendo noticias de Albión y de las iniquidades de Lubbo, una nube negra cruzaba la mirada de Enol.

III

El herrero

Sé lo que va a ocurrir. A menudo veo el pasado o lo que sucede en cada momento, a veces presiento el futuro. Enol se sorprendía por ese don, en el que él mismo me inició. El druida me decía que explorase en mi interior. Dentro de mí aparecerían ideas y sentimientos que me harían conocer a los hombres, de esa manera podría intuir lo que harían, y eso me permitiría predecir el futuro. Adiviné que los cuados me llevaban a su poblado y no iban a matarme. Querían algo de mí, y supuse qué querrían. Al principio temí que me sacrificaran a su dios cruel y ávido de sangre, pero ahora percibía que me consideraban valiosa para Lubbo.

Unos días después del trance, los hombres de la cuadrilla comenzaron a olvidarlo. Habían perdido el miedo. Ese día llamé a los gusanos de la noche. En un alto del camino, cuando el sol lucía fuerte, me pude sentar en el suelo. Unos pequeños animales, invisibles para mis captores me rodearon, los introduje en una faltriquera entre mis ropas. Nadie se dio cuenta. Prosiguió el camino, lento y fatigoso. Un guerrero de pelo rojizo intentó tocarme, el capitán me defendió. Yo tenía miedo, en la noche nadie me salvaría. La luz se fue apagando lentamente en aquel día de otoño y, al fin, llegó la noche. Cuando el fuego de la hoguera se volvió brasas, una luz de luciérnagas salió de mi pelo, de mis ropajes. El hombre pelirrojo quiso acercarse, pero al ver las luces pequeñas pensó que los duendes del bosque me protegían y salió corriendo. Los otros hombres, desde su duermevela, miraban y callaban asustados.

No conseguí conciliar el sueño. A pesar de las luces, los hombres podían volver. En el cielo, en una noche sin luna, las estrellas brillaban con luz diáfana y suave. La Vía Láctea llenaba de un polvo brillante el cielo, a lo lejos brillaba Orión, la Estrella del Norte, Andrómeda, el Carro Mayor y el Menor. Más allá Vega, Sirio y Venus elevándose sobre el horizonte. Regresé con mi mente al pasado, al tiempo en el que Enol me explicaba los nombres de las estrellas, al tiempo en el que atendimos a un herido en el bosque.

Al caer la tarde, salía ocultamente del poblado, en una ánfora grande guardaba la comida y las vendas para curar al herido. Por el sendero que va al castro, caminaba hacia la fuente, pero antes de llegar a ella, bruscamente torcía el rumbo. Así, si alguien del poblado me observaba, no vería nada más que una joven de las muchas que en las tardes de verano se dirigía a buscar agua al manantial. Después cruzaba el bosque de castaños que rodea el torrente, más allá de un robledal, giraba a la izquierda, alcanzaba el río y después el arroyo. Siguiendo su cauce, tras caminar un trecho llegaba a la cueva. Al principio me solía acompañar Enol, después iba sola. En los primeros días de su enfermedad el herido deliraba y yo vigilaba atentamente su sueño. Después de depositar en el suelo la comida y las pócimas que Enol le había preparado, me sentaba a su lado mirando. Cuando él despertaba, yo huía llena de temor. Me avergonzaba de algo que no sabía qué era. Su sueño, en cambio, me enternecía, me agradaba verle dormir. Día tras día, sentada junto a él, velé su sueño.

Un día, él abrió bruscamente los ojos. Desde tiempo atrás, a través de sus párpados entrecerrados, acechaba mis movimientos. Sus ojos muy oscuros, casi negros, rodeados de pestañas sombrías y espesas sobre una piel blanca, se posaron en mí. Yo me fijé en sus rasgos recios, en los que una barba oscura iba creciendo joven, sobre una boca pequeña, masculina e interrogadora.

Me asusté, e intenté irme.

—No te vayas... —me dijo.

—No puedo...

—¿Por qué?

Con timidez pero rápidamente me levanté, y él cogió la falda de mi túnica para evitar que huyera.

—Enol no quiere que hable contigo.

—No entiendo a ese Enol, me ayuda pero en su mirada hay odio, y no te deja hablar conmigo.

—Enol es un hombre bueno y justo, es sanador, protege a los desvalidos.

Me miró asombrado y divertido.

—Así que eso me consideras... —Se rió—. ¿Un desvalido? Al hombre más peligroso y más buscado de todos los astures y cántabros... ¿le llamáis desvalido?

Yo callé, intentaba desprenderme de sus manos, me sentía cada vez más asustada. Volvió a reír.

—No te dejaré ir hasta que me digas tu nombre.

Callé obstinadamente.

—Te llamaré Jana, eres como una ninfa del bosque que surge junto a un manantial, y tu pelo dorado brilla al sol. Sí, serás Jana, nombre de bruja y de hada del bosque. A lo mejor lo eres. —Suspiró y después me tomó el pelo—. Muy joven. ¿Cuál es tu edad? No tendrás más de trece o catorce años.

Aquello me ofendió

—Ya he cumplido quince, muchas de la aldea suelen estar casadas a mi edad y algunas... —dudé— son madres.

—Sí, pero tú eres más niña. Te he observado estos días, mientras muy seria creías velar mi sueño. No creo que seas hija del hombre que me curó.

—Enol.

—¿Quién es?

—Es mi padre —dije dudando.

—Un hombre extraño. Conozco a los hombres por la expresión de sus rostros, es un don que heredé de mi padre. Me parece ver a veces a Enol entre los árboles. Aquel día vi una copa muy hermosa entre sus manos.

No debía hablar de la copa, pero él me había tratado como una niña y yo quería impresionarle.

—Es un druida, sabe sanar, utiliza la copa para hacer las pócimas.

—¡Ah! Sí, las pócimas... —dijo con aparente desprecio para hacerme hablar—. Será un curandero.

—No, no es un curandero. Es un verdadero druida. Ha estado en el norte, en la isla de Man y en Britania.

Sentí sus ojos escrutando mis palabras inquisitiva, atentamente, con sorpresa y preocupación.

—Lubbo dice también que es druida. Quedan pocos. Son peligrosos. Guardan tradiciones de tiempos antiguos y aman la sangre humana y de animales.

—Enol, en cambio, odia los sacrificios. Además, te ha salvado la vida —protesté yo— y le debes agradecimiento.

—Lo sé.

Cerró los ojos. Cada vez que él cerraba los ojos, la luz se apagaba en la cueva. Soltó mi manto, noté que estaba fatigado.

Me dejó ir y me alejé de él, al principio lentamente. Después atravesé el bosque deprisa y, al llegar al camino, la luz de entre los árboles se apagaba, atardecía en aquella tierra verde. A lo lejos, vi a dos hombres cargando con un gran haz de hierba recién cortada, se daban prisa en llegar al poblado antes de que se hiciese de noche y se cerrasen las puertas del murallón de entrada. Llené con calma el cántaro en la fuente. Yo no tenía prisa, de lejos divisé la luz del hogar, Enol había llegado ya. Corrí hacia la casa, noté sus brazos, fuertes pero cansados, que me acogían, después me ayudó y puso a un lado mi cántaro lleno de agua.

—¿Cómo está el herido?

—Está mejor —respondí tímidamente—, me ha hablado.

Se puso serio. Elevó una de sus cejas, de aquel modo que Enol solía hacer.

—Será inevitable que hables con él. —Suspiró y como si viese en la lejanía, después continuó hablando—. Debo partir de nuevo.

Me entristecí, y él me acarició posando su mano en mi mejilla.

—Sé que no entiendes mis viajes y que no te gusta estar en la casa de Marforia, le he pedido que se traslade a vivir aquí.

—No es lo mismo.

—No sabes mucho de ti misma... pero tú no eres de la raza de los albiones, tú procedes de otra estirpe. Debes recobrar tu lugar. Yo tengo esa deuda contigo, pero todavía es pronto.

Le miré con asombro, intentando averiguar lo que querían decir aquellas palabras, «otra estirpe».

—Prométeme que hablarás lo menos posible con el hombre del bosque.

—Lo menos posible —repetí sin convencimiento.

—Está bien —aceptó con resignación.

Yo asentí.

Al amanecer, partió Enol en una cabalgadura fuerte, que solamente usaba cuando sus viajes se iban a demorar largo tiempo.

Los días de aquel verano pasaron como las nubes cuando amenaza tormenta. Seguí yendo a visitar al herido y gradualmente vencí la timidez inicial; ahora yo ardía en curiosidad, quería conocer todo acerca de él.

—¿De dónde vienes?

—Más allá —y señaló al oriente—, en las montañas altas siempre cubiertas de nieve, hay un pueblo que es como el tuyo. Allí me crié, en el pueblo de mi madre, cerca de los lagos de Enol.

Me observó alegre, unas semanas atrás yo no habría pronunciado palabra en su presencia, a él le gustaba verme así preguntando mil cosas. Y yo, ahora, a su lado sentía como si hubiese descubierto a un amigo, largo tiempo esperado.

—Preguntas mucho —dijo él.

—Bueno. Aquí nunca hay novedades... los hombres van al sur y vuelven con botín, o cazan en el bosque. Las mujeres labran la tierra y cuidan las casas. Alguien muere, una mujer pare, a otra la casan.

—Yo te saco de la rutina... —el herido me cortó meditabundo—, eso quiere decir que en tu poblado hay paz.

—A veces se pelean... me refiero a los hombres del poblado.

—Eso sigue siendo la paz y el orden, un orden relativo, claro está.

—Sí. Yo quiero conocer otros mundos —le dije—, otras gentes.

—¿Y...? ¿Cómo sabes que hay otros mundos?

—Enol me enseñó. Él sabe leer y tiene pergaminos, y yo he leído.

Me miró sorprendido, y susurró, como hablando consigo mismo.

—... entiendo las letras... pero sólo manejo bien la espada.

Le observé atentamente, estaba cansado y se reclinó hacia atrás, con la mirada en lo lejano. Sentí una profunda curiosidad por conocer de dónde provenía y cuáles habían sido sus pasos hasta ese momento.

—¿Cómo es tu tierra?

—Es un lugar al norte, en los lagos. Un lugar lleno de nieve en invierno y de torrenteras en verano... el hogar de la familia de mi madre. A lo lejos desde lo alto de los picos, en los días claros se ve el mar. Pero yo nací en Albión.

Calló. Parecía que el pasado volvía a su mente, cerró los ojos y por su interior pasaron los días de aventuras, los combates. Noté cómo un rictus de dolor cruzaba su cara, y sentí compasión. Con suavidad, con un dedo, dulcemente, toqué una de sus heridas en el brazo. El semblante del herido se dulcificó, abrió los ojos, y examinó mi cara anhelante. Yo quise conocer más y pregunté.

—¿Quién te hirió?

—Lucho contra Lubbo. Desde la montaña bajamos una partida de hombres para hostigarle. Caí prisionero. Me trasladaban hacia Albión, pero pude escapar gracias a mis hombres, que murieron. —No quería hablar, y finalmente cortó la conversación—. ¡Preguntas mucho, niña!

—Enol, bueno, es tan callado... casi nunca me cuenta cosas que ocurren fuera, me entero por los chicos del poblado, y yo quiero saber qué ocurre lejos de aquí, en otros lugares.

—Lejos de aquí, en donde, a pesar de la tiranía de Dingor, hay paz, todo lo demás está en guerra, y Lubbo es uno más de este mundo revuelto. Anteriormente, hace muchos, muchos años, Roma estaba abajo en la meseta, nosotros los pueblos cántabros vivíamos en paz y protegidos por sus leyes. Roma cayó, entraron en las tierras del sur y hacia el oeste los suevos —cuados les llamáis vosotros—, los vándalos y más al sur y aún más tarde los pueblos godos. Los albiones y las otras tribus del norte siguieron libres, salvaguardados por las montañas. Sólo los suevos nos acosaban; fue entonces cuando Lubbo nos traicionó, mató a Nícer y gracias a los guerreros suevos se hizo con el poder. Yo lucho contra él. A pesar de todo, aquí en el valle de Arán hay paz, en este lugar escondido en las montañas todavía hay paz. Sólo pagáis un tributo a Lubbo pero no estáis enteramente dominados por él.

Le interrumpí. Entendí parcialmente lo que me explicaba, lo había oído relatar en el poblado, pero no sabía qué quería decir cuando decía «Hay paz», en su expresión se apreciaba que él la añoraba. Yo no veía la paz, y menos aún en los últimos tiempos desde que los hombres de Lubbo entraban y salían del poblado, llevándose a menudo las cosechas.

—No hay tanta paz como dices. Los hombres del poblado se pelean por Lubbo, a muchos no les gusta, aunque callan —dije—; desde que Lubbo sometió a Arán al poder de los cuados todos tienen miedo. Por las noches se cierran las puertas del poblado. Los lobos bajan de la montaña. Enol y yo nos quedamos en la casa aislados, a veces yo también siento miedo.

—Entonces —respondió él sonriente—, veo que por aquí tampoco la vida es tranquila.

—Sí, pero para mí todos los días son iguales, y... —repetí— quisiera ver otros mundos.

Él rió de nuevo, vi sus dientes blancos brillar en la penumbra de la cueva, y un fulgor alegre en sus ojos.

—¿Otros mundos? —dijo él—. ¿Qué mundos?

—Enol me ha explicado que al norte, en las Galias, hay reinos gloriosos, que en las islas están los antiguos druidas, que muy lejos, en Oriente, hay un imperio donde los nobles llevan joyas de oro y diademas. Yo he visto sus mapas y leído sus pergaminos.

Cuando le hablaba de todo aquello, él me miraba sorprendido; yo proseguí:

—A Lesso y a los otros, nunca les he hablado de todo esto.

—¿De qué?

—De que leo y de que hay otros mundos.

Después supe que a él le gustaba verme así, niña y mujer, y sabia. Allí, en aquellas horas al lado del arroyo, él comenzó a intuir el misterio que rodeaba a mis días, misterio del que yo misma no era plenamente consciente.

—¿Tú lees? —pregunté.

—Hacia el oriente del país, en las montañas, viven eremitas. De niño aprendí algunas letras y los monjes cristianos son sabios.

—¿Cristianos?

Aquello me llenó de curiosidad. En aquel tiempo del final de mi infancia, me gustaban los dioses y las leyendas, y los cristianos, con su extraño Dios, divino y humano, me intrigaban.

—¿Tú eres cristiano? —le pregunté.

—No.

Su respuesta sonó bruscamente, como si hubiese dado en algo que le dolía.

—No. No soy cristiano —repitió con fuerza y después más despacio prosiguió—. Para eso hay que creer, y yo no creo.

—¿Creer en qué?

No se sintió molesto ante mi insistencia, continuó hablando con suavidad.

—En un Dios bueno que se ocupa de sus criaturas. Creen en el perdón. Yo no puedo perdonar a quien me hizo daño. Por eso no quiero creer.

El pasado había vuelto a su mente, un tiempo ya ido en el que un sufrimiento profundo había marcado su vida para siempre. Él necesitaba hablar de la herida de su espíritu, una herida más profunda que las que marcaban su cuerpo.

—¿A quién no perdonas?

—A Lubbo. Él mató a mi padre. Quiero hacerle sufrir todo el daño que me causó a mí y a mi gente. Quiero vengarme. —Después de un silencio tenso prosiguió—. Los cristianos perdonan pero yo no soy capaz. Me gustaría ser como ellos. En el poblado había un monje, un ermitaño, te he hablado de él. Cuentan que se encontró con el asesino de su familia, y no le mató, le perdonó y le bautizó. Yo, yo no puedo perdonar y por eso no puedo ser cristiano. Es imposible perdonar al que te ha causado el mal.

—¿Entonces...? —Me detuve un momento sin entender—. Si no aceptas el perdón... ¿por qué te gustaría ser como ellos?

—Porque odian los sacrificios humanos. Porque adoran a un Único Dios. Porque ese Dios camina a su lado y... —se detuvo tomó aliento y continuó con esfuerzo— porque mi padre era cristiano. Él supo perdonar. Mi padre perdonó a su asesino, y yo estaba delante, atado, viendo cómo moría.

Bajó la cabeza, como si hubiera revelado algo largamente guardado en su corazón, algo que era una herida profunda, dolorosa, que le torturaba día y noche, atormentándole continuamente. Después susurró:

—Durante años, fui un esclavo en Albión, esclavo del mismo hombre que mató a mi padre. Lubbo continuó su extraña venganza en mí.

Y a continuación en voz más alta dijo:

—Pero no hay que pensar en el pasado. Ahora soy libre y llevaré a término mi destino.

No me atreví a hablar. La luz del verano se introducía entre los árboles del bosque, en el silencio se oían los gorjeos de los pájaros, y un viento cálido agitaba las hojas. Advertí que me gustaba estar allí. Las venganzas de tiempos pasados desaparecían ante la naturaleza viva, y él, mi herido, alcanzaba una cierta paz en su alma dolida. Sentí que manaba de mí un suave consuelo que curaba el alma afligida del herido.

Una ardilla trepó entre los castaños y mordisqueó un fruto verde de un árbol. Más allá, un pájaro carpintero picoteó rítmicamente un quejigo. Mientras, mi herido, callado y dolorido por las heridas del cuerpo y del espíritu, entraba en una duermevela. No quise dejarle solo, él necesitaba mi presencia para dormir tranquilo. Pasado un tiempo en el que el sol se movió en el cielo y las sombras de los árboles crecieron, el hombre despertó.

—Tengo sed —dijo.

Bebió con ansia, luego levantó la cabeza de la vasija, me sonrió, tomando mi mano con gratitud. Ambos callamos para mantener el hechizo y la voz de la naturaleza se hizo presente. Una voz que yo reconocía a menudo.

Él se incorporó apoyándose contra la roca, su cara transmitía paz. Pensé que quizás hacía tiempo que no había sentido una mano femenina que le cuidase; años huyendo, escapando de enemigos. Me sentí conmovida, pero no quise dejarme llevar por aquella emoción que me parecía inexplicable e impropia. No quería alejarme de su lado, pero me puse en pie.

—¿Te vas?

—Es tarde... debo volver; quizás Enol haya regresado ya, y se preguntará qué he estado haciendo aquí tanto tiempo.

—¿Y qué le dirás?

—No lo sé. Dijo que no hablara contigo.

—Y, sin embargo... has hablado conmigo.

—Contigo estoy a gusto —dije tímidamente—, sabes cosas de otros lugares. Me gustaría conocer tu nombre.

—No tengo nombre —negó él de modo misterioso—. Tú tampoco lo tienes.

—Me iré si no me lo dices —insistí.

Él no contestó a mis preguntas, sólo pidió con voz suplicante:

—¿Cuándo volverás?

Me distancié de él y revisé las vasijas a su lado para comprobar que estaban llenas de agua.

—Quizá mañana... tienes bastante hasta mañana. Volveré.

Me alejé corriendo, él intentó seguirme, pero sus heridas no estaban todavía bien cicatrizadas y el dolor atravesó su cara. Yo me marché saltando entre las piedras. Llegué a un gran castaño y lo rodeé dando vueltas en torno a su tronco grisáceo. El corazón me latía deprisa y supe que no era tan sólo por la carrera.

Las puertas de la fortificación aún estaban abiertas y por el camino transitaba un carro lleno de hierba, y unos paisanos se daban prisa intentando que la noche no les cogiese fuera. La noche les imponía respeto. Se escuchó a lo lejos el aullido del lobo.

Pronto llegaría a casa, a lo mejor Enol habría vuelto ya, a lo mejor se hallaría aún lejos. En cualquier caso Marforia me sermonearía por haber tardado tanto en regresar. Aceleré el paso, el sol se reclinaba sobre las montañas al fondo del valle, y se introducía en ellas llenando el cielo de luz rojiza y violácea. Corriendo sobre el camino, resbalaba en la cuesta abajo que conducía hacia la casa, pero antes de llegar, en una vuelta del camino encontré a Lesso. Casi choqué con él; Lesso intentó detenerme pero yo no quise hablar con él. Me conocía muy bien y era capaz de intuir las emociones que me embargaban.

—Déjame —le dije—, llevo prisa, Marforia me estará esperando.

—Espera, hija de druida —suplicó—, necesito tu ayuda, hay problemas en casa.

Me detuve, su voz sonaba lastimera y Lesso no acostumbraba quejarse. «Algo le sucede a los suyos», pensé. Me olvidé de Marforia, del herido, de mi extraño estado de ánimo y pregunté:

—¿Qué ocurre?

—Mi padre se hirió hace una semana con una barra de hierro candente, y ahora se ha hinchado, delira y arde de fiebre —me explicó Lesso—; he ido a buscar a Enol, pero no está. Tú puedes ayudarnos.

Conocía las formas de curar de Enol, pero nunca había aplicado ninguna de ellas. No quería tener problemas en una aldea donde me despreciaban por ser extranjera. La mirada suplicante de Lesso, sin embargo, me hizo recapacitar y me decidió.

—Iré a casa, a buscar algunas hierbas y las cosas de curar de Enol. Haré lo que pueda por tu padre.

Caminamos juntos, deprisa. Dejamos a un lado el poblado y subimos la cuesta que conducía a la casa del escudo de acebo.

La casa de Enol es, era, grande, mucho más grande que cualquiera de las del castro de Arán, rodeada de una cerca de laja de pizarra. Su estructura era ovalada, con dos pisos, toda ella de piedra. La puerta se cerraba con una pesada tranca, y sobre el dintel se podía ver el árbol de Enol, un acebo cuajado de bayas. El portón de madera solía estar abierto; en la casa penetraba la luz por la abertura de la puerta y por un ventanuco que se cerraba con un contrafuerte de madera en invierno. A través de la puerta semientornada, vimos la luz del hogar encendido en el que cocía una marmita.

Dentro, la casa se hallaba dividida en dos por una mampara de madera, por una escala se accedía al piso de arriba, un almacén de grano, donde yo dormía. En la cámara posterior del piso bajo, moraba Enol, allí guardaba sus hierbas y pócimas. Me dirigí a su aposento a buscar lo necesario para atender al padre de Lesso.

En la cerca me esperaba Marforia, me había visto subir por la cuesta hacia la casa. No estaba muy contenta, mostrando el enfado con su actitud: los brazos en jarras, apoyados en la amplia cintura y su cara malhumorada.

Sin hacer mucho caso a los sermones de Marforia, me introduje en la casa, ella siguió detrás de mí gritando improperios, y haciendo aspavientos.

—Esta niña... es una cabra loca —Marforia no entendía que me dirigiese a la habitación de Enol y no respondiese a sus gritos—, ¿se puede saber qué haces?

Detrás de mí entró Lesso.

—Dejadla, señora, mi padre está enfermo, y sólo ella puede ayudarnos.

—¿La niña? ¿Ayudaros?

Lesso me miró con sus grandes ojos amables y serenos.

—Ella acompaña a Enol en sus curaciones. Es la única de nosotros que conoce algo del arte de la sanación.

Me sentí halagada por sus palabras, y escapé de las manos de Marforia. Me introduje en la cámara de Enol y revolví entre sus cosas, entre los pergaminos apilados, las cestas con hierbas aún verdes y sustancias que todavía desconocía. No encontré la copa, pero debajo del lecho, entre calderos llenos de hierbas, descubrí diversas plantas secas y raíces que introduje en un paño, anudé sus extremos y cerré la tela.

Marforia no se atrevió a entrar en la cámara de Enol. Respetaba profundamente al druida, y le temía. Oí cómo rezongaba fuera. Yo salí contenta con mi botín de hierbas, pero Marforia se escandalizó de mi atrevimiento y perseguida por sus gritos crucé la cerca.

—Cuando venga Enol, sabrá de esto —me dijo Marforia.

—No te preocupes, yo misma se lo diré.

Fuera me esperaba Lesso.

—Date prisa —exclamó—, cerrarán la puerta del poblado.

—Hay tiempo —respondí.

Me puse el manto sobre los hombros, ocultando el hatillo con las hierbas. Sonreí a Lesso abiertamente, y él me miró con timidez agradecida.

—¿Tenéis leña en casa?

Pregunté algo obvio, porque estaba nerviosa.

—Somos herreros. Si no tenemos nosotros fuego, nadie tiene en el poblado.

—Está bien.

Lesso ayudaba en la fragua desde niño; aunque de pequeña estatura, frisaba los trece años, era de porte fortísimo, y sus músculos se habían desarrollado en el trabajo cotidiano de la fragua. Era de piel cetrina y rechoncho, con cejas juntas y sonrisa amigable con quien él quería. No hablaba mucho, pero lo que decía tenía sentido, y solía imponer su voluntad a los otros. A veces se encolerizaba, y las chispas de la fragua de su padre escapaban a través de sus ojos castaños. Hubo un tiempo en que Lesso y sus amigos no me hablaban. Me consideraban una intrusa, ajena a ellos. Sin embargo, le salvé en una ocasión del ataque de *Lone*, el lobo, y desde entonces estaba agradecido. Por él, sus amigos me respetaban.

Lesso era el menor de los hombres de su familia, por debajo de él sólo había mujeres. Los mayores murieron tiempo atrás luchando en el sur; de los hombres de su estirpe solamente quedaba su hermano Tassio. Lesso adoraba a su hermano, uno de los mejores cazadores del poblado, fugado ahora del castro por rebeldía frente a Dingor y a Lubbo.

Yo no conocía bien a la familia de Lesso, sus hermanas huían de mí, quizás aleccionadas por la madre, que temía mis trances. Era ella la que las ocultaba a mi paso. Creía que les podía echar el mal de ojo. Guardaba celosamente a sus hijas para algún día concertarles un buen matrimonio. Eran pequeñas, morenas y asustadizas.

Lesso deseaba con todas sus fuerzas crecer y dirigirse a las montañas del oriente donde se refugiaban los rebeldes y donde moraba su hermano Tassio. Su padre, el herrero, no mencionaba jamás a Tassio, a quien consideraba perdido, y vigilaba estrechamente a Lesso para evitar malograr otro hijo en guerras ajenas a él, que nunca comprendería.

Aún no habían cerrado las puertas cuando llegamos al castro, los guardias me miraron con interés. Se preguntaron, quizá, cuál era el motivo por el que la hija de Enol se introducía en el poblado a esas horas en las que pronto se iban a cerrar las puertas. Dos niños muy pequeños jugaban en el barro cerca de la torre de vigía. Pasamos la segunda guardia, y ascendimos por las estrechas callejas; a esas horas del atardecer, las gentes se dirigían a sus casas y la aldea estaba llena de vida. Un carro rodó a nuestro lado y nos pegamos a la pared para permitirle el paso y evitar que nos atropellase. Al paso del carro, el contenido de mis alforjas se derramó por el suelo y me detuve a recogerlo. Lesso me ayudó.

Seguimos caminando, llegamos a una especie de patio donde asomaban cinco cabañas de estructura redonda. En aquellas casas vivían familias de buenos tejedores. Aun cuando todas las mujeres del poblado tejían, si alguien quería hacerse un manto especial llevaba la lana a aquellas casas. Allí vivía Fusco. Estaba trasquilando una oveja y era buen amigo de Lesso y mío. Su cara estaba llena de pecas y de sus ojos salía una mirada amable. Tenía el pelo fosco, pelirrojo y siempre enredado.

—¿Adónde vais? —nos preguntó.

—Mi padre está enfermo. No está Enol —explicó escuetamente Lesso— y ella va a curarle.

Yo sonreí halagada por la confianza.

—Voy con vosotros —dijo Fusco.

De la casa salió una voz femenina pero potente:

—Tú no te mueves de aquí, hasta que no estén trasquiladas las ovejas. Ya está bien de pasarte la vida trotando por los montes con esa panda de vagos.

Después, una hembra grande, la madre de Fusco, salió de detrás de la casa y cogió por el pelo al chico, que —con una seña de resignación divertida— se despidió.

Girando a la derecha y dejando atrás las cabañas de la familia de Fusco, rodeamos las altas tapias de la acrópolis del castro. La acrópolis, en aquel tiempo, me parecía un edificio enorme. En aquel lugar, protegidos por las altas paredes y diferenciados de los demás, moraban familias de cazadores y guerreros. Allí vivía el jefe Dingor.

Por vericuetos llenos de barro, y entre animales domésticos dejamos de lado unas cabañas humildes, ocupadas por los servidores de la acrópolis que nos miraron con curiosidad. Una vez pasadas estas casas, más de madera que de piedra, giramos de nuevo hacia la izquierda. En la parte más alta del castro, defendida por un talud montañoso, encontramos la casa del herrero con la fragua al lado. El metalúrgico fabricaba las armas, arados y hachas necesarios para el trabajo del poblado. En la fragua el fuego arde siempre, quizá por ello los hijos del herrero tenían un corazón belicoso que buscaba enardecerse en las batallas.

La casa de Lesso era más espaciosa que el resto de las cabañas, donde apenas cabrían cuatro o cinco personas, casi tan grande como la casa donde yo vivía con Enol. Con cuatro estancias y corrales y se rodeaba por las cabañas de los tíos de Lesso.

Al llegar, cruzamos la tapia circular saliendo a recibirnos varias mujeres de la familia, que me observaron con sorpresa y desagrado.

Lesso habló.

—El sanador no está. He traído a su hija.

—Más te valiera no haber traído a nadie.

Lesso ni se inmutó. Su casa tenía fama de gentes irascibles. La que había hablado era una matrona bigotuda y de recio aspecto. Serena pero no muy segura contesté:

—Haré lo que pueda, Enol me ha enseñado sus artes.

Ante mis palabras, viendo mi buena voluntad ella suavizó su semblante, la conocía hacía tiempo y a pesar de su expresión habitualmente adusta era una buena mujer.

Entré en la cabaña, estaba oscura y el fuego de un hogar barbotaba en el centro. Junto a la pared y cerca de la lumbre, al fondo de la cabaña yacía el padre de Lesso. Deliraba por la fiebre, se quejaba con un lamento lastimero y constante. El enfermo sudaba profusamente, me acerqué y vi sus ojos casi en blanco, elevados. Los dientes le castañeteaban. Me arrodillé junto a él para examinarle. Al despojarme del manto, mi cabello cayó sobre él como un manto dorado, él lo acarició mientras soñaba. Abrí su túnica. El torso velludo, oscurecido por el trabajo de la fragua, mostraba la piel enrojecida y tumefacta sobre el costado derecho, donde se abría una herida profunda y mal cerrada. Palpé la zona delicadamente y él entró en un sueño más liviano y abrió con un quejido los ojos. Debajo de la piel circundante de la herida se acumulaba el pus, que fluía por debajo de la epidermis.

Pedí que hirvieran agua, mientras seguía examinando al enfermo. No parecía haber ninguna otra fuente de infección, ni ningún mal añadido, pero la herida estaba turgente y abultada. La madre de Lesso acercó el agua hirviente, eché en ella las hierbas de Enol y la casa se llenó de un perfume agradable a menta y a tomillo. Aquel aroma hizo que la actitud de las mujeres cambiase. Noté que confiaban más en mí, y se dispusieron a ayudarme.

Entonces mojé la infusión en un paño blanco de lana fina, muy limpio, y repetidamente froté la piel de la herida del herrero. Un quejido salió de su boca al notar el líquido hirviente. Las mujeres me observaban haciendo un semicírculo alrededor del enfermo.

De la faltriquera saqué una daga muy afilada. A mi derecha, Lesso observaba cada uno de mis movimientos. Le pedí que calentara la cuchilla hasta ponerla al rojo vivo en el fuego de la fragua. Mientras Lesso volvía, acaricié la frente del herrero, húmeda por la fiebre y limpié su sudor. La madre de Lesso me miró con los ojos llenos de lágrimas.

—¿Se pondrá bien?

—No lo sé —dije.

Lesso apareció con el estilete al rojo vivo, agarrando el mango con un paño de lana. Con decisión sajé la herida hasta que manó de ella el humor purulento mezclado con sangre, con un olor dulce y putrefacto. El herido se quejó y su gemido fue agudo y lastimero. Convocó en torno a sí a los hombres de la casa. No me asusté ante ellos.

Hablé claro y fuerte:

—Son humores malignos que tiene dentro, se pondrá bien, pero deben dejarme sola con una de las mujeres y con Lesso.

Noté que mi voz salía con autoridad, y también que me obedecían. A mi lado se quedó la madre de Lesso mientras que, junto a la puerta, mi amigo hacía guardia para que no entrase nadie más en la pequeña cabaña.

Con el agua purificada, fui limpiando la herida hasta dejarla en carne viva, retirando el pus suavemente con un lienzo. Mientras tanto el herido se quejaba de dolor; de nuevo calenté agua y confeccioné un caldo de adormidera que le administré. El padre de Lesso entró en un sueño profundo, agarrando fuertemente mi mano sin permitir que me moviese de su lado. Junto al enfermo, Lesso y su madre me miraron con esperanza. Pasó lentamente el tiempo, la noche se hizo densa y se oían a lo lejos los grillos y la lumbre chisporroteando junto al hogar. Cogida por la mano del herrero, sentada en el suelo junto a él, entré en un sueño ligero, despertando a cada momento para vigilarle.

Cuando cantó el gallo y el amanecer del verano asomó precozmente por la entrada del chamizo, miré al hombre, que dormía quedamente y ya no deliraba. Liberé mi mano de la suya, e intenté levantarme. Pero las piernas no me sostenían tras haber transcurrido largo tiempo en la misma postura. Lesso se hallaba a mi lado, e impidió que me cayese. Noté su cara sonriente y aliviada. Salimos fuera, dejando a la madre de Lesso con su esposo.

Fuera, el castro despertaba, se oía el trajín en las cabañas. Expliqué a Lesso lo que debía hacer con su padre, me cubrí el cabello con el manto y me alejé de la casa. Procuré caminar sin hacerme notar, algunos de los viandantes se sorprendieron de mi presencia en el castro a horas tan tempranas. Oí que comentaban que había curado al herrero y que lo había hecho bien. Me sentí feliz y satisfecha.

Caminé deprisa por las callejas húmedas aún por el rocío de la noche, llenas de verdín entre las piedras, procurando no resbalar. Al atravesar la muralla, me pareció sentir los rostros de los guardias sonriendo. Todo había salido bien, y tenía el íntimo convencimiento de que el padre de Lesso sanaría. El sol se había elevado algo sobre el horizonte cuando ascendí la cuesta que conducía a la casa de Enol. Marforia no estaba, a aquellas horas ya habría sacado el ganado a pastar e ido a por agua.

Entré en la estancia de Enol, donde guardé la daga, y dejé las hierbas sobrantes en su sitio. Enol solía guardar la daga en un cofrecillo de madera. Allí permanecían muchos de los tesoros de Enol. Cerca del lugar donde se guardaba habitualmente la daga, había una pequeña caja de marfil labrado. Yo conocía su contenido. No me pude resistir y la abrí una vez más. En el interior de la caja, Enol guardaba la única ligazón con los de mi sangre. De la caja salió un hermoso mechón de pelo dorado. Era de mi madre.

Enol amaba a mi madre. Lo averigüé años atrás cuando descubrí aquel mechón dorado. Al preguntar de quién era, Enol acercó el cabello de la caja de plata al mío propio, y dijo «Igual que el tuyo...» y prosiguió lentamente «es de tu madre».

Nunca me explicó quién era ella y por qué poseía él aquel cabello, pero por algunas expresiones veladas pude deducir que muchas lunas atrás, Enol había sido servidor suyo y que había venido con ella desde un lejano lugar en el norte, hasta el sur, a las tierras de la meseta. Enol había conocido a mi madre en las Galias, la que ahora es la tierra de los francos, y había sido designado por alguien importante para acompañar a mi madre hacia las luminosas tierras del sur. Pero Enol no era mi padre, y aunque cara al poblado yo era su hija, nunca permitió que le llamase padre, siempre le nombré como Enol, el nombre que le pusieron los habitantes del castro de Arán al establecerse allí.

No. Enol no era mi padre, pero durante los años que viví con él fue más que un padre o una madre para mí. Enol conocía las letras y un saber antiguo, que desde niña me fue transmitiendo. Le gustaban la noche y las estrellas. ¡Cuántas noches nos subíamos a lo alto de un cerro cercano y me enseñaba sus nombres y sus círculos! Los ojos de Enol se volvían brillantes viendo titilar a lo lejos las estrellas, y sobre todo cuando relataba las antiguas leyendas en torno a ellas.

Con Enol aprendí a leer los caracteres rúnicos, retorcidos y complicados, y las letras latinas y griegas. Solía instruirme a la luz del fogón, cuando Marforia ya se había acostado y él gozaba advirtiendo mis progresos.

Cuando yo era niña, Enol prácticamente no se alejaba de casa, pero en las últimas estaciones transcurrían muchas lunas sin verle. Entonces, cuando él comenzó a ausentarse, y me dejaba sola con Marforia o con el siervo, yo solía levantarme cuando todos se habían ya acostado y leía los pergaminos a la luz de las brasas del hogar. Pergaminos de tiempos remotos, que hablaban de la historia de los hombres, de los lejanos tiempos de Roma, de los sabios griegos, de lugares ignotos. A veces en los pergaminos encontraba mapas y me abismaba en la visión de lugares distantes, que quizá yo nunca vería.

A su vuelta, el druida comprobaba que yo había tocado sus pergaminos, fingía enfadarse pero yo conocía bien que mi curiosidad le agradaba.

Sí. Enol fue más que un padre para mí, y cuando surgía el mal sagrado que solía dominarme y yo perdía el sentido, o me asustaba ante mis visiones, Enol sabía calmarme. En algún momento, me indicó que el mal cesaría en mi mocedad, cuando llegase a ser madre. Él afirmaba que durante los trances un dios se hacía presente y que no debía tenerle miedo. Después, me pedía que le contase las visiones, que solían ser las mismas: una mujer de cabello dorado que huía a un lugar extraño, casas muy altas de piedra, mucho más elevadas que cualquiera de las cabañas del poblado, y un templo de airosas columnas.

Enol decía que —en mis trances— el pasado volvía a mi mente. Nunca me explicaba nada del pasado. Pero otras veces, yo veía el futuro y Enol era incapaz de interpretar mis sueños. Fue en aquellos sueños cuando vi la aldea ardiendo y después quemada, tal y como está ahora, cuando vi los pergaminos robados y la copa escondida.

Guardé el mechón en su caja de marfil. Procuré dejarlo todo en el cuarto de Enol igual que lo había encontrado, y subí al desván de la casa, donde solía dormir entre sacas de bellotas y haces de leña, en un lecho de paja.

En mis visiones de entonces se mezclaba el herido del bosque con el padre de Lesso, distinguía una mujer rubia y hermosa que huía por un bosque desconocido. Después, el tiempo transcurrió y soñé de nuevo con la mujer. Ahora era perseguida por unos gritos... y ella me llamaba.

Los gritos eran reales y me devolvieron la conciencia. Marforia me buscaba, pero yo tenía tanto sueño después de la noche en vela que fingí no oírla. No transcurrió mucho tiempo sin que su cabeza asomase por el hueco de la escalerilla. La mujer andaba preocupada por mí.

—¿Dónde has estado? ¿Qué ha ocurrido?

—El padre de Lesso se hirió con un hierro, y la herida estaba infectada, le curé las heridas, y le estuve velando toda la noche —le contesté muy adormilada—. ¡Ay!, Marforia, tengo sueño, estoy cansada, déjame dormir.

Marforia me acarició la mejilla, y me arropó. Quizás en el castro se había enterado de la mejoría del herrero y estaba contenta por ello. Siempre me sorprendía aquella mujer. Me quedé de nuevo dormida y transcurrieron las horas. Los rayos rojizos del atardecer penetraron entre las pajas del techo de la cabaña y me despertaron. Sentía hambre. Junto al hogar quedaban los restos de un potaje de bellotas que, tras bajar saltando desde el ático, comí con apetito.

Tras la cerca Marforia ordeñaba las ovejas. Me acerqué a ella, su rostro de nuevo era duro y muy serio. Para contentarla tomé la rueca y comencé a devanar lana sentada en un poyete a la puerta de la casa. Así, aplicada en aquella labor, me encontró Lesso, que venía corriendo desde el poblado.

—Mi padre está mejor. Ya no delira y nos ha hablado. Lo has hecho muy bien, hija de druida.

Le sonreí, entré en la cabaña y preparé unas hierbas. Después salí y le di una buena cantidad de ellas, explicándole cómo debía dárselas.

Lesso se fue corriendo tal y como había venido, la luz del sol era ya casi un hilo en el cielo, una luna grande y nueva brillaba junto al horizonte. El sol descendió por completo. Hoy tampoco vendría Enol. De pronto pensé en el herido del bosque, no había ido hoy a verle, suspiré. Deseaba hacerlo, pero era ya muy tarde. Acudiría allí al día siguiente, al amanecer.

IV

En el bosque

A lo lejos se oye el aullido de un lobo. Los suevos se miran intranquilos entre sí, no dicen nada. No les gusta aquel ruido que interpretan como un mal presagio. Los aullidos se oyen más cercanos. El jefe detiene la comitiva, y con un destacamento se adentra en el bosque.

Las luces de la tarde descienden en la floresta, y el color del bosque se tiñe de tonos violáceos. Ha dejado de oírse la voz del lobo. Una sombra se introduce en la comitiva y se echa a mis pies. Los hombres se distancian y apuntan con las lanzas hacia el enorme animal, que como un manso cachorro lame mis manos. Le acaricio la pelambre. Es *Lone*, el lobo amansado que vivía con Enol y conmigo en el poblado.

Mi alegría dura poco, los hombres se abalanzan sobre el lobo, le hieren y éste huye. En los días siguientes rastreará los pasos de la comitiva, y oiremos sus aullidos a lo lejos.

Recordé que el día después de haber curado al padre de Lesso me desperté muy de mañana, procurando no hacer ruido para no despertar a Marforia, que aún dormía, y salí de la casa del acebo. En el camino hacia el bosque encontré a *Lone*. Siempre me alegraba ver al lobo. Nadie se atrevería a seguirme estando él porque enseguida gruñía, amenazador, ante la presencia de extraños. Cubrí con un manto oscuro mi vestido de tonos claros y el lobo se situó junto a mí, guardando mi paso.

Emprendimos el camino. Bajo el brazo llevaba provisiones para el herido ocultas en el cántaro de agua. Al doblar un recodo del sendero vi a Fusco, cerca del vallado de piedra junto al camino. A *Lone* se le erizó el pelo y comenzó a gruñir. Fusco se asustó mucho, conocía bien lo peligroso que podía llegar a ser *Lone*.

—Sujétalo.

—Aléjate, Fusco, que hoy tengo mucho que hacer y no estoy para bromas.

Fusco se subió al muro que rodeaba el camino, mientras *Lone* seguía gruñendo.

—¿Adónde vas tan de mañana?

—No te importa.

—Pues ya puedes volver pronto. ¿Conoces las nuevas?

Le miré interrogante.

—Ayer llegaron hombres de Lubbo al poblado y hablaron con Dingor.

—¿Y...?

—No lo sé bien —explicó Fusco—, creo que buscan a un fugitivo. Han convocado a todos los del poblado a mediodía en la fortaleza. No puede faltar nadie. Enol debería ir.

—No sé dónde está —dije preocupada.

—Entonces debes ir tú. Podríais tener problemas con Dingor.

El lobo gruñó torvamente, notaba que algo desconocido me amenazaba. Cogí a *Lone* por el cuello, acariciándole para que se tranquilizase y me alejé de Fusco, que, asustado en lo alto de la tapia, me siguió con la mirada.

Procuré dar un rodeo amplio y no fui por el camino acostumbrado. No sabía si me estaban acechando. Dejé a *Lone* detrás de mí. De alguna manera, el lobo entendía que no podía dejar que nos siguiesen. Caminé deprisa y me introduje por el estrecho sendero que conducía al arroyo del bosque. A veces debía detenerme porque me golpeaban ramas de espino, zarzas y tojos. El bosque, a pesar del verano, era espeso y fresco por aquella zona. Mi ánimo se oscureció: lo que Fusco me había comunicado era un gran problema; la presencia de los hombres de Lubbo en el valle de Arán era lo peor que podía ocurrir.

Temía por el herido, desde la marcha de Enol yo me encontraba sola y me sentía responsable de él. Enol se había ido hacía ya tres noches. El herido debía marcharse: si los hombres de Lubbo le descubrían, si sabían que alguien en el poblado le había ayudado... destruirían el castro; pero sus heridas no habían curado aún del todo. Necesitaba ayuda y yo no sabía a quién pedírsela.

A pesar de la frondosidad del bosque, yo era capaz de moverme rápidamente en él, sin apenas hacer ruido; conocía cada rama, cada arbusto y lograba moverme hacia donde la marcha se volvía más fácil. Jadeante llegué al riachuelo que rodeaba la cueva. Cuando estuve segura de que nadie me había seguido, abandoné toda precaución, y crucé el río chapoteando contra el agua.

Él me oyó.

Le encontré fuera de su refugio, incorporado y apoyado en la pared rocosa, en la salida de la cueva. Al verme, se irguió, sujetándose a una roca y se me acercó, caminando con mucha dificultad; la pierna seguía rígida debido a la férula que Enol le había puesto, y se apoyaba en su espada. Era un hombre muy alto. Años más tarde, la diferencia entre él y yo misma se iría acortando, pero en aquel momento me sentí pequeña a su lado. El herido era más fuerte que cualquiera de los hombres del poblado y en su porte dejaba ver una cierta nobleza. Aprecié que estaba deseoso de verme. Me habló con brusquedad.

—Ayer no viniste.

Le interrumpí, disculpándome. De nuevo —y no sabía por qué— me sentí avergonzada en su presencia. Algo en él la causaba.

—Estuve atendiendo a un hombre enfermo en el poblado, el herrero. Tenías comida más que suficiente, y yo no puedo estar siempre aquí. Enol no quiere que esté y en el poblado me echarían de menos.

El joven me miró escrutándome. Ante aquella mirada

interrogadora muy oscura e intensa, sentí que mis mejillas se tornaban de color grana; sin embargo, proseguí.

—Te buscan. Me han dicho que han llegado al poblado hombres de Lubbo que buscan a un fugitivo. Si saben en el castro que te hemos ayudado, Enol y yo tendremos problemas.

Di un paso hacia atrás, su mirada se volvía iracunda al mencionar a Lubbo y al llamarle fugitivo. Asustada, retrocedí aún más. Torpemente, cojeando, él me siguió y apoyándose en su espada consiguió sujetarse en mi hombro, advertí la palidez en su semblante.

—No estás bien —dije.

—Estoy indudablemente mejor que hace unas semanas cuando me encontrasteis y no quiero causaros problemas a ti y a tu gente. Pero aún no puedo andar bien, necesitaría un caballo y que avises a Tassio. Él es de Arán. Es hijo del metalúrgico de Arán.

—¿Cómo conoces a Tassio?

—Es de los míos y me debe un favor.

—Tassio no está en el poblado, desapareció hace muchas lunas. Sospechábamos que andaba con los rebeldes.

De una faltriquera en su ropaje, el herido sacó una tésera.

—Necesito que le hagas llegar esto. —Y me entregó la pieza de piedra, rajada, complementaria quizá de otra partida por el mismo lugar.

—Dile que el que te da esto tiene problemas y necesita un caballo. Es a caballo como podré llegar a los míos.

Miré la tésera, pocas veces había visto una; en aquel lugar no había visitantes. El establecimiento de una relación de hospitalidad suponía una gran deuda moral, posiblemente mi herido habría salvado la vida a Tassio.

—Hace tiempo le salvé —explicó brevemente— y él se obligó mediante un juramento. Necesito un fuerte caballo asturcón.

Mientras él hablaba se oyó un ruido detrás, y de un salto *Lone* se situó amenazador entre el guerrero y yo. El hombre levantó la espada para defenderme; pero yo me acerqué al lobo por detrás y le acaricié el lomo arqueado. *Lone* dejó de amenazar al herido y se dejó acariciar por mí, después se acurrucó a mis pies.

—Es *Lone*, está domesticado.

El guerrero dejó caer la espada, mientras nos observaba confuso. El lobo, de torvo y avieso, se transformó en un perrillo, lamió mis manos y yo reí.

—Eres extraña —dijo él—, sanas, dominas animales salvajes, creo cada vez más que eres una de las antiguas diosas de los bosques.

Yo reí con fuerza, tímidamente halagada. La luz de la mañana se filtraba entre los árboles. Le miré a los ojos y me avergoncé de mi descaro. Con pretendida seguridad hablé:

—*Lone* se quedará contigo, te advertirá si algún extraño se acerca. No te dé reparos, acaríciale y él conocerá que eres mi amigo y que debe protegerte.

Él dobló la rodilla sana, y se inclinó con dificultad, tocó a *Lone*, que en un principio arqueó el lomo con desconfianza pero después se dejó querer. Así estábamos los dos, inclinados sobre *Lone* acariciando su pelaje, cuando nuestras manos se rozaron y sentí un calambre interior.

A pesar de mi timidez y de que conociese muy pocas cosas acerca de su persona, junto a él yo me sentía segura. Al rato, él cambió las tornas y comenzó a preguntar algo que debía de haber meditado en el largo tiempo que había pasado a solas en la cueva del bosque.

—Ahora contesta tú, y lo que te pregunto es muy importante —me dijo—. Entre los albiones, cabarcos y límicos no hay druidas, sólo los bretones del norte, los hombres de las islas, los antepasados de nuestros padres tuvieron druidas. Hace muchas estaciones que los druidas desaparecieron, sólo quedan algunos en las islas del norte. Lubbo conoce las artes druídicas, y tu padre, real o adoptivo, también. Lubbo tenía un hermano llamado Alvio... Hay algo extraño en tu Enol, ese hombre que te acompaña y que aparece y desaparece sin dar explicaciones de sus idas y venidas.

Le miré con pena, yo —en esa época— quería mucho a Enol, y no podía dudar de su persona. Le contesté:

—Sí. —Y en mi mente cruzaron tantas escenas de mi vida con el druida—. Sé que hay algo oculto en él. Es algo que le hace sufrir. Alguna noche le he oído gritar entre sueños por las pesadillas. A menudo siento que quiere protegerme continuamente, como si tuviese una deuda conmigo.

Ante el herido me podía expresar con confianza, él actuaba como un catalizador de mis preocupaciones. A nadie antes había podido confiar mis miedos. Claro está que yo sabía que en Enol había algo encubierto. Durante todos los años de mi vida yo percibía un sufrimiento oculto, sordo, continuo, en las acciones y palabras de Enol.

El joven guerrero había comprendido lo que ocurría en mi mente. Proseguí:

—No hay nada deshonroso en Enol —las palabras me salían con vehemencia, casi a gritos—, él es bueno, cuida de los demás y te ha salvado. No debes juzgarle mal.

—Me atengo a lo que es evidente.

De nuevo, se quedó pensativo. Yo callé. *Lone* se acercó al río a beber, y se alejó de nosotros. Noté la luz del sol acariciando mi pelo. Él alargó su mano y lo rozó.

—Tú... ¿quién eres? Tu raza no es de aquí, pareces germana, podrías ser una mujer de los cuados, o tal vez de raza goda.

—No lo sé, sólo sé que vinimos de lejos. Enol y yo, cuando aún era una niña. No tengo nombre, Enol me llama niña, y en la aldea soy la hija del druida, o la hija de Enol. Él tampoco se llama así. Aquí le pusieron ese nombre porque pensaron que era el antiguo Enol de la leyenda. ¿Recuerdas? El viejo hechicero que ayudó a los montañeses y después se convirtió en lago. Sé que no soy de aquí, que soy extranjera, y que las mujeres del poblado me desprecian. Pero desde niña he vivido entre los albiones y son mi pueblo.

—Pero no son tu raza. Eres demasiado rubia, demasiado rosada para ser de aquí.

—Vinimos años atrás desde algún lugar en el norte. De las Galias. Creo que Enol servía a mi madre, pero él nunca ha querido contar la historia.

Me avergoncé. Enol me había prohibido contar aquello, y yo revelaba el secreto a un desconocido. Me incorporé huyendo del herido. Él no pudo seguirme.

—Debo irme. Te dejo la comida y a *Lone*. Él se quedará contigo, te protegerá avisándote si llega algún extraño. Escóndete en el fondo de la cueva, y él gruñirá. Nadie se atreverá a entrar dentro.

Retrocedí en el bosque, y mientras me alejaba oí:

—Busca a Tassio.

Aferré con fuerza la tésera y corrí introduciéndome en la espesura. Caminando deprisa por el sendero entre los árboles, noté mi corazón latiendo descompasadamente. Veía sus ojos oscuros, diciéndome: «¿Quién eres?» Y me preguntaba a mí misma: «¿Quién soy?» Y sobre todo: «¿Quién es Enol?» Y dudaba de todo.

Los árboles se abrían en el camino, gradualmente en la senda entraba más luz, pero mis pensamientos eran sombríos. En los últimos meses, Enol había estado muy extraño, no me hablaba como antes, ni me enseñaba con sus pergaminos. Viajaba al sur la mayoría del tiempo. ¿Adónde se dirigía Enol cuando me dejaba con Marforia? A todas mis dudas sobre mi persona, en los últimos tiempos se sumaban las dudas sobre el herido. Algo en él me era familiar. Quizá tiempo atrás le había visto en uno de mis sueños. O quizás algo en él me recordaba mi infancia, el tiempo perdido de toda noción. Desde que él estaba en la cueva del bosque me sentía feliz, aunque un tanto asustada. En el fondo, casi prefería que Enol no estuviese cerca. No hubiera podido estar tanto tiempo con él.

Enol no quería que me viese nadie ajeno al poblado, me guardaba como una joya preciosa. Cuando alguna vez cruzaban mercaderes por el poblado, me ocultaba de su mirada, temeroso de algo. Quizá de que alguien me reconociese, o quizás evitaba que yo conociese mis orígenes. En aquel tiempo yo me fiaba de Enol, nunca dudaba de él. Fue el herido quien me hizo desconfiar del druida.

Aquel verano hizo calor, una calima impensable en aquellas tierras; el sol, ya muy alto en el horizonte, me quemaba. Más adelante el camino estaría resguardado por las sombras, pero de pronto intuí algo: alguien me había seguido.

El camino hacía una curva, y yo me oculté tras un castaño de tronco nudoso y enredado que extendía sus ramas sobre el camino. Despacio, mi perseguidor se paró. Era Lesso. Me encaré con él.

—¿Adónde vas? ¿Por qué me has seguido?

—Tenía miedo que estuvieses en apuros, y sí que lo estás.

—¿Qué dices?

—¿Sabes quién es ese hombre al que proteges?

Negué con la cabeza. Él prosiguió.

—Es Aster, hijo de Nícer, el príncipe de Albión hasta Lubbo.

V

La elección de Aster

La marcha de los cuados prosigue mientras cae lentamente la noche. La oscuridad se hace cerrada pero, de pronto, hacia el este, amanece una luna llena de invierno. Todo cambia bajo su luz mortecina, brillan las armas de los soldados y mi pelo refleja luz de luna. Un soldado me observa de reojo, quizá tema un nuevo trance o un hechizo. El grupo de guerreros se apresura, no se detiene por las sombras y sigue su marcha aprovechando la luz del plenilunio.

Y bajo esa luz vuelven mis recuerdos, a aquella primera noche en la que yo, casi una niña, conocí a Aster, hijo de Nícer, príncipe de Albión.

Nuestra aldea no era como las otras. Escondida en lo más profundo de los bosques de Vindión, era un lugar mágico. Cerca de ella, y equidistante de otros castros de la zona, había un claro en un bosque de robles, muy recóndito, donde se adoraba desde tiempos inmemoriales la luna. Aquel lugar era prohibido para todos los de la aldea y a los niños se nos contaban mil historias para evitar nuestra presencia allí. De los árboles del claro colgaban amuletos, restos de sacrificios, ofrendas. En el bosque de Arán se adoraba a los antiguos dioses, y era uno de los lugares donde el Senado de los pueblos montañeses podía reunirse para elegir al nuevo jefe de las tribus del norte. Tras la muerte de Nícer, por miedo a Lubbo, no se reunió ningún nuevo Senado durante años, pero ahora corrían aires distintos. El afán de dominio de Lubbo había dañado a las diversas familias de los pueblos cántabros, galaicos y astures. Las tribus de las montañas querían unirse para liberarse del tirano.

Así, en aquella época, más de dos años atrás, tras el solsticio de verano, en la aldea comenzaron a correr los rumores. Nosotros éramos albiones, dependíamos del gran castro junto al Eo, pero en situaciones de guerra o de desgracia nos agrupábamos con los de las otras gentilidades para protegernos. Por eso en aquel tiempo se podían encontrar astures y cántabros de lugares lejanos en los caminos. Por los senderos del bosque se veía a surros, pésicos de la zona del mar, vindinenses de las montañas, los cilenos —hombres de los ríos Ulla y Lérez—, tamaricos de más allá del Tambre. No entraban en el poblado porque temían a Dingor; pero se los podía ver escondidos en los bosques, cazando o pescando. Todos aquellos hombres no se diferenciaban demasiado de nosotros, únicamente en la vestimenta. Cada uno tenía su propia tribu de la que estaban orgullosos, su clan familiar del que sus antepasados procedían durante generaciones. En aquella época, todavía Tassio, el hermano de Lesso, vivía en el castro. Lesso se enteraba de muchas cosas a través de él, y después las comunicaba a los chicos de la cuadrilla. Había inquietud entre nosotros. Nos gustaba espiar a los hombres que acudían al Senado en el bosque, y subidos a los árboles les veíamos pasar. Distinguíamos a unos de otros por su atuendo: las largas capas de piel de topo de los hombres de las montañas, los cascos con plumas de aves marinas de los hombres del mar, las hachas de los hombres de los bosques, las largas cuerdas anudadas a la cintura de los hombres del río. Muchos hombres, muy diversos unos de otros, de lugares alejados y que evitaban atravesar el poblado.

Llena de curiosidad, busqué a Lesso y a sus compañeros, los encontré detrás de la cabaña de un leñador perdiendo el tiempo y hablando muy animadamente. Lesso me avisó de lo que ocurría.

—Hoy es plenilunio, el plenilunio del solsticio. En el bosque habrá una gran reunión, mucho más grande que nunca.

Le miré con curiosidad.

—Se elegirá el nuevo jefe, alguien que se oponga a Lubbo. Puedes venir con nosotros, hija de druida, pero no hagas ruido.

—Saltaré por la ventana, esperadme en el camino tras la fuente. Enol no querrá que vaya.

Volví a la casa del sanador, en un estado de gran excitación que no podía disimular bien. Descendió el sol. Enol salió de la cabaña, y la cerró. Fuera dejó a *Lone*. Pasado el tiempo escuché el ruido de una piedra chocando contra mi ventana, era Lesso, abrí con cuidado la tranca de la ventana y salté afuera. Escalé la tapia y en el camino, tras la fuente, estaban Lesso y Fusco con los demás: Letondo, Docio y Aro. Nos ocultamos. Los hombres de las montañas transitaban callados, ocultándose bajo los árboles del camino. Nos dirigimos hacia un lugar alejado de todo, al claro en el bosque. Allí subimos a las ramas de los árboles, Fusco me ayudó a trepar a un nogal, y desde allí contemplé la reunión. En el centro del claro, ardía una fogata y cerca de ella vi a Enol. Alrededor se congregaban los hombres de las diversas tribus; estaban los capitanes, los jefes de tribu, los príncipes de cada clan. Vi a unos hombres de largas capas de piel de oso, en las que colgaban colmillos, parecían dirigir la reunión. Pregunté a Fusco:

—¿Quiénes son los hombres de capa de piel?

—Hombres de Ongar. Los más opuestos a Lubbo.

Comenzó una música extraña, con sonido a gaita y a timbal, y de fondo una flauta. La música sonó cada vez más rápida, más profunda, más intensa. Elevaron sus voces, y levantaron sus brazos, un grito salió de todas las gargantas.

Pregunté a Lesso:

—¿Qué hacen?

Él contestó conmocionado:

—Van a elegir un nuevo jefe, que dirija a los hombres de Ongar y que se oponga a Lubbo. Están haciendo una especie de juramento de lealtad. Nadie debe revelar lo que ocurrirá esta noche.

Un hombre alto, barbado, con largo pelo de color gris que le cubría la espalda, dio un paso al frente y comenzó a hablar con una voz profunda en la que podía escucharse la sabiduría de los siglos.

—¿Quién es?

—Es Ábato, procede de Albión, no sé cómo habrá podido llegar. Fue leal a Nícer en los tiempos antiguos. Les aconseja —contestó Lesso.

De lejos era difícil entender lo que decía. Después supe que sus palabras decían algo semejante a: «Escoged al fuerte, al valeroso, al leal, al que se mantendrá fiel a las tradiciones y sabrá aprender de los jóvenes y aconsejarse de los mayores. Designad al que no busque su propio beneficio, sino el bien de los clanes. Elegid al de noble sangre.» Escuché el final del discurso, que en un tono de arenga decía:

—Habéis sido convocados, solamente los rebeldes a Lubbo, los fieles a la casa de Nícer. Debemos conocer vuestra lealtad y si seguís al clan primigenio o no.

Se adelantó un hombre de los pésicos:

—¿Qué más noble sangre que la de Nícer? Él fue muerto por Lubbo.

Contestó un ártabro:

—Nícer inició un nuevo camino, a muchos les disgustó y fue traicionado. Nícer no seguía a los dioses.

Habló Ábato:

—¿Queréis eso? ¿Queréis seguir a los antiguos dioses? Lubbo lo hace, Lubbo ha realizado de nuevo sacrificios humanos, aquellos ritos que creíamos ya olvidados. Nuestras hijas, nuestros hijos han muerto como sacrificio a sus dioses sanguinarios. ¿Ésa es la tradición que queréis? Los pueblos del norte adoramos al Único Posible en la Naturaleza. El dios de Jafet, el dios de Aster, de Tarsis, de Aitor. Presente en los claros del bosque.

Rondal, jefe de los hombres de Ongar, habló con voz de aguas, suave a la vez que potente:

—El camino es volver a la casa de Nícer. La casa de Nícer es fiel a las tradiciones. Nosotros los hombres de Ongar llevamos años luchando y hemos hecho daño a Lubbo, atacando a sus tropas. Por el sur hemos luchado contra los godos. Hemos parado durante años su avance, pero si seguimos desunidos sin una cabeza, todos nuestros clanes desaparecerán.

Después habló el alto Mehiar, otro de los jefes de Ongar:

—Lubbo cree que el espíritu de los montañeses ha muerto y no es así. Pervive en nosotros, en nuestras gentes. Lubbo utiliza a lo bajo de cada clan para imponerse. Mirad, éste es nuestro lugar sagrado, el claro en el bosque de Arán. Durante generaciones los pueblos de las montañas nos reunimos aquí. Ahora Dingor, jefe del castro de Arán, presta vasallaje a Lubbo. Eso es inicuo. Dingor obedece a los hombres suevos que esclavizan a las gentes para extraer el oro de Montefurado.

Tras las palabras de Mehiar, el jefe Rondal se volvió, y levantó el brazo de un hombre a su lado.

—Mirad hacia Aster, hijo de Nícer, es a él a quien debemos sumisión.

Las voces de los hombres de Ongar se elevaron entre las demás, pronto fueron coreadas por los pésicos, por los cilenos; otros pueblos aún callaban.

—Aster, hijo de Nícer, príncipe de las montañas.

Un hombre dio un paso al frente. Yo no pude verlo con claridad, desde mi escondite divisaba únicamente un guerrero joven, alto, de largos cabellos oscuros. La luna había asomado en el claro del bosque y se situó en el centro, bañó con su luz la figura de Aster y vislumbré a lo lejos su cara de rasgos rectos y finos. La misma faz que tiempo después vería en el herido del bosque y no supe identificar.

Al fin se hizo un silencio y Aster habló:

—Lubbo nos ha sometido a los suevos. Se beneficia del oro de Montefurado. Nos ha hecho esclavos de los extranjeros. Sabéis que ha sacrificado a vuestros hijos, rompiendo las tradiciones de siglos. Mató a mi padre y a muchos de vuestros clanes, pero yo no busco sólo la venganza, que vendrá dada, sino la justicia y la paz en el orden. Los hombres de las montañas nos uniremos una vez más, y después cada clan: cabarcos, límicos, ártabros, cilenos seguirán su destino. Necesitamos la cohesión y la ayuda mutua. Si no nos unimos, seguiremos siendo esclavos de Lubbo y de los cuados. Nos atacarán los godos y no tendremos defensa. Yo seré como mi padre en todo menos en su derrota. Os llevaré a la victoria. ¡Lo juro por el Único Posible!

Las palabras de Aster eran tajantes y directas, fuertes y austeras, llenaban de esperanza los corazones. Ante aquellas palabras un grito unánime salió de todas las gargantas:

—¡Aster! ¡Aster!

Los hombres se reunieron en torno al hijo de Nícer gritando y, subiéndole a un gran escudo de bronce, le elevaron. Vi la cara de Enol. La luz de la hoguera la iluminaba, en su expresión se dibujaba un gesto que no supe interpretar, amargo y duro. Se inició un canto de guerra de lucha y de poder. Los hombres chocaron las espadas contra los escudos y un ruido atronador llenó el claro. El escudo que llevaba a Aster fue pasando de unas tribus a otras, elevado por los guerreros. Después lanzaron algo sobre el fuego, y unas luces de colores lo cambiaron, la luz azul del azufre y el grito de mil hombres formó un trueno en el bosque. Más tarde, otros hombres comenzaron a escanciar sidra. Corría el hidromiel y la cerveza.

Desde nuestro escondite en los árboles, nos miramos contentos, sentíamos que habíamos participado en algo muy importante. Sin embargo, yo estaba nerviosa y vigilaba constantemente la figura alta de Enol, sabía que mi presencia en el bosque no le iba a gustar. Al poco tiempo me di cuenta de que había desaparecido de entre los hombres, y bajé del árbol. Lesso y Fusco me acompañaron, Docio y Aro siguieron allí subidos. Yo debía llegar a casa antes que Enol, corrí por el bosque, arañándome en los matojos. Lesso y Fusco me ayudaron a saltar la tapia. Sigilosamente abrí la ventana, pero Enol estaba allí. Esperándome.

—No has obedecido.

—Vi la elección en el bosque.

—Es peligroso —habló preocupado—. Mira, niña, tengo un deber para ti. Tú no eres de este pueblo. Tu destino no está entre estas tribus de montañas. Tu lugar está en el sur. No eres uno de ellos. Las tradiciones del bosque no son para los niños.

—Tengo doce años y ya soy mayor. Tú tampoco eres de aquí y estuviste presente.

—En eso te equivocas, éste fue mi pueblo y durante siglos ha sido el linaje de mis padres. —Después Enol habló con más fuerza como si recordase un hecho doloroso—. Debo respeto a Nícer, fue un hombre valiente y justo, aunque no supo apreciar lo que le ofrecí un día y me despreció.

Nunca había oído hablar a Enol de su pasado, noté que se conmovía; después siguió intentando explicarme algo de aquel pasado pero sin llegar a hacerlo con claridad.

—No eres más que una niña, pero tengo una grave deuda contigo. Debes volver con los tuyos, pero he de prepararlo. En este momento, en el sur hay importantes acontecimientos que permitirán que vuelvas a tu lugar.

No entendí a qué se refería, pero antes de que pudiera preguntarle nada, como para castigarme, Enol dijo:

—Mañana no saldrás de la cabaña. Trabajarás con Marforia la lana.

Enol debió de notar mi cara de desagrado, pero sin protestar asentí.

—Ahora duerme.

Subí las escaleras al pajar. Desde arriba podía ver a Enol, pensativo junto al fuego, mirando crepitar las llamas. Frotaba una y otra vez las manos como para calentárselas, con gesto nervioso aunque no hacía frío.

Todo aquello había ocurrido tiempo atrás, mucho tiempo atrás. Subida a los árboles, yo había percibido difusamente los rasgos de Aster y durante años, para mi mente de niña,

Aster fue únicamente una figura legendaria, nacida en un claro de bosque, que había idealizado en alguien distinto. Por eso le llevé comida y le atendí herido, sin reconocerle. Fue Lesso, el hijo del herrero, quien identificó a mi herido con el hijo de Nícer, el elegido como jefe de los pueblos de las montañas, que ahora era ya una leyenda entre nosotros. Por eso aquel día Lesso se sintió preocupado al conocer el secreto del bosque.

—Si Lubbo o Dingor se enterasen de que ocultamos a Aster moriríamos todos.

En las palabras de Lesso palpé la fuerza de su amistad y noté que quería ayudarme, pero yo le miré con desapego, no quería caer en la cuenta del peligro. En aquel tiempo, ya había nacido en mi corazón una admiración ciega hacia Aster; por ello respondí:

—Si Dingor lo sabe podríamos morir... —dije en voz burlona, de falsete, y después proseguí con enfado—, pero tú no dirás nada, Lesso.

Después con convencimiento hablé intentando persuadirle:

—Lesso, debemos ayudarle. Va mucho en ello.

—¿Y cómo?

—Me ha dado esto.

Y extendí la tésera, una tabla de arcilla rectangular en la que se veían grabados algunos caracteres y que se veía partida.

—¿A quién pertenece?

—Es del herido, de Aster, pero la otra mitad la tiene... —dudé—, bueno, él dice que la tiene tu hermano Tassio. Aster me ha dicho que precisa encontrar a Tassio y que quiere un caballo.

Lesso no pareció estar sorprendido de que su hermano Tassio conociera a Aster.

—La noche que siguió al día que curaste a mi padre, Tassio estuvo en la herrería. Sólo hablé yo con él. Me dijo que habían atacado Albión y que Aster había caído herido y no lo encontraban. Creían que no debía de estar lejos. Me pidió que me enterase de algo. —Se detuvo y continuó—. Sí, yo sé dónde está Tassio. Se fue camino de Montefurado. Fusco y yo le encontraremos.

Me alegré de haber confiado en Lesso y asentí a lo que decía, pensé que debía haberme fiado antes de los chicos del poblado.

—Quisiera ir con vosotros.

—¿Y quién cuidaría de Aster? Tú eres la única que podrías hacerlo sin levantar demasiadas sospechas.

—Hay una reunión en el castro, la ha convocado Dingor. Temo algo.

—No creo que ese zorro sepa nada de Aster, pero es posible que haya escuchado rumores de que Tassio estuvo en el poblado. Querrá amedrentar a la gente. Dicen además que anda por ahí un hombre de Lubbo queriendo cobrar más tributos.

Caminamos hacia el poblado, vimos el humo saliendo entre las cabañas. Las mujeres estarían cocinando, era ya tarde y los hombres volvían del campo a comer y a dormir la siesta. Algunos nos saludaron y le preguntaron a Lesso cómo estaba su padre. Quizá pensaron que yo le estaba aclarando algún remedio.

Le pregunté a Lesso:

—¿Sabes por qué Aster cayó herido?

—Tassio me contó que intentaron entrar en Albión, dentro hay también rebeldes que odian a Lubbo, pero alguien les traicionó. Aster se defendió y fue herido, después huyó y le dispararon una flecha emponzoñada. Ahora, Lubbo le busca vivo o muerto. Le odia porque sabe que mientras alguno de la casa de Nícer esté vivo, su poder entre los pueblos peligra. ¿Sabes que Lubbo mató a Nícer?

—Eso he oído.

—Lubbo mató a Nícer, lo sacrificó a sus dioses sanguinarios abriéndole el corazón, y lo hizo delante de Aster, su hijo. Dicen que ató al chico, que no tenía más de doce años, delante del lugar de la ejecución y le obligó a presenciarla. Después le esclavizó y Aster vivió algún tiempo prisionero en Albión, pero le ayudaron a huir a Ongar hasta las montañas donde vive la familia de su madre.

Entonces yo uní ideas y entendí mejor lo que Aster me había relatado varios días atrás.

—Cuando hablé con él me contó que alguien había matado a su padre... Pero no quiso decirme cuál era su nombre... Yo no sabía que era el hijo de Nícer.

—Quizá lo hizo para protegerte. Lubbo daría la mitad de su poder por encontrar a Aster. Ahora se da cuenta del error que cometió al no ejecutarle con su padre, Aster es la esperanza, el único que puede aglutinar a los clanes y ahora son malos tiempos, las gentes se rebelan contra el poder de los suevos y contra Lubbo. Lubbo es cruel. Cualquiera que conozca el paradero de Aster corre un grave peligro.

—Lubbo no puede conocer todos los senderos del bosque.

Sensatamente, Lesso contestó:

—No lo sabes. Él tiene muchos espías.

—Debemos ayudar a Aster.

—Sí, él es la única posibilidad de recuperar la libertad. Necesitamos estar unidos contra los suevos al este, contra los godos al sur.

No escuché lo que Lesso me decía, me paré a pensar en la extraña actitud de Enol; ayudaba a Aster pero guardaba desconfianza hacia él.

—No entiendo a Enol. Él sabía quién era Aster, podía haberlo puesto en contacto con su gente. Enol le curó en el claro del bosque y odia a Lubbo. Desde hace unos meses está más tiempo en el sur que aquí, me dice que en la meseta hay novedades que nos afectan y —dudé— sobre todo a mí, que no soy de este lugar.

—El druida es difícil de entender. Para él los pueblos de las montañas no somos lo primero. Es un extraño para nosotros, aunque dice que es de nuestra raza y que nació aquí, Enol es un hombre raro que guarda dentro algún secreto —dijo Lesso.

—Aster adivinó algo. ¿Te suena el nombre de Alvio?

—Sí, pero no sé quién era exactamente, sé que tenía alguna relación con Lubbo. Alvio era uno de los nuestros, vivió tiempo atrás en Albión.

Lesso no conocía bien las historias antiguas, no iba a revelarme nada nuevo. Se hacía tarde, yo debía acudir a la reunión del poblado.

—Debemos separarnos.

—Toma la tésera. Llévasela a Tassio.

Lesso examinó la tésera, intentando descifrar los caracteres, pero Lesso no sabía leer. Seguimos caminando, vimos las dos torres que flanqueaban las murallas del castro, y los dos guardas en la puerta. Dentro del poblado había ruido y movimiento. Los hombres de guardia nos saludaron. Pasadas las puertas nos separamos y yo me dirigí a la acrópolis, Lesso se fue por un atajo a buscar a Fusco.

Las casas olían a comida, a verdura cocida con algo de grasa, faltaba poco tiempo para mediodía. Los olores se mezclaban y a mí no me gustaba aquella mezcolanza de diversos olores: el hedor a heces y comida, a estiércol y ganado.

Algunas mujeres, las de la casa de Lesso, me saludaron. Me acerqué a ver al herrero, que se había levantado y, aunque débil, tenía un buen aspecto. Al verme, se acercó, apoyó su enorme manaza sobre mi cabeza y sonrió. Me alejé animada y proseguí mi subida a la acrópolis a paso rápido por las callejas. En las otras cabañas, las mujeres me evitaban. Ocultaban a sus hijos pues temían que les pudiese echar el mal de ojo. Pensé que me precedía mi fama de bruja.

Aceleré aún más el paso, y pronto llegué a la acrópolis en lo alto de la colina. Era un lugar fortificado dentro de las murallas del castro, allí moraba Dingor en una casa cuadrada un tanto mejor que las del resto del poblado, rodeada de las casas de sus hijos y hermanos. Junto a la fortificación principal se había reunido gente y Dingor les estaba hablando. Dingor era un hombre achaparrado, que tendía a la obesidad, con el pelo oscuro matizado por hebras canosas y barba casi blanca de aspecto hirsuto. El atrio de su casa era elevado y allí, en un improvisado estrado, hablaba a la gente. Junto a Dingor vi a un oficial cuado y, cerca de él, a algunos hombres de Lubbo. Abajo, en la explanada, rodeando la acrópolis, se congregaba ya la gente. Hombres llegados del campo, leñadores, algunas mujeres... distinguí a Marforia.

Dingor habló:

—Lubbo, señor de los albiones, amigo de los suevos, precisa un nuevo tributo. Nos ha enviado a Ogila, capitán de los cuados, que va a dirigiros unas palabras.

El llamado Ogila habló en latín vulgar pero con un acento extranjero a estas tierras.

—Se ha conocido que un enemigo de la raza de Albión se esconde por estos montes. Cualquiera que le preste acogida...

Se extendió un rumor ininteligible entre los hombres del pueblo. Un hombre a mi lado habló en voz baja: «Siempre buscando dinero y traidores, con esa excusa nos someten.» Otros asintieron, pero nadie habló abiertamente; todos tenían miedo.

—Si llegase un hombre de Albión, herido —prosiguió el hombre de Lubbo—, ha de serme entregado. Se busca a un hombre joven, moreno y alto, herido por una flecha. Si en este poblado se le protegiese, será destruido.

El hombre de Lubbo continuó amenazando. Dingor, a su lado, obsequioso, se mostraba acorde con todo lo que decía Ogila, pero me fijé que Dingor buscaba a alguien entre la concurrencia y cuando me distinguió, fijó su mirada en mí y se volvió para hablar a uno de sus hombres, alguno de su familia. Éste dejó el atrio de la casa de Dingor y se acercó a mí. Sentí miedo al verle acercarse.

—Hija de druida, te busca el jefe Dingor.

Me tomó de un brazo y me llevó a la acrópolis, introduciéndome por la parte trasera por la zona del establo. Oía el mugir de vacas detrás de mí y el ruido de moscas zumbando. Por el calor muchos insectos alados sobrevolaban el patio. Me llené de angustia pensando qué querrían de mí. Hacia el frente, la casa de Dingor me protegía, vi a la esposa de Dingor, una pequeña mujer de rasgos asustadizos, que me sonreía suavemente. Desde lejos, se podía escuchar muy apagado el rumor de descontento de la gente y las amenazas de Ogila. Al fin todo acabó y la multitud se dispersó.

Dingor rodeó la casa acercándose a la zona trasera donde yo le aguardaba. Le acompañaba Ogila, los otros suevos se quedaron fuera.

El jefe habló:

—Has curado al herrero, hija de druida, te estamos agradecidos.

En los años que Enol y yo llevábamos en el poblado, el jefe Dingor nunca me había dirigido la palabra. Yo era poco menos que una cosa que el druida poseía; sin embargo aquel día mi persona debía de ser importante para Dingor, por eso se esforzaba en ser amable y conciliador. El jefe de Arán prosiguió:

—Ha llegado un enviado de Lubbo, príncipe de Albión. Es Ogila, viene a recoger impuestos, pero sobre todo está interesado por algo que tú podrías poseer, o tal vez indicarnos dónde se oculta.

Le miré interrogadora, pensé qué sería aquello por lo que Lubbo mostraba tanto interés.

—Lubbo quiere una copa dorada que, al parecer, está en posesión de Enol. Algunos hombres del poblado se la han visto utilizar para las curaciones, ¿sabes algo de esto, hija de druida?

—Enol está lejos —contesté con timidez, me asustaba el semblante duro de Ogila y la actitud del jefe—, no sé de lo que hablas, Enol tiene sus instrumentos y yo no los veo.

—Muy bien, hija de druida —dijo Dingor con decepción—, si no quieres colaborar, Ogila y sus hombres registrarán la cabaña de Enol, y te obligaremos a revelar dónde está esa copa. Si nos ocultas algo serás castigada.

—¡No! —grité—. No tenéis derecho a entrar en la casa de Enol.

Dingor rió mostrando sus dientes prominentes y amarillos, después Ogila y los guardias me hicieron avanzar. Frente a la acrópolis la multitud se dispersaba, los hombres se retiraban con un murmullo de descontento. En algunos ojos se distinguía la repulsa y el disgusto hacia el jefe Dingor. Los hombres se alejaban de la fortaleza y entre los corrillos se preguntaban quién sería el herido; suponían que alguno de los rebeldes de Ongar. Mucha gente del poblado tenía familiares entre ellos, por eso en muchos rostros se palpaba la preocupación y la pena. Al verme pasar, escoltada por la guardia de Ogila, con el jefe Dingor a un lado, un movimiento de cólera surgió en algún grupo:

—¿Adónde llevas a la hija del druida? ¡No es más que una niña! Si le haces algo, te las verás con nosotros. Y cuando vuelva Enol... te convertirá en sapo. —La voz salía del grupo de la familia de Lesso, agradecida aún por la curación del herrero.

Dingor se disculpó, temía al herrero, que era un hombre importante y muy considerado en el castro.

—No se le hará nada —dijo Dingor—, necesitamos algo para Lubbo, que podría tener ella.

Los guardias apartaron ceñudos a la gente que se arremolinaba alrededor de nosotros. Sentí a mi lado una mirada compasiva. Era Marforia. Nos seguía de lejos y en su gesto latía una gran preocupación. Gran parte de los asistentes también nos siguieron. No vi a Lesso ni a Fusco. Pensé que habrían iniciado su viaje para encontrar a Tassio.

Entre las callejas del castro, algunos hombres se alejaron; otros, llenos de curiosidad, nos acompañaron. Salimos por el portón superior, más cercano a la acrópolis y a la casa de Dingor, los guardias no nos miraron al pasar. Luego descendimos por la colina, siguiendo la falda de la muralla. Mientras caminábamos repasé todo lo que había en la casa que quizá podría comprometernos. Los recuerdos de mi madre, las pócimas de Enol, los pergaminos. Cualquiera de aquellas cosas podría hacernos sospechosos a los hombres de Lubbo. Lo único que me tranquilizaba era conocer que la copa no estaba allí, la había buscado para curar al padre de Lesso y no estaba en su lugar. Conocía intuitivamente que la copa era muy valiosa y también sospechaba que no debía caer en manos de Lubbo.

Atrás quedó la fuente y el bosque de robles que separaba la casa de Enol del castro, llegamos frente a la puerta de nuestra casa y pedí al Dios de Enol, si era tan poderoso, que me protegiese. Me quedé fuera, custodiada por los guardias, Marforia se acercó y me abrazó por los hombros, detrás se situó el herrero con una pequeña multitud del pueblo, intentando protegernos de la cólera de Ogila si llegaba a producirse. Dentro de la casa se producían sonidos de saqueo, los ruidos de los hombres de Ogila buscando y destruyendo. Yo lloraba. Revisaron palmo a palmo la pequeña casa de Enol. Por último, subieron al desván donde yo dormía, y escuché cómo dejaban caer a través del hueco de la escalera los sacos con bellotas y grano. Temí que prendieran fuego a la casa, pero no lo hicieron, quizá les acobardaban los hombres del pueblo que, fuera de la casa, montaban guardia. Al fin, los vimos salir de la pequeña vivienda. Ogila cargaba con algunas cosas de Enol.

—Llevaré esto a Lubbo, le interesará.

Me lancé hacia ellos.

—¡No podéis hacer esto! —grité.

Los guardias me contuvieron y contestaron riendo como si fuese una niña sin sentido.

—Sí, podemos.

El herrero y sus vecinos nos ampararon y, al fin, los hombres de Lubbo y la guardia de Dingor emprendieron la retirada. Marforia y yo nos quedamos paradas en la puerta de la casa sin saber qué hacer, los paisanos se acercaron preguntando si precisábamos alguna ayuda. Les agradecimos el gesto, pero preferimos estar solas y ellos se retiraron.

Entramos en la casa, la destrucción era mucho peor de lo que yo sospechaba. Sollocé en el umbral. La vieja Marforia se me acercó y me abrazó con cariño, me volví sorprendida y vi lágrimas en sus ojos. Habían revisado todo, incluso habían levantado las piedras del hogar, y las lajas del suelo, las cosas estaban desbaratadas y rotas. Las marmitas de cobre abolladas, los cántaros de barro quebrados. Entre todo aquel caos busqué, en primer lugar, aquello que me ligaba con el pasado: la pequeña caja de metal en donde se encontraba el cabello de mi madre. No la hallé. Pasé a la cámara del druida, donde el desorden era aún mayor, rebusqué por toda la estancia y en una esquina encontré la caja de plata abierta y partida. Dentro había desaparecido el cabello dorado que perteneció a mi madre. Los pergaminos estaban desparramados por el suelo, muchos de ellos rasgados y arrugados. Lloré sentada en el suelo de tierra mientras iba colocando pergaminos, en ellos se veían dibujos de plantas, de constelaciones y letras latinas y griegas. Los fui estirando con las manos, alisándolos y con un paño de lana los sequé; al poco noté una mano sobre mi cabeza. Era Marforia.

—No llores, niña.

Miré la caja rota y mis lágrimas mojaron su interior

—Lo único que tenía de mi madre. No sé quién soy. Y nunca le podré decir a él quién soy.

Callé, asustada por mis propias palabras, él era Aster. No debía hablar con nadie del herido que encontré en el bosque. Marforia respondió en ese tono de burla tan característico suyo:

—Así que hay un «él».

Enrojecí.

—Pues ese «él» —prosiguió ella— debería saber que no hay nada vergonzoso en tu pasado.

Intenté que Marforia me revelase algo de ese pasado mío que tanto me intrigaba, pero ella de nuevo se transformó en la mujer huraña de siempre. Después, entre las dos, comenzamos a limpiar y ordenar el caos. Amontonamos fuera los cacharros rotos y barrimos el suelo lleno de hollín del fogón. Yo no me encontraba bien y seguía a Marforia como si flotase en una nube. Encontró un cántaro íntegro, sin romper, y fue a por agua. Detrás de la casa, en el gallinero, donde las aves habían volado, descubrí un huevo y Marforia lo coció con verdura. Comenzó a oscurecer y tomamos el potaje, luego subimos en silencio al desván a acostarnos. No hacía frío pero Marforia me cubrió afectuosamente con una manta. No pude dormir, oía las ratas correr por el desván; del techo se colaban entre las tablas los rayos de luz de la luna llena.

En la madrugada cantó un gallo. Desperté intranquila, la congoja henchía mi corazón. En mis sueños había visto a Aster y a mi madre. El fin de lo conocido estaba llegando, y la tristeza me oprimió el pecho, después perdí el sentido en un sueño inquieto en el que vi el castro de Arán ardiendo, destruido. Tal y como está ahora.

Desperté cuando el sol se alzaba en el horizonte. Marforia trajinaba en el fogón. La manta con la que ella me había cubierto estaba a un lado, seguramente por la noche yo la había apartado por el calor. Me incorporé pensando en Aster y bajé por las escaleras, Marforia me saludó con un gesto y me indicó un tazón de leche de oveja:

—La he ordeñado esta mañana.

Yo le sonreí mientras bebía la leche tibia. No hablamos, pues estábamos todavía con la impresión de lo ocurrido la tarde anterior. Después tomé el cántaro y metí unas tortas y manzanas.

—Ten cuidado, niña, sé que ocultas a un hombre en el bosque. Si es el que busca Lubbo, destruirán el poblado y mucha gente va a morir. Lubbo no tiene respeto a nada.

—Le cuido porque me lo encomendó Enol.

—Mientras dormías he estado en el pueblo; los hombres de Lubbo se han ido, pero han amenazado con volver y si no aparece el hombre y la copa arrasarán el poblado casa por casa. Ya sabes que cumplen sus amenazas.

—La copa la tiene Enol y el huido sólo es responsabilidad mía.

—He visto al tejedor que fue hacia Albión a comprar género, me dijo que vio a Enol cruzando el Esva camino hacia aquí, es posible que vuelva hoy.

—Si Enol vuelve, dile que he ido adonde él sabe, en el bosque.

Salí deprisa de la cabaña, y Marforia me siguió hasta la cerca. Vi su rostro preocupado pero no pensé en ella sino en mi herido. Deseaba volverle a ver con ansiedad. El bosque estaba más callado que otras veces, o quizá mis pensamientos no me permitían oír los ruidos externos, abismada en mi interior. Aster debía irse y debía hacerlo cuanto antes, su vida y la de todos corrían peligro.

Al acercarme al refugio saltó *Lone*. Después vi la figura de Aster surgiendo de la cueva, muy alto, muy serio. Me sentí intimidada ante su presencia, para mí no era ya un evadido de Albión, sino el príncipe de nuestras gentes. Le ofrecí lo que portaba en el cántaro, y balbucí:

—Sé... sé... quién eres... —lentamente pronuncié su nombre y su estirpe—, Aster, hijo de Nícer, príncipe de los albiones. ¿Por qué no me dijiste nada?

Él repitió lo que un tiempo atrás me había dicho:

—Hay cosas que no deben conocerse...

Le miré, y le vi nimbado por la luz del sol colándose entre los árboles, sentí su fuerza. De modo repentino me eché a llorar:

—Ha venido un hombre de Lubbo. Te buscan a ti, y quieren la copa de Enol, debes huir. Han destruido todo en mi casa y Enol no está, y yo estoy sola, sola con Marforia y no sé quién soy...

Bajé la cara empapada en lágrimas, y noté su mano sobre mi pelo. Oí su voz amable, que hablaba como si consolase a un niño pequeño:

—¡Eh! Niña de los bosques, no debes llorar.

Caí sentada en el suelo, y él se situó inclinado a mi lado; después preguntó:

—¿Qué ha ocurrido?

—Ayer llegó un hombre de Albión, y convocó a todos los del poblado, quiere un nuevo tributo y te buscan a ti.

—¿Quién es el hombre de Albión?

—Dice llamarse Ogila.

—Sé quién es.

Levanté la cabeza y noté que al oír aquel nombre, el odio afloraba a los ojos antes tranquilos de Aster. Proseguí:

—Registró toda la cabaña, y destruyó algunos pergaminos, buscando la copa de Enol.

—Sí, pude ver esa copa cuando me curasteis. ¿La ha encontrado?

—No. Cuando Enol se ausenta largamente la lleva siempre consigo. ¿Conoces la historia de la copa?

—Esa copa es muy importante —contestó Aster—. Sé que Lubbo la busca desde hace años. No puedo asegurarlo, pero quizá podría adivinar la historia que ha conducido a que el que tú llamas Enol posea la copa.

Aster comenzó a hablar y narró una antigua historia, en la que aquella copa era una parte importante.

—Hace mucho tiempo, antes de los abuelos de mis abuelos, los hombres de las islas llegaron a estas costas. Huían de la crueldad del norte, los ritos inhumanos. Aquellos hombres, bretones o celtas les llamáis, se unieron a las mujeres de las montañas en la desembocadura del Eo y formaron un nuevo linaje: se llamaron los albiones, porque los hombres provenían de la isla de Albión. El jefe de aquellos hombres tenía por nombre Astur o Aster, tal y como yo me llamo, y contrajo matrimonio con Ilbete, la reina de estas tierras. Los hombres de Albión no eran muy distintos de las gentes de las montañas astures y cántabras porque todos los pueblos atlánticos somos hermanos. Desde entonces, los albiones siempre han tenido un jefe natural, elegido entre los hombres de mi estirpe y descendientes de aquel primer Aster o Astur y de Ilbete. Aquel primer Aster trajo consigo un adivino-sanador —un druida le llamarían en el norte— que fundó en Albión un linaje de magos y hechiceros. Antes de que yo naciera, en la familia del druida nacieron dos hijos, el mayor se llamaba Alvio y el menor es este Lubbo a quien conoces. Alvio, al ser el primogénito, heredaría los poderes, pero los dos fueron desde niños adivinos y sanadores. Al nacer, su padre entró en trance y tuvo una visión profética: uno de sus hijos encontraría la copa de poder perdida años atrás cuando los druidas fueron vencidos por Roma. Lubbo y Alvio crecieron y ambos amaban los conocimientos ocultos, pero eran distintos: Lubbo envidiaba a Alvio, que poseía un talento natural para adivinar el porvenir y para curar. Alvio no sentía rivalidad frente a su hermano. El padre de ambos quería que llegasen a ser sabios y poderosos, y los envió a las islas del norte, a aprender la sabiduría inmemorial de los videntes, invitándoles a buscar la antigua copa céltica para devolver el esplendor a la familia.

Aster narraba la historia como si fuera un bardo, y yo me hundía en sus palabras.

—Pasaron muchas lunas, el padre de ambos murió y su historia y la de la copa sagrada se convirtió para nosotros en leyenda. Pero un día, cuando todos los dábamos por muertos, regresó Lubbo. Dijo que su hermano Alvio se había perdido. Lo acogimos en Albión como el druida que durante años esperábamos. Siempre fue un hombre extraño, pero a su regreso tenía la faz deformada, y estaba muy atormentado por el pasado. Mi padre descubrió que practicaba la magia negra. En los días de la llegada de Lubbo, desapareció la hermosa mujer de uno de los hombres de Albión y se encontró su cadáver muerto por un rito macabro. Mi padre sospechó de Lubbo, aunque no pudo demostrarse nada, y le expulsó de Albión. Años más tarde volvió Alvio, traía una copa con él y dicen que a una niña; mi padre no quiso que se estableciese en Albión, veía algo raro en él, pero le permitió asentarse en las montañas. Nunca se conoció bien el lugar donde Alvio se había establecido. Diez años más tarde Lubbo volvió con los suevos, se vengó de mi padre y conquistó Albión.

Su tono cambió y sus palabras cesaron. Entendí que no quería recordar su pasado, doloroso y lejano.

—¿Crees que Enol es Alvio y que su copa es la antigua copa de los bretones? —pregunté.

—No lo sé, tú la has visto, hija de druida, yo casi no pude verla. Mi padre llegó a examinar la copa de Alvio, decía que era muy antigua, de base curva y con remaches con arandelas en forma de rombo, tenía unos caracteres druídicos grabados y el interior era de ónice. Es una copa de poder. Se dice que el que la posea podrá curar todas las enfermedades y, a través de ella, encontrar la sabiduría.

Callamos. El verano tocaba a su fin, la temperatura era

suave. Me olvidé por un instante de las amenazas que se cernían sobre nosotros y pensé en los tiempos pasados, en la vida de Alvio y de Lubbo, en los hombres de las islas, en la raza de los albiones a la que yo no pertenecía.

—Ya no lloras —dijo él.

—Contigo es difícil llorar —contesté ingenuamente—, lloraba porque tenía miedo y porque me duele no saber quién soy, ni quién es mi padre, pero a tu lado me siento calmada. No sé el porqué.

Le sonreí y noté que él, de algún modo, se emocionaba. Yo, sentada aún en el suelo, le observaba con admiración, habría hecho cualquier cosa por él. Me ayudó a levantarme. *Lone* comenzó a dar vueltas alrededor de nosotros alegremente, pero de pronto se detuvo y comenzó a correr hacia el bosque.

—¿Qué habrá encontrado? —dijo Aster, mientras suavemente me retenía junto a sí.

—No sé —dije yo—. Algún animal de monte.

Se oyó ruido entre los árboles. En el bosque junto a *Lone*, apareció Enol, se veía su cara muy fatigada. Avergonzada me liberé del suave abrazó de Aster, y me lancé hacia Enol, quien me acogió apretándome fuertemente contra él.

—¡Oh! Enol, estaba asustada, creí que no volverías. Ayer llegaron los hombres de Lubbo y destruyeron los manuscritos y destrozaron la casa.

—Lo sé. He visto a Marforia, sé lo que buscaban pero afortunadamente está a salvo.

Se volvió a Aster.

—Tus heridas están mejor. Debes irte.

Aster asintió.

—Pero ¿cómo?

Enol silbó y en el bosque se oyó el ruido de un caballo que avanzaba lentamente entre la maleza. Después aparecieron Fusco y Lesso, tirando de un enorme caballo asturcón en el que montaba un hombre joven, de corta talla: Tassio.

—Los encontré camino de aquí después de cruzar el Esva y me hablaron de que corrías peligro en la aldea.

La cara de Aster se llenó de alegría, y mientras Tassio desmontaba, ambos se estrecharon dándose palmas mutuamente en la espalda como dos hombres jóvenes que no se ven desde hace tiempo.

—¡Tassio! Pocas veces me he sentido tan contento al ver a alguien.

—Te creí muerto —oí decir a Tassio.

—Ya sabes que no es tan fácil acabar conmigo.

—En Ongar comenzó a correr ese rumor, pero el ermitaño tuvo una visión de que estabas vivo. Al ver tu tésera me volví loco de alegría.

Me sentí al margen de aquella camaradería masculina. Enol habló:

—Debéis iros de aquí cuanto antes. Los hombres de Ogila volverán y si te encuentran todos estaremos en peligro.

Tassio ayudó a Aster a subir al gran caballo de color melaza y de patas blancas, que relinchó al sentir su peso. Aster, todavía dolorido, se inclinó hacia el cuello del bruto. Tassio tiró de las riendas. Vi a Fusco y a Lesso seguirles.

—¿Os vais? —les dije.

—Sí. Dile a mi padre que me voy con Tassio. ¡Pero a nadie más!

—¿Adónde vais?

—A Ongar, donde las montañas de Vindión son más altas y nadie puede llegar.

Los vi alejarse por un estrecho sendero en el bosque. Apartándome de Enol corrí tras Aster, él acarició mi cabeza. Le miré expectante.

—Te esperaré —dije en voz baja.

—Algún día, cuando vuelva la rutina que tanto te disgusta, nos encontraremos.

Acarició mi cara, y recogió una lágrima que me caía sobre las mejillas, la besó. Luego se alejaron y Enol me retuvo a su lado. Su expresión era extraña. Limpiamos cualquier rastro de que alguien hubiera permanecido allí e hicimos una hoguera en un lugar apartado. Después Enol se despidió de mí.

—¿Cuándo te volveré a ver?

—Pronto tendrás noticias. Te enviaré a *Lone* y deberás seguirle.

Enol le hizo un gesto a *Lone*, que le siguió mansamente. Me quedé sola en el bosque. Sin Aster todo parecía vacío. Lentamente emprendí el camino de vuelta al poblado.

Pasado el tiempo supe que Aster, Fusco, Tassio y Lesso caminaron sin detenerse día y noche hacia las montañas siempre nevadas de Ongar.

VI

Lubbo

Seguimos el curso de un río. Las aguas turbulentas por las últimas lluvias saltan entre las rocas. La naturaleza llora humedad. Escucho el rumor de las aves marinas y tras una vuelta del camino se abre el mar inmenso, azul oscuro, inabarcable. El dios de las aguas me saluda con un rugido. En el océano, lleno de brumas, desemboca el caudal tumultuoso de un río. La comitiva se va acercando a la costa y se detiene en el acantilado. Los hombres se alegran cuando divisan a lo lejos, rodeada por un despeñadero, la silueta de Albión. La costa es rocosa, con peñascos de color azabache que se zambullen en el mar, con playas de arena blanca que se extienden por delante del negro acantilado; desde allí, los pies de un inmenso gigante de piedra se sumergen en el mar.

Ante la luz que lo inunda todo, fuera del bosque umbrío, siento que voy a entrar en trance, intuyo que ya he estado aquí, siglos atrás, mucho antes de que Albión existiese. Comienzo a ver la luz blanca que me traerá a Enol en una visión. Miro a lo lejos, al mar, respiro hondo y la serenidad vuelve a mí.

Despacio, al doblar el estrecho sendero que discurre a lo largo de la costa, la algarabía de las gaviotas y los cormoranes nos rodea. La silueta de Albión se oculta, pero adivino cada vez más cerca el castro, la ciudadela en el delta del río. Seguimos nuestro camino y, más adelante, desde la altura del acantilado comienzo a divisar algunas casas redondeadas, o cuadradas. En el centro, una edificación más elevada, con altos muros de piedra. Es la antigua fortaleza de los príncipes de Albión, ahora morada de Lubbo. Alrededor de ella, las casas, mucho más grandes que las del castro de Arán, se distribuyen desordenadamente. En el lado opuesto al acantilado hay una construcción extraña, cuadrada y rodeada de un antemuro bajo que no puedo identificar; quizá sea el templo del que tanto se habló en Arán, días atrás, el templo que Lubbo edificó a un dios cruel. Todo el poblado se rodea de varios fosos llenos de agua del río. Un humo blanco sale de las casas y el viento describe curvas irregulares con las humaredas que salen de los hogares.

El gran castro sobre el Eo está rodeado por una fuerte muralla, y es romboidal. En la parte oeste, la muralla está separada por un foso natural del acantilado, una lengüeta de mar cuando la marea está alta, y una línea de arena cuando ya ha bajado. El acantilado forma como una segunda muralla por ese lado y constituye una barrera inaccesible, que protege la fortaleza. Después el acantilado tuerce hacia el este y limita por el sur con el río, el precipicio va descendiendo gradualmente y con el paso de las gentes se ha formado un camino que llega hasta un embarcadero en el río.

El camino se va haciendo más y más escarpado en el descenso, llega a ser casi un despeñadero. Los hombres caminan despacio, atentos al estrecho sendero, pero no dejan sin embargo de vigilarme. Intuyo que debo ser la parte más importante de la misión que les llevó a Arán.

Llegamos al final del precipicio. En la parte más baja de la barranca se extiende ante nosotros una explanada de hierba rala, seguida de una planicie de arena, más amplia ahora que la marea está baja. Es la desembocadura del río. Avanzamos a favor de la corriente y alcanzamos un embarcadero. Varios hombres con calzas oscuras y túnicas cortas, saludan a los guerreros, mirándome sorprendidos. Después, los caballos y pertrechos suben a grandes balsas de troncos unidos entre sí. Los remeros empujan a las embarcaciones y por último saltan sobre ellas.

Las barcazas se adentran grácilmente en el río, cruzan la corriente en la que se mezcla el agua dulce con la salada. Las gaviotas planean sobre las barcas. Gritan el nombre del río, «¡Eo!, ¡Eo!». En lontananza, la luz blanca de un cielo cubierto de nubes se refleja en el mar y lo torna grisáceo.

Desde el embarcadero hemos avanzado a través del río que lame la muralla por el este, formando un foso natural. Llegamos a la otra orilla donde los caballos y vituallas saltan al dique de piedra. La ciudad en aquel lugar está bordeada de campos verdes. Rodeamos la gran muralla hacia el este y en su lado más oriental nos encontramos con la puerta más noble de Albión, con un amplio arco en la entrada y dos torretas con vigías a los lados. El portón, ahora que es de día, está bajo tendiendo un gran puente sobre el río. Al atardecer, los vigías lo levantan con cadenas y la ciudad se vuelve inexpugnable.

Entramos en la fortaleza, me doy cuenta de que es algo más que un simple castro. Una ciudad de construcciones mucho más complejas que las de la aldea. Es casi una isla, por un lado el acantilado por el que descendimos, por otro el río y, por el tercer lado, el mar; circunscribiendo los tres un gran triángulo que se introduce en el océano; en esa península se encuentra Albión.

Sigo en la cabalgadura que me han asignado pero en aquel momento dos hombres me atan las manos. Avanzamos hacia la ciudad, mis captores se yerguen, enhiestos en sus caballos, orgullosos de su victoria, mostrando sus trofeos ante las gentes de Albión: centeno, figuras de plata, joyas. Los restos de mi pasado. Y sobre todo, me exhiben a mí.

Hombres y mujeres de piel blanca y cabellos castaños salen a recibir a la comitiva, gritan. Me miran con sorpresa y admiración, les sorprenden mis cabellos rubios casi blancos. Escucho de nuevo el nombre que me dieron los guerreros: Jana. Entiendo lo que dice la gente del poblado, hablan el mismo lenguaje de las montañas, en latín vulgar, aunque difieren en el acento. Las noticias parecen correr deprisa. Piensan que soy bruja; desde entonces siempre lo pensarán.

Observo a aquellas gentes desconocidas con preocupación y temor.

Las mujeres nos siguen, alguna muestra algún gesto hostil pero las más jóvenes me miran con curiosidad. Alcanzamos el gran edificio central. No he salido nunca del valle de Arán y la fortaleza de los príncipes de Albión me asombra. Muros de piedra, una entrada con un enorme arco y columnas pétreas rematadas por capiteles de hojas. Se detiene la comitiva. Escucho el sonido de trompetas, dos heraldos de vestiduras blancas las hacen sonar con fuerza. Esperamos a la entrada de la fortaleza, rodeados por las gentes de Albión. El capitán se revuelve nervioso en su caballo. Del gran palacio surge la figura de un oficial de mediana edad que indica a los hombres que desmonten. Los criados y hombres del séquito son despedidos, el capitán y los guerreros de más importancia son autorizados a introducirse en el reducto. Con las manos atadas me hacen caminar entre dos de ellos.

Las estancias son oscuras. Escoltada por los soldados suevos atravieso un largo corredor iluminado por la luz mortecina de las teas. El capitán camina por delante, detrás los hombres y yo entre ellos. Alcanzamos una estancia circular y abovedada, la luz penetra a través de una cavidad en el techo, es blanca y tenue, lo que provoca una sensación de irrealidad. En el centro un hombre mayor, de edad indefinida, pelo rojizo y vestiduras pardas nos recibe sentado en un asiento elevado, similar a un trono. Cerca del techo sobrevuelan dos pájaros que no puedo distinguir bien, sólo aprecio que uno es blanco y el otro es negro.

El capitán se dirige al hombre del trono, hablando un idioma extraño —el lenguaje germánico de los suevos—; no puedo entender bien las palabras pero acierto a comprender el sentido de lo que dicen; explica cómo ha sido destruido el enemigo, las bajas que han sufrido, el botín, y por último se vuelve a la prisionera. Describe mi trance, las luces sobre mi cuerpo por las noches, y el episodio del lobo. El anciano escucha interesado y fija su mirada en mí. El hombre ve solamente por un ojo, el otro permanece entrecerrado y su órbita está hueca. Su rostro es atemporal, como una máscara sembrada de cicatrices. De cuando en cuando, encolerizado, eleva el párpado fijando sobre mí su cavidad rojiza. Me examina de arriba abajo. La suciedad cubre mi cuerpo, mi cabello está enmarañado y lleno de polvo. En las faltriqueras se esconden las luciérnagas. Me siento inmunda y atemorizada. No soy nadie. Sé que ese hombre es Lubbo, el hombre que ordenó la destrucción del poblado. Puede matarme cuando le plazca o respetarme la vida.

El senescal hace salir al capitán. En la sala, la luz que penetra del techo cae sobre el pelo rojizo de Lubbo, y le hace adoptar un aspecto estremecedor. Dos soldados, imperturbables cual figuras de piedra, miran al frente, la vista perdida en el infinito. Tiemblo. Después, Lubbo dirige hacia mí su faz aguileña. Escucho sorprendida palabras en mi propio idioma.

—¿Conoces a un tal Enol?

—Es mi padre.

—No sabía que Enol tuviera hijas —dijo el anciano con sarcasmo— o que amase mujeres. Él vivía para su ciencia y para los dioses de la naturaleza. No. No eres su hija. Tú eres de una raza diversa a la suya, diferente de la de Albión.

Bajó del trono y se acercó hacia mí.

—Estos cabellos nunca los tuvo el que tú llamas Enol. Ni esos ojos.

Metió la mano en mi faltriquera y yo asustada me retiré. Los soldados no parpadeaban. En su mano una pequeña luciérnaga de la noche brillaba tenuemente en la semipenumbra de la sala.

—Es un viejo truco. Quizá te lo enseñó el que tú llamas Enol. Te enseñó muchas cosas. También domesticar a un lobo es propio de él, y tus trances convulsos. ¿Te enseñó todo eso Enol?

—Sí —dije y mi voz sonó asustada.

—Dime, hija mía, ¿dónde está ese que tú llamas Enol?

—Ha muerto.

—No, hija mía —exclamó el tirano—, Enol no ha muerto. Les indiqué a mis hombres claramente que trajesen el cadáver del druida, y no han podido. ¿Dónde está?

Me estremecí ante esas palabras. Recordaba su capa llena de sangre y mi huida hacia el valle con la copa entre mis manos. Una débil esperanza se despertó en mi interior. Quizás Enol no había muerto. La habitación se llenó de luces que procedían de un trance que se apoderaba de mi cuerpo. El anciano se retiró de mi lado, y sentí alivio. Subió las escaleras del trono. De nuevo fijó en mí sus ojos.

A lo lejos vi la cara del príncipe de Albión, ávida de poder, que me decía:

—¿Dónde está la copa? ¿Dónde se halla la copa de Enol?

Intuí entonces que aquello era lo que habían buscado todo el tiempo pero, por un prodigio de los dioses, la copa se hallaba a salvo.

—Él, Enol... —dije arriesgándome—, la tendrá, si está vivo.

—Si Enol tiene la copa, le encontraré, sé que volverá a por ti. Tú serás mi señuelo.

Aquello era lo que buscaban los hombres de Lubbo, lo que había hecho que destrozasen el poblado. La copa que Enol poseía era la antigua copa bretona, la copa que quizá tiempo atrás Lubbo había disputado a su hermano Alvio y que había desaparecido.

Miré la cara amenazante de aquel hombre, Lubbo, el enemigo de Aster, quien había destruido el poblado. Sentí un terror irracional, extraño, profundo, que no pude dominar, y entré en trance. Entonces perdí prácticamente todo contacto con la realidad, pero no caí al suelo. En mi sueño oí las palabras de Lubbo llamando a los guardias, y al notar cómo me desataban las manos, fui volviendo en mí. Los dos hombres me condujeron hacia la luz solar, lejos de la cámara oscura y regia. La luz del sol me deslumbró.

Me conducían a mi cautiverio, mientras caminaba sin apenas conciencia en la luz blanca de la mañana lloré por el pasado y por Enol y recordé los últimos días en Arán...

Tras la marcha de Aster, los acontecimientos se sucedieron muy deprisa. Marforia y yo volvimos a aquella rutina de la que Aster se reía. Yo pensaba en él a menudo, su promesa de regresar se me hacía unas veces cercana y otras lejana. El poblado permaneció aparentemente tranquilo pero había miedo. Me dirigía al bosque y recorría los lugares que me habían unido a Aster: la cueva junto al río, los árboles... Me parecía extraño que él hubiese estado allí.

La marcha de Lesso y Fusco no sorprendió a nadie. El herrero se hundió en el trabajo, y en la tristeza. Todos sus hijos varones se habían ido. Se oía su martillar junto al yunque, día y noche. En su casa solamente quedaban las mujeres.

Ahora yo tenía más trabajo en el poblado, Enol no regresó y después de la mejoría del herrero la gente del poblado confiaba en mí. A menudo me llamaban y yo aplicaba los antiguos remedios que años atrás Enol me había enseñado.

Con Marforia atendía a los partos de las mujeres y las heridas de los hombres. Leía mucho, con avidez escrutaba los pergaminos, allí se albergaba la sabiduría de siglos y llegué a aprenderlos de memoria. Había tratados de Hipócrates, de Galeno y de Celso. Me sumergí en todo aquello para intentar olvidar mi soledad y mis preocupaciones. Me sentía vacía sin Aster y sin Enol, temía que no volviesen ya más. Por otro lado, la ausencia de Lesso y Fusco me impedía poder comentar lo ocurrido, Docio y Aro me evitaban y Marforia se volvió hosca. Sin embargo, todo parecía en paz, con la antigua rutina que antes me aburría y ahora calmaba mis temores pero que también me enervaba de impaciencia, porque sabía que algo iba a ocurrir.

Un mañana volvió *Lone*. Giraba en torno a mí como queriéndome enseñar algo, y me empujaba con el hocico. Intuí que aquello era de lo que Enol me había hablado, debía seguirle al bosque, barrunté que Enol no estaba lejos y que me quería para algo. Seguí a *Lone* a través del bosque, caminé detrás del lobo hasta la caída del sol hacia un lugar no muy lejano pero desconocido para mí. A veces yo dudaba y no quería continuar pero *Lone* me rodeaba amenazador y describía círculos en torno a mí evitando que me alejase, me empujaba continuamente hacia un lugar donde algo le llamaba. Corrí tras el lobo a través de los bosques. Con la carrera no sentí el frío de la noche, llegaba ya el invierno a aquellas tierras.

Lone y yo avanzábamos hacia el sur, internándonos en las montañas de Vindión. En lo alto de una colina, a varias horas de marcha desde el castro, llegamos a una cabaña en el bosque, no era nada más que una choza de troncos informe. Una luz brillaba en las sombras y *Lone* se dirigió en aquel sentido sin dudar. Aulló suavemente como un perro herido, entonces se abrió una puerta y salió un hombre desgreñado con cara huraña. Al verme me miró como si me conociese, me hizo una señal invitándome a pasar. Dentro se acurrucaban los hijos del paisano y junto al fuego una mujer muy sucia. Al entrar divisé junto al hogar, en un lecho de hojarasca, una figura acostada. Era Enol. Le cubría su capa y estaba llena de sangre. Me arrodillé a su lado y él me abrazó con afecto, no me dejó hablar.

—No tenemos tiempo —dijo hablando con dificultad—, escucha atentamente.

—Estás herido.

—Eso no importa. —Habló en voz muy baja para que nadie lo oyese—. Debes esconder la copa.

Y de su manta sacó un objeto brillante, que refulgía iluminado por la luz del hogar. Era la copa y brillaba con una luz especial.

—Me persiguen los hombres de Lubbo, buscan la copa y es vital que no la encuentren. Sé que es una locura enviarte con la copa pero no hay otro remedio, si la encuentran el poder de Lubbo será infinito y con ese poder solamente obrará el mal, por eso es trascendental que Lubbo no se haga con ella. Sólo hay un lugar seguro: la cueva tras la roca. Detrás del manantial al lado de nuestra casa hay una pared rocosa que oculta un antiguo secreto de los druidas. Yo lo descubrí hace años. Debes llevar la copa allí. —La voz de Enol entrecortada se detenía a veces por el esfuerzo—. Arriba, justo por debajo de donde mana el agua encontrarás una piedra que sobresale, con ella se puede hacer palanca empujándola hacia la derecha; si lo haces así se correrá una losa situada debajo de la fuente. Después tirarás con esfuerzo de la losa y descubrirás una cueva tras el agua. Es allí donde debes esconder la copa. Cuando lo hayas hecho deberás cerrar la cavidad, la losa se corre tirando en sentido inverso, notarás que encaja y que la palanca vuelve a su sitio. No mires lo que hay dentro. No reveles jamás dónde has ocultado la copa.

Enol se detuvo, se fatigaba y casi no podía hablar. Me hizo repetir las instrucciones para entrar en la fuente, después prosiguió repitiéndome las indicaciones.

—Es crucial que no mires en el interior. Nunca. Allí en la cavidad bajo el agua esconderás la copa y nunca la podrán encontrar. Nadie debe conocer esto. Nunca más la volverás a tocar. ¿Lo harás?

—Sí. Haré lo que dices, pero tengo miedo.

—Son malos tiempos. Yo ya no tengo fuerzas, no sé si me queda mucho.

Sollocé asustada.

—No tengo a nadie más... sólo a ti.

—No llores, todo está llegando a su fin. La copa sólo estará segura tras el manantial. Es la copa de los druidas, es mágica, si cayese en las manos de Lubbo se convertiría en un instrumento de perdición... —Se detuvo de nuevo y después me miró largamente y en voz baja continuó—: Después vuelve aquí. Si puedes...

Pasado el tiempo comprendí a qué se refería al decir aquel «si puedes». Enol presentía el fin del castro de Arán.

—Me da miedo el bosque de noche.

—Debes vencer el temor. Nada te ocurrirá. *Lone* irá contigo.

—No quiero dejarte solo y herido. ¿Qué te han hecho?

—Hay gente que no me quiere bien. —Después prosiguió con dificultad—. Tú no eres de aquí, bien lo sabes, pero tu estirpe es alta. Vendrán del sur a por ti y deberás seguirlos. Entonces tras el hueco del manantial encontrarás tu pasado, todo lo que te pertenece, lo que yo nunca toqué. Allí, detrás de la fuente donde vas a esconder la copa de los druidas y los sortilegios. Allí, hay un tesoro que te pertenece por nacimiento.

—Por nacimiento. ¡Por favor, Enol! ¡Dime quién soy!

—Eres de la estirpe más alta que hay entre los godos. Pensé que había llegado el tiempo en que volverías, el rey que mató a tu padre ha muerto.

—¿Quién mató a mi padre?

—La muerte la ordenó el que fue rey de los godos. Debes saber su nombre: Teudis se llamaba. Hace dos primaveras Teudis fue asesinado y el sur comenzó a cambiar. Por eso he ido al sur durante estos meses, intentando que recuperes tu lugar. Pero el que ha seguido a Teudis es un hombre inhumano, lujurioso y amoral, y el que le ha seguido es aún peor, Agila, un tirano. Ahora los godos están en guerra... aún hay esperanza.

Entonces, con una enorme compasión, Enol prosiguió hablando lentamente.

—Vienen tiempos difíciles, sé que sufrirás mucho por causa de la copa.

Me acarició el pelo y con una voz de tristeza dijo:

—¿Cuánto daño te he hecho? ¿Cómo podré nunca repararlo?

Enol me instó a marchar y ya no habló más. Sentí que el druida desconfiaba de aquellas gentes que le habían acogido, quizá por un ancestral deber de hospitalidad. Al salir de la cabaña el hombre me miró con expresión torva. Sin *Lone* a mi lado, aquel hombre me habría atacado. Como la mayoría de los habitantes de los bosques de Vindión, aquel individuo respetaba a Enol porque le tenía miedo.

La noche era cerrada al salir de la cabaña. *Lone*, a mi lado, me empujaba de nuevo hacia delante, el lobo parecía saber adónde se dirigía y me guiaba. Yo notaba el peso de la copa bajo mi manto. Llegamos hasta una senda ancha que nos permitía avanzar más deprisa.

Entonces de frente en el camino me encontré a los guerreros suevos. Volvían pletóricos, una pequeña compañía de unos cinco hombres. Intentaron atraparme y me golpearon pero *Lone* los atacó. Al final huyeron del lobo, no sin antes haberle herido, por lo que quedó atrás. Tuve miedo de que encontraran la copa y proseguí mi camino sola, magullada y jadeante, hacia el castro de Arán, con una única idea: debía esconder la copa. En aquel tiempo —y muchas veces después— pensé en las palabras de Enol y en aquellos nombres: Teudis, Agila. No eran del todo extraños a mi memoria.

Cuando llegué al valle de Arán, la niebla se levantó y divisé el castro destruido e incendiado por los guerreros de Lubbo; las casas humeantes, la muralla semidestruida, todo bañado por la luz plateada de la luna. Me acerqué a la vieja cabaña de Enol aún ardiente y descendí por la colina hasta el manantial. Después, los hombres de Lubbo volvieron, me descubrieron junto al agua y me apresaron, pero yo ya había escondido la copa.

VII

Albión

Franqueando los patios contiguos al gran palacio, accedimos a las callejas del poblado, empedradas y húmedas. El ambiente rezumaba olor a mar y a salitre. A lo lejos, escuché el bramido de la marejada, y mis oídos se llenaron de la sonoridad de las olas rompiendo contra la ensenada. Por encima del estruendo del mar, se distinguía el sonido que salía de las gargantas de miles de gaviotas sobrevolando el poblado.

Recorrí por primera vez el gran castro sobre el Eo, custodiada por los soldados de Lubbo. La ciudad se distribuía en barriadas construidas al azar en piedra, madera o adobe según la clase social de sus dueños. Deambulamos cerca de unas casas bajas de barro, donde habitaban los soldados y la servidumbre. Las mujeres molían en el umbral, y alzaron los ojos de su tarea, mirándome con curiosidad. Más adelante, unos niños sorprendidos nos observaron y siguieron el paso de los soldados, como jugando. El malestar después del trance hacía que mis pasos vacilaran; por ello, los niños lanzaron exclamaciones que podrían ser insultos, posiblemente me llamaban borracha.

Finalmente llegamos a un conjunto de edificaciones con techo de madera y planta oval, como un pequeño enjambre, el lugar estaba rodeado de un alto muro a trozos derruido, pero que distinguía claramente del resto del poblado y no permitiría salir fácilmente de allí a sus ocupantes. Dentro se abría un enorme patio o corral al que comunicaban unas casuchas más pequeñas. En el centro, un pilón grande donde caían las aguas de las lluvias, en el que las mujeres lavaban. Nos paramos en el acceso al recinto, que después supe que era llamado «la casa de las mujeres», y esperé que la guardia nos diese paso. Desde la entrada vi en el patio a niños de corta edad que jugaban en el barro y unos perros corriendo de un lado a otro.

En el umbral de una de las construcciones de piedra una anciana de rasgos hombrunos parecía trabajar distraídamente limpiando guisantes. Más allá, otras mujeres molían bellotas. Cuando llegaron los guardias, las habitantes dejaron sus ocupaciones movidas por la curiosidad, una de ellas se levantó y se introdujo en el interior llamando a alguien. Hablaban mi misma lengua, la latina, deformada por el acento de los albiones.

Salieron más mujeres. Una de ellas, mayor que las otras, parecía revestida de una dignidad especial. Su atuendo era una túnica larga, adornada con ajorcas de piedras, y un largo manto cerrado por una fíbula. Puso su mano sobre mi hombro y despidió a los guardias del palacio.

—Soy Ulge —dijo—, señora de la casa de las mujeres. ¿Cuál es tu nombre?

—No tengo nombre —contesté como dudando—. Me han llamado Jana porque me encontraron junto a una fuente y mi padre era un druida.

Ulge miró a la multitud que nos rodeaba, curiosa, y me indicó con un dedo sobre los labios que debía callar.

—Aquí, ninguna tenemos pasado, y Jana es un nombre como cualquier otro. Todas somos cautivas aquí, hasta yo que os dirijo, procedemos de muchos lugares y cada una lleva consigo su propia historia.

Me sentí confortada por aquella mujer de grandes y finas manos que se movían expresivas al hablar y de cabello níveo que brillaba al sol. Ella prosiguió diciendo:

—Ven, hija mía, necesitarás descansar y asearte.

Me hizo avanzar en el recinto, un lugar alegre donde se cultivaban flores y los niños de corta edad jugaban, las gallinas y los perros corrían de un lado a otro. No había hombres.

Varias mujeres a las órdenes de la anciana, riendo y charloteando en un dialecto parecido al de Arán, en el que se mezclaban palabras suevas y latinas, me empujaron hacia una de las construcciones redondas. Dentro se cocía el agua y unas ventanas sin vidrios, entreabiertas, apenas dejaban pasar la luz. De allí pasé a una estancia redonda cubierta por ramas de parra entrecruzadas; a la sombra de ellas, un gran baño circular en el que entraba agua constantemente por un manantial que surgía de la pared. Se bajaba a él por escaleras talladas en la roca y, al meterme en el agua, con sorpresa descubrí que era tibia, un manantial caliente surgido de la roca. Semidesnuda, el agua tibia y agradable al tacto me cubrió. Me lavaron los cabellos con esencias olorosas. La suciedad me abandonó. Sólo dos doncellas jóvenes permanecieron dentro, vertían sobre mí cántaros de agua caliente. Cuando estuve limpia las dos mujeres me examinaron los dientes, me palparon el cuerpo, y acariciaron los largos cabellos ahora limpios del polvo y del ramaje del camino. Me vistieron con una túnica limpia de lana fina, cruzada por un cordón, y después me trenzaron el pelo.

Cuando finalizó el aseo, las mujeres de los baños me condujeron al exterior, a un gran patio entre las casas; el resto de las moradoras de aquel lugar me examinó con interés y una cierta admiración. Limpia, con una túnica fina y el pelo trenzado me sentí descansada y con esperanza de que nada malo me fuese a ocurrir.

Salimos de nuevo al patio central y atravesando aquel espacio irregular entre las casas me condujeron al frente del recinto, a un lugar en donde una construcción de mayor tamaño lo dominaba todo. Las habitantes de la casa de las mujeres nos seguían y, de allí, al oír el murmullo de la gente, salió Ulge. Me hizo entrar en su casa para interrogarme.

—¿De dónde vienes?

—Vengo de la montaña, del castro de Arán; hace apenas una semana los soldados atacaron y destruyeron mi poblado.

—Aquí hay godas, cautivas de la región de los autrigones, mujeres de los leggones y los pésicos. También hay mujeres de poblados rebeldes, como debió de ser el tuyo. Nos protegemos unas a otras. No hables mucho de tu pasado. Todas somos iguales, porque todas hemos dejado algo atrás. Cada una tiene su función. ¿Sabes tejer?

—No, pero puedo aprender.

—Irás al recinto de las tejedoras y esta noche dormirás con Uma, Verecunda y Lera. Algún día bajarás a la costa y, si es necesario, ayudarás en la fortaleza de Lubbo.

Al oír aquel nombre, me asusté.

—¿Temes a Lubbo?

—Sí —musité.

Ella calló, me miró comprensiva y no quiso seguir hablando de aquello. Después llamó en voz alta:

—¡Vereca!

Por la puerta apareció una mujer muy alta, con pelo rizoso de color rojizo y aspecto un tanto hombruno.

—Conduce a Jana a vuestro aposento.

En silencio, Vereca me acompañó a través del conjunto de habitáculos en torno al patio central. Las casas se comunicaban directamente con la fortaleza, el palacio de Lubbo.

Accedimos a una de esas casas, un almacén en el que se amontonaban sacos de bellotas, castañas y manzanas. La mujer era muy callada. Extendió una estera sobre el suelo y me pasó una manta formada por las pieles de varios animales pequeños, para que me abrigase. Después ella se retiró.

Durante la noche me desperté varias veces, allí dormían otras mujeres, entre ellas, la que Ulge había llamado Vereca. Seguí dormitando. En mis sueños, Enol me habló y pude ver a Aster, pero un Aster diferente, galopaba hacia unas montañas de cumbres blancas, rodeado de muchos hombres, con él estaban Lesso y Fusco. Mis sueños enlazaban a menudo con el pasado, o el futuro, pero en aquella época las visiones me comunicaron con Aster y pude saber así que sus heridas se habían curado, y que las gentes se congregaban alrededor de él y le seguían.

Desperté antes del alba, la luna y las luces de las antorchas en el exterior iluminaban un recinto estrecho y alargado. A lo lejos cantó un gallo. Junto a mí, en esteras en el suelo yacían otras tres mujeres. Pronto amaneció y pude contemplarlas. La mayor era Vereca, las otras dos eran jóvenes, quizá mayores que yo pero no pasaban la veintena, una de ellas de cabello muy oscuro, dormía apoyada sobre un brazo de piel dorada, el largo cabello le cubría la cara. La otra mujer dormía boca arriba, sin moverse, tenía unos rasgos muy puros y el cabello castaño largo y ondulado y su piel era de un blanco lechoso. Los ojos muy grandes y de largas pestañas permanecían cerrados y debían de ser hermosos, después comprobé que eran grises. Cantó de nuevo el gallo y la luz del sol se introdujo con más fuerza por las grietas de la puerta. Vereca se levantó primero.

—Vamos, vamos, arriba —dijo—. Hoy Lera y yo iremos a la fortaleza.

Lera miró a Vereca asustada, sus grandes ojos grises se llenaron de miedo, y la hermosa piel de su cara se ruborizó. La observé con comprensión, a mí también me hubiera asustado volver a la morada de Lubbo.

—Nos ha dicho Ulge que irás con Uma al telar.

Miré a Uma, era la mujer morena, que dormía con el cabello extendido sobre su cara. Al levantarse vi su rostro. Tenía unos rasgos muy pronunciados, una nariz muy grande, aguileña, con una cara cuadrada, los ojos grandes y rodeados por ojeras, que los hacían parecer profundos. El conjunto resultaba agradable aunque no era hermosa.

—Yo la acompañaré.

Recogimos las esteras y las pieles y las dejamos a un lado, después salimos hacia el telar por el camino, Uma no dejó de hablar.

—¿Cuándo has llegado?

Me gustó su forma de hablar, clara y directa.

—Ayer.

—Te acostumbrarás, aquí la vida no es dura aunque no podemos hacer siempre lo que queramos.

Atravesamos el espacio central, correteaban niños, gallinas, perros, algún cerdo y ovejas. Llegamos a una amplia cámara, encalada y limpia, donde varias mujeres hilaban y tejían. Al verme me rodearon.

—¿Eres la nueva?

—Sí, debo de serlo. —Sonreí tímidamente.

—¿Sabes tejer?

—No.

—Ayudarás a Uma a devanar la lana.

Me senté en un banco pequeño y Uma, frente a mí, me enseñó a hacer los mismos movimientos que ella. Sonreía a menudo y me sentí tranquila. Las puertas del telar estaban abiertas, en el techo se entretejían ramajes que nos tapaban de la lluvia tan frecuente en aquellas tierras. Al fondo, el fuego del hogar calentaba el ambiente, y la luz entraba por las puertas muy abiertas. Todo me llenaba de curiosidad.

—Anoche, además de Verecunda en el lugar donde dormimos vi a otra mujer, me pareció muy hermosa.

—Es Lera, procede de Ongar, el lugar de los rebeldes, ya sabes. En un ataque de Lubbo fue capturada; allí las mujeres son hermosas, pero no lo son tanto como lo eres tú.

Yo enrojecí.

—Aquí las mujeres no tienen el pelo dorado, ni la piel tan clara. ¿De dónde procedes?

—Vengo de Arán, un poblado en las montañas.

—Eso no es posible. Allí la gente no es como tú.

—Sé que llegué allí de niña, procedente de otro lugar. Viví con un sanador, un druida, creí que era mi padre. Pero ahora no estoy segura. Y él ya no está.

—¿Ha muerto?

—No lo sé.

En mis visiones, en mis sueños, una y otra vez aparecía Enol, unas veces le veía vivo y otras muerto por un arma blanca, apuñalado, con un semblante similar al que recordaba cuando me despedí de él en la cabaña en los bosques. Pero mis visiones no tenían tiempo, podían ser del pasado o transcurrir en un tiempo futuro. Era difícil saber si mi visión sobre Enol era pretérita y él había muerto, o correspondía a un tiempo que aún no había llegado.

Intenté evitar la conversación sobre Enol y pregunté a Uma:

—Y tú... ¿De dónde vienes?

—Yo no vengo de ningún sitio —rió ella—, soy de Albión. Mi familia era muy importante, y siempre fue fiel a Nícer. Después de la conquista de Albión por los suevos, Lubbo condenó a muerte a mi padre junto a Nícer. Mi hermano Tibón huyó a las montañas con Aster, yo y mi madre fuimos encerradas aquí, ella falleció cuando yo era pequeña. A veces hablo con Ábato y con sus hijos, que son parientes. Yo he crecido y vivido aquí, Ulge es casi una madre para mí. Se puede decir que no he conocido otro lugar que la casa de las mujeres. Me gusta salir de aquí y a menudo consigo escapar por las noches. Veo a los hombres de la guardia —entonces Uma suspiró—, si consigues casarte con uno de ellos podrías salir de aquí.

—¿Entonces eres feliz en este lugar?

Uma calló pensativa pero después habló en voz alta.

—¿Qué es ser feliz? No lo sé. Supongo que me gustaría casarme e irme; pero aquí no estoy mal, Ulge me cuida y yo no pienso en otra cosa. Ulge parece adusta porque tiene que gobernar este reino de tejedoras, alfareras, cocineras, pescantinas y no es fácil. Afortunadamente Lubbo la respeta y ella nos cuida.

Guardamos silencio un tiempo mientras devanábamos la lana. Yo pensé: «Ulge me recuerda a Marforia. ¿Dónde estará Marforia?» Y después seguí especulando tristemente: «Quizás haya muerto.» Me sacó de mis pensamientos la voz de una mujer mayor que nos acercó una saca de lana. Nos dijo:

—¿Qué estáis haciendo? Aquí os traigo trabajo.

Uma dejó de hablar y comenzó a enseñarme a hilar, con un huso al que enrollaba los mechones de lana y una rueca.

—¿Ves?, así, no dejes que se escape la lana.

Me resultaba difícil hilar, la lana se me escapaba y Uma se reía de mí.

—¿Qué hace una mujercita como tú sin saber hilar? ¿No tienes madre?

—No. Te dije que viví siempre con un druida, había un ama, Marforia, pero yo la evitaba. Me gustaba ir con Enol por el bosque, y sé muchas cosas de las plantas.

—Eso le interesaría a Romila, es la curandera de este lugar. La conocerás. Ella también busca plantas.

—¿Hay muchas mujeres aquí?

—El número de las mujeres varía de unas épocas a otras, alguna es solicitada por los guardias o por habitantes del castro y vendida como criada y esposa. Todas tememos a los solsticios y el plenilunio, porque a menudo alguna es sacrificada.

No quise indagar acerca de aquello. Seguimos trabajando toda la mañana, y supe muchas cosas de Albión. Después comimos un potaje bien condimentado aunque pobre. Pasaron las horas, me dolían las manos de devanar la lana. Llegó la noche, una noche sin luna, el cielo encapotado no dejaba pasar el fulgor de las estrellas.

En la mañana, fría y gris, Lubbo me mandó llamar y Ulge vino, pálida, a decírmelo. Me condujo hasta la puerta de la casa de las mujeres y desde allí dos guardias me condujeron ante el hechicero. La visión de la fortaleza me causó pavor, un edificio de piedra de dos plantas grande y alargado, con torreones y una gran terraza desde donde se divisaba el mar. A la planta superior se accedía por unas escaleras no muy amplias; después descendimos hasta el sótano y nos introdujeron en una estancia de ventanas con arcos, apoyados sobre columnas redondas con capiteles achatados. En el centro Lubbo se sentaba sobre un trono elevado. El lugar era tétrico, las ventanas cubiertas por colgaduras de un tejido oscuro no dejaban entrar la luz. El techo abovedado era de piedra.

Lubbo se mostraba así ante las gentes cuando quería infundir miedo, sentado en aquel trono alto y precedido por dos búhos, dos pájaros grandes que comían carne de su mano: un gran búho real negro y otro más pequeño, blanco.

Cuando llegué a la presencia de Lubbo, vi sobre su puño el gran búho negro; tras él, posado en el capitel de hojas de una columna, se posaba el búho blanco. Me asustaron los pájaros. El más grande, de pelaje negruzco y ojos rojos, de un tamaño similar al de un águila, parecía mirarme con odio. El búho blanco, procedente de las islas del norte, movía la cabeza como afirmando, un animal inquietante, de ojos ámbar, con mirada intensa y maliciosa.

Supe después que Lubbo había ligado su poder a aquellas aves, a las que cuidaba con desvelo y alimentaba con carne humana. El aspecto de Lubbo me sobrecogió, sobre todo cuando fijó en mí la cavidad profunda de su único ojo. El cabello rojizo, un tanto erizado, le daba un aspecto demoníaco que se acentuaba por su extraña mirada; Lubbo escudriñaba todo a través de unas cejas espesas e hirsutas y su expresión despedía un fulgor duro como la yesca de un pedernal. Mientras hablaba las palabras salían en un susurro por debajo de su larga barba de color entrecano.

—Me dirás dónde ha ocultado Enol la copa o serás torturada.

—No lo sé —grité—. Enol la llevó con él.

—Puede ser que sí, o puede que no. Ogila, ¡átala!

Me ataron y un siervo me desnudó la espalda, comenzaron a golpearme con látigos y varas, yo empecé a llorar. Lubbo parecía disfrutar con aquello.

Sentí un gran dolor, entonces mi respiración se volvió rápida y una gran luz blanca me inundó. Perdí el sentido.

Al despertar, me habían soltado. Lubbo ya no estaba, oí a los hombres decir:

—Mucha suerte ha tenido al perder el conocimiento. Lubbo se ha puesto furioso.

Con paso vacilante me llevaron de nuevo a la casa de las mujeres, allí me condujeron al lugar donde vivía Romila, la sanadora curó mis heridas y me hizo descansar. Me encontraba mal, en un estado de angustia y de gran agotamiento; mientras me aplicaba un ungüento en la espalda y en las articulaciones, Romila habló.

—Te han golpeado brutalmente, pero en medio de todo has tenido suerte. Sí. Mucha suerte.

Interrogué a Romila.

—Suerte, ¿por qué?

—Otros han muerto ante las torturas de Lubbo, y muchos han sido sacrificados a su dios vengativo y carroñero. Han servido de comida para sus pájaros.

—¿Sacrificados? —me asusté—. En mi aldea se intentó sacrificar a un pequeño guerrero del sur pero alguien lo impidió.

—Tuvo suerte. Aquí desde que está Lubbo, muchos mueren.

—¿Desde cuándo ofrecéis sacrificios?

—Los antiguos moradores de este castro en ocasiones muy especiales ofrecían sacrificios y holocaustos a los dioses. Nícer los prohibió. El tiempo de Nícer fue un tiempo feliz, un tiempo de paz. Hubo buenas cosechas. Nícer era un hombre íntegro, valiente, abominaba de las luchas fratricidas y la guerra sin sentido. Cuando Lubbo consiguió el poder, llegaron malos tiempos y Lubbo decretó que se construyese el templo a los dioses de nuestros antepasados; pero ésa no es la tradición, en nuestro pueblo no se adora a los dioses en un templo, sino en el claro de los bosques. A Lubbo le gusta el espectáculo y los altares de piedra, ama la sangre, siente placer al ver sufrir a sus víctimas.

Romila me curó las heridas en las muñecas y las vendó con cuidado. Todo me dolía, y hablé:

—Cuando intentó torturarme sentí que quería hacerme sufrir. Lubbo disfrutó viéndome padecer, después entré en trance y perdí el conocimiento.

—Quizá por eso no te ha torturado tanto, a ti un dios te hace entrar en la inconsciencia, eso te protege.

Romila me acostó en su lecho y me dejó descansar tranquila. Después tomó hierbas de un saco grande, comenzó a seleccionarlas, a limpiarlas, por último las cortó y las introdujo en una gran olla sobre el fuego. Romila se distraía entre una cosa y otra y hablaba. Yo no quería recordar mi encuentro con Lubbo, me sentía aterrorizada.

—Sigue contando cómo llegaron los sacrificios.

—Al principio eran pequeños animales, aves que entregaba a los pájaros de presa, descuartizándolos y lanzando pequeños trozos de la víctima al aire para que las aves de presa los comieran. Lo hacía delante de todo el mundo. Después comenzó a sacrificar a machos cabríos, y caballos blancos. Tenían que ser de gran envergadura e inmaculados. Él disfruta introduciendo el cuchillo en el bruto, hasta lo más hondo del animal. Después Lubbo bebe su sangre aún caliente y le da carne del sacrificio a los búhos. A menudo entra en trance y con él mucha gente, porque Lubbo reparte una bebida excitante que vuelve loca a la gente.

—Es horrible.

—Lo horrible estaba aún por llegar. Durante algunos años hubo sequía, no llegaba la lluvia a los campos. Lubbo decidió iniciar los sacrificios humanos. Comenzó a sacrificar doncellas y jóvenes en su pubertad. Le gusta matarlos delante de todo el mundo y sentir el miedo y el odio de la plebe. Es verdad que en los tiempos antiguos se hacían sacrificios; pero era distinto, se inmolaban personas mayores que querían descansar de la fatiga de la vida y que morían aceptando el sacrificio, o se mataba a algún cautivo de guerra. Ahora, los sacrificios cada vez son más frecuentes. Pero él nunca tiene suficiente...

—¿Qué más le queda?

—Le queda encontrar una copa.

Al oír hablar de la copa me sobresalté.

—¿Qué copa?

—La copa de los antiguos druidas, cree que si bebe sangre humana en la copa, su poder será superior al de cualquier otro hombre. Pienso que te guarda aquí porque te reserva para sacrificarte. Tú también eres de cabello claro y blanca, la doncella para el sacrificio.

Me asusté. Romila advirtió mi turbación.

—Creo que él te mantiene viva porque quiere algo de ti, quiere saber algo, por eso te tortura.

Yo callé. Tenía miedo de Romila, parecía amable pero sentí que buscaba algo. Entonces dije:

—No sé dónde está esa copa.

—¿Ah, sí? —dijo mirándome a los ojos. Me costó resistir su mirada.

No fui desgraciada en la casa de las mujeres. Sólo temía volver a ser torturada y alguna vez más Lubbo me hizo llamar, ansioso por conocer el paradero de Enol. De nuevo, intentó que hablase pero yo ante el dolor perdía el conocimiento. En aquellas crisis veía a Enol que me suplicaba que no revelase el paradero de la copa. Muchas veces soñé con Aster. Me parecía verlo una y otra vez, le contemplaba montado sobre el gran caballo asturcón, despidiéndose de mí.

Me volví pálida y macilenta, asustada por la tortura. Un día supimos que Lubbo se ausentaba de Albión y en el poblado se respiró tranquilidad, mejoró el tiempo y comenzamos a bajar a la playa a recoger moluscos. Ulge, compadecida y deseosa de que el aire del mar curase mis miedos, me envió con las buscadoras de conchas a la costa. Desde la casa de las mujeres cruzábamos el poblado vigiladas por hombres de la guardia, después atravesábamos la muralla por el portillo sur y descendíamos por el acantilado a través de unas empinadas escaleras llegando a una playa de arenas muy blancas.

A mí me gustaba divisar el mar gris perla que se adentraba hacia el horizonte, techado a menudo por una muralla de nubes azuladas a lo lejos. Más cerca, en la costa, se abría un cielo añil entremezclado con nubes rosáceas.

Todas disfrutábamos sintiendo el agua en los pies, con una cierta sensación de libertad y observando el mar cambiante: terso o embravecido, azul grisáceo o verdoso, adornado por espuma o calmo.

Una mañana, vigiladas por Uma, recogimos crustáceos y moluscos entre las piedras.

—Eres muy joven —oí a mi lado.

Levanté la vista de la arena bañada por las olas y distinguí a Romila, no la había visto desde que cuidó mis heridas tras los tormentos de Lubbo. Ella quería hablar conmigo.

—¡Quién tuviera tus años! —dijo mientras se esforzaba en seguir el paso de las otras.

Sonreí.

—No soy tan joven, ya he cumplido dieciséis.

—Yo también fui joven y no era fea, pero no tan bonita como tú. Tienes un cabello dorado precioso y ser tan hermosa, aquí, no es bueno, siempre sacrifican a las hermosas.

Al ver mi expresión asustada, la vieja me hizo un guiño.

—Por eso yo sobrevivo. —Rió—. No te asustes, puedes sobrevivir si tienes algo que agrade a Lubbo, o bien asustarle con algún tipo de superstición. Yo sobrevivo por eso.

—¿Por qué?

Me hizo un gesto de complicidad

—Lubbo está convencido de que el día que yo muera, él me seguirá. Estamos bajo las mismas estrellas y su padre y mi padre fueron de la casta de los hechiceros, por eso no se atreve a hacerme nada y puedo decirle todo lo que quiera.

Miré a Romila, su rostro me resultó agradable, con su fina nariz aguileña y la cara surcada de arrugas sin fin. Romila se inclinaba hacia la arena a recoger moluscos y los introducía en un pliegue de su ropa. Detrás de nosotras, faenaban Verecunda y Uma, mis compañeras.

Había llegado a apreciarlas. Verecunda era goda, pero no era una goda de alta alcurnia, procedía de un poblado de campesinos que se había asentado en la meseta. Verecunda no era hermosa, con un pelo rojizo siempre fosco, la cara picada de viruelas y los dientes mellados; pero sus ojos azul apagado eran amigables y leales.

Se situó junto a nosotras.

Yo susurré:

—Romila dice que en el solsticio sacrificarán a una de nosotras.

—No siempre lo hacen —dijo Vereca—, algún año sacrificaron caballos blancos o alguna vaca.

—Pero ahora están en guerra y necesitan todos los animales —dijo Romila.

—No le hagas caso a Romila —me tranquilizó Verecunda—, le gustan los sacrificios humanos más que a Lubbo.

Al oír la acusación Romila enfureció.

—¡Eso es mentira! —chilló con voz destemplada y algo temblona—. ¡A ver! ¿Quién se enfrentó con Lubbo para evitar que mataran a la última si no yo?

—Eso sí que es verdad, eres la única que sabe enfrentarse con Lubbo.

Romila siguió charloteando, y yo me alejé con Verecunda.

—Ten cuidado, Jana —me dijo la goda—, Romila está loca y dicen que juega a dos bandos, es una espía, no le cuentes nunca nada. Sin embargo, escúchala, ella es la que más conoce a Lubbo y las costumbres de los tiempos antiguos.

Entendí que no me convenía fiarme de nadie, aunque por sus expresiones Romila pareciera benigna hacia mí, podía ser peligrosa. Callé e intenté escaparme del mar. Las olas me arrastraban. Reí con las mujeres más jóvenes, jugábamos a escapar de la marea que siempre nos alcanzaba. Las olas estallaban sobre la playa y el oleaje era intenso. A lo lejos divisamos un navío de velas blancas.

Aceleré el paso y me puse a correr con las otras chicas. El tacto del agua fría me hizo evocar la fuente en Arán, pensé en mi secreto, y de pronto recordé que al depositar la copa había notado el frío de un metal y la sensación de tocar piedras preciosas. Me detuve al recordar aquello pero pronto seguí corriendo, y empujé a Verecunda, que se asustó. Siempre se asustaba ante lo imprevisto.

—¿Por qué te asustas tanto? —pregunté a Verecunda.

—No sé. Desde que asaltaron mi poblado y murió mi gente, siento un sobresalto constante.

Comprendí su profundo sufrimiento.

—¿Te acuerdas mucho de ellos?

—Siempre los tengo presentes, mi buen esposo Goderico, mis niños, mis padres. Mis padres y mis hijos han muerto, sé que condujeron preso a Goderico, mi buen esposo. ¡No te imaginas lo que es no tenerlos!

Callé. No supe cómo consolarla y conversamos sobre otras cosas.

Subimos la ladera del acantilado por el estrecho sendero en la peña. De vez en cuando resbalábamos en las rocas y reíamos. Nos vigilaba Ulge, que se apoyaba en Romila para su ascenso. En un alto del camino paramos, atardecía y el sol se acercaba al mar, después descendió dejando sólo una fina línea roja sobre el océano. Yo no podía retirar la vista de aquel horizonte inmenso, enrojecido por los últimos rayos de un sol de invierno. Entonces, entré en trance y perdí el sentido, vi las montañas derrumbarse y a Aster y a sus hombres a caballo, huyendo de la ruina de los montes.

Me condujeron inconsciente a la casa de Romila. Permanecí desvanecida largo tiempo, durante el cual hablé de Arán, del herrero enfermo, de Enol. Romila me escuchaba, y al despertar me interrogó. En el gran almacén se disponían varios lechos para los enfermos, allí la sanadora guardaba toda clase de plantas y raíces en sacos y en cajones grandes de madera. El lugar olía como la casa de Enol, y todo me resultaba familiar.

—Te he escuchado en tu trance. ¿Conoces el arte de curar?

—Sé algunas cosas. Viví con un hombre muy sabio que se llamaba Enol, conozco el nombre de las plantas y sus propiedades.

Con la ayuda de la curandera me recuperé y seguí con mis tareas en el castro; pero unos días más tarde, quizás a petición de la propia sanadora, Ulge dispuso que yo colaborase con Romila en la curación de las heridas y enfermedades de la casa de las mujeres; pronto le ayudé también en la atención de los hombres y las mujeres de Albión. Este cometido me daba una cierta libertad; con la excusa de coger algas y plantas medicinales podíamos alejarnos de la prisión. Acompañaba a la curandera, que apoyaba su cuerpo cansado en mis hombros.

Por las noches, regresaba a la morada que compartía con Lera, Uma y Verecunda. A veces Romila y yo nos demorábamos en la ciudad y las puertas de la casa de las mujeres, como en Arán, se cerraban. El atardecer casi siempre nos sorprendía fuera. Un día las puertas estaban cerradas y los guardias nos impedían el paso, pero Romila no se inmutó. Dio la vuelta a la gran cerca de piedra y tras un recodo, oculto por una gran enredadera, pude ver un pequeño portillo.

Entramos sin problemas en la casa de las mujeres. Llegué muy tarde al lugar donde dormía. La estancia estaba a oscuras pero por la ventana la luz de la luna proporcionaba una cierta claridad. Vi a Lera. Estaba de rodillas a un lado, su hermoso rostro, reclinado ligeramente hacia delante, mostraba una expresión de paz.

Al verme levantó la cabeza.

—¿Qué haces?

—Rezo a mi Dios.

—¿Quién es tu dios?

—Murió en una cruz.

—¡Ah! Eres cristiana.

—Sí. En Ongar muchos lo éramos.

—¿Vienes de Ongar? ¿Conoces a Aster?

—No, él llegó a Ongar después de que yo fuera hecha cautiva.

—Cuéntame de tu dios.

—Es un dios bueno y providente que nos cuida.

Yo me reí de ella y le dije:

—No será tan poderoso cuando tú estás cautiva.

Ella intentó explicarme.

—Su poder es distinto, no se impone, y él sufrió por nosotros, comparte nuestros dolores.

Observé el convencimiento con el que Lera decía estas palabras, su expresión me gustó pero me encontraba cansada y callé pensando en lo que me querría decir con aquello. Pronto me invadió el sueño.

Por la mañana me acerqué a la casa de Romila. Me encargó lavar las telas que usábamos como vendas, para ello acudí al impluvio, un lugar donde se recogía el agua de las lluvias procedente de los tejados pero en el que también había un manantial. El impluvio estaba bajo techado y allí lavábamos todas las cautivas pero también muchas pescadoras y campesinas así como las sirvientas de casas nobles de la ciudad. Aquél era el centro de rumores y de críticas y allí nos llegaban las noticias del exterior.

—Le ha llegado mucho oro a mi señor.

La que hablaba era una sirvienta del metalúrgico de Albión. El herrero de la fortaleza sobre el mar no era como el de Arán, el padre de Lesso hacía únicamente herraduras y reparaba armas e instrumentos de labranza. En cambio, el orfebre de Albión se dedicaba al arte del talle y labraba en oro toda clase de objetos preciosos, era una personalidad influyente. Había llegado desde el sur conducido por Lubbo, a quien le gustaban aquellos objetos.

—El gran Lubbo, príncipe de Albión, quiere que mi amo labre una corona toda de oro macizo, y un altar para el templo de Lug.

—Eso es mucho oro —dijeron las lavanderas.

—Claro que lo es.

—¿De dónde proviene tanto oro? —pregunté.

—De Montefurado. Lubbo ha puesto en funcionamiento las antiguas minas de los romanos. En las Médulas, en Montefurado, la montaña es destruida por la mano de los hombres y consigue oro que llega a Albión en gran cantidad. Con ese oro mantiene su poder, con él paga a los mercenarios. Los suevos no le ayudarían si no llenase sus bolsillos de oro. Al principio le apoyaron porque traicionó a Nícer. Pero después debió pagarles un tributo. Lo hizo con ese oro de las Médulas que ha extraído a golpe de esclavos.

Frente a mí, Vereca golpeaba la ropa sobre la piedra que servía de lavadero. Noté algo extraño en ella, sus ojos se llenaron de lágrimas.

—¿Qué le ocurre?

—Su esposo Goderico es un esclavo en las minas de oro, ella sufre por él porque muchos no sobreviven allí.

La sierva del metalúrgico continuaba hablando de la corona que su amo iba a labrar para Lubbo, mientras estrujaba la ropa, unas telas oscuras que, al contacto con el agua, destilaban un tinte rojizo.

—Lubbo es sabio, conoce los misterios de la naturaleza.

Aquí habló Uma, enfadada.

—No es lo mismo ser sabio que conocer los misterios de la naturaleza. Lubbo no es sabio, es cruel y avariento, ama el oro y disfruta con el dolor ajeno. Tu amo es igual...

—Un momento...

—No, no puedes negarlo. Tu amo sólo quiere atesorar riquezas, es un judío que Lubbo trajo del sur.

La criada del judío comenzó a protestar, y comenzó una pelea entre las mujeres. Se echaban unas a otras la ropa sucia y mojada. Las miré con curiosidad; educada entre hombres, las peleas de mujeres me parecían ridículas. Así que me levanté, me puse a un lado, recogí lo que había lavado y me dirigí a la casa de Romila.

Encontré a Romila acostada.

—Niña...

—Sí, dime qué quieres, Romila.

—Toma aquellas hierbas oscuras y cuécelas, después dame la poción.

—¿Estás enferma?

—No sé, estoy triste.

—¿Qué te ocurre?

—Han llegado malas nuevas a Albión. Sé que habrá nuevos sacrificios, y ya no puedo soportarlo. Los rebeldes han vencido en varios lugares. Lubbo ofrecerá un sacrificio a su dios sanguinario.

—¿Quién morirá? ¿Yo?

—No. Tú estas protegida porque Lubbo quiere conocer tu secreto.

—¿Cómo sabes que tengo un secreto?

Romila me sonrió suavemente.

—Aquí piensan que hago un doble juego, que las espío para después traicionarlas a Lubbo. En parte es verdad. Sin embargo, yo... —calló un momento— me entero de cosas en la fortaleza y gracias a Ulge evitamos muchos males. Sabemos tratar a Lubbo.

Me di cuenta de que Romila me decía la verdad, su fama en la casa de las mujeres no se correspondía con su actitud con los enfermos, con sus desvelos con las mujeres. Guardé silencio un tiempo y tomé su mano con afecto. Entonces el semblante de Romila quedó en paz. Al cabo de un tiempo una idea me seguía rondando en la mente.

—¿Entonces a quién sacrificarán?

—Es posible que sacrifiquen a Lera. Es demasiado hermosa.

—A lo mejor no ocurre.

—Sé que ocurrirá —dijo amargamente Romila—, conozco a Lubbo demasiado bien.

—¿Por qué?

—Hace muchos años, antes de que Alvio y él se fueran, yo le quise, y en aquella época pienso que él me correspondía, pero amaba más el poder y se fue lejos. A la vuelta había perdido el ojo y estaba lleno de cicatrices; habían pasado muchos años y yo era una vieja. Nada era igual, pero yo le sigo conociendo como entonces, y me duele pensar en lo que pudo haber sido y no es, por eso intento suavizar el mal que él pueda hacer, para que no se le tome en cuenta y por eso espío.

Sentí conmiseración por Romila, pero aún más sentí una honda preocupación por Lera.

—¿No podría escapar?

—¿De Albión? ¿Por dónde? ¿El acantilado? ¿El mar abierto? ¿El río guardado por los soldados de Lubbo? No. Albión es inexpugnable. Tiempo atrás había túneles que comunicaban con otras zonas del litoral, pero Lubbo los cegó todos. Albión es una ratonera de la que no se puede escapar. Sólo hay una escapatoria y es que los rumores que me han llegado no sean verdad.

—¿Qué rumores?

—Aster y sus hombres avanzan hacia los Argenetes, y los castros de las montañas que proporcionan a Lubbo los hombres para Montefurado se han rendido. Si es así, Lubbo querrá ofrecer un presente a su dios sanguinario para volverlo a su favor. Matará una doncella en el solsticio en el templo de Lug.

—Aún queda tiempo.

—Sí, queda tiempo, pero si algo no lo remedia, ocurrirá.

Romila se volvió hacia la pared, su sufrimiento era grande. Anochecía y decidí dejarla sola. Al regresar, entre las casas del gineceo todo era como siempre; observé a un niño muy pequeño jugando con un enorme perro gris. Me dio miedo que le hiciese daño. Le levanté en el aire y el niño rió.

—¡Aupita! —dijo.

De una cabaña, a un lado, salió una mujer obesa, de grandes pechos que indicaban la lactancia. Tomó a su hijo en brazos, le besó y después le abofeteó, quizá por haberse escapado. Me reí.

Al llegar al lugar donde moraba, vi a Lera. La miré compadecida. Estaba sola, sentada sobre una saca con grano, seria, con las manos entrecruzadas sobre su regazo. Su hermoso rostro mostraba las huellas de haber llorado. Me senté en el saco de grano junto a ella, que pareció no reparar en mi presencia.

—¿Qué te ocurre?

—¡Oh! —se sorprendió ella al notar mi presencia—, nada.

—Estás muy seria.

Ella sonrió y sus grandes ojos grises se llenaron de luz.

—Sí. Estoy preocupada.

Se levantó haciendo un esfuerzo, apoyando sus manos contra la saca; después siguió:

—He visto a Lubbo. Cada vez que veo su extraña cara, presiento algo horrible. Veo el mal en su rostro y pienso que algún día me matará.

—Yo también veo cosas —dije intentando consolarla—,

no siempre se cumplen, a veces son cosas del pasado que ya han ocurrido, otras nunca sucederán. Las visiones no son fáciles de interpretar.

—No, no es eso —siguió Lera—, yo nunca tengo presentimientos, ni tengo visiones como tú. Es una sensación real que no sé cómo combatir.

—¿Qué harás? ¿Huir?

—No. Confiaré en mi Dios, sabiendo que todo lo que me espera es para mi bien, y le pediré a Ulge que me excuse del trabajo en la fortaleza de Lubbo. Así, él no me mirará con ese único ojo horrible.

La miré sorprendida de aquella extraña fe, después tomé su mano y la apreté con afecto. Nos quedamos un tiempo así, hasta que llegaron Vereca y Uma. Uma, como siempre, reía.

Vereca habló contenta:

—Han llegado rumores de que los castros del sur de Vindión se han sometido a Aster y de que el hijo de Nícer se dirige a Montefurado.

Pensando en el peligro que Lera corría caí en un sueño profundo. Durante aquel sueño vi a Aster y a sus hombres luchando en unos montes extraños y rojizos. Oí un ruido grande que me hizo despertar, el ruido de una montaña que se hundía, pero después se hicieron presentes los montes rotos, quebrados. Verdes colinas horadadas durante siglos por la mano de un duende, que dejaba cicatrices anaranjadas en sus laderas. Al frente, los montes nevados de la cordillera de Vindión, de los que descienden suavemente pendientes verdinegras y bosques espesos. En la hondonada, entre las montañas heridas, los castaños extendían sus ramas teñidas por el color amarillo y ocre del otoño; los árboles jaspeados en tonos dorados armonizaban con el color anaranjado de los picachos del yacimiento.

VIII

Ruina Montium

Entonces en la visión vislumbré unos hombres que avanzaban, poco a poco se fueron haciendo más claros, Aster cabalgaba al frente, habían salido de Ongar días atrás. Era un pequeño ejército de hombres decididos con un plan prefijado. Desde lo alto de las montañas, en Orellán, Aster divisó las minas largo tiempo muertas y ahora revitalizadas por la ambición y el afán de poder de Lubbo y paró la marcha de sus hombres.

Detrás de Aster avanzaban los montañeses equipados con hoces y espadas, armas de hierro y bronce. Sólo unos cuantos montaban a caballo. Entre ellos caminaban los hombres de Arán: Lesso, Fusco y Tassio. Lesso miró al frente, y la visión de las antiguas minas le produjo un estremecimiento.

—¿Qué es eso? Nunca he visto nada así. ¿Cómo lo han hecho? —le preguntó a Tassio.

—Hace varios siglos, los romanos, en lo alto de las montañas embalsaron agua con la ayuda de los astures y galaicos y labraron túneles en la roca, después lanzaban el agua a través de ellos haciendo estallar la montaña. Cuando se fueron los romanos, se abandonaron las minas y lo que ves estaba muerto, pero a Lubbo le come el ansia de poder y de oro. Ha comenzado a trabajarlas con esclavos cautivos. ¿Ves aquel castro? No es tal, es una prisión vigilada por soldados suevos. De nuevo Lubbo ha comenzado a romper los montes, este lugar es la base de su poder.

Tassio prosiguió hablando, toda la partida de guerreros estaba quieta contemplando las minas, muchos de ellos no conocían el lugar, y se asombraban de que, cientos de años atrás, los hombres de otras épocas hubiesen sojuzgado la montaña, extrayendo de su fondo el oro y los metales preciosos. Los de Aster, sin embargo, conocían bien que aquel sitio, en medio de su sobrecogedora belleza, era un lugar de desolación.

—Muchos han muerto ahí. Por largos espacios cavan túneles en los montes a la luz de los candiles y ellos mismos son la medida de las vigilias pues en muchos meses no ven la luz del día. A veces las galerías se hunden de repente y sepultan a los cautivos. Es menos temerario buscar perlas en las profundidades del mar.

—¿Cómo conoces eso?

—En Ongar conocí a un hombre que trabajó en estas minas. Logró escapar y pudo llegar a las montañas. No vivió mucho después de aquello, pero sí lo suficiente para contar el horror que se padece.

Tassio quedó callado. Como Lesso, era hombre de pocas palabras, y no gustaba comentar los horrores de las minas; pero Fusco se impacientaba.

—¿Por qué estamos parados?

—Mira allí, Fusco. Aster está deliberando con los otros jefes de grupo.

—No estaban en Ongar. ¿Quiénes son? —preguntó.

—Los que cabalgan junto a Aster: Mehiar, Tibón y Tilego. Mehiar es el de pelo oscuro y más fuerte.

—No parece un albión.

—No, es un hombre de las montañas de Ongar. Guarda una relación muy directa con la familia de la madre de Aster, es un hombre de las tribus de las montañas. Haría cualquier cosa por Aster, lo acogió cuando llegó a la montaña, huido de Albión, es su tío. Los otros dos son albiones.

—Sí, se parecen a nosotros, el cabello castaño y los ojos más claros. Desde que hemos salido de Ongar no he visto pronunciar una palabra a Tilego. Siempre está callado y en su expresión solamente hay odio.

Tassio asintió, su hermano había captado lo que distinguía a Tilego de otros hombres.

—Años atrás Lubbo sacrificó a la prometida de Tilego, una de las más hermosas mujeres de Albión, para satisfacer a los dioses carniceros y asesinos a los que rinde culto. Ese crimen no se demostró pero Nícer expulsó a Lubbo de Albión por ello. Tilego nunca perdonó a Lubbo, siempre le acusó del sacrificio de su joven desposada. No habla, pero durante la noche en sueños grita y acusa a Lubbo de aquello. Lo que dices es cierto, Tilego es un hombre callado, en su interior sólo busca la venganza. Aster confía mucho en él porque es extremadamente meticuloso en todo lo que emprende.

—¿Y el otro?

—Es Tibón, un ser alegre, no lo ves desde aquí.

Miraron en aquella dirección y pudieron observar cómo aquel hombre moreno, llamado Tibón, musitaba algo en voz baja a Aster, este último sonreía y le indicaba que callase.

—Tibón es también un albión, huyó con él del gran castro sobre el Eo. Son como hermanos. Con hombres como Mehiar, Tibón y Tilego, Aster puede conquistar el mundo. Son valientes y nobles. Tienen la nobleza en la sangre... además de la que se han ganado peleando.

Tassio calló repentinamente, le brillaban los ojos, admiraba a sus señores. Estaban en lo alto de la montaña y se oía incesante el repiqueteo de palas, picos y azadas. De repente todo cesó y un silencio hosco y extraño cruzó el valle, un silencio en el que hasta los insectos y pájaros del lugar guardaron un mutismo quedo; de repente, con un estallido atronador, la montaña frente a ellos vibró y se desplomó. Un gran grupo de rocas cayó ante ellos, con un estruendo ensordecedor, entremezclado con los relinchos de caballos, los gritos de los hombres y la caída del agua. Se había soltado el dique y los túneles, horadados desde tiempo atrás, habían estallado por la presión del agua. Un alud de piedra, cieno y polvo llenó el valle. El sol de aquel día de otoño se oscureció. Después cesó lentamente el estruendo y los ruidos de los bosques reaparecieron. Se oyeron los gritos de los capataces golpeando a los esclavos de las minas, y sus quejidos lastimeros. Los siervos de la mina se dirigieron al alud a buscar oro.

Aquel oro por el que los cántabros y astures habían sido sometidos por los romanos era de nuevo motivo de sufrimiento para los montañeses. Para los hombres de Ongar, la conquista de Montefurado respondía a sus deseos de justicia, el oro de Montefurado era un símbolo de los pueblos astures, pero también lo que mantenía el poder de Lubbo.

Aster detuvo la cabalgada y les indicó que se guareciesen tras los árboles. Los caballos piafaron y su capitán les hizo callar. Esperaron y pronto vieron avanzar a un hombre de corta estatura, semidesnudo, cubierto únicamente con los harapos de un esclavo de las minas. Aster desmontó de su caballo y se dirigió en silencio hacia él. El hombre se abrazó a las piernas del príncipe de Albión, y le habló, primero en tono lastimero, después Aster le levantó y el hombre se expresó en un tono más decidido, suplicando ayuda. El príncipe de Albión asentía pero le indicaba algo en tono imperativo, el otro afirmaba y juraba. Aster le señaló a Mehiar, y el hombre le hizo un saludo respetuoso, después Mehiar desmontó y caminando con paso firme se dirigió a los hombres de Arán.

—Venid conmigo. A ver, Tassio, Lesso, Fusco, los hombres de a pie. Vosotros, también.

Ellos se situaron tras él.

—Si alguno tiene miedo que vuelva atrás, pero que nunca más regrese al campamento. ¡Los que no tengan miedo...! ¡Adelante, conmigo!

Siguieron a Mehiar y dejaron atrás a los hombres a caballo.

—¡Ni un ruido! —susurró Mehiar.

La bajada era empinada y los hombres debían arrastrarse al caminar, resbalando por la pendiente. El siervo de las minas miraba asustado alrededor cada vez que alguien hacía crujir una hoja, o tropezaba y provocaba un sonido. Al fin, divisaron el campamento de esclavos. Lo vigilaban varios soldados suevos. El hombre se sentó frente al campamento con una expresión de dolor cruzándole el semblante. Mehiar no tenía paciencia, el otro le tranquilizó diciéndole que esperase. De pronto crujió el monte con mucha más intensidad que antes.

—Se lo dije —sollozó el esclavo—, era peligroso, el monte está cayendo y sepultará a muchos de los cautivos, pero no les importa.

Se oyeron gritos y un gran desorden surgió del lado de la mina, sobre el campamento de Montefurado. Los vigías asustados abandonaron sus puestos y el esclavo que acompañaba a los hombres de Mehiar hizo una señal para que avanzasen. Anochecía y la luna de otoño brillaba sobre los árboles.

Se introdujeron sigilosamente en los barracones de los siervos; allí yacían heridos de desprendimientos anteriores, y un gran desorden lo dominaba todo. El lugar olía a excrementos, a húmedo y a cerrado. Algunos enfermos se hacinaban en los camastros. Mehiar ordenó a sus hombres que se cambiasen de ropa con los atavíos de los esclavos. Lesso y Fusco se sentían pequeños y perdidos entre tanto hombre adulto. Mehiar les explicó el plan; era peligroso: debían introducirse por los túneles de la montaña, el esclavo les guiaría.

Lesso y Fusco se miraron un tanto inquietos, no llevaban más de dos meses con los hombres de Ongar, para ellos en un principio todo había sido nuevo, después estuvieron desconcertados pero ahora se hallaban francamente asustados. La ropa que se habían puesto despedía un hedor nauseabundo, uno de los hombres que acompañaba a Mehiar les había dado un pico y una pala. No entendían para qué. ¡Si al menos Tassio estuviese con ellos! Sin su hermano, Lesso se sentía perdido, pequeño entre tantos hombres aguerridos. Por suerte, Fusco estaba con él.

—¿Dónde ha ido Tassio? —susurró Fusco a Lesso.

—No lo sé —contestó Fusco en el mismo tono—, pero quizás ha ido a la zona de la montaña donde están algunos de los siervos de Montefurado apresados por rebeldía, deben liberarlos.

—Y nosotros ¿adónde vamos?

Lesso no contestó, miró su pico con cara de resignación.

—A los túneles, a cavar.

—¿A cavar?

—Sí, eso han dicho... ¿No les has oído?

Fusco mostró su fastidio, y le contestó:

—¿Sabes, Lesso? Cuando nos fuimos con Aster, aquel día en el bosque, al verle... pensé en una vida de luchas con espadas, de vencer a enemigos enormes. Y ahora aquí estamos, con un pico y una pala, haciendo agujeros en la montaña.

Lesso permaneció en silencio. No eran más de cinco hombres, y estaba claro que no les habían seleccionado por su alta talla. Fusco y Lesso, adolescentes aún, eran muy bajos, y los otros tres hombres que les acompañaban no alcanzaban la alzada de un caballo. Circulaban por detrás de los establos, pegados a la pared, en dirección a la entrada a los túneles. Oyeron a los hombres de la guardia, que caminaban con paso recio y rítmico. Los de Ongar se pegaron a la pared. El aire de la madrugada soplaba fresco y aliviaba el mal olor que, como una mordaza, les había saturado en el interior del almacén de esclavos. Arrastrándose, llegaron a la boca de uno de los túneles que conducían a las excavaciones en la montaña. El esclavo les hizo una seña. Aquella entrada estaba descuidada, crecían matojos y zarzas. Uno de los hombres, a una indicación del guía, cortó los matojos con un cuchillo. Reptando, se introdujeron en la cueva y ya en el interior alguien encendió una tea. Avanzaron unos tras otros, muy despacio y semiagachados por la poca altura del túnel. Fusco le susurró a Lesso:

—Me dan miedo los lugares cerrados.

—No lo pienses... —dijo Lesso, casi sin poder articular las palabras por la angustia que le producía el pasadizo.

Siguieron avanzando con cuidado, el túnel se elevaba ahora ante ellos. Penetraron en una cueva muy amplia labrada años atrás por las manos de los hombres. De la sala central partían varios túneles y, en alguno de ellos, se podía vislumbrar luz a lo lejos. Entre los hombres de Ongar, el silencio se hizo sepulcral, Fusco y Lesso no se atrevían a respirar apenas. El guía los condujo por un pasillo lateral y al final de aquel túnel encontraron una pared; debían remover la tierra; se distribuyeron en distintos grupos. Fusco y Lesso cavarían en el túnel en dirección perpendicular adonde se encontraban, otros dos hombres perforarían el túnel en dirección contraria a los de Arán, los dos restantes horadarían la montaña de frente. Nadie hablaba. Con señas indicaron a cada uno lo que tenía que hacer. Fusco y Lesso comenzaron a remover tierra. De vez en cuando se acercaba el capataz y les iba dando instrucciones. Aquel hombre conocía la montaña, era capaz de adivinar lo que existía detrás de cada veta de mineral.

Cavaron un tiempo indeterminado que a los jóvenes de Arán les pareció eterno. Lesso comprobó que debían ser muchos los hombres de la mina implicados en aquel asalto. Los esclavos que les llevaban agua y comida no eran siempre los mismos. En la oscuridad vislumbraba escasamente sus rostros. Después de muchas horas todo paró en la mina. Fuera se había hecho de noche y era preciso descansar, además los picos y palas de las otras galerías habían detenido su marcha. Si hubiesen seguido cavando el ruido se habría detectado desde el exterior.

Fusco se acostó al lado de Lesso; no podía dormir, entonces hablaron:

—Ayer oí rumores. Los cuados destruyeron Arán —dijo Lesso.

—Lo sé.

—¿Y no me has dicho nada? —Lesso se enfadó—. ¿Qué sabes de mi padre?

—Destruyeron todo, los que no habían huido antes murieron...

—¿Y mi padre?

Fusco calló, incapaz de articular la verdad; Lesso entendió lo ocurrido. Permanecieron en silencio. El muchacho ocultó sus lágrimas.

—Era un hombre bueno. No quería problemas, le dolía que luchásemos contra Lubbo... Para él sólo la fragua tenía importancia.

—Ahora la fragua no existe —susurró Fusco—, todo nos lleva a seguir aquí. ¡Mal rayo le parta a Lubbo!

—¿Sabes algo de las mujeres?

—Sé que muchas huyeron a los bosques.

Lesso dudó en preguntar.

—Y... ¿la hija del druida?

—Dicen que está prisionera en Albión.

Fusco respiró hondamente.

—Debemos conquistar Albión y matar a ese puerco asesino de Lubbo. No sé qué hacemos aquí cavando túneles.

—El poder de Lubbo se basa en el oro, con él paga a sus hombres y a los suevos. Si conseguimos conquistar Montefurado, Albión caerá.

Oyeron una voz invitándoles a callar. Era el esclavo. A lo lejos, los pasos de un guarda que cuidaba las minas. Cuando cedieron los pasos, el esclavo se les acercó.

—Soy Goderico. Debéis hacer lo que yo os diga. En cuanto comiencen a perforar en otros túneles, debemos seguir cavando aún más rápido que ellos. Hay que acabar pronto. Después tendremos que salir corriendo y abrir el dique que da paso al agua. Lo haremos cuando oigamos en los montes resonar el cuerno de caza de Aster. Si no lo conseguimos, nuestro trabajo no habrá servido para nada. Quizá nos persigan, quizá muramos... pero hay que abrir el dique. Los montes se derrumbarán sobre estos cerdos y nosotros podremos ser libres.

Casi sin hablar asintieron. Después el silencio reinó en aquellos túneles. Lesso sentía un miedo irracional metido en aquella oquedad estrecha, se angustiaba encerrado en aquel lugar que le parecía un nicho mortuorio. Estrechó fuerte el brazo de Fusco. Él también tenía miedo. Oyeron cavar en otros túneles. Rápidamente comenzaron de nuevo a extraer tierra. Trabajaban aceleradamente. Delante, Fusco y Lesso, los más pequeños, extraían la tierra, detrás los otros la drenaban. En un momento dado Lesso clavó el pico en la pared y no notó resistencia, se abrió un pequeño agujero por el que penetró un haz muy fino de luz. Goderico exclamó:

—Hemos acabado. Atrás.

Retrocedieron y siguieron a Goderico por el túnel, realizaron el camino en dirección inversa. Lesso se dio cuenta de que Goderico tenía menos precauciones que a la ida, era como si ya no importase tanto ser descubiertos. En una cavidad amplia encontraron dos guerreros cuados, no intentaron ocultarse; Goderico y los tres mayores se lanzaron contra ellos, e indicaron a los de Arán que huyesen; Lesso y Fusco cogieron las teas de la sala y después prosiguieron el ascenso. Al fin, salieron por la parte más alta de las minas siguiendo una conducción de agua, ahora seca. La luz del sol señalaba la media tarde. Fue entonces cuando se oyó en el valle el cuerno de Aster coreado por sus hombres. Los que les seguían pararon, y ellos aceleraron el paso. A los cuados les pareció más importante aquel ruido en las montañas que unos esclavos intentando huir, por lo que algunos se volvieron atrás: estaban atacando Montefurado. Sólo un par de hombres iba tras ellos. De nuevo oyeron el cuerno de Aster, cuando habían llegado al dique.

Mientras tanto Aster y sus hombres rodeaban el poblado y lo atacaban. Por tercera vez oyeron el cuerno. Lesso y los otros estaban junto al dique. De un hachazo rompieron la cuerda que sujetaba la compuerta, la barrera cayó hacia delante y el agua inundó los túneles. La montaña crujió, sintieron temblar la tierra y los montes cayeron a sus pies en medio de una gran nube de polvo y piedra. Los hombres de Lubbo se vieron rodeados por la fuerza de Aster azuzándoles de frente y por las aguas y piedras de los montes cayendo sobre ellos. No podían retroceder ni avanzar ante los enemigos que les atacaban.

Lesso y Fusco observaron la batalla desde la altura. Reían y lloraban viendo a los hombres de Lubbo sepultados por la montaña y Aster luchando contra un gran guerrero cuado al que le clavó la espada en el vientre. Junto a él, Tibón y Tilego guerreaban con brío. Fueron adelantando las filas, y los esclavos se unían a ellos, atacando a sus captores. De pronto Lesso gritó: una flecha de penacho negro atravesaba a Tassio, que caía al suelo. Desde allí arriba, en la parte más alta, oyeron su grito. Después Lesso vio cómo su hermano se arrancaba la flecha y seguía peleando con la ropa empapada en sangre.

La batalla duró hasta el anochecer. Los hombres de Ongar se hicieron con una gran cantidad de oro y con armas. Aster ofreció la libertad a los esclavos, o incorporarse a ellos para luchar contra Lubbo. Muchos esclavos de las minas de Montefurado se les unieron.

Lesso y Fusco bajaron de lo alto de la montaña buscando a Tassio. Lo encontraron cubierto de sangre pero sonriendo.

IX

La curación del niño

La mujer gimió. El parto se prolongaba, haciéndose más complicado. Romila la trataba con solicitud y al mismo tiempo presionaba con fuerza su abultado abdomen. Me situé en su cabecera acariciando aquella frente perlada por el sudor y contraída por el esfuerzo. La mujer emitió un grito agudo y una cabeza oscura asomó entre sus piernas. Romila me hizo una señal y recogí al niño, que acerqué a su madre. La madre sonrió y lo abrazó con alegría, aún sucio del parto. Romila y yo nos miramos contentas, el chico era un varón fuerte que se puso a llorar con vigor. Con los años ayudaría a su padre en el trabajo del mar. Lavamos a la criatura y la arropamos con ropas de lana, dejándola junto a su madre. Después salimos de la pequeña casa de pescadores. Entonces se acercó una mujer bien vestida, era la criada de Blecán. La reconocí porque había hablado conmigo en el impluvio.

—Romila, vengo a buscaros. Un nieto de mi amo está enfermo y quizá podáis ayudarle.

—¿No habéis acudido a los físicos?

—Sí, pero no saben qué hacer.

Romila estaba muy fatigada, se estaba haciendo mayor. Suspiró y sin pensarlo más dijo:

—Vamos, niña, habrá que atender a ese nieto del viejo zorro de Blecán.

Debíamos cruzar toda la ciudad desde la zona más al sur en donde vivía la mujer recién parida hasta la zona nordeste, al barrio donde residía Blecán. Emprendimos con calma el camino, Romila se apoyaba en mi hombro.

Para caminar más deprisa, subimos al dique. Desde allí es desde donde mejor se divisa la ciudad del Eo. Durante miles de años el río, en su desembocadura al océano, horadó la roca del acantilado, esculpiendo arcos y bóvedas en la roca negra. Con el tiempo la corriente fue alejándose de la roca y el delta se distanció de la pared abrupta del despeñadero, y ese terreno se transformó en una tierra muy fértil, a menudo inundada por el mar. Allí, miles de años más tarde se alzó la ciudad del Eo, la cuna de los albiones. Ellos fueron quienes construyeron un dique ciclópeo, una barrera que impedía que las aguas inundasen la explanada en declive donde se sitúa Albión. Así, la ciudad está construida bajo el nivel del mar.

—Hoy hay hombres luchando en la explanada delante de la fortaleza de Lubbo.

—Son mercenarios —me explicó Romila—. En otras épocas, los hombres de Albión se defendían ellos solos frente al enemigo, se apoyaban en los hombres de los castros, que les obedecían, pero desde que Lubbo domina la ciudad, les ha retirado las armas y ha enrolado a una gran cantidad de mercenarios en su guardia personal, la mayoría son guerreros suevos que siembran el terror en la ciudad con total impunidad. El capitán de ellos es Ogila. Es cruel, y fiel a Lubbo, pero sobre todo es fiel a sí mismo. De vez en cuando, con sus hombres baja hacia el sur, trayendo vino, trigo y mujeres como esa Vereca que habita contigo.

Miré a Romila, su expresión era seria y apenada, ella amaba a la ciudad junto al Eo y conocía todo su pasado.

—Esta ciudad es triste —dije—, no es como mi poblado.

—Sí. Hay miedo. Lubbo domina el concilio de ancianos de la ciudad de Albión; si alguien se opone a los mandatos de Lubbo, Ogila le castiga, y destruye su casa. Muchos han claudicado a la fuerza de Lubbo, incluso los más valientes.

No siguió hablando, habíamos alcanzado el extremo del dique, unas escaleras estrechas nos condujeron de nuevo al dédalo de callejas irregulares que formaba el castro sobre el Eo. Romila y yo nos introdujimos por un pasaje estrecho entre dos casas, después seguimos avanzando hacia el interior de la ciudadela y llegamos a la gran explanada de la fortaleza donde la guardia nos miró al pasar. Después caminamos por la gran vía que se abre al puente sobre el Eo. Torcimos hacia el oeste y pude ver una construcción más hermosa que las otras, era la casa de Blecán. Toda de piedra y de dimensiones considerables, tenía un pequeño pórtico a la entrada y dentro un patio.

Nos recibieron reticentes, no confiaban en Romila y habían llamado a los físicos, pero no habían logrado mejorar la situación. Encontramos al niño sudando mucho por la fiebre. La cabeza, con las fontanelas abombadas, parecía muy grande. Romila palpó con cuidado el cráneo de la criatura, solicitó un estilete, después punzó la cabeza del niño y salió un líquido acuoso y sanguinolento. Por el orificio Romila introdujo un ungüento en la cabeza del infante. La madre observó horrorizada a la curandera. Yo recé a los dioses. El niño gritó pero su expresión de sufrimiento cedió y entró en el terreno del sueño. La madre nos miró agradecida y Blecán, un hombre mayor con cara adusta, pareció dulcificar sus rasgos. Les explicamos lo que debían hacer con el niño, y nos fuimos.

Con un gesto Romila me indicó el camino. Entendí lo que quería decirme. Tanto a ella como a mí, nos gustaba divisar el mar rompiendo contra el malecón del puerto y después bajar y caminar descalzas sobre la arena, viendo las olas estrellándose y limpiando la playa.

Romila miró al sol y hacia el mar centelleante por la claridad del mediodía. Elevó sus súplicas al dios de la luz alzando sus brazos hacia el horizonte en un gesto de adoración.

Luego bajó los brazos, y las dos permanecimos en silencio.

—¿Por qué elevas los brazos al sol?

—Es un gesto ancestral, el gesto de los sanadores. Cuando conseguimos alguna curación se la ofrecemos al sol, símbolo del Único Posible, la divinidad que está en todas partes.

Las olas del mar chocaban contra el dique. Por una escalera de piedra descendimos hacia la playa buscando algas y moluscos, el estruendo del mar y los gritos de las gaviotas lo llenaban todo. Era primavera y el cielo azul, sin nubes, se reflejaba en el océano. Hacía frío y me rebujé en mi manto. La brisa marina refrescó nuestros rostros.

En el horizonte de aquel día límpido y claro, me pareció ver en la distancia unas islas rodeadas de nubes, muy lejos, más lejos de lo que nadie pudiera ver.

—¡Romila! —dije—, allá, muy a lo lejos, en el horizonte veo una isla llena de luz.

Ella dudó un instante, después con voz temblorosa dijo:

—Quizás es un espejismo del sol sobre el mar, pero también podría ser una tierra real, la tierra de Albión, adonde fueron nuestros padres y de donde a menudo vienen gentes. Yo vine de allí.

Miré a Romila interrogante. Todavía me parece escuchar su voz tras de mí, mientras contemplamos el mar que lame la costa rocosa y las playas de arena blanca. Entonces Romila se hundió en el pasado y con una voz que brotaba de un tiempo inmemorial habló:

—Nuestro pueblo proviene de muy lejos. Más lejos de lo que nadie imagina. Los hombres que una vez poblaron el país de los astures vinieron de otro mar diverso a éste, vinieron del sur, de más allá del océano que rodea todas las tierras circundándolas. De más allá de ese mar que los romanos llamaron Mediterráneo, por estar situado en medio de todos sus territorios. De un mar más azul que éste, en él no existen las brumas del Cantábrico.

Imaginé una masa de agua enorme, iluminada por un sol perenne, al sur de aquel lugar; yo iba a preguntar algo, pero Romila siguió hablando.

—Más allá del mar, en su extremo más oriental y al este de las tierras bañadas por el Mediterráneo, en un tiempo muy antiguo, un hombre tuvo tres hijos. Uno de ellos fue maldito porque se rió de su padre borracho, los otros dos le cuidaron y sobre ellos cayeron las bendiciones de su padre. El hijo maldecido se llamaba Cam, permaneció en la tierra de su padre e intentó doblegar a los otros, que huyeron. El mayor, Sem, fue al norte, el menor, Jafet, emigró hacia el oeste. Del hijo mayor descienden los semitas, de Jafet descienden los pueblos del mar, nosotros entre ellos. Los descendientes de los dos hijos sumisos a su padre siempre han adorado a un único Dios y lo hacen en las noches de luna llena.

—En mi poblado se hacía así y mi padre, Enol, asistía.

Los ojillos de Romila se fijaron en mí con interés, ella quería llegar a mi pasado.

—¿Conociste a Enol?

Rápidamente contesté:

—Enol ha muerto.

—Eso no puede saberse.

—La última vez que le vi, estaba herido...

—Reaparece cada generación, encarnado en otro hombre. La historia que te estoy contando tiene cientos de años y Enol siempre vuelve. El verdadero Enol posee la copa de la curación.

—Dime, Romila, ¿qué es esa copa?

—Procede de los tiempos antiguos, al principio de todo.

—¿Quién la hizo?

La curandera mostraba un rostro rejuvenecido, parecía que al relatar esta historia de un tiempo tan lejano todo en ella se fortalecía.

—La forjó Tarsis, hijo de Yaván, hijo de Jafet. Huyendo de los camitas, Tarsis llegó al país de los egipcios. Allí, aprendió el arte de la fragua y la fundición. Tarsis fundó un linaje que se ha prolongado en el tiempo. Él y sus hijos conocieron una sabiduría inmemorial, dominaron el arte de la fragua que resumieron en la fundición de una copa sagrada. La copa tenía grabados en caracteres antiguos, los misterios de la curación y del poder. Tarsis engendró cuatro hijos: Aster, Gael, Aitor y Abras. A la muerte del patriarca, la copa pasó a su hijo mayor, Aster. Los hijos de Tarsis sirvieron a los egipcios hasta que fueron expulsados en tiempos del gran faraón Ramsés. El faraón persiguió a los judíos que eran pueblos semitas y descendían de aquel antepasado común a Tarsis. Eran esclavos en Egipto y se rebelaron contra los egipcios. Los descendientes de Tarsis los protegieron y por ello tuvieron que escapar de las iras del faraón. Huyeron en dos grupos, unos hacia el norte y otros hacia el Mediterráneo. Al fin, ambos grupos llegaron al extremo occidental del mundo conocido, al lugar que los romanos nombraron como Hispania. Durante siglos habitaron en el sur de aquel país, y fundaron un reino que se llamó también Tarsis, en recuerdo del padre de todos. Allí, cerca de la desembocadura de dos ríos, encontraron oro y crearon una hermosa ciudad llena de riqueza. Dominaban el mar, comerciaban con los pueblos del sur y del oeste. Tarsis se convirtió en el país del oro, y el oro fue su perdición. Sus habitantes olvidaron las costumbres de sus mayores, el pueblo degeneró, se embrutecieron y se debilitaron. Se mezclaron además con las idolatrías de los pueblos vecinos abandonando el culto al Dios único, al Único Posible; adoraron a los ídolos.

Yo recordé las palabras de Enol.

—¿El Único Posible? ¡Así llamaba Enol a su dios!

Romila prosiguió, sin escuchar mi interrupción.

—Se dejaron poseer por el vino y la molicie; su civilización entró en decadencia. Mientras tanto, en el Mediterráneo, otros pueblos se fortalecían. Fueron atacados, la batalla fue cruenta y destruyó la antigua ciudad de Tarsis. Los supervivientes emigraron al norte, a las montañas de Vindión y al Pirineo; se organizaron en cuatro grandes tribus: la tribu de Aster, la tribu de Gael, la de Abrás y la tribu de Aitor. Los hijos de Aster formaron los pueblos astures, los de Gael los galaicos, los de Abrás los cántabros y los de Aitor los vascones. La tribu de Aster poseía la copa mágica, y fueron poderosos porque la copa les fortalecía. Dominaron el mar, como sus antepasados, y se hicieron navegantes. Desde las altas costas del norte en los días claros, se podían ver las lejanas islas septentrionales, y desearon aquellas tierras lejanas. Navegaron al Norte. Lucharon y colonizaron las islas que llamaron Albión y Eire, por eso los pueblos astures y galaicos poseen las mismas lenguas y las mismas costumbres que los hombres de las islas. Durante siglos los astures comerciaron con los pueblos del norte y trajeron metales preciosos; sobre todo cobre, plata y el preciado estaño.

—¿Desde aquí se pueden ver esas islas?

—Sí. En los días claros como hoy se produce un extraño espejismo y se ve una costa cubierta por neblina blanca, es allí adonde emigraron los antepasados de los astures y con ellos se llevaron la copa.

—¿Por qué se llevaron la copa?

—La copa es mágica, les facilitó conocer los caminos del mar. La copa proporciona el triunfo en la guerra y la prosperidad en la paz al pueblo que la posea. Un día los hombres guiados por la copa, hijos de Aster, no volvieron a las tierras de Vindión, se asentaron en las nuevas tierras en el país de los bretones y los galos. Al faltar la copa en las montañas cántabras, los astures decayeron. Pasaron los años y la desolación llegó a la tierra. Las cosechas fueron malas y para sobrevivir los astures salieron al sur, se alistaban como mercenarios en los ejércitos o atacaban poblados en la meseta. Los hombres morían en las guerras. Con la guerra llegó la peste y el hambre. En los poblados morían los niños y los adultos. Las piras de cadáveres ardían por doquier. Dicen que cuando la desesperación fue más grande llegó Enol. Era sanador. Nunca fue joven ni anciano, siempre igual a como es ahora, una barba canosa y ojos azules centelleando bajo unas cejas espesas, como un lago de paz; es igual que los lagos de Enol, azules y resguardados de agrestes montañas.

Interrumpí a Romila, le había escuchado largo tiempo mirando el horizonte que se cubría de nubes blancas. Nos habíamos sentado en el suelo, sobre la arena. Le dije:

—Así era Enol, mi padre.

Después, callé, y la anciana prosiguió:

—Enol es un nombre de leyenda. Dicen que aquel antiguo Enol trajo de nuevo la copa y con ella curó a muchos. Nunca se detenía. Recorría una aldea tras otra y examinaba a los enfermos, los aislaba en casas ajenas al poblado, y allí los trataba con una pócima que fabricaba en una copa dorada...

No pude callar.

—Una copa dorada con caracteres extraños en los bordes y arandelas romboidales, una copa con el fondo de ónice.

—¿La has visto?

Enrojecí. No quería haber dicho aquello, pero Romila poseía el don de contar historias, y aquélla había penetrado dentro de mí, haciéndome olvidar toda precaución sobre el secreto de la copa.

—Enol decía que aquella copa era capaz de fabricar bebedizos que curaban los venenos y, sobre todo, las enfermedades del alma. Era un gran sanador, el mayor que nunca haya existido entre nosotros. Su influencia llegó a ser tan grande que lo habrían hecho rey. Nunca lo consintió y siempre se sometió al gobierno de los hijos de Aster.

Romila enmudeció, pero yo estaba ansiosa por conocer las leyendas de mi pueblo.

—¿Y después?

—Las leyendas cuentan que Enol subió a un barco y volvió a las islas de donde había venido; otros dicen que se transformó en un lago en las montañas de Ongar; y que de vez en cuando desciende a los valles; pero se dice también que cuando nuestras gentes tienen necesidad, cuando hay guerras o peste, Enol regresa de las montañas y cuida a nuestro pueblo.

Deseaba conocer más sobre la copa de poder, el objeto que había ocultado en la fuente y que todo el mundo parecía buscar.

—¿Y la copa?

—Lo cierto es que la copa retornó, de alguna manera, a sus antiguos dueños, los pueblos britos o los galos. La guardaron durante generaciones, pero luego los galos fueron traicionados, la copa pasó a un centurión romano. César dominó a las tribus galas, y la copa del poder fue a Oriente y después, cuentan, fue llevada a Roma. Dicen que por eso el imperio de los romanos fue tan fuerte y duró tanto tiempo. Hay quien cuenta también que después pasó a los godos; que Alarico, en el saqueo de Roma, la obtuvo al desvalijar una gran iglesia, por eso los godos son en la actualidad poderosos. Pero ahora se ha perdido.

—¿Y cómo sabes todo esto?

—Lubbo me lo cuenta. Lubbo desea la copa más que nada en el mundo. Creo que cuando él y Alvio fueron al norte, su padre les encargó recuperar la antigua copa de los druidas, pero los dos hermanos se pelearon y sus caminos fueron divergentes. Nunca se supo bien lo que ocurrió entre ellos. Ahora, Lubbo ha sabido que Alvio posee la copa, y le busca por un lugar y otro, Lubbo piensa que con la copa recuperará el vigor que le falta, y la vista del ojo que ha perdido. Lubbo odia a su hermano Alvio.

Romila no dijo lo que pensaba de los dos hermanos.

Recordé las torturas de Lubbo y temí que Romila pudiese revelar algo.

—Yo sólo sé que la copa está bajo el poder de Enol —y pensé en lo que Aster había sospechado—; el que yo llamo Enol podría ser ese al que conocéis como Alvio.

Me detuve, temí haber dicho demasiadas cosas, después hablé apresuradamente.

—No sé nada de ella.

Se me quebró la voz, capté que Romila dudaba de mis palabras, la sanadora había percibido que yo conocía más información de la que confesaba.

—Quizás Enol, el Enol que yo conocí, consiguió la copa en sus viajes al norte. Romila, no quiero hablar de Enol, me hace sufrir. Era como un padre para mí. No sé quién soy. Y tampoco tengo claro quién fue o quién es Enol... Le juré que no diría nada de la copa... y estoy incumpliendo mi juramento.

Pensé en los siglos pasados, en aquel hombre que se llamaba como el preceptor que me había cuidado. Romila perdía su mirada en el mar. Se cubrió los ojos con una mano y miró al sol. Noté en ella una plegaria.

X

Las historias de los tiempos antiguos

Desde aquel día junto a la costa, la curiosidad por el pasado dominó mis pensamientos. Sin embargo, las jornadas siguientes llenas de quehaceres impidieron que Romila y yo hablásemos a solas. Uno de esos días, la curandera obtuvo permiso para salir de las murallas de Albión y recoger hierbas medicinales en la llanura junto al río. Solicitó que yo la acompañase y me llevó con ella. Cruzamos el gran portón de la ciudad y los soldados nos detuvieron, pero Romila mostró un salvoconducto que Ulge le había proporcionado y nos dejaron pasar. Caminamos rápidamente sobre la pasarela de tablazón pero tuvimos que apartarnos a un lado para dejar paso a soldados de la guardia de Lubbo. Galoparon junto a nosotras con rostros que mostraban urgencia. Estuve a punto de caer al agua y me cogí con fuerza a las grandes cadenas de hierro que sujetaban el puente. Romila me tomó de la mano, e insultó a los jinetes sin preocuparse de que fuesen o no armados.

Al traspasar la plataforma de madera, no seguimos mucho tiempo el camino sino que Romila se introdujo en el herbazal hasta llegar al río. La corriente circulaba caudalosa y sus aguas doblaban los juncos del margen.

—El río está más lleno de agua que otros años, este invierno ha nevado en los Argenetes.

—¿Argenetes? ¿La cordillera no se llama Vindión?

—Vindión es un nombre antiguo y alude a toda la cordillera. Los romanos llamaron así a la parte de la cordillera en la que nace el río Eo, muy cerca de Montefurado. Allí hay plata, en su lengua, *argentium,* es la plata; son los montes de la plata.

Aproveché las palabras de Romila para sonsacarla y saciar mi interés por el pasado.

—¿Tú conociste los tiempos de los romanos? Cuéntame más cosas —le supliqué.

Romila se inclinaba hacia el borde del río, la sanadora guardaba en su mente un tesoro de leyendas e historias, unas quizá reales, otras interpretadas a su manera.

—Durante siglos, los astures y los cántabros resistimos al empuje de Roma. Finalmente, los romanos llegaron aquí, hasta la costa, y derruyeron la antigua ciudad de Albión, pero en los poblados perdidos del interior nuestra raza aguardaba mejores tiempos. Roma se asentó en la costa, pero en las montañas, en poblados dispersos como el tuyo, como Arán, mantuvimos nuestras costumbres y evitamos pagar el tributo a los conquistadores romanos.

Recordé Arán, el lugar de mi infancia donde todo me parecía rutinario e igual, un lugar difícilmente accesible.

—Cuando el poder de Roma menguó, de nuevo recuperamos territorio y desde el interior avanzamos hacia la costa. El Senado de las tribus volvió a reunirse y se nombró príncipe de todas ellas a un descendiente de Aster. En la desembocadura del Eo se decidió reconstruir la antigua Albión, pero la ciudad estaba bajo el agua. Los más fuertes de los hombres edificaron un gran dique, robándole terreno al mar. El Senado decidió construir allí un lugar inquebrantable donde pudieran acudir las gentes de todas las tribus de la montaña en tiempos de guerra. La ciudad se construyó de nuevo y los hombres trajeron a sus mujeres de los castros de las montañas. Después cayó Roma; muchos de los hombres de la nueva Albión pensaron que su caída traería grandes beneficios, pero otros dudaron de ello. Y así fue, lo peor aún estaba por venir. Roma era el orden frente al caos. Después la anarquía lo dominó todo, a galope de jinetes de rostros extraños con lenguas extranjeras. Jinetes negros que quemaban las cosechas, robaban y violaban. Se llamaban a sí mismos suevos o, a veces, cuados, también vándalos y alanos. Cuando llegaron a la costa, el dique aún no estaba acabado; por entonces era de adobe y no de piedra, la muralla no se había concluido. Invadieron la ciudad, rompieron el dique y el mar entró, Albión fue casi derruida. Los castros dejaron de habitarse y en las montañas llegó la pobreza, con la población dispersa y sin protección.

—Pero ahora es una ciudad fuerte —dije yo asombrada de que Albión hubiese sido destruida—, la ciudad más fuerte que he conocido.

Romila sonrió, quizá pensó que yo no debía de haber conocido demasiados lugares en mi vida, me ruboricé.

—Los hijos de Aster habían muerto en la batalla y el linaje parecía haberse extinguido. En los poblados quedaban únicamente las mujeres que habían sobrevivido a la peste y a la guerra. Llegó un invierno más frío que ningún otro. Los lobos y los osos bajaron de las montañas, las mujeres no sabían cómo defenderse, mucha gente murió, parecía no haber ya esperanza, pero con la llegada de la primavera unas velas blancas aparecieron en el horizonte. Un pueblo de hombres de cabellos castaños, tez clara y ojos grises desembarcó en nuestras costas. Eran hombres que huían de las islas septentrionales, bretones y celtas del norte, que escapaban de la invasión de los anglos y sajones. Hablaban una lengua similar a la nuestra pero con un acento diferente. Eran también albiones que, siglos más tarde, regresaban a la tierra de donde en tiempos inmemoriales sus antepasados habían emigrado. Procedían de las invadidas islas, su capitán se llamaba Aster. Con ellos regresaba un druida al que después las mujeres llamaron Enol. Aquellos hombres se asentaron en la desembocadura del Eo y comenzaron a reconstruir la fortaleza. Rehicieron la antigua Albión como si la conociesen desde años atrás.

—¿Y los guerreros oscuros, los suevos?

—Al principio impidieron que se asentasen, hubo guerras, pero los hombres de las islas, los hombres de Aster, eran belicosos, querían poseer la tierra donde sus antepasados habían vivido años atrás y se unieron a lo que restaba del pueblo de las montañas. Después supimos que los sajones habían incendiado sus poblados en las islas del norte, y los guerreros de las velas blancas lo habían perdido todo: mujeres, casas, hijos... querían volver a empezar. Eran hombres desesperados.

—Como los hombres de mi poblado cuando lo destruyeron.

Recordé a los hombres de Arán, sus gritos de desesperación en el incendio y saqueo del castro. Romila hizo caso omiso de mi interrupción y continuó relatando el pasado como si lo viera ante sus ojos.

—Con las guerras muchos hombres habían muerto, otros se unieron a los bretones para luchar contra la barbarie. En los poblados quedaban sobre todo las mujeres. Desde las montañas, ellas observaban con miedo y con curiosidad a aquellos hombres del norte y las escasas mujeres que les acompañaban. Llegó el solsticio de verano. La noche más corta del año coincidió con la luna llena que se elevaba lentamente en el océano. Los hombres del mar habían finalizado la construcción de la muralla y del dique, Albión era casi como la ves ahora, pero sin el palacio ni el templo. Aquella noche del solsticio se encendieron grandes hogueras en las playas y comenzaron a tocar una música rítmica, que atraía los corazones, una música de flautas y de gaitas, muy parecida a la música que los hombres de las montañas habían tocado desde tiempo inmemorial. La noche se volvió día por la luz del plenilunio y por las hogueras de las playas. Luego llegaron las mujeres jóvenes. Sus madres las enviaban con presentes. Todos bailaron a la luz del plenilunio y Enol sonreía. Después, el príncipe de los hombres del mar se desposó con la hija de una mujer de la antigua familia de Aster. Ella se llamaba Ilbete. Los dos pueblos se fundieron en uno solo. Se fortificaron las aldeas de las montañas desde el Eo hasta el Navia y el pueblo astur renació. Nacieron hombres y mujeres de cabellos castaños y ojos grises. Las antiguas gentilidades de cabarcos, límicos, pésicos y luggones volvieron a formarse y se rehicieron los castros. Todos obedecían a los hijos de Aster e Ilbete y tenían como guía a los hijos de aquel nuevo Enol que regresó con los barcos de Aster.

Ya no recogíamos hierbas, Romila hablaba y yo escuchaba mirando al mar, que en la lejanía se divisaba picado por la marejada.

—¿Y después? —pregunté.

—Comenzó un tiempo de paz. Los hombres de las montañas bien dirigidos por los hombres de las islas, que eran guerreros poderosos, no permitieron que los suevos volvieran a conquistarles.

—¿Y qué ocurrió entonces? —pregunté de nuevo.

—Aster engendró en Ilbete a Verol. Verol a Vecir, y Vecir a Nícer, padre del Aster que mora hoy en día en Ongar. Todos ellos se desposaron con mujeres que procedían de una misma estirpe, la familia de la que también procedía Ilbete. Así se reforzaba la unión entre los hombres que vinieron de las islas con las mujeres de las montañas. En tiempos de Vecir se construyó el gran palacio de Albión donde hoy mora Lubbo.

—¿Y el druida?

—El druida era un hombre sabio, consejero de jefes, sanador y bardo. Reunió a todas las tribus de las montañas y consiguió formar de nuevo el Senado, que aunó a todos los montañeses. Se nombró a Verol príncipe del Senado cántabro. El druida trajo consigo a su hijo Amrós; éste engendró a Alvio y a Lubbo, a quien bien conoces.

La anciana calló, aquellas historias excitaron mi imaginación, en mi mente me pareció ver a un hombre alto y moreno, muy parecido al Aster que yo había encontrado en los bosques de Arán, al frente de un barco procedente de las islas del norte. Al mirar a lo lejos, vi la playa de arenas blancas abrazada por el mar. Me pareció divisar en aquella misma playa, en una noche iluminada por la luna llena y las hogueras, y me pareció que asistía a las bodas de los hombres de las islas del norte con las mujeres de las montañas.

Recordé a mi herido del bosque de Arán, y temí que hubiese muerto, pero mi espíritu de vidente me decía que no, que aún vivía y que algún día le volvería a ver.

La curandera miró al sol en su descenso hacia el mar, seguíamos paradas junto a los juncos, sin realizar nuestra tarea. Romila un tanto disgustada me dijo:

—Niña, me haces hablar de los tiempos antiguos y no recojo las suficientes hierbas, pronto se hará de noche, y cerrarán la muralla.

La cesta que cargaba Romila se llenó de plantas y semillas. No hablamos más. Pasó el tiempo y a lo lejos oímos las trompetas de los guardias de la muralla que anunciaban la próxima clausura de las puertas.

Llegamos al poblado al anochecer, detrás de nosotras se cerraron los portones de la muralla. En las calles de Albión las gentes se apresuraban a atrancar sus casas porque desde que Lubbo regía la ciudad se había impuesto el toque de queda. Los hombres de Albión experimentaban el miedo cada vez que atardecía y los soldados de las torres hacían sonar el toque de queda. A más de uno, la guardia de Lubbo se lo había llevado a la fortaleza al haber sido encontrado por las calles después de anochecer. Allí lo habían torturado, para intentar descubrir imposibles maquinaciones ocultas contra el poderoso señor de los albiones.

En la entrada de la casa de las mujeres me despedí de Romila. Fui a la estancia donde se nos daba la comida, pero no quedaba más que un poco de potaje de bellotas que engullí con hambre. Después me dirigí al lugar que compartía con Uma, Lera y Vereca.

La noche se me hacía interminable. No podía dormir. Soñé que Tassio había sido herido, intuí que aquello era una premonición, pero me desperté y miré los lechos de mis compañeras, como otras noches. Uma no estaba allí, Lera dormía plácidamente y Vereca daba muchas vueltas en su lecho intranquila. Uma salía a menudo furtivamente de la casa de las mujeres, acompañada por otras mujeres jóvenes del gineceo, iban a ver a los soldados de la guardia.

Pasaron las horas y volvió Uma, sonreía contenta de haber estado con alguien y comenzó a contarme lo ocurrido aquella noche, excitada.

—Mirón me ha prometido sacarme de aquí en el próximo plenilunio. Me desposará y seré libre.

Al ver su excitación sonreí; Uma era mayor que yo pero a veces se comportaba como una niña. Había tenido varios pretendientes que le prometían casorios, soldados suevos que duraban en Albión unos meses y después desaparecían.

—¿Te fías de los suevos? —le dije.

—¿Por qué no? Además, éste es distinto. Quiero cambiar de vida, tener hijos y una casa propia.

Con el ruido de Uma al entrar, todas se habían despertado. Sensatamente Vereca intervino en la conversación.

—Y ¿piensas que Lubbo permitirá que una de las doncellas, y joven, deje la casa de las mujeres? No lo creo. No estamos en los tiempos de Nícer.

—Sí. En los tiempos de Nícer las cautivas duraban poco tiempo aquí, la casa de las mujeres estaba casi vacía. Nícer no permitía la servidumbre; había mujeres que procedían de las guerras en la meseta pero pronto marchaban de aquí. Ahora cada vez somos más... y están los sacrificios.

Su voz vibró asustada al hablar de los sacrificios. Verecunda habló de nuevo:

—Uma, tengo miedo. Lubbo está loco y se acercan los sacrificios de primavera.

—En tiempos de Nícer las cosas eran distintas.

Lera estaba pálida y asustada. Pensando en lo que días atrás me había contado Romila, intenté desviar la conversación y le pregunté a Uma:

—¡Uma! ¿Por qué no nos cuentas la historia de Nícer?

Entonces Uma se animó, ella conocía la ciudad y todas las historias que circulaban, le gustaban las habladurías y las historias de antes de que Lubbo llegase a Albión.

—Nícer fue el mejor de los hombres de Albión, muchos le amaban.

Miré fijamente a Uma, su expresión infantil había cambiado, ahora hablaba seria y su gesto era de concentración.

—Su tiempo fue un tiempo de paz. Las cosechas fueron buenas y comerciábamos el estaño y el hierro con los hombres de las islas del norte, parientes nuestros. Un día Nícer fue hacia el nordeste cazando, llegó a las montañas de Ongar, cerca de los lagos de Enol. Allí vivía un clan de bretones que habían escapado a la conquista de los anglos y que eran cristianos, obedecían a un grupo de monjes. En un soleado valle, entre aquellas montañas con picos cubiertos por nieves perpetuas y junto a una fuente, encontró a una hermosa mujer que recogía agua. Se llamaba Baddo. La visitó a menudo y se desposó con ella en el solsticio de verano. Los viejos del Senado no estuvieron de acuerdo: los príncipes de Albión desde la llegada de Aster se habían casado con mujeres de la familia de Ilbete para asegurar la unión entre los pueblos. Había una mujer ya designada para unirse al descendiente de Aster. La mujer con la que Nícer debería haber tomado matrimonio se llamaba Lierka, su hermano era Blecán, que aún hoy es un hombre importante en la ciudad. Lierka estaba emparentada también con Lubbo y con Alvio, porque Amrós, el padre de ambos, se había casado con una hermana de Lierka.

—Lierka. ¿Es la que conocemos?

Uma estaba encantada con los comadreos locales, conocía muy bien las antiguas familias de la ciudad ya que pertenecía a un linaje antiguo.

—No —respondió—. La Lierka de la historia de Nícer es una tía de la que tú conoces que es hija de Blecán.

Después sin hacer caso a mi interrupción Uma prosiguió.

—La nueva esposa de Nícer nunca fue totalmente aceptada. Era cristiana. Aquel año, las cosechas fueron malas, Baddo dio a luz un hijo, que murió. Comenzó a correr por la tierra de los castros el rumor de que Baddo era un mal agüero y que atraía la mala suerte. Fue en aquel tiempo, después de años fuera, cuando volvió Lubbo a Albión. Se había ido con Alvio y regresó solo. Había cambiado mucho. Era cojo pero regresó tuerto, con ese ojo extraño que difunde resplandores rojizos, estaba lleno de un odio extraño hacia todo lo cristiano. Odió a Baddo porque lo era y porque había impedido el matrimonio del príncipe de Albión con Lierka, que pertenecía a su familia. Muchos hemos pensado que Lubbo fue quien lo originó todo; sembró la discordia en Albión y levantó el templo a los dioses antiguos, que ya estaban olvidados, y en el solsticio realizó el primer sacrificio sangriento: mató un caballo blanco. Nícer lo consintió en recuerdo a su padre, que había seguido a Amrós, el padre de Lubbo. Aquel año la cosecha fue buena y ese sacrificio prestigió a Lubbo. Baddo dio a luz a un niño al que llamaron Aster. El ascendiente de Lubbo creció aún más entre la gente. Cada vez realizaba más sacrificios y todo el mundo le seguía. Lubbo creó una facción rival a Nícer, con la excusa de que olvidaba los tiempos antiguos por haberse unido a una cristiana. En esa facción estaba toda la familia de Lierka, despechada por el rechazo de Nícer y muchos de los antiguos nobles. El ambiente del poblado se volvió gris e incómodo. Entonces desapareció la prometida de Tílego, uno de los nobles, amigo de Nícer. Apareció muerta con señales de haber sido sometida a un rito extraño. Había indicios que implicaban a Lubbo, pero no se pudo probar nada. Nícer le expulsó de Albión y Lubbo se refugió en la corte de los reyes suevos, donde adquirió una gran influencia. Les reveló el secreto del oro enterrado en los montes y de nuevo comenzaron a cavar túneles, horadando la montaña. Necesitaban esclavos y asolaron los castros de los montes Argenetes. Nícer hubo de enfrentarse a ellos. Albión fue asediada. La guerra se volvió contra Nícer y éste decidió enviar a su esposa y a sus hijos a las montañas. En el camino, mataron a Baddo y a sus hijos, sólo su hijo mayor, Aster, se salvó. Fue llevado prisionero a Albión y su padre rindió la ciudad para salvarlo. Después mataron a Nícer en una noche de plenilunio delante de Aster.

—¿Qué ocurrió con Aster?

—Durante varios años fue esclavo en el castro junto al Eo, pero no se sabe por qué extraña razón Lubbo le temía. Muchos de los albiones, en desacuerdo con Lubbo, ayudaron a Aster, que huyó. Escapó con mi hermano Tibón, atravesando los túneles bajo el mar y se refugiaron con los hombres de la costa. Después, llegó a Ongar, donde Rondal y Mehiar, hermanos de Baddo, le protegieron. Comenzó a luchar contra Lubbo y ha ganado prácticamente todas las batallas; los hombres de Ongar le siguen hasta la muerte, y sé que en el claro del bosque de Arán el Senado cántabro le nombró príncipe y sucesor de Nícer. Desde entonces Lubbo le busca. Sabe que cada vez más gente se le une; algún día reconquistará el lugar que le pertenece.

En la oscura estancia en la que nos hallábamos reinó el silencio. Creo que cada una de nosotras pensó en Aster a su manera, Vereca, como el posible liberador de Goderico, Uma, con su hermano Tibón al que apenas conocía, Lera, como en el único que podría evitar la tragedia. Yo recordé el bosque de Arán, y vi al hombre.

XI

El sacrificio

Lubbo regresó a Albión, y el ambiente en la casa de las mujeres se tornó opresivo. Romila y Ulge discutían a menudo. El tiempo mejoraba y la primavera cubrió de flores los campos que rodeaban la ciudad.

Se acercaba el plenilunio. En las noches aún frescas, veíamos las estrellas y la luna, una línea blanca sobre el cielo del castro de Arán fue creciendo. Al llegar el cuarto creciente, Ulge hizo llamar a Lera, y la condujo hacia la entrada del gineceo. El ama de la casa de las mujeres mostraba un semblante pálido y descompuesto; nos abrazamos a Lera, que se dejó llevar sin oponerse.

Después supimos que la habían encerrado en el sótano de Albión en una prisión bajo tierra. Permitían a Romila acercarse hasta allí y yo podía acompañarla.

Vimos cómo la luna iba creciendo en el cielo y todas temimos el plenilunio. La tarde anterior a la luna llena llamaron a Romila a la fortaleza, y solicitó que yo la acompañase. Al atravesar el castro pudimos observar los preparativos para la fiesta. En medio de nuestro dolor comprendimos que a muchos de la ciudad el sacrificio no les era molesto sino más bien se preparaban como si de una fiesta cualquiera se tratase.

Escoltadas por dos guardias emprendimos la marcha hacia la fortaleza. Romila caminaba con paso lento apoyándose en mí. Yo cargaba con un frasco lleno de un brebaje que la noche anterior la curandera había confeccionado, y también unas hermosas vestiduras blancas para Lera.

Penetramos en el interior del recinto y descendimos por una rampa muy ancha hacia los calabozos. Aquel lugar olía muy mal, a algo pútrido que no supe identificar bien. Descendimos dos niveles y llegamos a un estrecho corredor alargado con calabozos a los lados; los hombres al vernos comenzaron a gemir.

—¡Agua!

—¡Di a mi esposa que vivo!

Los soldados no permitieron que nos detuviésemos y tuvimos que avanzar muy rápidamente. Al fondo se abría un pequeño calabozo sin prácticamente ventilación, en el suelo encontramos a Lera, sentada sobre un mojón de piedra con las manos entrecruzadas sobre las piernas y el rostro sereno.

—Lera —dije.

—Voy a morir.

Y al decir aquellas palabras no hubo queja en sus labios sino el convencimiento de algo ya aceptado.

—Ya no tengo miedo. Es como un milagro pero no tengo miedo, voy a descansar del temor.

Miré a Romila. Ella también sufría.

—Debes vestirte para el sacrificio.

—¿El sacrificio? —Parecía como si ella pensase en otra cosa—. Ah, sí. Me gustaría tanto asistir de nuevo al sacrificio.

Pensamos que deliraba, pero después entendimos que se refería a otro sacrificio, el sacrificio cristiano.

—Debes vestirte —dijo Romila—, te he traído una sustancia narcótica, con ella sufrirás menos.

Romila me pidió el frasco, lo abrió y de él salió un perfume suave.

—No hace falta —dijo Lera—, no estoy nerviosa ni preocupada. Voy en paz porque mi Dios va conmigo.

La sanadora se acercó a Lera y comenzó a desvestirla, después con un aceite aromático limpió su rostro, coloreó su cara y cepilló su largo pelo castaño que trenzó con unas flores. Por último, le introdujo por la cabeza la larga túnica blanca y brillante, los pliegues se amoldaron sobre su hermoso cuerpo. Romila ató la túnica con un cordón dorado bajo su pecho. Lera estaba muy hermosa.

—Debes beber el tónico.

—No, Romila, te lo agradezco pero no lo haré.

—Bebe —insistió Romila.

Lera se negó y la sanadora acercó de nuevo el brebaje a sus labios. Nos miró con ansiedad y finalmente bebió.

Los soldados de la guardia llamaron fuera.

—¿Ya habéis acabado?

—No. Aún no, esperad un momento.

Abrazamos a Lera, y ella comenzó a llorar.

—Sólo os pido una cosa —dijo—, rezad al Dios de Ongar, al Dios de mis padres para que sea fuerte.

—Lo haremos.

Besé a Lera en las dos mejillas y salimos de la prisión. Anochecía.

Volvimos lentamente a la casa de las mujeres, donde dejamos los afeites y el narcótico. Después nos dirigimos hacia el gran templo de Lug; queríamos estar con ella hasta el final. Allí se congregaba mucha gente, casi toda la ciudad, había gran cantidad de borrachos y a la entrada uno de los siervos del templo repartía una bebida de carácter afrodisíaco y alucinógeno. Me dio miedo la actitud de los hombres, Romila me indicó que me cubriese con el manto. Lo hice así y me incliné, en actitud de persona anciana.

Sonaron los tambores, una música salvaje se comenzó a oír, vimos llegar a Lubbo, su pájaro blanco apoyado en su hombro y el negro sobrevolando el altar de los sacrificios. Lubbo se inclinaba sobre un bastón de nudos y en la mano llevaba un cuchillo de oro con forma de hoz. Cerca del altar Lubbo comenzó a recitar una cantinela extraña invocando a los dioses antiguos, los hombres del pueblo coreaban alguna de las frases. Romila y yo nos pegamos a la pared del viejo templo de Lug.

Entonces, cuando la música era más frenética, entre varios soldados llegó Lera. Accedió al ara sacrificial ajena a la realidad, caminando como en sueños, posiblemente el narcótico había hecho su efecto. Lubbo miró a Lera mientras seguía recitando las palabras rituales, su mirada era dura y codiciosa. Los soldados suevos la hicieron caminar hacia el gran altar en el templo de Lug, situándola ante el altar. Oí su grito cuando Lubbo clavó el cuchillo y el ulular de los pájaros carniceros del druida. La sangre de Lera cayó sobre una pileta redonda y después fue recogida en un cuenco, Lubbo la bebió todavía caliente.

Yo no pude aguantar y perdí el sentido. Romila me sostuvo para que no cayese al suelo.

XII

La guerra

A la ciudad de Albión llegaron noticias de nuevas batallas. Se rumoreaba que las minas de Montefurado habían caído en poder de Aster, y que las Médulas eran suyas. Se decía que un gran ejército se aproximaba. De todas las mujeres del gineceo, había una que en aquellos días se hallaba particularmente inquieta, era Verecunda.

La criada del judío llevó las noticias al impluvio, una mujer prieta en carnes que se sentía despreciada por servir a un judío y gustaba darse importancia frente a las demás.

—Mi amo y yo abandonamos Albión —dijo como si ella lo hubiese decidido—; desde que ha caído Montefurado, no llega oro a la ciudad, a mi señor ya no le interesa este lugar de montañeses.

Vereca no escuchó lo que se refería al oro, pero las palabras sobre Montefurado resonaron en su mente.

—¿Sabes qué ha ocurrido en la batalla?

—Aster y los de Ongar desviaron el curso de los canales y la mina estalló, han muerto muchos hombres.

—¿Y los esclavos?

—Dicen que algunos se salvaron y se unieron al ejército de Aster, pero que la mayoría han muerto.

El rostro de Vereca perdió su color rojizo habitual y se volvió blanco. La sierva continuó con sus noticias:

—Aster está formando un gran ejército. Los castros de

las montañas le abren sus puertas y se someten a vasallaje de manera voluntaria.

—No me extraña —dijo Uma con tono apasionado—. No en vano en los castros se odia a Lubbo.

Yo callé, y al presentir la cercanía de Aster, una gran zozobra me desasosegó, intuí que cuando le volviera a ver, si esto llegaba a suceder algún día, nada sería como en Arán, nada sería igual entre la sierva del gineceo y el príncipe de Albión.

En aquel tiempo y quizá más que nunca, Lubbo deseaba la copa, y las sospechas de que yo conocía su paradero se acentuaban. Intentó de nuevo torturarme pero los dioses de nuevo permitieron que perdiese el sentido cuando el suplicio se volvía insoportable.

En los días siguientes, las siervas de la ciudad que acudieron al impluvio a lavar nos trajeron más noticias.

—Ninguno de los albiones se atreve a desafiar a Lubbo abiertamente, pero su poder está menguando. Los suevos le temen pero ayer hubo una revuelta de los hombres de Ogila, querían sus soldadas y Lubbo no tiene ya suficiente oro para pagarles. Desafiaron a Ogila. Entraron en la casa de mis señores y se llevaron el oro y las joyas que había. Muchos se han ido buscando un jefe que les pague mejor.

Otra de las mujeres habló:

—Los soldados de Lubbo mataron a uno de los hijos de mi amo que se atrevió a oponerse.

Después de aquella revuelta, Lubbo se ausentó de Albión, dejando a Ogila al mando. Más que nunca necesitaba el apoyo de los suevos. Se decía que había acudido a la corte del rey Kharriarhico en Bracca para pedir ayuda contra la rebelión interna que se le iba de las manos. Su ausencia en Albión se tradujo en un ambiente de alivio generalizado. Ya no temí ser llamada a la fortaleza para ser de nuevo torturada.

En aquel aparente período de paz pasó un tiempo sin apenas noticias, pero después algunos mercaderes trajeron nuevas de los rebeldes. Tras haber liberado miles de esclavos en las Médulas y conseguido un abundante botín, los hombres de

Aster se retiraron. Les seguían muchos de los siervos de las minas de Montefurado, pero Aster no tenía prisa en recuperar lo que era suyo. Se decía que su ejército no era tal, que los esclavos de las minas estaban famélicos, destrozados por un trabajo inhumano; pero él confiaba en aquellos desheredados de la fortuna y se dirigió a su base en las montañas de Ongar; compró alimentos y armas, y ayudado por algunos que conocían el arte de la guerra comenzó a adiestrar a aquel ejército desunido y bisoño.

Las huestes de Aster crecían debido a que por los castros de las montañas se corrió la voz de que un hijo de Nícer había vuelto. Las tradiciones de siglos revivieron, y los notables de los castros ofrecieron vasallaje a Aster a cambio de protección contra los hombres de Lubbo, los bandidos y las alimañas. Aster era precavido. No se dejaba nunca llevar por la improvisación. Aceptaba el vasallaje de unos y otros pero a cambio les pedía hombres y armas o un tributo en especie.

Lesso y Fusco no habían cumplido aún los quince años y su talla seguía siendo pequeña, pero ellos se sentían importantes. Aster los envió a diversas misiones. Se iban haciendo mayores. Cazaron un oso que destruía los ganados de un castro de las montañas y lucharon contra los hombres de Lubbo en distintos lugares.

Años más tarde Fusco y Lesso me hablarían de Ongar; de cómo las agrestes montañas de Vindión se elevaban sobre el valle; de cómo en lo profundo de la vaguada los hombres de Aster se disponían alrededor de una cueva donde vivían monjes cristianos. Cerca de allí, el río Deva nacía entre las rocas, con una cascada que formaba una laguna antes de despeñarse en un torrente. Desde siglos atrás, junto a la cueva existía un pequeño castro, que hacía dos o tres generaciones había acogido a los bretones, con ellos habían llegado monjes celtas. De allí procedía la madre de Aster.

El poblado colindante a la cueva de los monjes no era suficiente para acoger al ejército de Aster que crecía día a día.

Se había talado un gran claro en el bosque, con los troncos se construyeron cabañas, almacenes y barracones de madera. A uno de ellos condujeron a los heridos de la batalla de Montefurado, entre ellos a Tassio, que tardaba en recuperarse de la herida. Le asaltaban fiebres cuartanas que le postraban y, poco a poco, perdía fuerzas. Fusco y Lesso intentaban atenderle y llevarle comida. Uno de los hombres, procedente de la zona de los pésicos, que decía conocer el poder de las plantas intentó atenderle pero fracasó. Tassio seguía igual, le devoraba la fiebre y muchos días permanecía acostado en la cabaña de madera. Fusco y Lesso le visitaban con frecuencia, ambos estaban muy preocupados por la evolución del herido.

Un día, Lesso buscó a Aster; le encontró sentado fuera del campamento, en un lugar elevado desde el que se veía la cascada del Deva. El día era claro pero algunas nubes bajas cambiaban lentamente de lugar en el cielo color turquesa. Hacía frío. Aster se sentía en paz, contemplando el horizonte, mientras afilaba su espada contra una roca. Lesso no se sentía intimidado ante su capitán, y se acomodó a su lado. Aster se dio cuenta de que había alguien junto a él y salió de su ensimismamiento.

—¿Qué te ocurre, pequeño guerrero de Arán?

—Mi señor, mi hermano Tassio está enfermo, empeora de día en día.

Aster miró con comprensión a Lesso pero no habló. Conocía bien a los hombres y apreciaba a los pequeños de Arán, como les llamaban en el campamento. Lesso prosiguió:

—La hija del druida sanaría a Tassio.

Aster se sobresaltó, y la expresión de su cara cambió, y algo añorado volvió a su corazón. Entonces, Aster, el que nunca se inmutaba, preguntó vacilante:

—¿La hija del druida? ¿Dónde está?

—Se dice que cuando los hombres de Lubbo arrasaron Arán, la llevaron cautiva al castro del Eo y que está allí, sierva en Albión, en la casa de las mujeres.

—¿Arán? ¿Arrasado?

—Tras nuestra huida, los hombres de Lubbo destruyeron el poblado, dicen que buscaban una copa y sobre todo encontraron huellas de que habíais estado allí.

Aster calló unos minutos, en el ambiente se palpaba que estaba dolorido, después habló.

—Iremos a Albión —dijo lentamente—, pero aún no ha llegado el momento.

Después enmudeció de nuevo, aparentemente abismándose en el paisaje de aquellos picos rocosos y aún nevados. Sin embargo, él no miraba la cordillera, sino que su vista se adentraba más allá, hacia el occidente, atravesando las montañas, hacia el lugar donde se había situado el poblado de Arán, hacia el oeste, donde se levantaba Albión. Lesso observó tímidamente la cara de Aster, en la que se veía una expresión de dulzura y de añoranza; después Lesso se fue, dejando a Aster solo y pensativo. Se acercó al almacén donde Tassio descansaba. Lesso apreció que su hermano estaba débil y sin fuerzas. Al ver a Lesso, Tassio intentó levantarse:

—¿Cómo estás, Tassio? —preguntó Lesso.

—Estoy bien.

—Buscaré a la hija del druida. Ella te curará como curó a padre.

—No podemos ir a Albión. Jamás lograremos entrar.

—Yo entraré.

Desde aquel día, Lesso tuvo en su mente la idea fija de asaltar Albión. Hablaba frecuentemente de ello con Fusco, quien no tenía muchas ganas de meterse en nuevas aventuras, por más que también estuviese preocupado por Tassio. Fusco estaba más entusiasmado con los montes que les rodeaban, y desde la caza del oso, sólo pensaba en los animales de aquellos picos.

Sin embargo, en poco tiempo los sucesos se precipitaron. Días después, llegó un mensajero. Las noticias eran buenas, les habló de las revueltas en Albión, y también de la ausencia de Lubbo de la ciudad. La guardia había disminuido en Albión. Por el poblado de las montañas de Vindión corrieron las nuevas y los capitanes se reunieron. Mehiar, Tibón y Tilego consideraron que había llegado el momento de atacar la ciudad. Aster recomendó esperar, pero en su rostro, habitualmente tranquilo, latía la impaciencia. Después del consejo de capitanes, mandó llamar a Lesso:

—Creo que querías partir hacia Albión.

Lesso asintió y después le preguntó al príncipe:

—¿Cómo podría entrar alguien en Albión sin ser conocido de Lubbo? Sabes bien que desde que Montefurado cayó la ciudad está cerrada, y todo el que entra debe presentarse a la guardia de Lubbo y justificar su presencia allí.

—Hay un modo... —dijo Aster.

—¿Sí? —preguntó Lesso con dudas—, ¿cómo entraremos? ¡Yo no sé el camino!

Aster le observó con esa mirada suya, tan penetrante, que hacía que los hombres le obedecieran y habló.

—Tilego irá a Albión con vosotros, conoce a gente que nos puede ayudar. Tú y tu amigo Lesso tendréis otra vez una misión.

—¿Cuál, señor?

—Necesitamos que alguien penetre en la ciudadela para abrirnos paso. Tilego te puede indicar un camino de entrada. Discurre bajo tierra. Hace años fue cegado, pero mis informadores afirman que podría ser practicable para alguien como tú y tu amigo, Fusco.

—¿Nosotros?

—Sabéis cavar.

Cuando Lesso informó a Fusco de los planes de Aster, vio cómo se erizaba el cabello rojo de su amigo.

—¿Cavar otra vez? Odio los lugares cerrados... Me da náuseas solamente pensar en túneles. Ni me hables de eso.

—¿No me dirás que te quieres quedar aquí mientras todos vamos a la guerra?

—Me gustaría quedarme aquí cazando...

—Piensa en Tassio, es mi hermano. Además es ridículo pensar que mientras todos luchamos, tú te quedas cazando.

Fusco dejó de quejarse y entendió que Lesso tenía razón, no se había ido de Arán para cazar osos y ciervos en los montes. Lesso continuó:

—Aster me ha dicho que ha destinado a Tassio al grupo de Tibón, él le cuidará y nosotros buscaremos a la hija del druida.

—Confías mucho en ella.

—Tiene un don, Enol una vez me lo dijo, tiene el don de curar y sé que ella puede curar a Tassio como curó a mi padre.

Al alba, se produjo la salida de una expedición al frente de la cual cabalgaba Tilego. En medio del grupo dos mozalbetes con expresión decidida: Lesso y Fusco, subidos a una carreta en la que se almacenaban armas y otros pertrechos; Goderico, el hombre de Montefurado, también fue con ellos.

Aquellos días llovió mucho, el agua fina empapaba las ropas de Tilego y sus hombres. Lesso y Fusco estaban permanentemente calados. El grupo avanzaba deprisa a pesar de la lluvia. Con la humedad, la naturaleza de aquel lugar del norte destilaba verdor; los arroyos llenos de agua dificultaban el paso de la carreta. A menudo se encontraban con hombres de distintas tribus que huían de la guerra y de la ira de Lubbo, muchos se dirigían a Ongar, buscando la libertad con Aster. En los últimos tiempos varios poblados habían sucumbido devastados por la cólera del tirano; tras la caída de Montefurado, necesitaba oro y joyas para pagar a sus soldados. Por lo que los evadidos contaban, Lesso y Fusco entendieron que Lubbo se había trastornado en una furia ciega que destruía los castros sin ningún fin. Cuando los poblados habían sido asolados y sólo quedaban cadáveres, lanzaba sus pájaros carroñeros sobre los cadáveres. Todos temían a aquellas dos aves que engordaban con la muerte.

Atravesaron las montañas, pasaron Albión de largo y llegaron a la costa a un lugar más alejado hacia el oeste. Unas playas blanquísimas flanqueadas por arcadas de piedra, que se clavaban en el mar y en la arena. Tilego, Goderico, Fusco y Lesso, con dos hombres más, bajaron a la costa. Los otros miembros del grupo permanecieron ocultos con la carreta en un bosque.

Las rocas formaban parte del enorme gigante de piedra centenario que, según la leyenda, se habría dormido en la costa cántabra con sus pies metidos en el mar. Tilego les guiaba con decisión, entre los pies del gigante, las negras arcadas. Entraron en una cueva llevando teas que alumbraban débilmente el túnel. Ante su mirada se extendía una gran cavidad horadada por las olas, el suelo de arena color pajizo. Goderico encendió una gran antorcha y la cueva se iluminó. La pared frente a ellos tenía entrantes y salientes, la piedra unas veces era negra, otras parda, y a menudo del color de la arena.

—Por lo menos aquí podemos hablar —dijo Fusco—. No como en las Médulas.

Desde la cueva inicial labrada por el mar, habían llegado a una cueva más amplia, llena de estalactitas colgantes del techo que, al ser iluminadas por las antorchas, adoptaban distintos colores. Entonces Tilego iluminó un lugar hacia la izquierda de la cueva, allí había un pasillo semicegado por arena.

—Mirad, éste es el camino a Albión. Nícer mandó cegarlo en la guerra contra Lubbo, porque Lubbo lo conocía.

—¿Dónde acaba?

—En la casa de las mujeres en Albión. Allí hay mucho odio concentrado frente a Lubbo. Esta primavera pasada sacrificaron a una de ellas. Están asustadas. Harán lo que sea por librarse de Lubbo. Además, creo que allí tenéis a alguien conocido, que quizá pueda ayudarnos.

—Sí. Una de las prisioneras.

—Después abriréis el portillo del sur.

—El portillo del sur... el portillo del sur... —Fusco se enfadó—. ¿Cómo sabremos cuál es ese portillo del sur?

Tilego casi no movió su cara, tapada por una espesa barba rizada y castaña, pero sus ojos brillaban divertidos ante la espontaneidad de Fusco.

—Las mujeres os lo indicarán.

Comenzaron a excavar. Al rato, en la roca apareció una abertura estrecha por la que sólo cabría un mozalbete del tamaño de Lesso o Fusco. Años y años de mareas y corrientes marinas habían rellenado aún más la oquedad, y la labor se hacía difícil. Goderico les indicaba cómo debían apuntalar con maderas aquel estrecho espacio en forma de túnel para que no se les cayese encima, el túnel era muy estrecho y largo. Trabajaron durante horas en el interior de la cueva, iluminados por antorchas. Se sentían ahogados.

—¿Sabes, Fusco? Las galerías de Montefurado eran palacios en comparación con esto.

Los dos muchachos salían una vez y otra para tomar aire mientras se turnaban en la construcción del túnel. Goderico y los soldados de Tilego les daban agua para reponerse y ánimo para seguir adelante. Lesso cavaba febrilmente y después, cuando estaba cansado, Fusco proseguía. Ya se habían turnado muchas veces cuando Lesso introdujo el pico una vez más en la arena, ésta finalmente cedió, y entró aire muy húmedo con olor a mar. Detrás se abría una cavidad más amplia.

—¡Hemos llegado al final! —gritó.

Le pasaron más maderas para que apuntalase el agujero, y al final una antorcha para ver lo situado más allá.

—¡Hay una cueva... a...! —gritó Lesso.

No le dio tiempo de decir nada más; al asomarse al extremo del túnel cayó hacia delante entre arenas y rocas.

—¡Lesso! —gritó Fusco desde arriba iluminando la cueva—. ¿Estás bien?

Fusco se asustó al no oír respuesta, bajó precipitadamente hacia la cueva, teniendo cuidado de que no se apagase la antorcha.

Al llegar abajo, vio que Lesso se estaba incorporando y decía palpándose:

—Vaya golpe...

—¡Ya podías contestar! He bajado corriendo y casi me mato... No sé si Tilego quería decirnos algo más pero ya no podemos subir.

Lesso respondió con aparente buen humor, que ocultaba su pizca de miedo:

—No te preocupes, compañero. Sólo tenemos que ir por este túnel, llegar a Albión, encontrar a las mujeres, evitar que nos maten y abrirles la puerta esa del sur.

Fusco no le contestó, iluminó con la antorcha la cueva. Las estalactitas del techo brillaban como el cristal, nunca habían visto nada similar, formaban figuras de cuarzo irregular, muy diversas unas de otras.

—Menos mal que llevo otra antorcha en la cintura, por si se nos apaga ésta.

—¡Mira tú el confiado!

—Ya sabes que yo sólo confío en lo que tengo entre manos y ahora mismo es una antorcha y un arma.

—Déjate de tonterías y vamos a seguir. No tenemos mucho tiempo de luz. Debemos estar a bastante distancia de Albión, por lo menos a dos horas de marcha desde la superficie y no sabemos cómo es este túnel, si va recto o da muchas vueltas.

Desde arriba les gritaron algo que no entendieron, pues los hombres de Tilego estaban lejos; no había forma de volver atrás sino escalando el paredón que quedaba tras ellos. Así que los dos jóvenes callaron, y comenzaron a caminar. La cueva, de techo amplio en el inicio, se hundía hacia dentro, en una forma trapezoidal, y al final se continuaba por una especie de pasillo estrecho que se curvaba siguiendo en dirección al este. Lesso y Fusco caminaron por él sin separarse uno del otro y, aunque no se lo confesasen mutuamente, sentían miedo. A los lados la piedra negra del pasillo subterráneo brillaba iluminada por la antorcha en tonos verdes, de algas y agua de mar. El olor era nauseabundo, a pescado descompuesto, y el aire insano. Fusco pasó la antorcha a Lesso, más atrevido, que iba delante, después se agarró del hombro de su amigo sin atreverse a separar ni un dedo.

Habían caminado un lapso corto de tiempo, cuando sintieron que el aire se volvía más respirable y oyeron gritos de gaviotas. Estaban en una cueva más amplia; en ella y a un lado la pared de piedra se abría al mar por una hendidura tan estrecha que no hubiera permitido el paso de un hombre. Las olas salpicaban por allí el interior, como una torrentera, y con ellas penetraba la luz del sol de poniente. Procuraron cubrir la antorcha para que no se apagase con el agua y continuaron por el túnel que allí se dividía en dos. Uno de los ramales se dirigía claramente hacia el mar, el otro giraba al sudeste. Tomaron aquél. Más adelante el túnel dejó de ser de roca y en él se veía la tierra apelmazada y quizá trabajada por la mano del hombre. Ahora, el olor era a tierra mojada o estiércol, y en las paredes se podían ver raicillas de plantas, y también raíces profundas de árboles. Notaron una sombra volar sobre ellos, era un murciélago con su grito particular. Pensaron que se acercaban a la ciudad de Albión.

De pronto, el camino se cortaba por troncos y maderas; entre ellas distinguieron con asco y temor el cadáver de un hombre muerto largo tiempo atrás, conservaba sólo los huesos y algo de piel acartonada. Lesso gritó, Fusco se pegó a él.

—Es un soldado con las antiguas vestiduras del ejército de Albión. Murió hace muchos años. Está vestido con una malla fina, y la espada es buena —dijo Lesso.

—No quiero ni mirarlo.

Lesso se detuvo a examinarlo, mientras Fusco torcía la cabeza para el otro lado.

—En la mano llevaba una antorcha, parece que murió aplastado por la caída de los troncos.

Lesso tomó la antorcha de las manos del cadáver, después le quitó la espada y el cuchillo. Eran de acero de buena calidad, la empuñadura remachada por incrustaciones de coral y ámbar. Fusco se fue tranquilizando, cogió la espada, y comenzó a bromear.

—Cuando vean estas armas en el campamento vamos a ser la envidia de los otros. Ya se puede decir con estas armas que somos guerreros albiones —dijo—. ¿Quién sería este buen mozo?

—Déjate de bromas y vamos a abrir un hueco aquí.

Comenzaron a retirar los troncos y las maderas. De pronto entendieron lo que quizás habría ocurrido; aquel hombre había derrumbado el techo, quizá para huir de sus perseguidores; aquello lo había matado.

Colocaron el cadáver en un lateral y con cuidado lo fueron tapando con los troncos que retiraban del corredor. El trabajo se hacía largo, poco a poco apartaron bastante madera y se abrió una estrecha oquedad que dejaba paso suficiente a los muchachos. La antorcha se apagó y encendieron la del guerrero con yesca y pedernal. Fusco cortó con el cuchillo maderas para poder hacer nuevas antorchas si se quedaban sin las anteriores. Había pasado mucho tiempo desde que dejaron atrás a Tilego y a sus hombres. De nuevo encontraron un obstáculo de troncos de madera, pero aquello parecía más una entrada cegada artificialmente que un desprendimiento. Se indicaron mutuamente silencio, estaban llegando al final del camino. Entonces accedieron a un gran almacén lleno de sacos de bellotas, harina y odres de vino. Todo estaba marcado por la señal del muérdago, la señal de Lubbo.

Oyeron ruidos y se ocultaron tras unas cubas de vino. Su tamaño pequeño les permitía ver sin ser vistos. La que entraba era una mujer de pelo gris, cubierta por un manto. Salió del almacén sin darse cuenta de que estaban allí.

—¡Hemos llegado! —susurró Fusco—, ésta es la casa de las mujeres de Albión.

—Podría ser cualquier casa o la parte de abajo del palacio de Lubbo.

Fusco salió de su escondite y se dirigió hacia el fondo, encontró una puerta por la que se colaba la luz de la tarde; miró a través de una hendidura en la madera.

—Te digo que es la casa de las mujeres —repitió en un tono más alto—, ahí fuera hay más faldas que en la casa de mi madre y allí había muchas.

—Y ahora ¿qué?

—Vamos a buscar a la hija del druida.

—Estás loco —dijo Lesso—; salimos y decimos a las señoras: «Señoras, somos guerreros de Aster y venimos a rescatarlas.» ¿Te parece?

—Se reirían de nosotros. Somos pequeños, y... ¿tú crees que tenemos pinta de guerreros?

—Pues mira qué espada hemos conseguido y qué puñal.

Lesso no hizo caso a las bravuconadas de Fusco.

—Hay que esperar a la noche y vigilar desde aquí para ver si la vemos.

Fusco no tuvo más remedio que admitir que aquélla era la única solución. Se tumbó contra una saca de bellotas y dijo tocándose el vientre:

—Tengo hambre.

—Pues esto es un almacén de comida. ¿Desea el señor tejedor unas manzanas secas? Aquí hay castañas pilongas, y aquí bellotas.

—¡Compañero! ¡Esto es el paraíso!

Oyeron la puerta y se escondieron de nuevo. Entraba una mujer muy robusta y con el cabello rojizo que se paseó entre las sacas diciendo:

—Minino, minino... Ya se ha colado el gato a comer, ¡como le coja!

Contuvieron la respiración. La mujer dio varias vueltas y salió, cerrando la puerta con una tranca grande.

—Está vigilada —dijo Fusco—, ¿cómo vamos a salir de aquí?

Lesso le hizo gestos, mandándole callar.

—No hagas ruido, o nos encontrarán.

Retrocedieron hacia lo más profundo del almacén, cerca del lugar por el que habían entrado, y comieron higos secos, castañas y manzanas. Tenían hambre después del largo camino. Luego se dirigieron hacia un ventanuco con reja que estaba semientornado. Se comunicaba con el patio central del gineceo; en él pudieron ver a las mujeres lavando la ropa en el impluvio o caminando de un lado a otro cargadas con niños, comida o cestas de ropa. Fusco y Lesso oían sus voces y las conversaciones entre ellas; intentaban encontrar a la hija del druida pero no la veían y desesperaban ya de lograrlo cuando la distinguieron en el lado sur de la valla, portando una gran cesta con hierbas. Mentalmente apuntaron cuál era el lugar hacia el que se dirigía.

La noche en la que Fusco y Lesso alcanzaron Albión yo dormía profundamente y soñaba. Me parecía estar de vuelta en Arán, pero era un lugar diferente, las casas estaban quemadas pero reconstruidas parcialmente. Vi al herrero protestar una vez más porque le faltaban sus hijos, y se dirigió hacia mí, tocándome el hombro. Me desperté, junto a mi hombro había efectivamente una mano, pero otra me cerraba la boca.

—Hija de druida, somos nosotros. Necesitamos tu ayuda.

Vi la mirada de Lesso, brillante y sonriente como siempre lo había sido. Después divisé el cabello rojo de Fusco, y pude ver cómo éste tenía sujeta a una de mis compañeras: era Verecunda. Uma se despertó también e intentó decir algo. La detuvimos entre todos.

—¿Cómo habéis llegado aquí?

—Una larga historia. —Fusco rió.

Me parecía imposible encontrarme en la casa de las mujeres de Albión con mis antiguos compañeros de juegos, recordé la última vez que les había visto en el bosque de Arán, camino hacia Ongar. Había pasado mucho tiempo, más de dos años. Habían crecido algo, pero seguían siendo unos mozalbetes de baja estatura y de barba lampiña. Al verles, mi cabeza sólo tuvo una idea.

—Y ¿Aster? —pregunté.

—Él nos envía —habló de nuevo Fusco, dándose importancia—. Necesitamos ayuda. ¿Éstas son de fiar?

Yo miré a Uma y a Verecunda, estaban despiertas, Fusco las amenazaba con su gran espada.

—Sí, lo son —dije—, déjalas en paz, Fusco.

Después me dirigí a ellas:

—Son amigos, del lugar donde yo vivía antes, huyeron con Aster a las montañas.

—Después a Montefurado, donde derrotamos a Lubbo.

Vereca y Uma miraban a los recién llegados, sin saber si debían tomarlos en serio o no, unos chavales de baja estatura que parecían reírse de todo. A ellos les daba igual la actitud de las mujeres.

—Necesitamos abrir el portillo sudeste de la muralla, el que da al acantilado, por allí entrarán los nuestros. —Lesso no dio más explicaciones.

Yo conocía bien a Uma y a Vereca, sabía el odio que tenían a los suevos y a Lubbo, agudizado desde la muerte de Lera.

—Debemos ayudarles —dije—, son amigos de Aster y él es la única esperanza.

—Cualquier enemigo de Lubbo es amigo nuestro —habló Vereca, y después prosiguió—: ¿Sabréis llegar hasta allí?

—La casa de mis antepasados estaba muy cerca de ese lugar —dijo Uma—, yo podría guiaros.

—¿Estás segura? Si nos descubren...

—No quiero seguir la suerte de Lera. Yo soy la siguiente —dijo con decisión Uma—; si a estos chicos los manda realmente Aster, haré lo que sea.

—¿Y cómo saldremos de aquí?

—No te preocupes, muchacho —dijo la goda—, hace años que las mujeres de aquí salimos sin problemas.

—¿Es sueva? —me preguntó Fusco.

—No, goda, y es de fiar. Su esposo fue apresado en las minas de Montefurado, odia a Lubbo, más que nosotros.

—¿Cómo se llama tu esposo?

—Goderico.

—Pues bien, esposa de Goderico, le verás entrar por el portillo sudeste si nos abrís la puerta.

Fusco hablaba, por una vez en su vida, completamente en serio, pero Verecunda no le creyó, tanta era su desesperación.

—Bien, dinos cómo salir —habló Lesso.

—Hoy está Rodomiro de guardia —dijo Vereca—, nos

dejará pasar sin problemas porque bebe los vientos por Uma. Le podemos decir que han llamado a la sanadora del barrio de los nobles. Si Uma se lo pide nos dejará pasar.

—Muy bien. A vosotras os dejarán pasar. Pero nosotros... ¿qué haremos? En cuanto nos vean nos detendrán.

—Uno de vosotros se vestirá con la ropa de Lera, el otro con la de Jana. Si Uma tontea lo suficiente, a Rodomiro no le quedarán ojos más que para ella.

—¡Yo no me visto de mujer! —dijo Fusco.

—Te vestirás con lo que haga falta —le contestó Lesso enfadado—. No podemos hacer nada mejor.

—Uma y yo os guiaremos —continuó Verecunda sin hacer caso—. Jana se quedará aquí.

Con desgana, Fusco y Lesso tomaron las ropas de mujer que les daban y se cubrieron con mi capa y la de Uma. Fusco se vistió con alguna ropa de Lera, y yo le di mi capa a Lesso. Realmente, Lesso era de mi tamaño y cubierto por la capa de sanadora podía confundirse conmigo, los guardias me tenían miedo porque pensaban que tenía poderes mágicos. No iban a molestar demasiado a Lesso. Vereca abrió la puerta temblorosa, me di cuenta de que las noticias de Lesso sobre Goderico le producían esperanza. Se deslizaron hasta la puerta de la casa de las mujeres, allí estaban los guardias.

—¿Adónde vais a estas horas?

—Ulge nos ha avisado que hay un parto difícil en la casa de los nobles. Déjanos pasar o te las verás con ella.

—Sí, eso decís a veces, no es momento de buscar a Ulge, estoy seguro de que habéis quedado con algún soldado de la guardia de Lubbo.

Uma, a quien iban dirigidas estas palabras, le miró insinuante, y como el guardia andaba tras ella, les dejó pasar sin hacer más preguntas. Por callejas oscuras y estrechas, iluminadas apenas por la luz de algún hogar que salía a través de las ventanas entornadas, avanzaron. La luna estaba llegando a su cenit y alumbraba mucho la noche. Caminaron por una calleja que conducía al sudeste, al barrio noble, y después giraron por una calle lateral hacia el oeste. De una casa salió un hombre borracho apoyándose en otro. Un poco más allá, de otra cabaña, surgió otro individuo expulsado por una mujer que parecía una fulana. Ella cerró la puerta detrás de él con fuerza. El hombre se dirigió insultante hacia Lesso.

—¿No quieres venir conmigo? —dijo el borracho.

—No, ahora no tengo tiempo —dijo Lesso intentando imitar con su voz un tono femenino.

—No importa —dijo el hombre dirigiéndose a Uma—, quien de verdad merece la pena es tu amiga.

No pudo decir más, Lesso le dio un buen golpe con el dorso de su espada, el hombre cayó al suelo inconsciente.

Se alejaron de aquel lugar corriendo. Lesso y Fusco tropezaban con las ropas de mujer y se subieron las faldas; finalmente decidieron quitárselas para ir más rápido. El castro de Albión era un laberinto de callejas, que serpenteaban en diversas direcciones. Uma y Verecunda sabían orientarse sin dudar, y caminaban deprisa; las mujeres, a veces, al girar bruscamente en una calle perdían a los muchachos y debían volver atrás a buscarlos. Iban dando un gran rodeo, para evitar la gran explanada de la fortaleza, por calles poco transitadas llenas de barro y con olor a excrementos. Lesso pensó que le gustaba más el olor del castro que el olor del túnel. Fusco y Lesso estaban cansados por el esfuerzo de cavar durante el día anterior y se retrasaban. Las mujeres les urgieron diciendo que si en algún momento les encontraba la guardia, podían darse por muertos. Al pasar por una calle más amplia, percibieron que la guardia sueva de Lubbo se acercaba. Apenas tuvieron tiempo de saltar una pequeña tapia y meterse en un huerto de verduras. Se agazaparon bajo unas grandes coles. La guardia pasó.

—Falta poco —susurró Uma—, pero hay que correr.

Después de ver cómo Lesso y Fusco caían en el túnel, los hombres de Tilego retrocedieron, y se dirigieron otra vez al este hacia Albión. Galoparon rápidamente y llegaron a un robledal. Tras los árboles, se abría una explanada de hierba que finalizaba en el acantilado sobre Albión. Tilego y sus hombres esperaron en el bosque a que cayese la noche; después, alumbrados por la luz de la luna casi llena, se acercaron al borde del despeñadero que rodeaba la ciudad, desde allí arriba se divisaba el gran castro sobre el Eo. Debían esperar a que la marea descendiese para descolgarse por el acantilado. Después tendrían seis horas para bajar, si el portillo de Albión al que Lesso y Fusco debían llegar no se abría, podrían morir cubiertos por las aguas.

Los hombres de Tilego ataron unas largas cuerdas a los árboles del bosque y desde allí descendieron lentamente descolgándose por el acantilado. Con la oscuridad los hombres se confundían con las rocas, en el cielo brillaba una luna casi plena, como un gran faro sobre el mar. Su luz los iluminaba y en algún momento debieron detenerse pues temían ser vistos desde abajo por la guardia de Albión. Lentamente descendieron hasta llegar al estrecho pasillo limítrofe con la muralla; en esa cuaderna de la muralla se situaba un pequeño portillo, tapado por ramajes, que comunicaba con la ciudad. Aquél era el punto de encuentro con Lesso y Fusco.

La bajada era penosa y Goderico tropezó. Uno de los hombres de Tilego le ayudó en el descenso. Colgados de las cuerdas los hombres se golpeaban contra las rocas. Debían proseguir en silencio sin que les oyesen. Bajo el acantilado, se situaba la muralla con los soldados de Lubbo haciendo guardia. Los suevos patrullaban. En un momento dado, la guardia se situó justo debajo de ellos, por lo que debieron plegarse hacia el acantilado y guardar silencio.

La muralla de Albión y el acantilado ahora estaban separados por un estrecho pasillo de playa; si no abrían pronto, la marea alta llenaría de agua aquel foso y los sepultaría. Debían bajar deprisa o quedarían atrapados y algunos no sabían nadar. Pero si procedían demasiado deprisa harían ruido y los soldados les oirían. Cuando la mayor parte de los hombres llegó al suelo, los de arriba comenzaron a descolgar por el acantilado las armas ocultas en el carro; una gran cantidad de espadas, flechas, lanzas y mazas. Ésa era su misión, aprovisionar a los hombres de Albión rebeldes al tirano, para que constituyesen una quinta columna que ayudase en el asedio a Aster. La maniobra era peligrosa, para ellos era vital que Fusco y Lesso hubieran llegado al portillo para no quedar atrapados por las aguas.

Mientras tanto, Fusco y Lesso, guiados por las mujeres, corrían por Albión. Sabían que a medianoche comenzaría a subir la marea, y que si no llegaban a tiempo, los hombres de Tilego con sus armas y pertrechos podrían quedar atrapados. Al fin, llegaron a la muralla, oían al otro lado del muro el oleaje que ascendía. Uma levantó unas plantas colgantes de la muralla y debajo vieron un portillo, que se cerraba con una tranca de grandes dimensiones dentro de unas grandes abrazaderas herrumbrosas. Comenzaron a tirar, pero dos muchachos y dos mujeres no podían ejercer suficiente fuerza sobre aquellas estructuras oxidadas y añosas. Jadeaban. Entonces, la guardia sobre la muralla oyó algo y se alertó, corriendo sobre el pasillo encima de la muralla se dirigió hacia la zona del portillo sur con grandes antorchas, que iluminaron la calleja. Ellos se callaron e intentaron ocultarse bajo el ramaje, pero los soldados comenzaron a bajar por una escalera lateral de la muralla. En ese momento notaron que alguien llamaba al otro lado del portillo. Era Tilego y sus hombres. Olvidaron todo miedo, volvieron a tirar de la tranca con fuerza. En ese momento los soldados de la guardia llegaron.

Mientras Lesso y Fusco recorrían las calles de Albión, yo, en una duermevela, presentía todo aquello, comencé a entrar en trance, y aunque intentaba que el espíritu no entrase en mí, pronto perdí el conocimiento y vi a Aster, asaltando Albión.

XIII

Asalto a Albión

En Ongar los días se sucedieron lentamente. Tras la marcha de Tilego, no se observaron cambios, pero el nerviosismo se notaba entre las gentes. Aster no tenía prisa, necesitaba entrenar a aquel ejército disgregado procedente de diversos lugares en las montañas.

Aster no se alojaba en el poblado, sino en una cabaña en el campamento con Mehiar, Tibón y Tilego, pero acudía con frecuencia allí, donde aún vivían parientes de su madre y donde estaba la fortaleza que le pertenecería. El jefe del poblado de Ongar era Rondal, hermano de Mehiar, ambos siempre habían sido fieles a la casa de Aster. A menudo se reunían en la parte alta del castro de Ongar y trazaban planes. Tibón y Mehiar estaban deseando atacar a Lubbo, querían aprovechar la ventaja que suponía la derrota en Montefurado, pero Aster dudaba, conocía la dificultad en el asalto de la fortaleza de Albión. El príncipe de Albión se enfurecía recordando el pasado y estaba lleno de odio hacia Lubbo, pero no quería precipitarse, deseaba destrozar a su enemigo. Debatían un plan tras otro y a menudo no llegaban a ningún acuerdo. Después de alguna de aquellas discusiones Aster se retiraba a la cueva de los monjes y en el silencio del templo en la roca algo en él se dulcificaba, después volvía sereno al campamento. Mailoc, el guardián de la cueva, solía dejar que el príncipe de Albión meditase allí sin interrumpirle.

Tras la marcha de Tilego y sus hombres, se difundía en el campamento la sensación de que la batalla se avecinaba. La intranquilidad se traducía en que los hombres peleaban entre sí; en teoría, para entrenarse pero en realidad para calmar la impaciencia por la espera. Tassio, entretanto, no mejoraba, unos días tenía fiebre y se encontraba mal; en cambio, en otros momentos parecía casi curado. La luna crecía en el cielo; al llegar a la mitad de su ciclo, entre los hombres se inició una actividad febril. Aster dispuso que partieran pronto y unos días más tarde, el ejército abandonó Ongar y emprendió el camino hacia la costa. Tassio iba con ellos en una pequeña compañía que comandaba Tibón. Aster galopaba al frente y Mehiar a su lado.

Para no despertar sospechas, y evitar los espías de Lubbo, el ejército se movía de noche. Por el camino, hombres de los castros se fueron uniendo a ellos, y en la mayoría de los poblados les proporcionaban provisiones. Al fin llegaron al litoral, a un lugar de la costa muy cercano a Albión. Aster reunió a sus hombres en una playa de arenas blancas, bajo el acantilado de piedra oscurecida por mil mareas, en un entrante en la costa. Muy a lo lejos, brillando al sol como un punto en el horizonte, los de vista aguda podían divisar Albión. Algunos de ellos lo señalaron, y un suspiro inaudible corrió entre aquellos guerreros venidos de la montaña. Muchos de ellos, huidos desde años atrás, presentían a sus familias en la fortaleza; otros, todo lo habían perdido y sólo pensaban en vengarse; por último, los más jóvenes soñaban con alcanzar el botín y la gloria.

La ciudad, sin embargo, parecía inalcanzable rodeada por el mar, el acantilado de piedra y el río. Pocos de ellos sabían nadar. Sólo algunos pésicos de las costas y los cilenos, hombres de los ríos, conocían el agua y se atreverían a sumergirse en las aguas frías del Cantábrico.

Aster se volvió hacia ellos. Con voz imperativa, les ordenó que se acercasen a las rocas, escondiéndose entre ellas. Con sus vestimentas pardas, aquellos hombres serían difíciles de distinguir del roquedo oscuro; en cambio, de pie en las arenas blancas de la playa se podrían ver desde muy lejos, y Lubbo tenía espías.

Tassio no se encontraba bien pero no quiso quedarse en Ongar. Sus heridas no cicatrizaban y una de ellas supuraba; se acordaba constantemente de los de Arán, de su hermano Lesso y de Fusco. Era posible que hubieran sido capturados en Albión, entonces no les volvería a ver porque, en el fondo de su corazón, sabía bien que iba a morir. Había visto heridas como aquéllas, infectadas, que no cicatrizaban y lentamente devoraban a quien las había recibido. A pesar de que en aquellos días el sol brillaba alto en el horizonte, y la naturaleza de Ongar derramaba verdor, su corazón estaba oscuro, ceniciento y entristecido. Los viejos compañeros de armas le habían subido a un caballo y él había galopado con los ojos fijos en Aster, muy cerca de Tibón. Era éste quien se ocupaba ahora de Tassio, no le perdía de vista; bien sabía el capitán que aquel hombre estaba herido pero, y él lo comprendía así: ningún hombre valiente conociendo que la muerte se acerca quiere morir en un lecho; prefiere gastarse en la lucha y encontrar la muerte con gloria y honor.

Tassio miraba el mar y el horizonte, que a menudo giraba en torno a él por el mareo. Pensó que necesitarían barcas para llegar hasta Albión. ¿De dónde iban a sacarlas? Seguramente Aster tendría un plan prefijado, entonces dirigió de nuevo su mirada hacia su capitán. El príncipe de Albión, erguido sobre su caballo, rodeó una roca alta. Mehiar y tras él Tibón le acompañaron. Entonces Tassio reparó en algo que, quizá por su mal estado físico o bien por su posición, no había percibido antes. Entre las rocas, medio escondida, se podía ver una gran puerta oscura, de madera negruzca, sujeta por unas enormes bisagras enmohecidas.

Aster avanzó hacia la puerta. Se hizo el silencio en la playa, solamente se oía, estruendoso, el ruido del mar a las espaldas de los guerreros, el viento silbando entre las rocas emitiendo sonidos extraños al cruzar entre las grietas del acantilado. Tassio tembló. En el cielo gritó una gaviota, después se oyó un ruido seco, lento, repetido. Era Aster golpeando la puerta de madera. El silencio entre los hombres se hizo más profundo.

Tassio oyó una voz llena de temor:

—Llama a los hombres de las rocas.

Circulaban mil leyendas entre los montañeses y pescadores sobre los hombres de los acantilados. Se decía que eran los que provocaban las tormentas y llevaban los barcos al fondo del océano, se decía que venían de un lugar lejano, que eran peces convertidos en personas, que hablaban el lenguaje de los animales y no el de los hombres. Se decía que roban mujeres y comían carne humana. Se decían muchas cosas, pero muy posiblemente nada de ello era cierto.

Entonces la puerta se abrió, y los hombres de Aster sintieron que no se había abierto en mil años atrás. Un crujido lento y persistente, el de las bisagras enmohecidas girando sobre sus goznes, ahogó el ruido del mar, el silbido del viento y el de las gaviotas. Dentro de la cueva sólo se veía oscuridad y un túnel de piedra prolongado en la roca. Les pareció que las puertas se movían solas, y el desasosiego ante lo desconocido se introdujo en sus corazones. Oyeron unos pasos que se arrastraban y unas sombras aproximándose. Los hombres de Aster se turbaron más aún. Él, sin embargo, no mostraba temor alguno y con un semblante serio se acercó a la entrada de la cueva, pero su piel era quizá más pálida que otras veces.

Las sombras de la cueva se transformaron en personas, en hombres de largos cabellos y barbas oscuras, vestidos con sayas viejas, enceradas, mojadas, de un color verdigris, túnicas cortas marrones, y capas más largas acabadas en pico. Un rumor de alivio corrió entre las tropas, pero todos agarraron con fuerza sus armas, por si fuese necesario usarlas.

Aster habló. Un lenguaje milenario con rumores a mar salió de sus labios, y los hombres de las cuevas le escucharon atentamente. Después sacó oro y, entre las sombras, un hombre, un individuo de pequeña estatura se hizo presente. Tassio observó que al divisar a aquel personaje, Tibón se adelantaba entre los guerreros de Ongar y lanzando su caballo a la carrera se acercaba hasta la fila de hombres de las rocas, quienes al verle avanzar desenvainaron unas espadas cortas y herrumbrosas; entonces el hombre pequeño, un jefe entre ellos, rió y tirando la espada saltó hacia Tibón, éste bajó de su caballo y ambos se abrazaron. Aster los miraba enhiesto en su caballo, divertido por la escena. Después el hombre de las rocas se separó de Tibón y se dirigió hacia Aster. Mucho más tarde supe por el propio Aster lo que aquel hombre decía en un lenguaje ancestral.

—¡Hijo de reyes! —dijo inclinándose ante Aster.

—Ségilo. No reconoces a los amigos.

—Lo hago cuando traen oro —respondió sonriendo.

—Sigues igual, el paso de las estaciones no ha ablandado tu corazón.

Ségilo mostraba en su cara una expresión afable, sus rasgos eran duros como tallados en la roca, pero se dulcificaron algo al hablar con Tibón y Aster.

—Hay algunos —y muy contento les miraba— que no necesitan llamar a la puerta, han vivido con nosotros y son como nosotros: hombres de las cuevas. Tibón y tú, hijo de reyes, me salvasteis la vida hace ya muchas lunas; erais fugitivos escondidos entre las rocas, y me librasteis de los hombres de Lubbo. Nunca olvidaré vuestra ayuda. Ségilo es hombre agradecido. Los hombres de las cavernas siempre pagan sus deudas.

Aster prosiguió hablando el lenguaje antiguo de los hombres de la costa que los de las montañas no entendían.

—Diles, pues, que envainen las armas, venimos en son de paz y solicitamos vuestra ayuda. Necesitamos embarcaciones.

Ségilo sonrió y habló a la manera de los hombres de la costa, con sonidos sibilantes como el ruido del viento entre las rocas.

—Pedir barcos a los hombres de las rocas es como pedir vida al sepulturero. Sabes que tenemos barcos pero barcos desguazados. Naves tronchadas. —Sonrió con una sonrisa en la que había algo de horror.

—No habéis cambiado. —Aster habló apenado y serio.

Ségilo no quiso oírle. Durante siglos los hombres de las rocas habían vivido de estrellar barcos en los agrestes acantilados del Cantábrico, por eso eran temidos y odiados por los otros habitantes de la costa. El origen de los hombres de la costa se perdía en el tiempo y eran de una raza ajena a los demás pueblos cántabros.

—¿Qué barcos podemos ofrecerte?

—No necesito grandes navíos sino barcazas que se sostengan en el mar y que permitan que mis hombres alcancen Albión de noche.

Ségilo sonrió aviesamente, odiaba a Lubbo y cualquier ataque contra el druida contaba con su aprobación.

—Dile a tus hombres que me sigan.

Después se dirigió a su gente y se introdujo en las entrañas del acantilado. Aster habló con Mehiar y convocó a la mitad de sus hombres para que siguiesen a Ségilo. Al frente de ellos puso a Tibón, que sin dudar se introdujo en las cuevas. Mehiar, con el resto de los hombres y los caballos, permanecieron en la playa, observando cómo el resto se introducía en el túnel. Ambos capitanes se despidieron.

—¡Hasta Albión! —exclamaron.

Después los hombres de Mehiar subieron a caballo y volviendo grupas se dirigieron al camino del interior hacia Albión, alejándose del mar.

Aster siguió a sus hombres hacia la oquedad de las rocas. Animaba a los indecisos que sentían miedo al entrar en la cueva oscura, pero su fuerza y determinación les estimulaba. En el interior de la cueva olía a humedad y a pescado. El subterráneo dejaba pasar el agua, que se estrellaba contra el acantilado. El mar penetraba por una gran arcada a un lado de la cueva; la marea estaba baja pero comenzaba a subir, y era posible que en algunos momentos aquel lugar fuera intransitable; pero ahora era un pasadizo natural entre las rocas. Caminaron un tiempo y se asomaron a una ensenada, un puerto natural inaccesible desde cualquier otro camino en la costa, que finalizaba en una playa de arenas blancas. Entonces comprendieron adónde les conducía Ségilo; aquel lugar era un inmenso almacén de barcos, balsas y botes destrozados en su mayoría, pero alguno aún estaba en buen estado.

Poco a poco, fueron sacando del interior restos de navíos, cuadernas enteras, algún bote. Atardecía en un día cálido. La playa se oscurecía por la sombra creciente de los acantilados. Los hombres de las rocas saltaban entre las ruinas de los barcos, y riendo levantaban alguno como señalando que podía aprovecharse para navegar. Aster ordenó a sus hombres que ayudasen a sacar las balsas del agua y las distribuyesen en la playa. En aquel lugar escondido, nadie sino los hombres de las rocas había penetrado jamás. Allí, organizó a los hombres y las barcas. Muchos de los hombres, a pesar de su confianza en el joven príncipe de Albión, dudaban pensando si aquellos troncos rudimentarios en algún momento podrían llegar a flotar, pero todos siguieron trabajando.

La playa umbría se fue llenando de barcazas. Se estableció una camaradería extraña entre los hombres de las rocas y el pequeño ejército proveniente de la cordillera. Aster repartió aquellos de sus hombres que conocían el mar en cada una de las balsas a modo de guía, después las completó con los hombres del interior. El sol caía ya sobre el mar, y la primera de las barcazas entró en el agua. En mis sueños vi los rostros de los hombres de las tribus de las montañas asustados al iniciar la navegación. En algunas barcas los hombres apreciaron cómo el agua penetraba en el casco, pero los hombres del mar distribuyeron bien el peso y las balsas no zozobraron.

Cuando la primera embarcación rozó la superficie del mar, el sol de poniente se hundió lentamente en el horizonte. El día del asalto a Albión la luna lucía en todo su poder. Aster lo había previsto así, y el plenilunio nos comunicaba a ambos. Yo, inquieta, velaba en Albión, esperando el regreso de Uma y Vereca. La tensión se palpaba en el ambiente, los guerreros dirigieron su mirada hacia el horizonte y contemplaron la luna llena y el mar calmo y terso como un lago. El astro de la noche iluminaba el trayecto de las barcazas hacia

Albión pero su fulgor no era tan intenso como para que los vigías de la ciudad vieran a aquel ejército que se aproximaba a sus torres y murallas.

Aster indicó que se remase en silencio y los barqueros introducían las palas con cuidado en el mar. Las naves avanzaban despacio, muy suavemente.

A Tassio no le gustaba el mar, la fiebre comenzaba de nuevo a subir, sentía frío y calor. Miraba con desconfianza la inmensa superficie cada vez más negra y oscura. Cerró los ojos, Tibón le miró intranquilo. No debían haberle llevado con ellos, pero Aster había insistido en que fuera así; el hijo de Nícer se preocupaba de un modo especial por aquel hombre, apreciaba al montañés, como a alguien a quien debía su regreso a Ongar; quería su curación, y parecía seguro que en Albión había alguien que podía sanar a los heridos.

Tibón le miró; el príncipe de Albión encabezaba la empresa en una barcaza más grande, casi un barco. De pie en la popa de la nao, parecía seguro del éxito de aquella empresa, que podría considerarse descabellada: el asalto de una ciudad inexpugnable desde un grupo de barcazas fruto del desguace de barcos naufragados, en su negro cabello brillaba la luna.

Acercándose a la costa, el pequeño ejército de montañeses parecía un conjunto de troncos. A un gesto de su capitán las barcazas se dividieron yendo unas por el río y otras por el mar; rodearon Albión. Los hombres se agacharon dentro. En la fortaleza se oyeron gritos. Desde las torres una voz preguntaba por quién se acercaba a la muralla, pero no podían adivinar el número. Desde las embarcaciones ya debajo del dique, los hombres oían las voces de la torre:

—¿Quién va? —decía uno de los vigías.

El otro miraba hacia el mar y no veía más que bultos negros flotando sobre el océano.

—Pues quién va a ir... Son troncos flotando. ¿No lo ves, Trujimo?

—Pero... ¿tantos?

—Seguro que los hombres de Ségilo tuvieron buen botín hace días, que el dios Lug les parta pronto en dos.

Los guardias desde las troneras lanzaron una yesca encendida en dirección a los troncos que, afortunadamente, no tocó ninguna de las barcas.

De pronto, los soldados de la muralla oyeron trompetas y ruido de cuernos al sudeste de la muralla.

—¿Qué ocurre?

—No sé. Ayer atacaron a la guardia de la zona sur, a lo mejor están atacando de nuevo.

—¿Vamos hacia allí?

—El capitán nos ha dicho que no descuidemos la muralla.

Los vigías se alejaron siguiendo la ronda, encaminándose hacia el lugar de la muralla de donde provenía el ruido. Mientras tanto abajo en la muralla, los hombres de Aster alcanzaban el dique y se encaramaban a las rocas. De pronto se oyó un susurro sordo, un grito, y el paseo de los guardias cesó.

XIV

La cueva de Hedeko

En la muralla, Fusco, Lesso y las dos mujeres retrocedieron hacia las ramas que colgaban de las paredes intentando buscar cobijo. No les sirvió de nada, los soldados de la guardia los vieron y se dirigieron hacia ellos:

—¡Alto! ¿Quién va?

Fusco desenvainó la espada, que brilló bajo la luna creciente. Al verla, se llenó de valor, era un arma temible, ligera pero de gran tamaño, el de Arán pensó que el hombre del túnel debía de haber sido un guerrero poderoso. Lesso, por su parte, sacó un puñal de su cintura y se dispuso a combatir. Estaban rodeados por cuatro hombres armados y era muy posible que hubiesen llamado a la guardia. El que llevaba el mando se lanzó hacia la gran espada y atacó a Fusco; éste hubo de retroceder ante los golpes del otro. Fusco y Lesso fueron acorralados contra la pared por los cuatro hombres. Dos de los soldados atacaban a Lesso. Las mujeres comenzaron a tirar piedras pero poco más podían hacer. Después, Verecunda dejó las piedras y se lanzó contra los soldados de la guardia de Lubbo, era una mujer muy fuerte y de sus músculos se desprendían golpes a diestro y siniestro, cogió por detrás a uno de los que atacaban a Lesso y le agarró por el cuello; el hombre soltó el arma y asió las dos manos que le estrangulaban, pero Verecunda no cedía y el hombre cayó al suelo. En medio de la refriega, viendo que no cabía esperanza si alguien no les ayudaba, Uma huyó a buscar ayuda, se introdujo por una callejuela, se dirigió a una pequeña casa de barro y llamó. Le abrió un hombre de mediana edad, que la reconoció enseguida, y le pasó el brazo sobre el hombro. Ella le habló deprisa y el individuo llamó a otros en su casa.

Junto a la muralla, Fusco y Lesso se defendían con rabia. De pronto al otro lado del portillo se oyeron de nuevo voces, pedían que les abriesen porque subía la marea, Lesso reconoció la voz de Tilego y de sus hombres; pensó que si no eran capaces de abrir el portillo, los hombres de Tilego se quedarían allí, atrapados por la pleamar.

Dos de los hombres atacaban a Fusco, pero él se defendía bien, parecía que su espada tenía vida propia. Lesso lo pasaba peor, era pequeño y su cuchillo no daba de sí. Su único enemigo le desarmó con un golpe de mandoble, y se disponía a ensartarle con la espada cuando como por ensalmo aparecieron cuatro hombres con Uma. Vestían la ropa de los habitantes del castro de Albión: túnica corta castaña con capa de color oscuro y botas altas de cuero. Algo en ellos revelaba un espíritu militar, pero no eran soldados. Dos de ellos liberaron a Lesso y abatieron a su atacante. Los otros se dirigieron a ayudar a Fusco. Los recién llegados, aunque no tenían espadas, eran fuertes y manejaban cuchillos de gran tamaño, pudieron desarmar a los soldados de la guardia; uno de los guardias fue muerto, el otro, gravemente herido.

Fuera, tras la muralla, se oía el fragor del mar, ascendiendo. Lesso señaló la puerta, y entre todos lograron descerrajarla; por ella entraron los hombres de Tilego, a quienes comenzaba a cubrir la marea. Entonces, Tilego descubrió a uno de los hombres que les había ayudado y le abrazó, después se separó de él rápidamente. Verecunda miró hacia los que entraban y entre ellos divisó a un hombre de gran altura. Palideció. Él, al verla, la estrechó con fuerza. Los dos esposos no eran capaces de separarse, permanecían ajenos a los hombres caídos y a la lluvia que en aquel momento manaba mansamente del cielo.

Entonces Tilego habló nervioso:

—Dejémonos de bienvenidas. Es peligroso estar aquí.

—Sí —dijo Fusco—, la guardia puede volver enseguida.

—¿Qué hacemos con estos hombres?

—Los cadáveres —dijo Tilego— los echaremos al otro lado de la muralla, la marea se los llevará. Los otros convendría matarlos. ¿Tú qué opinas? ¿Ábato?

—Lejos de ti matar al prisionero —dijo el hombre bruscamente—, no se nos ha dado poder para quitar la vida si no es en la propia defensa.

La expresión del denominado Ábato era dura y dolorida, pero bajo la rigidez de su cara se escondía una cierta humanidad. Después prosiguió:

—Les llevaremos a la cueva de Hedeko.

Tilego se mostró de acuerdo con Ábato.

—Tenemos poco tiempo, el cambio de guardia es al amanecer. Entonces descubrirán que faltan estos hombres y darán la alarma general.

—No te preocupes, Tilego, aún falta tiempo para eso —dijo Ábato—. Esos perros tardarán en darse cuenta.

Después señaló el cielo:

—Las nubes y la lluvia nos protegen. La noche se ha tornado bien oscura para poder encontrar a nadie.

—Durante el descenso —y Tilego señaló el acantilado— la diosa luna nos acompañó. Pero ahora las nubes la han tapado. Alguna deidad de las tuyas nos protege.

Ábato no le contestó, pero Lesso notó que al hablar de los dioses antiguos Ábato se sentía incómodo, de modo que comenzó a caminar y mientras se alejaba Lesso pudo oír:

—Después de todo lo que pasó, no sé cómo te atreves a hablar de los dioses.

La piel de Tilego se volvió cenicienta y lívida, el dolor que tantas veces cruzaba su rostro volvió a él; Ábato, sin embargo, aunque caminaba deprisa, se mostraba sereno y en paz.

La noche, ahora sin luna, era oscura. En la muralla norte se divisaban las luces de la guardia. En aquel momento, oyeron el sonido de los cuernos y trompas.

—Nos han descubierto —exclamó Ábato—, ¡corred!

Él mismo comenzó a caminar más rápido en el dédalo de callejuelas de Albión. Empujaban a los prisioneros delante de sí, amenazándoles con cuchillos; sin embargo, éstos tardaban en avanzar. Todos corrían sin darse respiro pero las mujeres y los prisioneros se iban quedando rezagados. Ábato les esperó mientras les hacía una señal para que avanzasen más deprisa.

Llegaron a una calleja estrecha, no tenía salida porque acababa en la valla de un corral.

—¡No hay salida! —dijo Fusco.

—Sí, sí que la hay —le contestó Ábato.

Saltaron uno tras otro la valla de lo que parecía un corral de animales; al fondo se situaba un establo techado y cerca de la pared un abrevadero para animales. Ábato y su compañero cogieron el abrevadero vacío de piedra y lo movieron con gran esfuerzo. Debajo se abría una oquedad alargada que dejaba ver un túnel y una rampa en la roca. Ábato y uno de los hombres bajaron por allí. Los otros dos esperaron a que Tilego, Fusco y Lesso con el resto descendiesen y tras su paso volvieron a cerrar la entrada al pasadizo.

Al penetrar allí, Lesso notó de nuevo el olor a mar y quizás a podredumbre que había percibido en el túnel de la costa. Caminaba deprisa entre Tilego y Ábato; los dos hombres, mucho más altos que él, hablaban entre sí.

—Os esperábamos hace días.

—No sabíamos cómo entrar, la guardia estaba reforzada y todas las entradas subterráneas cerradas —dijo Tilego—. Aster pensó que estos muchachos quizá podrían abrir el túnel del mar. Y lo han conseguido.

—¡El túnel del mar! Estaba cerrado desde los días de la huida de Aster y Tibón. Hubo un derrumbe, allí murió Uxentio.

—Será el hombre que encontramos en un derrumbamiento. Vimos sus restos —dijo Lesso— y Fusco lleva su espada.

—¿Una espada? Déjame ver.

Fusco desenvainó el arma. Ábato se detuvo a examinarla admirado por el hallazgo; después habló con emoción.

—Es la espada de Nícer.

—¿Nícer?

—Uxentio era el escudero de Nícer, guardaba la antigua espada de los príncipes de Albión y entró para rescatar a Aster. En la huida se sacrificó por su señor, derrumbó la entrada al túnel para evitar que los hombres de Lubbo apresaran a Aster y murió allí. Todos pensábamos que la espada se habría perdido.

Fusco se sintió defraudado, creía que la espada era ya de su entera propiedad, nunca se le hubiera ocurrido que pudiera tener dueño.

Las antorchas iluminaban la piedra mojada, Fusco percibió que aquel lugar era conocido, de hecho le parecía haber estado allí alguna vez. De pronto, se dio cuenta de que el túnel subterráneo por donde habían entrado ellos comunicaba con el lugar que estaban recorriendo. Llegaron a un lugar en el que el camino torcía hacia la derecha pero, de frente, una piedra grande tapaba la roca y parecía impedir el paso. El compañero de Ábato hizo una maniobra de palanca y la piedra se desplazó.

Ábato se dirigió a las mujeres.

—No debéis seguir con nosotros, si descubren que faltáis, habrá problemas para vosotras y para todos. Por este túnel se llega al almacén de la casa de las mujeres, desde allí llegaréis a vuestras habitaciones sin dificultad. Es crucial que no os descubran.

Verecunda se despidió de Goderico con un gesto, en sus ojos había lágrimas de alegría y esperanza. Proporcionaron a las mujeres una antorcha y siguieron su camino alejándose de ellas.

Los hombres penetraron en el interior de una cueva. Al principio Lesso no sabía qué tipo de lugar era aquél: una enorme cueva labrada bajo el mar, en el suelo una arena blanca finísima lo tapizaba todo y, frente a ellos, se erigía un altar de piedra. En las paredes contemplaron con admiración tumbas de tiempos antiguos decoradas con distintos signos grabados: un pez, ánforas, un cordero, y a menudo el signo de la cruz.

—Esto es un lugar de reunión cristiano —susurró Lesso a Fusco con un cierto temor. Fusco calló y miró alrededor de él con admiración. Como todos los túneles subterráneos que cruzaban la región de los albiones, aquel lugar era un pasadizo horadado por el mar. La cueva, irregular, mostraba distintas alturas. Sobre el altar de piedra, el techo era más alto que en ninguna otra parte.

Lesso miró a Tilego con la esperanza de saber si todo iba bien, Tilego estaba tranquilo pero vigilaba estrechamente a los prisioneros, después se dirigió a Ábato y comenzó a hablar con él en voz baja. Lesso alcanzó a oír parte de la conversación.

—En estos días se decidirá la suerte de Albión.

—Ablón y Éburro habrán ido a convocar a la gente. Habéis llegado en buen momento. Lubbo no está y su poder decrece en la ciudad. En la última primavera, tras el sacrificio de una muchacha de la casa de las mujeres, muchos más se unieron a nosotros.

—Lo sabemos, se llamaba Lera y procedía de Ongar. Aster tiene sus informadores.

—¿Dónde está él?

—Camino hacia aquí, en la costa este. Llegará cuando la luna alcance su plenitud.

—Es decir, mañana por la noche. No tenemos mucho tiempo. ¿Con cuántos hombres cuenta?

—Está el ejército de Ongar, que son unos quinientos hombres bien entrenados y fieles, también se han unido a él los esclavos de Montefurado. Uno de ellos es Goderico —Tilego señaló al godo—, son hombres debilitados por las minas pero dispuestos a morir. Serán unos doscientos. En los últimos tiempos, pésicos, límicos y cabarcos han jurado fidelidad y se han unido a las huestes de Aster, serán en torno a unos trescientos hombres.

—¿Y Aster?

—Es el mejor capitán que han tenido nunca los montañeses, pero sigue lleno de odio y de afán de venganza.

—Sí —dijo Ábato—, es difícil olvidar, el odio no es buen consejero y le puede conducir a grandes errores; lo ocurrido le marcó en el pasado y le daña en el presente.

—¿Y vosotros?

—En Albión, a pesar de Lubbo y sus hechicerías aún quedan hombres fieles. Las orgías en la playa y los sacrificios cruentos han seducido a muchos pero aún quedan hombres leales. La familia de Éburro, la de Ambato, la de Arausa, la de Turao y la de Blecán.

Al oír aquel nombre, Tilego interrumpió a Ábato.

—¿Blecán y Lierka?

La expresión de Tilego se volvió dubitativa al nombrar a Blecán pero Ábato no quiso discutir y le cortó.

—Han visto dañados muchos de sus privilegios y no gustan de los sacrificios humanos.

—No me fiaría yo de Blecán.

Ábato prosiguió enumerando a los aliados en la ciudad.

—Hay muchos más, y a ellos se suman los cristianos.

—No son hombres de lucha.

—Ahora sí, se han dado cuenta de que no oponerse al mal es consentirlo. Se arrepienten de no haber apoyado a Nícer en su momento pero les duele que Aster no tenga las creencias de su padre. Los cristianos odian a Lubbo, quieren que se acabe la nigromancia y las prácticas inicuas en Albión.

Al oír hablar de nigromancia, el dolor y la rabia afloraron a los ojos de Tilego, y cambiando de tema dijo:

—Bien. Mañana, Aster desembarcará. Llegará por la zona oeste que da al mar; por eso hay que limpiar de guardia esa zona de la muralla, ayudarles a ascender y abrir el portillo del nordeste.

Interrumpiendo la conversación de Tilego y Ábato, otro de los hombres de Albión les comentó:

—Tenemos a nuestro favor que los hombres de Lubbo pensarán que el ataque viene del sudeste, del acantilado.

—No lo sabemos —dijo Ábato—, puede ser que refuercen toda la muralla.

—Cuando Aster entre en Albión, su propósito será abrir

la gran puerta que da al río y bajar el puente levadizo para que por allí penetre la caballería que está comandada por Mehiar.

—¿Cuántos son los hombres de Lubbo?

—No es fácil calcularlo, pero aunque se ha llevado algunos, la mayoría sigue en Albión al mando de Ogila, y todo está reforzado por los soldados que abandonaron las minas de Montefurado. En la fortaleza de Lubbo puede haber unos doscientos, después repartidos en la barriada norte casi mil más. Están mandados por un Ogila que se ha vuelto loco y por Miro, que es un hombre sanguinario. Es importante la sorpresa, que no sepan lo que ocurre. Es posible que muchos hombres que ahora están vacilantes se decidan por Aster.

Mientras Tilego y Ábato hablaban, la cueva se fue llenando de gente. Los hombres que entraban se fueron saludando unos a otros. Los de las montañas con los del castro en el mar. Aster había dispuesto que la veintena de hombres que entrasen en Albión con Tilego fueran antiguos habitantes de la ciudad que habían huido por miedo a Lubbo o para evitar una muerte cierta. En la cueva ahora se oían abrazos y saludos.

—¡Pentilo, viejo amigo! Pensé que nunca volvería a verte.

—¡Arausa! Veinte años en Albión no te han cambiado apenas. Veo que vienes con toda tu familia.

—Mis ocho hijos son pocos para luchar otra vez por la vuelta del príncipe de Albión.

Tilego se dirigió a ellos:

—¡Albiones! Estamos aquí los que buscamos que cese la tiranía del terror. Los que queremos que los pájaros de la muerte de Lubbo no coman más la carne de nuestros hijos, los que no consentimos que Lubbo beba su sangre. Los que anhelamos la vida digna que tuvimos en tiempos de Nícer. ¡Albiones! Los aquí presentes sois de las familias más antiguas y más distinguidas. Hay que luchar contra el caos. Yo os convoco en nombre de Nícer y Aster a recuperar vuestra dignidad.

Se corrió un murmullo de asentimiento, interrumpido por una voz dura, crítica y áspera. Un hombre alto y con mal semblante se adelantó.

—Queremos nuestras costumbres de antaño. Pero no queremos a los cristianos y éste es un lugar de reunión cristiana.

Lesso notó que Ábato se contenía, callando un momento, advirtió que en la respuesta había una cierta ira reprimida, ajena a su carácter afable. Sin embargo, Ábato logró serenarse y habló con respeto.

—Sí, Blecán, lo sé, muchos de vosotros os oponéis a los cristianos porque pensáis que vienen a confundir al pueblo y porque creéis que sólo se puede adorar al Único y ellos adoran a Cristo; pero ellos odian los sacrificios tanto o más que vosotros. Y Nícer fue cristiano.

El llamado Blecán contestó duramente a las suaves y conciliadoras palabras de Ábato.

—Ésa fue su perdición. Ahora dices que vuelve su hijo. Sabemos que es un buen luchador. Que ha sido el guerrero capaz de acometer la hazaña de la liberación de Montefurado. Pero... ¿nos devolverá a las antiguas costumbres o nos conducirá a esa religión de siervos que no miran a la luna en plenilunio? Esa religión que no adora al Único Posible sino a un Hombre que han convertido en Dios. Esa secta a la que tú, no lo niegues, perteneces.

A este discurso respondió Ábato.

—Nosotros los cristianos adoramos, como en la antigua religión de nuestros padres, al Único Posible. Vosotros lo confundís con la naturaleza y lo transformáis en multitud de dioses que son de barro, y al final, a esos dioses de barro les sacrificáis animales e incluso hombres, como ha llegado a hacer Lubbo. Nosotros creemos que el Único Posible se muestra en la naturaleza pero no es la naturaleza. Y sí, creemos que se hizo hombre.

Blecán pareció no escuchar las razones suaves pero enérgicas de Ábato defendiendo sus creencias. No le dejó terminar.

—Obedeceremos a Aster mientras siga las antiguas costumbres, debe convocar al Senado de principales, también debe unirse a la casa de Ilbete como corresponde.

—Mira, Blecán, odiamos a Lubbo, queremos liberarnos del terror y Aster es la única esperanza. Si llega a ser príncipe de Albión, obedecerá las antiguas costumbres. Pero, aunque no fuese así, di la verdad: ¿qué prefieres, los horrores de Lubbo o el gobierno justo de Nícer?

—Lejos de mí apartarme de la casa de Nícer, o apoyar el gobierno tiránico de Lubbo.

Los hombres asintieron a las palabras de Blecán. Lesso pensó que, igual que en su aldea de Arán, aquel lugar no era un pueblo unido; cada uno buscaba los propios intereses. Los de las antiguas familias estaban anclados en el pasado y sólo apoyarían a la familia de Nícer si se les restituían sus privilegios perdidos en tiempos de Lubbo.

Finalmente, Tilego y Blecán comenzaron a trazar el plan de la batalla, olvidando sus rencillas. Repartieron entre los albiones las armas que habían bajado por el acantilado. Tiempo atrás, Lubbo había retirado todo lo que pudiera suponer una merma a su poder y había requisado las armas de la ciudad.

La noche había transcurrido larga y agitada, Ablón y Éburro habían traído algunos alimentos y los repartieron: pan de bellotas, queso de oveja y una bebida fermentada. Cuando finalizaron la escasa cena, Ábato habló:

—Debemos irnos, muy posiblemente habrá un registro en la ciudad buscando a los soldados de la guardia, cualquiera que falte de su casa será sospechoso. Hay que dar sensación de normalidad.

Por distintos túneles se fueron retirando; los hombres de Tilego, Goderico y los muchachos se acostaron sobre la blanca arena de la cueva. Lesso durmió soñando en sus batallas, Fusco tuvo un sueño muy inquieto: en él, un ser extraño, mitad hombre, mitad pez, le quitaba la espada que había encontrado en los túneles y la devolvía al mar.

XV

La batalla

Uma y Vereca atravesaron los túneles, logrando salvar la vigilancia de los guardias. Aparecieron en la casa de las mujeres muy agitadas contándome las nuevas.

—He oído a Tilego que Aster entrará esta noche.

Al oír su nombre, el corazón me latió más deprisa. ¡Cuánto tiempo transcurrido desde que curé sus heridas en el bosque! Quizá ya no se acordase de mí, quizá me había ya olvidado. Pensé también en Enol, ¿habría muerto? Presentía que no era así, que mi historia y su historia seguían paralelas e inconclusas; que en algún lugar nos volveríamos a encontrar. Después me fijé en el rostro de Vereca, siempre rojizo, que ahora mostraba un color grana, y sus ojos eran brillantes.

—He visto a Goderico —dijo—, está vivo. Ha sobrevivido a Montefurado.

Me alegré por ella, y la abracé cogiéndole los hombros y besando sus mejillas.

—¿Dónde está ahora?

—Está con los hombres que planean atacar Albión; Uma llamó a los cristianos, ya sabes, a Ábato, Éburro y Ablón. Preparan el ataque para la próxima noche.

Siguieron contándome noticias y las horas transcurrieron casi sin sentir. En la ciudad se oía el toque de queda de la guardia y soldados corriendo por las calles y revisando las casas. Después el sueño nos venció y descansamos unas horas.

Cuando la casa de las mujeres se hubo levantado, oímos una campana sonando en el patio del impluvio. Ulge nos convocó a todas. Nos reunieron en torno al lugar donde solíamos lavar la ropa. Ulge habló.

—Ocurren sucesos muy graves en la ciudad —dijo.

En su expresión brillaba, más que la preocupación, la esperanza. Yo pensé en Lera; después de su muerte Ulge se mostró hundida, se sabía culpable por su colaboración con Lubbo. Ulge, de alguna manera, quería a las mujeres del gineceo; nos consideraba como algo propio. La bondad de Lera le había hecho apreciarla, había sentido en su muerte la crueldad y la injusticia de Lubbo. Ulge siguió hablando:

—Los rebeldes intentan atacarnos. No saldréis al mar, las que tienen trabajo en palacio iréis allí; pero el resto hilaréis la lana y permaneceréis en la casa de las mujeres. Temo que si empieza la lucha pueda haber problemas por las calles. No quiero que salgáis de aquí.

Durante la mañana, nos sentamos a hilar en unos asientos bajos de enea en el patio central. Uma, Vereca y yo temblábamos por dentro. Sobre todo Vereca, estaba tensa, se concentraba mal en su trabajo de hiladora y miraba el hilo como si le fuera la vida en ello, pero las hebras se le escapaban y sus mejillas estaban sonrosadas; unas veces sonreía y otras las lágrimas asomaban a sus ojos.

Pronto vinieron unos hombres a buscar a Romila para que viese a un enfermo; Ulge dispuso que acudiese sola, no me dejaron salir.

Romila se demoró mucho en aquel recado. Antes de mediodía, otro hombre vino a buscar ayuda, según él, su esposa estaba a punto de dar a luz y necesitaba la curandera. Dado que Romila no se encontraba allí, sólo yo podía atender a la parturienta, Ulge se fiaba de mí y permitió que saliese pero, temerosa de los disturbios de la ciudad, no dejó que fuese sola con el hombre. Uno de la guardia del gineceo me escoltó. Recorrimos el castro hacia la zona norte y entramos en una pequeña casa de adobe donde sólo había un camastro en el que se recostaba alguien. En las calles se percibía una tensión llena de inquietud, se esperaba un ataque que no se sabía desde dónde iba a llegar. Los soldados de Lubbo patrullaban la ciudad en pequeños grupos de tres o cuatro hombres. Al llegar a casa de la parturienta, el marido no permitió que el guardia entrase.

Entré en la casucha, oscura y pobre y, al acercarme al lecho de la enferma, ésta retiró la manta que la cubría. Me encontré con el pelo desordenado y revuelto de mi viejo amigo Fusco.

—Fusco, ¿qué...?

—A punto de dar a luz —rió él—, necesitamos tu ayuda.

—Dime qué se necesita.

—Sabemos que en la casa de las mujeres se guardan las escalas. Nos han dicho que en un cubículo contiguo al palacio. ¿Sabes cuál es?

—Creo que sí. Hay un almacén pequeño donde no vive ninguna mujer.

—Queremos que trasladéis esas escalas al almacén norte por donde entramos nosotros la pasada noche.

—¿Y cómo voy a hacer eso?

—Ponte de acuerdo con Ulge. Nos han informado de que aunque no lo parece, ahora está en contra de Lubbo.

—Sí. Eso es así.

Oí al guardia enfadado fuera.

—Vete ya. Como éste sospeche algo estamos perdidos.

Regresé a la casa de las mujeres acompañada por el guardia, un tipo seco que no habló por el camino. Las calles estaban casi vacías. La gente se había metido en sus casas pues era la hora de la comida y después, muchos descansaban. El día era lluvioso y el ambiente opresivo, la niebla que cubría con frecuencia la ciudad había descendido de nuevo. El pelo se me rizaba por la humedad, y estaba acalorada por la forma tan rápida de caminar del guarda. Me fijé que en las callejas corrían riachuelos de agua.

Las mujeres ya habían comido y estaban limpiando el hogar. Me acerqué a Ulge:

—Necesito hablar contigo.

Noté que Romila me observaba con curiosidad. Preferí que no se enterase de nada; a pesar de todo lo ocurrido, yo sabía bien que en ella había una ambivalencia hacia Lubbo, pesaban demasiado los tiempos de juventud en los que había tenido una relación amistosa con el actual dueño de Albión.

—¿Qué ocurre?

—Vamos más lejos —susurré.

Nos retiramos detrás de una de las cabañas, allí nadie nos oía.

—Me han dicho que si quieres que nunca más muera una de tus mujeres tienes que ayudarnos.

Ulge me miró con sorpresa.

—¿A qué te refieres?

—Tienes que ayudar a los hombres de Aster.

Al oír aquel nombre, Ulge suspiró.

—Nunca pensé que iba a ayudar al hijo de Nícer. Nícer prohibió todo tipo de sacrificios y ayudó a los cristianos, yo no podía tolerar eso. ¿Lo entiendes?

—Sí —dije.

—He sido sacerdotisa de la antigua religión desde niña. Lubbo nos engañó a todos, queríamos volver a los sacrificios de animales y al culto al Único Posible, pero él nos impuso un culto demoníaco y bárbaro que importó del norte. Desde que murió Lera supe adónde conduce el camino de Lubbo. Dicen que el hijo de Nícer no es cristiano y que es un hombre íntegro.

—Lo es —afirmé de nuevo y sin quererlo noté que mi cara se volvía grana.

Ulge con decisión preguntó:

—¿Qué tengo que hacer?

—Trasladar las escalas de la caseta norte a aquel almacén.

Ella sonrió.

—Allí es donde acaba el pasadizo que conduce fuera de la muralla. Bien, lo haré... ¿Pero qué excusa pongo?

—Cualquiera. Di que necesitas la caseta norte para los hilados.

Ulge se alejó de mí. Romila escuchaba no muy lejos, pero no podía oírnos porque el ruido de las ruecas era más fuerte que nuestra conversación.

Al cabo de un rato, Ulge comenzó a dar órdenes. Las escalas y cuerdas de la zona norte fueron transportadas al almacén.

Había intranquilidad entre las mujeres, todas estábamos nerviosas pensando que la guerra se aproximaba y eso producía miedo y ansiedad. Nos movíamos de un lado para otro sin un sentido o hacíamos preguntas tontas. El esfuerzo físico aliviaba mucho esa tensión; sin embargo, trabajamos lentamente a causa de la dureza de la tarea y tardamos casi toda la tarde en hacer el cambio. Las nubes se abrieron cerca del atardecer y el sol descendió lentamente entre nubes rojas sobre el mar. Hacía frío, el ambiente estaba húmedo. Aún no había oscurecido cuando las mujeres nos retiramos a nuestras casas.

El sol descendía lentamente sobre el horizonte, cuando se escuchó un ruido de cuernos y trompetas en la zona del acantilado. Convocaron a aquella zona a la guardia de Lubbo, desplazándose allí en su mayoría. La casa de las mujeres quedó desprotegida. Los hombres de Tilego llegaron por el túnel, entraron en el almacén, cargaron con las escalas y se volvieron por donde habían venido sin que nadie percibiese lo que ocurría. En aquel momento, la atmósfera se aclaró en Albión; un tiempo de calma extraña cubrió el cielo. Las nubes se abrieron, arrastradas por un viento que procedía del este, y el sol se reclinó sobre el mar, tornando el agua de un color púrpura.

Presa todavía del nerviosismo, al llegar el anochecer no fui capaz de introducirme en el barracón donde dormía y subí a la parte del gineceo desde donde divisaba el mar al este y una parte de la ciudad de Albión. El sol descendía hacia su ocaso, pero en el otro lado de la ciudad se oían gritos de lucha. Era en el acantilado, en el mismo lugar por donde Tilego y sus hombres habían penetrado el día anterior. Ogila, capitán de los suevos, temeroso de que se hubiese producido una invasión por aquel lugar, desplazó a la guardia de la muralla en dirección sudoeste, dejando el resto desguarnecido. Mientras tanto, bajo la luna llena, Aster se acercaba por mar al pie de los muros de Albión.

Arriba, junto a las altas almenas de la muralla nordeste, otra lucha tenía lugar. Los hombres de Tilego, por sorpresa, atacaron a los vigías de las torres. Silenciosamente, sin hacer ruido, Tilego y Goderico les embistieron por detrás amordazándoles y atándoles. El resto de los hombres desde la ciudad subieron a la muralla llevando las escalas. Eran una veintena.

Tilego encendió un ascua e hizo la señal convenida a Aster. Transcurrió muy poco tiempo antes de que éste contestara con el suave sonido de una caracola; entonces Goderico, Tilego, Lesso, Fusco y los demás dejaron caer las escalas desde lo alto de la muralla a las rocas que rodeaban Albión. Los hombres de las montañas aferraron las cuerdas y las fijaron; después, muy lentamente, comenzaron a ascender.

El primero en llegar a la parte más alta de la muralla fue Aster; desde la tronera le ayudaron a introducirse en la ciudad. Tilego sonrió al verle y le abrazó.

—Hemos vuelto a Albión —dijo señalando la ciudad que se aglutinaba a sus pies—. Rodearemos la ciudad y llegaremos a la puerta sudeste, hay que abrir la entrada sobre el río para que penetren los hombres de Mehiar.

Los hombres de Tilego rodeaban a Aster y escucharon atentamente sus indicaciones:

—No debemos hacer ruido. Hay que ayudar a los que suben.

Se asomaron a la muralla en silencio, con Aster en medio de ellos. Se volvió y sonrió al ver a Fusco:

—Me alegro de verte, pequeño guerrero de Arán.

Fusco sólo tenía una idea que le había atormentado.

—Mi señor, os entrego la espada que os pertenece.

Aster miró la espada, examinó la hoja y la empuñadura, una honda emoción se dejó entrever en su semblante.

—La espada de mi padre... ¿Dónde la has encontrado?

—En el túnel bajo el mar, junto a un guerrero muerto.

—Era Uxentio, él me salvó. Con esta espada venceremos el mal que habita en Albión. Gracias, eres noble y leal.

Fusco enrojeció de satisfacción.

—No quedarás inerme —dijo el príncipe de Albión—, a cambio te daré la espada con la que he luchado estos últimos años.

Aster desenvainó el arma que llevaba en la cintura y se la dio a Fusco. Éste se sintió orgulloso del saludo del príncipe de Albión, le gustó aquella espada, más pequeña y manejable. No había tiempo para decir nada más, los hombres ascendían deprisa por la muralla. Debían ayudar a los que subían, Lesso y Fusco se dedicaron a ello. Lesso pudo ver a Tassio y le abrazó. Comprobando que los rasgos de su hermano eran cada vez más pálidos y cenicientos y su cuerpo estaba extremadamente delgado. Se podían oír las trompetas y el ruido de lucha de la zona sur.

—¡Tibón! Tú y tus hombres, seguidme —dijo Aster—. El resto iréis con Tilego a ayudar a los del sur.

Se dividieron y Aster comenzó a caminar muy deprisa, sin hacer ruido, por lo alto de la muralla hacia la puerta sobre el Eo. Los guardianes de la ciudad no les vieron venir hasta que estuvieron casi encima de ellos. Entonces, el príncipe de Albión y sus hombres desenvainaron sus espadas y lucharon cuerpo a cuerpo por la posesión de la puerta. Aster se enfrentó al capitán de la guardia. Éste se defendía bien, pero la fuerza del hijo de Nícer en cada mandoble era poderosa y de un golpe le desarmó. El guardián de la torre tropezó y cayó hacia el suelo, pero rápidamente se levantó y con un cuchillo intentó atravesarle. Aster le seccionó la yugular de un tajo. Desarmaron al resto de la guardia, y los ataron.

Finalmente el camino hacia el portón y el puente quedó libre. Aster hizo sonar el cuerno con fuerza. De entre los marjales en el río surgió un cuerpo de caballería comandado por Mehiar. El propio príncipe de Albión fue quien cortó la cuerda que sostenía el puente y éste cayó con estruendo sobre el río. Los soldados de Mehiar entraron por aquella pasarela. Fue en aquel momento cuando la guardia del palacio, con Ogila al frente, percibió la gravedad de la situación.

Ahora se luchaba en varios frentes: al sudoeste, junto al paso en la muralla, en la puerta sobre el río... Se combatía en las calles y en las casas. Muchos de los habitantes de Albión ayudaron a los hombres de Aster. El hijo de Nícer montó en uno de los caballos de la compañía de Mehiar y empezó a avanzar por las calles. Se dirigía a palacio. Los hombres de Mehiar y los guerreros de Ongar le seguían; los fieles a Aster se iban añadiendo en cada calle y en cada recodo de la ciudadela:

—¡Fuera Lubbo! ¡Aster! ¡Por Nícer!

Nosotras, las moradoras de la casa de las mujeres, pudimos salir al fin. La guardia se había ido, sentíamos que la libertad se aproximaba, todas ansiábamos que cambiase nuestra suerte y que cayese el poder de Lubbo.

Nos encaminamos en dirección al ruido y avanzamos por la gran calle principal que comunicaba el templo con el palacio. Allí vi pasar a Aster, montado a pelo en un caballo tordo, con la espada desenvainada y manchada de sangre. Su cara expresaba la pasión de la venganza y el ardor por la lucha: me asustó verlo con aquel aspecto; le recordaba herido y frágil junto al río y ahora estaba lleno de ansia por combatir, colmado de odio. Los hombres de Albión llegaron a la gran explanada delante del palacio de los príncipes de la ciudad. Allí les esperaba Ogila con la guardia desplegada y cerca de doscientos hombres.

—¡Arqueros! ¡Disparen a los rebeldes! —gritó Ogila.

Aster y sus hombres se cubrieron con los escudos y avanzaron sin detenerse. Las flechas volaban sobre ellos. De la fortaleza salió una compañía de lanceros. El príncipe de Albión y sus tropas desmontaron y se enfrentaron a pie contra el enemigo. Aster ardía en cólera, sólo tenía ojos para Ogila; el esbirro de Lubbo le vio avanzar hacia él y rio.

—¡Has crecido, hijo de Nícer! La víbora se parece a su padre. ¿Vienes a por mí? Aquí me tienes.

Aster descargó con toda su fuerza su espada sobre él, el afán de venganza le abrasaba.

—¡Esto por mi padre! —gritó.

Ogila dio un salto para esquivar la espada de Aster, quien de un golpe cortó parte de la manga del suevo. Antes de que Ogila pudiera reponerse, Aster le embistió de nuevo y dijo:

—¡Esto por mi madre, a quien tú mataste! —La furia le llenaba y volvió a descargar un mandoble—. ¡Esto por mis hermanos y hermanas... por los caídos en la emboscada de Ongar!

Ogila rió.

—La furia te pierde, hijo de Nícer, no aciertas en tus golpes.

Y era así, el hijo de Nícer estaba tan lleno de ira que perdía destreza; entonces Ogila se lanzó hacia delante intentando atravesar el pecho de su adversario, pero el golpe rebotó contra el escudo. La luna se cubrió de nubes, comenzó a caer una fina llovizna y el suelo se volvió resbaladizo. Aster atacó de nuevo, el golpe dio de lleno en el antebrazo de Ogila, pero en ese momento el hijo de Nícer resbaló y cayó al suelo. Se oyó un grito de júbilo de Ogila, quien comenzó a atacarle dando mandobles en una y otra dirección intentando alcanzarle. Aster, desde el suelo, rechazaba los golpes y trataba de levantarse para volver a atacar. Por fin una de sus patadas hizo retroceder a Ogila, que cayó al suelo, aunque pudo alzarse rápidamente. Viendo la batalla perdida y los hombres de Albión dominando el terreno, Ogila pidió ayuda, y se retiró hacia los muros de la fortaleza.

—A mí... ¡guerreros suevos!

Varios soldados suevos se acercaron y rodearon a Aster. Ogila, comprobando la derrota y la ciudad perdida, huyó, saltó sobre un caballo oscuro y se dirigió lejos de la explanada, hacia la salida de la ciudad. Muchos suevos le siguieron. Aster, al comprobar que su enemigo huía, sopló su cuerno de caza y varios albiones se acercaron, pero Ogila ya estaba lejos.

Los hombres de Ogila, sin su capitán, se rindieron poco a poco. Sólo en una esquina de la plaza dos hombres continuaban luchando. Uno era Tilego. Propinaba un golpe tras otro a su rival. Su cara era ceniciente, concentrada, henchida de odio. Tilego no miraba más que a aquel hombre que años atrás había ayudado a Lubbo en el asesinato de su esposa. Su nombre era Miro.

La batalla en la explanada había sido ganada prácticamente por los hombres de Aster. Sólo en aquella esquina continuaban luchando Tilego y Miro. Los hombres de Aster quisieron ayudar a Tilego.

Tilego gritó:

—Dejadme solo. Tengo una vieja deuda con este hombre.

Los hombres les rodearon. Aster, que se había deshecho de los soldados que luchaban contra él, se dirigió hacia donde Tilego combatía. La lid se prolongaba, una estocada y otra y otra; Miro y Tilego eran buenos guerreros pero la ira y el odio cegaban al hombre de Albión. Finalmente Tilego se tiró a fondo y atravesó a su enemigo muy cerca del corazón.

El cuerno de caza de Aster, con su tono profundo, llenó la ciudad. Sonaron las trompetas de los hombres de Albión, ocultas durante los años de tiranía de Lubbo. El pueblo congregado en la plaza aclamó a su príncipe, y yo me hallaba entre ellos.

XVI

El príncipe de Albión

La batalla había acabado. Mientras el sol se elevaba en el horizonte los hombres de Lubbo eran apresados y conducidos a la fortaleza. En el atrio del templo, Aster tiró al suelo el altar donde tantos habían muerto. Después todos prorrumpieron en un canto de alabanza y de victoria.

Le contemplé, noble y poderoso, lleno de luz y de fuerza, rodeado por el pueblo que le aclamaba. Con la espada en alto señalando el cielo. La cabeza ornada por un casco del que escapaba el cabello largo, oscuro y ondulado. La faz pálida, llena de dignidad y grandeza, que miraba al sol con sus ojos oscuros y penetrantes. Aster gritó. El grito de alabanza y de guerra dirigido al dios solar fue coreado por cientos de gargantas.

Aquel día fue un día de alborozo; de los profundos calabozos de la fortaleza salieron hombres cautivos años atrás por Lubbo que parecían la sombra de sí mismos, sus familiares los abrazaban en la plaza frente al gran palacio. En los sótanos y fosos de aquel lugar se encontró el horror de una multitud de animales repulsivos que Lubbo conservaba allí para sus hechizos: víboras, hienas, búhos de diferentes especies, escorpiones... Los soldados de Aster entraron allí con miedo hasta que se canalizó agua desde el río y todo fue limpiado. Por doquier cruzaba un hálito de esperanza.

Aster recorría incansable las calles de la fortaleza, acercándose a la gente que, al verle, le reverenciaba.

—Señor, yo conocí a Nícer, el que os engendró.

Los mayores le recordaban los tiempos de su padre y hablaban de cómo se parecía a él, y de la paz que el castro gozaba durante el gobierno de Nícer.

Tras la huida de los suevos se devolvieron las posesiones robadas a los hombres de la ciudad, organizándose un consejo que presidió Aster. Él juzgó con rectitud sin beneficiar a amigos y sin perjudicar excesivamente a los que no le habían sido fieles, pues pensaba que todos los habitantes de la ciudad, en definitiva, habían sufrido con la tiranía de Lubbo.

Mientras tanto, preparaba a sus tropas para una guerra que aún no había finalizado. Sabía bien que la batalla con Lubbo no concluiría mientras el druida no estuviera muerto o preso. Corrían rumores de que el antiguo amo de Albión se había refugiado en la corte de Bracca y se preparaba para volver. A pesar de que la guerra no había concluido, en Albión había paz y la fortaleza se reconstruía. Se abrió de nuevo el puente, llegaron grandes barcazas con mercaderes, y aparecieron también barcos de mayor calado de las islas del norte. Aquel año la cosecha fue buena y se esperaba en la luna de primavera una gran fiesta, en la que ya no habría sacrificios humanos.

Uma fue rescatada por Tibón; los hermanos tardaron en reconocerse después del largo tiempo transcurrido. Habitaron en la antigua casa de su familia en el lado noble de la ciudad. Uma me pidió que me fuese con ella, pero no quise, mi lugar era el gineceo. Muchas de las mujeres fueron liberadas y dejaron aquel lugar. Verecunda encontró a Goderico y no quisieron volver con los suyos, los godos, pues Goderico guardaba una extrema fidelidad a Aster, de hecho se había convertido en su escudero. El príncipe les dio una pequeña casa cerca del palacio.

Romila estaba enferma y cansada, la caída de Lubbo había afectado a su espíritu haciéndolo más triste aún y más inquieto. Yo, que la conocía bien, sabía que en su mente coexistía la alegría por la libertad y por el fin de los sacrificios, con la preocupación por Lubbo, su antiguo amor de juventud.

Continué viviendo en la casa de las mujeres de Albión, muy cerca de Aster, pero sin verle. Después de la batalla nuestro trabajo se multiplicó; muchos de los heridos fueron llevados allí, donde había espacio y donde las mujeres teníamos reputación de sanadoras. Me trasladé a la casa de Romila, y se amplió el lugar para los heridos. Pude abrazar a Lesso y a Fusco como hermanos perdidos y reencontrados. Me trajeron a Tassio. Su mal era difícil de curar, Romila y yo le aplicamos todos los antiguos remedios que conocíamos pero no mejoró.

Vi muy poco a Aster. A menudo me escondía en las sombras del antiguo palacio de Lubbo para verlo pasar pero él parecía no reconocerme. De cuando en cuando enviaba hombres heridos, como Tassio, y yo procuraba aliviarles. Me gustaba vivir de aquella manera, sabiendo que Aster estaba cerca aunque no fuese para mí. A veces pensaba en volver al valle de Arán, pero Lesso y Fusco me desanimaban, diciéndome que en el poblado ya casi no vivía gente. Al fin y al cabo, ¿qué iba a hacer yo sola allí? Ahora ellos, mis amigos de la infancia, estaban creciendo, se hacían mayores, unos soldados jóvenes del ejército del príncipe de Albión que ya no miraban atrás. El viejo herrero estaba muerto y las mujeres de su casa se habían establecido como amas de nuevos lugares. Ni Tassio ni Lesso querían ser herreros y Fusco odiaba las ovejas.

Los veía de vez en cuando y me traían noticias de Aster. Un día me llamaron al palacio: una de las mujeres de la cocina se había quemado gravemente y acudí a curarla. Cuando volvía hacia el antiguo gineceo por un largo corredor de piedra con las paredes oscuras, me encontré de frente a Aster. Él no pudo evitarme. Caminaba emanando fuerza, marcando cada paso. Detrás de él iban dos de sus hombres. Nunca podré decir quiénes eran, quizá Mehiar o Tilego, o algún otro soldado. Me quedé parada y asustada, pegada a la pared. Entonces él me miró, con aquella mirada suya oscura y dulce, y dejó que su escolta se adelantara.

—¿Cómo estás? —titubeó.

Yo sonreí tímidamente.

—Bien, mi señor.

—Has crecido —dijo.

Se acercó mucho a mí. Me encontré pegada a la pared bajo el gran velón del pasillo. Su luz cálida me iluminaba la cara y también la de Aster. Sus ojos se cruzaron otra vez con los míos, los ojos negros de Aster, tan expresivos, coronados por sus cejas pobladas y oscuras, expresaban el deseo de que aquel momento se prolongase. No ocurrió nada más. Sus hombres lo llamaron y él prosiguió su camino.

Mi anhelo de estar junto a él, desde entonces, se hizo más grande. Los acontecimientos, sin embargo, se sucedieron rápidamente. Tenía noticias de lo que estaba ocurriendo por Lesso, Fusco y Tassio. Éste mejoró un poco de aquel extraño mal y se incorporó de nuevo al ejército de Aster.

—Hay rumores —me dijo Tassio—. Lubbo está reorganizando a sus hombres, va a atacar de nuevo, Aster va a adelantarse. No quiere detenerse más en Albión, que puede convertirse en una ratonera. Dentro de dos días nos iremos hacia el oeste.

—Todavía no estás bien, Tassio —dije—. Romila no te dejará ir, y tu marcha me parece precipitada. No sé qué piensan los capitanes pero hay todavía mucha gente herida.

—Ellos piensan que es peligroso dejar que Lubbo se rearme, que hay que atacarle cuanto antes. Sin embargo, los de Albión, los de Blecán y los de Ambato quieren quedarse —prosiguió Tassio—. No entiendo cómo Aster se fía de ellos. Pronto se convocará el Senado en Arán. Los de las familias principales quieren recobrar sus antiguos privilegios. No sé qué va a hacer el hijo de Nícer. Parece que a los nobles de Albión se les olvidan pronto las atrocidades de Lubbo, y que su única preocupación ahora es la pérdida de poder. No ven que, si no hubiese sido por Aster, que aglutinó a los pueblos de las montañas, habrían continuado dominados por Lubbo eternamente.

—¿Recuerdas a Enol? —le pregunté dirigiéndome a Lesso.

—Sí, claro —respondió.

—Él me dijo una vez que cada pueblo tiene el jefe que se merece.

—Enol era un hombre sabio. Después de todo lo que han sufrido con Lubbo —prosiguió Lesso—, no son capaces de obedecer a su nuevo príncipe y le imponen cargas... que no son adecuadas.

—¿Cargas? —pregunté—. ¿Qué tipo de cargas?

—Quieren que Aster tome por esposa una mujer noble de la casa de Blecán o de Ambato.

Yo palidecí.

—Y Aster... ¿Qué dice?

—No mucho. No quiere ni oír hablar de ello.

Siguieron hablando un rato y después se fueron. No tuve tiempo de entristecerme. Me reclamaban para cuidar enfermos en toda la ciudad, mi fama de sanadora se difundía... Y, curiosamente, aquella fama me daba miedo. Conocía mis limitaciones, sabía algunas cosas que había aprendido en los pergaminos de Enol, otras que él me había enseñado y había aprendido algunas más con la vieja Romila, pero yo no dominaba aún el arte de sanar. Sólo tenía intuición para hacerlo. Yo seguía con Romila, porque con ella aprendía y me sentía segura. A pesar de haber algo oculto en Romila, nos entendíamos bien; descubrí que conocía muchos misterios de la vida. Con ella me dirigía a menudo a la playa a buscar algas, otras veces subíamos por la escala del acantilado hasta un bosque donde encontrábamos plantas. Tras la ida de Lubbo, Romila me pareció cada vez más anciana, más hundida en el tiempo y más llena de sufrimiento. Era sabia, versada en la sabiduría ancestral que dominaban Lubbo y Alvio.

Tassio, debido a su estado, no aguantó la expedición y pronto volvió a Albión. Nos contó lo ocurrido allí. Al parecer, en los montes de Arán se había reunido de nuevo el Senado de los pueblos cántabros. Había hombres de cada una de las gentilidades de las montañas. Todos rindieron pleitesía al nuevo señor de Albión y se sometieron a voluntario vasallaje.

—El problema —nos dijo Tassio un día a Romila y a mí— son los albiones. Quieren un trato especial, y que se les tenga en mayor consideración. Como pertenecen a la capital del territorio se consideran distintos. El resto no opina igual que ellos. Además quieren que Aster celebre su boda con alguien de alguna familia noble de Albión. Por último, está el problema de los dioses. Nadie quiere volver a los tiempos de Lubbo y les da miedo reiniciar los sacrificios. Pero ocurre que muchos temen que si no rinden culto a los dioses éstos se volverán en contra nuestra, castigándonos con la peste o el hambre.

—Y Aster... ¿qué dice?

—Bueno, él es prudente y de momento no se pronuncia, pero pienso que no está de acuerdo con las familias de Albión.

Después Tassio calló, estaba cansado y le preocupaban las luchas internas que su señor tenía que dirimir. Al cabo de un tiempo siguió hablando:

—Por otro lado, están los cristianos... Cada vez hay más en las montañas. En el Senado se presentó Mailoc, que es un hombre santo, un ermitaño, habló de paz y concordia. Sé que a Aster le agradó su discurso.

Tassio de nuevo se detuvo, otra vez se sentía mal. Yo miré a Romila preocupada. ¿No íbamos a conseguir curarle nunca?

—No te preocupes, Jana, sé que este mal no tiene remedio —dijo Tassio—, lo que lamento es ser un estorbo y no poder luchar a su lado después de tantos años de combatir juntos.

—Tú has hecho lo que has podido. No debes preocuparte —dije consolándole; luego pregunté—: ¿Adónde han ido ahora Aster y los suyos?

—Se dice que ha salido de Bracca un ejército suevo en el que van Lubbo y Ogila. Al llegar a Luccus los hombres de la ciudad le impidieron el paso y han diezmado sus tropas... pero Lubbo está lleno de odio y no va a cejar hasta que recupere Albión.

Consolé a Tassio y alivié su mal con una infusión de adormidera. Yo sabía que tenía el don de calmar los espíritus; la gente venía a mí a curar las heridas del cuerpo pero también para vaciar su espíritu de pesares, para poder desahogarse del pasado; quizá por eso los hombres y las mujeres de Albión recurrían más a mí que a Romila, aunque ella era más experta que yo en el arte de la curación.

Era ella la que me había ayudado a controlar mis trances y hacía tiempo que ya no los padecía. Sólo muy de tarde en tarde retornaban. Algunos eran pavorosos: en uno de ellos vi la ciudadela de Albión atacada por mar y algunos edificios ardiendo. Vi la cara de Aster dolorida y triste. No sabía si aquello sería el futuro y procuraba no pensar en ello.

Un día me llamaron a casa de Blecán. Una sobrina de Blecán, Lierka, estaba postrada en cama. Le pedí a Romila que me acompañase. Recorrimos varias calles en Albión para llegar a la fortaleza norte. Blecán vivía en una casa de piedra mucho más grande que cualquiera de las de alrededor. Me condujeron a la cámara de la muchacha. Era suave y hermosa, con un pelo largo de color castaño oscuro, y unos ojos de color miel.

Cuando la examiné no me pareció que tuviese fiebre y sospeché que sus males no tenían un origen físico. Romila me susurró: «Es mal de amores.» Yo asentí y le pedí a Romila que se fuese.

—Amo a uno de los oficiales suevos. Pero mi padre le odia y ahora nunca va a volver.

—Entiendo lo que te ocurre.

—No, no lo entiendes, los suevos son invasores. Lubbo es malvado y yo estoy enamorada del enemigo de mi padre, que además no va a volver.

—Y tu padre qué dice.

—Quiere unirme con Aster, pero él ni me mira. Sólo piensa en las batallas y en redimir Albión. No creo que yo sea la mujer de Aster.

Procuré consolar a la joven como pude, tendría mi misma edad o quizá fuese incluso mayor. Entendía su mal de amor porque era el mismo que me atenazaba a mí. Ella, sin embargo, quedó más animada.

A la vuelta, me dirigí hacia el mar, mostraba un hermoso color verdiazul iluminado por el sol alto en el horizonte, la marejada levantaba encajes en el océano. Miré al sol, y en la lejanía pude ver la fina lengua de una luna nueva. Una nostalgia de Aster, una gran melancolía llenó mi alma, y sentí un afecto agridulce en mi corazón.

XVII

El veneno de Lubbo

Desde el campo de batalla, Lesso y Fusco volvieron a Albión como mensajeros. Traían buenas noticias: la batalla contra Lubbo se había ganado y aunque el druida consiguió huir, muchos de los mercenarios aliados a Lubbo estaban muertos, heridos o prisioneros. Los suevos se retiraban a sus posiciones en Bracca, al sur de la tierra galaica, y el occidente de la tierra astur había sido liberado.

Los dos emisarios se dirigieron a la fortaleza de Albión, donde Tibón asumía el gobierno mientras su señor permanecía en el frente de batalla. Después de cumplir con su deber de informar a sus superiores de la misión realizada, ambos comieron en las casas de los soldados y por la tarde fueron a ver a Tassio, que se recuperaba en las habitaciones de enfermos. Abandoné mis tareas de sanadora para escuchar sus nuevas. Ellos hablaban apresuradamente relatando lo ocurrido.

—Lubbo fue finalmente vencido, y el ejército destrozado. Los hombres de Luccus nos ayudaron porque odian a los suevos tanto como nosotros.

—¿Lubbo ha muerto?

—Él no, pero uno de sus pájaros fue muerto por una flecha de Aster.

Lesso al recordar aquello mostraba una expresión de miedo, estaba asustado evocando aquel suceso tan extraño.

—Yo miraba al gran búho blanco —dijo Lesso—. No sé si me creerás pero... al atravesar la flecha el cuerpo del animal, el búho se deshizo en un humo negro. Lubbo tapó al otro pájaro y salió huyendo. Dicen que el día que mueran sus pájaros carroñeros, Lubbo morirá. Pero él escapó y dicen que los suevos le siguen protegiendo.

—¿Y Aster?

—Fue herido por una flecha.

—¡Aster, herido!

—Sí, superficialmente, pero la herida sanará.

—¿La flecha era de Lubbo?

—Sí.

—¿Cómo era? ¿Tenía un gran penacho negro?

—Sí, ¿cómo lo sabes?

Recordé la flecha que Aster llevaba clavada en el bosque de Arán. No contesté, pero Lesso dijo con admiración:

—Me olvidaba de que eras bruja.

Lubbo les había tendido una emboscada cuando la batalla estaba prácticamente liquidada, habían salido ilesos, pero cuando el tirano huía, ordenó que se disparase una flecha con penacho negro que dio de lleno en un brazo de Aster. Él se la arrancó sin esfuerzo. Al oír esas noticias, me llené de preocupación. Después de hablar un rato con Tassio, Lesso y Fusco, se fueron. Desde aquel momento me sumí en la intranquilidad y el paso de las horas se hizo más lento.

Dos días más tarde regresaron los hombres a Albión. Las gentes aclamaban al ejército a su paso. Yo observé a Aster desde una callejuela. Efectivamente el príncipe de Albión había sido herido y su semblante mostraba una gran palidez.

Las noticias corrieron pronto por la ciudad, se hablaba de que la herida de Aster no era banal, que había introducido en su sangre un veneno que lo consumía, que moriría antes del próximo plenilunio si no se encontraba un remedio. Todos recordaban las artes malignas de Lubbo. Se llamó a físicos de otros lugares y ninguno supo qué hacer, el príncipe de Albión empeoraba de día en día. Por la ciudad corrió un aliento de desesperanza y de tristeza. Todos conocían que los pueblos de las montañas sólo guardaban fidelidad a la casa de Nícer, si su último descendiente moría, toda la lucha quizás hubiera sido en vano.

Una noche, Lesso se acercó a la casa de las mujeres, me buscaba alarmado.

—Debes ir a verle —me dijo Lesso—. Tú eres la sanadora.

—Sí, de los siervos y de los esclavos. Romila sabe más que yo.

—Pero yo y también Aster confiamos en ti. Tiempo atrás Enol y tú le curasteis del veneno de Lubbo, ahora podrías hacer lo mismo. Me da el corazón que tú sabrás curarle. Los físicos pretenden quitarle el veneno con sanguijuelas, pero yo sé bien que solamente tú o Enol le curaréis.

—Para curarle necesitaré verle y sabes que no me dejarán pasar hasta él.

—Yo te facilitaré la entrada —dijo—; esta noche estoy de guardia junto a la cámara del príncipe de Albion, ven un poco después de la puesta de sol y te dejaré pasar.

Al anochecer atravesé las estancias del palacio; evitando ser vista llegué hasta la cámara del príncipe de Albión. Siempre he sabido moverme sin hacer ruido. Durante el camino al palacio, cuando cruzaba los aposentos de la fortaleza, mi corazón latía apresuradamente, recordaba los días en el bosque en los que, niña aún, curaba al guerrero herido.

Lesso montaba guardia. Mis pasos eran tan tenues que sorprendí a mi amigo, el otro guardia velaba la cámara de Aster dormitando. Lesso le hizo una señal al otro y sin mediar palabra se separaron de la puerta. Pude ver a Aster con una palidez extraña tendido sobre un lecho, medio tapado con cobertores de lana que por el calor de la fiebre él mismo había apartado. Me situé junto a él sin atreverme a hablar; Aster entraba en un estado delirante y gemía, pero en algún momento volvió en sí y percibió que alguien estaba cerca. No pareció sorprenderse al verme, porque creyó que una visión se presentaba a su vista.

—Jana. Igual que en el bosque.

Sonreí, en medio de la tristeza que me producía verle herido.

—Señor.

—¿A qué has venido?

—A curaros.

Pero él, que conocía la gravedad de la herida más que ningún otro, notaba cómo su espíritu fuerte se iba consumiendo por la ponzoña.

—Eso es imposible, los venenos de Lubbo no tienen curación —dijo.

—Una vez te curaste de algo parecido —le hablé como cuando yo era una niña—. Cuando te encontramos en el bosque, lo que preocupó a Enol fue el veneno y él consiguió anular su poder.

Aster fijó en mí sus ojos oscuros, una duda asomó en ellos.

—Y tú... ¿podrías encontrar el antídoto?

—Creo que sí. Conozco las hierbas y plantas.

—No lo dudo, pero Enol utilizó una copa, sólo la copa puede curarme. Me queda poco tiempo, unos días, si no se encuentra remedio en el plenilunio moriré.

Impulsada por algo que manaba de mi interior, y sin reparar que había jurado no revelar nunca el paradero de la copa, exclamé:

—Yo sé dónde se encuentra la copa de Enol. La escondí en la aldea antes de que los cuados me atrapasen.

—Ahora ya no puedes llegar allí.

—Llegaré, señor —de nuevo le hablé como al señor de Albión—, sólo necesito que me permitas salir de la ciudad. Y que venga conmigo Tassio. En él probaré si el remedio es eficaz.

—Eres libre. Sabes bien que no eres una sierva... pero el viaje es peligroso y fuera de la ciudad todavía hay guerra.

—No importa. ¿Quién se fijará en una sierva de Albión?

—Tassio está enfermo.

—Por eso debe venir, probaré en él el antídoto. Tassio tiene el mismo mal que vos tenéis. Un mal que sólo curará con la copa de Enol.

—La copa de Enol. El secreto de la antigua copa de los druidas... lo posee una niña... que se ha vuelto mujer.

Él me miró de frente con los ojos brillantes por la fiebre llenos de un afecto que no pudo disimular y vi la tristeza en ellos. Después cerró los párpados con un gesto de dolor. Supe que debía irme. Entre nosotros existía una barrera innombrada que nunca se abriría, una barrera de raza, cuna y nación. Mi corazón estaba lleno de un sentimiento casi maternal. Deseaba cuidarle como se cuida a un pequeño y pensé que, para mí, el señor de Albión, vencedor de cien batallas, era un niño. Él abrió de nuevo los ojos y dijo:

—El viaje es largo, necesitarás más compañía.

—Nadie debe conocer los secretos del druida, juré que no los revelaría. Sólo Tassio es de confianza. Más gente sería peligroso, él conoce el camino y con él será suficiente. Nadie debe saber adónde voy.

—Se hará como quieras, di a Tassio que hable con Tibón y él os ayudará.

Noté que Aster confiaba en mí, el veneno le hacía sufrir mucho, le dañaba el cuerpo y le producía angustia; pero también me di cuenta de que al verme sintió paz. Alargó su mano y tocó mi pelo.

—Tu cabello dorado... He soñado tantas veces con él.

No habló más. Le pudo el dolor y entró en la inconsciencia. Me retiré como había venido, recorriendo el palacio como una sombra.

Tassio se mostró enseguida dispuesto a acompañarme; para él nada era más importante que Aster. Lesso y Fusco querían venir también con nosotros pero pude convencerles de que no era necesario, un hombre y una mujer solos no despertaríamos sospechas. Estaba aterrorizada ante el hecho de traicionar la promesa que le había hecho a Enol. Una promesa que me había sostenido ante la tortura de Lubbo: no revelar a nadie el secreto de la copa. Temí que alguien nos siguiese y encontrasen la copa de los druidas que yo con tanto esfuerzo había ocultado.

Tassio habló con Tibón —capitán de su compañía— y le

explicó que la salvación de Aster venía a través de una cautiva en la casa de las mujeres. Le costó convencerle, no entendía que una sierva pudiese curar a Aster, a través de un remedio oculto en Arán. Al fin Tibón aceptó, quizás Aster había hablado con él, o quizá conocía que la alianza de pueblos que había creado Aster se desharía si él moría y ahora quedaban pocas esperanzas de salvación. No perdía nada arriesgando un soldado y una sierva de Albión. Sabía que Lubbo aún estaba en pie y que podía volver en cualquier momento. Finalmente, Tibón lo arregló todo, dándonos una tésera que nos identificaba y dos buenas monturas.

Salimos al clarear el día. En las caballerizas de la fortaleza nos proporcionaron una mula para mí y un caballo tordo para Tassio. Romila se despidió de nosotros a la salida del puente; lo cruzamos despacio, me costaba alejarme de Albión; el lugar que, para mí, ya no era una prisión. Al pasar a través de las calles —llenas de pescadores que se dirigían al mar, de labriegos con hoces y azadas, atestadas por comerciantes con productos del sur y mujeres cargadas con agua— aprecié el cambio de la ciudad desde la derrota de Lubbo. Ya no había guardia rondando las calles, ni aquella sensación opresiva característica; las gentes reían o lloraban, pero no se respiraba el ambiente angustioso de los días en que Lubbo gobernaba Albión.

En el rostro de Tassio aún había huellas de las heridas de guerra. Después de la victoria, con los remedios que le habíamos administrado Romila y yo, el montañés había logrado mejorar algo pero continuaba enfermo. Cabalgaba inclinado sobre su caballo tordo, a veces con un rictus de dolor, sin detenerse, sin pensar en él mismo, convencido de que en aquella misión se acercaba su curación y la de Aster. No se quejaba.

Al cruzar la puerta de la muralla, una oleada de aroma a mar y a hierba recién segada llegó hasta nosotros. El olor de la libertad. Los soldados de la puerta nos saludaron y examinaron el salvoconducto que había hecho Tibón para Tassio y para mí. El puente de madera crujió por los cascos de los rocines; bajo el puente, el río lleno por las últimas lluvias corría, caudaloso, hacia un mar brumoso y blanquecino.

Hacía frío, una ventisca lluviosa nos cubría por todas partes y avanzábamos lentamente. Unos labriegos con zuecos de madera nos saludaron al pasar, a la par que sus ojos mostraban la extrañeza que les causábamos.

Tassio no solía hablar mucho y aquel día tenía poco que decir, así que cabalgamos lentamente en contra de la ventisca sin detenernos ni comentar nada. Al caer la noche, paramos en un pequeño castro situado en una ladera. Tassio conocía al herrero, un hombre llamado Bizar con quien había compartido dificultades en la batalla de Montefurado. Bizar se alegró al verlo; aquel castro le rendía vasallaje a Aster y era un lugar pacífico. Las casas circulares se agrupaban en torno a una fortaleza central, antes ocupada por un testaferro de Lubbo y ahora por animales y grano. Como en Arán, la herrería estaba en la ladera norte detrás de la acrópolis, que en aquel lugar era muy pequeña.

—Debéis tener cuidado, en los montes hay bagaudas. Han escapado de la meseta desde que los godos los controlan. Además, con los fríos están bajando osos y lobos de las montañas. ¿Vais muy lejos?

Tassio dudó antes de contestar y me lanzó una mirada de soslayo; yo pensé que aquel hombre podría indicarnos el mejor camino, así que afirmé:

—Vamos al castro de Arán.

—Yo os aconsejo el camino de la costa. Está más libre de alimañas aunque quizás es más largo.

—Tenemos prisa.

—Bien. Vosotros veréis...

Por la noche hablé con Tassio mientras Bizar con sus hijos recogía a los animales y su esposa trajinaba en el hogar.

—Arán no está lejos. A una mañana de marcha a caballo desde aquí... si vamos por el camino de las montañas. Corre prisa porque el veneno está haciendo su efecto.

—Piensa que si nos pasase algo, si nos detienen, dará igual todo y será el fin de Aster.

Me detuve a pensar, el veneno tardaría un poco en completar el daño, el camino de la costa era más seguro, pero el de la montaña más corto. Finalmente decidí que iríamos por el camino más largo pero también más seguro. Tassio me dejó escoger.

Aún no había amanecido cuando Tassio y yo, de nuevo, iniciamos el viaje. Ante nosotros se abría un sendero largo y fatigoso que ascendía entre las montañas. Al salir del castro, el camino se empedraba con losas irregulares, desgastadas y lisas por el paso de las gentes, nuestras cabalgaduras resbalaban en aquellas piedras, húmedas de rocío. Después el camino ya no tuvo piedras, prosiguió embarrado, retorcido como una serpiente. Castaños y robles sombreaban el lugar; en el suelo, las hojas del otoño pasado se deshacían por la humedad. Había llovido durante la noche, la vegetación cubierta de pequeñas gotas brillaba en verde esmeralda a pesar de que el día era oscuro. Al lado del camino se abría discontinua una tapia de poca altura a los huertos y prados que rodeaban el castro. En ellos pastaban grandes caballos de pelo largo y belfos poderosos. Nuestras cabalgaduras galopaban deprisa después de haber descansado durante la noche. El cielo seguía gris y plomizo.

—Noto que nos siguen —dijo Tassio, en un susurro.

—¿Quién?

—No lo sé, quizás un animal —dijo—. Ve más despacio.

Cabalgamos más lentamente. Nos dimos cuenta de que el animal gruñía, de modo sordo. El camino discurría profundo entre dos cunetas elevadas rodeadas de matojos. El animal o lo que fuese nos seguía por arriba. Me asusté mucho. Mi mula percibió mi miedo y salió corriendo desbocada, el animal corrió persiguiéndome. Tassio quedó atrás. Desde lo alto del camino se lanzó sobre la mula, un perro enorme. Parecía un cruce entre perro y lobo. Babeaba. Yo grité.

Oí a Tassio:

—Está rabioso, corre, corre.

Pero ya el perro se había lanzado sobre el cuello de la mula y la tiró al suelo. Tassio apareció detrás y le embistió con su larga espada desenvainada, yo estaba en el suelo y el animal rabioso se lanzó hacia mí. Aterrorizada pensé que ahí acababa todo, pero Tassio, con un golpe de espada, le cortó el cuello al animal. Nerviosa y jadeante, con el corazón pugnando por salírseme del pecho, me senté al borde del camino. Tassio me abrazó suavemente.

—Vamos, niña, no es nada. No es nada... ya no hay peligro.

—¿Cómo vamos a seguir?

—Montaremos en mi caballo. No es muy fuerte pero podrá cargar con los dos. Luego nos turnaremos caminando.

Mi mula estaba malherida, y Tassio decidió rematarla. Me ayudó a montar en el caballo, pero pronto comprobamos que aquel jamelgo no daba mucho de sí. Tassio se bajó, y caminó a mi lado. Sin embargo, pronto tuvimos que cambiarnos. Tassio seguía con aquel cansancio inexplicable que le causaba la herida de Montefurado. Para no dejarlo atrás, bajé del caballo y le obligué a subir. Aquello haría que nos demorásemos más. Avanzamos durante casi todo el día, Tassio inclinado sobre el caballo y yo caminando. La noche fue fría pero clara, en el cielo una luna vieja alumbraba débilmente.

Nos acercamos a lugares conocidos. Mi niñez volvía a mí. Salí del camino y deambulé por aquellos prados por los que había jugado años atrás. Sentí miedo. Recordaba el castro destrozado por los suevos. Todo ardiendo y la gente huida. Le conté mis preocupaciones a Tassio.

—¿Sabes quién vive en Arán?

—Ya lo comprobarás por ti misma. Algunos han muerto, pero creo que todavía vive una persona que es querida para ti.

—¿Enol?

—No. De él nada se conoce desde la destrucción del castro.

En lo alto de la colina distinguí el prado del castaño. Una gran pradera desde la que se divisaba el mar a nuestra espalda y, delante, los prados verdes que descendían hacia el arroyo y la fuente. Torcimos a la derecha, hacia la pequeña casa de Enol, circundada por la tapia. Antes de llegar allí pude ver los restos del castro; mucho había sido reconstruido. Aún se veían casas arruinadas y renegridas por el fuego, pero muchas otras volvían a estar en pie, del castro salía el fuego de muchas fogatas. La fragua estaba encendida y salía humo. Le señalé a Tassio el hogar.

—Hay un metalúrgico en Arán.

—Sí, pero no es mi padre —contestó con sequedad.

En aquellas palabras noté dolor. Tassio había abandonado a su padre y su oficio por seguir a los hombres de las montañas y después había convencido a su hermano Lesso. El padre había perdido ya otros hijos en otras guerras; después de la destrucción del castro sin hijos ni herederos, con su fragua destrozada, huyó de Arán y la melancolía colmó su espíritu; decían que se había dejado morir. Pensé que no era sabio hablarle a Tassio de su padre y menos en aquel lugar.

—No deben vernos en el castro —dijo Tassio—, nos preguntarán para qué hemos venido. Y por lo que parece hay algo que no debes revelar.

Descendimos hacia la fuente tras los árboles; me di cuenta de que una persona se movía cerca de la casa de Enol. No pude evitar mirar hacia atrás. Era mi vieja ama Marforia. Ella me vio también y al verme salió corriendo hacia nosotros.

—¡Niña! Niña, estás viva. Te creí muerta o cautiva en Albión. ¡A ver! Has crecido, tienes tus formas llenas, eres una mujer. Toda una mujer. Con los rasgos de tu padre. Y la dulzura de tu madre.

Me dejé abrazar por Marforia, nunca pensé que el corazón de aquella vieja gruñona fuera capaz de tanta ternura. Me sorprendieron aquellas palabras sobre mis padres, una cuestión nunca antes mencionada y que desde niña se me había ocultado.

—¿Dónde has estado tan largo tiempo?

—En Albión. Sierva de Lubbo en Albión —murmuré.

—Pero... Albión ha caído, los rebeldes de Aster se hicieron con la ciudadela, y echaron a Lubbo, esa víbora apestosa que dominaba la ciudad.

—Escucha, Marforia, no tenemos mucho tiempo; una flecha de Lubbo hirió a Aster, sólo la copa de los druidas le curará.

—¡Oh! ¡Por el monte Cándamo y el dios Lug! ¿Cómo va una pobre vieja a saber dónde está la copa de los druidas?

Observé en silencio a Marforia, muy seria. Ella comprendió.

—Tú... ¡lo sabes! —afirmó sorprendida—, ¿cómo puedes saberlo?

—Enol me la dio para que la guardase.

—Esa copa es peligrosa. No se debe usar.

—Enol la usó y salvó a Aster.

—Pero Enol tenía muchos más conocimientos que tú.

—¡No quiero que Aster muera!

Ante mi respuesta impulsiva, Marforia cambió su expresión; entendió que para mí era trascendental la vida de Aster, en aquel momento más importante que cualquier otra cosa.

—Marforia, necesito que encuentres las hierbas, raíces y hongos que utilizaba Enol. Sé que tú conoces las plantas y estoy segura de que tienes alguna de ellas.

Marforia me miró en silencio. Escuchó atentamente mientras yo enumeraba las plantas que había visto usar a Enol aquel día en el bosque cuando encontramos un herido junto al río. Entonces se fue.

—Tassio, debes quedarte aquí y montar guardia. Desde aquí se divisa bien si alguien se aproxima al arroyo. Haz sonar tu cuerno de caza si algo ocurriese.

Nos separamos. Como aquella noche, cuando a la luz de la luna esperaba la vuelta de Enol que nunca regresó, volví a descender por la colina. Y en aquel momento tuve la sensación extraña de que él, Enol, estaba vivo y no se encontraba lejos.

Descendí por la pendiente que conducía al arroyo. Lucía un sol radiante tras la lluvia, el sol todopoderoso, guardián del tiempo, me alumbraba.

Orienté mis pasos hacia la cañada del arroyo, caminado cada vez más deprisa hacia donde el agua viva formaba un remanso. A lo lejos, ladró un perro. Me dirigí más deprisa hacia el manantial.

Agachada en el suelo, tras el arbusto, contuve el aliento y me moví hacia la roca plana tras la cascada, allí encontraría la copa. Hice palanca con el saliente en la roca. La losa inferior cedió y abrí la cavidad. Suspiré ante el esfuerzo. Al abrirse la losa, algo brilló en el interior de la oquedad, no era sólo la copa, aquel lugar escondía algo más; pero yo sólo quería el cáliz sagrado con el que salvaría a Aster.

La envolví en un paño de lana sin apenas mirarla y la introduje en mi faltriquera. Después empujé bien la roca hasta lograr que encajase de forma hermética. Miré alrededor, nadie me había visto y allá arriba, en la colina, montaban guardia Tassio y Marforia.

Subí lentamente. Le hice una señal a Tassio indicándole que tenía la copa. Él no me vio pero en ese momento hizo sonar el cuerno de caza, alguien se acercaba, guardé la copa con miedo entre mis ropas.

Al subir la cuesta, vi que por el camino se acercaba un labriego; un hombre extraño, no parecía del lugar, quizás alguien que se dirigía hacia otro castro. Era muy alto con barba, y aspecto similar a un oso. Aceleré la marcha, al pasar a mi lado me miró con sorna como si me conociese. Sentí miedo y corrí hacia arriba en la colina. Pronto estuve al lado de Tassio.

—¿Quién es?

—No lo sé —dijo él con cierta preocupación—, te miraba de un modo extraño.

Entramos en la antigua morada de Enol. El techo se hallaba agrietado y parte de las paredes de la casa, derruidas. No era el lugar cálido que yo recordaba.

Marforia había dispuesto las hierbas sobre una piedra junto al hogar. Las fui examinando una a una: lavanda, tomillo, hinojo, mandrágora, cola de caballo, diente de león, salvia aromática, lúpulo, adormidera y hojas de ortiga blanca. Después intenté recordar todo lo que Enol me había enseñado de las plantas. «Todo en pequeña cantidad, pero en la proporción adecuada, invoca siempre a la divinidad, cuécelo con calma y paciencia.» Saqué la copa de mi faltriquera y centelleó de un modo especial por la lumbre; el ámbar y el coral relumbraron con una coloración rojo amarilla junto al fuego. Después introduje en ella agua de lluvia del aljibe y le añadí una mínima cantidad de todas aquellas sustancias. Por las asas de la copa, pasé un palo grueso y con él sostuve la copa alta sobre el fuego. La poción hirvió y llenó de un olor aromático toda la casa. En aquel momento, añadí jalea real y propóleos que Marforia había obtenido de un panal cercano. El aroma de todo aquello era suave y, al mismo tiempo, penetrante, poco a poco se fue difundiendo por toda la estancia. Noté a Marforia y a Tassio sonrientes y relajados. Entonces tomé una cuchara de madera y le hice tomar aquello a Tassio.

—No se necesita mucho de este brebaje para alejar los venenos de Lubbo, toma un poco, Tassio.

Tassio bebió con ganas, noté cómo el brebaje le corría por la garganta, haciéndole efecto.

—¿Notas algo? —le dije.

—No noto nada, pero me siento más tranquilo y fuerte.

—No volverás a tener fiebre.

Junto al hogar había un pellejo que en algún tiempo había contenido hidromiel, allí introduje el sobrante del antídoto. Se lo di a Tassio.

—Llevarás esto encima, Tassio. Si desfalleces en el viaje lo tomarás a pequeños sorbos. Hay bastante cantidad. Esta bebida curará cualquier veneno de Lubbo o cualquier tóxico que provenga del maligno.

Él cogió la bota de cuero y la colgó con una cuerda sobre su pecho. Me di cuenta de que su cara tenía mejor color.

—Ahora debemos volver. Tenemos que llegar antes del plenilunio o Aster morirá.

Me abrigué y salí fuera de la cabaña, Marforia me siguió, abajo volví a ver el valle con las huellas del ataque de los hombres de Lubbo, pero el paso del tiempo había curado muchas heridas en la aldea. Hacía frío, mucho frío. Noté a Marforia junto a mí.

—Ven conmigo a Albión. Allí soy sanadora. Soy casi libre y tengo un lugar donde morar.

—No. Ya soy muy vieja, sé que Arán es el lugar donde debo morir. Vivo en el castro con la gente que queda en Arán, aquí estoy bien; pocas veces vengo a esta casa en la colina ahora destrozada y deshecha. Cuando vengo es para acordarme de los viejos tiempos en los que tú eras una niña y Enol curaba a tanta gente.

Marforia se detuvo. Se sentía melancólica y no quería estar allí. El pasado se alejaba de nosotras, debíamos despedirnos. Comprendí de una manera clara que, una vez desaparecido Enol, Marforia constituía la única ligazón con un tiempo ya acabado, por eso no podía irme de allí sin preguntar algo que siempre había sido mi obsesión.

—Marforia, tú sabes quiénes fueron mis padres, quiénes son mis antepasados.

Me interrumpió.

—Algún día Enol volverá, él te lo contará todo. Yo no debo hablar.

Al ver la decepción pintada en mi cara, ella dijo:

—En tu pasado hay cosas oscuras que Enol te debe explicar, yo no soy quién para hablar de ello.

—¿Y... si Enol no vuelve?

—Serás la sanadora del pueblo de Albión, tu vida transcurrirá feliz, y todo el lejano pasado se borrará de tu memoria.

Yo insistí:

—Necesito saber si hay algo malo o deshonroso en mi pasado, algo de lo que debiera avergonzarme.

—Te lo he dicho muchas veces: no hay nada deshonroso, hija mía, y tu linaje es muy alto. No te puedo decir nada más.

Ante estas oscuras palabras no supe qué responder y sentí la humedad en mis ojos. Tassio me llamaba. El caballo estaba ya ensillado, debíamos irnos. Le indiqué que él debía ser el que montase a caballo; sin embargo, me dijo que se encontraba mejor. Efectivamente su cara irradiaba energía. Sonreí viéndole contento.

Antes de irnos le dije a Marforia:

—Nadie debe saber que yo estuve aquí y que me dirigí a la fuente. Estoy incumpliendo, bien lo sabes, el juramento que le hice a Enol. Por otro lado, si Lubbo llega a conocer algo de este lugar o de la copa podrían ocurrir grandes desgracias. ¡Júrame que olvidarás que he estado aquí!

Ella me tomó la mano, acercándosela a la mejilla, supe que nunca diría nada a nadie. Después nos fuimos, me despedí de Marforia con la mano.

Tassio y yo parecíamos un joven matrimonio que se aleja de su hogar: él, a pie, arrastrando el caballo, y yo sentada a mujeriegas, ocultando la copa en mi regazo, cubierta por el manto. Miré hacia atrás mientras nos marchábamos, la vieja Marforia seguía allí, en la lejanía, viendo cómo nos alejábamos del pasado, buscando nuestro destino.

El sol de invierno se introdujo rápidamente tras las montañas como queriéndose alejar del frío. El camino era oscuro y la luna creciente a menudo se ocultaba entre nubes, Tassio caminaba muy rápido, estaba contento y silbaba una tonadilla suave. Nunca le había visto así en los últimos tiempos; con la enfermedad, su ánimo siempre había sido melancólico. El camino horadado por las lluvias era irregular y, en la oscuridad, noté que Tassio a veces tropezaba, pero se incorporaba alegremente. No hablábamos; sin embargo, en un momento dado, susurró:

—Hija de druida... ¡Me encuentro bien! Como nunca me he encontrado desde que fui herido. Ahora sé que curaremos a Aster y que la paz volverá a los albiones, tu copa es la copa salvadora.

Yo no le contesté pero en mi ánimo se albergó la duda. Sí. La copa poseía poderes de curación, pero yo sabía que no debía ser utilizada, quizá yo estaba obrando mal. Enol me lo había dicho muchas veces. Decía que sólo debía usarse para el bien y que usada para el mal podía ser peligrosa. En los años que viví en la casa de la rama de acebo, Enol la guardaba con reverencia. Muchas noches le vi adorándola, de rodillas ante ella; pero no solía utilizarla, sólo para curar... y aun aquello lo hacía con precaución.

El cielo se despejó de nubes, vimos que la luna había avanzado sobre el horizonte y brillaba muy alta. Entre los matojos y arbustos se oían ruidos extraños, silbidos y pasos que no eran de animales conocidos. Sentí miedo.

Poco después, el firmamento se cerró del todo, la oscuridad se hizo casi absoluta, caminamos lentamente y la alegría por el hallazgo de la copa cedió paso a un miedo opresivo, las sombras de los árboles se tornaron más y más amenazadoras. Una intuición, como un presagio de que algo no iba bien, me embargó. Oímos el ulular del búho y la lechuza. Tassio tropezó contra las piedras del camino y aquel mal paso resonó en la oscuridad. Todo era pardo, pardo y gris. Ambos conocíamos que aquel camino se dirigía a Albión y que la distancia de marcha no era mayor de un día, pero nuestros pasos parecían sucederse cada vez más torpemente, cada vez más despacio. Nunca llegaríamos hasta Albión, porque sentíamos que el camino se cerraba ante nosotros. Quizá deseábamos tanto regresar a Albión que el propio deseo se convertía en una barrera y nos obstaculizaba nuestros pasos. De esta manera, llenos de aprensión y desconfianza, seguimos caminando hasta el amanecer y la claridad se abrió paso entre las nubes grises del invierno. El ambiente se fue transformando a través de la luz tibia y blanquecina, pero seguíamos teniendo miedo y no hablamos. Llovizinó, el agua nos fue calando lentamente hasta los huesos.

Entonces, los oímos.

Como una jauría salvaje, lanzándose por la colina, un grupo de hombres, quizás unos veinte, desgreñados y pintarrajeados, cubiertos por sucios harapos y pieles, en sus manos blandían lanzas, cuchillos y hachas de piedra, avanzaron hacia donde Tassio y yo, paralizados, nos mirábamos indefensos. Los atacantes hacían sonar sus armas contra los escudos de metal, formando un gran estruendo. Tassio gritó algo similar a:

—Los bagaudas... —Pero no pudo seguir.

Nos rodearon. Vi a Tassio defenderse, la última imagen

que guardé de él fue verle caer al suelo, golpeado por un hacha de piedra, con la cabeza sangrante, ya sin sentido.

Intenté salir huyendo, lanzando hacia delante el caballo, pero ya había sido rodeada y ellos cogieron al bruto por las riendas, que se levantó sobre sus cuartos traseros. Caí al suelo, sobre la tierra barrosa. La faltriquera donde guardaba la copa desde el lomo del animal resbaló hacia atrás, al chocar contra el suelo emitió un sonido metálico. Enseguida, aquellos seres casi inhumanos se abalanzaron hacia la bolsa y sacaron la copa.

—¡No! —grité—. ¡No la toquéis!

Ellos rieron encantados, de sus bocas desdentadas salió un grito que me pareció horrendo. Como animales cuadrúpedos comenzaron a danzar en torno a la copa y gritaban y reían. Yo no podía comprender lo que decían, algún idioma del sur mezclado con la lengua latina. Después, se acercaron al caballo, intentando localizar algo más en la silla. Al no encontrar nada, se enfadaron y con gritos e imprecaciones me amenazaron. Me ataron las manos con cuerdas, tan apretadas que me hicieron sangrar las muñecas.

Entre toda aquella jauría humana, reconocí a dos o tres mujeres greñudas, que prácticamente no se distinguían de los hombres. Ellas parecían saber qué hacer, y aunque la cuadrilla no debía de tener un jefe, ellas mandaban y los otros obedecían, aunque peleaban uno contra otro constantemente. Pronto comenzaron a pugnar por la copa. La mujer mayor, una hembra huesuda, indicó a uno de ellos con aspecto de oso que se la trajese. Reconocí en aquel hombre al paisano que me había seguido en Arán, cuando bajaba hacia la fuente. El hombre examinó la copa entre admiraciones, entendí que quería quedársela; los otros se negaron, apelaban a alguien más importante. Al fin la mujer mayor se impuso y metió la copa en una alforja de mi montura.

Decidieron emprender la marcha. La hembra greñuda montó en el caballo; detrás, a pie, caminaba el hombre con aspecto de oso, después iba yo, atada, y por último, los demás hombres de la comitiva. Nos desviamos del camino principal, el que conducía a Albión, y nos introdujimos por una senda en el monte. Cesó la llovizna, pero las hojas de los árboles llenas de agua vertían su contenido sobre nosotros. Nos internábamos en los bosques por senderos desconocidos. Yo estaba tan fatigada, después de la noche sin dormir y de todo lo ocurrido, que casi no podía andar, pero ellos me arrastraban hacia delante sin parar. Notaba una opresión en el pecho, por debajo de las costillas, que casi no me dejaba respirar, era angustia. Tassio muerto en el borde del camino y Aster, que también moriría; ¿qué pasaría en Albión si el hijo de Nícer moría? Los montañeses sólo le obedecían a él: las familias de la ciudad comenzarían a guerrear de nuevo entre sí, hasta que fuesen otra vez conquistados por Lubbo o por alguien aún peor.

Tras dos horas de marcha llegamos al campamento de los bagaudas, unas chozas de madera y cañas, con niños descalzos y semidesnudos correteando. Les recibieron con muestras de alegría y la mujer levantó la copa.

De uno de los chamizos de madera salió un anciano de pelo grisáceo del que se desprendía un aspecto de mayor autoridad. Los bagaudas le respetaban. Tomó la copa y la elevó al cielo, después rió con una sonora carcajada y pidió algo, le trajeron unos pellejos de los que escanció vino; después bebió y pasó la copa a la mujer, ésta la pasó al hombre con aspecto de oso; sucesivamente, la copa se fue llenando de vino y pasando entre todos los hombres del campamento.

Todos reían. Yo permanecía a un lado, asustada, mirándoles. Entonces el jefe del campamento gritó, se le saltaron los ojos, inyectados en sangre, comenzó a vomitar y a retorcerse de dolor. Uno a uno, todos los que habían probado la copa enfermaron. Sólo el resto de las mujeres, los niños y algunos jóvenes estaban bien. Me miraron con horror como causante de sus males, introdujeron en los chozos a los hombres y a mí me ataron a un palo central en el campamento. Se oían sollozos por todas partes. El sol fue describiendo una curva en el cielo mientras en las cabañas los hombres no mejoraban.

Me dejaron la primera noche fuera, atada a la intemperie; hacía mucho frío, y estaba calada hasta los huesos. Desde el lugar donde me encontraba podía divisar el campamento de los bagaudas, gente sin ley, salteadores de caminos, desheredados de la fortuna, expulsados de un lado y otro. Sentí horror y compasión por ellos, por sus niños malnutridos, y los escasos perros que rondaban, famélicos, mostrando todas sus costillas. En el acantonamiento de los bagaudas faltaba la comida pero nunca el vino, fruto quizá de saqueos en los caminos, los hombres estaban alcoholizados. Las casas de piedra del castro de Arán, al lado de aquellas guaridas inmundas, parecían palacios.

La primera noche de mi cautiverio el cielo permaneció cubierto, pero hacia la madrugada las nubes se abrieron y pude ver la estrella de la mañana y la luna acercándose hacia su plenitud. Aquél fue el primer día que recé al dios de Enol. Le pedí un milagro para Aster y lloré por él. ¡Estaba ya tan cerca de conseguir curarle! Y todo se había torcido... Mi angustia era mayor aún que cuando fui apresada por los suevos.

Después, pasaron los días, días que hoy veo como en una nube, que se han difuminado de mi memoria por el dolor. Me incorporé a la vida del campamento. Me hicieron ocuparme de las tareas que desempeñaban las mujeres: coger leña en el bosque, moler el grano, bajar a por agua a un río cercano, me convertí en menos que una sierva.

En los días siguientes, murió el hombre mayor que parecía ser el capitán del grupo. El resto de los enfermos continuaban graves, vomitando y sin poder moverse por la fiebre. Los bagaudas tenían hambre, mataron a mi caballo y lo asaron; a mí me dieron restos del penco, que comí con hambre. Entré a menudo en trance y ellos me temieron, por mis trances y por los poderes de la copa. Me respetaban pero no me trataban bien. Los niños eran tan salvajes como los mayores y a menudo me lanzaban piedras.

Les fui conociendo poco a poco. Me di cuenta de que no solían mantener un campamento muchos días, vagaban de un sitio a otro, cometiendo tropelías. Ahora que su jefe había muerto y los enfermos no mejoraban, permanecían allí.

Llegó el plenilunio, esa noche lloré pensando en la muerte de Aster, que para mí ya era segura. A partir de ese momento los enfermos comenzaron a mejorar. Se decidió que en unos días se iniciaría la marcha hacia el sur.

La mujer de las greñas grises se acercó al lugar donde yo trabajaba y me examinó el cabello y la dentadura. Entendí que iban a venderme. Todo me daba ya igual. Mi vida no podía ser peor de lo que era.

Pasó un tiempo que no acierto a recordar, en el que todo era confuso, y por fin, un día, los bagaudas iniciaron su nomadeo hacia el mediodía. Pude entender que iban a unirse con otros grupos similares en la meseta. Mientras tanto, la copa era custodiada por la mujer de cabellos hirsutos que resultó llamarse Cassia.

La mayoría de los hombres caminaba delante, siguiéndoles a cierta distancia mujeres y niños, yo con ellos; por último, un grupo de hombres fuertes cerrando la retaguardia. Aquellos hombres detrás de mí me vigilaban continuamente.

—Muchacha, camina más deprisa —me dijo Cassia.

—No puedo más —le contesté—, estoy muy cansada.

—No te rezagues o tendrás problemas con los hombres. Están deseando pillarte a solas.

Aunque ellos habían sido groseros conmigo y más de uno había intentado atacarme, las mujeres de aquellos vagabundos errantes, escapados de las revueltas del valle del Ebro, eran hasta cierto punto amables y habían intentado hacer mi cautiverio menos pesado.

Asustada aceleré el paso, y procuré seguirla.

—¿De dónde venís? ¿Quiénes sois?

—Nos llaman bagaudas, los vagabundos. Ahora ya no sabemos de dónde venimos ni adónde vamos. En tiempos de los padres de mis padres llegamos a ser poderosos y a asolar la meseta. Luchamos en aquella época contra los nobles y contra la población de las ciudades.

—Y... ¿cuál era el motivo?

—No hace tanto en estas tierras había un orden relativo, pero el mundo de mis abuelos y de los padres de ellos se fue hundiendo, los desheredados se unieron entre sí. Se formaron grupos de hombres errantes, campesinos libres que tenían sus tierras y podían cultivarlas si había paz. Con las guerras se habían arruinado y endeudado; eran colonos que habían servido a los nobles. Pero tras la entrada de los bárbaros, sin el poder de Roma, y destruidos muchos de los poderosos senadores hispano romanos. En fin... Tiempos pasados... Los campesinos perdieron a sus amos y sus útiles, sus cosechas y sus protectores. Se unieron entre sí en bandas de salteadores. Eso somos nosotros. Gente nómada, hambrientos y sin hogar, errantes y condenados a la miseria.

Tenían hambre. Desposeídos de sus tierras, sin apoyos ni protectores, habían sido condenados a vivir del robo, el saqueo y la rapiña. Los pueblos montañeses, donde yo había vivido de pequeña, tenían ganados, y se defendían; el castro de Arán y los otros estaban formados por pueblos de cazadores y ganaderos, que estaban unidos en grandes gentilidades y se protegían entre sí. En cambio, en la meseta y en los fértiles valles del sur, al cesar la estabilidad política, muchos campesinos no habían tenido más salida que el bandolerismo.

—¿Adónde os dirigís?

—Hacia el sur, al lugar de donde vinimos, más allá de la tierra de los vacceos. Los godos nos expulsaron de allí y pusieron orden en aquellas tierras. Pero ahora hay una guerra civil entre ellos. Luchan los hombres de Agila con los de Atanagildo más allá del valle del río Anás, por eso han dejado el lugar donde nosotros vivíamos sin protección. Volvemos a las tierras del Ebro, que son más ricas que estos montes escarpados donde no hay nada que comer más que bellotas. Allí podrán encontrar lugares para saquear, más ricos y menos defendidos que los poblados de las montañas.

—Y conmigo... ¿qué haréis?

—Alguien te busca. Nos pagará una buena cantidad por ti. Eso si consigo que los hombres no te pongan la mano encima.

Yo callé asustada. Entendí que Cassia me había protegido, porque me consideraba un buen producto para la venta.

—¿Y la copa?

—La llevo yo. Esa copa está bendita y maldita. El que te busca quiere también la copa.

—¿Quién es?

—Le llaman Juan de Besson.

Ante aquel nombre me sentí confusa, nunca lo había oído.

—Ese hombre —prosiguió Cassia—, el que nos ha pedido la copa, es del sur. Nos dará riquezas. También te quiere a ti.

Yo me asusté.

—No la entregues a nadie —dije preocupada—. Es peligroso. Has visto lo que sucedió con tus hombres. Alguno murió, muchos tardaron en sanar. En cambio para el que la usa bien es un don, la copa me pertenece.

—¿Lo crees así? La copa es ahora nuestra y nos va a permitir salir de la pobreza. Mañana Éburro la llevará hacia el sur. Nos han prometido tierras si entregamos la copa y te llevamos a ti. La copa saldrá mañana, y a ti te llevaremos a ese hombre que te busca.

No pude protestar más, porque ella se fue, dejándome con los niños de la tribu. Permanecí de pie, mirando el ruinoso campamento, el humo que lo cubría todo. Me embargó de nuevo el desánimo, Aster y Tassio muertos. La copa hacia algún lugar ignorado y yo sierva entre desconocidos.

Efectivamente, al día siguiente Cassia entregó la copa a un hombre cetrino que respondía al nombre de Éburro. Después permanecimos en el mismo lugar unos días mientras los convalecientes se fortalecían. Yo miraba al sur, con miedo, sentía que de alguna manera, mi destino estaba allí, que mis gentes no eran las de la montaña. Sin embargo, yo amaba las altas montañas de Vindión, el mar salvaje de la costa de Albión, los verdes valles de Arán. Emprendimos de nuevo el camino, cada paso nos alejaba de aquellos a quienes yo había amado, de los lugares donde había transcurrido mi infancia y juventud. Los verdes valles, los torrentes caudalosos, llenos de agua que cantaban la melodía de las Xanas. No quería alejarme, pensé en huir, pero Cassia me vigilaba de cerca.

Atravesábamos un paso entre montañas, un lugar sin vegetación cruzado por un arroyo del deshielo. A ambos lados, picachos de roca madre nevados entre los que se cruzaban los rayos blancos de un sol de plenitud. El cielo era azul intenso, surcado por nubes redondeadas que a menudo se confundían con las cumbres llenas de nieve. Dejamos atrás un valle con pastos y bosques, subimos la montaña y descendimos por las escarpadas laderas, a lo lejos, hacia el sur, pude ver unos campos ilimitados, mares de trigo amarillo recién segado y árboles achaparrados, de los que no conocía el nombre. Bajamos la montaña y, en la llanura, un río coronado por álamos se doblaba en un meandro hacia el sur.

Entonces, desde la cordillera, un cuerno de caza sonó rebotando en las montañas. Vibró una vez en las rocas y otra y aún otra más. Los bagaudas se detuvieron, asustados.

Como por ensalmo, de las laderas de la sierra que dejábamos atrás, surgieron diez o doce montañeses a caballo, gritando, blandiendo lanzas y espadas. Al frente, un Aster con un rostro lleno de determinación; junto a él Tassio, Tilego, Tibón y detrás varios hombres. En medio de ellos Fusco y Lesso gritaban enfurecidos. Vi a Tilego tensar su arco y atravesar con flechas a uno de los hombres.

Me acerqué a los niños para protegerlos, las mujeres hicieron lo mismo y se agruparon junto al río, que resguardaba a los bagaudas de la furia de los montañeses. Los hombres rodearon al grupo de mujeres, que intentaron defenderse con piedras y hachas, pero la batalla era desigual.

Oí que Aster gritaba:

—¡Rendíos! ¡Rendíos!

Cassia retrocedió, se deslizó subrepticiamente hacia el río; pero antes de huir me asió por el cuello y me arrastró con ella, empujándome con un cuchillo sobre mi espalda. No podía defenderme, sólo grité. Los hombres de Aster se batían contra los bagaudas, los albiones eran pocos frente a los vagabundos, pero los montañeses iban a caballo, empuñaban lanzas y espadas mientras que los bagaudas a pie no poseían más que algún cuchillo y piedras. Vi a Aster guerreando, de nuevo llamé con voz fuerte. Entonces él giró la cabeza al oír mi grito. Aprovechando su descuido, uno de los bagaudas intentó desmontarle y le agredió con un palo largo por detrás, él se volvió hacia el atacante y lo evitó, con su espada le atravesó el hombro y lo tiró al suelo. Lo rodeaban algunos desharrapados pero se deshizo de sus atacantes golpeándolos con la lanza. Llamó a sus hombres:

—¡A mí! ¡Se llevan a la mujer!

Tassio y Fusco acudieron en su ayuda y Tilego, que estaba más cerca de la ribera se dirigió hacia donde yo me encontraba; cabalgando deprisa enfiló el río, hacia donde Cassia me conducía. Tilego agarró a la mujer, la separó de mí y la detuvo. Fácilmente la inmovilizó con una cuerda larga, y desmontando de su cabalgadura la ató.

Me quedé sola en medio del río, mojada y tiritando de frío. Entonces vi a Aster, frente a mí, alto en su caballo, iluminado por la luz de un sol que reverberaba en las aguas del río. Él se inclinó desde el caballo y me cogió entre sus brazos, me alzó hacia su montura y me sentó delante de él. Sentí un escalofrío al notar su abrazo.

Volvimos hacia el meandro del río, algunos hombres habían muerto en la refriega. Sentí lástima hacia aquellas mujeres y sus niños. Me volví a Aster.

—Déjalos ir. Son miserables. No tienen nada.

El príncipe de Albión me escuchó y al llegar adonde los bagaudas se habían detenido, les habló:

—No os haremos más daño. Podéis iros o asociaros a las filas del ejército de Albión. Cuidaremos a las mujeres y a los niños.

Glauco, uno los cabecillas, habló:

—Preferimos seguir libres.

—Bien está —dijo Aster—. En cualquier caso, no podríamos haceros prisioneros. No somos suficientes para custodiaros. Podéis seguir libres. No volváis nunca más por estas tierras donde mandan los montañeses.

Glauco hizo una inclinación con la cabeza, agrupó a sus gentes. La comitiva se alejó hacia el sur, hacia las doradas tierras de la meseta. Aster descabalgó y me ayudó a descender del caballo, noté su mano sobre mi hombro. Le miré, su expresión era la de contento, dirigió sus ojos, llenos de vida, hacia mí y me sonrió. Después, se alejó para ver a los heridos; alguno de sus hombres había muerto.

Tassio, Fusco y Lesso me rodearon, llenos de alegría. No cesaban de hablar. Yo abracé a Tassio, y dije:

—Te creí muerto.

—No soy tan fácil de matar. Cuando recuperé el sentido, tras el ataque de los bagaudas, tú ya no estabas, encontré el pellejo con la poción y bebí de ella. Sólo pensaba en Aster, que podía morir, anduve sin parar hasta llegar a Albión y le hice beber la pócima. Esa pócima fue portentosa, Aster se recuperó. Te hemos estado buscando largo tiempo.

Oí a Fusco que hablaba alegremente.

—¡Hija de druida! ¡Difícil eres de hallar! Seguimos tu rastro desde la última luna pero tus huellas aparecían y desaparecían.

—La vieja Romila te aguarda en Albión —dijo Lesso.

Después Aster se acercó a nosotros, formábamos un grupo dichoso aislado del resto: Aster y yo y los de Arán. Él estaba serio.

—Eres libre de seguirme a Albión o ir adonde te plazca.

—¿Adónde iré? Ahora Albión es el lugar al que pertenezco. Iré contigo. Adonde tú vayas, iré yo. No soy de vuestra raza pero siempre he vivido entre los albiones, quiero estar contigo... —después seguí como dudando— siempre.

Él sonrió, su blanca dentadura brilló al sol, y de sus ojos salió un rayo de contento. Nunca le había visto así, las privaciones y dolores de los últimos meses se trocaron en mi corazón en una gran alegría. Hubiéramos seguido así, mirándonos bajo los árboles y junto al río pero oímos las voces de los hombres que lo reclamaban. Los de Arán nos contemplaban divertidos. Al fin, él, con un suspiro, se volvió a los hombres que le llamaban.

—¡Capitán! ¡Se van los prisioneros!

—Sí, Tibón, dejadles ir, no podemos llevar a tantos cautivos hasta Albión. Seguiremos nuestro camino, allí nos esperan.

Recogieron a los heridos y enterraron a los muertos. Aster supervisaba la operación. Revisé las heridas de los caídos en la batalla, la mayoría no estaban tan graves como para no poder cabalgar. Mientras curaba a uno y a otro, mi corazón estaba lleno de paz, sólo levemente oscurecido por una sombra: la copa, la copa de Enol, perdida, que llevaría a su dueño a la ruina o a la felicidad.

Los hombres acabaron de enterrar a los muertos y yo de ver a los heridos. Después Aster ordenó que me cedieran uno de los caballos de los caídos en la lucha.

—A ver, hija de druida, te enseñaré a montar en este penco —dijo Fusco.

Intentaba subirme al caballo y me caía una y otra vez. Fusco reía y Lesso se sumó a sus carcajadas. Se acercó Tibón a ver qué estaba pasando.

—Nunca ha montado nada más que en una mula.

Me molestaba que se riesen de mí, más aún cuando tras haber montado en la mula y en el caballo de Tassio yo pensaba que sabía cabalgar. Sin embargo, era muy distinto trotar en una mula o en el percherón de Tassio, que en el nervioso caballo negro, guiado siempre antes por un guerrero de mano nervuda y fuerte.

Entonces noté una mano que me cogía por la cintura, un hombre más alto que yo, que me tomaba por detrás y me levantaba como una pluma hasta el caballo. Era Aster.

—¡So...! ¡Caballo...! Tranquilo, caballo.

Él tenía un don especial para amansar bestias. Vi su mano de dedos largos y fuertes acariciar el cuello del caballo; después me cogió la mía.

—Acaríciale. Le tranquilizarás.

Deseé que él no me soltase. Luego, torpemente, acaricié la cerviz del caballo, que relinchó suavemente como un quejido. Después Aster tomó las riendas desde abajo y le hizo trotar suavemente. Los demás hombres le miraban asombrados pero contentos. Nunca habían visto a su jefe y señor en aquella actitud, como jugando con el caballo y conmigo.

—Ponle al trote —dijo—, no te tirará.

Le dio una palmada a la grupa del caballo y yo me mantuve en él, haciendo un esfuerzo.

—Vamos, en marcha.

Emprendimos el regreso hacia el norte y hacia el oeste. Me cansaba cabalgar porque, aunque el bruto se portaba bien, yo notaba las piernas doloridas por la falta de costumbre. Al llegar a la parte más alta de la montaña, me paré y bajé del caballo para descansar; los hombres sonrieron compadecidos de mi falta de pericia. Sola en aquel altozano, divisé los valles amarillos y lejanos que quedaban ya atrás. Me alejé de la meseta sin tristeza alguna. Después, continuamos la marcha.

Al frente de la comitiva, abriendo camino, cabalgaba Aster. Los días eran claros, con una brisa fresca que procedía del Cantábrico, al mediodía, el sol calentaba nuestros cuerpos y los espíritus se esponjaban por la alegría. A menudo los hombres cantaban una trova de tiempos inmemoriales, de batallas y de guerra.

Regresábamos hacia el castro en el Eo, atravesando la elevada cordillera de Vindión. Aquellos días de fines de otoño nos mostraron todo su esplendor y vimos cómo las hojas de los árboles de la montaña se cubrían de carmín, de tonos anaranjados y rojizos. Así se encontraba mi corazón, lleno de una vergüenza nueva y de una inquietud ya conocida.

Seguimos el curso del río hacia su cabecera, la corriente se alejaba de nosotros y se hundía hacia abajo en la meseta. Pronto se hizo de noche.

Hicieron una gran fogata, Tibón comenzó a tocar una melodía antigua y dulce con su flauta. Las notas se elevaban al cielo, de las gargantas de muchos de los hombres surgió un cántico de años pasados, cuando los padres de los pueblos de las montañas de Vindión cruzaron el mar y llegaron a Tarsis, la ciudad de oro. Después las canciones hablaron de los viajes de los hijos de Aster hacia las islas del norte, donde encontraron su destino en forma de una diosa. En el cielo iban apareciendo las estrellas poco a poco. El cántico me llevaba una y otra vez hacia Aster, y a menudo notaba que él también fijaba sus ojos en mí.

Poco a poco murieron las notas de las canciones. Los

hombres dormían pero yo acurrucada junto al fuego no podía conciliar el sueño. En la hoguera, las llamas fueron apagándose y quedó solamente el rescoldo de las brasas. Se oía únicamente chisporrotear los restos de la fogata y, más allá, el gorgoteo continuo del agua de un río cercano.

Me parece que es hoy cuando me levanto de mi lecho de hojarasca atraída por el ruido del agua, salgo del claro y veo en el cielo las estrellas de la noche desdibujadas por el fulgor de la luna que brilla alto en el firmamento.

Noto aún ese momento. Me abrigo con la capa de pieles que Lesso me ha dado y me siento junto al río. La luna riela en el agua. Soy feliz, no sé cuál es el motivo, quizá la noche o la luz de la luna o el ruido del agua. En ese momento de felicidad advierto a Aster junto a mí.

—Jana, hija de los manantiales, ¿no duermes?

—No puedo.

—Yo tampoco —dijo él—. ¿Miras el reflejo de la luna en el agua?

—Sí —contesté como si estuviese esperando su presencia—. La luna cambia la noche. La hace más amable y suave, borra los miedos.

—¿A qué tienes miedo?

—A perder este momento… a que algo me vuelva a separar de ti.

—No podremos estar juntos al volver a Albión.

—Me conformo con estar cerca de ti.

—Entonces… ¿no quieres conocer nuevos mundos?

—Ya no.

Mi negativa sonó dulce. Él se arrodilló a mi lado y me tomó la mano; después la soltó y se sentó junto a mí. Lanzó una piedra plana hacia el río y la piedra, iluminada por la luna, voló sobre el agua trazando tres arcos en el aire; tocó la estela que formaba el brillo de la luna sobre el agua sin romperla.

—Ves… la estela de la luna no cambia —dijo—, sólo el agua va mudando. Así somos nosotros, tú y yo, tú eres el reflejo de la luna sobre el agua en una noche oscura; yo soy esa agua oscura que discurre sin fin. Calmas la tristeza que me atenaza a menudo el corazón.

No entendí lo que me decía. Lo hice mucho más tarde. Pero en aquel momento supe que sus palabras hablaban de amor y de contrariedades. Después me sentí triste, pensé en las dificultades que habíamos atravesado y también en la copa de Enol, perdida ya quizá para siempre.

—Aster, la copa de Enol. Se ha perdido. Hay alguien que la busca.

Él se puso serio y pensativo.

—¿Quién podrá ser?

—Un hombre del sur, me quería a mí y a la copa. Sabía dónde se hallaba escondida, ¿sería Lubbo?

—Lubbo está al oeste, en Bracca, con Kharriarhico.

—Pues entonces... no sé quién la busca. Hablaron de un hombre llamado Juan... Juan de Besson.

—No he oído hablar de él.

—¡Oh, Aster! He descubierto que esa copa puede usarse para el bien pero también puede hacer daño a quien no sabe utilizarla, un hombre murió...

Le expliqué lo que había ocurrido cuando los bagaudas tomaron el vino en la copa.

—Ahora entiendo por qué Enol no quería que cayese en manos de Lubbo, también creo que lo importante no es el contenido de la copa sino el ánimo con el que se bebe de ella.

Después no hablamos más, permanecimos el uno junto al otro oyendo el ruido del agua correr e iluminados por la luna. Las horas de la noche transcurrieron lentamente, las estrellas fueron cambiando su lugar en el cielo y nosotros seguíamos allí, sin separarnos, casi sin hablar, dejando que las constelaciones siguieran su curso en el firmamento; sin esperar nada, sin desear nada más que todo permaneciese eternamente igual.

Tras varios días de marcha, cruzamos las nevadas montañas de Vindión. A lo lejos, el monte Cándamo con sus laderas cubiertas por fresnos, olmos, chopos y sauces. La comitiva marchaba deprisa, todos estaban deseosos de llegar a la costa, al gran castro junto al Eo. Todos menos Aster y yo. Por las noches, nos alejábamos del fuego de los hombres y sin que nadie nos observase hablábamos como en aquellos días en el bosque de Arán. Supe muchas cosas de él. Le escuchaba sin interrumpirle, me contó de Ongar y de sus gentes, de los monjes de la cueva, de las luchas en Montefurado, de los hombres de las rocas, de las diferentes familias en Albión y sus disputas. Nunca hablaba de su padre.

Aquel día, por primera vez cabalgamos juntos, ya no nos importaba que los demás nos viesen en una especial intimidad. Íbamos a la cabecera de los hombres. Detrás, los de Arán guardaban nuestras espaldas. Al llegar a aquel repecho del camino, recuerdo cómo Aster cambió su expresión y con un gesto me indicó que le siguiera, dejando atrás al resto de la comitiva.

Lesso, Tassio y Fusco entendieron que queríamos estar solos y retrasaron el paso del resto de los hombres. Nosotros seguimos adelante flanqueados por las crestas nevadas de la cordillera, sin percibir que nos encontrábamos prácticamente solos. Entonces él, que me precedía, se detuvo y miró al frente a la gran montaña.

Con fuerza, como pidiendo ayuda, me gritó:

—Ven conmigo.

Espoleó su caballo, y yo le seguí con dificultad. Al llegar a lo más alto de la montaña, desmontamos junto a unos pinos, allí atamos los caballos y proseguimos andando entre riscos, en un lugar donde la vegetación era rala. Aún siento cómo aquel sol de otoño tardío calienta mis espaldas y puedo ver en mi imaginación cómo, a un lado, los picos de piedra gris se elevan rasgados por estratos de roca calcárea.

Aster calla y su silencio es angustiado. Seguimos caminando, el ascenso se me hace costoso. Él no se cansa, camina por delante fuerte y erguido y yo jadeo tras él. Miro con cuidado el suelo, mi falda larga a veces se me engancha entre las piedras. He de mirar con cuidado dónde sitúo el paso. Mi pie tropieza y las medias de lana, bajo las calzas de cuero, se desgarran por las zarzas. Hemos de subir a una roca, él me espera, me coge con sus brazos y me eleva. Me sonríe animándome, pero sigue caminando. Tiene prisa, intuyo que algo le impulsa a encontrar un lugar de las montañas. Llegamos al fin a otro valle y veo al frente multitud de picos irregulares de piedra. Aquellas montañas son tan altas que no han sido exploradas, quizá sólo los hombres de Ongar se atreven a llegar allí. Más lejos las lomas se tornan más bajas y abren paso a un valle labrado por las nieves de invierno. Allí la hierba es más mullida y las ovejas abrevan en un riacho, entre piedras calizas.

Dejamos de lado dos picos tan elevados que es imposible ascenderlos y al otro lado del collado continúa un camino hacia otra cumbre, es un camino estrecho pero transitado, sube gradualmente rodeado por las faldas de la montaña. El sendero se aleja cumbreando la montaña hasta que, antes de llegar a la cima, tuerce y la rodea. Tras el pico se esconde el monte Cándamo. Y allí vive un dios.

Al mirar el camino que rodea la montaña, Aster se detiene y se vuelve hacia mí. En él algo se ha abierto, algo profundo y encerrado en su alma que nunca antes había sido revelado a nadie.

—¿Ves ese sendero que se aleja elevándose hacia el monte? —me señala—. Allá a lo lejos, tras el monte Cándamo, está Ongar. Huíamos hacia allí, escapando de Lubbo. Allí, en aquellas piedras, a mitad de camino hacia la cumbre, tuvo lugar la batalla.

—¿Qué ocurrió?

—Allí murieron mi madre y mis hermanos. Me cogieron prisionero.

De pie en lo alto del monte, Aster parecía ver el pasado. Como en el bosque de Arán, se apoyó en mí, bajó la cabeza y calló. Pasó un tiempo. Después, sin hablar todavía, nos sentamos en la hierba verde, uno al lado del otro. Él dirigió la mirada a lo lejos y habló:

—Yo caminaba delante con un grupo pequeño de hombres, no tendría más de doce años. Albión estaba rodeado de suevos, su fin parecía inminente. Mi padre, Nícer, determinó que las mujeres y los niños que quedaban en el castro salieran hacia Ongar, por uno de los pasajes subterráneos que horadan la ciudad. Yo iba con los hombres de la expedición. Mi padre se despidió de mí, recuerdo aún hoy como me indicó que debía ser valiente y que debía proteger a mi madre. Ante aquellas palabras de mi padre me sentí lleno de coraje y capaz de todo. Salimos de noche por una senda escondida. Burlamos la vigilancia de los hombres de Lubbo y caminamos dos días. Íbamos despacio, mi padre había ordenado que se evacuara la ciudad poco a poco, la lucha en las murallas y afuera en la costa era encarnizada, él no sabía cuánto iban a poder resistir. La primera que abandonó la ciudad fue mi madre, iría hacia Ongar, a las montañas blancas y altas, al este de donde procedía su familia. Si aquella expedición salía bien, otros huirían después. Marchábamos lentamente en una comitiva alargada. Detrás, los niños y las mujeres, algunos a pie y otros en carros. Delante nosotros, los jóvenes guerreros, no éramos más de veinte hombres, ninguno pasaba la veintena, poco diestros todavía en el manejo de las armas.

Aster se detuvo, y se miró las manos, recias, con cicatrices de lucha. Yo imaginé las manos de Aster, adolescentes, suaves y no curtidas aún por la brega, cargando con una espada de peso quizá superior a sus fuerzas.

El hijo de Nícer prosiguió lentamente:

—Llegamos a este lugar. Recuerdo que, al mirar atrás, las nubes se arremolinaban preludiando tormenta, y que el ambiente pasaba de estar oscuro a ser gris o azul transparente. Era un día extraño. Mi madre caminando delante, mi hermano Nícer de unos tres años revolviéndose en sus brazos, a veces gritaba. Veo cómo los bosques quedan atrás, ya no nos protegen, a la vegetación se impone la roca, el lugar era como ahora un páramo yermo y elevado, con los valles al fondo. Nada nos ocultaba del enemigo; no lo sabíamos, pero los traidores nos aguardaban, no lejos de aquí. Detuvimos la marcha porque muchos estaban cansados. Ongar no está lejos, oculta entre los montes de piedra, con su entrada escondida a través de los siglos, y protegida por desfiladeros. Mi madre cogió al pequeño Nícer entre sus brazos y le dio algo de comer. Él se aprieta contra mi madre y ella lo acaricia; está saciado, ríe y da palmas. Ya es un niño grande, pesa ya mucho en los brazos de Baddo, mi madre. Ella lo deja entre la paja del carro, con los otros, y el viejo criado procedente de Ongar sonríe entre sus barbas canosas al chico. Doy una orden y se reemprende la marcha. Mi madre camina tras el carro mirando al niño. El camino asciende por la cumbre, en las faldas de la montaña pacen caballos salvajes de grandes patas lanosas y blancas, como aquellos que aún se ven allí. Yo sabía que al llegar a la cumbre podríamos ver el mar y que más adelante el camino se haría más fácil. Presiento algo y giro la cabeza, mi madre mira en mi dirección. De pronto, unos gritos salvajes, precipitándose por detrás desde el otro lado del collado. Mi madre, los niños, los ancianos y la carga están entre ellos y mi pequeño ejército de una veintena de hombres, entonces diviso una multitud de mercenarios suevos descendiendo de la montaña. Se dirigen hacia mi madre y los otros. Las flechas salen de sus arcos por centenares, atraviesan el cielo. Grito a los jóvenes guerreros que me acompañan, que vuelvan atrás, mientras tanto mi madre y los demás son rodeados. Ella cae, herida por una flecha, a mis hermanos los acuchillan, un guerrero cuado coge a mi madre malherida y la agarra por los cabellos. Le da un tajo en la garganta y la degüella, los demás gritan. Nos lanzamos contra ellos, llenos de horror y ciegos de rabia; allí luchamos, con denuedo, con desesperación. Sin experiencia. Pronto nos rodearon. El capitán Ogila evitó mi fin porque me quería prisionero en Albión. El resto de la historia quizá la has oído.

—Una anciana me la contó.

—Hace años que no vengo por aquí y ahora todo vuelve a mi mente. No puedo olvidar nada. Por las noches me parece ver la cara de mi madre, joven y aún hermosa, mirándome con la cabeza separada del tronco. Sin odio, pero llena de horror.

—¿Y después?

—Pusieron la cabeza de mi madre en una pica, la llevaban en triunfo... hacia Albión. Yo caminaba detrás y a lo lejos veía sus cabellos ensangrentados. No recuerdo nada de aquel viaje, sólo dolor y odio. Un odio inabarcable... a Lubbo. Lo encontramos cuando llegamos al cerco de Albión. Él, al contemplar el rostro de mi madre, rió embriagado de crueldad. Ya no había mujeres ni niños, cabalgamos deprisa hacia Albión sin escondernos, llegamos la noche siguiente. La ciudad ardía por dentro y fuera se extendían los campamentos de los cuados. Al ver los restos de Baddo, el pueblo de Albión gritó de horror. De pronto se hizo un silencio. Todos callaron. Mi padre se asomaba a la muralla. De lejos vi su rostro demudado por la pena. «Nícer, aquí tienes al único hijo que te queda, rinde Albión y dame lo que quiero; si no lo haces, todos moriréis. Mis hombres están ya en Albión.» Mi padre calló, estaba como sonámbulo, miraba los restos de mi madre, y alternativamente me miraba a mí. Algunas voces se oyeron en la ciudad, dentro del recinto había cuados, penetraban por el pasadizo por el que nosotros habíamos salido. La ciudad había sido invadida. Alguien nos había traicionado. Nícer parecía no oír. Con un gesto inconsciente indicó que se abriesen las puertas. Yo grité. Pero él tiró las armas desde lo alto de la muralla. En aquel momento los hombres de Lubbo invadieron la ciudad, y se unieron a aquellos que habían penetrado por el túnel. Mi padre se dejó apresar. Los demás hombres tiraron las armas. A mi padre y a mí nos condujeron juntos a un calabozo en la parte posterior de la acrópolis de Albión. La mente de mi padre estaba ausente, en otro lugar; se echaba la culpa de la muerte de mi madre, y se consideraba culpable de la caída de Albión. Yo no sabía cómo calmarle, ni qué decirle. Sentía que la culpa había sido mía por no haber sabido defender a mi madre. Él sólo dijo: «No, hijo mío, los traidores nos vencieron, no los enemigos. Ya no quiero, no puedo luchar más.» En la ciudad, hubo un saqueo feroz. Sólo algunas casas no fueron saqueadas. Entre ellas las de Lierka y Blecán, la de Ambato. Después se supo que sus dueños habían colaborado con Lubbo, y que el tirano les respetaba por eso. Cuando finalizó el saqueo, Lubbo apareció en la prisión. Llevaba en su hombro el búho negro que nos miraba con malévola expresión. Lubbo habló:

»—Morirás en plenilunio, pero podrás salvar a tu hijo si colaboras conmigo. Sé que Alvio estuvo aquí hace varios años, que volvió con una copa y una niña. Esa copa me pertenece.

»A mi padre no le interesaban los secretos de los druidas y dijo:

»—Alvio estuvo aquí hace unos años y le dije que se fuese. Había alguna culpa escondida en él. Sabes bien que no quiero hechiceros entre mis gentes. Sé que tenía una copa, me dijo que la copa era la salvación de mi pueblo. Pero no le creí. La copa está con él. Y él está en algún poblado en las montañas que yo desconozco.

»Lubbo pareció satisfecho.

»—Bien, Nícer, siento que las cosas hayan ido tan mal. Tu hijo será mi servidor. Le trataré como merece tu alta estirpe.

»Después se fue. Por un agujero de la prisión mirábamos el cielo viendo crecer la luna. Mi padre adquirió una extraña paz, y un día me reveló que no temía a la muerte y dijo algo extraño: "Otro murió también en la luna llena, era el cordero que limpiaba el mundo, quizás ha llegado el momento de seguirle." No me quiso explicar a qué se refería pero yo sabía que era un misterio de aquella secta extraña a la que mi padre pertenecía.

Callamos durante algún tiempo, mis ojos se volvieron húmedos, el sol brillaba radiante, y a lo lejos en el valle se veían las montañas doradas por el otoño. Los instantes se sucedieron, después le pregunté a Aster:

—¿Sabes a qué se refería Lubbo cuando hablaba de una copa?

—Estoy convencido de que Enol es Alvio y que la copa con la que me curasteis era la copa sagrada de los druidas. Ninguna otra habría sido capaz de contrarrestar la ponzoña de la flecha que me clavaron en Albión. Sí. Es la copa de Enol. La que tú escondiste. Lubbo la buscó durante años, pero nunca sospechó que la tuviera tan cerca. En la aldea de Arán. En el lugar de los conciliábulos y la reunión del Senado. La copa tiene algo protector en sí misma, no es fácil de encontrar... y Enol habría tomado sus precauciones.

Oímos los caballos del resto de la tropa a lo lejos, Aster callaba, pero yo entendí que todo aquello que no había explicado en el pasado le quemaba el corazón como una llaga candente. Al abrirse, la herida comenzaba a cicatrizar. Así que le pregunté:

—¿Y tu padre?

—Cuando llegó la luna llena, Lubbo le sacrificó en el altar de los antiguos dioses. Atado le apuñaló y le abrió el corazón. De su pecho brotó la sangre, Lubbo la bebió aún caliente y dio sus despojos a sus pájaros carroñeros. Yo estaba allí, preso, viendo cómo mi padre moría... Las últimas palabras de Nícer fueron que le perdonaba y que iba al encuentro de su dios y de mi madre.

Las lágrimas manaban por el rostro de Aster, pero él miraba al frente. Después se calmó y habló con serenidad; no me miraba al descubrirme lo que tanto tiempo había llevado guardado en su corazón.

—Siempre te he querido, recordé aquellos días del bosque como algo precioso. Pero estaba mi pasado. Debo vengar a mi padre y, ante todo, debo hacer lo que mi padre quería: aunar a los albiones y a todos los pueblos de la montaña. Si me uno a ti habrá guerra como la hubo cuando mi padre se unió a mi madre. Vivir sin ti es como si me faltara la luz del día, estar en una noche oscura iluminado por una luna lejana.

El resto de los hombres de la comitiva se acercaba al lugar donde habíamos dejado los caballos. Lesso y Fusco nos hacían señales. Aster se levantó, no quería que la emoción se trasluciese en su rostro, caminamos rápidamente sendero abajo. Me cogió de la mano para ayudarme a bajar y en su apretón noté la fuerza que fluía de él. Llegamos junto a los árboles, desató a los caballos y me ayudó a subir al mío, de un salto montó en el otro.

XVIII

El regreso a Albión

La llegada a Albión fue extraña, la gente salía a la calle a ver a su príncipe que volvía, pero él cabalgaba deprisa, sin detenerse a saludar a la multitud que llenó las calles para recibirle.

Tassio, Tibón y Lesso, con los demás, marchaban tras él también rápidamente. Yo intentaba ocultarme de miradas indiscretas, semioculta entre Lesso y Fusco. Oía el griterío en la calle, y sentía que me observaban, sobre todo algunas mujeres me miraban con curiosidad. Después supe que, en mi ausencia, habían corrido rumores por Albión, se comenzó a decir que Aster estaba embrujado por mí; que yo le había echado un mal de ojo, y que sólo si yo volvía él encontraría la curación. Entre las gentes distinguí a Goderico y a Verecunda, que me saludaron calurosamente, me alegré al verlos. Al pasar entre las casas de los nobles reparé en Lierka, que acechaba a Aster y me observaba fijamente. Advertí, entre la multitud, a otras gentes, personas a las que había sanado y que me estaban agradecidas. Por fin, llegamos a la casa de las mujeres, desmonté y me introduje en el interior, donde ningún hombre debía pasar. Aster miraba al frente, nos separamos sin decir nada; yo me dirigí a mi morada con Romila y Ulge. Sentí una opresión intensa en el pecho. Me encaminé a la antigua casa donde había vivido con Uma, Lera y Vereca. Nadie más había venido a nuestra pequeña morada que se había convertido en almacén. Estaba vacía.

Le relaté el viaje a Romila, omitiendo los últimos días con Aster, pero ella adivinó mucho más de lo que dije:

—Le quieres, entonces.

Me ruboricé intensamente.

—Más que a mi vida, más que a nada que haya podido querer antes, pero... ¿qué soy yo sino una extranjera? Una mujer forastera que hace curaciones... que unos temen y otros desprecian.

—Hay gente que te quiere y está agradecida.

—Los pescadores. La gente de la tierra.

—¿Qué piensas hacer?

—Pienso —dije yo— vivir aquí contigo, cerca de él, curar a la gente de Albión que quiera ser cuidada por mí, y recordar con amor el pasado. No perjudicaré a Aster. Tú conoces bien la historia de sus padres y a él le pesa en el corazón. Deberá olvidarse de mí.

Romila calló, entendía mis palabras y mi sufrimiento, también ella una vez en el pasado tuvo que elegir olvidar. Se acercó a mí y me abrazó. Después, quizá para distraer mi tristeza, me condujo a la casa de las sanaciones, había enfermos esperando. Comencé a curar a un campesino que se había doblado su pie en una zanja, casi se le veía el hueso. Limpié la herida e inmovilicé la pierna, sabía que podía complicarse y morir. También escuché las quejas sobre su mujer y el trabajo duro que llevaba. Tras un rato atendiéndole, él se olvidó del dolor y su mente se relajó. Me dio las gracias.

Aquel invierno fue más frío que ningún otro, la nieve descendió hacia la costa y el frío penetró en las cabañas de los pobres pescadores y los labriegos. Albión amaneció un día helado y en el río flotaban planchas de hielo. El mar cubierto por negras nubes de lluvia se volvió gris y denso. Pronto los relámpagos cruzaron el cielo, una tormenta descargó. En altamar, varios barcos de los hombres de Albión perdieron el rumbo. Algunos consiguieron llegar a la costa, uno se hundió, otro tardó varios días en regresar y por último arribó con gente enferma.

La casa de las curaciones comenzó a ocuparse de más y más enfermos; nos llamaban además de otros puntos de la ciudad, Romila y yo acudíamos de un lado a otro de Albión, aliviando a los hombres y mujeres que sufrían.

Aster permanecía a menudo fuera del castro; los lobos y los osos, por la crudeza del invierno, bajaban a los valles y asolaban los poblados de la montaña. Él organizaba las cacerías, su acción permitía un cierto orden entre los pueblos de los castros, un gobierno justo y equitativo.

Cuando Aster entraba y salía de la ciudad, yo me ocultaba en los rincones, para verle. Él no percibía mi presencia o quizá fingía ignorarme y mi corazón temblaba cuando él se acercaba; entonces comprendí que debía abandonar cualquier esperanza. Le pedí una vez y otra a la deidad de la noche que me ayudase a prescindir de cualquier recuerdo de él; pero no era capaz, seguía ocultándome en las esquinas para verle pasar aunque fuese de lejos. Entonces mi corazón se entristecía, en mis recuerdos afloraban los días de Arán, y las noches junto al fuego en los montes de Vindión.

En el castro había paz y disciplina. A menudo Lesso y Fusco, y alguna vez Tassio se acercaban a darme noticias. Los diviso aún hoy en mi mente contentos, llenos de orgullo por sus logros. Habían madurado, aunque no eran hombres de gran estatura, ya no eran los adolescentes alocados de Arán.

—¡He cazado lobos! —dice Fusco exaltado—. Contempla, hija de druida, una capa de auténtica piel de lobo.

—Déjame verte —me reí—, pues sí que llevas un buen pellejo colgado en la espalda.

Me gustaba que se acercasen por la casa de las curaciones porque sus noticias nos mantenían en contacto con la realidad del poblado.

—¿Qué más habéis hecho?

—En la cabecera del Navia se refugiaron salteadores y los hemos echado para siempre de estas tierras.

—Parece que sin vosotros las tierras cántabras estarían perdidas.

—Los pueblos cántabros y astures están unidos. Desde Luccus hasta la región de los autrigones, los pueblos siguen a Aster, cada día más castros le rinden tributo y hay una alianza entre los pueblos de las montañas que conduce a la concordia.

—Tú, el rebelde. ¿Ahora te gusta el orden y la disciplina?

—¡Ya ves! —dijo muy serio—, he cambiado mucho.

Me hizo gracia ver a Fusco tan decidido por el orden político; pero lo que decía era verdad. Albión crecía y los tributos pagados por los distintos pueblos hacían que la ciudad ganase en esplendor y riqueza.

—Mañana será la fiesta de Imboloc. ¿Vendrás con nosotros? Correrá cerveza e hidromiel.

—Nunca he ido.

—Sí, eras una sierva, pero este año Aster quiere que acuda todo el mundo. Siervos y libres. Debes ir. Uma irá, ya sabes que se rumorea que contraerá matrimonio en Beltene.

Hacía tiempo que no veía a Uma, los trabajos con los enfermos de Albión me habían impedido hablar con ella. Además, la evitaba, solía sacar el tema de Aster y aquello me hacía sufrir. Ella misma acudió a la casa de las mujeres a animarme para la fiesta.

—¿Vas a ir a la fiesta de Imboloc? —le pregunté.

—Por supuesto, comienzan a alargarse los días. Bajaremos a la llanura al lado de la playa. Cuando estaba Lubbo, todo esto se prohibió, ya sabes, las fiestas se sustituyeron por sacrificios y bacanales. Ahora el mundo ha cambiado... y Valdur me ronda hace tiempo. A mi hermano Tibón no le parece mal. Es un hombre de los de Ongar. ¿Sabes?, Tibón me pregunta muchas veces por ti, se acuerda de la expedición a Vindión.

—Le debo la libertad, a él y a Aster.

—Tibón me dijo que Aster le había preguntado por ti.

Yo callé, de nuevo la herida se abría en mi corazón. En Vindión juzgué oportunas y justas las razones de Aster, pero ahora con el paso de los días, la separación se hacía costosa y a veces me rebelaba contra mi destino. Lo que en un momento había creído adecuado, estar cerca de Aster sin verle, ahora se me hacía tan duro que dudaba de él. Juzgaba extrañas sus lealtades hacia el pasado; si como decía, me amaba, ¿por qué me hacía sufrir tanto? Tras la pregunta de Uma estos pensamientos surgieron a borbotones en mi interior; con esfuerzo pude cortar con ellos. Ante mi silencio, Uma habló alegremente:

—Debemos adorar a la diosa de la lactancia y los partos. Si me caso con Valdur podría necesitarla, y tú también porque cada vez atiendes más partos y es necesario que te vaya bien.

Pasó enero gris y oscuro y entonces, en febrero, se alargó el tiempo de luz, se trasquilaron las ovejas y llegó la noche de Imboloc. En la playa los hombres habían construido grandes fogatas. La gente se acercaba a la fiesta con antorchas. Bajé con Uma y Romila, nos situamos cerca del fuego. Veía las llamas palpitar. Valdur se acercó a Uma; después de despedirse con una inclinación de cabeza, Uma se alejó de la mano de su pretendiente, ambos comenzaron a danzar un baile rápido de gran fuerza, siguiendo el ritmo del tambor, de la gaita y la dulzaina.

Nadie me invitó a bailar. Romila se acercó y me habló:

—Eres demasiado hermosa. Demasiado sabia. Ellos te tienen miedo. Cuando yo era joven también me tenían miedo. Todos menos Lubbo. Lubbo nunca me tuvo miedo, me buscaba.

Todavía me veo en aquel momento; estoy de pie junto al fuego, viendo a los hombres danzar en derredor de la luz. Bruscamente, cuando la fiesta está en su apogeo, de la ciudad salen unos hombres a caballo que se dirigen hacia el río; son Aster con sus capitanes. Detrás, Lesso y Fusco.

Entonces entro en trance. Hacía tiempo que aquello no me ocurría. Me veo cabalgando por una llanura dorada, detrás de mí queda Albión y Aster está lejos. En mi visión Albión es atacada de nuevo; hay velas, muchas velas negras en el mar. Grito y tras un tiempo de angustia, despierto. Uma se encuentra a mi lado y también mucha más gente. Me rodean atemorizados y la música ha cesado ya. Todos mis huesos me dolían pero sobre todo me sentía humillada.

A mi lado estaban Lesso y Tassio.

—Ven, hija de druida, no te asustes. El espíritu ha entrado en ti. Cálmate.

Me incorporé y me senté en el suelo.

—¿He dicho algo en el trance?

—Has hablado de que Albión sería invadida... por mar. También de enfermedades y de muertes. Hoy es el día de Brigit, la diosa de la profecía, lo que dices es un mal presagio. Todos están asustados.

Las lágrimas manaron de mis ojos, entonces Aster se acercó adonde había surgido el tumulto.

—¿Qué ha ocurrido?

—Una sierva de la casa de las mujeres ha entrado en trance —le dijeron.

—¿Y...?

—Malos presagios... ruina y muerte.

Aster separó a la gente que me rodeaba y me vio aún en el suelo en brazos de Romila; entonces se inclinó sobre mí y sin importarle que le escucharan dijo:

—¿Estás bien?

Yo negué con la cabeza, y las lágrimas me resbalaron por las mejillas.

—¡Llévala a la casa de las curaciones! —ordenó Aster—. Tú, Tassio y tú, Lesso.

Me alejaron de allí, pero aún pude apreciar que Aster me seguía con la mirada, y sentí vergüenza por mi estado. Al fin entre Romila y Uma me condujeron al gineceo. Me acostaron. Dormí intranquila recordando la visión y sobre todo la gran llanura amarilla. Me desperté varias veces durante la noche, comencé a pensar que mi lugar no era Albión, que perjudicaba a Aster y que debía irme. Me desvelé por completo y decidí asomarme afuera. La luna brillaba aún, en la bóveda celeste titilaban mil estrellas. Cubierta por la piel que Tassio me había dado en el regreso desde Vindión, salí a la calle. Caminé sin rumbo guiada por la luna que descendía hacia su ocaso, la luna blanca de la madrugada. Lejos, en las montañas, parecía adivinarse el alba. Mis pasos me llevaron de modo inconsciente al antiguo templo de Lubbo. Traspasé la puerta y las murallas derruidas del antiguo cuadrilátero que rodeaba el templo, las hierbas crecían por doquier en aquel lugar de horror.

Me senté en la escalera aún manchada por sangre seca de los antiguos sacrificios y lloré. La oscuridad de la noche cedía algo perseguida por la luz del alba.

Pasó el tiempo.

Entonces sentí su presencia, al principio me asusté pensando en un genio maligno. Después reconocí a Aster.

—Un dios bondadoso nos ha atraído aquí, a este lugar y esta hora.

Yo no le contesté pero entre mis lágrimas le miré asombrada de que estuviese allí, en aquel lugar y en aquella hora.

—¿Lloras? ¿Por qué lloras? —dijo como en aquel tiempo cuando él me consoló en Arán.

Se sentó a mi lado y me puso el brazo sobre los hombros.

—Lloro porque te echo de menos —le contesté—. Porque estoy sola. Porque he entrado en trance en la fiesta y he asustado a todos.

—No estás sola, yo estoy contigo ahora. —Aster sonrió y apretó su brazo contra mí—. En la fiesta siempre entra alguien en trance y no es culpable de ello.

Su voz era suave y consoladora, me trataba como en Arán, como se trata a un niño asustado al que hay que cuidar y proteger. Noté su fuerza, percibí junto a mi piel la dureza de las armas que llevaba. En aquel momento, el vigor de Aster me sostenía. En su rostro, no había dureza, sino amor.

—¿Por qué vienes aquí?

—Aquí murió mi padre, vengo a menudo desde que conquistamos Albión. Este lugar me sirve para recordar mis deberes para con él. Para tomar fuerzas y poder olvidarte... pero no soy capaz.

Entonces Aster suspiró y sin poder contenerse me abrazó y dijo:

—Te necesito tanto. Tú me calmas y me das fuerzas.

—Yo... ¿te calmo? —hablé entre lágrimas—, no soy más que una pobre mujer. Una sierva en Albión. ¿Cómo voy a calmar a mi señor?

—Para mí tú eres la Jana de los bosques, que hechiza los corazones y los libera de la fatiga de la vida cotidiana.

Le miré sorprendida y él siguió hablando. Su voz sonó en mi cabeza como un cántico, como las baladas que los hombres de Albión entonaban en las noches de luna llena junto a la hoguera.

—Un destino extraño nos une. Necesito verte... aunque sea de vez en cuando. Aquí nadie se atreverá a espiarnos. Este lugar está maldito, lleno de los horrores de Lubbo, pero también estas gradas han sido manchadas por la sangre de mi padre que nos protege. Ven aquí las noches de luna llena y me encontrarás. Hablaremos de Arán y de los lugares donde hay paz, recordaremos los días en las montañas de Vindión. Me contarás de tus curaciones y yo te hablaré de mis luchas. Nadie lo sabrá.

Amanecía en Albión. Amanecía aquel día en el que Aster me habló. El alba teñía de un color rosáceo las montañas y la luna había ya desaparecido del cielo.

Nos vimos muchas veces a la luz de la luna, en las ruinas muertas del templo del dios Lug, cerca del ara de los sacrificios antiguos, pasando las grandes puertas ya derruidas. En el patio exterior del santuario, detrás del contrafuerte que separaba el templo de la ciudad, nos sentábamos el uno junto al otro, hablábamos de muchas cosas y el tiempo se desvanecía ante nosotros, y a lo lejos el sol solía amanecer sobre las montañas.

A menudo callábamos y el silencio nos unía. Aster conseguía eliminar en su mente el dolor de los años de cautiverio y las heridas causadas por el odio; yo me sentía curada de los tormentos de Lubbo. La luna nos iluminaba, nada parecía perturbar nuestra paz bajo las columnas del templo del dios sanguinario. Después, durante la jornada, entre los enfermos de la casa de las mujeres, o él entre sus hombres, en la gran fortaleza de Albión, el ansia de volver a estar juntos nos dominaba. Anhelábamos que llegase el plenilunio y poder estar cerca. Pronto comenzamos a vernos con más frecuencia, casi diariamente. Llegó una noche sin luna y movidos por el mismo deseo nos encontramos una vez más en el templo de Lug. Cuando llegué a las escaleras junto al altar exterior al templo, Aster hacía tiempo que estaba allí. Aquel día observé su rostro atormentado con una inquietud interior que indicaba sufrimiento. Me acogió como tantas noches y ya no deseé más, pero él callaba, su silencio era distinto de aquel que nos unía en las noches de luna. Algo se hacía paso en su mente pero no quise romper el sosiego de la noche estrellada. Mil aromas de flores provenían del campo, y entremezclada con ellos, nos llegaba la brisa del mar. Al rato, en silencio, escuché el ulular de un búho y sentí miedo, me pareció un mal presagio.

—Es el ave carroñera de Lubbo. Nos espía —dije asustada.

Él me estrechó junto a sí.

—Nada te hará daño mientras yo esté contigo.

Intenté calmarme pero él notó mi nerviosismo.

—¿Qué ocurre?

Me levanté desligándome de sus brazos.

—Recuerdo cuando él, Lubbo, intentaba sonsacarme el lugar donde estaba escondida la copa. Lanzaba el ave de presa hacia mí. Ese sonido de un búho me recuerda a Lubbo. Me dan miedo los pájaros.

En aquel momento oímos el ulular del búho más cerca, quizá dentro del santuario, donde no osábamos entrar. Entonces, Aster desenvainó su espada y penetró en aquel lugar de horror, que desde la conquista de Albión nadie había pisado.

Tardó en salir y yo no me atrevía a seguirle; por fin apareció, pálido y conmocionado.

—No hay nada dentro —dijo.

Yo supe que no era verdad, que había visto algo.

—No es así.

—No —él nunca mentía—, pero es un lugar de horror. Hay restos humanos por todas partes e inmundicia.

Miré hacia atrás, el templo se elevaba con paredes de piedra oscura, la altura de dos hombres altos. Nos situamos en el pequeño patio exterior. Delante de nosotros, las torretas de entrada y alrededor del templo encubriendo nuestra presencia, el antiguo murallón.

La luz suave de las estrellas nos iluminó; muy lejano, oímos el sonido del lobo. Transcurrió un tiempo que a mí me pareció largo, después Aster continuó hablando.

—No podemos venir más aquí. Es un lugar de horror.

—No hay otro lugar.

—Sí, sí lo hay. El mundo puede ser nuestro —dijo él con los ojos brillantes.

Parecía haber entrado en un estado de embriaguez, como si algo que nunca hubiera querido admitir se abriese paso en su corazón. Se detuvo, se sitúo delante de mí, un escalón más abajo, su rostro a mi altura y entonces me dijo:

—¿Me querrías junto a ti, Jana?

Me ruboricé y suavemente exclamé:

—Sabes que siempre... siempre te he querido.

—No como el dueño de Albión, no como el herido del bosque al que cuidaste... ¿serías mi esposa?

La sangre acudió con más fuerza a mis mejillas y los ojos se me llenaron de lágrimas. Al verme así, él siguió hablando.

—Quiero estar contigo todos los días de mi vida.

Yo contesté:

—Quiero estar contigo para siempre, pero nunca me querrán en Albión como tu esposa.

Él me entendió.

—No importan los hombres de Albión, no importa mi destino, si tú quieres serás mi esposa delante de los hombres de la ciudad. No quiero seguir escondiéndome. En la luna del solsticio te tomaré por esposa delante de todo Albión. Ayer hablé con Ábato. Estaba lleno de dudas y no veía nada claro.

—¿Dudas? —Me extrañé de que él dudase, siempre tan fuerte y tan decidido—. Nunca pude pensar que el príncipe de Albión dudase.

—Dudé sobre qué camino escoger. Siempre he pensado que reconquistar Albión era lo primero, restaurar la figura de mi padre; no me daba cuenta de que tú sufrías. Antes era evidente para mí que no debía seguir el camino de mi padre. Yo debía recuperar el honor de mi familia entre los albiones. Siempre he estado atormentado por su muerte y por la de mi madre. Ayer, con Ábato descubrí que el corazón seguía doliendo.

Él se detuvo, su espíritu se abría a mí.

—Ayer con Ábato comprendí que lo que me duele no es tan sólo la muerte y el sufrimiento de mi padre sino el deshonor sufrido. Hoy al entrar en el templo y ver tantos restos de aflicción, comprendí que el mal no se vence con más dolor. Sufrir los dos y estar separados no conduce a nada. Ábato me dijo que tenía que confiar en el dios de mi padre y seguir el camino que Él me indicase, me dijo que ese dios cura todos los pesares y que es un dios de amor. Te escojo a ti porque escojo el amor y porque confío en el dios de mi padre.

Mis ojos brillaron de alegría, y las lágrimas se secaron, entonces él habló:

—Debe de ser un dios bueno pues nos protege.

—Sí, debe de serlo.

Lo dije sin convencimiento, en aquel tiempo las preocupaciones sobre los dioses habían cesado en mi mente. Mi único dios era Aster.

—Hubo un tiempo en el que odiaba a ese dios, también hubo un tiempo en el que pensaba que unirme a ti era traicionar a mi pasado, tomar un camino errado como tomó mi padre al casarse con mi madre.

—¿Qué te hizo cambiar?

—Ayer, en la muralla norte mirando el acantilado y la costa lejana. El sol se ponía sobre el mar, todo era hermoso, pero yo estaba intranquilo, sentía que tenía un deber para contigo que no estaba cumpliendo. Ábato se acercó, me habló y me dijo que confiase. No le entendí, pero me dijo que confiase en el bien y en la verdad. Ahora al entrar en el templo lleno de inmundicia y ver tanto mal, me di cuenta de que no fue el dios de mi padre el causante de su ruina, sino el mal que está en los hombres, el mal que reside en el corazón de Lubbo. Ninguna acción heroica aislada cambia enteramente el destino de los hombres, el futuro es fruto de muchos azares no siempre previsibles. Mi padre creyó que sacrificándose él y rindiendo Albión, lo salvaría... y lo condenó a la esclavitud de Lubbo. Haré lo que es mi obligación.

Al oírle hablar así, de nuevo las lágrimas acudieron a mi rostro mansamente, él las secó con sus manos.

—¿Qué quieres de mí? —le pregunté.

—Te tomaré como esposa en el plenilunio del solsticio, no tienes padres ni parientes, no hay dote, será el ritual del rapto, ¿lo conoces?

Asentí.

XIX

La luna celta

El antiguo rito tuvo lugar en Beltene, la fiesta del solsticio. No habría dote ni padre que me condujese al tálamo nupcial. No habría presentes ni celebraciones. Supe mucho después de las luchas, de los odios, de las acusaciones justas e injustas que se cruzaron entre las gentes libres de Albión y en la casa de las mujeres; pero ya nada importó. Aster y yo conocíamos la oposición de los nobles y de muchos en la ciudad. El príncipe de Albión ligado a una forastera de origen desconocido, sierva en la casa de las mujeres, con fama de bruja y curandera.

Plenilunio. Las gentes de Albión se reunieron y bailaron junto a las hogueras, en la explanada cercana a la playa. Se oyó el sonido de la gaita, la flauta y el tambor. Hombres y mujeres danzaron sobre la arena alrededor de las hogueras y una brisa cálida con olor a mar levantó alto los fuegos. Se escucharon gritos de alabanza a la diosa Glan, la pura. Los hombres batieron las armas contra los escudos y se inició una danza guerrera, las mozas jóvenes los rodearon batiendo palmas.

Mas allá, observando la danza, las dueñas de más edad hacían corros mirando las evoluciones de los jóvenes, hablaban unas con otras. Aster tomará esposa esta noche, decían. Observé todo como si nada fuese conmigo, pero sentí frío y me cubrí con mi viejo manto de lana oscura. De pronto, a lo lejos, escuché acercándose los sonidos de un cuerno de caza.

Mi corazón comenzó a batir rítmicamente en el pecho, un tambor más junto a las hogueras. Temí entrar en trance.

Parece que el tiempo no ha transcurrido desde aquella noche mágica, lo veo como si sucediese ahora. Al sonido del cuerno de caza se abren las puertas de la ciudad; a través de ellas irrumpen varios hombres a caballo, es Aster rodeado de sus tropas: los hombres nobles de Albión, que inician una galopada hacia las hogueras. Las mujeres sabemos qué va a ocurrir: aquellos jinetes buscan esposa, es el rito de los desposorios. Cesa la danza guerrera, los danzantes abren el círculo del baile al paso de los hombres a caballo, que galopan en círculos al ritmo de la música, y se aproximan al lugar donde las mujeres nos agrupamos. Entonces los padres entregan a sus hijas a los hombres con los que previamente se ha acordado el desposorio, veo cómo Tibón entrega a Uma a Valdur. Se oyen gritos.

Me sitúo en un lugar ínfimo, rodeada de jóvenes doncellas de más categoría que yo, sierva en Albión. Intuyo y temo que ocurra lo que sé que va a suceder y, de algún modo, lo anhelo. La figura de Aster se hace más próxima, puedo contemplar su faz enrojecida por la galopada. Las mujeres se separan al paso de los caballos, solamente yo permanezco firme mientras levanto la mirada a tiempo de ver sus ojos clavados en mí. Al llegar a mi lado, Aster se agacha y frena el caballo, entonces yo alargo mis brazos hacia él, que me toma por la cintura, me impulsa hacia arriba y me sienta delante de él, en su caballo. Hace sonar de nuevo el cuerno de caza. El pueblo nos mira.

Juntos iniciamos una lenta galopada alrededor de la hoguera, el ritual del rapto finaliza dando varias vueltas a caballo. De un tirón fuerte de las bridas, Aster detiene el animal y habla con voz sonora y fuerte:

—Mirad, pueblo de Albión —dijo—, mi esposa y vuestra señora, habréis de respetarla y servirla como habéis hecho conmigo.

Los hombres de Albión aclamaron a su jefe y señor. Entre las mujeres se hizo el silencio y de las filas de los nobles llegó un suave murmullo, la grey de Blecán y de Ambato. En los ojos de Lierka brilló la amargura pero aquella amargura me era ajena. Sin embargo, entre las mujeres mayores, las de origen más humilde, intuí algo de simpatía; sobre todo en las que había consolado y curado. En un lugar apartado, Romila observaba todo con una expresión de alegría. Sin embargo, las nobles callaron, habían quedado mudas, quizá de sorpresa... quizá de despecho.

Había alegría en la fiesta, entre los hombres corría la cerveza y el hidromiel. Después de los momentos del rapto, la niebla cubre mi memoria, y entre las sombras sólo recuerdo aún a Ábato, Tassio, Uma, Lesso y Fusco alegrarse conmigo. La luna avanza en su camino en el cielo y Aster y yo cabalgando cruzamos el río y nos retiramos hacia un lugar en soledad.

Después del rito del enlace, abandonamos Albión hacia las montañas. Como indicaba la tradición, permaneceríamos en soledad mientras durase el ciclo de la luna en el que había tenido lugar la unión. Galopamos largo tiempo desde Albión hasta llegar a un lugar que Aster conocía, una cabaña al sur, en lo alto de la ladera. No estaba muy alejado del castro de Arán ya que, desde allí, yo podía ver el humo de las casas, la acrópolis y la antigua herrería. La naturaleza exuberante de una primavera feraz propició nuestra dicha y aquellos días de plena ventura compensaron todo lo que ocurriría después. Aster cazaba y yo buscaba hierbas por los bosques, plantas y flores capaces de sanar las heridas de los hombres. Otras veces, importunaba a Aster, que derribaba animales con su arco. En alguna ocasión, cuando apuntaba a un animal que me parecía demasiado hermoso, o pequeño, o indefenso yo le tocaba en el hombro y él erraba el tiro. Después, Aster se volvía a mí riendo y me abrazaba.

—Eres bruja, la Jana de los bosques, que protege a las criaturas de la floresta.

Yo me dejaba querer y era feliz, tan feliz que, a menudo,

las lágrimas saltaban de mis ojos por la alegría. Aster volvía a ser el mismo que conocí en el bosque de Arán, pero no había ya amargura en sus ojos y sus palabras eran alegres.

El amor lo llenaba todo y cuando las fases de la luna iban cambiando en el cielo de primavera, yo temblaba ante la idea del regreso hacia Albión. La luna llena de nuestros desposorios se tornó más chata, después medió en el cielo y, por último, un filo iluminó tenuemente la noche. Entonces, la luna desapareció del cielo y sólo vimos las estrellas brillando más allá, en el firmamento.

Los días eran cálidos y tumbados sobre la hierba larga mirábamos el cielo sin luna.

—Cúmulos de estrellas, galaxias, estrellas dobles.

Desde el suelo, alzaba mi mano y le repetía los nombres de las estrellas.

—El Gran Carro. Si sigues la Estrella Polar llegas a Casiopea. Ahora casi no se ve Perseo, ni tampoco Andrómeda. En el centro del cielo se ve la Cabellera de Berenice.

—¿Dónde? —dijo Aster.

—Allí, es ese cúmulo de estrellas que parecen formar una cabellera en el cielo.

—Entonces las estrellas han copiado el modelo de tu melena dorada —dijo él y la acarició.

Él disfrutaba siguiendo los movimientos de mi brazo sobre el cielo, mostrándole una estrella y otra.

—¿Conoces todas las estrellas?

—No. Todas no, pero sí conozco muchas. Enol me enseñó sus nombres cuando yo era niña, y no los he olvidado. Me gusta pensar que él ve también las mismas estrellas. Aster, quiero estar siempre así, a tu lado... pero si alguna vez no estuviéramos juntos... si los dioses dispusiesen nuestra separación, mira el cielo, mira la luna y las estrellas; yo las miraré también y seguiremos de alguna manera unidos.

No me dejó hablar y su amor me colmó. No vi más estrellas y el amanecer nos sorprendió aún despiertos.

La luna se volvió más y más gruesa, como una almendra en el cielo, y después como una fruta madura y chata. Por fin, el astro nocturno brilló en todo su esplendor. El ciclo había concluido. Mis trances cesaron aquellos días y nunca más reaparecieron, pero la noche antes del regreso soñé con ruina y fuego. No le dije nada a Aster, pero aquella noche me abracé a él con mucha más fuerza que otras veces. Intuí que él también temía la vuelta. Presentí algo que luego fue tan real que aún me duele el corazón al recordarlo.

Como en una nube, recuerdo que cerramos la puerta de la cabaña en los bosques, y quise fijar en mi mente el claro del bosque cubierto de sol, con pequeñas flores blancas en el suelo verde. La nostalgia me embargó al abandonar aquel lugar y el temor se abrió paso, el miedo ante el futuro. Sin embargo, mis aprensiones cesaron al contemplar la sonrisa animosa de Aster, al sentir su mano ayudándome a montar junto a él en el caballo. Del bosque salían los ruidos de mil pájaros, el arrullo de la tórtola, los gritos finos del gorrión en su nido. Una bandada de grullas atravesó el cielo. Nos alejamos lentamente. Franqueamos un seto y recorrimos, campo a través, praderas verdes llenas de las flores de una primavera ya tardía: amapolas, lilas y violetas. En el cielo cruzaban las nubes grandes y algodonosas, que hacían que el camino se volviese sombrío a retazos, pero el sol brillaba con fuerza. Las tierras descendían en dirección al mar mientras Aster me susurraba al oído requiebros y bromas.

Al acercarnos a la costa, percibimos el océano a lo lejos, y desde una altura en el camino, divisamos una franja de mar azul picada por las olas. El caballo aceleró su marcha, quizás él deseaba llegar a su hogar, Aster le dejó trotar. A la vuelta de un repecho veríamos la ciudad. Entonces, al llegar al acantilado desde donde esperábamos ver Albión, desmontamos, y la ansiedad y la sorpresa llenó nuestros corazones; desde lo alto pudimos divisar humaredas saliendo del gran castro sobre el Eo.

—¿Qué ocurre?

—No lo sé, pero no es normal. Hay fuego en Albión.

Montamos deprisa a caballo, y Aster lanzó al galope al animal. Descendimos por el acantilado, en el embarcadero no había lanchas, así que ascendimos junto al cauce del río hasta un vado, después regresamos por la otra ribera, desandando el camino recorrido. Al llegar al gran camino que conducía al puente, nos encontramos a los primeros hombres de Albión. Huían lejos de allí. Aster los detuvo.

—Hay muerte en Albión —dijeron.

Aster palideció.

—La peste. No entres en la ciudad. Nosotros huimos de allí.

—¿Dónde ha comenzado?

—Enfermaron primero en las casas de los pescadores. Pero se ha extendido por todas partes. No entres en la ciudad.

Aster no atendió a razones y siguió avanzando, mientras aquellos hombres se alejaban.

XX

La peste

La peste se había propagado por Albión. Supimos después que Mehiar había declarado la cuarentena en la ciudad, para evitar que se difundiese por los poblados de las montañas, pero los hombres y las mujeres de Albión no obedecían. Lierka y la familia de Blecán no aceptaron las órdenes de Mehiar, decían que un hombre de Ongar no podía mandar sobre los antiguos nobles de la ciudad.

Encontramos a Blecán y a su gente huyendo de Albión, formaban un grupo compacto alrededor de un gran carromato lleno de sus pertenencias, con sus criados y toda la familia cercana. Al vernos, Blecán se enfrentó con Aster:

—Has roto las antiguas tradiciones.

Blecán me miró con insolencia como causante de esa ruptura con el pasado, después siguió:

—Has prohibido los sacrificios al dios Lug y Lug se venga. Te has desposado con la impura y los dioses nos envían el morbo oriental.

Aster habló con dureza:

—El cobarde es el que se deja vencer por el miedo, el valiente el que lo domina. Tú huyes... eres un cobarde.

Miró a Blecán con enorme desprecio y los dejó ir.

Después, espoleó el caballo y me dijo:

—Vamos hacia la desgracia y quizá la muerte. ¿Quieres ir?

Respondí como meses atrás en las montañas de Ongar.

—¿Adónde iré? Ahora Albión es el lugar al que pertenezco. Iré contigo, adonde tú vayas, iré yo, quiero estar contigo siempre.

A lo lejos, de las murallas de Albión escapaba el humo. No divisamos gaviotas, solamente sobrevolando a lo lejos unos pájaros de color oscuro, quizá buitres o aves carroñeras. El día se había nublado cerca de la costa, hacía calor y una densa calima salía del océano. Albión, la ciudad blanca nimbada de nubes amenazadoras de tormenta nos recibía.

El puente de madera estaba elevado y con aspecto de no haber sido bajado en días. Sobre la muralla, a ambos lados de la puerta no se veía la guardia que solía custodiar la entrada, en aquellos días no era preciso. Nadie quería entrar en Albión. Entonces, Aster sopló su cuerno de caza con fuerza y repetidamente. Unos soldados se asomaron en lo alto de la torre. En su cara se leía la extrañeza de que alguien se atreviese a entrar en aquel lugar de horror. Al ver a Aster, hicieron una inclinación con la cabeza y en sus rostros pareció renacer la esperanza. Bajaron el puente, lentamente, que crujió al apoyarse sobre su base. Los cascos del rocín, ya cansado por la larga marcha, sonaron huecos sobre la madera de la pasarela.

Al entrar, vimos a algunas personas corriendo por las calles, intentando huir de no se sabía qué. Muy poca gente nos recibía. Al norte, en la costa se discernían las piras funerarias con cadáveres humeantes, el viento del mar transportaba aquel olor a carne quemada, a descomposición y a muerte. Cada vez el sol calentaba con más fuerza, más adelante la calle vacía y polvorienta parecía rechazarnos. Una brisa húmeda y cálida llegaba desde el mar. Mehiar salió a nuestro encuentro; Aster desmontó, comenzaron a hablar rápidamente, me situé detrás de ellos todavía montada en el caballo. Podía oír la conversación y ver el rostro desencajado y sudoroso de Mehiar.

—Empezó en el barrio de pescadores, pero lo ocultaron. Tenían miedo y no sabían qué era lo que ocurría, quizá la trajeron aquellos hombres que naufragaron meses atrás.

Murieron muchos pescadores. Después atacó al barrio de los nobles. Ordené que no salieran de sus casas pero desobedecieron, muchos han huido y difundirán la peste en la montaña. Desearía que hubieses estado aquí.

El rostro de Aster estaba ausente y dolido, con una gran preocupación, sus cejas se juntaron formando un rictus de dolor en el entrecejo, le brillaban los ojos, escuchaba atentamente pero su semblante parecía en otro lugar. Yo que le conocía bien, sabía que buscaba soluciones.

—¿Dónde hay enfermos?

—En muchas casas, dispersos por toda la ciudad, y constantemente mueren.

—Llevaremos a los enfermos a la casa de las curaciones.

—Está ya llena de gente.

—Entonces, habilitaremos para los enfermos un lugar fuera de la ciudad, en la explanada junto al mar, la ciudad tiene que quedar solamente con gente que esté inequívocamente sana.

Después, Aster me miró y le dijo a un hombre de la guardia:

—Lleva a tu señora a la fortaleza.

—¡No! Iré a la casa de las curaciones, sólo yo sé curar. Atenderé a los enfermos.

—Haz lo que he dicho —dijo Aster bruscamente.

Entendí sus razones, en la casa de los enfermos el peligro era mayor; pero yo no cedí y finalmente me dejó ir al lugar donde yo había vivido. Me separé de él y fui a la casa de los apestados, Romila estaba allí, macilenta y triste, sin parar ni dormir desde días atrás, preparaba pócimas para llevar a los enfermos. Con desvelo acudía a un lado y a otro de la ciudad. Se alegró mucho al verme junto a ella pero no había tiempo para bienvenidas, los enfermos reclamaban nuestros cuidados.

Murió mucha gente. Albión se impregnó de un olor acre y noche tras noche, en la playa, se alzaban los fuegos de las piras funerarias. En el barrio de pescadores donde había comenzado la peste la situación era peor, la muerte campaba por doquier, Romila me repetía:

—Hay que hidratar a los niños, y sangrar a los adultos cuando les falte el resuello.

Aster organizaba a los hombres en la ciudad, los ánimos de las gentes se elevaban al verle de un lado a otro.Ordenó que se sellasen las casas donde habían vivido los infectados, y que las cubriesen con cal viva. Organizó el transporte de los muertos a la playa para quemarlos; y a los enfermos a la casa de curaciones. Él trabajaba con todos como uno más sin miedo al contagio.

Nos veíamos poco, pero de vez en cuando yo percibía su cuidado sobre mí. Me enviaba unas plantas medicinales, o al pasar cabalgando cerca de mí, frenaba su paso y me saludaba con aquella inclinación de cabeza tan característica que movía su cabello oscuro.

La casa de las curaciones se volvió claramente incapaz de atender a la gente; entonces la vaciamos y trasladamos a los enfermos a los barracones de la playa. Romila y yo finalmente nos fuimos allí, en aquel lugar hacíamos lo que podríamos para atender a los enfermos, que de día en día se multiplicaban. Llegó el invierno, un invierno frío y húmedo que favorecía la difusión de la enfermedad.

En aquellos tiempos duros, la casa de Ábato y los hombres de la extraña secta de los cristianos trabajaban cerca de los enfermos sin asustarse. Es verdad que algunos de ellos huyeron, pero los que persistieron en Albión no cejaban en su lucha contra la enfermedad. Acudían mañana y tarde a recoger los cadáveres en la casa de los apestados, sin demostrar asco, cuidaban a los enfermos con amor y retiraban a los cadáveres con respeto.

Un día le pregunté a Ábato:

—¿No tienes miedo de la muerte?

—Cada uno tiene su hora, que solamente conoce el que está en lo Alto. Debemos ayudarnos los unos a los otros. Algún día nos pedirán cuenta de lo que hemos hecho aquí.

Me quedé callada meditando aquello. Si había un ser supremo, Él conocería el momento y lugar de nuestra muerte, que estaría predeterminada, era absurdo rebelarse contra ello. Nunca había pensado las cosas así.

Entonces Ábato, al ver que no hablaba y estaba pensativa, me preguntó:

—¿No tienes miedo, tú, que eres tan joven?

—Sé que no voy a morir.

—¿Ah, sí?

—Recuerda que soy sanadora, que fui educada con un druida, intuyo cosas y ahora soy feliz, sé que no moriré.

—¿Feliz en la peste?

Mi cara se tornó como la grana.

—No, no es por la peste.

—¿Entonces?

—Piensa que hubieras deseado algo inalcanzable, y que al fin lo hubieras conseguido, que ese algo llenase toda tu vida, y que no tuvieras que buscar más.

—Entiendo —dijo sonriendo—, estás enamorada. Eso nos pasa a los cristianos cuando encontramos a Dios. Nuestro Dios es Amor y la felicidad va con Él.

—No creo que exista ese dios que dices, y si es amor... ¿por qué permite que tantos mueran?

Ábato iba a responderme cuando yo proseguí.

—Los dioses son crueles y hay que obedecerlos para no airarlos.

Ábato se puso serio, en su cara se reflejaba la tristeza al oír mis palabras. Sin embargo, muy convencida y llena de ira contra no sabía quién, le dije:

—Ayer estuve en casa de uno de los siervos del palacio, uno de sus hijos, de poco más de siete años, moría. Si existe ese Dios Todopoderoso en el que vosotros creéis, dime, ¿cómo puede consentir esto?

Él no me contestó directamente, solamente me explicó con suavidad:

—Hay cosas que no comprendemos; si el dios al que adoramos pudiera entrar en nuestra cabeza y entendiésemos todas sus obras, ese dios sería un dios pequeño, creado por nosotros mismos.

Oí la voz de un enfermo llamándome y no seguimos hablando más, me reclamaban de otros lugares. Sin embargo, durante varios días en mi mente resonaban las palabras de Ábato. Pensé en Enol, también él me había dicho que el Único Posible no cabe en mente humana alguna.

Pasaron los días duros, muy agobiantes. De aquel tiempo sólo recuerdo el horror de la muerte, el olor nauseabundo de la putrefacción, las caras desesperadas de los enfermos. Seguía muriendo mucha gente y la epidemia parecía no ceder. Me situaba junto a los infectados, a su lado, curándoles las llagas, los grandes bubones, notaba que me necesitaban y muchos no querían separarse de mí, estando a su lado transcurrían las horas.

Una tarde, caía el sol, cuando regresaba hacia Albión desde los barracones de la costa, con los cabellos revueltos y la cara acalorada, quizá sucia, me encontré a Aster que bajaba a caballo por la cuesta camino de la playa. Él refrenó su caballo y pronto estuvo a mi lado. Descabalgó al verme, y se acercó, me cogió por los hombros mirándome a los ojos.

—¿Estás bien?

—Los hombres mueren y no puedo hacer nada —hablé con una voz agotada—; si al menos poseyese la copa. Ese dios de tu padre nos ha abandonado.

—No pienses en eso. Estás muy cansada. Te llevaré a la fortaleza, ahora es tu casa, la peste pasará independientemente de lo que tú hagas. Descansarás allí y te repondrás.

—No. Debo seguir, yo sé curar, por primera vez los hombres y las mujeres de Albión me respetan, no soy la advenediza. Y tantos mueren y enferman... Ayer enfermó Verecunda, y su esposo Goderico está muy grave. Fusco también ha enfermado, y varios pescadores más. ¿No cesará nunca el mal?

Aster me pasó la mano por la cara, que se encontraba húmeda por el llanto, recogió mis lágrimas en su mano y las besó. Entonces sentí que las fuerzas me fallaban y un malestar como nunca antes había sentido. Casi inconsciente, me subió a su caballo. Recorrimos la ciudad, los hombres a nuestro paso se descubrían.

Aster me condujo al antiguo palacio de los príncipes de Albión. Llamó a Romila. Durante un largo rato, la curandera me examinó detenidamente. Aster la observaba preocupado.

—¿Es la peste?

—No, mi señor, creo que esperáis a vuestro primer hijo.

Tiempo después Romila me explicó la expresión de la cara de Aster al conocer que podría llegar su primer hijo, el heredero de Albión; sus ojos oscuros se volvieron brillantes, y en su cara se dibujó una sonrisa. Me tomó la mano y la besó. Yo no oí lo que Romila decía y dormí mucho tiempo. Aster olvidó sus trabajos en la ciudad, y permaneció junto a mí. Cuando desperté noté un gran alivio al contemplar que Aster seguía allí.

—¿Cómo están los enfermos?

Él, preocupado, no supo contestar, sólo me miró con esperanza. Agotada, entré de nuevo en un sueño profundo que se rompió al amanecer cuando un gallo cantaba a la aurora. Al levantarme sentí náuseas y salí de mi cámara tambaleándome; fuera esperaba Romila.

—¿Qué me pasa? Tengo náuseas continuas y un gran malestar.

Ella sonrió, después se detuvo un momento y habló con parsimonia.

—Un nuevo príncipe de Albión vendrá al mundo.

Le miré sorprendida.

—¿Seré madre? ¿Dónde está Aster?

—Ha estado largas horas a tu lado, me ha dicho que te cuide a ti y a ese hijo que vendrá y que no te deje salir de aquí.

—Pues Aster se equivoca, debo ir a los barracones, la gente de la costa me espera.

Romila me explicó que Aster estaba lejos, atendiendo diversos problemas en la ciudad: en la muralla norte el mar había roto el dique y, si no se solucionaba el problema, con la marea alta el agua entraría anegando la ciudad. Por otro lado, se había producido una dificultad con el abastecimiento de agua de los barracones.

De nuevo dormí un tiempo pero no pude permanecer más en el lecho. Me hallaba sola y olvidando las recomendaciones de Romila, me levanté. Me encontraba aún inestable, y mareada. Aquel lugar en el palacio era cerrado, el humo de las velas hacía el ambiente poco respirable. Salí hacia la gran terraza junto a la torre de la fortaleza. Allí me llegó el olor a campo y a mar, y me recompuse.

Desde lo alto del baluarte, me abstraje contemplando el mar a lo lejos, azul esplendoroso, orlado por la marejada, y pasado un tiempo me sentí mejor. Había amanecido un sol radiante, que contradecía el aspecto de la ciudad, lleno de malos olores y del humo de las fogatas. A lo lejos, en la playa, se divisaban los grandes barracones de madera donde yacían los enfermos; pensé que durante las horas en las que había estado descansando, algunos habrían muerto ya. Yo sentía ganas de vivir, de tener aquel hijo que llevaba dentro. Por primera vez tuve miedo a perder mi felicidad, y me asustó la muerte. También sabía que en aquel lugar había enfermos que yo debía cuidar. Llegué a la casa de las mujeres, donde se agolpaban algunas enfermas, comprobé que no era la peste y después pregunté por Ulge, quien se ocupaba de aquellos enfermos menos graves, y le hice conocer mi estado. Después, caminé lentamente hacia la costa. Ahora un nuevo sentimiento había nacido dentro de mí; esperaba un hijo de él y deseaba con todas mis fuerzas dárselo, darle un heredero, deseaba que todo pasase y que la peste huyese de la ciudad, deseaba estar junto a Aster, pero a menudo no tenía tiempo de desear nada. Pasaron días de dolor y muerte.

Una mañana busqué a Romila, que se afanaba con los enfermos en los barracones de la playa. Pude ver su figura arrodillada junto a un hombre de gran tamaño, con enormes bubones en las ingles, el olor era pútrido. La cara de Romila mostraba una gran palidez. Limpió la pestilencia y se levantó tambaleándose. Yo acudí en su ayuda, y recogí entre mis brazos su cuerpo consumido. Adiviné la verdad, estaba apestada, llevaría horas trabajando de aquella manera. Su cara macilenta y azulada no tenía expresión, la vieja curandera seguía atendiendo a un enfermo con actitud ausente.

—Romila, ¿qué te ocurre? —le llamé.

Ella lloró.

—Veo a Lubbo constantemente, me llama, quiere que le acompañe al sacrificio y no quiero.

Noté su respiración lenta y fatigosa, y le tomé de los hombros, ella apoyó su brazo sobre mí poniéndome la mano sobre la espalda. Acosté a la sanadora en un lecho de pajas con mucho cuidado y Ábato me ayudó.

Pronto entró en un delirio febril, la peste había afectado a su respiración y a su mente. No estaba ya con nosotros mucho antes de que muriese. Romila regresó al lugar de sus antepasados y se encontró de nuevo con el Único Posible.

Lloré su muerte durante días, en un tiempo en el que casi no podía ver a Aster. Después de la muerte de Romila, Uma y Ulge se acercaban a menudo a ayudarme. Ulge dejó la casa de las mujeres y Uma a su esposo Valdur. Me encontré acompañada con ellas. La gente siguió muriendo, Goderico falleció y mi vieja amiga Verecunda también. La peste tumbó a aquel hombre fuerte y musculoso, a quien no habían podido domeñar los trabajos de Montefurado. Todo me parecía gris y oscuro, ni siquiera el pensamiento del hijo que esperaba me hacía feliz y me tranquilizaba. El miedo a la muerte se abrió paso en mi corazón e intuí que quizá no viviría para traer al mundo a mi hijo.

El día en que una brisa suave subió desde el mar, llegó el eremita, Mailoc, el hombre de Dios. Aquel de quien Aster un día me había hablado, el monje de las montañas de Ongar, el hombre al que Aster admiraba por haber sabido perdonar.

El hombre santo de Ongar llegó al gran castro sobre el Eo y su presencia infundió paz entre los albiones. Primero se ocupó de los cristianos de la población, muchos de ellos desalentados, y después otros hombres enfermos le llamaron. Era taumaturgo, curaba imponiendo las manos, pero también era capaz de consolar y de introducirse en los espíritus de las personas ayudándoles. Les hablaba a todos de un mundo distinto, les repetía que el fin del hombre no era la muerte, les aseguraba que el hombre es inmortal y que después pasaba a otro lugar mejor más allá de las estrellas. Aquellas palabras conectaban con la creencia en el Único Posible, en la Fuente de toda Vida, en la que siempre habían creído los pueblos celtas y les infundía esperanza y serenidad. Algunos mejoraban, sin haberles impuesto las manos, sólo por su pericia como consolador.

Así, la peste comenzó a aminorar de modo gradual; aunque seguía muriendo gente, no aparecieron nuevos casos en el gran castro sobre el Eo. Una lluvia continua vino del mar y Albión se limpió, por las calles empedradas corría el agua, en las barriadas de pescadores todo se llenó de barro. Comenzó una primavera temprana.

Un día frío y claro, cuando parecía que la peste abandonaba al fin Albión, enfermé. Comencé a toser, sentí dolor y una opresión en el pecho, después perdí el conocimiento.

A él le llegó la noticia, mientras trabajaba en el acantilado en la muralla junto a las rocas. Tassio le llevó las nuevas de mi enfermedad, pero Aster siguió haciendo lo que debía, intentando pensar que no sería tan grave, que mi enfermedad se debía al agotamiento y a la gestación. Más tarde me buscó, no imaginaba la gravedad de mi estado. Me encontró en la casa de las curaciones. Devorada por la fiebre y delirando. Al igual que Romila, yo no había consentido que nadie me sacase de allí. Como obligaban las normas que él mismo había dictado, me condujo a las barracas de los apestados. Yo, mientras deliraba, atisbé la cara de aflicción de Aster y supe que mi enfermedad era mortal. La ciega seguridad de no enfermar que siempre me había sostenido murió en mí. No quería morir, no podía morir, llevaba a mi hijo dentro y pensé que algún destino habría para él; pero pronto no pude pensar nada más porque la oscuridad me cerró la mente y sueños extraños con voces lejanas llenaron mi cabeza. Sufría mucho y sentía dolor en todas las articulaciones de mi cuerpo.

Jamás olvidaré la cara de Aster, cuando entre sueños despertaba de mi inconsciencia. Sus facciones se volvieron rígidas y duras y sus rasgos, volviéndose afilados, se le recortaron sobre la piel. El príncipe de los albiones estaba demudado, arrodillado junto a un pobre lecho de madera y pajas en el barracón de enfermos, donde yacía una mujer que no era de su raza.

De modo muy lejano yo oía su voz.

—Jana, no puedes morir, te necesito. Tienes a mi hijo.

Sin embargo, yo no era capaz de responderle, y mi situación se hacía más y más grave. Aster invocó al Altísimo, al dios de sus padres, y entonces en la gran nave donde se acumulaban los enfermos, un hombre distinguió su desconsuelo. Mailoc deambulaba curando y consolando a los enfermos de la peste, y al ver a aquel hombre joven y fuerte, rendido y llorando sobre el cuerpo de una mujer inconsciente, el eremita se acercó. Quizá recordaba a Aster en la cueva de Ongar, cuando se situaba allí debatiéndose con su odio, e intentando perdonar. Con inmensa misericordia, puso una mano callosa y fuerte sobre mi frente; mi cara, tensa por el dolor, pareció relajarse. Abrí los ojos y le pude ver, pero en mi mirada no había vida. Aster subió la vista de mi rostro enrojecido a la faz pálida y en paz del anciano.

—Es mi esposa —dijo—, está encinta, va a morir.

El ermitaño contempló a Aster con ternura, acarició de nuevo mi frente sudorosa, noté un gran alivio.

—Es muy joven —dijo—, y muy hermosa.

—Padre, ¡haga algo por ella! —suplicó Aster.

Entonces, el buen padre sin apenas levantar la mano de mi cara, hizo una cruz con el dedo pulgar sobre mi frente, después levantó la mano e hizo otra cruz sobre mis labios y con la mano completamente extendida hizo una tercera cruz sobre mi pecho. Cesó el delirio. Aster le miraba expectante, entonces el eremita se dirigió a él.

—¿Creerías que existe un Dios todopoderoso y bueno?

Yo, entre sueños, oí estas palabras y recordé a Ábato,

que también creía en un Dios comprensivo y bueno. Oí a Aster balbucear:

—Si ella se curase, por la señal de esa cruz que has hecho en su pecho, creeré en la cruz.

Mailoc tomó las manos de Aster entre las suyas, agachó la cabeza y le dijo:

—Ven, hijo, repite conmigo «Pater noster».

Aster fue repitiendo las frases latinas; Mailoc dijo:

—«Fiat voluntas tua.» ¿Sabes qué quiere decir eso?

Aster negó con la cabeza.

—Quiere decir... hágase tu voluntad. ¿Serías capaz de aceptar la voluntad de ese Dios al que tú y yo ahora rezamos, sabiendo que es un Dios bueno, sabio y providente?

Aster guardó silencio unos segundos, después mirando al monje y sin dudar dijo:

—Hágase la voluntad de ese Dios bueno, sabio y providente.

El abad sonrió y continuaron recitando la oración. Finalmente dijo «Amén», que quiere decir «Así sea», y Aster con esperanza repitió «Sea así».

Dicen que en aquel momento yo abrí los ojos y sonreí, sentí los labios de Aster sobre mi frente, mojados por lágrimas saladas de esperanza.

XXI

La pascua

Lo supe después. Aster no me habló de aquella noche de primavera en la que una luna blanca y grande iluminaba con fuerza el mar, llegando hasta la playa de arena de plata. Fue Tassio quien me contó lo acaecido en aquella noche de luna llena.

La peste había pasado y los hombres y mujeres jóvenes de la ciudad celebraban el plenilunio. El primer plenilunio de una nueva primavera tras la epidemia. El invierno había cedido y había júbilo entre los hombres.

Desde lo alto de la muralla norte, sobre el acantilado, Aster observaba el ir y venir de las gentes. Una sensación de alegría y plenitud henchía su corazón; la enfermedad había levantado ya su garra sobre Albión; yo, su esposa, mejoraba en la gran acrópolis del poblado, y ahora, en el tiempo presente, la luz de la luna iluminaba con una estela el mar en calma. Aster escuchaba el canto de los jóvenes, los tambores retumbando en la playa, la flauta y la gaita, que en una algarabía casi salvaje se unían con el estruendo del mar estallando sobre la arena. Todo aquello le producía un sentimiento de regocijo y libertad en su corazón. Después, una cierta melancolía, él no sabía bien por qué, llenó su espíritu.

Abajo, los ritmos de la playa se volvieron más y más frenéticos. Algunas parejas de hombres y mujeres, abrazados, se ocultaron detrás de las rocas. Decidió irse. Tassio, que le había acompañado hasta la muralla, lo siguió. No solía alejarse mucho de él. Bajaron las escaleras de la muralla y penetraron en las callejas del poblado. Húmedas por el rocío de la noche, brillaban las piedras bajo la luz de la luna. Las callejas, silenciosas, no estaban aún libres del olor penetrante a enfermedad y muerte. Al pasar frente a una casita de pescadores, antes llena de los gritos de varios hijos, sólo oyó silencio, la puerta estaba clausurada por dos grandes tablas de madera cruzadas y claveteadas. Ya nadie habitaba allí, la peste había reclutado a los hombres de aquel lugar hacia un viaje sin vuelta.

Siguió andando, Tassio le acompañó caminando detrás, no hablaban pero Tassio podía sentir los pensamientos de su señor. El tiempo era cálido, una primavera tardía llenaba el ambiente y las fragancias de nardo se difundían por la ciudad alejando el olor a muerte.

Más allá en su camino oyó sollozos, salían de una choza de madera, allí había fallecido un hombre. Era padre de familia, uno de los soldados de la guardia. ¿Quién cuidaría de la viuda y de los hijos? Aster y Tassio se sintieron sobrecogidos, la peste había castigado a Albión de modo cruel. Más adelante en su camino pasaron por delante de una casa de piedra, pequeña pero bien distribuida, aquella casa había sido de Goderico y de Vereca, ahora vacía, sin nadie que la cuidase, el verdín crecía por todas partes.

Se dirigían hacia la acrópolis con ánimo cada vez más triste; al llegar a un lugar donde las calles se ensanchaban en una pequeña plaza formada por el cruce de varias calles, vieron luces y oyeron una música distinta y extraña hacia la que se dirigieron. Delante de una casa grande, en otra época un gran almacén, se reunía un grupo de gente frente a una hoguera. Aster reconoció a algunos de ellos, en la peste habían trabajado mucho y compartido fatigas, obedeciendo sus órdenes sin quejarse. Eran hombres y mujeres que en aquel momento callaban. Cerca del fuego y rodeado por otros hombres envueltos en túnicas se encontraba Mailoc, el monje de Ongar, revestido por unas ropas talares. Al acercarse,

Aster se cubrió con su capa para no ser reconocido, y Tassio le imitó. Oyeron unas palabras griegas y latinas.

—*Alfa et omega. Principius et finis. Christus eri et hodie, ipse et in saecula.*

Comprendieron que se trataba de un rito cristiano. El rito de primavera de la pascua y de la resurrección. Desde que Lubbo había abandonado Albión, y sobre todo desde que Aster era príncipe de la ciudad, los cristianos habían abandonado la cueva de Hedeko y se reunían en aquel lugar.

Ocultos entre los hombres, pero quizá no del todo desconocidos, Aster y Tassio siguieron con atención los ritos de la ceremonia. Observaron cómo Mailoc encendía una vela directamente del fuego de la hoguera y cómo después la lumbre pasó de unos a otros mediante cirios encendidos. Escucharon un cántico. Los participantes parecieron no ver a Aster y a Tassio y no les pasaron las luces. Después todos entraron dentro del gran almacén; ellos les siguieron y se situaron al final; al frente vieron un altar rudimentario con varias velas que fueron encendidas con luz proveniente de la hoguera. Mailoc tomó agua y aspergió al pueblo.

Aster y Tassio oyeron la historia del mundo, de la creación y de cómo el hombre había caído, cómo la esperanza de la salvación había sobrevivido en los siglos en los hijos de Sem y cómo había llegado a Jesucristo; principio y fin. Aster escuchaba todo aquello atentamente, y le parecía oír su propia historia y la de su pueblo, desde los tiempos remotos. Entonces el ermitaño dejó de leer y habló. Algunas frases de aquella homilía se quedaron grabadas en la mente de Aster.

—Dios podía habernos llamado a su presencia, pero estamos aquí, y si Él nos ha dejado es porque tenemos un destino. Muchos de nuestros familiares han muerto, vosotros lloráis, os falta su presencia, pero su ida no es para siempre, volveremos a ellos y en su ida hay esperanza. Esta mortandad es una pestilencia para los que no creen en Él, pero para los que creemos, para los servidores de Dios, la muerte es una salvadora partida para la eternidad. Nuestros hermanos son llamados por el Señor, todo es de Él y, libres de este mundo, sabiendo que no se pierden sino que nos preceden, que como navegantes van delante de los que quedamos atrás, caminan hacia la luz. Se puede echarlos de menos, pero no llorarlos y cubrirnos de luto porque no podemos dar a los paganos ocasión de que nos censuren con toda razón: si viven con Dios no podemos llorarlos como perdidos y aniquilados. Al morir pasamos por la muerte a la inmortalidad. El mismo Cristo Señor Nuestro nos dice: «Yo soy la resurrección y la vida y el que cree en mí aunque haya muerto vivirá.» Todo proviene de Cristo Señor Nuestro, que vendrá a nosotros en unos momentos. El Cordero que quita el pecado de los hombres.

Entonces, Aster se sintió conmovido por estas palabras y recordó a su padre que había hablado también de un Cordero que quitaría los pecados de los hombres. Un agradecimiento profundo salió de su corazón. Sintió deseos de pagar al Dios Todopoderoso de Mailoc tantos dones: no haber perdido a su esposa, la paz que presidía la ciudad y la desaparición de la peste. Notó que, indudablemente, había Alguien, una Providencia amorosa que cuidaba de él, de mí y de la ciudad. Una luz se abrió en su interior, aunque él no quería reconocerlo enteramente, por eso no quiso oír más y salió despacio de aquel lugar de quietud. De nuevo recorrió las callejas del poblado, pero ya no oía ni veía el ruido de la muerte, ni el dolor en las casas, reconocía esperanzado en todas partes la presencia de aquel Dios grande y lleno de amor.

Entró en la fortaleza, y los guardias se cuadraron ante él, que pareció no verles. A través de las cámaras llegó hasta el lugar en el que yo descansaba. Me acarició el cabello y yo fingí estar dormida para poder observar su expresión; con los ojos entrecerrados pude ver cómo hacía una señal de la cruz sobre su frente, sobre su pecho y después cómo hacía la misma señal sobre mí.

Se quitó las botas, se retiró la coraza, se aflojó el cinturón y se acostó a mi lado, pero yo pude ver cómo sus ojos permanecieron abiertos y pensativos largo tiempo. No hablé nada, sentí que debía respetar su silencio.

XXII

Enol

Los hombres sanaron, Albión recuperó la rutina de antes de la epidemia; pero la ciudad no era la misma, se notaban los ausentes y los muertos. Muchas casas seguían vacías, cerradas con el aspa de tablas que indicaba que allí había habido peste. En las caras de los habitantes del castro, el dolor había dejado su huella, muchos rostros habían sido dañados por la enfermedad, estaban enflaquecidos y con cicatrices en el cuello por los bubones.

Se publicó un bando en el que Aster convocó a los hombres a limpiar la ciudad, se quemaron los restos de las casas en donde había habido apestados. El cielo se llenó de nubes de humo gris ascendiendo hacia un infinito de color azul intenso, y llegó el calor, durante días y días no llovió en aquel lugar del norte donde las lluvias son casi perennes.

Comenzó mi vida en el gran palacio en Albión. Tras tantas penalidades, me maravillaba de ser la dueña y señora de aquel lugar de horror que ahora era el hogar de Aster y mío. A la gran fortaleza de Albión llegaban presentes humildes pero llenos de afecto. Muchos en la ciudad no olvidaron el esfuerzo que realicé en los días de la peste y también que, en aquellos días, había estado cercana a pasar al lugar de donde ya no se vuelve. Por mi parte, ya no me sentía forastera entre aquel pueblo de cabellos castaños y mirada clara, que mostraba una amistad difícil de ganar y también difícil de perder una vez conquistada. De nuevo fui feliz, y mi vientre crecía lleno de esperanza. En aquella época estuve cerca de Aster. No había suevos o godos en las montañas, y los bagaudas asustados por la peste no atacaban las poblaciones de la cordillera; Aster permanecía largo tiempo en Albión. Desde que era su esposa, tal y como Enol había anunciado años atrás, los trances habían desaparecido y en mis noches el sueño velado por Aster era suave y tranquilo. Durante el día, en el patio de la fortaleza se oía el sonido de las armas entrechocadas en luchas, los guerreros más avezados entrenaban a los jóvenes.

Ulge vivía en la fortaleza pues la casa de las mujeres diezmada por la peste se encontraba casi desierta. Me acompañaba en el alcázar, juntas tejíamos y preparábamos colgaduras para las salas y ropas para el que iba a venir. Uma también esperaba un hijo de Valdur, y me ayudaba, a menudo se acercaba a estar con nosotras, hablábamos y recordábamos los tiempos de Lubbo.

Pasadas aquellas semanas de calma, los nobles de la ciudad huidos por la peste regresaron a Albión. La gente humilde les miraba con un cierto menosprecio, por haber abandonado la ciudad a su suerte, pero nadie dijo nada. La familia de Blecán y la de Ambato, la del herrero y la de los más nobles habitantes de Albión, ocuparon sus antiguas moradas. Procedentes de aquellas casas, se esparcieron rumores y sospechas infundadas, se decía que yo había tenido que ver con la peste. Me llamaban la concubina de Aster, porque no había sido llevada al tálamo nupcial por mi padre. Ellos siguieron considerándome extranjera y advenediza. Una envidia larvada se difundió en la ciudad, ahora que las curvas de la maternidad llenaban mis formas, ahora que Aster con palabras y con hechos demostraba su amor hacia mí. Sin embargo, en aquel tiempo era tan feliz que ninguna de las críticas ni calumnias me afectaba, pero el mal comenzó a realizar su acción en la ciudad. Como en los días arriesgados de la peste, en medio de mi felicidad, no creía que el mal fuese a dañarme jamás.

Entonces regresó Enol.

Yo tejía con Ulge en la fortaleza; desde aquel rincón, a lo lejos se podía ver el mar, reíamos contentas y uno de los sirvientes se acercó adonde trabajábamos.

—Un extranjero desea ver a la dama de Albión.

Me levanté con premura por la sorpresa.

—¿Quién es?

—Un anciano, dice llamarse Enol.

Al oír el nombre, el corazón me dio un vuelco, sin esperar más salí de la cámara.

—¿Dónde está?

Crucé los corredores del palacio, presurosa, sin detenerme ante nadie. En la puerta de la fortaleza hacían guardia Lesso y Tassio, que me vieron pasar, bajo la luz del sol de verano; en la puerta distinguí a un hombre vestido con una capa de color pardo y debajo una túnica oscura ceñida por un cinturón ancho. Al principio me costó reconocerle. Ahora era un anciano, en su rostro había huellas de amargura; quizá las había habido siempre, pero ahora que yo había crecido las sabía reconocer. No habían transcurrido más de tres años desde la última vez que le vi. Me dejó niña y ahora yo era mujer y madre. Eran los días del verano, había solicitado ver a Aster pero mi esposo estaba fuera.

—Saludo a la señora de Albión —me dijo, e hizo una inclinación de cabeza.

No pareció sorprenderse al verme allí, en el palacio de Albión y en avanzado estado de gravidez. Ya desde los tiempos de Arán, yo conocía que Enol siempre estaba informado. Respondí a aquel raro y protocolario saludo con otra inclinación de cabeza, pero en mi corazón sentí la necesidad de que él me abrazase como cuando era niña. Le miré con los ojos brillantes por la alegría, él apoyó sus manos arrugadas y firmes sobre mis hombros. Lesso y Tassio dieron un paso al frente temiendo algún ataque y desenvainaron las espadas para protegerme de aquel extranjero al que no conocían.

Miré a Lesso.

—Es Enol, ¿no le conoces?

Lesso examinó a aquel anciano, y sorprendido, se retiró hacia atrás. Introduje a Enol en la fortaleza en un lugar donde nadie pudiese escuchar nuestra conversación.

—Enol, ¿dónde has estado? Pensé que estabas muerto o lejos de mí para siempre.

—He estado en el sur —dijo muy serio—. Arreglando cuestiones que te conciernen.

Al llegar a mi cámara hice salir a Ulge, que me miró sorprendida; allí abracé con cariño a mi antiguo preceptor.

—Te he echado tanto de menos...

—Niña, niña... —dijo él palmeándome la espalda de modo poco natural.

Todo en él había cambiado con respecto a como le recordaba. Pensé que su hosquedad se debía a que conocía que había perdido la copa, aquella idea me atormentaba mucho desde tiempo atrás.

—Oh, Enol, te desobedecí, tomé la copa de su escondrijo tras la cascada de agua, la necesité para curar del veneno de Lubbo... y me la quitaron. No la tengo. Sufrí las torturas de Lubbo para evitar que él la encontrase y ahora se ha perdido.

Entonces, Enol se puso muy serio.

—No debiste usar la copa.

—Aster la necesitaba... el veneno de Lubbo.

—Sí. Ya veo —dijo muy serio—. Nada te detiene cuando se trata de Aster. La copa es peligrosa, nadie debe usarla, ha sido consagrada para un único fin, para un alto misterio.

—Pero tú la usaste en Arán.

—Y lo hice mal.

—Lo siento —pedí perdón muy compungida—. No podía hacer otra cosa. Me angustia pensar dónde puede estar. Lubbo me torturó para conseguirla y no cedí... pero pensé que la vida de Aster era más importante que nada.

Enol pareció ver el pasado a través de mis ojos, y su corazón se enterneció. Entonces extendió sobre una mesa su manto, y debajo de él salió un bolsón de cuero. Al abrirlo vi un brillo dentro, y la hermosa copa de oro con incrustaciones de ámbar y coral apareció de nuevo ante mis ojos.

—¿Dónde has encontrado la copa?

—Dado que yo no podía volver, envié a Éburro y a Cassia a buscar la copa. Lo que nunca pensé es que fueras tú misma la que la sacases de allí. Les pedí que te trajesen, pero tu... esposo —y Enol vaciló al pronunciar aquella palabra— se me adelantó.

Yo me ruboricé al oír el nombre de mi esposo y al notar que Enol se daba cuenta de mi estado y miró hacia mi vientre.

—Lo sabes, entonces. Soy su esposa.

—No, no eres su esposa, sólo su concubina —dijo con dureza—. Ningún familiar te ha llevado al tálamo nupcial. Aquí eso no es un matrimonio.

—No me importa, y a Aster tampoco. Ante los dioses nos hemos desposado y ante el pueblo también. Eso es sagrado y debiera tener algún valor para ti que me enseñaste el bien y el mal cuando niña.

Enol proseguía en sus razonamientos sin escucharme.

—Vas a tener un hijo, y será el hijo de la concubina.

—No digas eso.

—Sí, lo digo. Tu lugar no es aquí, tu lugar está en el sur. Hace años te lo dije, te advertí que no te acercases al hijo de Nícer. Tu origen es muy ilustre. Mucho más que el suyo, un jefecillo de pueblos dispersos por la montaña.

Entonces, apresuradamente, con una urgencia chocante después de tantos años de silencio, Enol me reveló mi pasado:

—Desciendes de la más alta raíz de los godos. Eres hija de Amalarico, rey de los godos, y de Clotilde, hija de Clodoveo, rey de los francos. Tu bisabuelo fue Teodorico, el gran rey ostrogodo. No hay una sangre más alta que la tuya entre los pueblos germanos. Tienes que volver con tu gente.

De modo sorprendente, todos aquellos nombres de países y lugares lejanos no me resultaban totalmente ajenos, pero yo no quería oír nada de ello.

—Estás loco, Enol, soy madre y esposa, no voy a abandonar mi vida por un pasado que ya no me importa. No quiero saber quiénes son esas gentes si me separan de Aster y de su pueblo. No quiero oír nada, nada en absoluto.

—Pues lo oirás. Tu padre fue asesinado en Barcino, antes de que tú nacieras, y el instigador de su asesinato, Teudis, se proclamó rey. El año antes de que asaltaran Arán, supe que Teudis había muerto, así que bajé a la corte goda en Emérita, pero aún no era el tiempo, el que le sucedió no quería oír nada de una hija del rey al que tanto él como Teudis habían usurpado su poder. Después hubo una guerra civil entre los godos, ha vencido un noble que es justo, el rey Atanagildo; quiere devolverte tus posesiones y darte el lugar que te corresponde.

—Nada me importa de linajes ni grandezas. Quiero ser lo que soy, y no busco nada más, quiero tener a mi hijo y cuidarle. ¿Qué me propones?

—Que vuelvas al sur, y que dejes a su padre ese hijo que vas a traer al mundo.

Enfurecida exclamé:

—Desearía que no hubieses vuelto, Enol, mi pasado no existe para mí. No menciones a nadie lo que me has dicho, y no vuelvas a decirme que me vaya lejos de aquí o no volverás a verme jamás.

Con voz fuerte, casi profética, Enol habló:

—Si no vuelves junto a tu pueblo, veo un gran sufrimiento para los hombres de Albión y para Aster.

Enol me miró desafiante con una expresión de enorme dureza y preocupación. Yo agaché la cabeza, sin responderle, él se fue, dejando en mi corazón una gran angustia. No quería aquel pasado, un obstáculo más entre Aster y yo.

Ulge me encontró con la cara inclinada sobre la gran mesa de madera donde Enol había dejado su manto y había reposado la copa.

—¿Qué ocurre? ¿No estás contenta con la llegada de tu antiguo tutor?

Levanté la cabeza e intenté sonreír. No dije nada.

Enol se instaló en Albión, pasaron días sin que le volviese a ver. Vivía en una antigua casa que Aster, agradecido por sus cuidados en Arán, le proporcionó y que había pertenecido a los druidas de la ciudad, a la antigua familia de Amrós. Colocó su escudo de acebo sobre la puerta y los hombres y las mujeres de Albión acudían a él para ser curados.

Desde la conversación en la fortaleza evité a Enol, le enviaba algún presente y comida, porque no podía olvidar sus cuidados cuando era niña, pero le temía y evitaba estar a solas con él. Aunque no me acercaba mucho al druida, me llegaban noticias, y le supe entregado a su arte de sanar. Pude comprobar el cambio causado por los años de separación en aquel a quien yo había considerado mi padre, un cambio que tal vez no era tal sino, más bien, que yo veía a aquel hombre que me había educado de niña con ojos de adulta; sus defectos resaltaban más ante mis ojos, y sus virtudes quedaban ocultas.

Su fama se extendió por la ciudad y por los castros de las montañas, comenzó a realizar curaciones portentosas, usaba la copa que yo solamente me atreví a utilizar durante la enfermedad de Aster. De modo singular, todos aquellos que no me querían, los que habían propalado rumores falsos y me acusaban de haber suprimido los viejos sacrificios y haber hechizado a Aster, exaltaban y propagaban la fama de Enol. Los mismos que habían adulado a Lubbo.

Aquello me causaba dolor, llegaba al término de la gestación y mi sensibilidad estaba a flor de piel, todo era motivo de sufrimiento. Más aún porque en el oeste los suevos comenzaban a atacar los poblados y por el sur ascendían soldados godos, y Aster se ausentaba de Albión con frecuencia.

Cuando Aster volvía, el color del sol cambiaba para mí y no me sentía despreciada por las críticas de mis enemigos en la ciudad. Él me miraba con amor en sus ojos nobles y sinceros, mis celos de sanadora cesaban. Nunca le dije nada de lo que Enol me había revelado, yo quería olvidar la existencia de un mundo diverso al que compartía con Aster, lo demás no me importaba.

Aster estaba orgulloso de mi estado, confiaba ciegamente en que sería un varón.

—Se llamará Nícer, como mi padre.

Yo reía contenta. Y, sin querer, comparaba la mirada clara y limpia de Aster en la que ya no había odio ni afán de venganza con la mirada atormentada y dura de Enol.

Entonces llegó el alumbramiento y Aster no estuvo allí. Se encontraba en el sur, en las faldas de los montes de Vindión, luchando contra los godos que avanzaban sin pausa. Sentí los dolores del parto. Enol acudió a mi lado, no permitió que ninguna partera se me acercase y me atendió con el mismo cuidado que una madre atiende a su hija. La labor del alumbramiento fue larga y dura, me sentía morir pero Enol me calmaba. Yo llamaba continuamente a Aster, pero él no estaba conmigo. Pasó un día completo entre dolores y llegó una noche negra y oscura. Por el estrecho y alto tragaluz de la fortaleza de Albión divisé una noche sin estrellas. Entonces amaneció una pequeña luna nueva en el horizonte, y fue en ese momento cuando vino al mundo mi primer hijo. Fuera se oyeron los cascos de los caballos y unos pasos apresurados en las estancias del palacio; tras la puerta apareció Aster sudoroso y con la cara pálida y desencajada, yo misma pude entregarle a su primer hijo: Nícer. Se llamaría como su abuelo pero yo, en agradecimiento a mi padre y tutor, a menudo le llamé Enol.

En la cara de Aster brilló la alegría; sin embargo noté que algo la enturbiaba. Al preguntarle el porqué de su preocupación me dijo:

—Un ejército godo acampa hacia el sur.

—Atacarán a los suevos —dije—, godos y suevos siempre luchan entre sí.

—No. Vienen hacia aquí, mis espías me han dicho que quieren conquistar Albión.

XXIII

El asedio

Mientras yo me recuperaba del parto en la fortaleza de Albión, el ejército godo puso cerco a la ciudad. Las tropas se situaron arriba, sobre el acantilado y tras el río, de día en día en los campamentos en la gran llanura a nuestros pies se asentaban más y más tropas.

Cuando me levanté y me acerqué a la gran terraza sobre las torres, con mi hijo recién nacido en brazos, pude ver en la explanada al otro lado del río las posiciones godas distribuidas de manera desigual. Desde allí divisé un enjambre de construcciones que cubrían la vega del río. En el gran terrado sobre la fortaleza, Fusco montaba guardia. Le miré desolada.

Me explicó la situación. Se componía el ejército godo de cerca de diez mil infantes y quinientos jinetes muy entrenados para la guerra. Situados en las vías de comunicación impedían la salida de los hombres de Albión y habían comenzado a devastar los cultivos de los alrededores, los castros cercanos y las casas de labor situadas fuera de la muralla.

Fusco me habló también de lo ocurrido días atrás; cuando los godos se dirigían hacia la costa, Aster intentó detenerlos; con unos cuantos hombres salió de la ciudad y sorprendió a una parte del ejército enemigo mientras se dirigía hacia Albión; ocultó a sus hombres en las alturas de un barranco, al pasar los godos, ordenó el ataque, y desbarató una gran partida de soldados. Los albiones obtuvieron armas, provisiones y algunos rehenes; pero aquello no fue más que una escaramuza. Las tropas bárbaras se iban aproximando por distintas vías y ponían cerco a la ciudad. Los hombres de Aster y los montañeses que le rendían vasallaje poco podían hacer para defenderse de la invasión.

—¿Lo ves? —Y señaló con el dedo el lugar—. Ahora los soldados enemigos están construyendo una gran empalizada de madera. Para levantar la muralla, el ejército godo se distribuye en diversas partidas que rodean la ciudad. Cuando salimos a combatir intentando destruir el sitio en el lugar donde se está construyendo, los godos hacen sonar una trompa a modo de señal; a ella acude el grueso del ejército, nos derrotan y las obras del cerco prosiguen imparables.

Fusco estaba serio, era un hombre ya maduro, curtido por múltiples luchas. Nada recordaba en él al mozalbete que abandonó Arán siguiendo a Aster, varios años atrás. En los días de la peste, había trabajado en el barracón en la playa, había enterrado a mucha gente y él mismo había enfermado; se repuso pero nunca volvió a ser el joven despreocupado de antes. Poco tiempo atrás nos habían llegado nuevas de que al contagiarse los poblados de las montañas, la peste había asolado Arán. Su madre y varios de su familia habían muerto, y desde entonces Fusco era distinto. Me di cuenta de que todos habíamos cambiado en aquellos años.

Me estremecí ante las descomunales catapultas que amenazaban la ciudad tras la empalizada construida por los godos; más a lo lejos pude ver torres colosales de madera para iniciar el asalto. Mi corazón se llenó de un temor atroz al contemplar la guerra, avanzando contra nosotros. Nícer comenzó a llorar en mis brazos. Dejando a Fusco, que no se movía mientras vigilaba el campamento enemigo, recorrí la parte alta de la fortaleza y me retiré de aquel lugar que me intimidaba. Después, descendí a un terrado que daba al mar, Nícer se calmó al notar el aire marino y al sentirse mecido en mis brazos.

Allí, en aquel lugar donde se divisaba el horizonte, Aster oteaba el océano, de espaldas a la llanura. No me oyó llegar porque, en aquel lugar, el ruido del mar embravecido y los gritos procedentes del campo de batalla lo llenaban todo. Me fijé en él, su rostro sereno mostraba una gran inquietud y, de espaldas a sus enemigos, escrutaba con atención el océano. De modo inexplicable, el príncipe de Albión no miraba la urbe, ni a la planicie tras el río, dónde cada día aumentaban las tropas de los godos. Aster se situaba en lo alto de la muralla y contemplaba el acantilado y el oleaje.

—¿Qué observas? —pregunté.

—Temo un ataque por mar más que a ninguna otra cosa. Sólo por mar Albión es vencible —dijo Aster preocupado—. Albión únicamente caerá por traición, como ocurrió en tiempo de mi padre, o si es atacada por mar.

Divisé las olas chocando contra el dique, pero el horizonte estaba limpio de barcos enemigos. Aster acarició a su hijo, que se retiró asustado de su armadura.

—¡Malos tiempos para alguien como tú! —exclamó, refiriéndose al niño.

—Estamos rodeados excepto por mar —dije—, los godos siempre han atacado a los suevos y han hecho alianzas con los montañeses; ¿por qué nos atacan?

—Los godos nos han amenazado desde hace meses, la peste les detuvo. Llegaron en la luna nueva en la que nació Nícer. Quieren el control del puerto, desde Albión se realiza comercio con el norte y con los francos; si anulan el puerto, los aprovisionamientos de la cordillera sólo podrán llegar por el sur.

Miré al mar, sobre el horizonte y oculta por la luz del sol una luna llena y blanca, como una nube más, se balanceaba en el cielo.

—No podemos luchar contra ellos, ¿verdad? —pregunté muy suavemente.

—La ciudad no se rendirá a la sed, el río nos proporciona toda el agua precisa, pero el hambre pronto comenzará a notarse. No hay cebada ni algarrobas, los huertos fuera de la población resultan inaccesibles, solamente los pescadores cuando se adentran por el portillo sur, en la marea alta, entre el acantilado y la muralla, consiguen capturar algún pescado o recoger moluscos.

Aster observó intranquilo la ciudad en el mediodía; en otros tiempos, el humo de las casas habría ascendido al cielo, hoy no había nada que cocinar en los hogares.

—Vámonos de aquí —le dije—, mirar la desgracia no ayuda a vencerla.

Descendimos hacia las estancias del palacio y conduje a Nícer, que dormitaba en mis brazos, al lugar donde solía reposar velado por Ulge. Deposité al niño, dormido, en su cuna y Aster miró a su hijo, una sonrisa le iluminó la cara.

—Él es el único futuro en Albión —dijo—. A nosotros nos queda poco tiempo.

—¿Crees eso? ¿Crees que queda poco tiempo?

No me respondió directamente, dirigió su mirada hacia una ventana abierta, abarcando la ría del Eo y la ensenada. Yo conocía bien cuánto amaba Aster aquella ciudad, por la que tanto había luchado.

—La ciudad podrá caer pero las montañas, no. En la cordillera de Vindión, en Ongar, no seremos derrotados. Si se aproxima la desolación, huiremos a la parte más alta de la cordillera, iremos a Ongar. He ordenado que se abran los túneles bajo Albión, Tibón dirige la maniobra, y sólo unos cuantos fieles están en ello. Esta ciudad puede convertirse en una ratonera, si los túneles no están abiertos.

Reconstruir los túneles era volver al pasado, en sus palabras se percibía una emoción oculta, Aster revivía sus años de infancia en Ongar.

—¿Te acuerdas de tu padre y el horror de la lucha con Lubbo? —le pregunté.

—Sí, no quisiera que nada igual os sucediera a ti y a Nícer.

—No ocurrirá —le dije con una falsa seguridad—, recuerda que soy bruja y veo el futuro.

Él sonrió con tristeza.

—Sólo he pedido a ese Dios de Ábato una cosa...

Yo sabía que, desde mi enfermedad, Aster se acercaba al

lugar de los cristianos y que solía conversar con el Dios de Ábato, pero de aquello no solíamos hablar entre nosotros.

—¿Qué le has pedido?

—Que os salve a ti y a Nícer, y que después mi hijo sea fiel a su destino como yo lo he sido al mío.

En aquellos días de miedo y horror, se completó el sitio de Albión, la ciudad fue circunvalada por una doble muralla, la propia y detrás la de los godos, que formó una segunda barrera. Se intentaba rendir la ciudad por el hambre y la sed. Los días siguientes vimos en el acantilado y en la llanura una gran batalla, hubo algunas bajas, pero los godos no se empleaban a fondo, se refugiaban entre sus líneas en cuanto la bravura y valor de los albiones les incomodaba demasiado. Desde allí, asaeteaban con flechas y venablos a cualquiera que se acercase a la barrera goda. En una retirada, las saetas atravesaron a algunos hombres, entre ellos estaba Valdur, el esposo de Uma. Llegó gravemente herido al castro sobre el Eo. Busqué a Enol para curarle pero, de modo inexplicable, el druida había desaparecido de la ciudad. No entendíamos por dónde había salido, porque las puertas estaban vigiladas y nadie le había visto salir. Aunque no nos decíamos nada, Aster y yo pensamos en una traición. Sensible por el reciente alumbramiento, lloré la huida de mi antiguo preceptor, sospechando que nada bueno había en ella y que algo inicuo se avecinaba.

Condujeron a Valdur a la casa que compartía con Uma en el barrio noble. Con cuidado le arranqué la flecha, pude darme cuenta de que el penacho era negro y que estaba envenenada. Las esperanzas de curación eran muy pocas. Intenté dar aliento a Uma pero ella percibió la gravedad de su esposo, su rostro estaba desencajado.

La ciudad se convirtió en un hervidero, la gente corría de un lado a otro; por la noche teas incendiarias cruzaron el cielo e inflamaron las casas; desde los tiempos de la peste nunca había habido tanta angustia entre la población. Me avisaron de que se habían producido muchos heridos en uno de los barrios de la ciudad, el fuego enemigo había caído sobre un almacén y varias casas estaban ardiendo. Necesitaban un sanador y desde la huida de Enol recordaron que yo sabía curar. Dejé a Nícer con Ulge y las servidoras del castillo mientras me acerqué al lugar del incendio, custodiada por Fusco. Cubierta por un manto oscuro, al llegar a la zona del incendio comprobé que había afectado la vivienda de Uma y su esposo, una casa noble de buen tamaño pero con techo de madera que ardió, y se desplomó gradualmente. Intenté penetrar en medio del humo, el interior estaba oscuro y olía a sangre y carne quemada. Vi a un lado un cadáver, era Valdur, un hombre fuerte, un guerrero, ahora aplastado por una viga cuando había intentado salvar a los suyos. Después vi a Uma. Estaba herida y con quemaduras en la cara, el pelo desgreñado y chamuscado; en sus brazos llevaba a su único hijo, unos meses mayor que el mío, ella lo apretaba contra su corazón, el niño estaba azulado y sin vida. Al verme, me tendió a su hijo, y con voz débil exclamó:

—¡Ah! ¡Jana! ¡Amiga mía! El pequeño está enfermo, ya no llora. Tú le curarás.

En su cara perturbada latía la locura y repitió:

—Ya no llora.

Intenté retirar de sus brazos al hijo, ella gemía y las lágrimas trazaban un camino en su cara sobre la ceniza que la cubría. Extendió los brazos y me lo mostró. Nada se podía hacer por él. Varios vecinos la rodearon, y alguien intentó quitarle el niño. Ella gritó de angustia, pero finalmente dejó que le retiraran a su hijo. La tomé en mis brazos, medio desmayada, y Fusco me ayudó a trasladarla a la fortaleza.

Como en los días de la peste, comencé a cuidar a los heridos de la ciudad; curaba las heridas de los hombres caídos en la batalla, la deshidratación de los niños y distintas afecciones por la escasez de agua. Me reclamaban de uno y otro lado de la ciudad y yo acudía a cada aviso. Muchas casas habían sido destruidas por los incendios y las gentes vagaban por las calles sin lugar adonde ir; bajo mis órdenes, fueron trasladadas a la fortaleza.

Mi preocupación más grande aquellos días fue Uma. Había perdido la razón, no había sido capaz de asumir la pérdida de su marido y de su hijo. Deambulaba por el castillo, enajenada.

Un día en el que Ulge y yo cuidábamos a Nícer notamos una sombra tras nosotras: era Uma. En su cara se esbozó una sonrisa al ver al niño. Yo cogí al pequeño, recién bañado, y lo puse en sus brazos. Ella sonrió abiertamente y comenzó a acunarlo, desde entonces no se separaba de él.

Las velas negras llegaron sobre el mar, y una flota goda asistió a los cercadores. Día tras día, Aster y yo subíamos a las torres del palacio de Albión, vigilábamos el mar, la tierra y los acantilados que rodeaban la ciudad. Los enemigos nos acorralaron, pero no atacaban, una calma tensa reinaba entre los hombres de Albión y los guerreros bárbaros que los rodeaban. Recuerdo aún el momento en el que desde lo más alto de la fortaleza avistamos en el mar a la escuadra goda, a una gran multitud de barcos enemigos. En la tierra que circundaba Albión, el gran ejército acampado contra nosotros se llenó de un griterío salvaje; los hombres salieron de las tiendas de la llanura, levantaban sus armas que brillaban al sol. Ante el griterío, los hombres de Albión salieron por la gran puerta junto al río, y cruzaron el puente de madera, intentando trabar batalla, pero los godos no consintieron el combate cuerpo a cuerpo y se escondieron una vez más detrás de la gran empalizada; desde allí asaeteaban a los albiones sin permitirles la lucha directa. Sabían que con hombres que luchaban tan desesperadamente no se debía trabar combate, sino encerrarles y tomarles por hambre.

El circuito amurallado en torno a Albión tenía catorce estadios y dentro se situaba el vallado. La muralla se iniciaba en el acantilado, rodeaba el río y llegaba hasta el mar. Por detrás, en lo alto del acantilado, divisando a sus pies la ciudad de Albión, se disponían los arqueros y vigías godos que mantenían encendidas hogueras por la noche. En el mar, los barcos permanecieron días y días sin moverse de la ensenada.

Mirando todo aquello, me abracé a Nícer, que lloriqueaba junto a mí; yo, desolada ante la terrible visión de una guerra injusta, no era capaz de consolarle. Pensaba en las palabras que días atrás me había dicho Enol: «Si no vuelves junto a tu pueblo, adivino un gran sufrimiento para los hombres de Albión y para Aster.» Al recordar las palabras de Enol, juzgué que quizá se refería a esto, a la guerra que se extendía ante mí, a aquel ejército acampado frente a la ciudad. Presentía que yo, de alguna manera, era culpable de la guerra. Nunca le había contado a Aster lo que Enol, a su llegada, me había revelado, y aunque conocía bien que debía hacerlo, no sabía cómo.

Desde mi atalaya divisé a un emisario saliendo del campamento godo que se acercaba con signos de paz. El mensajero godo llegó hasta el borde del puente, hizo señas a los vigías de la torre, uno de ellos se acercó y el enviado le entregó un pergamino.

Vi salir a Aster, Lesso y a sus hombres del interior de la fortaleza. En la puerta este, el vigía de la torre entregó el mensaje a Aster. Desde la lejanía no pude distinguir lo que ocurría, sólo percibí que Aster se demoraba leyendo algo. Cuando acabó, levantó la cabeza y sin mirar a ninguno de sus hombres, se introdujo rápidamente en el alcázar, cruzando las estancias llegó hasta la terraza exterior en la que yo me hallaba. Intuí que lo que estaba sucediendo se relacionaba conmigo. El tiempo que Aster tardó en cruzar las calles de Albión y las estancias del palacio se me hizo eterno.

Cuando llegó a mi lado, me tomó del brazo con furia, nunca me había tratado así, y el niño gimió. Uma, sumida en su locura, al ver llorar al niño lo tomó en sus brazos y se retiró al interior de la fortaleza, diciendo:

—No llores, no llores.

Cuando nos quedamos solos sobre la gran fortaleza oyendo el oleaje del mar a lo lejos, percibí los ojos de Aster junto a mí llenos de cólera. Del castro llegaban las voces de los hombres y el rumor del viento que removía también mi cabello.

—Te leeré parte del mensaje que me ha llegado del campamento godo: «Queremos a la mujer baltinga que entre vosotros se hace llamar Jana. Procede de la más alta estirpe entre el pueblo godo, hija y nieta de reyes, queremos a la mujer para devolverla adonde pertenece y queremos también una rendición sin condiciones. Si no, la ciudad de Albión será destruida.» Firma Leovigildo, duque del ejército godo.

Calló y el rumor del mar se hizo más intenso, el ruido de la batalla llegaba a nosotros desde la lejanía; le miré y fui incapaz de hablar. Los dos avanzamos hasta el borde de la atalaya. Aster, iracundo y muy serio, evaluando mi silencio, más elocuente que mil palabras, me preguntó:

—¿Sabes quién es esa mujer de los baltos?

—Soy yo.

—¿Desde cuándo lo sabes?

—Al llegar aquí, Enol me dijo que pertenecía a la casa real de los godos. No le creí y tampoco me importó, no quiero saber nada del pasado.

—Uno no puede negar su pasado, yo no negué el mío, siempre me he enfrentado a él.

Miré al suelo, me sentí avergonzada; después, él prosiguió:

—Los godos destruirán Albión, ¿los ves? Son más poderosos que nosotros. —Entonces Aster señaló el mar y la tierra, cubierta por doquier de soldados—. ¿Quieres eso?

Me sentí morir y una palidez grande cruzó mi cara. El pecho me dio una punzada y el corazón me latió con más fuerza.

—Haré lo que sea preciso. Lo que tú quieras. Me iré si es necesario.

Me senté sobre el reborde del pretil de la muralla, lloraba y mi cabeza oscilaba suavemente subiendo y bajando. Él, Aster, me levantó la cara.

—No llores —dijo suavemente—. Posiblemente tú no seas la única causa de la guerra, te utilizan como excusa para dominarnos. Mi madre tampoco fue la causa de la derrota de mi padre, Lubbo la utilizó como pretexto para someter a Albión. Haré lo que sea justo. Averiguaré qué es lo que realmente quieren los godos.

No contesté y le miré con alguna esperanza. Nos abrazamos, y después se fue. Sentada sobre el borde de la muralla, observé cómo un Aster de aspecto cansado cruzaba los patios interiores y después dialogaba con sus capitanes. A continuación distinguí que salía de la ciudad acompañado de Mehiar y Tilego y de un grupo de soldados fieles. Bajaron el puente y tocaron las trompas; fuera, en el campo de batalla, se hizo el silencio. Las gentes de Albión veían pasar a los capitanes y se asomaban a las murallas y a las torres. Desde lo más alto de la fortaleza, yo contemplaba la marcha de Aster y de sus hombres, presa de una intensa zozobra.

Me sentía causante de lo que ocurría; además, la antigua habilidad profética, que desde siempre yo había poseído, me prevenía de una gran catástrofe que se avecinaba sobre el gran castro a orillas del Eo.

A caballo, Aster llegó a la muralla, seguido por sus oficiales. Desmontó y permaneció erguido ante las puertas de su enemigo, en sus ojos brillaba una resolución firme. De él, de toda su actitud, se difundía una dignidad especial que atemorizaba a sus enemigos. Vestía la túnica corta y castaña de los albiones y se abrigaba con una gran capa de piel, en su mano blandía la espada de su padre y en la cabeza, el yelmo que había pertenecido a su familia, bajo el que asomaba la cabellera negra que el viento movía suavemente.

—Quiero ver a vuestro duque.

Desde lo alto de la muralla del campamento godo, tras la empalizada, los arqueros apuntaron hacia Aster; los soldados de Albión desenvainaron las espadas y elevaron las lanzas, dispuestos para la lucha. Se oyó el sonido de una trompeta, y dentro, sonidos que no reconocieron en un principio. Pasó un tiempo y Aster repitió su petición. Una vez más se escucharon aquellos sonidos y las puertas del campamento enemigo se abrieron, apareciendo varios hombres armados, al frente de ellos un hombre muy alto y fuerte, quizás un tanto obeso. Era Leovigildo, duque de los ejércitos godos.

Ambos hombres se observaron y Aster percibió que el godo era un guerrero poderoso de luenga barba castaña, de edad cercana a los cuarenta. Sus ojos claros y duros le atravesaron inquisitivamente. La nariz grande y aguileña le daba un aspecto de ave de cetrería.

El duque godo vestía una túnica larga, ceñida por un cinturón grueso que se cerraba con un broche de plata adornado con engarces de pasta vítrea. Sobre el ceñidor pendía un abdomen abultado. Leovigildo se cubría con una capa amplia guarnecida en piel, abrochada con una hermosa fíbula en forma de águila y sobre el pecho colgaba una cruz grande con zafiros y perlas. Calzaba botas altas, con espuelas doradas. Junto al duque godo, Aster, vestido con su atuendo de montañés, podría haber parecido un humilde labriego y, sin embargo, era el príncipe de Albión y de él emanaba una severa altivez.

—Soy Aster, hijo de Nícer, principal entre los albiones...

Leovigildo no le dejó hablar, interrumpiéndole bruscamente.

—No voy a negociar de ningún modo, quiero a la mujer y a la ciudad. Si no es así, todos pereceréis.

—Sé que quieres a la mujer. La mujer es mi esposa, la madre de mi hijo. No puedo entregarla, tampoco rendiré la ciudad, que ha permanecido bajo el gobierno de mi familia durante generaciones. Los albiones no nos someteremos jamás.

—Os destruiré a todos, nada quedará de la ciudad, los albiones y demás montañeses desapareceréis. Si me entregas a la mujer, y te rindes, tendré piedad. Algunos sobrevivirán, entre ellos tú, y seguirás siendo príncipe entre los albiones.

—Me propones un trato indigno.

—No hay sitio para la dignidad en un lugar en el que se han cometido enormes crímenes y en el que se adora a dioses infernales. Mis informadores me han comunicado que habéis sacrificado personas de nuestra raza. En un lugar así, no cabe la piedad.

Las palabras eran aviesas, Leovigildo utilizaba los crímenes de Lubbo para atacar a Aster.

—Sabéis bien —dijo Aster— que eso no es así.

Entonces Aster pudo ver, detrás del duque, una figura conocida; un hombre de capa gris. Le reconoció.

—Tu informador, que entre nosotros se hace llamar Enol, sabe que eso no es así. Ocurrió cuando otros gobernaban la ciudad bajo el dominio de los suevos, pero ahora la ciudad goza de un gobierno justo de acuerdo a nuestras leyes.

Enol detrás del godo, gritó:

—Aster, hijo de Nícer, rinde la ciudad y entrega la mujer. Seguirás en el poder bajo la supervisión goda. Obedece al gran duque Leovigildo y sométete.

—Sé que arrasarías la ciudad aunque te entregase a la mujer. No quiero ser príncipe de una ciudad derrotada y sometida.

Leovigildo le miró con insolencia, no le importaban las razones de Aster, buscaba el dominio sobre el norte, todo el que se pusiera a su lado sería respetado, pero destruiría a cualquiera que se le opusiese. Después siguió hablando:

—Nuestra guerra es contra los suevos, no podemos permitir que la fortaleza siga en pie y que desde el puerto se comercie con los pueblos del norte. Nuestra guerra es contra ellos, vosotros no importáis. Los orgullosos galaicos, los independientes astures, los arriesgados cántabros. ¿Qué sois? Miles de tribus, con multitud de cabezas, diseminados por las montañas. ¿Qué sois? Un pueblo minúsculo y molesto, nunca totalmente vencido, nunca totalmente victorioso. Ya he guerreado con pueblos similares al vuestro. Hace unos años, dominé la Sabbaria, vencí al jefe de los sappos. ¿Para qué? Un pueblo sin nada, sin oro, sin riquezas. No, quiero a la mujer. Si te rindes, si nos entregas a la hija de Amalarico, hoy mismo partiremos, si no es así, destruiremos la ciudad. Nos interesa la mujer.

Entonces, Aster miró a Leovigildo intensamente a los ojos, con una de esas miradas suyas que penetraban en los corazones y que hacían decir la verdad a la gente.

—¿Para qué la quieres?

Leovigildo se sinceró en ese momento. No tenía por qué haber respondido ante un enemigo al que despreciaba, un montañés incivilizado, pero habló y dijo:

—El hombre que tenga a la hija de Amalarico se incorporará a la estirpe baltinga, la única estirpe real entre los visigodos, y recuperará el tesoro real. El rey Atanagildo está decrépito, sólo tiene hijas que no se han unido a ninguno de los nuestros, y el linaje de la mujer que albergas en tu ciudad es superior al del propio rey. Los nobles queremos restaurar el linaje de los baltos, para ello necesitamos a esa mujer, que debe regresar a los suyos.

—¿Y si no la entrego?

—Mataré a todo prisionero que caiga bajo mi poder y todos moriréis. Nada quedará vivo, quizá la mujer baltinga morirá también. ¿Quieres eso?

Aster calló. Ensimismado en sus recuerdos, unas imágenes muy vívidas volvieron a su pensamiento, los días de Arán, la muerte de su madre. Detrás de Leovigildo, entre los soldados que le rodeaban, se adelantó de nuevo Enol.

—¡Aster! Debes entregar a la hija de Amalarico a su gente. Esa mujer no te pertenece.

Aster oyó la voz de Enol y, al fijarse más detenidamente en él, entendió muchas cosas.

—Nos has traicionado —le dijo Aster—, has revelado al godo la existencia de Jana y has guiado las tropas godas hasta aquí. Nosotros te protegimos cuando llegaste a la ciudad como un mendigo, mi padre te protegió cuando morabas en Arán. ¡Eres un malnacido!

Al oír la invectiva, Enol se acercó más a Aster, y con una voz temblorosa, poco persuasiva, habló:

—Obedece al duque Leovigildo, entrega a la mujer y rinde la ciudad. Seguirás siendo principal en Albión.

—Príncipe... ¿de qué? De un país humillado por extranjeros como fue el de Lubbo. Dime, ¿qué diferencia hay entre una ciudad dominada por los suevos o por los godos con un títere de gobernante? ¿Qué diferencia habría entre Lubbo y yo? No, Enol, no rendiré la ciudad, y sabes bien que ella es mi esposa. ¿Qué clase de hombre crees que soy si rindo mi ciudad y entrego a mi joven esposa, que acaba de dar a luz?

—Hace años, en el bosque, cuando estabas herido te advertí que no te acercases a ella. Juré a su madre que la devolvería con su gente, al lugar de donde proviene, soy fiel a mi palabra.

Aster seguía de pie erguido y firme.

—Eso no te da derecho sobre ella.

El duque godo no quiso más razones, cortó las palabras del druida y, mientras daba un paso al frente, sacó una larga espada de la vaina.

—El único derecho que interesa aquí es éste —y Leovigildo empuñó el arma—, éste es el poder de los godos, tenemos la ciudad cercada y antes o después la tomaremos. Puedes conseguir una rendición ventajosa o bien la masacre de la fortaleza del Eo.

Al ver la espada en alto de Leovigildo, Aster levantó también la suya y se dispuso a enfrentarse con su enemigo.

—Si quieres luchar por la mujer, lucharemos, pero no rendiré la fortaleza —dijo Aster.

Leovigildo reparó atentamente en su rival, apreció su fortaleza y la destreza con la que empuñaba la espada. En la mente de Leovigildo estaban las escaramuzas en las que en lucha frente a frente los cántabros habían detenido o dificultado el camino a las fuerzas godas. Percibió que se encontraba ante un guerrero templado en el combate y decidió evitar la lucha cuerpo a cuerpo, delante de sus tropas.

—No, aquí no. Cuando caiga Albión te mataré.

El godo envainó el arma, después se dio la vuelta hacia su campamento, sonaron las trompetas y la puerta se cerró. Entonces los arqueros comenzaron a lanzar flechas contra los albiones; Aster y sus hombres se protegieron con los escudos y montaron rápidamente a caballo, cruzaron el puente sobre el Eo, que retembló bajo sus cascos.

Aster cabalgó deprisa, sabía que no había solución, sólo le quedaba luchar a muerte con un enemigo superior, un combate que no podría ganar. Estaba lleno de dolor y de odio contra Leovigildo y Enol, pero aquel sentimiento no le cegaba, ni le conducía a una lucha fuera de toda razón, conocía muy bien la precariedad de su situación y sintió que debía pedir ayuda a Ongar. Sólo quedaba esperanza en aquellos castros inaccesibles en las montañas. Su pequeña ciudadela junto al Eo, aislada por la barrera de enemigos del resto de los poblados, sin alimentos, sin agua, diezmada por la peste, tenía pocas esperanzas de sobrevivir.

Camino de Albión, rodeado de sus hombres, estas ideas le atormentaban. Aster conocía el arte de la guerra y había adivinado en el corazón del godo una enorme codicia sobre la ciudad. El baluarte de Albión había mantenido en tiempos de Lubbo el poder de los suevos sobre aquella zona, y era un puerto libre al comercio. El duque Leovigildo necesitaba destruir el foco que se resistía independiente dificultando a los godos el dominio sobre la región del norte. Buscaban obtener los metales preciosos de sus minas, y lograr el control del comercio con los países de las islas y de las tierras francas.

Aquel día, Aster no volvió junto a mí, preparó a sus hombres para la lucha que pronto tendría lugar. Conocía bien que el godo no iba a mantener el asedio indefinidamente. Había entendido a Leovigildo, quien llevaría adelante su empresa, aun a costa de destruir la ciudad. Frente a la explanada del castillo, agrupó a sus hombres. A algunos más fieles les recomendó tareas especiales. Envió a Fusco y a Lesso junto a los cimientos de la fortaleza, y envió a Mehiar con otros cinco hombres hacia las montañas de Ongar, para recabar ayuda de los castros en las montañas. Entre aquellos hombres estaba Tassio.

De nuevo en la noche, el fuego enemigo atravesó los cielos y durante el día catapultas de gran tamaño lanzaron enormes piedras que destruían el castro sobre el Eo.

Pasó el día y la noche, una noche oscura y sin luna. Aster entendió que el asalto a Albión se aproximaba cada vez más. Dispuso a sus hombres en la muralla este, conocía que en aquel lugar se produciría antes o después el desembarco; era el lugar más débil de las defensas, donde la pared era de adobe y donde había lugar suficiente para el asalto de muchos hombres. Envió barcazas para pedir ayuda a los hombres de la costa e intentar hacer naufragar a algunos de los barcos de los godos, pero los hombres de la costa sabían hundir los barcos desprevenidos, no los barcos anclados en medio de la ensenada. No le negaron su apoyo pero tampoco pudieron proporcionárselo.

Yo, sola en la fortaleza y preocupada por la suerte de Aster, compartía mis inquietudes con Ulge, que me asistía desde mi ascenso a señora de Albión. Uma custodiaba al niño, olvidada de todo, sin pronunciar otras palabras que arrullos infantiles. Por las noches yo no era capaz de dormir, echaba de menos a Aster y me preocupaba su suerte. Un amanecer, después de una noche en vela, me dirigí hacia la muralla, intentando divisar algo en el mar o en la tierra. El cielo clareó por el lado de las montañas sobre el campamento de los godos; en aquella luz rosácea de la aurora, contemplé la ciudad desolada y el mar que tomaba poco a poco el color suave del cielo. En la costa los enemigos se acercaban en enormes barcazas.

—Te quieren a ti.

Detrás de mí, sonó la voz de Aster, tan querida. Él apoyó los brazos sobre la muralla mientras el cabello le tapaba la cara y su voz sonaba ronca. Todo en él mostraba cansancio y preocupación:

—No podemos hacer nada, sólo esperar a que nos ataquen, salimos a luchar y se esconden detrás de la empalizada. No sabemos guerrear así. El godo quiere rendirnos por el hambre, y demora la lucha frente a frente; pero pienso que sus hombres están ya cansados de esperar y le obligaron a atacar pronto. He enviado a Mehiar con otros cinco hombres a pedir ayuda a Ongar, y a los castros que me habían jurado lealtad.

—Entonces hay esperanza.

—No. No la hay. Es difícil que atraviesen las filas godas,

y aunque lo consiguieran, y los hombres de Ongar nos ayudasen, ¿qué tipo de ayuda nos podrían prestar unos labriegos dispersos por las montañas contra estos ejércitos armados que ves ahí?

—Yo soy la causa de esta guerra, sé que Leovigildo me quería a mí, y que con él se encontraba Enol. Aster, no quiero que muera gente. Haz lo que quieras de mí —y llorando continué—, entrégame al enemigo... si con eso te salvas tú y salvas a nuestro hijo y a Albión.

Se acercó a mi lado, los dos miramos el sol que débilmente comenzaba a iluminar el mar, el agua tomaba al amanecer un tono rosáceo, sobre ella se balanceaban los grandes barcos godos. Las gaviotas gritaban sobre el aire.

—Mira esos barcos, mira allá lejos el campamento godo. ¿Crees que si te entrego se irán? No lo pienso. Verás, Jana, ese ejército es muy grande. Nadie leva un ejército tan considerable sólo para conseguir un rehén. Los godos quieren la ciudad, someter a Albión y dominar todo el mar. Nuestro puerto es libre y a él llega el comercio de los bretones, de los francos, de las tribus del norte. Los godos quieren someter a los astures, a los galaicos y a los cántabros, no entienden nuestra forma de vida. Si entregándote consiguiese que ese ejército se fuera... —Y Aster ensimismado dudó—. No sé lo que haría... Pero estoy seguro que entregándote nada va a cambiar.

—Los nobles, la familia de Blecán, los de Ambato creerán que me proteges, y que la guerra es por mí.

—Los nobles se protegen a sí mismos. —En estas palabras de Aster percibí una enorme amargura—. Saben que los godos buscan el oro y la plata, y que necesitan siervos. Saben que a menudo, como hicieron los suevos, respetan a los nobles locales cuando les obedecen, como ocurrió con Lubbo, que no fue más que un intermediario entre el poder de los suevos y los nobles. Cuando Lubbo llegó demasiado lejos, extorsionándoles y exigiendo víctimas para sus sacrificios, me apoyaron porque poseo el prestigio de mi familia y el apoyo de los montañeses. Ahora los nobles están descontentos. Piensan que si yo caigo podrían tener más tajada en el nuevo reparto de poder.

—Pero se podría llegar a un entendimiento con los godos.

—No hay entendimiento posible. Aquí en Albión y mucho más aún en los castros de las montañas, hay familias y gentilidades, hombres libres iguales entre sí. Abajo en la meseta y en la corte goda, unos cuantos tienen el poder y dominan a los otros, que son siervos e incluso esclavos. Nuestra forma de vida es diversa a la suya. Los albiones, los pésicos, los límicos, los tamaricos, todos estos pueblos que tú conoces son gente de espíritu libre, y no quieren ser sometidos. Los godos quieren Albión para controlar a los suevos, pero sobre todo para dominar los castros de las montañas.

Después, Aster calló y abstraído contempló aquella guerra que él no había causado, el mar y la tierra, el campamento godo que se desperezaba de la noche, en el que se veían estelas de humo. Más lejos, en el mar, habían llegado más barcos godos de velas oscuras. Inclinó la cabeza, abatido. Me acerqué a él y acaricié suavemente su fuerte brazo.

—Entonces lucharás hasta que caiga la ciudad. Eso lleva consigo sufrimiento. Muchos morirán.

Me sonrió tristemente y agachó de nuevo la cabeza, después se volvió contemplando mi rostro, por el que corrían lágrimas, y las limpió con su mano.

—¿Recuerdas cuando expulsamos a Lubbo? Los albiones agradecidos me aclamaban, querían volver a los tiempos pasados en los que las familias eran independientes y escogían a sus jefes por nacimiento y por valor. Después, en el Senado cántabro, juré proteger nuestra forma de vida, que fue la forma de vida por la que luchó y murió mi padre. No voy a consentir que lo que con tanto esfuerzo consiguió Nícer y por lo que hemos combatido estos años sea tirado por tierra. Quizá perdamos esta batalla, pero el país de los galaicos, de los astures y de los cántabros resistió el empuje de Roma y ahora no será vencido por esta tribu de bárbaros del norte. Quizás Albión caiga, pero nuestras gentes resistirán... Si nos sometemos, seremos un precedente para el resto de los montañeses; resistiremos hasta el fin y si caemos los de Ongar no se rendirán: seguirán guerreando. No podemos dejar de pelear ni llegar a un compromiso. Mi padre... intentó llegar a un compromiso con un hombre cruel y de ello no se siguieron más que males. ¿Recuerdas a tu poblado sometido y pagando un tributo, con aquel Dingor cínico y embaucador, protegido por los hombres de Lubbo y por los suevos? ¿Recuerdas tu castro destruido?

—Sí.

Callé un momento viendo en mi mente el fuego devorando las casas y escuchando las voces de los hombres y mujeres de Arán. Después seguí hablando:

—Entonces no crees en los compromisos...

—No. No creo en los compromisos con los hombres sin honor. Lubbo no tenía conciencia ni dignidad; Leovigildo y Enol tampoco la tienen. El único camino es combatir.

Su rostro se volvió duro. Le veía de perfil y noté cómo sus rasgos se afilaban; seguidamente Aster habló:

—Ahora tengo un heredero, si yo muero, él quedará.

Sonreí entre lágrimas recordando a Nícer, pero aquello no me consoló, pensé en mi hijo, pequeño e indefenso, si su padre moría ¿qué iba a ser de él? No quise hablar de aquello, y allí, desde lo alto del palacio de los príncipes de Albión divisé toda la ciudad, con sus callejas irregulares partiendo de la explanada frente a la fortaleza, el acantilado limitándola al norte, el río y al otro lado del cauce la gran llanura que era un hervidero de enemigos.

Entonces, una gran tuba con un sonido profundo y retumbante se escuchó en el campamento de los godos, oímos gritos en la ciudad y, a lo lejos, pudimos distinguir un grupo de hombres armados que avanzaban llevando entre ellos un prisionero, cruzaron la explanada en dirección al río y a la ciudad. A una distancia prudente, en la que no podían ser alcanzados por los proyectiles y flechas procedentes de Albión, los hombres se detuvieron.

—¿Qué ocurre?

El semblante de Aster palidecía conforme el grupo de godos se iba acercando a la ciudad. Creo que sospechó desde lejos quién era el preso y cuál era el motivo de la embajada.

Con prisa se despidió de mí:

—Un nuevo mensajero sale de las filas de los godos. Debo ir.

—¿Qué querrán?

—Nada bueno.

Sin dejar de mirarle, observé cómo descendía del palacio por la escalera de piedra, cruzó la explanada donde algunos de sus hombres se acercaban ya buscándole. Después distinguí con ansiedad cómo se dirigía, cruzando las callejas de Albión, en dirección a la puerta de la ciudad. Por las calles se escuchaban gritos, y las gentes se reunían en corros hablando. La noticia corría antes que el mensajero.

—¡Los godos han cogido a Tassio! —se oía por todas partes.

Desde la muralla divisé cómo hombres y mujeres se congregaban en dirección a la gran puerta sobre el río. La muchedumbre dejaba paso a Aster, que acompañado de Tilego y Tibón se dirigía también hacia la entrada de Albión.

Aster subió a la torre y ordenó bajar el puente. El emisario lo cruzó y se detuvo en medio de la pasarela. De la ciudad salió gente y gran parte de la guardia.

—Esta noche varios de los albiones se han atrevido a desafiar el cerco y uno de ellos ha sido tomado prisionero. ¡Rendíos a las tropas del gran Leovigildo o este hombre morirá!

—Comunica a tu jefe que la ciudad no se va a rendir, ni ahora, ni nunca. Tendrá que tomarla —dijo Aster.

—¡Moriréis todos!

El emisario volvió grupas y regresó hacia los hombres que le esperaban. La comitiva con el prisionero se alejó en dirección opuesta a la ciudad. Aster miró de lejos con tristeza el cabello oscuro de Tassio, de aquel que había sido un amigo fiel desde los tiempos de Ongar. Entonces Aster evocó todo lo que había ocurrido en un tiempo pasado, marcando su infancia y juventud. Aster rechazó el recuerdo y desde la torre miró a los hombres que se congregaban bajo los torreones de entrada a Albión; los hombres y mujeres que habían pasado la peste, los que habían sufrido la esclavitud de Lubbo, los que lucharon con él en Montefurado y en Vindión. Entonces Aster habló a su gente desde lo alto de la torre:

—No rendiré la ciudad, antes morir que otra vez esclavos. ¡Gentes de Albión! ¿Queréis volver a ser dominados por los extranjeros, por los bárbaros del norte?

De entre la muchedumbre se oyó la voz de un hombre, era Ábato.

—No nos rendiremos jamás.

Las gentes corearon su voz. Sólo de las filas de los nobles salió una voz opuesta, Blecán y los suyos no querían sufrir, sino rendirse al enemigo. Aster, por la escalera de piedra que conducía al torreón, comenzó a bajar para acercarse a la muchedumbre y cuando se encontraba ya cerca del suelo, oyó la voz de Blecán.

—Yo sé lo que quieren —gritó el tío de Lierka—. Algunos quizá lo oísteis hace unos días.

Las gentes callaron dominadas por la curiosidad.

—El otro día, en la embajada de Aster, el duque godo pidió sólo una cosa, quieren a la goda, a la bruja que tiene hechizado a Aster, si la entregamos se irán. Dinos, Aster, ¿es o no es así?

Hubo un murmullo en la multitud. Blecán se enfrentó a Aster, diciendo:

—¿Es así o no?

Aster, sin dudar, serenamente y con voz firme, le contestó:

—Los godos quieren a la mujer, eso es así, pero piden también la rendición de la ciudad, que les permitirá acceder al dominio sobre los suevos. Estoy convencido de que aunque les entregásemos a la mujer no respetarían la ciudad. No. No la entregaré.

—Ríndete, negocia con ellos, entrega a la mujer.

Aster se enfrentó a aquella voz, iracundo, y de nuevo repitió:

—Les daríamos a la mujer y después igualmente destruirán la ciudad. No sabes lo que dices.

—No hay salida, Aster. —Blecán habló con voz convincente, como protectora—. Acepta lo irremediable. No puedes anteponer tu interés personal al bien de Albión.

Aster iba a contestar cuando Ábato intervino:

—Te equivocas, Blecán. Aquí el único que ha antepuesto sus intereses a los de la ciudad has sido tú. Tú que traicionaste a Nícer, tú que colaboraste con Lubbo, tú que huiste de la peste. Estoy seguro de que has negociado ya con los godos.

Blecán enrojeció de ira, intentó hablar pero Ábato no le dejó.

—Los godos quieren la ciudad, quieren conquistar las montañas y acceder al oro, a la plata y al estaño. Seremos prisioneros primero y después esclavos. Los godos nos reducirán a la servidumbre. Nuestras mujeres serán las suyas. Seremos conducidos al sur, a trabajar como siervos en sus ciudades y en sus campos. Hay que luchar, la esperanza viene de Ongar y de las montañas.

Blecán exasperado le recriminó:

—Si hablamos de traidores, tú, Ábato, serás el primero. Traicionaste las tradiciones de tus mayores uniéndote a los cristianos y después condujiste a esa secta inmunda a Nícer y por último le abandonaste. ¿Vas a hacer lo mismo con Aster?

Ábato palideció, la tristeza mezclada con la cólera afloró en su rostro; después contestó, como excusándose ante el hijo de Nícer:

—Eso no fue así. No le creas, Aster. Su boca es doble, yo no traicioné a tu padre. Fue Blecán quien lo hizo. Supo que Nícer era cristiano y lo difundió en un tiempo en el que muy pocos de nosotros lo éramos. Los albiones no aceptaron la fe de tu padre, aquello minó la lealtad de muchos. Ahora utiliza a tu esposa para dividir al pueblo, porque no es capaz de luchar y teme el asedio. Nunca ha creído en las tradiciones sino cuando le han convenido.

Blecán desenvainó la espada, y con él muchos de sus compañeros que, amenazadores, se acercaron a Ábato y le rodearon. Entonces habló Aster, su voz sonó clara y fuerte:

—Por nacimiento y por conquista soy principal entre los albiones, nada quiero oír del pasado. Nos rodean los enemigos por todas partes, debemos estar unidos y luchar.

—Entrega a la mujer —insistió Blecán—, entonces yo y los míos lucharemos contra los godos.

—Esa mujer no sólo es la esposa de Aster, nos ha salvado y curado —una voz surgió entre los hombres.

—Una curandera —dijo Blecán despectivamente—. Aster, ¿entregarás a la mujer?

—No. No lo haré.

En aquel momento, al otro lado de la muralla se escuchó el estruendo de muchos tambores. Las puertas del campamento godo se abrieron y de él salió un escuadrón de soldados y entre ellos debatiéndose se encontraba Tassio. Desde mi atalaya pude ver cómo la patrulla, con Tassio en medio, se situó en el centro de la explanada, en un lugar donde podían ser vistos por las gentes de la ciudad. Clavaron un gran poste en el suelo y ataron al cautivo. Tassio elevó los ojos hacia Albión suplicando clemencia.

El vigía en la torre gritó:

—Conducen a Tassio al patíbulo.

En ese momento la discusión entre Ábato y Blecán cedió.

Aster ordenó abrir las puertas de la ciudad y él mismo cruzó el puente sobre el río. Le siguieron gran cantidad de hombres que ocuparon el puente y la explanada cerca de la muralla sin cruzar el río. Del campamento godo salieron más soldados.

Presa de una gran inquietud, bajé desde la atalaya hasta la puerta de la ciudad, Ulge caminaba conmigo. Al acercarnos a la puerta oímos desde atrás todo lo que Blecán decía, yo me conmoví cuando Aster se negó a entregarme. A continuación, seguimos a la multitud que salía de la ciudad y cruzamos las puertas de la urbe.

Del campamento godo salió Leovigildo y avanzó hasta situarse cerca del lugar donde Tassio estaba atado. Con él se hallaba Enol. Sonaron las trompetas, y acercaron leña a los pies de Tassio, un grupo de arqueros le rodeó.

—Entregad a la mujer goda, de estirpe baltinga, y este hombre no morirá.

Aster tembló de cólera. Antes de que respondiese, yo me hice paso entre la muchedumbre allí congregada, hasta llegar cerca de Aster.

—La mujer baltinga soy yo. Dime, ¿matarás a ese hombre inocente por mí? —hablé.

Leovigildo me observó con sorpresa, una mirada escrutadora, que me juzgaba de arriba abajo y que posteriormente se volvió admirativa, se abrió en sus ojos. Continué avanzando delante de todos los hombres de Albión, Tibón y Tilego intentaron detenerme. Entonces se oyó la voz de Tassio que gritó con fuerza:

—¡Cuidado, Aster! No la dejes avanzar. Mehiar logró atravesar el cerco y traerá refuerzos. Ten cuidado y mira a tus espaldas.

No pudo seguir hablando, una flecha procedente de las filas godas le atravesó el pecho a la altura del corazón. Tassio miró de frente a Aster, me miró a mí; luego murió.

Lo que Tassio nos advertía era que detrás del río, algunas naves godas habían llegado a la costa y sus ocupantes se adelantaban camino de la gran puerta de la ciudad, ahora abierta. Tras el grito de Tassio los albiones avisados comenzaron a luchar. Aster me tomó del brazo y me arrastró, después me entregó a uno de sus hombres a caballo. En la explanada se produjo un gran combate. Palmo a palmo los albiones defendieron su terreno. Vi a Tilego luchar a brazo partido con uno de los capitanes godos. Leovigildo dirigía el combate desde la retaguardia. Los albiones llenos de desesperación peleaban con furia y toda la rabia contenida de semanas de asedio les azuzaba. Pronto los godos debieron replegarse a su campamento.

Por la noche, el fuego provocado por las antorchas incendiarias se adueñó de la ciudad. Oíamos fuera las voces de los hombres de Leovigildo preparando algo. Amaneció, de los barcos habían descendido gran cantidad de soldados que armaron máquinas de guerra para derruir la muralla. Sentí que el fin se aproximaba. La noche era sin luna; durante las horas de oscuridad, Aster preparó la defensa de Albión.

De nuevo me buscó al alba.

—Ha llegado el fin —dijo—, si no vuelvo tras la lucha que hoy se avecina, huye con Nícer a Vindión, hacia Ongar, allí no habrá peligro.

Yo lloraba.

—Debías haberme entregado antes y Tassio quizá no hubiese muerto.

—Eso no es así —repitió con fuerza, sin arredrarse—, quieren la ciudad. ¿Qué clase de hombres seríamos si te entregásemos, a ti que has expuesto tu vida durante la peste?

Pero yo no entendía ya nada, un gran dolor me atravesó el corazón, bajé la cabeza y lloré. En mi mente se iba abriendo paso la idea de huir lejos de Albión e intentar parlamentar con los godos. Sabía que Aster se opondría, pero mi voz interior me hablaba de derrota y sufrimiento si yo seguía allí. Intenté infundirle ánimos, y después adivinar el futuro como otras veces había hecho. No vi nada.

—Sé que volverás —dije, pero en mi voz no había seguridad.

Él me estrechó y después abrazó al niño. Fuera le llamaban, le vi irse, con la espalda inclinada y los hombros encorvados, lleno de nobleza pero también de dolor. Al cruzar el umbral de la fortaleza se rehizo y le oí dictar normas claras y distribuir a los hombres tras la muralla. Se escuchó un estruendo junto a la pared este, intentaban derruir la muralla de Albión, en aquel lado de adobe y piedra y, por tanto, más débil.

La defensa de Albión se derrumbó por allí, asaltada por las tropas godas del mar, y el enemigo penetró en Albión. Así comenzó una lucha desesperada que fue ganando terreno palmo a palmo hacia el interior de la ciudad, acercándose a la zona central junto a la acrópolis y el antiguo templo de los sacrificios de Lubbo.

Hombres y mujeres, niños y ancianos se refugiaron en la fortaleza; mandé abrir las puertas y una muchedumbre se abalanzó hacia el interior. Las mujeres me abrazaban y las acogí, indicándoles que descendieran al sótano del edificio, donde se fueron hacinando. Oí los lloros de los niños y los susurros de las mujeres suspirando asustadas. En la cámara principal estaba Nícer, dormía sin darse cuenta del horror que se abatía sobre la ciudad de sus mayores.

Al fin los hombres de Aster se replegaron en torno a la acrópolis y fueron rodeados. En el lugar frente al palacio donde los guerreros jóvenes se entrenaban en la lucha, se produjo una gran batalla. Aster se defendía de varios hombres a la vez, y a su lado Tibón luchaba sin cesar. Vi a Tibón rodeado de varios godos, uno de ellos le atravesó el brazo con una adarga, después otro le clavó en el pecho una lanza. Oí a Uma gritar la muerte de su hermano. Más allá, Lesso lleno de rabia se defendía contra varios atacantes, y a su lado Fusco empañaba en sangre la antigua espada que Aster le había regalado.

Viendo el campo perdido, Aster tocó el cuerno de caza en son de retirada. Los supervivientes entraron en el palacio y se atrincheraron. Fuera quedaba Tibón, muerto, y una veintena de cadáveres más.

Entraron en la gran sala de la fortaleza de Albión aquel resto de hombres aún fieles. Los vi congregados junto a su príncipe; estaban Lesso y Fusco, Tilego y muchos hombres de Ongar y algunos de Albión, entre ellos Ábato y varios de su estirpe. Hablaban de que había habido traición y que los hombres de Blecán se habían pasado al enemigo.

—Es el fin, moriremos todos —dijo Ábato.

Sin embargo, Aster aún no se había rendido, dispuso a arqueros en las troneras, y se reunió con los hombres que quedaban.

—Hay una salida, el túnel bajo el mar —dijo.

—Pero... ¿quién sabe dónde se inicia y si no fue cegado por Lubbo?

—Yo sé dónde se inicia y hace meses que está abierto. Es la única salida de la ciudad.

—Sigue habiendo lucha en las calles, el palacio está rodeado, si huimos entrarán y nos seguirán, moriremos atrapados en los túneles.

—No —dijo Aster—, unos cuantos nos quedaremos en la retaguardia, e impediremos el paso a los godos. Un grupo irá delante, detrás las mujeres y los niños; por último, tras habernos dado un tiempo, saldremos los defensores.

Ábato miró a Aster.

—Años atrás yo no confié en tu padre, aquello fue su ruina, es cierto que no le traicioné, pero no le ayudé en el momento difícil; ahora quiero reparar el daño. Huye con tus hombres y con las mujeres por los túneles. Tú conoces bien el camino. Yo y mis hombres mantendremos la lucha aquí.

—No quiero que mueras por mí. Yo me quedaré.

—No. Tú conoces el camino y sobre todo... tú eres la esperanza de las gentes de las montañas. Si sobrevives, los montañeses se unirán de nuevo y no serán dominados. Si mueres, el futuro se tornará aciago para nuestras gentes.

Aster se abrazó a Ábato y organizó la huida. Los hombres de Ábato salieron de la fortaleza contra los godos, intentando impedir su avance. La lucha se prolongó durante todo el día. Supimos más tarde que prácticamente todos los hombres de Ábato cayeron muertos o prisioneros; pero cuando los godos entraron en la fortaleza, ésta se encontraba vacía y la puerta de entrada a los túneles cerrada y disimulada a las pesquisas de los godos.

Primero las mujeres y niños y después los hombres guardando la retaguardia, descendimos a los sótanos de la fortaleza de Albión. Allí, Aster ordenó golpear el gran muro de piedra. La entrada del túnel estaba cegada desde los tiempos de Lubbo pero él conocía bien su localización. Tilego, Lesso y Fusco, ayudados de los soldados, golpearon varias veces el muro, que finalmente se abrió. Tomé en mis brazos a Nícer, que gimoteaba asustado, y emprendimos la marcha.

Avanzamos por los túneles hasta llegar a la gran cueva de Hedeko, allí encontramos a otros fugitivos y emprendimos el camino bajo el mar. Aster ordenó derrumbar el techo del lugar por donde huíamos.

Oí cómo se producía el desplomamiento del techo detrás de nosotros. Fusco y Lesso caminaban juntos, recordaban su entrada en la ciudad por aquellos túneles bajo el mar. Lesso no sentía nada, sólo veía la muerte de su hermano Tassio bajo los arcos de los soldados godos. A veces no podía evitarlo y las lágrimas se deslizaban por su rostro. El de Arán, en aquel momento odiaba a Aster, pensaba que quizás él podría haber evitado la muerte de su hermano, pero al mismo tiempo la devoción hacia su príncipe y señor se sobreponía. Fusco intentó animarle y le tomó por los hombros, haciéndole caminar adelante.

Aster se aproximó hacia ellos, se detuvo y puso su mano sobre el hombro de Lesso. Después le habló:

—No podía hacerlo. No pude hacer nada por él.

Lesso se retiró de su brazo, hosco y seco.

—Era mi hermano, él hubiera dado su vida por ti.

—Lo sé y siempre le estaré agradecido.

Aster guardó silencio y avanzó con decisión, pasó junto a mí sin apenas verme pero pude distinguir en su rostro los rasgos de la desolación. Entonces llegamos a un punto del camino en el que el túnel seguía hacia el oeste. Aquél era el lugar por el que Lesso y Fusco habían llegado desde la costa. Sin embargo no seguimos en esa dirección. Aster se volvió hacia la pared, y con un hacha golpeó la roca, una y otra vez, escuchándose un sonido hueco. Los otros hombres le ayudaron, la entrada a un nuevo túnel se apareció.

Entramos en una cueva muy grande. De las paredes calizas colgaban estalactitas y el suelo lleno de estalagmitas era irregular, el agua circulaba por doquier, bajo la luz de las antorchas todo tomaba un aspecto fantasmagórico y extraño. La cueva, inmensa, semejaba un gran bosque de árboles de piedra, en el que parecía fácil perderse. Aster conocía bien aquel lugar. Se acercó a donde yo estaba con Uma y Nícer, me hizo retroceder unos pasos y sin que Uma lo oyese dijo como liberándose de un peso:

—Tibón y yo recorrimos todos estos túneles para escapar de Albión, vivimos escondidos largo tiempo entre las rocas, y ahora Tibón ha muerto también.

Más allá, Uma caminaba sin hablar, como una autómata, la muerte de su hermano había recrudecido su enfermedad, llevaba a Nícer en sus brazos y no quería soltarlo. Su expresión no era triste sino impasible y neutra, me di cuenta de que ni siquiera se sentía afligida, canturreaba una canción de cuna a mi hijo. En su mente, cruzaba una y otra vez la caída de su hermano atravesado por una lanza y, sin embargo, todo aquello no parecía afectarle.

Aster se situó de nuevo al frente; caminamos largo tiempo por aquella oquedad alargada y pétrea, llena de agua y de aspecto fantasmagórico. Yo le seguía con la mirada puesta en él, cerca siempre de Uma, que llevaba a mi hijo.

—Seguiremos la dirección contraria a la corriente; éste es un río que desemboca en el mar y que mana de las montañas en la región de Arán.

Un frío húmedo nos retentaba los huesos, el pequeño Nícer lloraba asustado; suavemente retiré al niño de los brazos de Uma, que me dejó hacer, y le estreché muy fuerte; Aster se giró y me miró desde lejos, a mi lado caminaba Lesso, y al cruzarse sus miradas, Aster desvió la vista hacia el frente. Yo sentí una enorme tristeza, recordando a Tassio, siempre fiel a su príncipe y señor. Evoqué aquel momento, cuando le conduje hacia Arán, y él me defendió en el camino. También me apené al darme cuenta de que Lesso culpabilizaba de alguna manera a Aster.

Alcanzamos el término de la cueva, un manantial se abría hacia la gruta y un camino paralelo a la corriente conducía hacia el interior de la montaña. Ascendimos en una fila estrecha, caminando de uno en uno. Nícer dormía en mis brazos, Ulge lo tomó con cuidado para que yo descansase, pues el niño pesaba. Me apoyé en la roca, y observé cómo el río torrentoso había labrado una senda natural dentro de la montaña. Todo era oscuro en aquel lugar iluminado únicamente por la luz de las antorchas, la humedad nos calaba la ropa, un olor extraño a salitre y tierra mojada llegaba hacia nosotros. Sentí frío y un dolor grande provocado por la pérdida de la ciudad. Poco a poco el camino se fue ensanchando y llegamos a una gran cueva. Al fondo de ella brillaba la luz del sol, colándose entre unos matorrales. De entre la muchedumbre se oyeron suspiros de alegría, pero Aster los hizo enmudecer. No sabíamos lo que estaba ocurriendo fuera.

Miré al grupo, posiblemente los únicos supervivientes del gran castro de la desembocadura del Eo. Estaba Ulge, la buena y vieja Ulge, atareada en cuidar a Nícer. Junto a mí, con una cara inexpresiva y extraña se encontraba Uma, que había perdido a su esposo, a su hijo y por último, a su hermano Tibón. Su rostro estaba enflaquecido y su cabello cruzado por hebras de plata. Detrás, un grupo de unas cuantas mujeres con algunos niños. Delante del grupo de mujeres vi a Aster con el único de sus capitanes que había sobrevivido al fin de Albión: Tilego. Pensé en Mehiar, quizás habría muerto o quizás habría alcanzado Ongar, pero ya era demasiado tarde. Al fondo, detrás de todos, unos cuantos pescadores y labriegos, entre ellos pude ver a Mailoc, el ermitaño. Fui escrutando de uno en uno, cada semblante, el rostro de los que todo lo habían perdido.

Al salir al exterior de la cueva, nuestros ojos tardaron en acostumbrarse a la luz del día. Salimos a un robledal, la luz del sol se introducía entre las ramas de los árboles. Atardecía y frente a nosotros los rayos del sol se situaron en el centro de la copa de un gran roble centenario. Aster siguió indicando silencio, y se situó delante de nosotros, que le seguimos. Anduvimos de modo rápido entre la arboleda. Una ardilla corría libre entre los árboles, al verla me sentí confortada. La ardilla no tenía nada pero era libre, nosotros todo lo habíamos perdido pero también seguíamos insumisos. Durante una hora ascendimos hasta la parte más alta de la montaña;

desde allí se veía Albión y pudimos presenciar su final. El sol se inclinaba ya cercano al mar.

Vimos la muralla aún enhiesta y el fuego que ascendía desde muchas casas. Entonces, los soldados godos derruyeron la muralla. Con grandes troncos y animales de carga empujaron a golpes el talud que protegía la ciudad del mar. La marea, baja en aquel momento, no penetró en el interior del antiguo castro de los albiones, pero al descender el sol sobre el horizonte, las aguas fueron anegando las tierras de Albión situadas bajo el nivel del mar. El templo quedó sumergido bajo las aguas, las casas de los pescadores, una por una, el antiguo almacén en el lado sur del poblado, por último, la gran fortaleza de Albión, fueron cubiertos por el mar cántabro, y la antigua ciudad de los albiones desapareció de la historia del mundo.

Desde la montaña, Aster y yo fuimos testigos de la caída de la ciudad. Su rostro estaba pálido y tenso. Una cólera atroz refulgió en sus ojos. Levantó la espada hacia el cielo clamando venganza. Oíamos muy lejanos los relinchos de los caballos y los gritos de las gentes. Todo nuestro mundo celta se hundía ante nuestros ojos. Era el fin.

Después Aster enmudeció: miraba hacia el horizonte, y el mar cubría la ensenada donde anteriormente existía una ciudad. Le tomé de la mano e hice que se alejase de allí. Él me siguió dócilmente. Miré hacia atrás, distinguí a los pocos supervivientes de Albión, hombres y mujeres que huían en barcazas a través del río. Divisé a los arqueros godos disparar contra ellos, y el mar se tiñó del color rojo de la sangre. Se hizo un silencio glacial entre los hombres y mujeres que habíamos escapado de Albión.

—¿Adónde iremos?

—A Ongar, al lugar más alto y más alejado en las montañas de Vindión. Allí seguiremos luchando. Mehiar nos espera.

Aster no dio opción para el descanso, evitó que pensásemos en la caída de la ciudad y nos alejamos de aquel lugar y de Albión ya para siempre. El grupo caminaba despacio con la pesadumbre por la destrucción de la ciudadela junto al Eo en nuestros corazones, y el dolor por la pérdida de familiares y amigos; pero éramos un grupo compacto, fiel a su guía, mi esposo. El sol se ocultó, y las sombras de la noche fueron cubriendo los árboles. Nos encontrábamos en un bosque de castaños, hayas, abetos y sauces, cerca de la corriente de un arroyo. Aster detuvo el grupo. No permitió que se encendiese fuego, por lo que nos situamos uno junto a otro, intentando buscar calor. Dejé a Nícer en los brazos de Uma, ella acunaba al niño y parecía encontrar algún consuelo. En el cielo, brillaba una estrella, la luna era poco más que un filamento curvado y ensanchado en el centro. Luna nueva. Me acerqué a Mailoc. El ermitaño reposaba sereno sentado junto a un árbol. Al oírme llegar abrió los ojos, claros y rodeados de arrugas. Me miró con compasión.

—Padre. No puedo dormir, veo todavía el horror de Albión y me siento culpable.

—Tú no has hecho nada. Curaste a muchos en la peste.

—Si me hubiera entregado. Bueno... quizá la ciudad no hubiera caído, pero no fui capaz y Aster me lo impidió.

El ermitaño habló, sentí que veía en el futuro, como a mí me ocurría con las visiones.

—Pronto deberás dejar todo lo que amas y te parecerá que no hay sentido en tus días. Pero en medio de la oscuridad, un día volverá de nuevo la luz.

Después Mailoc calló y no me dejó seguir preguntando, porque Aster se dirigía hacia nosotros.

—¿Estás bien?

—Sí.

—¿Nícer?

—Está con Uma, ella encuentra consuelo con él. Lo ha perdido todo.

—Lo sé.

El ermitaño vio cómo Aster y yo nos alejamos. Nos sentamos en el suelo, un poco retirados del resto del grupo. Puso sus manos en las mías, y yo le miré a los ojos, aquellos ojos oscuros de mirada dulce unas veces y otras colérica. Suavemente le hablé:

—Aster, sé que debo irme. La ciudad ha caído pero intuyo que seguirán persiguiéndonos hasta que me encuentren y me lleven con ellos. Enol no cejará en su empeño de llevarme al sur.

—No te irás, ahora te necesitamos más que nunca.

—¿Me necesitáis?

—Te necesito yo.

Entre lágrimas sonreí. No hablamos más, tardé en dormirme y entre los brazos de Aster vi las estrellas girando en la bóveda celeste. Amaneció un nuevo día cálido y un sol lleno de fuerza nos despertó.

Reemprendimos el camino; tras varias horas de marcha, la luz de un verano tibio se colaba entre los árboles. Procurábamos no hablar mientras nos movíamos por senderos poco conocidos, los niños y ancianos demoraban nuestra marcha. Llegamos a un castro escondido entre las montañas. Los hombres de aquel lugar parecían fieles a Aster y nos ayudaron, proporcionándonos bebida y alimento. Oímos que el día anterior soldados godos habían pasado por allí buscando a los evadidos de Albión.

Los hombres del castro se congregaron en torno a Aster y Tilego, querían conocer bien la caída de Albión; Aster les contó la traición de Blecán y el derrumbamiento del muro. Les dio ánimos para resistir al enemigo godo y dejó entre ellos a uno de sus hombres para ayudarles a defenderse por si nuevos guerreros godos intentaban atacar el poblado.

—Estáis en un lugar estratégico —les dijo—. Una patrulla goda no podrá haceros nada. Vigilad siempre el camino. Es fácil de proteger. Necesitarían un ejército grande para derrotaros. Deshabitad el castro y asentaos en las laderas, construid una fortaleza que impida la entrada al valle.

Pasamos dos días allí reponiendo fuerzas, después proseguimos nuestro camino hacia Ongar. La senda se volvió más y más pendiente, a menudo había niebla o nubes bajas, pero no llovía porque el verano seguía presente en aquellas tierras del norte. Al fin, divisamos al frente un gran murallón pétreo e irregular, con picachos que se elevaban al cielo, cubiertos por nieves perpetuas, eran las montañas de Ongar a lo lejos, la parte más elevada de la cordillera de Vindión. Frente a nosotros, dos laderas llenas de bosques pardos, más abajo un valle con álamos altos y chopos junto a un río. Reconocí aquel lugar, no estaba lejos del castro de Arán.

Llegamos a un claro en medio de aquellas selvas, en el centro un aprisco donde los pastores guardaban los animales en el invierno. Nos detuvimos. Aster estaba intranquilo y preocupado. Oímos un ruido extraño a los lejos, parecía un pájaro.

Tilego le susurró algo al oído a Aster. Éste hizo una señal y Lesso y Fusco desenvainaron sus armas. Entonces nos rodearon. Aster y sus hombres empujaron a las mujeres y a los niños al centro del claro, dentro del cercado de animales, ellos levantaron las espadas protegiéndonos.

Era un grupo de soldados godos, nos debían de haber seguido desde el castro, quizás alguien de allí nos había delatado; desenvainaron sus espadas y algunos nos apuntaron con lanzas, estábamos rodeados, pero no atacaban.

Aster y los suyos estaban debilitados y cansados. Durante unos minutos los dos grupos, albiones y godos, se miraron frente a frente, sin iniciar la batalla. Pasó un lapso corto de tiempo, entre los árboles oí el canto de los pájaros, al fin los godos retrocedieron unos pasos y una figura se abrió paso entre ellos. Oí una voz familiar.

—Quiero hablar con Aster y con la mujer baltinga.

Era Enol. Se dirigió a Aster, y después me miró a mí alternativamente.

—La guerra ha acabado. Los godos no quieren nada más que a ti, saben que estos poblados en las montañas son inexpugnables, pero atacarán cualquier lugar en el que te refugies. —Después miró a Aster y siguió hablando—. Leovigildo destruirá uno por uno todos los poblados de las montañas si ella no viene conmigo.

Aster habló:

—No irá. Somos un grupo de hombres sin esperanza,

Enol, déjanos llegar a Ongar. ¿Cuántos han muerto en Albión? ¿No has hecho ya bastante?

Enol dudó pero no se dejó convencer.

—Nada hubiera ocurrido si nos hubieses entregado a la mujer.

—Sabes bien que no es así —dijo con rabia y dolor Aster—. Si los godos sólo hubiesen querido a la mujer, no habrían destruido Albión, que ahora está bajo las aguas. Vete, Enol, déjanos marchar. Dime, ¿qué más quieres de nosotros?

En el rostro del druida persistía una inquebrantable determinación. Entonces se dirigió a mí, nunca olvidaré aquella mirada, parecía ordenarme lo que debía hacer. Él, Enol, me conocía, me había criado y sabía cómo dominarme.

—Me iré, pero lo que te he dicho es cierto, perseguirán a tu esposa dondequiera que se encuentre. —Después se volvió hacia mí—. Piénsalo, niña, ¿quieres seguir exponiendo a la muerte a toda esta gente inocente? Tu lugar no es éste, siempre lo has sabido, debes dejarlos e ir al lugar que te corresponde.

Yo palidecí, el corazón me latía deprisa. Después Enol continuó hablando, en un tono más bajo, de forma que únicamente yo le oía.

—Te esperaré dos días en nuestra antigua morada en Arán.

Por último, habló a los evadidos de Albión, con fuerza, de modo imperativo.

—Si ella se viene conmigo, el ejército godo se irá al sur. Si ella no viene adonde es su lugar, indicaré a los godos el camino de Ongar y Leovigildo arrasará todo poblado que os dé albergue.

Enol dio una orden y los godos se fueron. Mujeres y niños se volvieron hacia mí, en sus caras vi un mudo reproche. Miré a Aster, él bajó los ojos. No dijo nada. Vi a Nícer refugiado en los brazos de Uma.

Comprendí.

XXIV

La luna en el crepúsculo

Desde lo alto de la montaña, Aster y yo miramos el horizonte. En la parte más alta de la cordillera, de un camino rocoso flanqueado por bosques centenarios, descienden las laderas hasta un valle, en una vaguada con un río. Al oeste, el sol se hunde en la tierra boscosa llenando todo el horizonte de resplandores rojizos. Al este, el cielo cambia su color y el añil de la tarde se oscurece gradualmente. De pronto, en aquel cielo ya oscurecido, a media altura, se vislumbra una línea roja muy delgada que, poco a poco, se engrosa y redondea, formando una bola de gran tamaño de color púrpura y después, conforme va creciendo, el astro se torna en anaranjado, amarillo; es una luna luminosa, grande y rojiza que aparece en el crepúsculo oscuro de nuestras vidas, llenándolo de luz como una antorcha de paz. En aquel momento, y durante un tiempo corto, en el cielo brillan dos astros de color rojizo, el sol cansado del atardecer y el astro de la noche, amaneciendo.

No hablamos, no nos miramos, sólo contemplamos el cielo, lleno de las dos luminarias, mientras una se hunde, la otra se eleva. Al fin, la luz cárdena de la luna ilumina mi túnica blanca y el amor de Aster cae sobre mí, cegándome. Pasan las horas junto a Aster, conozco bien que es la última noche. Despierto y la luz rosácea del alba ilumina suavemente el cielo. Alta en el cielo, una luna de luz plateada me saluda. Entre la paja me encojo asustada y temo que llegue el día.

Miro al cielo atraída por la visión de una luna que ya se oculta. Junto a mí, percibo a Aster. Su rostro, reclinado, se esconde tras su pelo oscuro. Estamos solos, sobre nosotros el techo de la cabaña de nuestros primeros días de matrimonio; allá abajo el valle de Arán, donde los godos me esperan. Al oeste, el mundo, nuestro mundo celta, se ha derrumbado, pero la luz de plata de la luna sigue llegando, semilla de esperanza, a través de un cielo límpido.

Poco a poco sale el sol, Aster se revuelve en su lecho de paja mientras yo, sentada con las rodillas recogidas, miro la luna, cada vez más transparente sobre el cielo azul de la aurora. Soy incapaz de retirar la mirada de aquella luna celta grande y redonda.

Nunca iré a Ongar. No conoceré el lugar que Aster ama. Su mundo y el mío deberán ser ya por siempre ajenos. Debería abandonarle, quizá para siempre. Sin despedidas. No veré más a Nícer y mi corazón sangra por ello.

Me levanté en silencio, Aster se revolvió en su lecho de paja buscándome con la mano, sin encontrarme, pronunció entre sueños mi nombre y yo vi una sonrisa asomar en sus labios. Sentí una opresión en el costado y lloré. Más profunda que la herida de un puñal de acero sentí el dolor de la despedida hincándose en mi pecho. No verle más a él sería mi agonía. Dejar a mi hijo entre extraños, mi tormento.

Sin hacer ruido, continué caminando hacia atrás, las manos en la espalda, la vista fija en su faz. Sentí celos de la luz del sol que, como una amante extraña, acariciaba el rostro del que yo amaba. Llegué atrás en el claro y me apoyé en el tronco de un roble. Aster no se movió, entonces giré y como una Jana de los bosques, sin hacer ruido, descendí entre los árboles con paso más y más apresurado. Al correr levanté la hojarasca del suelo y volvieron hacia mí los recuerdos, recuerdos de un tiempo que ya pasó y que nunca más iba a volver. Los días del bosque de Arán, los meses en los que la esclava del gineceo buscaba ver a su señor, los días de la luna en las montañas, la peste, la guerra... Todo aquello volvió a mi mente y lágrimas ardientes regaron mi rostro.

La luna se desdibujaba en el cielo, ya enteramente cubierta por la luz de la alborada. Llegué al final del camino y allí, en el lugar acordado, vi los restos de la vieja casa de Enol, ennegrecida por el fuego. En el escudo de su portalada campaba aún el árbol de acebo de piedra. Cada vez más deprisa descendí la montaña, con miedo de no poder seguir porque las piernas vacilaban. Atrás quedaba Aster, cada vez más lejos.

De pronto lo oí.

Un sonido profundo y agudo a la vez, lastimero y hermoso. El cuerno de caza de Aster lloraba la despedida. El cuerno de caza de Aster sonando en el valle, rebrotando en las laderas de las montañas.

Temí por él y aceleré el paso. Enol estaba cerca y con él los soldados godos. Aster me llamaba pero yo no podía contestar a un amor imposible.

Allí, en la casa de Enol, el emisario de Atanagildo me esperaba. Junto a él un hombre de barba espesa, era Enol. Me abrazó y como una autómata yo me dejé estrechar por su abrazo paterno sin corresponder.

—Es mejor así —me dijo—, ahora no lo entiendes pero ya lo entenderás. Se salvarán muchas vidas, entre otras las de tu hijo y la de Aster, y recuperarás tu lugar.

Yo no contesté, muda por el dolor. Me esperaban, y me hicieron subir en el caballo de Enol. Emprendimos una larga galopada hacia el sur. Pasamos horas y horas cabalgando. Enol había decidido abandonar cuanto antes el país de los montañeses. Pronto encontramos una compañía del ejército de godos que había asolado Albión. El emisario de Atanagildo hizo que me tratasen con deferencia; pero no recuerdo nada de aquellos días, y puedo afirmar que no veía el camino, ni los bosques umbríos de Vindión, ni los ríos, ni las veredas, ni, más al sur, la calzada romana. Sólo recuerdo que dos días más tarde llegamos a un lugar donde a lo lejos los campos dejaban de ser verdes y se tornaban amarillos. Una estepa extraña se abría ante mí, sembrada de trigo dorado y de dehesas de encinas.

Los hombres godos se acostumbraron a mi silencio y a mi dolor; me consideraron como una mujer trastornada. Enol no intentó hablarme, pues no respondía a nadie.

Sólo en las noches de luna parecía calmarse algo mi pena, en aquellas noches me sentía revivir, y se acostumbraron a que cuando la luna asomaba en el cielo yo pasease sola mirando al horizonte. Mirando a la misma luna que también Aster, refugiado en las montañas de Ongar, miraría; quizás acordándose de mí, quizás habiéndome ya olvidado.

SEGUNDA PARTE
EL SOL DEL REINO GODO

XXV

La Vía de la Plata

Tomamos la calzada romana que durante siglos transportó el oro y la plata de las tierras astures hacia el sur. Sobre nosotros, en el cielo claro, nos preceden las aves del otoño en su migración hacia las cálidas tierras meridionales. A través de los montes, para mí oscuros, la senda transcurre entre la espesura de robles y castaños. Más adelante la ruta se introduce en las espaciosas tierras doradas del mediodía. Después de leguas de marcha, en la llanura ondulante, se extienden los trigales recién segados y retazos de viñedos alineados hacia el horizonte doblan sus ramas cuajadas de fruto. Ante mí se abrió la luz clara de la planicie amarilla, pero creo que tardé mucho tiempo en sentir la luminosidad del ambiente; hacía calor pero yo sentía mi corazón gélido. Cuando alcanzamos la meseta se unieron varios caminos y la senda se hizo más amplia. Otras caravanas de gentes se juntaron a nuestro paso: grupos de labriegos, comerciantes y soldados que habían finalizado la campaña del norte. Muchos de los viandantes escudriñaban con curiosidad la comitiva formada por varios soldados, un anciano y una joven con la cara desencajada por el dolor.

Físicamente, como si me hubiesen arrancado un trozo de mi cuerpo, lloraba la ausencia de mi pequeño Nícer. El pecho me dolía por una lactancia detenida bruscamentre, por las noches soñaba con mi hijo y le sentía junto a mí como una alucinación, pero él ya no estaba más. Durante un largo tiempo sonó el cuerno de Aster en mi cabeza y seguía evocando las aguas del mar y las del Eo teñidas por la sangre de los hombres de Albión. Por fin, a lo lejos, divisamos una ciudad amurallada, una villa de piedra de altas torres y de gran tamaño. Al descubrir la urbe con su pétrea muralla, entendí ahora el motivo de las risas de Romila, cuando me asombraba de que pudiesen existir poblaciones más grandes que el castro de Albión.

Antes de llegar, Enol situó su montura a mi lado y cabalgamos un trecho al mismo paso. El ruido de los cascos de su caballo chocaba a la par de los del mío contra las losas de la calzada. Aquel ruido rítmico, de alguna manera, serenó mi ánimo gris.

—Esa ciudad que divisas allá a lo lejos —dijo Enol— es el primer descanso en nuestro viaje, estamos en Astúrica, Astúrica Augusta.

Le miré sin comprender. Me daba igual dónde estuviésemos y adónde pudiéramos ir.

—Allí nos espera el duque Leovigildo. Conoce ya tu llegada.

Mi cara se contrajo al oír aquel nombre, el nombre del verdugo de Albión. Enol se dio cuenta y me habló con dureza:

—Debes cambiar esa expresión en tu cara. Ese hombre te está destinado y debes respetarle. No entiendes...

—No. No entiendo nada —dije con rabia.

—Te quiere por esposa.

—Yo ya estoy casada. —Mi voz sonó en un tono alto y lastimero.

—No. No lo estás. Debes olvidar lo ocurrido en Albión, como si nunca hubiese existido. Eso no tiene valor ante nadie.

Enol me habló enfurecido. Después se detuvo, no quería que el resto de los hombres de la comitiva escuchasen y habló en un tono algo más bajo.

—Sé razonable, por favor, he sido tu tutor y padre durante años y siempre he querido lo mejor para ti. Ese hombre te conviene.

—¿Me conviene...? —respondí exasperada—, ¿por qué me conviene?

—Leovigildo tiene poder en la corte. Es el favorito de la reina Goswintha, tú cedes algo pero él te va a devolver al lugar de donde nunca debiste salir. Es lo mejor para ti.

—¿Sí? Piensas que lo mejor para mí es que contraiga matrimonio con ese ser al que odio. El salvaje que arruinó a Albión, que mató a la gente a quien yo quería. Ese... ese hombre que se desposa conmigo por unas razones políticas que no entiendo, ese hombre que no me ama.

Enol detuvo su caballo, y cogió el mío de las riendas, deteniéndolo también.

—De acuerdo... Vuelve atrás. Regresa a Vindión. Serás la destrucción del lugar al que vayas. Han muerto muchos y otra vez muchos morirán. ¿Quieres eso?

Yo callé, anonadada por aquellas palabras. Enol prosiguió con voz autoritaria.

—Leovigildo te conducirá adonde te corresponde. Las mujeres de tu estirpe no se casan por amor. Tu madre no lo hizo. El duque es un alto caudillo entre los godos y el que ha guiado la campaña del norte. El ejército godo abandonará las tierras de los montañeses y no habrá más sufrimiento entre los tuyos.

Bajé la cabeza y asentí. Aún me sentía culpable de la caída de Albión. Cerré los ojos, me pareció ver a mi hijo Nícer, seguro y libre en aquel lugar de las montañas, Ongar, el lugar que Aster amaba y que yo no había podido conocer.

—Ahora Atanagildo reina entre los godos, y el rey es pariente tuyo. Atanagildo desciende de una línea bastarda de Eurico, tu bisabuelo, y es del linaje baltingo. Él desea que la hija de Amalarico recupere el lugar que le corresponde. Su esposa Goswintha es una dama muy influyente. Te ha buscado un esposo que pueda protegerte: el duque Leovigildo, un gran guerrero y un hombre que medrará en la corte.

Observé a Enol, sin entender completamente de qué estaba hablando. Percibí de un modo incuestionable que su vida estaba dedicada enteramente a un único fin: conseguir que yo volviese a la corte de los godos. Le miré con atención, intentando comprender por qué se dirigía hacia aquella meta con tanto fervor. Recordé su rostro cuando oraba en Arán, siempre torturado. ¿Sería acaso esto lo que le atormentaba...? Un juramento que se había hecho a sí mismo en un tiempo ya lejano. Ahora, su perfil delgado se recortaba en el contraluz de la tarde. El semblante mostraba una expresión decidida y fanática. De nuevo me acordé de él, cuando años atrás recogíamos hierbas en el bosque. Desde aquel tiempo, mucho había cambiado Enol. O quizá no y ahora se revelaba su verdadero ser, un ser tiránico y obsesivo.

El druida prosiguió, con voz satisfecha y más amigable:

—Mírame. ¿Piensas que yo querría algo para ti que te perjudicase? Desde niña te crié, pensando en el momento en el que pudiera cumplir una promesa que hice muchos años atrás. Ahora ha llegado el momento. Vas a volver al lugar de donde nunca debías haber salido, y yo cumpliré el juramento que me hice a mí mismo y a tu madre. Entonces estaré en paz.

El rostro de mi antiguo tutor estaba, en aquel momento, bañado por la pasión; el sudor hacía brillar su frente y sus mejillas enrojecieron, su perfil se volvió más parecido al de un águila. Enol dirigió su vista hacia el horizonte; a lo lejos la ciudad de Astúrica Augusta se levantaba firme, rodeada de las murallas que un día construyeron los romanos.

—Mira —señaló al frente—. Llegamos a Astúrica, la capital de estas tierras, pero sólo es un paso, después iremos a Emérita Augusta, la ciudad de tu padre, conocerás Toletum, una ciudad hermosa circundada por el Tagus. Olvidarás el pasado. Un mundo nuevo se abre ante ti, no mires atrás, tu futuro está en el sur.

Enol siguió hablando y con la fuerza de sus palabras, por un instante, olvidé el pasado. El ansia de conocer nuevas tierras que un día llenara mi corazón volvió durante un breve instante; pero al pensar en aquel tiempo lejano, me recordé hablando con un herido en el bosque... diciéndole que quería conocer nuevos mundos y, en mi mente, me pareció escuchar su risa alegre ante mis palabras de niña. El dolor me invadió de nuevo el alma.

El antiguo druida calló, parecía no entender mi pena, o quizá no quería hacerlo. Uno de los soldados godos hizo sonar un cuerno, Enol y yo miramos al frente, el portaestandarte señalaba que nos aproximábamos a la urbe, y desde la muralla las trompas de los vigías contestaron al saludo.

Al ver las enormes murallas con paneles de granito y torreones circulares entendí lo fácil que había sido para el ejército godo, acostumbrado a ciudades así amuralladas, destruir la pared de adobe y piedra que rodeaba Albión. Bajo la sombra del parapeto, cruzaba un río y unos grandes portones se desplegaban hacia la llanura. Desde aquellas puertas los soldados que custodiaban la ciudad exigieron que nos identificásemos; el emisario de Atanagildo desplegó su enseña, los guardias se cuadraron y nos permitieron pasar.

Atravesamos las calles estrechas y no muy empinadas, los habitantes eran de una raza similar a la de los cántabros del norte, sin embargo sus ropajes diferían. Muchos de ellos se cubrían con largas capas hasta el suelo y no llevaban pieles.

Me condujeron a un palacio en el centro de la ciudad, sede del duque que gobernaba la provincia astur cántabra. El edificio mostraba rasgos romanos, pero había sido acondicionado como fortaleza al gusto visigodo, contrafuertes de piedra guarnecían las gruesas paredes fortificándolas. Al interior se accedía a través de una puerta formada por un arco de medio punto y columnas con capiteles en los que se entremezclaban figuras de guerreros y cruces de aspecto germánico.

Descabalgamos y atravesamos el patio central. Caía agua al aljibe desde un tejadillo. El patio se rodeaba de pilastras de piedra con capiteles de hojas de acanto y el suelo era adoquinado. Cruzamos el patio, y penetramos en una habitación en la que frescos de color siena con distintas escenas de caza decoraban las paredes. En el pavimento, un hermoso mosaico de osos y pájaros se hallaba cubierto a retazos por alfombras y pieles. Leovigildo se sentaba en una silla de amplios apoyos. Cuando entramos, se levantó.

—Salud a la hija de Amalarico —dijo ceremoniosamente.

Incliné la cabeza, e hice una breve reverencia, asustada ante aquel hombre, pero él rápidamente se acercó hacia mí y me levantó. Sonrió con una mueca torva y su cara tomó una expresión extraña. Después habló:

—Eres hermosa, tan hermosa como el viejo Juan de Besson —dijo, mirando hacia Enol— me aseguraba.

Aquel al que los astures denominaban Alvio y yo llamaba Enol, era nombrado por los godos como Juan de Besson.

Leovigildo intentó interrogarme pero yo callaba en un silencio obstinado, de mi boca no salían palabras porque la opresión que sentía en el corazón impedía que emitiese ningún sonido.

—Indudablemente eres la hija de Amalarico, el retrato de tu padre, aunque tienes los ojos transparentes como los de tu madre. Sí. —Sonrió de nuevo torvamente—. Sí. No hay duda, decían de tu padre que era perfecto entre los hombres, tenía igual que tú una larga cabellera blonda y rizada, y esa nariz, tan recta. Y esa altivez, que yo sabré abajar...

Intentó tocar mi cabello, pero yo lo retiré con un gesto de repulsión.

—Veo que no estás contenta. No importa. —Rió—. No creas que tu odio me desagrada, yo lo sabré dominar.

Después se dirigió a Enol.

—Pronto será la ceremonia —dijo Leovigildo—. Es preciso que el rito se cumpla con todo derecho. ¿Está bautizada?

—No.

—Uno de los capellanes de la corte se encargará de ella y mañana será bautizada según el rito arriano. Enseguida tendrá lugar la boda.

—Cuando vos queráis, señor —dijo Enol.

En aquel momento deseé huir y volver al norte, con los míos; pero ya era imposible. Incliné de nuevo la cabeza. La guerra debería cesar en las montañas cántabras y el pueblo de los castros debería ser, de nuevo, libre. Recordé a Lera, muerta años atrás por Lubbo, recordé a Tassio, pensé en mi hijo Nícer y en Aster.

—Mañana serán los esponsales —habló Leovigildo con voz potente—. Podéis elegir, noble hija de Amalarico, o colaboráis y me aceptáis como esposo delante de los hombres;

o el ejército godo vuelve al norte llevando como estandarte a la esposa del príncipe de los albiones. El tal Aster ya dejó caer Albión por ti, ahora es capaz de hundir las montañas.

Horrorizada, pensé que todo aquello era verdad, pero ahora Aster y los suyos eran libres; sólo yo estaba frente a él. Estaba segura de que su interés por los rebeldes de las montañas era relativo, a Leovigildo le interesaba el poder y al poder llegaría desposándose con la hija de Amalarico.

Mi voz sonó fría.

—Seré tu esposa, libremente y delante de los hombres de tu pueblo; pero júrame, si eres capaz de mantener un juramento, que inmediatamente tras las bodas partiremos hacia el sur y nunca más has de volver a estas tierras del norte.

Leovigildo sonrió complacido por mis palabras.

—Me complace grandemente tu petición. Espero no volver en mucho tiempo a estas tierras salvajes. Y tú serás mi esposa. Una bella, devota y virtuosa esposa.

Leovigildo se acercó más a mí. Con su mano tocó mi cabello extendido ante mi pecho, yo temblé al notar el roce de su mano.

—Pareces una salvaje... —desaprobó—. Es preciso mejorar tu condición, necesitas damas que te acompañen y te enseñen las costumbres de la corte.

Leovigildo dio una palmada fuerte. Al instante entró un criado y le encargó que avisase a las damas. Se hizo el silencio en la sala. No fui capaz de mirar a Enol, ni tampoco a Leovigildo, que me observaba con una expresión entre burlona y altiva. Miré al pavimento, los mosaicos blancos y negros se entrecruzaban formando una greca vegetal, nerviosa moví el pie sobre el suelo.

Entraron las damas, una mujer gruesa, vestida con una saya de colores claros y abalorios al cuello, acompañada de dos criaditas más jóvenes. La dueña caminaba con la espalda estirada, mientras cimbreaba sus caderas de un lado a otro.

—Estimada Lucrecia —habló Leovigildo—, os haréis cargo de la educación de la que será mi esposa.

La mujer escrutó de arriba abajo mi figura, sorprendida

de que el duque godo contrajese matrimonio con una vulgar lugareña, pero asintió complaciente con la cabeza.

—Viste como una campesina del norte —le explicó el duque—, pero es de alto linaje, la única hija del difunto rey Amalarico y la reina Clotilde. Deseo que la transforméis en una mujer distinguida y que la eduquéis en las normas del protocolo de la corte.

Entonces oí la voz de Lucrecia, una voz atiplada y aduladora.

—Se hará como deseéis.

—Aporta al enlace joyas de gran valor. Es mi deseo que las lleve en la ceremonia, que será mañana.

—¿Mañana? ¡Oh, mi señor, eso es imposible!

—Haréis como digo. Tengo prisa. Quiero partir de Astúrica tan pronto como sea posible. Liuva, mi hermano, aguarda en la ciudad de los vacceos. Es largo el camino y no es bueno que una noble dama viaje sin haber contraído matrimonio.

Leovigildo no dejó que Lucrecia protestase más y se retiró con Enol. Nos quedamos las mujeres a solas. Ella comenzó a examinarme y me condujo a uno de los aposentos de la casa; de una arquilla extrajo una túnica de lana muy fina y tejida con hilos de oro. Me desnudaron por completo, Lucrecia observó mi cuerpo de joven madre con interés. Posteriormente la dueña comenzó a medirme y a probarme la ropa, la mujer rezongaba en un dialecto extraño que me costaba entender, mezcla de latín y un dialecto del norte.

—Eres hermosa, pero nunca te has cuidado. Veo que no eres doncella, y que ya has sido madre.

Me eché a llorar.

—Deja las lágrimas. Tú, una indigente del norte, vas a ser la esposa de un duque. No veo que eso sea motivo de lágrimas. Acepta tu suerte con alegría. Yo soy de una estirpe ilustre y he de contentarme con servir.

Me di cuenta de que hubiera continuado diciendo «a alguien como tú, plebeya»; pero la mujer calló porque en aquel momento entraba un criado con un cofre; en él venían algunas de las joyas que Enol había guardado en la roca. Una pequeña diadema con perlas y rubíes, labrada en oro macizo, aretes, pulseras y varios collares. Las joyas brillaron ante los ojos extasiados de Lucrecia.

—¡Qué joyas! Hace años que no se ve orfebrería como ésta. ¿Son tuyas?

Parecí subir algo en la estimación ante la dama, que mostró las alhajas con grandes aspavientos a las otras dos mujeres. La luz fue bajando en el exterior y pronto se encendieron las antorchas, las dueñas trabajaban cosiendo para confeccionar el traje que debía vestir en mi boda. Me dieron a comer queso y uvas, pero fui incapaz de probar la comida. Se hizo de noche y apagaron las antorchas. No podía dormir, miraba el cielo sin luna ni estrellas, un viento frío anunciaba la llegada del otoño. ¿Qué sería de mí?

La noche fue insomne, a veces entraba en un sueño ligero lleno de pesadillas y volvía a ver a los muertos de Albión que me acusaban de haber sido su ruina.

Al amanecer, me dormí profundamente sin soñar en nada; entonces Lucrecia y las criadas me despertaron. Me desnudaron y me bañaron en un gran caldero con agua caliente, frotando mi cuerpo con esencias. Después me vistieron con los atavíos que habían confeccionado para mí, me trenzaron el pelo y lo adornaron con agujas de oro y la gran diadema de rubíes y perlas. Noté que Lucrecia se mostraba satisfecha de su obra; ahora, se había vuelto muy amable. Entonces llegó Enol, que se arrodilló ante mí. Lo miré con los ojos vacíos y él se asustó al observar mi mal aspecto. Me hizo beber un brebaje con el que me sentí atontada.

Salimos de la casa, fuera esperaba una silla de manos, con cuatro porteadores. Me pasearon con las cortinillas abiertas y yo me recosté hacia el interior, me daba vergüenza la curiosidad de la gente. Los habitantes de la ciudad se asomaban a las calles para ver a la novia de la que corrían tantos rumores. Se oían exclamaciones de júbilo al ver mi aderezo y las joyas. Entre el gentío me pareció ver algún rostro conocido pero no pude distinguir a nadie claramente.

En la silla de manos me condujeron hasta una iglesia estrecha y oscura, que a mí me pareció imponente. Formada por gruesas paredes de piedra, por las que la luz entraba a través de filos estrechos horadados en las paredes, del techo pendían grandes lámparas de aceite y cruces de estilo godo.

Nada de todo aquello se fijaba en mi interior. No me importaba lo que me rodeaba y, quizá por el brebaje, estaba fuera de mí, como ausente. Entré por la puerta principal del templo, pero después me condujeron a un lateral, donde estaba situado el baptisterio. Me retiraron la diadema y vertieron el agua sobre mis cabellos. Al sentir el líquido frío sobre mi cabeza, me recuperé un instante del estado de semiinconsciencia en el que me encontraba. Después, acompañada de una comitiva nos introdujimos de nuevo en la iglesia. A través del pasillo central abarrotado de gente, nos dirigimos hacia el altar. Leovigildo me esperaba bajo una gran cruz visigoda que pendía desde el techo. Las palabras latinas y griegas se sucedieron en el rito, mi mente calmada por el narcótico lo examinaba todo como en una nube. La ceremonia llegó a su fin y Leovigildo quedó satisfecho. Salimos del templo, de nuevo recorrimos la villa hasta la fortaleza del duque de los cántabros. Después, el banquete. Delante de los nobles de la corte se mostraron los regalos de los invitados. Al fin, Enol, ante los nobles godos que han acompañado a Leovigildo a la campaña del norte, entregó la dote que atestiguaba mi origen real. Abrió el gran cofre que contenía el enorme tesoro del que yo era dueña como hija de Amalarico; la parte del tesoro de los reyes godos, que había pertenecido a la estirpe baltinga; el caudal que mi padre había heredado de sus antepasados, de Alarico, conquistador de Roma, de Ataúlfo y Walia, de Turismundo y Teodorico; el tesoro que se conservó durante años oculto en una oquedad bajo una fuente. Del tesoro sólo faltaba una pieza, Enol se reservó para sí sólo un objeto, una copa de oro labrada con incrustaciones en ámbar y coral.

Toda aquella riqueza —bandejas de oro puro, monedas, joyas con piedras preciosas— según las leyes godas pasó a pertenecer a mi esposo Leovigildo; aunque yo gozaba de ciertos privilegios con respecto a mis bienes. Se escucharon las exclamaciones de admiración y envidia de los invitados.

Durante todo el día se prolongó el festín de los esponsales y en la ciudad hubo un ambiente festivo, con saltimbanquis y bufones en las calles. Leovigildo había convocado a gran cantidad de personajes ilustres y distinguidos de la zona para que fuesen testigos de su triunfo. Yo no conocía a ninguno de ellos. Al fin, el duque se retiró con su flamante esposa y quedé a solas con el enemigo de la raza cántabra, el hombre que había hecho caer la fortaleza de Albión.

La noche de mis bodas con el godo, lució una luna vieja en el cielo, un retazo estrecho y combado de luz, del mismo ciclo que noches atrás nos había iluminado a Aster y a mí, durante aquel último crepúsculo en las montañas. Leovigildo procedió conmigo salvajemente, sin mediar palabra, con desprecio y sin amor. No entendía mis silencios, pensaba que yo, quizás, era de mente corta. En la intimidad fui poco más que un perro para él, pero ante las gentes me trataba con honor, dándome el más alto rango.

Tras la boda nos demoramos poco tiempo en Astúrica. El ejército godo del norte partió al día siguiente, me dijeron que una parte se uniría a las tropas del duque Liuva, hermano de Leovigildo; con ellos iba Enol; otro contingente se desplazaría hacia el sur, a la corte de Toledo; anunciando en el sur la gloria de su señor, el gran duque Leovigildo.

Unos días más tarde, con una compañía más pequeña, salimos de la ciudad rumbo hacia la meseta. Leovigildo deseaba llegar a la corte, volvía victorioso de una guerra, con un tesoro en su poder y habiendo contraído matrimonio con alguien de la estirpe real baltinga. Mi nuevo esposo quería sacar partido de sus éxitos. Dejamos las murallas de la capital de la provincia astur atrás y con una gran comitiva nos desplazamos hacia el sur.

El ejército godo estaba muy lejos, había avanzado hacia

el interior. La planicie nos rodeaba por delante y muchas leguas detrás. Al mirar a mi espalda lloré, y el odio hacia Enol acudió con más fuerza que nunca a mi corazón.

Marchamos en una gran caravana con algunos escuadrones del ejército godo que había tomado Albión, hombres a pie y a caballo, cada uno de ellos presidido por su tiufado. Las huestes volvían victoriosas, con sus banderas desplegadas en lo alto, cantaban himnos de guerra y alguna canción obscena. Sin embargo, no parecían excesivamente contentos: en el saqueo de la ciudad cántabra no habían encontrado tanto oro como se decía. Oía murmurar a los soldados, que hablaban un latín deformado y pensaban que la mujer que ellos consideraban como una cautiva cántabra no les entendía: criticaban a Leovigildo.

—Sí. Ése sí que ha hecho la campaña del norte... y no nosotros —gruñía un hombre peludo.

—Dicen que con la mujer ha conseguido el tesoro de los baltos. ¡Mal rayo le parta...! Nuestro señor, el rey Atanagildo, bien le ha pagado la corona.

Escuchaba todo aquello desde la carroza ricamente decorada que Leovigildo había dispuesto. Me acompañaba la servidumbre: las doncellas y el ama Lucrecia, que se asomó mal encarada desde la carreta. Los hombres que criticaban a su capitán callaron.

—Estos hombres sin principios ni dignidad, señora, son de baja estofa. Se les ve godos de poca alcurnia.

No la entendí. Ella siguió hablando de las costumbres de la corte goda, de cómo debía comportarse una princesa de la estirpe baltinga. Le gustaba escucharse a sí misma. En el carretón que nos conducía hacia el sur aquella mujer parloteaba de sus reyes y de la hermosa ciudad de Mérida. De toda aquella verborrea sólo había algo que me interesaba de verdad: conocer el pasado, saber cómo habían sido mis padres.

—Vuestra madre fue casada con nuestro rey, el gran Amalarico, que Dios tenga en su gloria. Dicen que Amalarico era uno de los hombres más gallardos de su tiempo. Sí, Amalarico, el de los rubios cabellos. Vuestra madre era morena, como las mujeres francas, con un largo cabello oscuro.

Vino a mi memoria el cabello dorado que Enol guardaba con adoración en una caja de plata y comprendí que la mujer inventaba muchas cosas; decidí que no debía fiarme excesivamente de sus palabras. En mis visiones había visto a mi madre golpeada, pero no podía saber quién era el causante de aquellas heridas. Lucrecia siguió rezongando y contando historias que me parecían unas reales y otras no tanto. La dama era viuda y su esposo, un godo de prosapia, había muerto arruinado en la guerra civil entre Agila y Atanagildo. Liuva, el hermano de Leovigildo, la había protegido y ella admiraba al hermano de mi esposo.

Los campos se sucedían ante nuestro carromato pintados de tonos ocres y dorados. Acostumbrada al norte montañoso, aquí la tierra era sorprendentemente llana, con trigales ya segados que se extendían hasta donde alcanzaba mi vista. Pude ver bosques, pero nunca tan frondosos como los de Vindión, poblados de pinos y encinas. De vez en cuando, toros bravos de negra piel pastaban ante mi mirada en las grandes dehesas entre encinares. Más adelante se cruzaron rebaños de ovejas y un porquerizo con sus cerdos. Me sorprendía sobre todo el cielo, claro y sin nubes durante días, de un color azul añil intenso. Más al sur la vendimia había ya acabado y los viñedos tomaban los colores violáceos del otoño. Cruzamos el río Órbigo, en lo alto de un antiguo castro sobrevivían algunos montañeses entre sus ruinas.

Toda mi vida era ahora la rutina de una marcha interminable.

Tras varios días de camino, acampamos junto en un lugar húmedo en un valle donde confluían el Órbigo, el Tera y el río de los astures, el Esla. Se hacía de noche. Las aguas emitían un sonido armonioso, que pacificó mi espíritu. En medio de mi melancolía, aquel paisaje abierto y distinto calmaba mi tristeza, recordaba los días en que soñaba ver mundos distintos.

Al día siguiente reiniciamos el viaje, comenzó a nevar, una nieve temprana pero intensa. Pronto los campos cuajados de copos refulgieron bajo la luz clara del invierno. Me asomé a la ventana del carromato y la nieve cayó sobre mí. El tiempo empeoró cada vez más y llegó un momento en el que la intensa ventisca nos impedía avanzar. La planicie estaba blanca pero apenas se veía nada por la intensidad de la tormenta. Las ruedas del carro se hundían en el suelo. Oía a los hombres fustigar a los animales.

—Debemos llegar al río d'Ouro, a la antigua ciudad de Semure, el castro de los vacceos. Allí pasaremos el temporal.

Tras varias horas de penosa marcha, a lo lejos divisamos las luces de una ciudad elevada en lo alto de un cerro, la calzada romana nos conducía hacia ella. Era Semure, ciudad limítrofe con el reino suevo. Cruzamos el puente y la guardia goda que custodiaba aquel enclave saludó a su duque y señor. Nos llevaron a la fortaleza de la ciudad. La servidumbre de la casa nos acogió. A mí me condujeron a la habitación que compartiría con mi esposo Leovigildo. Una cámara amplia de piedra apenas calentada por un hogar de gran tamaño.

El tiempo no mejoró y pasamos varias lunas en aquel lugar. Leovigildo se aburría, estaba intranquilo aguardando a su hermano. Yo fui durante aquel tiempo su única diversión. Temía las noches en las que aquel hombre se dirigía a mi cámara y tomaba lo que yo no quería darle. Le temía y le odiaba.

Pensé en morir, clavarme una daga o buscar algún veneno. Todo menos seguir con aquella vida, mil veces peor que cualquier castigo de Lubbo. Habían pasado ya más de tres ciclos lunares desde la última noche con Aster en la montaña de Arán, y entonces, en medio de la desesperación más profunda aprecié un cambio en mi ser casi imperceptible, algo que me unía a Aster de un modo profundo. Luego ya no deseé morir y mi vida pareció albergar algún sentido. Me resigné a Leovigildo y obedecí sus órdenes. Leovigildo se explayó así ante mí y comencé a entender algo de su pasado.

En su juventud, de alta cuna pero pobre fortuna, había servido a las órdenes de mi padre y había sido despreciado por él.

—Tu padre —me dijo, en un día de furia— nos afrentó a mí y a mi hermano Liuva delante de la corte. Éramos unos muchachos y robamos del tesoro real una pequeña cantidad de oro; Amalarico nos hizo azotar delante de toda la corte. Aún me quedan cicatrices de aquello en la espalda. Después apoyamos a Teudis. Pero en la guerra civil yo opté por Agila, que era contrario a la casa baltinga, y después por Atanagildo. La suerte nos sonrió y ahora la hija de mi torturador es mía. Tendrás que someterte. Cuando muera Atanagildo, gracias a esta boda, yo, el hombre sin caudal, el despreciado por la dinastía de los baltos, seré uno de ellos y podré aspirar al trono. Un hijo tuyo y mío será rey de los godos, lo sé.

Le miré con horror mientras hablaba, pero entendí que mi venganza estaba cercana. Una venganza dulce y secreta que Leovigildo no conocía. No pronuncié palabra ante sus exclamaciones.

—¿Callas? —me dijo—. Ahora ya no te rebelas como al principio. Me gustaba, me estimulaba que luchases cuando intentaba tomarte.

—Aprecio al duque Leovigildo en su valía —dije irónicamente, pero él no lo entendió así y se sintió halagado.

—Será que has olvidado ya al bárbaro del norte.

Yo palidecí, enfurecida.

—Sí, a las mujeres os gustan los golpes, quizá por eso tu madre estaba loca por tu padre. Quizás era por eso por lo que él la golpeaba.

Un temblor de ira me recorrió las entrañas y no aguanté más. Le lancé un jarrón de gran tamaño que él esquivó riéndose.

—Calma, calma. No te alteres —dijo riendo—, te estoy diciendo la verdad.

—¡Te mataré!

Tomé un estilete y me dirigí hacia el duque. Él me detuvo con su fuerte brazo.

—¡Guardias! —llamó Leovigildo.

Entraron los soldados que custodiaban la puerta de la estancia a las voces de su capitán.

—Mandad llamar al físico. La señora se ha indispuesto. Y llamad también a su ama.

Ellos doblaron la cabeza ante su capitán y salieron a cumplir las órdenes que les había indicado.

—Nunca más levantarás la mano contra mí. Eres una cosa que yo poseo y nada más. Si persistes en esta actitud, tengo poder para enviar al norte a mis hombres y quizá mucha gente de allí muera, entre otros... un niño y su padre.

Me eché a llorar ante sus amenazas; Leovigildo siguió hablando hasta que Lucrecia, las doncellas y el físico penetraron en la tienda.

—Calma a tu señora.

—Sí, señor duque, está muy nerviosa últimamente —le dijo ella, disculpándose.

—Ama, ¡es tu oficio! Enseñar a tu señora. Debes prepararla para que sea una buena esposa, hoy ha intentado matarme. Mira ese jarrón. ¡Ha sido ella!

Lucrecia comenzó a hablar con un tono persuasivo, palabras que agradaban a Leovigildo.

—Señora, ¿no os he explicado las costumbres del sur? Las mujeres del sur, las de buena cuna goda o romana son dóciles a sus maridos. Saben comportarse y agradarles en todo.

Lucrecia siguió perorando, reconviniéndome e impartiéndome una lección sobre modos y comportamientos. Su cara gordezuela farfullaba delante de mí, pero yo no le hice caso. Leovigildo salió de la estancia y, con él, un peso se liberó en mi corazón. El físico me sangró, y yo sentí un vahído. La sangría era un castigo para doblegarme, últimamente me sangraban con frecuencia para que perdiese fuerzas. Me di cuenta de que si quería sobrevivir tendría que controlar mi carácter, conocía lo bastante bien el cuerpo humano como para saber que las sangrías en una mujer joven debilitaban el cuerpo y volvían pusilánime el espíritu.

Me acostaron y entré en una duermevela. A lo lejos oía las voces de las doncellas cuchicheando entre ellas.

—Nos detendremos un tiempo aquí, el duque espera a su hermano Liuva.

En el techo de vigas oscuras oí a una rata correr. La tristeza me producía sueño pero también impedía que éste fuese profundo.

Amaneció un cielo límpido. Tambaleándome me acerqué al mirador sobre el d'Ouro, en el río flotaban bloques de hielo y su curso era rápido entre los campos nevados. Durante horas miré el campo a lo lejos, estaba presa, sin nada que hacer, y así transcurrirían las horas. En el patio de la fortaleza la gente trajinaba de un lado a otro, nerviosos por la proximidad del ejército. El sol iba ascendiendo y cuando se había elevado a la mitad de su camino a la cumbre, a lo lejos, unos puntos negros fueron acercándose; un grupo de soldados godos con el duque Liuva al frente. Procedían del oeste y cruzaron el río d'Ouro por un puente lateral; después la comitiva penetró por una poterna del castillo.

Liuva desmontó y se introdujo en la torre central, buscaba a Leovigildo.

Me deslicé como una jineta de los bosques, recuperé aquella forma de moverme que me hacía apenas perceptible. Liuva procedía del norte, quizá traía noticias de los que yo amaba. En mi mente sólo había una idea: quería saber lo que iban a hablar los hermanos. Entré en la sala, ellos estaban de pie frente a frente y se abrazaron con un saludo cordial, golpeándose las espaldas, ante el resto de los recién venidos. No percibieron mi presencia. En el centro, la servidumbre disponía viandas en una gran mesa oval para que los soldados repusieran fuerzas. Algunas mujeres, entre ellas Lucrecia, trajinaban por la estancia. Me situé junto al fuego, moviendo las brasas con un hierro. Liuva se acercó para calentarse, y yo me deslicé hacia un lado de la chimenea, en cuclillas junto al hogar. Las brasas brillaban rojizas y saltaban chispas al remover el rescoldo. En la penumbra, con mis ropas pardas y mi cabello cubierto, no era fácil de distinguir, parecía una más de la servidumbre.

De reojo, observé los rasgos de Liuva, teñidos en tonos cárdenos por el fuego: poseía los rasgos aquilinos de Leovigildo pero su aspecto era menos firme, con una mayor obesidad. Tras ellos, en un plano posterior, descubrí a Enol.

—He dejado una compañía de soldados godos tras los evadidos de Albión —habló Liuva.

—¿Y?

—Los habían localizado pocos días antes de que yo reiniciase el camino hacia el sur, de esto hace más de un mes. Es posible que ya los hayan cogido. Di órdenes de que si encontraban a Aster y a los suyos, los pasasen a cuchillo.

Me horroricé al escuchar aquello, mi mano dejó de mover las ascuas sobre el fuego. Liuva prosiguió:

—La campaña ha sido todo un éxito, los castros del occidente están siendo vencidos, he dado órdenes de que se destruyan todos y que sometan a sus gentes, pero las montañas de Ongar son de difícil acceso.

—¿Qué propones?

—El terror. Deshacernos para siempre de esos pueblos salvajes y aislar de tal modo a los rebeldes que perezcan. Si alguno sobrevive será como si no existiese.

—No estoy de acuerdo. Conocí al príncipe de Albión, ese hombre no se rinde ante nadie. Es necesario hacerlo desaparecer. Es el único capaz de aunar a los montañeses.

Sentí que el frío atravesaba mis huesos y más aún cuando Leovigildo, con una voz glacial, prosiguió:

—Odio a ese hombre. Me humilló delante de mis hombres en el sitio de Albión.

—Olvídate de él, mis gentes están tras él, y a estas horas estará ya muerto.

De nuevo me estremecí. Leovigildo no se daba por satisfecho pero Liuva, hombre práctico, continuó haciendo planes y se centró en la política de los reinos germánicos.

—Necesitamos controlar los puertos para evitar el comercio con la costa cántabra y mantener a los suevos cercados. Suevos y francos están en permanente alianza contra nosotros, los godos. En Barcino se habla de que los suevos envían un tributo a los francos de oro y plata; si cortamos las relaciones entre ellos, los debilitaremos.

—Algún día conseguiré que el reino de los suevos sea

godo —dijo Leovigildo—. La antigua Gallaecia es rica en oro, los godos poseemos los tesoros de nuestras conquistas pero eso tiene un fin; hay minas riquísimas en mineral, el oro de las Hispanias procede de allí. Algún día ese reino será mío y someteré a los astures. Pero ahora no es el momento. Debo volver a la corte. Hay intrigas en palacio, y ninguno de los reyes godos ha muerto en su lecho.

—Y te espera Goswintha. ¿Cómo le sentará tu boda con la mujer cántabra?

Leovigildo se encogió de hombros y dijo:

—Fue ella misma quien planificó la boda, ¿sabes? Goswintha no es una mujer sentimental.

De entre los ocupantes de la sala, un hombre se aproximó a los dos hermanos: era Enol. En los últimos días había estado ausente, formaba parte de la comitiva de Liuva.

—¿No es así, viejo amigo? —habló Leovigildo dirigiéndose a Enol.

—La reina Goswintha desea que el trono vuelva a la dinastía baltinga —dijo Enol.

Los hermanos se miraron con sorna. Enol hizo caso omiso de aquella mirada.

—Todo llegará a su tiempo —dijo Leovigildo.

—Dejo tropas que controlarán a los cántabros y las montañas. Yo debo regresar a la Septimania. Me han llegado noticias de que en Barcino hay revueltas y dicen que la próxima primavera los francos atacarán.

—Mañana partiremos hacia el sur, el tiempo ha mejorado algo; pero puede volver a nevar. Nos veremos pasado el invierno en la corte de Toledo.

Los hermanos se alejaron del fuego y se aproximaron a la mesa llena de comida, bromeaban con los soldados y los capitanes. De lejos, vi a Enol, su cara expresaba preocupación. Desde Astúrica Augusta había regresado al norte, y ahora se unía de nuevo al séquito de Leovigildo. Le ocurría algo pero yo no sabía lo que era.

Después pensé en la conversación entre Liuva y Leovigildo, en las tropas godas dirigidas contra los castros y supe que Aster estaría cercado, que muchos poblados habrían desaparecido.

Al día siguiente nos desplazaríamos hacia el sur. Me alejaba cada vez más de las montañas y del mar bravío. Tras oír las palabras de Leovigildo y Liuva, pensé que mi sacrificio había sido quizás en vano. Lloré junto al fuego. En la sala se escuchaban los ruidos de los soldados, sus votos y gritos, algunos se peleaban. Los dos hermanos se retiraron. Yo permanecí allí, contemplando el fuego consumirse. Se hizo de noche, la sala lentamente quedó vacía; nadie me vio.

La aurora pintó el cielo de colores malva y rosáceos, el día era claro y luminoso. A través de las ventanas estrechas de la estancia penetró un rayo de luz en la sala. Oí a Lucrecia que me buscaba por el castillo. Muy suavemente me levanté, y con paso apresurado me hice la encontradiza.

—¿Dónde estabais? Toda la guardia os está buscando. Salimos hacia el sur. El duque tiene prisa por llegar a la corte.

Suspiré, mis sentimientos eran contrapuestos: por un lado, me apenaba alejarme de las tierras astures pero por otro me alegraba irme de allí. En los días que habían precedido cuando iniciamos la marcha hacia el sur, era más fácil evitar a Leovigildo y él se mantenía más ocupado; pero en la inmovilidad de la nieve, en la forzada quietud de la fortaleza, Leovigildo estaba constantemente nervioso y me zahería sin piedad.

El día era frío pero despejado, la escarcha colgaba de las piedras, aún no había comenzado a nevar. Sendas compañías se formaron en el patio de la fortaleza acaudillada cada una por uno de los dos hermanos. Leovigildo y Liuva se despidieron con un abrazo. Liuva tomó la calzada romana en dirección hacia el levante que conducía hacia Legio y Cesaraugusta, con destino a la Septimania y a su capital Barcino. Leovigildo tomó dirección sur.

Atravesamos el puente sobre el río d'Ouro, en el que el hielo flotaba hacia el oeste. Unos patos salvajes que no habían emigrado hacia el sur levantaron el vuelo a nuestro paso. Quizá buscaban calor, el calor que yo ya nunca sentiría. Después la tierra de campos, yerma por el invierno, que albergaba, como yo, una semilla. La tierra se alegraba con aquel primer sol que auguraba la primavera en la que la semilla germinaría.

Desde mi carromato volví a escuchar las voces, los improperios de los soldados, las chanzas de los pajes. Estábamos cada vez más lejos de los montes de Vindión.

—Dicen que hay una partida de hombres del norte que nos siguen.

—Serán montañeses.

—Durante el día se esconden pero por la noche se acercan. Los soldados no han podido atraparlos.

Al oír aquello una esperanza irracional y salvaje renació en mí.

XXVI

La copa sagrada

El camino se abría ancho ante nosotros pero angosto para mi corazón. Llevábamos varios días de marcha desde que habíamos abandonado Semure. El paisaje alternaba aquí campos de cereal, algún pastizal y encinares. A lo lejos, la llanura agostada y gris; fría por la cercanía del invierno. Avanzábamos lentamente; supe que habían intentado atrapar a aquellos hombres que nos seguían desde el norte. Un vigía del campamento fue encontrado muerto por la mañana, los que nos seguían habían entrado en alguna de las tiendas por la noche, pero, de modo sorprendente, aunque todo estaba revuelto dentro del recinto, no se habían llevado nada.

En el campamento y entre los soldados no se hablaba de otra cosa. Leovigildo, quizá preocupado por los hombres que nos acosaban o por otros asuntos, se había olvidado de mí. En las noches se reunía con sus oficiales y en su tienda se oían gritos, a veces cánticos, y con frecuencia palabras obscenas. Se redobló la guardia en el campamento por las noches, durante el día avanzábamos más deprisa.

Las damas de mi séquito comentaban continuamente lo ocurrido, los hombres que nos seguían venían a alterar la rutina de una marcha que parecía no tener fin.

—Mi señor, el duque Leovigildo, que Dios guarde muchos años —decía Lucrecia—, ha buscado esta noche a esos hombres.

—Dicen que son fantasmas de los muertos del norte que nos persiguen.

—Ayer, uno de los capitanes se adentró en el bosque persiguiendo a unas sombras en la noche, sus soldados no le siguieron. Al amanecer le encontraron muerto con unas cicatrices horribles en el pecho. Dicen que las sombras se convirtieron en aves carroñeras.

Entonces intervine en la conversación:

—¡Poco han podido ver los que huyen del peligro! —musité.

No me hicieron caso y siguieron hablando:

—Una flecha con un penacho oscuro hirió a uno de los soldados de Leovigildo. Ahora ha entrado en un sueño profundo del que los físicos no pueden despertarle, piensan que va a morir.

Las mujeres siguieron su charla. Miré al frente, al comienzo del pelotón vi la figura de mi antiguo tutor. Enol cabalgaba inclinado hacia delante con un gesto perdido. Desde que habíamos salido de Semure, no mostraban ya la confianza que exhibía antes de llegar a Astúrica, se hallaba intranquilo y asustado. Ya no me hablaba de la corte goda, montaba sobre un caballo tordo siempre solo, a veces me parecía que hablaba consigo mismo, musitando palabras extrañas.

La comitiva hizo un alto para pasar la noche. Atravesé las tiendas de los soldados. Sabía que a Leovigildo no le gustaba que me mezclase con la chusma, pero era incapaz de mantenerme aislada; me gustaba alejarme de los fuegos del campamento para ver las estrellas que cubrirían a Aster y a mi hijo en el norte. En aquel momento, un hombre salió a mi paso con un mensaje de Enol, deseaba que acudiese a su tienda. Me extrañé, hacía varios días que mi antiguo tutor parecía evitarme. Crucé el campamento acompañada del emisario, un hombre encapuchado.

Dos antorchas de luz apagada iluminaban al fondo en el aposento de Enol, pero él no estaba y el lugar era lóbrego. A lo lejos, detrás de mí, oí el ulular de un búho. Unas alas cruzaron sobre mi cabeza, me asusté y di un paso al frente, que hizo que me introdujese en la tienda. Al cruzar el umbral, noté que alguien me agarraba y el supuesto emisario me aferraba las manos y las ataba. De las sombras surgieron varios hombres encapuchados y, en medio de ellos, Enol, apresado.

En la tienda aleteaba un pájaro blanco de ojos amarillos.

Supe la verdad, Lubbo estaba allí bajo el toldo, y sentí el mismo terror ciego que cuando el druida me torturaba para conseguir la confesión del secreto. Sonó junto a mí su odiosa voz y, entonces, me di cuenta de que el hombre que había atrapado a Enol era Ogila.

Lubbo me sujetaba con fuerza, y me hacía daño.

—Me darás la copa —musitó Lubbo amenazando a Enol—, me darás la copa o mataré a la mujer, y sé que ella es preciosa para ti. Tu culpa va unida a ella.

Enol estaba demudado, blanco de miedo y de angustia.

—Déjame ir —gemí.

—No la toques —gritó Enol.

—La mataré si no hablas.

—Déjala, Lubbo, te lo pido por el Dios de nuestros padres, ella no sabe nada. La copa está en el norte, con Aster y los montañeses. La dejamos allí.

—No. Tengo espías. Además siento su poder cerca. Si la copa hubiera estado en Albión la habrían utilizado para sanar cuando tantos murieron en el asedio al castro. —Lubbo calló, y miró a Enol con su único ojo lleno de maldad—. Sí, muchos murieron y lo hicieron por tu culpa.

—No fue mi culpa.

—¿Ah, no? El viejo Alvio, lleno de buenas intenciones, el favorito de los druidas, el mejor dotado. ¡Cuánto mal has hecho! Eres débil, traicionaste la fe de tus padres y abrazaste esa secta cristiana, después desertaste de esa nueva fe por servir a una mujer, más tarde vendiste a Aster.

—No, eso no fue así —se defendió Enol.

Sentí compasión hacia el antiguo druida, Lubbo clavaba sus palabras de hierro en la conciencia atormentada de mi tutor.

—Yo sé todo sobre ti, puedo torturarte pero sobre todo

puedo decir muchas cosas delante de ella. La mataré si no me dais la copa.

—Siempre has sido cruel. Cruel y malvado. Un asesino de niños, con tu conducta mataste a nuestro padre.

Lubbo no pareció inmutarse ante los insultos de Enol; con total frialdad contestó:

—Sí. Me gusta ver sufrir, siempre me gustó. Tú me llamas malvado pero yo sé que soy fuerte, hago lo que quiero realmente. Tú no. Intentas mantener unos principios leales, a no se sabe quién, pero no los sostienes. Juraste a nuestro padre que me educarías y no lo has conseguido. Traicionaste tus elevados principios yendo detrás de una mujer que no te amaba. Perdiste al hijo de Nícer, y destruiste a la ciudad de la que procedieron tus antepasados. ¿No es así?

—¡No! No fue así, no fue así. No le oigas —gritó Enol suplicante dirigiéndose a mí—. No, no, no le oigas.

—No grites —susurró Ogila apuntando al cuello de Enol con una daga.

—Sí —habló Lubbo—. Ya está bien de tonterías, danos la copa y nos iremos.

Miré a Enol, daba la impresión de que Lubbo había aireado todos los fracasos de la vida del antiguo druida y con ellos le acosaba. Sí. Los infortunios de la vida de Enol parecían revolotear como fantasmas en la estancia aplastando a mi tutor. De nuevo, sentí más compasión por él que miedo ante lo que se estaba produciendo. Era ajena al temor porque desde hacía más de tres lunas yo me sentía muerta, extraña a cualquier sufrimiento mayor que el que había padecido.

—Date prisa, o la mataremos.

Sentí el puñal de Lubbo junto a mi cuello, noté dolor y un hilo de sangre descendió por mi cuello, manchándome el vestido.

—¡No toques a la mujer!

—¿Por qué no he de hacerlo?

Clavó el cuchillo un poco más y sofocó mi grito con la mano. Entonces Enol habló como sollozando:

—Te daré lo que quieres.

Lubbo aflojó la presión sobre mi cuello y habló con aparente afabilidad.

—Así me gusta, hermano.

—Suéltame primero.

—No. No lo haré, conozco tus tretas. Señala a Ogila dónde está la copa.

Enol dudó. Lubbo volvió a apuntarme con el cuchillo al cuello.

—Habla ahora mismo, no hay tiempo que perder. Ella morirá.

Entonces Enol señaló un arcón a un lado de la estancia.

—Abre ese arcón.

Ogila abrió el arca y comenzó a revolver en su interior, salieron las hierbas y las sustancias que el druida usaba para curar.

—¡Aquí no hay nada...! Nos tomas por idiotas.

Lubbo volvió a pincharme el cuello con más fuerza. Entonces Enol habló:

—Presiona un herraje de hierro que está en la derecha del arca y empuja el fondo del arca por su parte más distal.

—Tú lo harás —dijo Lubbo—. Ogila, suelta las ataduras de Alvio.

Ogila liberó a Enol de sus cadenas y Enol se dirigió al arca y realizó unas maniobras, entonces el doble fondo del arca cedió en uno de sus lados. De allí, Enol extrajo la maravillosa copa ritual, la copa ritual de medio palmo de altura, exquisitamente repujada con base curva y amplias asas unidas con remaches con arandelas en forma de rombo y fondo de ónice. Lubbo se sintió como subyugado por su visión y me soltó al cuidado de uno de los hombres de las sombras. Se abalanzó sobre la copa y la arrancó de las manos de Enol. Entonces, la elevó hacia el cielo, triunfante; sobre él voló el pájaro blanco. Después cerró el arca, y depositó la copa sobre ella y se arrodilló. A continuación, Lubbo metió la mano por dentro de la túnica oscura que vestía y extrajo una joya ámbar que pendía de una cadena, acercó la piedra preciosa a la copa y la puso en un lugar donde parecía haber pertenecido siempre. Entonces gritó de júbilo.

—¡Es la copa sagrada de los druidas! La que he buscado tanto tiempo, la que me permitirá ser un hombre completo otra vez.

Enol se debatía apresado por uno de los esbirros de Lubbo.

—No debes usarla —dijo Enol—, sólo los dignos pueden beber de ella.

—Y tú, Alvio, ¿has sido digno alguna vez?

—Nunca la usé para mi provecho personal —dijo Enol; después calló y bajó la cabeza, angustiado.

En aquel momento, Lubbo, fuera de sí, acuchilló a su hermano en un costado. Enol se desplomó. Después, olvidando cualquier precaución, gritó a los que le acompañaban:

—¡Vino! Necesito vino.

Uno de los encapuchados le acercó una crátera con vino tinto. Lubbo, delirante de triunfo, tomó la copa sagrada, mezcló la sangre que salía del costado de su hermano y la introdujo en la crátera extrayendo una cierta cantidad de vino, después bebió ávidamente. Cerró los ojos, el ojo que veía, el otro, ciego y con un resplandor rojizo; se concentró en sí mismo y habló:

—Tú, divinidad del mal, a quien siempre he servido, para quien he conseguido la copa de mis mayores, la copa de la que el Cordero bebió, ¡cura mi mal!

El búho revoloteaba en la sala. Se oyó fuera un relámpago, el sonido de una tempestad que se alejaba. El pájaro carroñero ululó con un sonido lóbrego y comenzó a aletear en el aire. De pronto, sus alas dejaron de moverse, y antes de que cayera al suelo se deshizo en un humo negro.

Entonces Lubbo, replegándose sobre sí mismo, gritó:

—Mi dios me ha abandonado.

Entonces se encogió y comenzó a retorcerse, la espuma salía por su boca y sus miembros se desperezaban en una y otra posición, emitía ruidos guturales. La estancia se llenó de horror, no se oían las respiraciones de los hombres. Finalmente, Lubbo se revolcó sobre sí mismo, y por último se estiró rígido. Su espíritu había huido de él. Me fijé en su cara, cérea, y en su ojo tuerto en el que ya no brillaba el resplandor rojizo.

En aquel momento, el hombre que me había capturado, preso de un pavor supersticioso, me soltó. Al notarme libre me revolví contra él y pude darle una patada, el hombre se retorció de dolor, se agachó y soltó el cuchillo, yo lo pude coger en el suelo y con él acuchillé a mi captor. Mientras tanto Ogila, espada en alto, se dirigió hacia la copa con ánimo de tomarla. Enol abrió los ojos. Herido e indefenso, Enol, llamado Alvio entre los druidas, miraba el rostro muerto del que había sido su hermano. Mientras tanto, yo logré alcanzar una de las antorchas que ardían en la estancia y la lancé contra la cara de Ogila. El fuego le dio de lleno en el rostro. Él se retiró hacia atrás gritando, de modo que la antorcha se estrelló contra la lona de la tienda. Las llamas comenzaron a subir hacia el cielo, y todo el campamento godo se despertó. Los hombres que nos rodeaban en las sombras huyeron. Cuernos y trompas comenzaron a sonar por doquier. Al oír el cuerno de caza y los gritos en la tienda de Enol, varios soldados godos entraron en el entoldado que ardía por todas partes. Me acerqué a Enol, estaba muy pálido, casi no podía respirar, y sólo articuló una palabra:

—¡La copa!

La copa yacía en el suelo a un lado del cadáver de Lubbo, brillaba de una forma extraña, el interior estaba limpio como si nunca se hubiese bebido vino en ella. Las llamas nos rodeaban, Enol extendió el brazo y cogió de mis manos la copa, con ansia. Entonces yo lloré sobre él y dije:

—Vámonos, vámonos de aquí; si no, moriremos.

El humo me asfixiaba, arrastré a Enol, que intentó levantarse pero volvió a caer al suelo. En aquel momento, Ogila, enfurecido, me golpeó por detrás y ya no vi más. Sólo una luz blanca similar a cuando entraba en trance, pero yo sabía que aquello no era una de mis crisis que tiempo atrás habían cedido. La luz blanca me atraía; me llevaba fuera de mí, hacia las estrellas. Desde lo alto, tuve la visión del campamento godo, con sus fuegos y la tienda de Enol ardiendo. Mi espíritu sin nada que lo sujetase huyó al norte, vi a Aster y a Nícer, vi a Uma, a Mehiar. Les vi con los ojos del espíritu llegar a Ongar, yo no quería regresar a mi cuerpo, sino ir con ellos y quedarme con ellos para siempre pero, desde la luz, alguien me decía que aún no era el tiempo de partir.

Volví en mí, noté el frescor de la noche. Nos habían arrastrado fuera de la tienda, a mí y a Enol. Sentí que no podía mover mis miembros. A mi lado, unas voces en el amado dialecto de los albiones decían que yo había muerto, no podía verles ni hablar con ellos. Sufría. Oí a mi lado a alguien, un hombre joven, sollozar.

—¡Jana! Vuelve.

No reconocí la voz, aunque me era familiar. Después oí a otra persona que decía:

—Ha muerto. Ha muerto.

—¡Vámonos! Vienen los godos.

Oí pasos que se alejaban en la noche. Pasó el tiempo. Por fin pude abrir los ojos y comencé a mover los miembros. Al recuperar la fuerza, lo primero que hice fue buscar con ansia a los que habían hablado en el dialecto cántabro, pero a mi lado no había ya nadie, sólo Enol tumbado en el suelo junto a mí.

Acudieron más soldados y los capitanes al lugar donde había estado la tienda de Enol; entre ellos se encontraba Leovigildo, pero las llamas les impedían el paso. Entonces me incorporé y sentada en el suelo, me apoyé en una mano. Busqué con la mirada a Enol, él seguía a mi lado recostado y agarraba con fuerza la copa. El aire fresco de la noche nos reanimó. Las llamas de la tienda ardiendo se elevaban cada vez más altas hacia el cielo y conformaban apariencias desiguales y extrañas. Me pareció que las llamas formaban la figura de un enorme pájaro, quizás un búho.

Oí a mi lado la voz de Enol que volvía en sí.

—Todo ha concluido. Fue él quien lo quiso. Yo intenté avisarle. «El que bebe el cáliz del Señor indignamente come y bebe su propia condenación.»

No entendí las palabras de Enol, imaginé que se referían a Lubbo, porque no sabía quién era aquel Señor del que él hablaba. Alrededor de la hoguera de lo que había sido la tienda del druida, se situaban los hombres godos en un silencio respetuoso. Parecía oírse quejidos de dentro de la hoguera.

Leovigildo se dirigió hacia mí:

—¿Estáis bien, señora?

Asentí. Me sorprendió que Leovigildo se preocupase por mí, pensé que lo hacía cuidando de una propiedad más de las suyas, pero realmente su faz era más afable que otras veces. Después se acercó a Enol y observó su aspecto.

—El viejo Juan de Besson está grave... mandaré a los físicos.

Me levanté tambaleándome y supliqué:

—Permitidme, mi señor, que acomode a mi tutor en la tienda en la que habito.

—Sea como deseáis —dijo, inclinando la cabeza, y se fue a valorar los daños que el incendio había causado.

Enol mostraba una gran palidez, revisé su herida y comprobé que era profunda, atravesaba las costillas y se hundía en el pecho. El resentimiento que en los últimos tiempos yo había albergado contra Enol se desvaneció. Lo ocurrido había cambiado mis disposiciones hacia mi antiguo tutor. El pasado se hundía en la noche, amanecía en mí un afecto compasivo hacia el anciano druida que de niña me había cuidado y ahora me necesitaba. Todo el odio de las últimas semanas me abandonó, y recordé que Enol había sido durante años mi padre.

Acomodé al druida en un lecho en la tienda que compartía con las mujeres de mi séquito. Ellas miraban sorprendidas. Le examiné detenidamente, la herida había atravesado el pecho del viejo druida, pero no había alcanzado el corazón. Si la fiebre le atacaba, no habría remedio. Era extraño que Lubbo no hubiese alcanzado el corazón, quizás estaba escrito que él no iba a causar la muerte de Enol o quizás el propio odio y la ansiedad por la posesión de la copa habían desviado el cuchillo de Lubbo.

Examiné a Enol delicadamente. Al notar mis manos suaves y afectuosas sobre su pecho, abrió los ojos y me sonrió mansamente. Yo le dije:

—Te curaré.

—Ni la pócima más maravillosa podría curarme.

—Utilizaré la copa.

—¡No! —dijo Enol asustado—. Mi mal no tiene cura, y la copa no debe ser utilizada, yo la usé y lo hice mal. La copa ha sido consagrada y no debe ser empleada más que en el ministerio sagrado.

Hablé con firmeza:

—La copa puede utilizarse para el bien. Otras veces se ha hecho.

—Mira lo que ha ocurrido con Lubbo.

Le interrumpí:

—Tú no eres Lubbo. Lubbo era sanguinario, su maldad se volvió contra él. Algo en él estaba torcido, bebió con afán de dominio y burlándose de lo que representa esa copa, que por lo que puedo comprobar es la pureza de vida. Yo utilizaré la copa con hierbas de curación. La copa ha sanado a otros. Y tú no eres diferente de ellos.

Enol no habló, me miró sorprendido, se asombró de que yo me diese cuenta de algunos aspectos de la realidad que él consideraba vedados para mí.

Me dirigí al arcón donde anteriormente había guardado la copa. Lo abrí y al tocarla temblé. Era muy hermosa, tenía una belleza que subyugaba, en el fondo de la copa refulgía un brillo de ágata rojo oscuro que atraía la mirada. Coloqué la copa encima del baúl, y sin saber por qué, me arrodillé ante ella. Oré al dios para el que hubiese sido consagrada y noté que a aquel dios, mi oración le agradaba. Enol me miraba, sorprendido y en silencio.

Después me incorporé y salí de la tienda; hablé con la servidumbre, solicité las mismas hierbas y raíces que tiempo atrás habían curado a Aster. Los criados de la comitiva me observaron con sorpresa, siempre habían creído que yo era falta de mente o, a lo mejor, muda; pero al verme mandar con decisión, me obedecieron sin reparos. Preparé la pócima tal y como lo había visto hacer tiempo atrás a Enol, la misma pócima que curó a Aster y a Tassio.

Él se mostraba pesaroso de haber aceptado utilizar la copa, intentaba una y otra vez disuadirme. Yo no entendía por qué Enol se negaba a usarla. Él decía que se estaba muriendo y que no merecía la pena gastar todo aquello en un viejo moribundo, pero yo no le contestaba y obraba. Calenté el agua, vertí las hierbas y la estancia se llenó de una fragancia suave, Enol abrió los ojos agradecido.

Vertí la poción en la copa, y la calenté lentamente al fuego, las criadas me observaban extrañadas. Le di a beber el brebaje a Enol. Noté que se relajaba, y que se sentía confortado por el bebedizo. Después, me retiré en silencio, a un rincón en la tienda, y le dejé descansar. Durante horas velé su sueño, un sueño agitado en el que hablaba de Lubbo, de su padre, de Nícer y sobre todo llamaba una y otra vez a mi madre. Agotada, apoyé la cabeza entre mis rodillas, sentada en el suelo con las piernas flexionadas. Entonces me hundí en un sueño profundo.

En la madrugada, Leovigildo se acercó a la tienda de Enol. Había corrido por el campamento que la mujer callada, la sin mente, había preparado un bebedizo para una herida mortal.

Amanecía cuando el duque godo entró en la tienda de Enol, y yo dormía a los pies de mi antiguo tutor. Con sobresalto escuché la voz de Leovigildo:

—¿Qué haces?

—Le intento curar.

—Y tú, ¿qué sabes de curaciones?

—Sabe algo —dijo Enol suavemente—, yo le enseñé y en Albión curó a muchos.

Leovigildo no dijo nada. Muchas veces pensé que su cara era como una máscara que no revelaba nada del interior; sin embargo, me dejó hacer.

Aquel día, cuando el sol estuvo alto en el horizonte, Leovigildo ordenó iniciar la marcha y proseguimos el camino hacia el sur, Enol iba en unas parihuelas. Con frecuencia me acercaba a atenderle. Ya no le guardaba rencor por todo lo ocurrido, quizá debía haber sido así, quizá yo era un estorbo para Aster y lo que estaba sucediendo, lo mejor para los dos. Un dolor sordo de vez en cuando me atravesaba el pecho; me dolía mi hijo criado en manos ajenas a las mías, y echaba de menos desesperadamente a Aster, pero ahora, tras la visión, en mi corazón había paz. Intentaba no mirar al pasado, pero el sufrimiento más hondo no era el del recuerdo que lentamente se desdibujaba en mi memoria, que la visión había curado y había convertido en padecimiento lleno de amor. Lo peor para mí era Leovigildo, el rechazo visceral que me producía su presencia. Aquel hombre rudo y descortés me ofendía continuamente. Sin embargo, tras la agresión a Enol, cambió en algo su actitud para conmigo. Era más amable y volvió a acercarse a mí. Ya no me consideraba falta de mente, intentaba hablarme pero yo no sabía qué responderle la mayoría de las veces. Sentía miedo ante su presencia, ahora que los cambios de una nueva gestación se iniciaban dentro de mí.

El camino cruzaba bosques de pinos altos y de copa redondeada, entre los pinos no había vegetación, vi correr conejos y liebres. A veces los soldados de la comitiva se alejaban para cazar alguno.

Durante el camino, pude rememorar de nuevo en mi mente la visión, y en ella sentí consuelo.

XXVII

Ongar

En mi visión los vi a todos.

Las montañas cántabras rodeaban a aquel pequeño grupo de personas, escapados de la masacre en Albión. Un hombre de rasgos endurecidos por el sufrimiento marchaba al frente, más atrás varios hombres jóvenes; después los niños y las mujeres; entre ellas una mujer con el cabello suelto al viento y una expresión enloquecida. Detrás, cerrando la comitiva, un monje y, junto a él, varios hombres armados cerraban la retaguardia.

Aster caminaba erguido, sus ojos se perdían en la lejanía. Al acercarse a las montañas, el cielo, antes azul, se cubrió de nubes. Comenzó a lloviznar, caía un agua fina que no empapaba las ropas. A los fugados de Albión les llegó el olor de la tierra mojada. Las mujeres tenían esperanza en sus corazones, sentían que después de la ida de la mujer baltinga, sus hijos estarían seguros. Poco a poco la lluvia se hizo más intensa y enfangaba el camino pero se dieron cuenta de que también borraba sus pasos. Todos pensaban que estaban ya salvados, sin embargo Aster mantenía todas las precauciones, temía ser seguido por los godos. De vez en cuando, enviaba algún hombre detrás para asegurarse de que nadie los perseguía; y sobre todo quería, por todos los medios, que los caminos a Ongar permaneciesen ignorados.

La vereda se elevó lentamente, se hizo más irregular, a

retazos el camino dejaba de serlo, las gentes se guiaban por el instinto de Aster y de los hombres de Ongar que marchaban precediendo la comitiva.

Se oían suspiros y algún lamento por el cansancio, a menudo les arañaban los zarzales. Aster no permitía el descanso, aunque alguna de las mujeres se quejaba. Ordenó que los hombres más fuertes tomasen sobre sus hombros a los niños. Uma no quiso que Aster llevase a Nícer, Aster no se enfrentó a ella sino que acarició a su hijo suavemente en el pelo y lo dejó estar en el regazo de Uma. Mailoc observó aquel gesto de Aster y sus ojos se tornaron brillantes, sonrió bajo sus blancas barbas.

Al llegar a lo alto de la montaña, el camino se dobló en una curva, al otro lado se abría un enorme precipicio donde, rugientes, corrían las aguas del Deva. De frente se extendían los Picos de Europa, las nieves perpetuas cubrían algunas de las cumbres, y aunque el cielo estaba cubierto, las nubes se hallaban altas. El ambiente, por la lluvia, era transparente y límpido. Brilló un rayo de sol sobre las hojas de los castaños.

Se detuvo la marcha y Tilego, que caminaba en la retaguardia, se adelantó situándose al frente, junto a Aster. Éste apoyó la mano en el hombro de Tilego, y con el otro brazo señaló al frente un desfiladero entre montañas, en el que había un bosque de robles.

—Estamos cerca —dijo—. Bajaremos la torrentera y allí encontraremos el paso de montaña.

—Me preocupan las mujeres y los niños.

—Descenderemos despacio y los ataremos con cuerdas.

Aster apretó con su mano el hombro de Tilego, él percibió la fuerza de su príncipe y se dio cuenta de que Aster no pensaba en sí mismo, sino en cómo conducir lo que restaba de su pueblo sano y salvo hasta Ongar.

—Entonces ¿estás bien?

—Sí —respondió secamente Aster, sabiendo a qué se refería.

Después su rostro comenzó a mostrar de nuevo dolor.

—Tenemos que llegar a Ongar —continuó Aster—. ¿Sabes? Se lo debo a ella. Ella se fue para que siguiésemos libres. Yo debo conducirles a Ongar. Mailoc dice que si pienso en mi propio dolor no podré realizar la misión que me corresponde, por eso no pienso en nada más que en llegar a mi destino y no miro atrás.

Quizás avergonzado por mostrar sus sentimientos, Aster se alejó de Tilego, y comenzó a distribuir a las gentes para la bajada. Primero lo harían los hombres más fuertes que abrirían el camino. Tilego, Aster, Fusco y Lesso quedarían detrás ayudando a bajar a las mujeres y niños. Algunos de los hombres cargaban sobre su espalda a los niños.

Las mujeres protestaban.

—Nos vais a matar; yo nunca bajaré por ahí.

Aster con paciencia respondió a una mujer voluminosa, una comadre de Ongar de la familia de Ábato.

—Señora Maína, os llevaremos nosotros mismos. No miréis. No hay otro camino. Eso o los godos.

La mujer se resistía, diciendo:

—Hemos superado el agua y el fuego y ahora vamos a morir en este acantilado.

—No. No vas a morir.

Suavemente Aster cogió a la matrona y rodeó su cintura con una cuerda, después la empujó hacia el acantilado, ella gritaba como un cochino en la matanza.

—Como siga gritando así, van a acudir todos los godos y los suevos de las montañas —dijo Tilego.

Aster asintió pero no le contestó porque se hallaba ocupado con el descenso de la mujer.

—Cuidado con la pared —gritaba Aster—, apartaos de las rocas con las manos. Tú, Tilego, ayúdame, que no puedo con el peso.

Maína fue descendiendo lentamente, con las manos se apoyaba en la pared, de cuando en cuando gritaba. El talud tendría la altura de unos veinte hombres y el descenso se hacía penoso. Al llegar abajo fue recogida por los que ya habían llegado, le quitaron la cuerda, que se izó rápidamente.

Aster se volvió al resto de las mujeres.

—Os iremos bajando poco a poco. Es capital que no gritéis. Estoy seguro de que hay godos que aún nos persiguen. Si hemos bajado a Maína, podéis hacerlo todas.

Las mujeres asintieron animadas por sus palabras. Una a una fueron bajando; entonces le llegó el turno a Uma, que apretaba a Nícer contra sí. Al ver la actitud de Uma, Tilego habló:

—¿No crees que es peligroso que la demente baje a tu hijo?

Aster miró a Uma atentamente, después en voz suave y convincente se dirigió a ella.

—Uma, te vamos a hacer bajar por esta escala, no debes soltar al niño.

—No soltar al niño —dijo ella.

—Si no estás segura, lo ataremos.

—Ataremos —repitió.

Uma sostenía el niño muy fuerte contra su pecho, pletórico por la lactancia. Aster intentó retirar a Nícer, pero no fue capaz; entonces, tomó la cuerda y la enrolló en torno a los brazos de Uma que abrazaban al chico, ella le dejó hacer.

Sorprendentemente, la bajada de Uma fue fácil, la descendieron de espaldas a la pared con el niño al frente. Ensimismada en su mundo, para ella todo lo que no fuera el niño le era ajeno.

Al verla en el suelo con el niño sano y salvo, Aster respiró aliviado. Habían bajado todos, el último fue el monje Mailoc, que había realizado la señal de la cruz sobre su rostro antes de ser lanzado, después descendió musitando oraciones y con una palidez cérea en el rostro. Sólo quedaba Ulge. La mujer se resistía y Aster se tomó un tiempo en convencerla. Cuando comenzó a descender por el acantilado, oyeron gritos en el bosque, unas sombras negras cruzaban la foresta. De repente, por el camino por donde habían subido, asomaron los cascos oscuros y brillantes de una docena de soldados godos; quizás atraídos por los gritos de los que habían ido bajando. Soltaron rápidamente a Ulge, que cayó en brazos de los hombres de abajo.

En el borde del acantilado, sólo quedaban ya Aster, Tilego y los de Arán: Fusco y Lesso. Aster desenfundó su espada, que brilló al contacto con la luz del día y emitió un ruido áspero al salir de su vaina. Los otros hicieron lo mismo, Fusco tomó su arco y apuntó contra los godos, cubriéndoles de flechas. El camino de llegada de los godos era estrecho y ellos iban penetrando de uno en uno en el lugar donde se habían refugiado los cántabros. Los hombres situados en la parte baja del precipicio observaban con horror aquella lucha desigual; querían subir para ayudar a su señor pero la pared era difícil de escalar. Algunos de ellos que comenzaban a trepar por la pared resbalaban y volvían abajo.

Aster rechazó a uno de los godos, un guerrero corpulento que avanzó gritando hacia él con la espada en alto. El príncipe de Albión se agachó justo en el momento en que lo embestía y le atravesó el vientre; a su derecha avanzaba otro que él no había visto, pero Lesso detuvo el asalto; mientras tanto Tilego se abalanzaba contra un tercero. La batalla continuó desigual, pero entonces algunos de los hombres en la parte baja del precipicio consiguieron subir trepando por las rocas. Los enemigos fueron rechazados. Al final, Aster y sus hombres estaban rodeados de cadáveres.

—¿Han muerto todos?

—Sí, mi señor.

—Las entradas a Ongar nunca han sido descubiertas y no pueden quedar enemigos vivos. Rastrearemos el bosque hasta asegurarnos de que nadie ha huido.

En la parte alta del precipicio quedaban seis hombres, se dividieron y rastrearon el bosque de alrededor. Los godos eran una partida de unos doce soldados, y no parecía que ninguno de ellos hubiese sobrevivido.

Aster preguntó a Tilego:

—¿Quiénes crees que son?

—No son del grupo que atacó Albión, vestían de un modo distinto. Tampoco son los que acompañaban al druida.

—Han mandado refuerzos —afirmó Aster.

Tilego asintió.

—Sí. No te equivocas. Aster, has pensado correctamente, es posible que los godos hayan iniciado una nueva ofensiva contra el reino suevo en la que estamos incluidos nosotros.

—En ese caso, buscan someter las tierras del norte para conseguir el oro. El sacrificio de... de ella... ya no tiene valor, no nos dejarán en paz.

—No. No es así. Jana entendió que la buscaban como señuelo y que cualquier lugar donde ella estuviese sería atacado. Ongar peligraba. Ahora no atacarán Ongar o no lo harán de un modo inmediato y eso nos da tiempo a rehacer los castros.

—El tiempo de los castros ha acabado ya, Tilego, no aguantan las catapultas y las teas incendiarias.

En aquel momento regresaron los rastreadores, entre ellos Lesso y Fusco.

—Mi señor, no podemos dejar estos cadáveres aquí, señalarán el camino a Ongar —dijo Lesso.

Lesso volvía a ser el de siempre, parecía haber olvidado aquel resentimiento que había albergado contra Aster tras la muerte de su hermano Tassio. Aster se dirigió a él con un tono de voz suave, contento por su cambio de actitud.

—Sí, Lesso, tienes razón. Los enterraremos, debemos irnos y llegar a Ongar cuanto antes.

Empujaron los cadáveres por el precipicio. Las mujeres gritaban, tapando el rostro de sus hijos. Después, Aster y el resto descendieron precipitándose por la pared, agarrándose a las grietas, no querían dejar una escala atrás que marcase su rastro. Pronto estuvieron en el suelo. Allí les recibieron con gritos de júbilo. Al llegar abajo cavaron una fosa junto al río donde enterraron los cadáveres.

—Adelante —dijo Aster—, debemos caminar deprisa. ¡Nos estarán buscando! Seguidme todos. Que los hombres carguen con los niños.

Aster se introdujo en las aguas del Deva, cruzó el río, saltando entre las piedras o metiéndose en la corriente. Al llegar al otro lado, el espacio era más amplio y las paredes del precipicio se alejaban. En el estrecho paso entre las montañas fluían las aguas del río con fuerza. Las mujeres caminaban con torpeza, sus largas faldas eran arrastradas por la corriente. Llegaron a la otra orilla y siguieron el curso del río hacia delante. Entre las montañas volaban varias aves rapaces, no podían distinguir si se trataba de águilas o de buitres, hacían círculos en el aire buscando una presa. Más adelante, el desfiladero se ensanchaba y un bosque de cipreses, rodeado por paredes calcáreas, los acogió.

—Me alegro de haber llegado a este bosque. Junto al cauce del río hubiéramos sido un blanco fácil para los godos —dijo Fusco a Lesso—. Nos podrían haber asaeteado desde arriba sin posibilidad de defensa.

—Ya queda poco para Ongar.

—¿Sí?

—Creo que sí. Yo nunca he venido por aquí. Aster ha buscado un camino que no pueda encontrar nadie.

Llegaron al final del bosque, aparentemente ya no había camino, sólo la cascada. Entonces Aster atravesó la cortina de agua que caía con fuerza desde arriba. Los otros empujaron a las mujeres y los niños. A través de las aguas de la torrentera llegaron de nuevo a un talud pétreo. Las nubes se habían entreabierto y un rayo solar reverberaba en el agua. Al otro lado de la cascada, en la pared, se abría una senda labrada por el hombre. Unos toscos peldaños ascendían por la roca. Aster subió por ellos y los demás lo siguieron. El camino se transformó en una gradería de escalones desiguales que subían sin cesar. Oían las voces de los hombres resoplando.

—Aster, las mujeres se quedan atrás.

—No importa, este camino ya es seguro, así correrán más. Pronto encontraremos a los vigías de Ongar.

A veces, al ascender tropezaban con los cantos del camino y se formaban pequeños desprendimientos. En la pared, crecían plantas rugosas de largas raíces que se introducían en las rocas. Fusco y Lesso resoplaban. Más allá, la montaña seguía ascendiendo y el Deva se volvía a precipitar en otra cascada de aguas espumosas. Al ver a su jefe detenido, los demás continuaron ascendiendo, pero más despacio, para tomar fuerzas. El cabello oscuro y largo de Aster ondeaba al viento, junto a él estaba Tilego.

Mailoc se adelantó y al llegar a la cumbre abrazó a Aster, después miró hacia donde las aguas del Deva caían, cerca de una amplia cueva, la Cova de Ongar, donde una construcción de piedra estaba coronada por una cruz. Durante un segundo el monje miró hacia atrás al lugar por donde los supervivientes del castro del Eo ascendían y musitó una oración; se abrazó a los huidos de Albión y se despidió; después por un camino estrecho entre las rocas se dirigió al cenobio, donde sus hermanos en la fe lo esperaban.

El grupo de fugitivos fue llegando a la cumbre. Al antiguo emplazamiento cántabro, al lugar donde nunca habían llegado las hordas bárbaras, al santuario entre las montañas.

Yo lo vi con ellos.

Cerrado a la mirada de extraños, el castro de Ongar se situaba junto a un arroyo que fluía del Deva. En el centro, una zona interior amurallada se rodeaba de un pequeño barrio exterior; a todo aquel conjunto lo envolvía el antecastro, compuesto por varias fortificaciones de piedra y adobe que circunvalaban ambos espacios. Las murallas llegaban hasta el río y se doblaban sobre sí mismas para, a través de un corredor, formar el camino de entrada, salvaguardado por dos torretas donde se situaban los vigías. Las casas del castro eran circulares. Por fuera se extendían las tierras de labor con las mieses altas para la siega.

Ongar era un lugar diferente a cualquier otro. Las antiguas fortificaciones habían sido destruidas en muchos puntos, pero no por las guerras, que nunca habían llegado a aquel lugar, ni por descuido. La paz reinaba desde años atrás, y las defensas no eran necesarias; las montañas proporcionaban la más fuerte salvaguardia natural. Los habitantes del valle habían tomado las piedras de las murallas para construir sus viviendas, que eran más altas, generalmente acompañadas de graneros y pajares, y distribuidas por las laderas de las montañas. Desde la altura vieron a las gentes ir y venir, muchos labraban los campos, las mujeres lavaban ropa en el río. Se escuchaban las sierras de los leñadores cortando árboles en el bosque. También se oían, ampliados por los ecos del valle, los juegos de los niños.

Aster se volvió a Tilego, y éste habló sonriendo:

—¡Al fin en casa!

—En casa, pero derrotados.

—No debes decir eso. Hemos salvado la vida.

—Pero hemos perdido a muchos.

—Sí —dijo Tilego sabiendo que la muerte no era la única pérdida.

Entonces Aster se giró y se acercó a Uma. De alguna manera, la demente comprendía que estaban seguros, y aflojó el abrazo que la unía a Nícer. Aster tomó a su hijo del seno de la loca, ella le dejó hacer; cantaba una canción antigua e incomprensible.

Aster habló:

—Hemos llegado a Ongar.

Todos vitorearon sus palabras y él levantó a su hijo por encima de su cabeza, el niño abrió sus bracitos y sonrió. Sus rizos dorados brillaron al sol.

—Mira, hijo mío, el lugar de tus mayores.

En el poblado los vigías vieron a la comitiva que descendía de las montañas e hicieron sonar los cuernos de caza. El eco devolvió su sonido y las gentes dejaron sus tareas para ver quién podría haber encontrado el camino hacia Ongar, lugar escondido en las montañas.

XXVIII

Emérita Augusta

Cruzamos campos en los que el trigo comenzaba a brotar verde en la naciente primavera, y después atravesamos montes, muy distintos a los de las montañas cántabras. Bosques con helechos de grandes hojas pero sin tojos ni plantas espinosas. Un frío seco y helador descendía desde alguna lejana montaña hacia la planicie y el cielo, de un azul intenso como yo nunca había visto en el norte, de cuando en cuando era cruzado por el velo translúcido de alguna nube. El camino se hizo empinado y después descendimos con dificultad. Atravesamos un río anchuroso y seguimos ruta hacia delante. Se abría ante nosotros un valle pleno de cerezos en flor, las nieves de las cumbres de las montañas se licuaban ante la primavera pero en las colinas del valle el blanco puro y aromático de la flor del cerezo se extendía por las laderas. La comitiva transitaba por la antigua calzada romana que unía Astúrica Augusta con Emérita, por allí había bajado el oro de las Médulas, y también la plata, así como el estaño procedente de las islas del norte. Ahora veíamos paisanos, labradores, algún noble rodeado de una comitiva y a veces monjes con un hábito que me recodaba el de Mailoc.

Atravesamos el Tajo por el puente romano de piedra que descansa sobre seis grandes pilares y está coronado a la mitad por un arco de triunfo. Desde la altura sentí vértigo al ver las aguas del río discurriendo tumultuosas bajo las grandes arcadas. El puente semejaba una pequeña colina sobre el río, ascendía un trecho y después volvía a descender. Al final, desde unas torres, los vigías que guardaban el puente saludaron el paso de la comitiva. En la caravana se hablaba que ya quedaba poco para llegar a Mérida.

Entramos en la gran ciudad por el norte, cruzando el puente de piedra sobre el río Albarregos, a nuestra izquierda; un gran acueducto construido con piedras milenarias abastecía de agua a la ciudad. No podía abarcar con mi mirada la altura del monumento y de las murallas. Al otro lado, junto al camino, campos de labor con hortalizas regados por el agua del río canalizada en acequias. Más a lo lejos, antiguas villas romanas fortificadas, con siervos trabajando en sus tierras. Mi hijo se estremeció dentro de mí cuando yo examinaba la urbe, pensé que a él también le sobrecogían con su majestad las edificaciones. Mérida tenía monumentos, alcázares, basílicas e iglesias que excedían a toda ponderación y una muralla como no habían hecho otra los hombres.

Me acerqué al lugar donde Enol, acostado, viajaba. Su gravedad parecía haber cedido y mostraba un semblante alegre.

—¿Has visto nada igual? —dijo.

Respondí suavemente al viejo druida:

—No, Enol, es la ciudad más grande que he visto nunca desde... Albión.

Entonces callé y él me cortó hablando rápidamente, intentando evitar que de nuevo el pasado se alzase entre nosotros.

—Albión no tiene comparación alguna, en el norte sólo hay salvajes. Éste es el lugar que te corresponde, donde serás reina y señora. Leovigildo, bien lo sé, llegará a ser rey. Es un hombre que por naturaleza es señor de las gentes.

Me entristecí al oírle hablar de aquellas cosas y me alejé de él. Mi alma, rota en dos, aún no podía soportar escuchar el nombre de la ciudad hundida bajo las aguas y de mi pasado tronchado, quebrado por las guerras. De nuevo, recordé el tiempo en el que hablaba con Aster de conocer otros mundos, me di cuenta de que había llegado a encontrar aquellos mundos por los que suspiraba de niña, a costa de romper con lo más amado de mi existencia.

Antes de entrar en la ciudad, hicimos un alto en el camino y me llamó la dueña. Doña Lucrecia quería que me situase en un carruaje abierto, arrastrado por un tiro de caballos, arregló mi cabello, me cubrió con un manto de piel suave.

Una vez cruzado el puente atravesamos los portones y la muralla ciclópea, después subimos por el decumanus, una calle ancha, con edificios de dos pisos, algunos de ellos guarnecidos por columnas de piedra. La calle amplia y mellada por las ruedas de los carros estaba cruzada por vías más pequeñas perpendiculares y rectas; por ellas salían los hombres y las mujeres a ver a los vencedores del norte. Vitoreaban al triunfador, eran un pueblo alegre, amante de las fiestas y los espectáculos. Más adelante entramos en los foros de la ciudad, pude ver basílicas de gran tamaño y lonjas de contratación. Los foros habían sido esplendorosos no mucho tiempo atrás, por lo que aún conservaban su solera, y aunque algunos edificios estaban deshabitados, la multitud bulliciosa atestiguaba que estábamos en el centro social de la urbe. A los lados de la plaza, los templos de los dioses paganos ruinosos se habían convertido en almacenes y casas de comercio.

Leovigildo cabalgaba al frente, muy recto, con su largo cabello rizado sobre la espalda y su abdomen ligeramente prominente distendido por el orgullo. Su cara de águila sonreía con satisfacción y expresaba la vanidad del vencedor. Dispuso que yo me situase junto a él en aquel carruaje abierto, alhajada con las joyas del tesoro. Una vez más, como a mi llegada a Albión, me convertí en un trofeo de guerra.

Detrás, en una gran carreta descubierta, se mostraban piezas de oro.

Los heraldos aclamaban:

—¡Salve al gran duque Leovigildo! ¡Vencedor de los bárbaros del norte! ¡Salvador de la hija de nuestro rey Amalarico!

Los hombres de la ciudad gritaban alegres al paso de la comitiva. Al llegar al foro, Leovigildo quiso pasar por debajo del arco de Trajano, cubierto de mármol, con inscripciones romanas a los lados. Posteriormente procedió a entrar en una de las basílicas que rodeaban los foros. Allí tuvo lugar un solemne acto de acción de gracias oficiado por un clérigo arriano. Todo era un espectáculo para servir a la alabanza del gran duque Leovigildo, dominador de los bárbaros del norte.

A continuación, escoltados por una multitud cada vez más nutrida, salimos de los foros y nos introdujimos en una calle que cruzaba la ciudad y descendía hacia el río. Al fin, junto a la muralla llegamos a nuestro destino, el palacio de los baltos. El ama me indicó que aquélla había sido la residencia de los reyes godos en su estancia en Mérida y que, por gracia de nuestro gran rey Atanagildo, volvía a pertenecer a la casa baltinga, sería mi casa y la de Leovigildo.

El edificio estaba construido sobre el antiguo templo de una diosa, con unas columnas a la entrada, que a mi vista parecían no tener fin. Al atravesar el umbral, penetramos en una sala espaciosa donde la servidumbre nos dio la bienvenida y nos rindió pleitesía. Dentro, un patio lleno de plantas de suaves olores al que se abrían los aposentos.

Enol fue transportado hacia una cámara amplia a través de cuya ventana se divisaba el río Anás y la llanura donde comenzaba a brotar el trigo. La estancia era hermosa, estaba estucada y tenía suelo de mosaico. Le acompañé hasta su lecho, donde, agotado del viaje, se dejó caer, durmiéndose enseguida. La servidumbre me miraba; ordené a uno de los criados que me inspiró confianza que atendiera al antiguo druida. Cerré las contraventanas por donde entraba la luz y la estancia quedó a oscuras, iluminada por las llamas de una chimenea que chisporroteaba al fondo.

El ama, solícita, me mostró el palacio. Subimos a la terraza que cubría el edificio y desde allí vi por primera vez el río Anás, anchuroso y de color azul brillante. El río, navegable, estaba cruzado por diversas embarcaciones: había naves griegas, galeras bizantinas, navíos similares a los que habían causado la ruina de Albión, posiblemente del ejército godo, barcas pesqueras... La luz lo llenaba todo y el agua refulgía.

Después me acompañaron a las habitaciones, muy cercanas a las de mi esposo Leovigildo. El lecho se hallaba dispuesto con finas telas y colgaduras en el dosel de la cama, el ambiente olía a flores. Los criados me saludaban con profundas reverencias. Todo era hermoso... pero yo estaba sola y tenía miedo a aquel a quien llamaban su duque y señor. Me quité las pesadas ropas con las que me habían vestido para la triunfal entrada en la ciudad, retirando a un lado el manto. Una joven doncella me ayudó a vestir una fina túnica de lana, y encima de ella una saya de satén rojizo. Al hacerlo sentí náuseas, noté el abdomen prominente y abultado por el embarazo, me mareaba y me recliné en el lecho. Escondí la cara entre las manos, y las lágrimas brotaron lentamente. Noté un pequeño golpe dentro de mí. Mi hijo se movía. «Será fuerte —pensé—, fuerte como su padre y desafiará al mundo.» Noté entonces que las fuerzas volvían a mí y me levanté renovada. En un rincón, en una gran fuente de plata había fruta. Comí algo sin ganas, temía a Leovigildo; después escuché sus pasos por el corredor. El ruido de sus botas y sus espuelas chocaba contra el suelo. Un escalofrío recorrió mi espalda.

Leovigildo estaba contento después de haber sido vitoreado en la ciudad, por sus triunfos en el norte, venía con aires de conquistador. Se situó en la entrada de la estancia con las piernas entreabiertas y los brazos apoyados en la cintura. Entonces me habló:

—Me obedecerás en todo y así cumpliré la promesa que hice a Juan de Besson; llegarás a ser reina entre los godos. Me debes respeto.

Leovigildo elevó la voz al decir estas palabras y después habló en un tono más bajo, pero quizá más amenazante:

—Sé que esperas un hijo. Confío en que eso te devuelva la sensatez. Si me desobedeces en lo más mínimo te quitaré al niño y lo educarán como corresponde a un descendiente de la dinastía baltinga.

Cuando Leovigildo abandonó mis estancias, sentí un gran abatimiento. El miedo me atravesaba la piel. Entonces decidí ver a Enol. Tras la muerte de su hermano había cambiado, quizás él pudiera ayudarme. Atravesé el patio central donde el agua manaba en el impluvium, hacía frío y una fina capa de hielo flotaba sobre el estanque.

Al entrar en la cámara de Enol, él se incorporó en el lecho. Sus ojos brillaban por la fiebre. Me di cuenta de que volvía a empeorar. Le ardía la frente. El lugar donde había penetrado el arma de Lubbo estaba de nuevo tumefacto y la respiración del druida se hacía fatigosa.

Recordé todos los conocimientos que el viejo druida me había transmitido. Pedí agua caliente y diversas hierbas a los criados y comencé de nuevo mi labor de sanadora, pero los remedios que le aplicaba no eran eficaces. La copa sólo curaba al que quería ser curado y Enol... ya no quería vivir.

—Estoy cansado.

Permanecí junto a su rostro cada vez más consumido día y noche. Afortunadamente, Leovigildo se mantuvo aquellos días muy ocupado. Lucrecia me informaba de las actividades que desarrollaba mi esposo y yo podía dedicarme a cuidar a mi antiguo preceptor.

Un día tosió y en el esputo había sangre, entonces ambos supimos que iba a morir. Nada más cabía hacer por él.

El antiguo druida sostenía una lucha interior. Quería revelarme algo. A veces me llamaba y cuando le preguntaba qué era, enseguida me respondía que no, que no era nada. Nada que precisase preocupación.

Pasaron los días, una mañana Enol me llamó de nuevo a su cámara. Parecía tener más fuerzas.

—Me has cuidado bien, niña.

Volvía a tratarme como cuando era adolescente en el bosque de Arán y aquello hacía que yo volviese a sentirme así.

—No sé si duraré mucho.

—¡Oh! No te vayas. Me dejas sola, me quedo sin nadie.

—Niña, ¡cuánto mal he hecho en mi vida! ¡No sabes cuánto! Presiento que se acerca la muerte y necesito estar en paz. Llama al obispo Mássona...

Me sorprendió aquella petición, conocía bien que Enol era un hombre religioso que adoraba al dios presente en la naturaleza, pero nunca hubiera pensado de él que conociese al obispo católico de la ciudad.

—¿Eres cristiano?

—Sí. Fui cristiano y fui monje, de una antigua orden a la que después traicioné y abandoné, como tantas cosas en mi vida. Estas manos que ves —y Enol extendió las suyas ante mí— un día fueron ungidas. Necesito ver a Mássona. Debe venir cuanto antes.

Salí de su cuarto y ordené a la servidumbre que buscara a aquel hombre al que reclamaba Enol. Los sirvientes no entendieron que mandase llamar a un clérigo de una religión a la que se consideraban extraños los godos.

Tras solicitar la presencia de Mássona, Enol cerró los ojos, fatigado. Le había supuesto un gran esfuerzo requerir el auxilio de una religión que durante los años de Arán había rechazado. Mi tutor guardaba un pasado lleno de un dolor, una pena albergada en el fondo de su mente, oculta por un esfuerzo de la voluntad que impedía que saliese al exterior. Algo de lo que se sentía culpable y ahora, cuando se sentía morir, pujaba por salir. Enol temía aquel momento, el momento de ponerse en paz consigo mismo, pero posiblemente lo había anhelado durante años. Atravesaba una gran tensión. Me situé junto a su lecho, velando su sufrimiento.

Transcurrieron las horas lentamente, hasta que se abrió la puerta de la estancia y apareció un hombre maduro de unos cuarenta años, con rostro varonil, recio, de músculos curtidos por el ascetismo. Era el obispo Mássona.

Al ver a Enol, no se sorprendió; me saludó con una inclinación de cabeza y sentándose en una jamuga cerca del lecho tomó suavemente la mano de Enol, le sonrió y dijo:

—Hermano, estoy aquí. ¿Qué deseas?

Enol tomó aire, con un gran esfuerzo, con voz ronca por la emoción habló:

—... confesar los pecados de una vida infame.

El obispo sonrió suavemente.

—Dios es clemente. Al fin has vuelto a Él después de tantos años.

—Sí, he vuelto a la fe que nunca debí abandonar.

Mássona hizo un gesto, indicándome que abandonase la estancia y yo me dispuse a irme; pero entonces Enol se hizo oír con esfuerzo.

—No te vayas.

—No me importa ya el pasado —dije—. Yo te he perdonado el mal que hayas podido hacerme.

Enol insistió:

—Debes oírlo, se lo debes a Aster y a tu hijo Nícer.

Palidecí, la herida que lentamente iba cicatrizando, la herida que yo había creído dormida, se abrió de nuevo con un dolor sordo. En mi mente resonó el cuerno de caza de Aster, vi su rostro pálido y dormido el día en que hube de abandonarle. De nuevo vi a mi pequeño Nícer en brazos extraños y, pese al consuelo de la visión, las lágrimas acudieron a mis ojos.

—Hermano Mássona, permite que esta joven escuche la confesión que quiero hacer de mis pecados. Ella es la principal víctima de lo que voy a manifestar.

—No es la costumbre entre los monjes celtas.

—Es necesario que sea así.

Mássona miró mi cara descompuesta y el rostro de Enol contraído por el dolor y finalmente aceptó. Así fue como el obispo de Mérida y yo fuimos testigos de la confesión en la que se relataba la vida del que entre los astures fue conocido como Alvio, aquel al que yo siempre llamé Enol, y entre los godos y francos se nombraba como Juan de Besson.

XXIX

Los celtas

—Nací en la ahora ya destruida ciudad de Albión; de la que, como bien sabes, fui origen de su caída.

Después de pronunciar estas palabras Enol guardó silencio durante unos segundos, y su expresión se tornó aún más dolorida. Los dos sabíamos cómo había caído Albión y durante un instante me pareció que entre nosotros se alzaba el mar ensangrentado y los muros de la ciudad sepultados por las olas. Luego, con gran esfuerzo, prosiguió.

—Yo era hijo de druida, nieto de druida, descendiente a través de varias generaciones de aquellos antiguos sabios que desde los tiempos remotos rigieron los destinos de los pueblos celtas. Durante centurias mi familia había vivido en Britannia, pero una antigua tradición hacía proceder a nuestro pueblo de las costas cántabras e, incluso más allá, del mar Mediterráneo, aquel que está en medio de todas las tierras; nuestro pasado se perdía en la noche de los tiempos.

Al oír aquellas historias me parecía volver a recoger moluscos junto al mar Cantábrico con Romila y recordar un tiempo que ya no era.

Enol se detuvo, tomó aire y con esfuerzo prosiguió.

—Nuestro pueblo era un pueblo numeroso de ojos claros y cabello castaño, gobernado por una estirpe noble que procedía de un dirigente denominado Aster. Pero los jurisconsultos, los médicos y los bardos procedían de mi linaje, del linaje druídico. Los druidas de mi familia descendían de la progenie de Amergin, maestro de todos los druidas. Poseedores desde siempre de una sabiduría ancestral en la que se adoraba a la Fuente de la Naturaleza, al Único Posible y se le daba culto en los claros de los bosques, en los lugares que Él, el Único, había mostrado. Aquel Único Dios prohibía los sacrificios humanos.

»Los antepasados de nuestra raza se originaban en el patriarca Jafet y nos transmitieron el culto al Único Dios. Pero con el contacto de los pueblos germanos, muchos degeneraron y comenzaron a adorar a múltiples fuerzas presentes en la naturaleza. Ése fue el principio de la idolatría. Después aprendieron las artes ocultas, así la magia blanca y limpia, fue sepultada entre los troncos de los árboles del bosque y sustituida por una magia negra y maligna.

»En tiempos del padre de mi padre, los bárbaros —anglos y sajones— llegaron en oleadas; cruzaron el mar del Norte e invadieron Britannia. La guerra, el fuego y el horror se extendieron por los poblados célticos. Los invasores robaban, violaban, mataban... Durante largo tiempo los hombres de mi pueblo, con la casa de Aster al frente, resistieron el acoso de las hordas del norte, pero éstas, al fin, destruyeron el poblado y mataron o secuestraron a las mujeres.

»El país se volvió inseguro, entonces los celtas albiones dirigidos por Aster y aconsejados por el padre de mi padre, huyeron al sur, emigraron desde las islas del norte a las costas cántabras. Allí construyeron la ciudad de Albión, que por entonces creímos inexpugnable, y se unieron, como sabrás, a las mujeres de las montañas de Vindión. El padre de mi padre tuvo un único hijo, que se llamó Amrós. Mi padre era sabio, un vidente capaz de discernir los corazones de las gentes que adoraba a Aquél, el Único Posible, el Dios de sus antepasados. Conocía las ciencias arcanas y los misterios del universo. Además, era recto y noble de espíritu, rico en dones de adivinación y curación. Había sido siempre fiel a las costumbres limpias de mi pueblo y odiaba la magia oscura que otros druidas habían forjado.

»Como sabrás, mi padre tuvo dos hijos, mi hermano Lubbo y yo. El parto de mi hermano Lubbo fue largo y complicado, nació deforme, con un pie zambo que produjo después en él esa extraña cojera. Para los celtas, amantes de la belleza, aquel pie zambo era la marca de una maldición, un deshonor. Algunos recomendaron a mi padre que tirase al mar a aquella criatura deforme; pero él no consintió en ello. Mi madre murió poco tiempo después del nacimiento de mi hermano, y mi padre le guardó fidelidad más allá de la muerte. Nunca pudo olvidarla. De algún modo, mi padre miró siempre a Lubbo como el causante de la muerte de aquella a quien tanto había amado.

»Durante mi infancia, no veíamos apenas a mi padre, siempre ocupado con asuntos del clan. Después, cuando crecimos, quizá ya era demasiado tarde. Amrós intentó enseñarnos la antigua doctrina que él había recibido de sus mayores, pero Lubbo era rebelde. Él siempre se creyó despreciado por mi padre —aunque no era así— y sufría. Para desquitarse de su dolor le gustaba atormentar a otros; le recuerdo martirizando animales desde niño, o escondiendo los aperos de los criados para hacerles quedar mal delante del druida, mi padre. Lubbo siempre fue sanguinario y brutal. Mi padre observaba su crueldad y sufría, intentaba por todos los medios ayudarle, y vigilaba. En aquel tiempo yo pensaba que mi padre prefería a Lubbo, pues siempre estaba con él; ahora, viendo todo lo que ha ocurrido, me doy cuenta de que conocía las carencias que había en él y sólo buscaba protegerle.

»El druida Amrós guardaba legajos antiguos que estudié con avidez; como cuando tú eras niña y leías los pergaminos junto al fogón en la casa de Arán. Aprendí por mí mismo sin dificultad, recuerdo que mi padre se enorgullecía de un hijo tan bien dotado. Él fue quien me advertía que las cualidades no las da la naturaleza para el propio uso personal, sino para emplearlas en beneficio del otro, y afirmaba que la auténtica sabiduría no se envanece de sus dones. A menudo me ponía de ejemplo ante Lubbo, que callaba hoscamente. Al llegar a la pubertad yo sabía ya cuanto debía saberse sobre las artes druídicas de mis mayores.

»Por entonces naufragó un barco en nuestras costas y mi padre reconoció en uno de los supervivientes a un viejo maestro druida de su juventud. Al anciano le acompañaba Romila, su hija, una mujer muy bella y sabia, y se asentaron en Albión. Mi hermano y yo frecuentamos su casa instruyéndonos junto a ellos. Se produjo una especial intimidad entre Romila y Lubbo. Mi hermano cambió durante un tiempo al contacto con aquella mujer ingeniosa y prudente. Con ella asimilaba los conocimientos que no había sido capaz de aprender con otros maestros y algo humano se abrió en él. Mi padre y yo nos alegramos.

»En aquellos tiempos de mi primera juventud, el cristianismo se difundía entre los pueblos de las montañas de Vindión. Las viejas teorías célticas perdieron adeptos y los hombres siguieron a los monjes, apóstoles que provenientes del sur, incansables, proclamaban la buena nueva. Por fidelidad a su orden y a sus antepasados, Amrós, mi padre, odiaba aquellas doctrinas y se desahogaba a menudo hablando con el padre de Romila. Los dos se inquietaban ante la pérdida de las tradiciones ancestrales de los celtas. Temían que sus hijos se alejasen de la luz del Único Posible. Entonces aquel hombre reveló a mi padre que en la isla de Man, un lugar entre las islas Eire y Britannia, aún subsistían maestros de la escuela druídica a la que pertenecían ambos. Le aconsejó que enviase al más dotado de sus hijos a aquel lugar, así mantendrían viva la fe y la ciencia en la que ambos creían.

»Recuerdo cuando en la fiesta de Beltene en presencia de todo el pueblo, presidido por el príncipe de los albiones, mi padre anunció al pueblo que sería yo quien iría a aprender las ciencias antiguas a la escuela druídica del norte.

»—Ha llegado el momento, entre los albiones, en que de nuevo exista un sabio filósofo. Cuando yo muera, guiará al pueblo de las montañas como en los tiempos antiguos y se opondrá a las nuevas doctrinas que traicionan al Uno, convirtiendo a un hombre ajusticiado en dios.

»Todos prorrumpieron en exclamaciones de júbilo. Pero Lubbo callaba.

»—Además, el Único —prosiguió mi padre— me ha revelado que la copa sagrada de los druidas volverá a nosotros, y será Alvio, mi hijo, quien la encuentre. La copa que calma los pesares, y que hace encontrar la paz. La copa sagrada que cura las enfermedades y el mal que hay en el hombre.

»Una gran excitación corrió entre las gentes, únicamente se hablaba de la copa, de los tiempos de gloria que vendrían y del joven Alvio, como cumplidor de aquellas promesas. Sólo Lubbo permanecía callado y ausente, en su mirada brillaba el rencor.

»Cuando después de la fiesta pude hablar con mi padre, protesté.

»—¿Esa copa no es una leyenda?

»—No. No lo es. Sé que existe. Estuvo en Roma y ahora la poseen los godos. Además es necesario que el pueblo espere algo, algo mágico y poderoso, si no... se irán tras las nuevas doctrinas.

»Yo seguía dudando:

»—¿Cómo voy a encontrar esa copa? Y, si la encuentro... ¿cómo la reconoceré? ¡Han pasado cientos de años desde que se perdió!

»—La copa se muestra a sí misma. —La voz de mi padre sonó como en un susurro, a la vez sonaba con fuerza y llena de esperanza—. Es preciso usarla con sabiduría y prudencia, revela al mundo los corazones. Sirve para sanar al otro y nunca podrá ser usada en el propio beneficio. No es fácil localizarla, sólo se encuentra cuando quiere ser descubierta. Sin embargo, desde siglos nuestra familia posee el secreto. Sólo nosotros, los druidas de la familia de Amergin, conocemos el modo de encontrar la copa.

»Entonces mi padre introdujo su mano en el pecho, bajo su túnica apareció una cadena de plata labrada, y en ella colgaba una piedra.

»—La copa es oval, en cada uno de sus lados muestra una piedra, hubo una lucha por ella, pero antes de perderse definitivamente para nuestro pueblo, uno de tus antepasados logró hacer saltar de la copa una joya, es un ámbar grande. La copa no mostrará todo su poder hasta que no recupere la piedra que le falta y esté íntegra, pero aun así es poderosa.

»Amrós, mi padre, me mostró la piedra que colgaba de la cadena, y haciendo un movimiento con la uña, el ámbar saltó.

»—Ésta es la marca, el ámbar que ves aquí coincide con una oquedad de la copa. Reconocerás la copa porque esta piedra encaja perfectamente en una cavidad complementaria.

»Después, mi padre volvió a introducir el ámbar en el colgante. Aprecié su brillo anaranjado, me la colgó al cuello, musitando la bendición para el viaje.

»Días más tarde mi progenitor dispuso que yo partiese en un barco que zarpaba hacia el norte. De modo insistente, Lubbo quiso irse conmigo. No entendíamos su cambio de actitud, dejaba a Romila desolada, pero mi padre no impidió su marcha, aunque no lo animó tampoco. Pienso que nunca se fió enteramente de él; siempre temió que, sin su vigilancia, aquel hijo extraño se perdiese.

»El día antes de salir encontré a mi padre sumido en sus pensamientos, mirando el mar que descendía en la playa hacia su marea baja y lamía las rocas de la costa provocando espuma entre las piedras.

»—Aprende de la ciencia de los ancianos, hijo. Persigue con denuedo la sabiduría y la fuerza. No busques la copa, ella vendrá a ti. No reveles todo esto a tu hermano. Él la usaría en su propio beneficio y la copa está maldita para aquel de corazón mezquino.

»Después prosiguió en voz baja, en sus ojos pude ver una gran desazón:

»—Cuida de él —me pidió.

»Por último, de modo muy solemne, me hizo jurar:

»—Jura ante la piedra ámbar, símbolo de la copa sagrada y de nuestro pueblo, que regresarás y serás el guía y druida que están esperando.

»Ante la piedra juré lo que me pedía mi padre y él me concedió su bendición.

»Embarcamos hacia el septentrión en un día cálido de comienzos del verano. Soplaba la brisa del mar que empujaba las velas hacia el norte. Recuerdo, en el puerto, a las gentes de Albión despidiéndonos, sobre todo me parece evocar a una mujer joven que besó a mi hermano y le pidió que volviera. Era Romila.

»—¿La conoces? —me dijo Enol.

—Sí. La conocí, ella me enseñó muchas cosas. Me dijo que había querido a Lubbo.

—En aquel tiempo era una mujer hermosa. Todos la admirábamos y quizá la temíamos. Nunca entendí su devoción por Lubbo.

—Decía que él fue el único que se atrevió a amarla.

Después Enol prosiguió.

—Vi alejarse las costas de Albión. El barco realizó la travesía en días de luz brillante, y guiados por las estrellas pronto arribamos con bien a las costas de la isla de Man en el norte.

»Desde el litoral nos condujeron a un poblado grande rodeado por una empalizada de madera, no tan distinto del castro de Albión en donde yo había nacido. Allí, junto con otros jóvenes llegados de lugares remotos, Lubbo y yo estudiamos las artes druídicas. Nos acogieron en una familia del poblado a los que ayudábamos en las tareas del campo, nos permitían unirnos a los druidas con libertad.

»En la isla del Man, entre la gran isla de Eire y la tierra brumosa de Albión, rodeados por el mar y las montañas, se habían refugiado los restos de la antigua sabiduría céltica tras la invasión de los anglos y los sajones. El lugar de adiestramiento de druidas y bardos: una escuela libre, sin sede ni una morada física, sin un templo. Los maestros paseaban con los discípulos enseñándoles las leyes de la naturaleza, el camino de los astros en la noche y la ciencia de lo verdadero.

»Nos asignaron un maestro. Acompañándole de un lugar a otro y mediante un sistema de preguntas y respuestas aprendíamos las artes de curación, de adivinación o de la filosofía. Mi mentor se llamaba Brendan, dominaba el arte de la medicina y estaba versado en las ciencias del pasado. Amaba la naturaleza y en el bosque o el río me transmitía sus conocimientos, los nombres de las plantas, sus propiedades, las costumbres de los animales, el vuelo de las aves y la ruta de las estrellas en la noche.

»Brendan me ayudó a amar el arte de la medicina, a entender el sentido del sufrimiento y la muerte. Nunca olvidaré nuestras conversaciones paseando a lo largo de la costa, entre los árboles centenarios, o sentados cerca del arroyo.

»—Sólo hay un dios posible. ¿Lo entiendes, Alvio? —me decía.

»—Pero adoramos al sol y a la luna y a los montes...

»—Sí, pero ésas son manifestaciones del Único, no son Él. Él es sabio, todopoderoso, de Él no proviene el mal.

»—Entonces ¿de dónde procede el mal?

»—No se conoce.

»Me quedé pensativo, y me asombró descubrir que hubiera algo que Brendan, mi mentor, no conociese. Pensé en el origen del mal y después de un rato de silencio, le pregunté:

»—¿Podría haber dos dioses, el bien y el mal luchando?

»—Si hubiera dos, uno de ellos no lo sería; porque la divinidad en la que pienso es todopoderosa, y no permitiría competencias no deseadas.

»—Recuerdo que una vez mi padre me habló del Bifronte; que en el Único la maldad y la bondad se unen. Entonces ese dios en el que piensas ¿es malo y bueno a la vez?

»—Eso es un misterio que no puedo explicar. Los antiguos se preguntaban sobre ello. Decían que en la divinidad hay una doble cara, pero eso a mí no me satisface.

»Brendan tiró una piedra al agua y después giró la cabeza hacia mí y me preguntó:

»—Alvio, piensa en tu interior. ¿Qué es el mal?

»—Lo nos molesta, lo que daña al otro.

»—No, eso es demasiado simple. Piensa más, cuando

curamos una llaga purulenta y la sajamos hacemos daño. ¿No? ¿Eso es mal?

»—No, en ese caso no podríamos hablar del mal. El mal es la enfermedad.

»—Bien. La enfermedad es un mal, en eso estamos de acuerdo, pero ¿qué es la enfermedad?

»—Cuando falta la salud —respondí sin dudar.

»—Bien. Piensa en otro mal.

»Tardé un tiempo en contestar.

»—Mal es lo que existe en el corazón de mi hermano Lubbo. Cree que todos van contra él.

»—Eso es falta de confianza, tu hermano Lubbo no se fía de nadie.

»—Sí. Se siente odiado por el mundo. Cree que mi padre le desprecia.

»—Y ¿no es así?

»—No. Claro que no. Mi padre le ama.

»—¿Lo ves, Alvio? En todo lo que consideramos malo, hay una ausencia. Una ausencia de un bien que debería existir. Pero incluso en lo que llamamos mal, a menudo existe un bien escondido. Tú crees que siempre la enfermedad es un mal. Piensa en el parto, es doloroso para la mujer. O en los niños que crecen cuando les vienen las fiebres de la adolescencia.

»Yo asentí, y volví a pensar en el Bifronte.

»—Es como decían los antiguos maestros celtas: un dios con dos caras.

»Él negó con la cabeza mientras proseguía hablando.

»—No, yo no creo que el Único Posible sea nada más que bien para el hombre. El mal es carencia y el Único Posible es plenitud. El mal es privación de algo que debería venir dado. Por ejemplo, la enfermedad es falta de salud, el hambre falta de alimento. En definitiva: el mal que hay en los hombres es la falta del amor que deben a sus semejantes. ¿No piensas que hay algo de razón en esto?

»Me quedé callado, cavilando sobre sus palabras y entendí que aquello era así. Él siguió:

»—El mal es no poder amar, es vacío, insuficiencia, es lo contrario al Único Posible, y en sí mismo no tiene poder; por tanto, no es otro distinto a Dios sino su carencia, su falta. La maldad es como una enfermedad moral.

»—¿Por qué el Único lo permite?

»—No lo sabemos. Quizás es parte del plan divino, quizás es resultado de las acciones de los hombres. Me gustaría saber por qué el Único Posible permite el mal y la muerte... pero no lo sé. —La expresión de Brendan se llenó de esperanza mientras finalizaba diciendo—: Sin embargo, yo confío en Él.

»Brendan calló y yo no me atreví a interrumpir sus pensamientos. Al decir que confiaba en el Único Posible, se transformó y su cara mostró un aspecto de eternidad, como si aquel Único Posible en el que Brendan creía hubiese entrado dentro de él.

»En la escuela de la isla de Man había otros maestros. Mi mente regresa a aquel tiempo y aún puede ver otros druidas caminando hacia el bosque con sus frentes tonsuradas para recibir mejor el brillo del sol; hombres muy sabios, sacerdotes, juristas, bardos que cantaban melodías antiguas bajo los robles del bosque sagrado.

»De entre todos aquellos sabios además de Brendan sobresalía el maestro Lostar. A los más jóvenes, entre los que se contaba mi hermano Lubbo, les atraía su arte y sus conocimientos. Lostar practicaba el arte de la adivinación, le gustaba la magia, augurar el futuro en las entrañas de los animales y el vuelo de los pájaros. Era capaz de predecir el porvenir a través de las cifras y los números según la ciencia de Pitágoras.

»Brendan me previno contra Lostar. Lostar era ambicioso y buscaba el poder; había pertenecido a la orden de los sacrificadores y se decía que seguía realizando sacrificios que, en aquel tiempo, habían sido prohibidos. Lubbo se sentía fascinado por el derramamiento de sangre en el que el maestro Lostar era experto. A menudo, Lubbo y algunos otros indisciplinados como él se perdían en el bosque, siguiendo al sacrificador que les introducía en las prácticas ancestrales del holocausto.

»Una noche, Lubbo llegó muy tarde a la casa de piedra donde morábamos, todos dormían menos yo, que esperaba su regreso. Los rayos de la luna penetraban a través de una ventana abierta que dejaba pasar los aromas del campo. Pude ver la faz de mi hermano bajo la luz del astro nocturno. Su cara mostraba signos de extravío y había tomado algún tipo de estimulante. Sus manos temblaban, estaban manchadas de sangre y en su mirada no había alma. Fingí que dormía, asustado, pero al día siguiente hablé con él. El rostro de Lubbo denotaba que algo había ocurrido en la noche. Con las pupilas dilatadas, su semblante mostraba una expresión dura, su pulso seguía siendo tembloroso; pensé que todavía había en él restos de los alucinógenos de la noche anterior.

»—¿Dónde estuviste anoche?

»Lubbo me miró agresivo, con cara de iluminado.

»—¿Acaso te importa? ¿Acaso eres mi guardián?

»—No soy tu guardián, pero soy tu hermano y me indicaron que cuidase de ti.

»—El viejo, ¿no? Pues olvida ese encargo.

»Hice caso omiso a sus palabras pero callé un momento. Él me dio la espalda e hizo ademán de irse, pero yo le retuve poniéndole la mano sobre el hombro, él se paró pero retiró bruscamente mi mano. Procuré continuar con calma:

»—Lubbo, me preocupa que estés en la compañía de Lostar y su grupo. Practican supersticiones enfermizas.

»—Ésas son palabras del hipócrita de Brendan, un hombre anticuado, así nos ha ido a los celtas, guiados por ese estilo de hombres. Lostar no cree en el Único, cree en las fuerzas de la naturaleza y sabe dominarlas.

»Sus palabras eran firmes e hirientes como dagas, odiaba sentirse acusado, en sus ojos había algo peligroso.

»—Pronto las cosas cambiarán —dijo casi susurrando—, y los hombres como Brendan serán liquidados.

»Me sobresalté.

»—¿A qué te refieres?

»Lubbo rió, y después quizá para asustarme me dijo:

»—Querido Alvio —me espetó con voz de superioridad—, no sabes lo que te pierdes. El placer de estrangular a una víctima joven. Escuchar cómo balbucea pidiendo compasión.

»Si no hubiera estado aún bajo el efecto de los alucinógenos quizá Lubbo no habría hablado de sus actividades nocturnas.

»—¡Qué estás diciendo! ¡Estáis locos!

»Lubbo sonrió con una mueca torcida.

»—¿Qué crees que hacemos en los bosques? Conseguir que el individuo sufra. Ver sufrir es placentero, sí, es muy agradable... Y matar... En eso hay un placer superior a cualquier otro. Estoy lisiado y las mujeres no me aman.

»Intenté que recapacitase haciéndole pensar en algo amable de su pasado para que reaccionase.

»—Romila te amó.

»Lubbo, entonces, se enfureció, de sus ojos salieron resplandores rojizos. Nunca debí haber mencionado aquello; entonces vociferó ofuscado y amenazador:

»—Tú... ¿tú qué sabes? Romila me compadecía. Yo no quiero compasión. No la necesito. Llegaré a ser grande. El más poderoso de los druidas. Oí lo que el viejo y tú hablabais de la copa y Lostar me ha hecho conocer su significado. Poseeré la copa sagrada de los druidas y todos temerán el poder de Lubbo. Seré yo, y no tú, inmundo, necio, el que conseguirá la copa sagrada. Con ella me curaré, seré un hombre completo, no un lisiado como ahora. Con ella conseguiré el poder.

»Entendí entonces el porqué de su venida a las tierras de Man, la envidia se había apoderado de su corazón, la envidia y aquel sentimiento de inferioridad que le dominaba desde niño. Buscaba como lo único importante en su vida, con frenesí y obcecación, la copa de los druidas. Lubbo había escuchado todo lo que mi padre me había revelado y desde aquel momento buscaba la copa.

»—¡Ah! Hermano, ése no es el camino —le advertí—. A la sabiduría no se llega por el odio.

»—Y ¿tú qué sabes? Domino la naturaleza de las cosas; volvemos a los ritos antiguos. Así que déjame en paz, yo también tengo una ciencia, una ciencia ancestral y superior a cualquier otra; la ciencia negra que me une con el maligno.

»Lubbo se irguió y me miró amenazante, de él surgía un poder tenebroso, sentí miedo.

»Después Lubbo se fue cojeando hacia el bosque con la espalda erguida. Me pareció ver una nube oscura, con forma de ave carroñera, elevándose del bosque sagrado. Con horror, recordé que en los últimos tiempos había desaparecido algún niño, se decía en el poblado que se había perdido en el bosque. Nunca se encontró el cadáver.

»Oí a las gentes de la casa levantándose para la faena del día, y a la madre de la familia dándole de comer a un hijo que se negaba; corté leña y realicé las tareas que me correspondían en el hogar, después corrí hacia la casa de las sanaciones. No estaba Brendan y fui a buscarle, le encontré junto a un acantilado, callado, mirando al mar cubierto por una neblina en la lejanía. Me vio llegar como si saliera de un sueño. Me escuchó atentamente, dejándome hablar y permitiendo que me desahogase. No se sorprendió de mi relato. Desde tiempo atrás, Brendan sospechaba que algunos de los druidas recurrían a poderes malignos para aumentar su poder. Me pidió que vigilase a mi hermano: era necesario que encontrásemos datos fehacientes del horror que se difundía en las islas, para poder llevarlos al consejo. Cuando le hablé de la copa, miró mi colgante ámbar muy interesado y me dijo:

»—Así que esa copa existe.

»—Eso dice mi padre.

»—Amrós es uno de los pocos druidas en los que hoy en día se puede confiar. Las leyendas hablaban de esta copa, siempre se afirmó que la robaron los celtas galos y que estaba en el sur. Se dijo que tras la conquista de las Galias había estado en manos de Julio César, después corrieron rumores de que los romanos la habían llevado hacia el oriente y después fue a Roma; pero desde hace más de cien años se perdió toda noticia y nadie sabe cómo encontrarla. La piedra que posees nos indica que la copa existe y que es real. Ahora entiendo la amistad entre Lostar y tu hermano Lubbo. A Lostar le ha interesado Lubbo porque posiblemente le ha hablado de la copa sagrada. Nunca hubiera metido en su grupo a alguien tan joven e inexperto como Lubbo. Alguien que se ha ido de la lengua con quien no debía.

»—¿Tú crees que Lubbo habrá hablado con Lostar de la piedra ámbar que me dio mi padre?

»Brendan afirmó con la cabeza y después me advirtió:

»—Ten mucho cuidado, Alvio. Irán a por ti, tienes el amuleto y sabes demasiado.

»Lubbo desapareció durante dos días; en la noche del segundo día la luna alcanzó su apogeo. Era plenilunio. Lubbo regresó y fingió entrar a dormir en la casa. No me habló y yo no me atreví a decirle nada. Cuando los rayos de la luna penetraron por la ventana, Lubbo se levantó y salió de la casa. La luna jugaba a formar sombras con las casas del poblado y las copas de los árboles. Le seguí de lejos. Acudió a la cabaña de Lostar y de allí salió con otros jóvenes vestidos con unas indumentarias blancas y una pequeña hoz dorada y afilada en la mano. Se introdujeron en el bosque, buscaban muérdago entre los árboles para cortarlo según el antiguo ritual. No me extrañé. Avancé tras ellos, oculto bajo un manto de tela parda de sagún, caminaba despacio viendo a lo lejos refulgir sus blancas túnicas bajo los rayos de la luna.

»Me costó seguir a los druidas cuando se adentraron en lo profundo del bosque, parecían desvanecerse en la oscuridad; pero al fin, en la espesura la luz de la luna se introdujo entre los árboles que se separaron en un claro. Pude avanzar más deprisa. El claro, perdido en la floresta, y bañado por la luz del plenilunio, estaba rodeado por robles de los que pendían restos de aquelarres pasados: calaveras, un gato muerto y huesos. En el centro, los druidas habían encendido una gran hoguera y allí, los convocados, al llegar, iban arrojando las ramas de muérdago.

»Cuando todos hubieron llegado, se dispusieron en torno al fuego. Un encapuchado repartía con un cazo de cobre un bebedizo. Durante un tiempo cantaron una música rítmica con la que muchos entraban en trance. Después se hizo el silencio. Entonces, apareció Lostar. Sobre su hombro se posaba un búho y portaba en la mano una lanza. Lostar se había tapado un ojo para acentuar su parecido con el dios Lug, el sanguinario.

»Cuando él apareció, el resto de los hombres gritaron enfebrecidos y comenzó el ritual. A un gesto de Lostar todos callaron, a través del bosque oscuro surgió una forma blanca y grande que avanzaba. Se trataba de un caballo de color blanco, sin una mancha, un animal hermoso y noble, muy joven pero de tamaño considerable. Relinchaba asustado y varios de los druidas lo sostenían con unas cuerdas largas de cuero. Lostar se acercó al animal, que levantó los cuartos delanteros. De un único tajo introdujo una lanza hasta el corazón del bruto. Manó sangre roja y en gran cantidad que un secuaz recogió en un recipiente de cobre. Después Lostar procedió a descuartizarlo, hería una y otra vez con saña los restos del animal. Cuando acabó, tomó el cuenco con la sangre y la mezcló con frutos del tejo y otras hierbas posiblemente alucinógenas. A continuación, bebió el bebedizo con fruición y pasó a los demás la pócima, todos bebieron, entrando en trance. En aquel momento me fijé en la cara de mi hermano Lubbo transformada por el placer, con ojos que mostraban desvarío. Yo no podía moverme del horror que sentía al ver todo aquello. Lostar ofrecía la carne aún caliente de la víctima al búho que sobrevolaba para tomarla en el aire. Después, comenzó una danza frenética y salvaje al ritmo del tambor y de la flauta.

»Alguien se acercó a Lostar murmurando algo al oído, entonces el jefe de los sectarios elevó los ojos al cielo, sonó un cuerno de caza, su voz se alzó sobre todos los demás ruidos, diciendo:

»—Coged al renegado.

»Unas manos me asieron por detrás y dos encapuchados me condujeron hacia el centro del claro. Al pasar cerca de mi hermano, le supliqué compasión. Él rió en un arrebato de locura. Me empujaron al lugar lleno de restos de sangre de las víctimas anteriores, dos de aquellos hombres me sujetaron, cerca del fuego. Era mi fin, sólo veía la cara de mi hermano riendo, y noté en sus ojos todo el odio que me había guardado durante años. Los druidas me descubrieron el torso, en mi pecho colgaba brillando bajo la luna el colgante ámbar. Lostar tomó la gruesa cadena, me la arrancó del cuello y se la puso, a continuación levantó su hoz de oro en dirección a la luna. El nigromante reía delirante de saña, el colgante ámbar se balanceaba sobre su túnica nívea. Le acercaron el cuchillo de los sacrificios y entonces se lo cedió a mi hermano; los otros hombres me sujetaron para que fuera la ofrenda del sacrificio. Cuando Lubbo se acercó a mí, pude ver su cara excitada por un extraño placer, el placer de ver sufrir a una víctima viva, a lo que se sumaba el odio contra el rival y el hermano.

»La luna se abrió paso entre las nubes, e iluminó el claro; el pájaro de Lostar volaba sobre mí, en el momento en el que pensaba que mi vida había acabado, se oyó un silbido en el aire y vi el búho de Lostar caer al suelo herido por una flecha. Lubbo miró a Lostar, sin entender lo que ocurría, y bajó el brazo sin clavarme la daga.

»Entonces avanzaron hacia el claro del bosque un gran grupo de gente, Brendan con los habitantes del poblado. Comenzó una lucha feroz entre los participantes en el aquelarre y los hombres de la aldea. Se pusieron en orden de batalla con sus respectivos jefes, Brendan con los hombres de paz, y Lostar con los nigromantes, frente a frente. Los del poblado gritaban y chillaban como águilas que han encontrado su presa, mientras que los del claro esperaban en silencio, respirando odio, con la sensación de haber sido descubiertos en algo que consideraban oculto.

»En aquel momento, Lubbo empuñó de nuevo el cuchillo de los sacrificios y se lanzó contra Lostar; en un principio pensé que quería defenderme, después comprendí que su propósito era otro, quería el colgante ámbar. Mi hermano y Lostar rodaron por el suelo, Lubbo mató al que había sido su maestro. Nadie se dio cuenta porque en aquel momento la pelea se endurecía.

»Después del asesinato de Lostar, Lubbo se volvió contra mí. Yo estaba aún atado y él empuñaba aún el cuchillo dorado de los sacrificios. Intentó clavarme su arma, lanzándose contra mí, pero yo fui más ágil, me abalancé contra sus piernas y lo derribé. Lubbo cayó contra el fuego golpeándose la cabeza, y un olor a carne y a pelo quemado recorrió el ambiente. Se levantó chillando de dolor con el ojo abrasado y el pelo aún ardiendo. Brendan lanzó sobre el fuego que rodeaba a mi hermano una capa de sagún y apagó las llamas. Lubbo se repuso, aunque estaba herido y magullado; Brendan intentó ayudarle a levantarse pero él le empujó haciéndole caer y huyó del claro, hundiéndose en las sombras del robledal. Brendan me liberó de las ataduras y nos vimos rodeados por los de Lostar. El combate se recrudecía, los nigromantes se unieron en un grupo compacto, en un momento dado uno de ellos imitó el ruido que Lostar había hecho antes, el aullido de un lobo. En el bosque apareció una manada de lobos que se lanzaron sobre los hombres de Brendan. Mientras nos defendíamos contra los lobos, el resto de los conjurados se replegaron.

»La lucha contra las fieras se prolongó toda la noche, tiempo en el que nuestros enemigos aprovecharon para huir. Al amanecer muchos de los jóvenes aprendices de druidas habían muerto y Brendan estaba herido.

»Se convocó al Senado de los jefes de tribu para investigar todo lo ocurrido. Se practicó un juicio a los nigromantes, se encontraron pruebas de sus crímenes. Lubbo y los demás fueron expulsados de la orden de los druidas y todos los que guardaban alguna relación con él fueron desterrados del poblado y de la isla.

»Supimos que Lubbo con otros de su compañía se fueron de las islas hacia las tierras bálticas. No mucho tiempo después de los sucesos del bosque, un día arribó al poblado un mensajero con un recipiente sellado. Lo abrimos. Dentro estaba una imagen de un hombre con un cuchillo clavado en el corazón y con agujas que simulaban la tortura. Junto a aquel despojo, un mensaje: «Así se hará con todo aquel que se oponga a Lubbo, el mensajero del dios Lug.» Desde las tierras de cortos días y largas noches llegaron relatos sobre un reino de horror, de torturas y de magia oscura. Lubbo se había convertido en el jefe de aquel grupo de druidas que practicaban la magia negra. Adoraban a Lug, el dios sanguinario. Lubbo se decía la encarnación viviente del dios, porque como a aquella sanguinaria divinidad le faltaba la visión del ojo que había perdido tras el fuego. Su rostro se hallaba deformado por las quemaduras e inspiraba terror. Intuí que bajo aquella proclama de poder, Lubbo, más que nunca, se sentía inválido y desdeñado. Comprendí que su única obsesión sería, desde entonces, encontrar la copa sagrada. La copa que permite curar todos los conjuros y que es el antídoto de todos los venenos.

Enol se detuvo, fatigado, al poco continuó hablando suavemente, como para sí mismo.

—La copa que yo alcancé cuando encontré a tu madre.

En ese momento, yo, que escuchaba atentamente, me sobresalté:

—¿Mi madre?

Me miró con una ternura llena de lástima y siguió relatando su historia, una larga, antigua y dolorosa historia.

—Tras la partida de Lubbo y la ejecución de Lostar, en el poblado se produjo una extraña calma, parecía como si de los corazones se hubiera alejado el mal. Las gentes retomaron las antiguas costumbres, y siguieron los consejos de Brendan, que se convirtió en el jefe del consejo. Los bretones volvieron a ser sinceros e íntegros. Desaparecieron las bellaquerías y artimañas que Lostar y los suyos habían introducido en el poblado, cesaron los excesos y la bestialidad.

»Brendan me pidió que me trasladase a vivir a la casa de las sanaciones para facilitar la atención de los muchos hombres que habían sido heridos en la batalla del bosque; después me quedé con él.

»Fue entonces cuando desembarcaron en la isla unos

monjes cristianos, procedían de las costas de Eire y hablaban de un Único Dios y de su hijo Jesús. Visitaron las casas de todos los moradores hablando con las familias de aquel antiguo reducto celta, y las gentes les escucharon, quizá su mensaje de paz calmaba los espíritus que estaban doloridos tras las muertes y los destierros.

»Entre otros, Brendan les abrió su casa. Tras la llegada de los monjes, algo cambió en el druida, dejó de ser maestro para convertirse de nuevo en discípulo.

»Recuerdo una noche, yo estaba acostado en un rincón de la cabaña de las sanaciones, Brendan y el monje de Eire hablaban junto al fuego.

»—Entonces, ¿cuál es el sentido que dais al sufrimiento? —preguntaba Brendan, y yo atentamente escuchaba.

»—No. El sufrimiento no tiene sentido. Lo que el mal tiene de diabólico en este mundo es tan ilimitado, el padecer es tan sin medida, que cualquier intento de solución en una única fuerza natural lleva forzosamente a la desesperación intelectual, y toda forma de solución dual, dos fuerzas luchando entre sí, conduce al pesimismo. Con nuestras fuerzas naturales nunca encontraremos sentido al sufrimiento.

»Brendan, pensativo, sonrió, mostrándose de acuerdo.

»—Me agrada tu respuesta, si me hubieras dado alguna razón del sufrimiento, te consideraría un charlatán. Yo tampoco encuentro sentido al sufrimiento, ¿cómo puede permitir ese dios, el Único Posible, Bondad Pura y Absoluta, en el que tú y yo creemos, que el inocente sufra?

»—Tú lo has dicho —contestó el monje—, Dios permite el sufrimiento, sí, pero Él no es su causa. El sufrimiento procede del mal, de lo que nosotros llamamos pecado, y el pecado procede de la libertad. Si quitásemos el libre albedrío humano, no habría pecado, y sin pecado el hombre no sufriría, pero el hombre estaría degradado al transformarse en un ser sin libertad.

»El monje calló. No entendí la profundidad de la doctrina que explicaba, pero aprecié que Brendan lo captaba todo, noté una cierta tristeza en su voz.

»—Entonces todo procede del mal que hay en el corazón del hombre. Si esto es así, no hay salvación.

»—Sí. Claro que existe. A través de la razón no entendemos del todo el profundo sentido del sufrimiento pero queda la fe.

»—¿Fe? ¿En qué?

»—La fe cristiana. Nosotros, los cristianos, creemos que ese Dios, al que tú llamas el Único Posible, envió su Palabra eterna, y se hizo hombre, él pagó el mal de los hombres, y lo hizo de manera sobreabundante, muriendo en una cruz.

»—¿La Palabra? —dijo Brendan emocionado—. ¿Sabías que el centro de la antigua sabiduría celta es la Verdad, el principio más alto que sostiene la Naturaleza, la verdad que está en la Palabra? Y ahora dices que la Palabra se hizo hombre. Todo es congruente, diáfano y claro. Cuéntame más acerca de la Palabra, de ese al que llamáis Jesús.

»Durante toda la noche, el monje de Eire instruyó a Brendan, ambos conversaron sobre la verdad, el bien y el sufrimiento. Yo escuchaba desde mi lecho en una duermevela, entendiendo parcialmente aquello de lo que hablaban.

»Un tiempo más tarde Brendan pidió el bautismo, con él muchos del poblado y casi todos los alumnos de la escuela céltica. Yo, en cambio, me resistí largo tiempo; Brendan no me forzó, aunque estoy seguro de que deseaba la conversión de aquel alumno aventajado, al que quería con amor de padre.

»Pasaron los meses, Brendan se retiró con los monjes a las montañas a adorar a Aquel a quien había descubierto. Me dejó al frente de la casa de curación, pero yo con frecuencia solía subir a las montañas a hablar con Brendan y sus monjes. Durante largo tiempo porfié con ellos. Me costaba diferenciar entre aquella doctrina vieja y la nueva, entre el dios y su fuerza. Yo veía en la Naturaleza a Dios y me parecía que a menudo la Naturaleza y lo Divino se confundían. Por otro lado, me costaba creer en aquel Dios que se había hecho hombre, que había muerto en un Supremo Sacrificio que anulaba todos los sacrificios antiguos. Para mí, el paso hacia el cristianismo era una negación de mi padre y una deserción de mi raza. Me debía a las tradiciones de mis mayores que mi padre me había enviado a recuperar; no podía traicionarle después de haber perdido a Lubbo. Además, en mi tierra los cristianos habían llegado mucho antes que a la isla de Man, los considerábamos hombres incultos que desconocían las grandes ciencias célticas, gentes supersticiosas y de poco fiar.

»En las tierras cántabras, nadie entendería que yo abandonase las tradiciones antiguas por algo que consideraban una novedad absurda que negaba nuestras tradiciones. Yo soñaba con volver a mi pueblo, sabio, lleno de poder, fuerte y virtuoso, admirado de todos. Conocía bien que entre los cántabros el cristianismo se asimilaba a una defección y recordaba las palabras de mi padre, previniéndome contra esa doctrina.

»Por otro lado, ocurría que para mí la llamada al cristianismo iba ligada, sin saber cómo, con una llamada al monacato. Los otros druidas se convertían con sus familias, pero los jóvenes pasaban al monasterio que Brendan y los monjes habían fundado en las montañas. Buscando una nueva espiritualidad y un desprendimiento de lo terreno, se retiraban del trato con las mujeres. Yo amaba ahora a las mujeres y me había relacionado con algunas en el poblado, me parecía imposible romper con los lazos fuertes que en aquel momento me tendía la carne.

»Algo me llamaba a la vida retirada de los monjes y algo me repelía. Durante dos años me debatí en la duda, hasta que gradualmente aprecié que el único camino era ir hacia Aquel del que hablaban Brendan y los monjes celtas. Entendí que la nueva doctrina era más sublime que la antigua, y yo quería ser perfecto, poderoso, virtuoso y sabio. Ambicionaba los dones superiores y pensaba que con mis talentos naturales podía alcanzarlos, no creía en la gracia, ni en la fuerza salvadora de Cristo pero sí en la belleza de su doctrina. Además percibía que detrás del claustro de los monjes había poder. Me bauticé con el nombre del discípulo que Cristo más había amado, me llamé Juan; y quise ser el mejor entre los monjes. Después, hice los votos sagrados: pobreza, castidad, obediencia... Los monjes, orgullosos de un discípulo joven y sabio me enviaron a Eire, al antiguo monasterio de Bangor, para que aprendiese mejor la doctrina y leyese los textos guardados en aquel cenobio. Permanecí dos años, de allí me destinaron a Iona, donde se me concedió el inefable don del sacerdocio. Después, fui nombrado ecónomo y luego preceptor de novicios. Sentía que mi vida tenía un sentido, disfrutaba sintiéndome sabio y admirado por mi piedad y mis virtudes; pero yo anhelaba más, estaba lleno de ambiciones y en lo más profundo de mi alma sombras de dudas me nublaban la mente; buscaba ser perfecto con tantas ansias que esa lucha me quitaba la paz.

»Meses más tarde, llegaron noticias de Albión que hablaban del fallecimiento de mi padre, y una carta suya, a través de un comerciante. En ella expresaba el pesar por todo lo ocurrido con Lubbo, estaba trastornado al conocer su huida de la isla de Man y su conducta criminal. La carta era de largo tiempo atrás, en ella mi padre no parecía conocer mi conversión al cristianismo.

»Guardé la carta durante un largo tiempo y recuerdo que decía algo así:

»El oprobio ha caído sobre nuestra familia, sé de los crímenes que ha cometido tu hermano Lubbo, pero nadie más aquí, en Albión, los conoce. Debes encontrarlo y curarlo de la locura que hay en su mente; pero sólo se curará si pide perdón al Único y humildemente bebe de la copa sagrada. Encuéntrale y hazle cambiar. Si bebe de la copa sin cambiar su corazón, beberá su propia destrucción. Debes encontrar la copa sagrada y buscar a tu hermano, después es tu obligación regresar al lugar que te pertenece entre los nuestros. Te responsabilizo de la suerte que corra tu hermano Lubbo y, ante el Dios de nuestros padres, te exijo que cargues con la pena y la culpa de tu hermano.

»La carta y su contenido me hicieron recapacitar, un gran remordimiento me ocupó la mente. Aquellos años yo sólo había pensado en mi adelantamiento, descuidando mis deberes frente a mi raza y mis gentes. Olvidando que tenía un hermano que estaba perdido y alejado de todo contacto con el bien. El pesar y el sentimiento de culpa se abrieron paso en mi alma, y en aquel estado decidí realizar el voto de no cejar hasta que encontrase a mi hermano y la copa sagrada.

XXX

En tierras francas

—En aquel momento, en el cenobio se produjo un movimiento de migración hacia el continente europeo: la peregrinación por Dios. Olvidados de todo lo temporal, sin lazos con lo terreno, los monjes se hacían mendigos y caminaban sin un rumbo fijo para extender su mensaje de salvación al mundo rural aún pagano. Muchos embarcaron hacia las costas galas y me uní a ellos. Al llegar al continente busqué a mi hermano pero sin mucho ímpetu. Encontrar a Lubbo en las Galias era como buscar una aguja en un pajar, oí hablar que en las tierras de los antiguos parisios se habían cometido crímenes y sacrificios humanos según los olvidados ritos célticos, se atribuían los crímenes a una secta dirigida por un hombre cojo. Quizá Lubbo podría estar detrás de aquello pero no conseguí sacar en claro quiénes eran los que cometían aquellas tropelías. Los francos merovingios capturaron a algunos de los que practicaban los ritos inmundos y los ajusticiaron, pero su cabecilla había escapado hacia el sur. Después no llegaron más noticias y quise suponer que Lubbo habría muerto. En cuanto a encontrar la copa, me parecía una quimera irrealizable, más aún cuando yo ya no poseía el colgante ámbar.

»Me reuní de nuevo con los monjes y ayudé a los hermanos aplicando mis conocimientos en la ciencia de la sanación. Los campesinos pensaban que yo obraba milagros y me consideraron santo. Así comencé a gozar de un gran prestigio como curador y taumaturgo. Las gentes nos seguían.

»Caminamos sin cesar hacia el norte y hacia el este; al fin, detuvimos la migración en un valle feraz entre montañas, una hermosa llanura de tierra verde peinada de viñedos. Los Vosgos nos rodeaban por todas partes y en sus cumbres nevadas volaban las águilas. Aquel lugar se llamaba Besson, algunos jóvenes se nos unieron y fundamos una abadía, de la que fui su superior durante largos años. La reputación del abad Juan se difundió por toda la tierra de los francos y así me comenzaron a conocer por el nombre por el que hoy me denominan en las tierras godas: Juan de Besson. Pasó el tiempo y llegué a la madurez. En Besson fui feliz, olvidé mi tierra, a mi padre, a mi hermano y al pasado.

»Un día, varios de los monjes que trabajaban en el campo vieron llegar una comitiva armada, cinco jinetes con la librea de la corte merovingia. Los monjes los condujeron hacia donde yo curaba las heridas de un leñador que se había cortado con el hacha.

»—¿Eres Juan? ¿Juan de Besson?

»—Me bautizaron con el nombre de Juan —dije— y este lugar es Besson, seré yo el que buscáis. ¿Qué se os ofrece?

»—Hay fama de que poseéis el arte de la curación. El rey Clovis requiere tus servicios en la corte. Su esposa, la reina Clotilde, que Nuestro Señor guarde muchos años, necesita tu auxilio.

»—Pero yo no puedo abandonar este lugar —dije incómodo y preocupado—, he hecho un voto de permanecer aquí.

»—El rey nos ha pedido que vengas, si no vienes voluntariamente... te llevaremos a la fuerza.

»Una vez más debí dejar atrás una parte de mi vida. Desde la mula que me conducía hacia la corte de los francos, divisé el cenobio donde había vivido largos años, las cabañas cercanas a la iglesia. Los monjes se dolieron por mi partida y formaron una comitiva que me acompañó durante un trecho. Algunos campesinos salían a despedirme al camino, recuerdo a los niños corriendo y saludando a mi paso con cara de agradecimiento. La abadía había supuesto una mejora en la vida de las gentes del lugar, muchos habían recibido enseñanzas y amparo en los momentos de violencia y terror, de luchas entre las facciones francas. La iglesia era lugar sagrado y cuando hordas bárbaras intentaban asaltar a los labriegos, ellos y sus familias se ponían a salvo en la casa de Dios. Desde mi montura divisé a las mujeres, muchas de ellas atendidas por mí en sus partos, a los hombres a los que había curado de sus heridas, a los niños a quienes había bautizado. Las gentes durante un tiempo siguieron a la comitiva

»Nos alejamos. Con la guardia enviada por el rey Clovis, recorrí lentamente la campiña; aquellas tierras de los francos me recordaban las verdes tierras cántabras, pero más amplias y despejadas. A menudo llovía, entonces me resguardaba bajo mi pobre manto de monje. A nuestro paso, se extendían tierras de cultivo y, muy lejanas, algunas montañas rodeaban la gran llanura.

»Desde Besson hasta la ciudad del rey Clovis recorrimos muchas leguas. Ascendimos por la margen del Sena, y nos unimos a unos comerciantes que se dirigían a la ciudad de París.

»Recuerdo muy bien mi llegada a la antigua ciudad de los parisios, después la Lutecia romana y por último la capital del reino merovingio. La ciudad se sitúa en una pequeña isla en un río, rodeada de un alto muro, casi una muralla. Se accede a ella desde las dos orillas a través de puentes de madera; dentro hay viñas e higueras que, cuando llegamos, al ser invierno, se protegían con paja. No hacía frío, gracias a la proximidad del mar. Dentro de las murallas se alzaba la fortaleza de los francos; en la margen izquierda del río se extendía la ciudad romana y en medio de ella algunas basílicas e iglesias.

»Al ver la ciudad en el río, con su fortaleza central, sin saber por qué me llené de una gran inquietud. La piedra gris veteada de verdín, el cielo cubierto de nubes, el ruido de artesanos y de los vecinos me indicaba que allí me encontraría una vida muy diferente a la vida áspera pero ordenada y serena que había llevado tras los muros de Besson.

»Vienen ahora a mi memoria, como si no hubiese pasado el tiempo, los pasos rítmicos de los caballos sobre el puente de madera que conducía hacia la Cité, y me parece ver aún el día oscuro y plomizo, y los muros verdigrises de la fortaleza, coronados de banderas y vigilados por soldados.

»Entramos en el gran patio de armas en el centro de la fortaleza del rey merovingio, y mientras desmontábamos, oímos voces y gritos.

»Dos mozalbetes se revolcaban por los suelos.

»—¡Te mataré, Childerico! Aunque sea lo último que haga.

»—Veremos quién mata a quién..., ¡pedazo de inmundicia!

»El llamado Childerico, un joven de unos dieciséis años fuerte y bastante obeso, consiguió maniobrar para situarse encima del otro, se sentó a horcajadas sobre su rival, le sujetó ambas manos contra el suelo y le inmovilizó.

»De las caballerizas, emplazadas al fondo del patio del castillo, salió un tercer muchacho más pequeño que los contendientes.

»—Clotario, ayúdame a sujetar a Clodomir.

»Y es que Childerico sujetaba con sus manos los dos brazos de Clodomir, y sus orondas posaderas retenían contra el suelo el cuerpo del otro. En el momento en el que le hubiera soltado algún brazo o que se hubiera levantado ligeramente, Clodomir le podía atacar de nuevo.

»Clotario rió y se aproximó a la pelea, sujetó los brazos del caído en el suelo; entonces, Childerico comenzó a golpear la cara de Clodomir.

»—¡Cobardes! —gritaba Clodomir.

»—Te lo mereces —decía Clotario mientras el otro le zurraba.

»Por una escalera lateral, bajaron una mujer y un niño. Al ver a la mujer, a Clotario se le cambió la cara, en la que se dibujó una expresión alarmada.

»—¡Ahora mismo dejáis de pelearos! —dijo la mujer—. ¿Me oís? Vuestro padre va a saber lo que está ocurriendo entre vosotros. No sois ya ningunos niños.

»Los tres muchachos se separaron. Me fijé en el pequeño, tendría unos diez años, las finas líneas de sus labios mostraban una cierta malicia y sonrió.

»—Thierry, ¿de qué te ríes, mocoso? Ya has ido con cuentos a nuestra madre —habló Childerico.

»El chiquillo se escondió detrás de las faldas de la mujer.

»—Madre, no era más que una pelea —dijo Childerico.

»—¿Una pelea? —respondió la madre encolerizada—, ¿y ese ojo de tu hermano?, ¿y la ceja? Podíais dejar de luchar como barraganas y adiestraros como caballeros. La próxima primavera vuestro padre saldrá a la guerra y necesitará hombres, no alfeñiques que se zurran como mujerzuelas.

»La apariencia de aquella mujer no casaba con su carácter fuerte. Era muy delgada y frágil, con una apariencia de endeblez, su rostro surcado de arrugas mostraba retazos de sufrimiento.

»Ella pronto percibió una presencia nueva entre sus gentes, y me miró. No olvidaré la fuerza de aquella mirada que parecía traspasar los pensamientos. Al mismo tiempo, los soldados se cuadraron ante ella.

»—La reina Clotilde —me informaron.

»—¿Sois el abad de Besson?

»—Sí, mi señora.

»—Se dice que tenéis un don para la sanación y que quizá podáis curar a mi hija —y dirigiéndose a los muchachos que le rodeaban expectantes—, aunque si conocéis cómo tratar a los lunáticos podríais hacerlo también con estos hijos míos que no cesan de darme disgustos.

»Los causantes del enojo de Clotilde protestaron.

»—Fuera de mi vista —dijo ella a los jóvenes.

»Se fueron de la presencia de su madre cabizbajos; después se dirigió a mí indicándome:

»—Podéis venir conmigo.

»Ascendimos a la fortaleza, formada por piedras mal labradas, y muy fortificada. Nos introdujimos en unos corredores fríos y húmedos, escasamente iluminados por la luz del sol. Después, atravesamos varios patios descubiertos en el interior del recinto, caía una lluvia fina que cubría las ropas sin mojarlas. Allí, algunos cipreses alzaban su copa al cielo. A un lado pude ver una pequeña capilla de pocos metros de altura, ornada por una cruz. Las patrullas de soldados que hacían guardia saludaron al paso de la reina.

»En el centro del mismo patio donde se situaba la iglesia, se alzaba una torre, y entramos en ella por un portillo lateral. Ascendimos por una estrecha escalera de caracol, un ventanuco angosto se abría hacia la derecha, por allí entraba la tibia luz del invierno. La lluvia seguía cayendo mansamente fuera. Con un crujido se abrió una puerta opuesta al ventanuco y en la penumbra distinguí un camastro y sobre él una figura delgada. Nos acercamos, la reina se sentó en el borde del lecho, sus finas manos acariciaron la figura yacente.

»—Clotilde, hija mía, ¿cómo estás?

»La figura giró en el lecho y pude verla. Una joven de unos quince años, con una larga cabellera dorada que le cubría parcialmente la cara. Sus ojos de un azul transparente, rodeados de ojeras, irradiaban una luz de otro mundo.

»Se incorporó en el lecho y habló:

»—Ya pasó madre, ya pasó… siento molestaros tanto.

»La reina alzó los ojos hacia mí.

»—Es mi hija Clotilde, mi única hija. Un espíritu infernal la posee y la arroja al suelo. Vive aquí escondida de la mirada de todo el mundo porque su padre se avergüenza de ella.

»La joven se sonrojó al oír hablar así de su padre. Yo la examiné atentamente, me senté en el borde de su cama, le acerqué la mano a la frente, ella se reclinó hacia atrás y se apoyó en la pared.

»Me sentí compadecido y dije:

»—No es ningún espíritu infernal. Son los humores de un cuerpo joven que necesitan descargarse.

»La reina exclamó con ansiedad:

»—¿La podréis curar, padre?

»—Creo que podré mejorarla.

»Abrí el pobre saco de viaje, comencé a extraer hierbas, buscaba adormidera y amapola. Me levanté, pedí a la madre agua y un recipiente de metal para hervirla. La reina dio las órdenes oportunas. Nos quedamos callados, yo de pie buscando hierbas, la reina sentada en un banco lateral y la joven en el lecho. La princesa cerró los ojos, descansó apoyada contra la pared y cubierta por una manta de lana. Un silencio incómodo cruzó la habitación. La lluvia fuera sonaba con más fuerza al chocar contra las piedras de la fortaleza de los merovingios. Transcurrió el tiempo mientras preparaba la pócima; pero, de pronto, de modo brusco, la niña comenzó a balancearse, gritó y su cabeza giró hacia la derecha, los ojos se abrieron, las pupilas se dilataron y su brazo se elevó hacia la derecha, señalando al infinito. Perdió el sentido, y después unos movimientos convulsos recorrieron su cuerpo fino y delicado. La crisis duró unos minutos; mientras ocurría, la madre, aterrorizada, intentaba sujetar a la hija. Separé a la reina de la princesa, que se dejó apartar sin oponer resistencia; oí cómo sollozaba a un lado y escuché que exclamaba suspirando:

»—Es un castigo. Un castigo de Dios por los pecados de su padre.

»Impedí que la niña se mordiese la lengua o se golpease contra la pared. En los últimos estertores de la convulsión, acaricié suavemente el cabello de la chiquilla. Pasó un tiempo, ella se quedó aplacada e inconsciente, por fin volvió en sí.

»Al ver la cara de su madre, se echó a llorar:

»—Otra vez me ha ocurrido. No quiero que suceda, pero me pasa una y otra vez sin poder evitarlo.

»Después, recordó el trance y la paz entró en su alma.

»—He visto una luz al principio, una luz suave y diáfana.

»Entonces ella abrió intensamente los ojos que me traspasaron con su luminosidad verde azulada.

»—En la luz, te he visto... con una copa dorada, con piedras color de ámbar que refulgían.

»Me sobresalté y, aún más, cuando ella prosiguió.

»—Esa copa me curará.

»Antes de que yo pudiera responder, se abrió la puerta de la estancia y entraron varios sirvientes, llevando agua. Al fondo del aposento, un fuego chisporroteaba en el hogar. Calenté el recipiente de metal y, cuando estaba al rojo vivo, vertí una pequeña cantidad de agua, salió vapor, entonces introduje las hierbas, y cubrí la infusión con una tapa de madera. Dejé que hirviera durante unos instantes, súbitamente levanté la tapa y la habitación se llenó del maravilloso perfume del malvavisco y la menta, del mirto y la adormidera. Una brisa procedente de la naturaleza llenó la habitación. La reina dejó su expresión abatida, y la joven Clotilde sonrió pacíficamente.

»Los criados me miraban con curiosidad. Pedí un cuenco; para no quemarme, agarré con mi capa el recipiente aún hirviendo e introduje su contenido en la escudilla de madera y revolví suavemente la pócima para hacerle perder el calor. Entonces lo acerqué a la joven, que tomó el recipiente entre sus manos y miró al fondo, aspirando el aroma.

»—Acércalo pero no lo bebas, cuando deje de salir vapor, espera un tiempo y trágalo muy despacio cuando yo te diga.

»Sostuvo el cuenco muy cerca de su nariz un largo tiempo, sus cabellos rubios rodeaban la copa.

»—Ahora —le dije.

»Bebió despacio el líquido, después me dio las gracias y sonrió. Esperé un tiempo y vi cómo se cerraban sus ojos, inmediatamente se durmió. La acosté en su lecho y la tapé. Dije que la dejasen dormir, y mandé salir a todo el mundo de aquella estancia. Nos quedamos con ella, la reina y yo.

»—¿Cómo fue su nacimiento? —pregunté.

»La reina se detuvo, algo doloroso cruzó por su mente.

»—Mi esposo Clodoveo luchaba contra los burgundios...

»En su voz había una gran amargura, la miré expectante, y ella habló con voz débil.

»—... mi familia es burgundia. Él, mi esposo Clodoveo, mató a muchos entre mi gente. Me llegaron las noticias y se adelantó el parto, que fue difícil.

»Miró a su hija.

»—Ella nació muerta, pero la reanimaron. Después volvió mi esposo, yo no podía perdonarle, pero él me amaba e intentaba hacer lo posible por ser perdonado. Fue entonces cuando, tanto por complacerme a mí, como para ganarse a muchos de los galos a quienes regía, abrazó la fe cristiana.

»Suspiró, su rostro adquirió una coloración mate, y en su frente se marcó una arruga de preocupación.

»—Esta hija es especial, siempre lo ha sido, los otros no son tan míos. Su padre les dio una espada en cuanto se pusieron de pie, son salvajes y coléricos. Mi hija Clotilde es distinta. Sufre y yo sufro con ella. Su padre la desprecia.

»—No será así cuando el rey me ha llamado para curarla.

»—No. Te ha llamado por varios motivos. El monasterio de Besson tiene prestigio y se dice que eres sabio. Necesita el apoyo de la Iglesia ahora.

»La reina calló, entendí que no quería revelar determinadas cuestiones políticas, después siguió hablando:

»—Teodorico el Ostrogodo nos ataca de nuevo, mi esposo mató al rey godo Alarico, marido de la hija del ostrogodo. Ahora las cosas no van bien y mi esposo quiere algo que sólo el abad de Besson podría darle.

»Ante aquellas palabras la reina se detuvo, no consideraba adecuado hablar de aquellos temas políticos que concernían a su esposo, y sin dejarme preguntar nada, retornó al asunto que ocupaba su pensamiento.

»—¡Miradla...! Está encerrada desde hace años en esta torre. Si pudierais curarla. Ahora descansa tranquila. Hace mucho tiempo, largo tiempo que no veía que durmiese con esa paz.

»Fuera oscurecía aunque no había llegado la media tarde, el ambiente lluvioso entenebreció el ambiente. La reina se levantó.

»—Dejemos que descanse.

»Una última mirada hacia la joven me hizo ver sus ojos cerrados y la cabeza vuelta hacia la pared, mientras el cabello le caía a los lados. Seguí a la reina Clotilde hacia el exterior. Llovía con fuerza, nos detuvimos en el umbral que conducía al patio, a mi derecha ascendía una escalera. En la puerta del torreón de la hija del rey hacían guardia dos hombres y la reina indicó a uno de ellos que me acompañase.

»—Os conducirá a vuestro aposento, situado encima de los de mi hija. Juan de Besson, tenéis permiso para entrar en la cámara de ella siempre que queráis. Administradle lo que consideréis oportuno. Curadla, por Dios, os lo pido.

»Después ella se volvió.

»—Cuidaos del rey, ahora no está aquí pero pronto volverá, no confiéis en nadie.

»Se alejó cruzando rápidamente aquel patio del castillo, mojándose porque seguía lloviendo. Su fina figura, encorvada y marcada por algún dolor profundo, se alejó entre la lluvia mientras se resguardaba bajo un largo manto de color oscuro.

»El hombre de la guardia me condujo a una celda situada encima de las habitaciones de la princesa Clotilde. Al pasar por delante de aquella puerta un sentimiento cálido se despertó en mi corazón.

»Día tras día, acudí a velar a la princesa. Practiqué con ella los conocimientos que Brendan me había enseñado en mis años en las islas del norte. En el castillo de Clodoveo me dejaron una relativa libertad, con frecuencia acudía a los bosques y paseaba por ellos buscando plantas. Diariamente celebraba el oficio para la reina Clotilde, quien se confió a mí, una mujer sola, llena de dudas, que se torturaba con temores y escrúpulos. Una mujer a la que Clodoveo había herido, una y otra vez; pero que en el fondo se había ligado a él por unos lazos que la sometían y la destrozaban. Nunca estaba en paz.

»La reina ordenó que enseñara conocimientos latinos a sus hijos. Los príncipes díscolos e indisciplinados se reunían conmigo después de amanecer en una cámara del castillo. Las clases constituían una verdadera tortura. Los jóvenes merovingios no gustaban sino de la guerra y la lucha. La pelea que observé el primer día era lo habitual en ellos. Childerico y Clotario se unían a menudo para zaherir a los otros dos, más jóvenes y más débiles. Los cuatro hijos de Clodoveo se odiaban entre sí. Además eran crueles e impacientes. Descubrieron que yo era capaz de perder el control y me provocaban: robaban mis hierbas, o atrancaban la puerta de acceso a la cámara de su hermana. Me sentía humillado y despreciado; mi fe se enfrió.

»Durante mi primera temporada en la antigua Lutecia, el rey Clodoveo se ausentó de la corte; sabíamos que hostigaba a los ostrogodos al sur, que había escarceos entre el ejército godo y el franco pero no era la guerra. En muchos lugares, los campesinos habían huido por los combates continuos, y las feraces y abiertas tierras de la Galia no se cultivaban; había hambruna en el campo. Clodoveo acusaba a los godos de las calamidades, les inculpaba de herejía por ser arrianos, y hacía volver hacia sí, el único rey católico entre los bárbaros, la esperanza de una regeneración.

»Recuerdo bien el día del regreso del rey Clodoveo a su corte en la isla del Sena. Se había hecho anunciar días antes por diversos emisarios. No me explicaba la inquietud y desasosiego de la reina, ni tampoco el nerviosismo de los príncipes, que no cesaban de pelearse continuamente.

XXXI

Clodoveo

—Y al fin... llegó el rey.

Enol se detuvo, cansado por la larga narración, cerró los ojos un tiempo y después los fijó en mí, como si lo siguiente que iba a contar le doliese y al mismo tiempo el hecho de recordar le produjese un cierto consuelo. A su mente volvió como en una visión el día en que conoció al jefe de la casa merovingia, a Clodoveo o Clovis, el rey de los francos.

—Delante de él, una comitiva de lanceros a caballo desplegaba los estandartes en el aire de la mañana. El rey Clodoveo cabalgaba en medio de ellos; un hombre alto y barbado que, un tanto indolentemente, montaba un caballo oscuro. Después del rey y los estandartes, seguían los caballeros; por último, las mesnadas de hombres a pie. Los pendones del rey y de sus nobles tremolaban al viento suave de un invierno temprano. Pude oír el sonido de trompas y cuernos. En el ambiente se podía oler el sudor de los hombres tras leguas de galopada.

»Finalmente la comitiva llegó al castillo y se congregó en el patio interior de armas. El rey desmontó del caballo. Entonces pude estudiar más de cerca su figura: era el rey Clodoveo de figura enjuta, con barba rala y poco recio de apariencia, de mirada inteligente y astuta, un capitán de hombres, llamado a cambiar los destinos de la historia, vencedor de Alarico y de Siagrio, alabado como el gran rey católico o denostado como un oportunista, un hombre complejo que atraía y repelía a la vez, un rostro aquilino, tenso, con una mirada penetrante y agresiva.

»Junto a la escalera de acceso a la fortaleza, le aguardaban la reina Clotilde y sus hijos varones, rodeados del resto de funcionarios de la corte; yo me encontraba entre ellos preso de una cierta inquietud. El rey saludó a su esposa protocolariamente con una leve reverencia de cabeza. Ella dobló la rodilla, sin bajarla demasiado, e inclinó la cabeza ante su esposo en señal de sumisión. Detrás de la reina, inquietos y nerviosos, aguardaban los jóvenes príncipes, que se postraron ante su presencia. Sin demorarse más tiempo, Clovis saludó con un ademán al resto de los cortesanos y se introdujo con sus hombres en el interior del castillo, sin fijarse en nada más.

»Pasaron los días sin que me mandase llamar a su presencia, pero en aquel tiempo la rutina en palacio cambió. Mis alumnos no volvieron a clase, se entrenaban en los patios del castillo queriendo demostrar a su padre su valía como guerreros. Casi no veía a la reina, ocupada en los quehaceres derivados de la estancia de su esposo. Mi existencia se centró en la princesa Clotilde, solamente ella y yo éramos ajenos al bullicio que la llegada del rey había despertado en el castillo. Gracias a mi tratamiento su salud mejoró, y los ataques se hicieron muy esporádicos, le enseñé a controlarlos con la mente.

»En la estancia de la torre, la luz fría del invierno penetraba por el ventanuco e iluminaba los antiguos códices y pergaminos. La hija del rey estaba deseosa de aprender; encerrada en la torre para evitar la vergüenza de que se supiese su mal, era como una tierra virgen sedienta de conocimiento. En un principio era tan tímida que costaba hacer que hablase. Gradualmente fue abriendo su espíritu curtido en la soledad.

»Desde la torre se divisaba el Sena en su eterno fluir hacia el mar.

»—El río está atrapado en su cauce —me dijo un día—, pero sin él no llegaría al mar. Decidme, Juan, ¿cómo es el mar?

»—Imaginaos muchos ríos uno al lado de otro sin límites entre ellos; o una pradera de agua inmensa, con un principio en la costa pero sin final.

»Clotilde cerró los ojos e intentó imaginarse el océano. Después me dijo:

»—Me gustaría ver el mar, y las lejanas tierras, conocer las altas montañas, ver más allá. Estoy atrapada, soy como agua embalsada, que se pudre. No pido ser como el mar, quisiera ser únicamente un arroyo caudaloso y pequeño pero que fluye hacia otro lugar.

»Desde su ventana en la torre seguía las luchas y juegos de sus hermanos. Recuerdo un día en que ellos cabalgaban alejándose del castillo, llenos de vida. Clotilde los observaba y vi sus ojos llenos de lágrimas.

»—¿Te apena no ser como ellos?

»Clotilde calló un tiempo. Después se volvió hacia mí.

»—No es eso. A veces en mis sueños veo mucho odio entre mis hermanos. Me dan miedo.

»Me sorprendió su respuesta, yo sabía que ella discernía ya el futuro, poseía, como tú, niña, el don de la adivinación; pero aquellos muchachos agresivos, siempre compitiendo entre ellos, se llevaban mal y no era difícil prejuzgar —como así ocurrió después— que lucharían entre ellos por el reino de su padre. Para darle algún consuelo le dije:

»—A ti te aman, Clotilde.

»—Sí. Les doy pena, como un animal herido. Además, no soy un competidor por la herencia de mi padre.

»Durante aquel tiempo, no tuve en mí otro pensamiento que no fuera la princesa. Yo aún era joven entonces y nunca había amado a una mujer. Clotilde era alguien diferente a cualquiera que yo hubiese conocido antes. Todos mis pensamientos, deseos y cuidados se dirigieron hacia ella. El amor a Clotilde, alegría y amargura, era el motivo de mi tormento. Dependía de ella. Desde el momento en que me levantaba hasta el fin del día, mi único cuidado consistía en estar a su lado. Era la luz en mis ojos que, sin ella, estaban ciegos. Me volví negligente en mis deberes y la oración murió en mí, me hice tibio y apegado a las cosas mundanas. En el fondo de mi ser, sentía remordimiento. Sin embargo, mi inquietud se fue suavizando lentamente, y a la vez que moría mi conciencia de mal y de pecado, me alejé del Dios al que había ofrecido mi vida. Dios me abandonaba mientras que el frío y el vacío interior iban ocupando su lugar, pero yo no me daba cuenta enteramente de la causa.

Habían pasado las horas, en los aposentos de mi antiguo tutor la luz del sol se difuminaba en el ambiente. Mássona y yo no respirábamos escuchando la antigua historia que Enol relataba con dolor.

—Aparentemente, tras la llegada del rey, poco había cambiado en mi vida, repartía mi tiempo entre la atención a la joven princesa, el estudio y la celebración de la misa. Era allí donde podía ver al rey Clodoveo por la mañana. El rey comenzaba su jornada muy temprano. Antes del amanecer asistía, acompañado de un reducido séquito, a un servicio, que yo celebraba como capellán de la corte. El rey se mostraba impaciente en estos oficios, como si acudiese a ellos por la fuerza de la costumbre más que por devoción personal. Era el rey católico, y su fidelidad a esta confesión le había ganado el apoyo de las multitudes galo romanas; por ello procuraba mostrarse ejemplar en lo que hacía.

Enol se detuvo, se fatigaba grandemente al hablar, le acerqué un vaso de agua. Bebió y después miró a Mássona, como implorando comprensión.

—Se sucedieron varias semanas antes de que el rey me llamase a su presencia. En aquellos días, la joven Clotilde mejoró de sus males. Ya no le acometían aquellas crisis convulsas en las que un espíritu se introducía en ella. Quizá la reina viendo estos progresos decidió mostrársela al rey. Aquélla fue la primera vez que hablé con el rey Clodoveo.

»La habitación de Clotilde estaba en la penumbra. Entreabierta, la ventana dejaba pasar algo de claridad, y un frescor suave del campo, la princesa se inclinaba sobre un pergamino que yo le leía. Al fondo de la estancia un ama cuidaba el fuego. Se escucharon pasos fuera, el roce de unas espuelas contra el pavimento empedrado. Los soldados de la guardia se cuadraron y el ruido de su saludo marcial se escuchó dentro de la estancia. Unos pasos recios y apresurados sonaron sobre la piedra de la escalera. Yo levanté la cabeza de la lectura y la puerta se abrió, penetró una luz tibia y diáfana. Clotilde se incorporó; sus ojos limpios, transparentes y azules se dirigieron con temor hacia su padre. Entró Clodoveo en la estancia, la tensión se palpaba en el aire al paso del rey; pude apreciar cómo se contraían los músculos de la cara de Clotilde. Estaba asustada.

»El rey se acercó a ella y le levantó la barbilla, en su gesto no había afecto sino únicamente una curiosidad un tanto maliciosa.

»—Me dicen, hija mía, que te has curado.

»—Sí, mi señor padre, estoy mejor. Ya... ya no caigo al suelo. Raramente tengo visiones.

»—¿Esto es así?

La voz de Clodoveo sonó imperativa en la estancia y su mirada se fijó en mí al pronunciar estas palabras.

»—Sí —contesté apresuradamente—. Así es. Vuestra hija ha mejorado mucho. Podría decirse que es una joven normal, incluso superior a muchas de su edad.

»—Eso me complace. Me complace mucho. ¿Cómo lo habéis conseguido?

»—Con algunos remedios de hierbas, pero para que su curación sea completa sería muy aconsejable que saliese y que el aire libre de los bosques alivie su mal. Su piel se ha vuelto translúcida de no ver la luz del sol. Debierais incluso permitirle que monte a caballo.

»La mirada de la princesa se volvió brillante al oírme implorar aquellas mercedes a su padre. La reina escuchaba todo aquello esperanzada.

»—Bien, te daré una oportunidad, hija mía —dijo el rey enfáticamente—, acudirás a mis almuerzos privados, con tu madre y este buen monje que tanto te ha mejorado. Si demuestras que estás sana te dejaré ir al campo. No puedo consentir que una hija del rey Clodoveo sea vista como una lunática.

»El rostro de ella, al oírse llamada lunática, se contrajo con una expresión de dolor pero agachó la cabeza y no dijo nada. Entonces el rey me miró con una expresión taimada, como recordando algo.

»—¿Cómo os llamáis?

»—En la religión me llaman Juan.

»—¿Y provenís?

»—Del monasterio de Besson junto a los Vosgos.

»—Bien, maese Juan, algún día hablaremos más despacio. Ahora he de irme.

»El rey salió de la estancia bruscamente como había llegado. La reina permaneció dentro de la cámara; después de que Clodoveo saliese se abrazó a su hija y sonriendo entre lágrimas, me dijo:

»—El Dios que a través de ti ha curado a mi hija, te bendiga siempre.

»Me estremecí al oír nombrar a Dios.

»A partir de aquel día, comimos con el rey. La joven princesa no volvió a tener caídas aparatosas, pero persistían momentos en los que se quedaba ausente fuera del mundo. Después, si yo le preguntaba lo que ocurría, me contaba sus visiones. Me decía que veía tierras doradas bañadas por la luz de un sol perenne, veía también a un hombre, un hombre que la maltrataba. En aquel tiempo no sabía a qué se refería ella con estas visiones, pero ahora que todo ha pasado, me doy cuenta de que Clotilde veía el futuro. Su padre no permitió que saliese al exterior porque aún notaba esos momentos de extravío, pero consintió que su cautividad se suavizase un poco. En los almuerzos, el rey Clovis me preguntaba sobre mi pasado y mis viajes. Yo le contestaba escuetamente. No quería recordar el pasado, donde dormían demasiadas historias inconclusas. Un día, Clovis me ordenó que aguardase en la sala. Esperó a que todos salieran y comenzó a interrogarme.

»—Vuestra forma de hablar —dijo— no es la de los hombres de las montañas francas, habláis en un dialecto ajeno a ellas. ¿De dónde procedéis?

»—De las islas bretonas, en el norte.

»—Sé que venís de allí, pues yo tengo informadores. Antes de ese lugar, ¿cuál era vuestra procedencia?

»—Procedo del norte de Hispania, cerca del mar cántabro.

»—¿Teníais un hermano?

»Observé al rey, y un escalofrío me recorrió. ¿Qué sabía el rey de mi hermano?

»—Sí, lo tuve pero hace mucho tiempo que no sé nada de él.

»Entonces el rey habló:

»—Hace unos años, un nigromante me habló de una copa. Me dijo que el que consiguiese la copa sagrada de los celtas dominaría el mundo. Cuando la poseyeron los celtas, éstos saquearon Delfos. Muchos años más tarde, los romanos vencieron a los galos porque éstos habían perdido la copa. Vercingetórix, el galo, la vendió a un centurión de César para conseguir oro y dominar al resto de las tribus. Después los romanos vencieron a los galos y el centurión llevó la copa a Palestina. Dicen que esa copa fue utilizada por Cristo en la Cena, y después usada por Pedro y los primeros papas y llevada a Roma. Allí permaneció escondida durante más de trescientos años proporcionando poder y paz al imperio. En el saqueo de Roma, Alarico I la consiguió y la guardó en el tesoro regio de los godos. Gracias a ella, bajo el rey Turismundo, los godos derrotaron a Atila en los Campos Cataláunicos. Casi cincuenta años más tarde, un rey visigodo, Alarico II, se casó con una hija de Teodorico el Ostrogodo, en las bodas regaló la copa al rey ostrogodo. Dicen que por eso Alarico fue derrotado en la batalla de Vouillé ante mis tropas; el poder de los visigodos había menguado al perderla. A la muerte del ostrogodo Teodorico, el tesoro de los godos fue entregado a su nieto Amalarico y enviado a Barcino, capital de la Hispania goda. La copa volvió a los godos, por eso no logro derrotarlos. Todo indica que ahora está en manos de los godos; pero no es fácil reconocerla. ¿Tú la has visto?

»—No, mi señor.

»Clodoveo pareció decepcionado.

»—Hace unos años en estas tierras los campesinos estaba asustados por unos hombres que raptaban niños y doncellas para realizar sacrificios humanos. El jefe de ellos era un tal Lubbo, ¿lo conoces?

»Le miré asustado sin responder.

»—El tal Lubbo se decía reencarnación de una antigua divinidad, el dios Lug, estaba deformado y era tuerto, gobernaba a un grupo de nigromantes. La Iglesia los denunció y yo los apresé; murieron torturados, aunque su jefe logró escapar. A mí me gusta la magia negra y oscura, que proporciona poder, creo más en ella que en los misterios cristianos. Uno de los nigromantes, para evitar la tortura, me relató el secreto de la copa del poder. Creían que aquel hombre, Lubbo, poseía una parte de ella. Al parecer, una piedra ámbar. Di orden de búsqueda y captura de Lubbo, me figuré que iría hacia el reino godo y mandé mensajes a Amalarico para que lo detuviese como un peligroso enemigo. Pero él huyó hacia algún lugar y aún anda escondido. Hace poco tiempo me llegó la noticia de que un monje celta, al llegar al continente, había preguntado por Lubbo. Ese monje celta se llamaba Juan y era el abad de Besson. Y tú eres Juan de Besson.

»—Sí.

»—¿Qué relación tienes con Lubbo?

»Era inútil ocultar nada.

»—Lubbo —dudé— efectivamente es mi hermano. Mi familia ha guardado el secreto de la copa durante generaciones, pero hace cientos de años se perdió. Hay una marca, una piedra color ámbar que ahora está en manos de Lubbo.

»—Necesito saber cómo es esa copa para exigírsela a Amalarico.

»Callé un instante y recordé lo que mi padre me había revelado, entonces lentamente dije:

»—Una copa de medio palmo de altura, exquisitamente repujada con base curva y amplias asas unidas con remaches con arandelas en forma de rombo, su copa es de ónice. En la base tiene unas incrustaciones de coral y ámbar; yo poseí una de ellas, ovalada. Dicen que es muy hermosa.

»—Sí. Sé que existe una copa así en el tesoro del rey godo. Me confirmas lo que ya sabía.

»Clodoveo se detuvo y me miró con sus ojos penetrantes e inteligentes.

»—Sé que amas a mi hija, y la has hecho mejorar. Quiero casar a Clotilde con Amalarico a cambio de la copa sagrada.

»No podía imaginar a Clotilde entregada en matrimonio y temí por ella, estaba enferma, era frágil y vulnerable; pero ¿qué iba a decir yo al poderoso rey de los francos? Intenté poner alguna objeción pero Clovis me hizo retirar de su presencia; no necesitaba más de mí, solamente quería confirmar lo que había ya averiguado por medio de sus espías y de la tortura.

»Unos días más tarde se supo que la princesa Clotilde sería desposada con el rey Amalarico de los godos. En la corte se dispusieron los preparativos para la salida de la princesa, cuando de modo inesperado y repentino el rey Clodoveo murió mientras dormía. Fue enterrado en el Mons Luctecio en la iglesia de los Apóstoles. Me sorprendió el intenso dolor de la reina en el sepelio de su esposo, le dolía la muerte de aquel a quien ella había amado, pero sobre todo... adivinaba lo que iba a ser el futuro de sus belicosos hijos. Y es que a la muerte de Clodoveo el reino fue dividido entre ellos. Thierry o Teodorico fue investido rey de Reims, a Clodomiro le tocó en suerte el valle del Loira y la Aquitania. Clotario fue rey de Soissons, también le correspondieron las posesiones francas del norte de la Galia y Bélgica. Por último, a Childerico, rey de París, heredó el valle del Sena y la Normandía.

»La reina Clotilde comenzó un amargo calvario ya que nada más morir el rey, sus herederos iniciaron unas guerras fratricidas para ampliar el control de sus reinos. Ella sufría al ver los reinos devastados y los crímenes y fechorías de sus hijos. Se consoló con una vida de caridad, atendiendo a los pobres y enfermos, y sobre todo con la compañía de su hija, ya totalmente curada. Así transcurrieron unos meses; entonces el rey Childerico, jefe de la casa merovingia, ordenó que la joven princesa Clotilde acatase el destino que su padre Clodoveo le había procurado.

»En el otoño del año 526 de Nuestro Señor, mi señor el rey Childerico dispuso que su hermana menor contrajese matrimonio con el rey godo Amalarico. Yo debía acompañar a la joven princesa a la corte goda que, en aquellos años, se situaba en la lejana ciudad de Barcino.

XXXII

Barcino

—De las brumosas tierras cercanas a Lutecia, llegamos a las feraces campiñas del sur y recorrimos las llanuras francesas hacia el mediodía. Cruzamos el Pirineo, blanqueado por las primeras nieves. A través de la Septimania llegamos a Barcino, junto al mar de los romanos, donde nos esperaba el rey Amalarico.

»Durante el viaje, observé a Clotilde. Aceptaba su destino, que quizás había visto años atrás en sus visiones. Era hija de rey y no se rebelaba ante su futuro. Al ver el mar, sus hermosos ojos claros sonrieron, me dijo que ahora había dejado de ser un charco y se convertía en río pues había llegado al océano. A menudo me preguntaba cómo sería la corte goda y con sus damas hablaba del rey que iba a ser su esposo. Supliqué a Dios que sus esperanzas no quedasen defraudadas y que su esposo la amase tanto como yo. Mi corazón no escuchaba ni veía nada que no fuese el rostro de la princesa; pero nunca permití que el fuego que me consumía se transformase en palabras. Yo era un sediento que cerca de la fuente de las aguas se resistía a beber. El camino a través de la vía Augusta se iba aproximando a su fin, pero yo no deseaba llegar a nuestro destino, ni quería alcanzar la ciudad del godo, temía el futuro; sin embargo, un día desde un altozano divisamos la ciudad de Barcino.

»Barcino era la más hermosa ciudad del mediodía, fortificada con amplias defensas de piedra y construida sobre el

Mons Taber en una pequeña elevación sobre el mar. Las murallas octogonales e irregulares se adaptaban a la forma de la colina. Los lienzos de la muralla, muy gruesos, estaban coronados por setenta y ocho torres, diez de ellas también octogonales situadas en los ángulos y en las puertas. Las fortificaciones hacían a la ciudad de fácil defensa y con una excelente vista sobre el litoral. Dos acueductos construidos en tiempos romanos abastecían de agua la urbe y mostraban su grandeza. Por la puerta decumana de la montaña entramos en la ciudad y a través de la gran calle que atravesaba la urbe, el decumanus máximo, llegamos al foro. La ciudad estaba llena de vida; a nuestro paso, oímos el bullicio que salía de las fábricas de salazón y los gritos de artesanos tiñendo ropa. En el foro, las antiguas basílicas romanas habían sido convertidas en iglesias y el vetusto templo de Augusto en un palacio donde habitaba Amalarico. Más allá de los foros, a través del decumanus máximo, se divisaba el mar y uno de los fondeaderos con barcos de bajo calado. El día era cálido y palmeras y cipreses sombreaban a la multitud apiñada para ver llegar a la princesa franca.

»En las escaleras de un palacio, situado en el foro y con grandes columnas romanas en la fachada, nos esperaba el rey Amalarico. Recuerdo los pendones godos tremolantes al viento, y al rey bajo un gran palio de brocado, erguido, esperando a su prometida. La princesa franca subió por los peldaños que conducían hacia el rey. Ella sonreía tímidamente deseosa de agradar, lleno el rostro por la curiosidad de conocer a quien se le había asignado como esposo.

»Amalarico miraba al frente, y su expresión era fría. Yo escrutaba con preocupación el semblante de ella y lo que vi me dejó sorprendido. Clotilde se ruborizó y en la expresión de su rostro pude darme cuenta de que había admiración hacia aquel joven guerrero.

»Era Amalarico un joven de unos veinte años, en toda la plenitud de facultades físicas. De complexión fuerte desarrollada por la lucha y la caza. Su rostro era rectilíneo, con grandes ojos de color azul oscuro, con una suave barba rubia, una boca desdeñosa y pómulos marcados y altos. De elevada estatura y buena planta: un hombre gallardo y muy apuesto. En Amalarico se mezclaban las dos líneas godas —visigodos y ostrogodos—, pues su madre Thiudigotha era hija del gran rey Teodorico de los ostrogodos, y su padre Alarico descendía del rey visigodo del mismo nombre, que ciento dieciséis años atrás había saqueado Roma. Todo su porte era de una gran arrogancia. Educado como rey desde niño, sometido a la adulación, era un hombre orgulloso.

»La boda tuvo lugar a los pocos días. Clotilde fue obligada a un nuevo bautismo por inmersión y el ceremonial de los desposorios se realizó según el rito arriano. Ella entregó su dote, que fue agregada al tesoro del rey godo. Yo me incorporé a la corte de Barcino dentro del séquito de la reina.

»Pronto comprendí que Clotilde sufría. A menudo se atormentaba por no ser buena esposa. Supe, aunque no por ella, que él a menudo la golpeaba, burlándose de sus trances y ausencias.

»Un día Clotilde habló.

»—Creo que ya sé por qué no soy capaz de agradar a mi esposo. Él está herido, dice que mi padre asesinó al suyo y que todas las desgracias le vienen de ahí. No me ama porque soy hija del que mató a su padre.

»—Escucha, Clotilde, fue una guerra, Alarico murió en el campo de batalla. Amalarico ha querido libremente ser tu esposo, debe respetarte. Me han dicho que no es la primera vez... que te golpea.

»Clotilde se ruborizó como si la hubiese cogido en falta, y desprevenida contestó:

»—¡Oh! Alguna vez ha ocurrido, pero después se arrepiente y me pide perdón. No le gusta mi fe católica. Pero yo lo sigo siendo en secreto. ¡Cómo voy a traicionar a mi madre! Ella no permitiría que su hija fuese arriana. Acudo a los oficios de la Iglesia católica al alba cuando mi esposo aún está durmiendo.

»—Durmiendo o quizá despertándose de la juerga nocturna.

»—No hables así.

»Bajó los ojos, en ellos brillaban las lágrimas. Me dolió su expresión de compasión hacia el salvaje que era su esposo y le respondí airadamente.

»—Vives en un mundo de ensueños, le justificas todo.

»Ella mansamente contestó:

»—Será porque amo a Amalarico, yo veo en él lo que podría ser y no es...

»—Entonces... ¿Quieres todo el mal que te hace a ti y hace a otros?

»—No, sé que hay cosas que no son buenas en él, y no me gustan pero yo veo más allá, amo en él al hombre bueno que podría ser y que, por su educación, por su pasado, no es.

»Me retiré de la cámara de Clotilde rabioso, lleno de celos y de odio hacia aquel que destrozaba a la princesa. Nada podía hacer con ella, que confiaba ciegamente en Amalarico y pensaba que él cambiaría. Ella le quería y yo no podía soportarlo. Me llenaban el rencor y los celos hacia el godo.

»Una mañana en la que, al alba, la reina se dirigía a una iglesia, Amalarico la divisó desde lejos. Clotilde iba recogida devotamente. La ciudad aún no había despertado. Acompañaban al rey un grupo de hombres jóvenes, templados por el vino tras una juerga nocturna. Entonces, los compañeros de Amalarico lo incitaron contra ella y riendo se dirigieron a las cuadras del palacio. En un cubo recogieron una buena cantidad de excrementos que mezclaron con agua. Se escondieron a la salida de la iglesia. Cuando Clotilde avanzaba entregada a sus pensamientos, la rociaron de inmundicia.

»La reina llegó al palacio demudada, sin proferir una queja, pálida de horror y de asco. Aquel mismo día, Clotilde, por primera vez, se enfrentó a su esposo y defendió lo que ella creía. No supe cómo fue la discusión pero finalmente él le prohibió volver a salir a la iglesia, aunque condescendió en habilitarle un lugar en el palacio de Barcino donde pudiese celebrar la misa católica ocultamente. Así, ordenó que los vasos y los ornamentos litúrgicos fueran retirados del tesoro para realizar el culto católico y después devueltos a él.

»Entonces, celebré la misa para ella.

»Al acercarme al altar temblaba, porque no me sentía digno. Musité las palabras con calma, intentando concentrarme, pero me distraía al ver a la princesa. Balbucí las palabras sagradas sobre el pan, y entonces tomé en mi mano el cáliz donde se había depositado el vino. De modo rutinario musité las palabras sagradas:

»—*Hic est enim calix...*

»"Éste es el cáliz", había dicho en latín; fue en aquel momento cuando me fijé en la copa con la que estaba celebrando y me detuve asustado. La copa brilló y no pude seguir sino que me quedé mirándola durante unos segundos que se me hicieron eternos. El acólito, que me acompañaba, me tocó el hombro y yo regresé a la realidad y finalicé las palabras. Después elevé el cáliz y de nuevo lo observé en lo alto; una copa de medio palmo de altura, exquisitamente repujada con base curva y amplias asas unidas con remaches con arandelas en forma de rombo. En la base, vi unas incrustaciones de coral y ámbar. En aquel momento, aprecié que en la base donde debía existir una incrustación ámbar, simétrica con otra de coral, no estaba, había un hueco en aquel lugar, y allí se había marcado una cruz.

»Mi corazón comenzó a latir precipitadamente.

»Acabé la celebración como pude. Después, me retiré a mis aposentos, dejando a Clotilde sorprendida por mi actitud. Desde aquel día, me obsesioné con la copa, oficiaba el rito eucarístico sin devoción. Sólo miraba la copa, con ella curaría para siempre a Clotilde, con ella conseguiría el poder y el amor.

»No se me permitía estar mucho tiempo junto al cáliz; al terminar la celebración, los ornamentos eran conducidos a la cámara del tesoro regio y custodiados por el *comte* del tesoro. Alguna vez intenté seguir las joyas pero siempre de lejos y evitando ser observado.

»Por aquellos días, prosiguieron las ofensas y atropellos contra la reina. Una noche, pude oír que el rey se iba del palacio con otros compañeros de juerga, entre risas y bromas. De la cámara regia salían sollozos. Alarmado, entré en las habitaciones reales.

»Clotilde, llena de sangre, había sido golpeada de manera brutal posiblemente con una fusta, en la cara y en el cuello. Llamé a sus damas francas y examinamos sus heridas, después limpié la sangre que manaba por alguna de ellas con un pañuelo.

»—¿Qué os ha ocurrido?

»—Amalarico se ha enfadado conmigo. Había bebido de más y me golpeó sin querer...

»—¿Sin querer?

»—Se volvió loco de enfado cuando le dije...

»—¿Qué le dijisteis?

»Me miró con aquellos ojos transparentes, tan hermosos, brillantes por las lágrimas y exclamó:

»—Cuando le dije que esperaba un hijo. Un hijo suyo.

»—¿Y eso es motivo para golpearos? Ese hombre es un ser indigno e inhumano. Clotilde, os lo pido por Dios Nuestro Señor, debéis huir de aquí, volved a Francia con vuestro hermano. Él os protegerá.

»La cara de Clotilde estaba pálida, pero sus ojos brillaron con dignidad; entonces protestó con fuerza:

—Nunca me iré de aquí. Éste es mi puesto, no hay otro lugar para mí. No quiero que ocupe mi lugar una barragana de las muchas con las que él se relaciona. Tampoco quiero que haya más guerras.

»Nunca había visto a Clotilde de aquella manera, era la hija de Clodoveo, la nobleza de su sangre se evidenciaba en la fidelidad a su destino. Después prosiguió con un tono más dulce:

»—Se le pasará. Amalarico no es siempre así. A menudo cambia y se vuelve de otra manera. Además sé que él sufre.

»—¿Sufrir...?

»—Sí, después se arrepiente. Cambia su actitud para conmigo y me pide perdón.

»Miré a Clotilde como si ella estuviese loca, como si desvariase; me di cuenta entonces hasta qué punto se había hecho dependiente de Amalarico, e intenté decirle algo pero ella se puso en pie y habló:

»—No me miréis así, Juan, yo le amo. Parece raro, pero

le quise desde el primer momento en que le vi. Ha sido mimado y adulado. No sabe lo que es el amor y da la espalda a Dios. Pero yo sé que puede cambiar.

»Guardé el pañuelo ensangrentado en mi túnica de monje y no supe qué contestar. No recuerdo nada más de aquella noche, sólo sé que un odio infinito hacia Amalarico me cegaba. Más tarde me acerqué a la cámara del tesoro regio que estaba bien custodiada; intentaba ver la copa, pensé que la copa sagrada me permitiría curar las heridas de Clotilde y darme el poder para vencer a Amalarico. Uno de los guardianes me encontró allí.

»Por la mañana, me avisaron de que el duque Teudis quería verme.

»El gran duque Teudis era un personaje poderoso e influyente en la corte visigoda. Durante la infancia del rey había sido el máximo gobernante del reino, se había casado con una rica mujer hispano romana, pero era de procedencia ostrogoda. Fue nombrado tutor del rey por Teodorico el Grande, el Ostrogodo. Había sido regente de los visigodos durante años y, aunque Amalarico había alcanzado la mayoría de edad, él continuaba en la sombra gobernando las tierras de las provincias hispánicas.

»Por calles estrechas y embarradas salí de la ciudad y me dirigí al lugar donde moraba Teudis, una hermosa villa cercana a Barcino, en una montaña no muy alta y desde donde se divisaba el mar. Los espatarios del duque que me hicieron pasar, formaban guardia en las puertas de la enorme mansión. Se abrieron las grandes puertas de madera y me condujeron a su presencia.

»Teudis se sentaba sobre un pequeño trono de cuero al que se accedía por dos escalones. Era un hombre fuerte de cabello largo canoso que rodeaba su rostro y lo enmarcaba con dos trenzas sobre la cara. Su cabeza estaba coronada por un casco de hierro, debajo del cual brillaban unos ojos grises muy penetrantes. Me examinó de arriba abajo y con voz ronca pero convincente habló en un latín de baja calidad con un fuerte acento germánico.

»—He sabido que la reina Clotilde ha sido golpeada y es constantemente vejada por Amalarico.

»Palidecí de ira y con voz colérica a la vez que dolida dije:

»—Sí, Amalarico la matará y ella se resigna a todo, no se queja ni quiere abandonarle.

»—Amalarico es un incapaz, un niño que ha nacido siendo rey, tiránico y caprichoso. No merece llevar la corona que ostenta.

»Me asombraron las palabras de Teudis, sobre todo me sorprendió que el lugarteniente del reino criticara de aquella manera al rey. Intenté decir algo pero Teudis prosiguió:

»—Sé que a menudo os acercáis al tesoro regio.

»Me sentí descubierto por la observación. Callé. Teudis continuó en un tono sibilino.

»—Y creo que podríamos ayudarnos mutuamente.

»—¿Ayudarnos? ¿En qué sentido?

»—Vos queréis salvar a la reina y un objeto del tesoro regio. Yo quisiera deshacerme del rey.

»—¿Qué pretendéis? ¿Que le mate?

»—No quiero que lo matéis. Sólo quiero que advirtáis a Childerico lo que ocurre con su hermana. Creo que él la ama tiernamente.

»—No es así. Childerico sólo ama sus propios intereses.

»—Pero puede ser que entre los intereses del rey franco esté la guerra con el godo, y una hermana querida y maltratada sea una buena excusa.

»Entendí las intenciones de Teudis y comprendí que yo era un peón más en medio de una compleja trama, en la que en el centro estaba Teudis y, en el fondo, un cambio de dinastía en el reino de los godos.

»—Os daré medios para ir a la corte franca —prosiguió Teudis—. Estoy seguro de que Childerico estará muy interesado en ver el pañuelo con que limpiasteis ayer la sangre de su hermana. Vos que fuisteis su preceptor sois el más indicado para comunicarle estas noticias, a vos os creerá, a un godo no lo haría.

»Sentí que aquélla podría ser una solución al sufrimiento de Clotilde y, convencido, acepté.

»—Bien. Lo haré, pero con una única condición. La copa, el cáliz donde diariamente se celebra el sacrificio. Quiero ese cáliz.

»—El cáliz lo tendréis cuando Amalarico haya muerto y yo sea rey.

»Sin despedirme de la reina partí hacia el norte. El duque Teudis me proporcionó dinero y credenciales, así como una buena cabalgadura. Galopé durante días sin parar, apenas descansaba e incluso cabalgué las noches de luna llena. Con las credenciales del duque pude cambiar el caballo en las postas reales. Hacía calor en las tierras de cultivo de la Septimania, pero al llegar al Pirineo la nieve cubría los picos de los montes y un frío que yo no sentía por la galopada helaba el ambiente.

»Agotado llegué a Lutecia. En la fortaleza de los reyes francos algunas cosas habían cambiado y muchas otras seguían igual. Saludé a los conocidos y solicité audiencia al rey Childerico.

»Conocía las costumbres de la corte: las primeras horas de la mañana el rey las dedicaba a recibir embajadores y a despachar negocios públicos. Junto a su asiento, permanecía de pie el jefe de los espatarios; cerca de allí los guerreros que formaban la guardia real se situaban detrás de los velos y tapices que formaban las paredes de la estancia. Desde la cámara regia, se podía oír el murmullo de sus charloteos y si se alborotaban mucho, se les alejaba.

»Era aquél el momento apropiado para ver al rey.

»—Juan de Besson os presenta sus respetos —anunció el heraldo.

»Childerico, coronado y sentado en un trono, se rodeaba de sus nobles y de esa manera impartía justicia a su gente. Al oír el anuncio del criado se levantó de su sitial y abrió los brazos con gesto de reconocimiento.

»—Mi antiguo preceptor, el que me palmeaba por no conocer las letras latinas.

»Esbocé una sonrisa, yo también recordaba a aquel muchacho incapaz de fijar la atención en otra cosa que no fueran los combates y la guerra. Mi actitud se volvió más seria, sabía que Childerico era impulsivo, de iracundo carácter y sus reacciones eran inmediatas de rechazo o de aceptación; el éxito de mi embajada dependía de cómo le entrasen mis palabras, debía adularle para obtener su favor.

»—¡Oh! Mi señor Childerico, el más grande de los reyes francos. Habéis heredado la inteligencia preclara de vuestro padre y la misericordia de vuestra madre. Oíd atentamente las súplicas de un pobre monje que os enseñó las primeras letras en la juventud.

»—Decid, amigo, ¿qué os trae por estas tierras?

»Dejé que el silencio dominase el gran salón del trono para dar énfasis a mi discurso. Los funcionarios palatinos lentamente fueron callando intrigados por las palabras de aquel que servía en la corte hispana. Entonces hablé.

»—Muchos años ha que serví a vuestra madre y desde hace tres acompaño a vuestra hermana Clotilde en la corte goda. No callaré al deciros que he servido y amado a vuestra familia con la devoción que conocéis. Pues bien, mi señor, me inclino ante vos para suplicaros que veáis el pañuelo con el que limpié la sangre de vuestra hermana golpeada por el rey godo.

»Hasta aquel momento yo parlamentaba con las manos entrecruzadas por debajo de las amplias mangas, entonces las separé y saqué el pañuelo marcado por las huellas de la sangre de Clotilde.

»—¿Qué mostráis?

»—Este pañuelo cubierto de sangre lleva las huellas de la saña con la que el cruel rey Amalarico trata a su esposa y vuestra hermana. Clotilde precisa la ayuda de los francos. El honor de los reinos merovingios está siendo denostado por el godo. Además ultraja la fe de vuestra madre obligando a una princesa franca a practicar la innoble herejía arriana. No podéis consentir esto.

»El rey se levantó del trono donde se hallaba reclinado. Sus ojos brillaron y con gesto teatral exclamó:

»—Las noticias que aportáis son muy graves. Los godos vencidos en Vouillé por mi padre se atreven a atacar a los francos en la figura de una desdichada princesa franca. ¡No podemos consentirlo!

»Animado por su respuesta proseguí.

»—El gobierno despótico de Amalarico, al igual que a vos, ha irritado a muchos nobles godos que no le apoyarán si es atacado por los valerosos hijos del gran Clodoveo. Ésta es la oportunidad para atacar al reino hispano del sur.

»El rey alzó los brazos y con gesto majestuoso habló:

»—Nobles francos, los godos nos denigran y ultrajan en mi hermana Clotilde el honor de nuestros reinos. No consentiremos esto. Levantaremos un ejército que asolará las tierras hispanas, y el tesoro regio de los godos, que debería pertenecernos tras la victoria de mi padre, pasará al reino franco.

»El brillo del oro hizo un efecto más beneficioso en los corazones de los nobles que rodeaban al rey que todos los agravios a la princesa. Aquellos belicosos nobles tenían ganas de guerra y sobre todo de botín, desde tiempo atrás buscaban una excusa para atacar los ricos feudos de la Hispania goda; ahora yo se la estaba proporcionando al igual que la información de una desunión entre los nobles del reino godo, que iba a facilitar sus planes.

»En los días siguientes, Childerico envió mensajeros por todo su reino para conseguir la ayuda de los nobles. Los guerreros iban llegando y disponiéndose en la gran fortaleza en el Sena. Childerico solicitó la ayuda de su hermano Clotario.

»Durante los preparativos, el rey Childerico se reunía diariamente conmigo para recabar detalles sobre la situación de las fuerzas godas del sur y los pasos en las montañas. Le di una cumplida información de lo que requería, además aproveché para solicitar un pago en el tesoro real de los godos si los francos obtenían la victoria. El pago sería la copa sagrada, yo no me fiaba enteramente de Teudis.

»Por las noches no dormía, preocupado porque avanzaban los días y porque Clotilde seguía junto a Amalarico expuesta a mil peligros. Además, me daba cuenta de que había dejado por completo al Único; la búsqueda de la sabiduría no era ya el centro de mi vida. Lo único que me ocupaba el pensamiento era una serie de manejos políticos y el afán desaforado por la princesa y por la copa.

»La campaña se demoró, el rey tardaba en levar tropas para la guerra y la corte me sofocaba, mientras me consumía la impaciencia. Por eso decidí acercarme a Besson. El monasterio no había cambiado nada, allí seguían mis antiguos compañeros, dedicados a la oración y a la predicación. En Besson pude encontrarme con el nuevo abad, un antiguo monje al que conocía desde los tiempos de Bangor. Él, que discernía los espíritus, comprendió la lejanía de Dios y la frialdad interior de mi alma. Sus palabras me pusieron en guardia para lo que después ocurrió.

»—Has errado el camino. Desprecia el mundo y sus pompas, regresa al hogar del convento; vuelve a Dios. Has emprendido una senda que sólo conduce al extravío.

»—Yo soy la única ayuda de la princesa franca. Ella morirá si no la apoyo.

»—Cada ser humano tiene su destino, y nadie muere ni un segundo antes de que llegue la hora decretada por el Altísimo... y por lo que me has contado Clotilde ama a su esposo y no quiere seguir otra suerte.

»—Él es cruel, la matará.

»—Tus pasos son errados. Has provocado una guerra entre dos pueblos y morirá mucha gente —dijo el abad; después, con voz profética, como adelantando el futuro prosiguió—: Ella no morirá un minuto antes de lo que Dios haya dispuesto. Reza, hijo mío.

»No le entendí, sólo recordaba a Clotilde llorando, maltratada, aquellos consejos me parecieron ridículos.

»—Estoy dispuesto a hacer cualquier cosa para evitar el sufrimiento de la que es inocente, la guerra o el asesinato si es preciso.

»—Te ha enloquecido una pasión indigna de la vocación a la que fuiste llamado; pero no es sólo eso... —dijo el abad pensativamente— buscas el poder.

»—Sí. Quiero la copa de las curaciones.

»—Olvida las antiguas supersticiones célticas y vuelve a tu fe cristiana. En esa copa hay algo sagrado y ha sido utilizada para celebrar los misterios, no debiera ser usada para otra cosa. Renueva tus votos sagrados, vive en ellos: en pobreza, en castidad, en obediencia a tus superiores. Te ordeno que dejes ese empeño que te aleja de Dios.

»Me rebelé ante aquellas palabras que me parecieron poco comprensivas con mi situación y no quise entender lo que el monje me decía. ¡Qué distinta habría sido mi vida si me hubiese contentado con una existencia retirada entre los bosques de Besson! Me fui de allí enfadado conmigo mismo y con el abad, cegado por la indignación y deseoso de obtener la gloria y la redención de Clotilde a toda costa.

»Volví a la corte, pero Childerico, ávido de aplastar al godo, había conseguido un gran número de tropas y el ejército había abandonado ya dos días atrás la ciudad del Sena. A las tropas de Childerico de París se unieron las de Clotario de Soissons. El rey había también partido cuando regresé a Lutecia.

»Emprendí el camino hacia el sur. El ejército del rey había requisado los animales y no me fue fácil encontrar monturas para cambiar mi caballo exhausto, debía detenerme por las noches. Me llegaron noticias de que las tropas francas y godas se habían encontrado cerca de Narbona y los godos habían sido rechazados por los francos, pero todo era confuso.

»Al fin, desde la lejanía, en una llanura frente al mar y cerca de la ciudad de Narbona, divisé a los dos ejércitos dispuestos frente a frente. Las tropas de la vanguardia se dirigían una contra a otra, la batalla en aquel momento estaba aparentemente igualada. Sobrepasé la retaguardia del ejército franco con un salvoconducto que me había expedido Childerico y a través de vericuetos extraños me introduje en las líneas godas.

»La lucha era intensa, al acercarme más al campo de batalla distinguí las murallas de la ciudad de Narbona y, aún más allá, el mar que brillaba en el golfo de León. No había mucha vigilancia por ningún sitio y sí un gran descontrol. En el campo de batalla unos soldados godos huían mientras que otros se dirigían al frente. Todo era un caos. Entendí que Amalarico había despreciado al experimentado duque Teudis e intentaba dirigir las tropas tal y como si fuese una de sus correrías nocturnas. Pero la suerte no favorecía al rey godo.

»Me retiré y desde una cumbre pude ver la ofensiva entre godos y francos. Como aves carroñeras que buscan su presa los ejércitos francos avanzaron mientras los godos se deshacían. El frente se situaba en una hondonada entre cumbres no muy altas, pero sí escarpadas, de montañas de piedra cizallada. A lo lejos rutilaba el Mediterráneo. En aquel valle antes habían existido campos de labor que ahora habían sido destruidos por la guerra. Los campesinos habían huido. Un río de escaso caudal corría con las aguas teñidas por la sangre de muertos y heridos.

»Pude ver el pendón de Teudis a un lado del frente de batalla. Junto a él, desafiando la deserción general de los godos, algunos hombres destacaban por su valentía. Desde mi atalaya pude observar a un hombre joven fuerte y hábil con la espada. Descabezó de un golpe de hacha a un enemigo: era Leovigildo. Cerca de él, luchaba su hermano Liuva, un hombre grueso y poderoso que avanzaba con precaución pero sin miedo. Un jinete franco espoleó su caballo hacia delante a todo galope, intentando atravesar a Liuva con la lanza, pero él se agachó a tiempo y al pasar el jinete, Liuva le hirió por el ijar. Teudis mientras tanto lanzaba a sus hombres a la batalla y se mantenía firme observándolo todo detrás.

»La lucha se prolongó durante todo el día. La victoria de los francos era evidente, pero al llegar la tarde los dos ejércitos se retiraron a sus campamentos. Al anochecer pude avanzar hacia el campamento godo.

»Entonces me dirigí hacia la tienda donde lucían los gallardetes del duque Teudis. Al entrar, pude ver a varios capitanes reunidos, entre otros se encontraba el duque Teudisclo, hombre de buen beber que alzaba una copa, y el duque Claudio de la Lusitania. Hablaban en voz tenue.

»Penetré inesperadamente, tapado por una capa oscura que cubría mi pobre hábito monacal. Los capitanes presentes en la tienda se sobresaltaron y llevaron su mano a las espadas; entonces me descubrí y Teudis habló.

»—Serenaos —dijo Teudis—, es Juan de Besson, de confianza.

»—He cumplido el mandato que me indicasteis.

»—Podéis hablar con libertad, todos están en nuestros planes.

»—Bien. El rey Childerico está al frente de las tropas. La batalla está perdida para vos.

»Teudis habló lentamente, en su rostro no se adivinaba pena por la derrota ni arrestos para conseguir la victoria, su expresión era neutral.

»—Nuestra esperanza hubiera sido que Amalarico cayese en el combate, pero el cobarde ha huido, y nos ha dejado en el campo de batalla frente a frente con el enemigo. Si nos rendimos caeremos en manos de los francos y no habremos logrado nuestros propósitos.

»—¿Entonces?

»—Todos nuestros planes han fallado. Algunos confidentes nos han indicado que el rey ha ido a Barcino. Al salir del campo de batalla sólo tenía dos objetivos que os atañen directamente: el primero es vengarse de la reina, a la que acusa de esta guerra y de llamar a su hermano. Childerico envió un mensaje a Amalarico en el que atribuía la causa de la guerra a las torturas sufridas por su hermana a manos del godo. Cree que ha sido su esposa la que ha llamado a los francos, salió del campo de batalla con la idea de vengarse en Clotilde.

»Al oír aquello me asusté y exclamé preso de una gran consternación:

»—¡Oh! ¡Gran Dios! La matará, sé que la matará...

»—A no ser que vos le matéis antes.

»—¿Matarle...?

— 443 —

»—El segundo fin de la huida de Amalarico es proteger el tesoro regio, dicen que ha ordenado que se embarque ese tesoro en una nave en el puerto. Con el tesoro está la copa que tanto deseáis.

»—Haré lo que me digáis.

»—Mirad, buen monje, no tengo ningún interés en la princesa franca pero deseo con todas mis fuerzas la muerte de ese engreído que ha destruido el reino que yo y su abuelo con tanto esfuerzo construimos. Id a Barcino y matad a Amalarico. Después podéis adueñaros del tesoro real y tomar de él lo que os plazca. Si hacéis esto tendréis mi total amistad. Pero matad a ese renegado, a ese tirano.

»El rostro de Teudis traslucía todo el odio que el duque albergaba hacia Amalarico. Durante la infancia de Amalarico Teudis había hecho crecer el reino godo, pero a la muerte de Teodorico el Grande, Amalarico se había rodeado de aduladores y de los nobles que le acompañaban en sus salidas nocturnas, prescindiendo de sus servicios. Ahora que Amalarico se hallaba en apuros con los francos, le había hecho llamar de nuevo, pero no seguía sus indicaciones y le había despreciado delante de los nobles de la corte. Teudis había intentado por todos los medios que muriese en la batalla pero Amalarico, cobarde al fin, había huido de la refriega, dejando la guerra atrás. Los nobles reunidos en torno a Teudis mostraban la misma actitud de odio al monarca. Estaban confabulados para proclamar rey a Teudis en cuanto cayese Amalarico, y después rechazar a los francos, pero no contaban con la huida del rey. Ninguno de ellos quería mancharse las manos con un regicidio y por ello me enviaban a mí a que lo cometiese.

»Salí de los reales de Teudis, con un doble propósito: encontrar a Clotilde y matar a su esposo. Al sur, discurría la vía Augusta, la antigua calzada romana que recorría la costa y llegaba hasta Barcino. La luna iluminaba el mar con fuerza; desde los acantilados, la visión del océano, calmo y sin olas, me sobrecogía. Yo respiraba odio hacia Amalarico. A mi mente volvía una y otra vez la hermosa copa dorada, la copa que había pertenecido en el pasado a mi familia y, de alguna manera, me parecía verla en el brillo de la luna sobre el océano. Cabalgué toda la noche y, al alba, mi caballo agotado no pudo seguir. Descansé apenas unas horas y cuando el animal se repuso continué todo el día y toda la noche mi recorrido hacia el sur por la vía Augusta.

»Aún no había amanecido cuando divisé Barcino, sus murallas octogonales, las torres y, a lo lejos, los dos fondeaderos donde los barcos se balanceaban con el viento de la noche. Cuando me aproximé a la ciudad, el alba llenó el cielo de resplandores rosáceos, a lo lejos centelleó el mar que está en medio del mundo, el Mediterráneo, de un azul verdoso suave y resplandeciente, muy distinto del brumoso mar del norte. Las puertas de la ciudad se abrieron y los guardas me dejaron pasar ante las credenciales de Teudis. En la ciudad había revueltas que acusaban al rey de la derrota frente a los francos, sus habitantes tenían miedo de que la ciudad fuese pasada a cuchillo si era tomada por las tropas de los merovingios. Recorrí las calles estrechas de Barcino, pasé el foro, llegué al palacio de los reyes godos, el lugar donde Gala Placidia había desposado a Ataúlfo, en el origen del reino godo en Hispania. Desmonté del caballo dentro ya de la fortaleza; los guardias al verme me saludaron con una inclinación, reconocieron al monje que servía a la reina; sus caras eran sombrías. Recorrí los oscuros pasillos del alcázar, alumbrados débilmente por la luz de las antorchas. Al fondo, cerca de los aposentos de Clotilde, oí a las mujeres sollozar.

»Entré en la habitación de la reina. Todo estaba en desorden. En el lecho, deformada por los golpes, yacía Clotilde inconsciente. Su abdomen estaba muy abultado.

»—Clotilde... —dije estremecido—, háblame. ¿Qué ha pasado?

»Pero ella ya no podía hablar. Una dama, tú la conocerás, se llamaba Marforia, que amaba en gran medida a la reina me dijo:

»—Ha sido el rey, últimamente la golpeaba con frecuencia pero hoy al llegar del campo de batalla se ha ensañado. No hemos podido hacer nada. Salvad al menos a su hijo.

»—¿Su hijo?

»—Sí. Está vivo, ella sólo sollozaba pidiendo que respetase a su hijo. El rey gritaba que su sangre baltinga no se uniría con la sangre de los traidores francos.

»Examiné a Clotilde con mis manos experimentadas en la curación. Me di cuenta de que aún vivía, pero que no tardaría mucho en morir. Decidí que salvaría a ese hijo por el que ella había luchado. Con mi daga abrí su abdomen sin que ella articulase un lamento, apenas salió sangre de la herida; de dentro de su vientre salió una pequeña niña, prematura pero fuerte. Marforia, la cogió en sus brazos y la golpeó fuerte hasta que lloró.

»Entonces, yo me senté junto al lecho de la princesa franca, le cogí la mano y la besé. Ella pareció abrir los ojos. Fue en aquel momento cuando de nuevo recordé la copa. La copa que sanaba todas las enfermedades y que estaba en el tesoro regio, con esa copa curaría a Clotilde. Me apresuré a vendar el vientre de la reina y la dejé con sus damas, dirigiéndome al puerto.

»No me fue difícil reconocer el barco de Amalarico en el que ondeaba la enseña real. Los soldados godos que le acompañaban me reconocieron como un servidor de la reina y me permitieron el paso. Me dirigí hacia el camarote de proa, donde encontré a Amalarico durmiendo la borrachera. Pensé que después de golpear a su esposa, lo habría celebrado bebiendo. No me oyó entrar.

»Por el suelo de la cámara rodaban las joyas del tesoro, armas engastadas en oro, monedas, collares y en medio de todo aquello pude ver, tirada en una esquina, la hermosa copa que había sido la esperanza de los celtas durante años; la copa de la curación. Al dirigirme hacia la copa, tropecé con un candelabro de cobre; en ese momento, Amalarico, tumbado en su lecho al fondo del camarote, despertó de su borrachera.

»—¡Ah! Es el monje, el fraile que obliga a mi esposa a

obedecer a la religión inmunda. Pues ya no vas a poder hacer nada. La he matado. —Rió con voz de poseso—. No vas a poder tramar más traiciones. La franca ha muerto.

»—No, aún no ha muerto y tenéis una hija —le dije.

»—¿Una hija? Una hija de la puta.

»Al oír el insulto, una furia irrefrenable me dominó y comencé a temblar de arriba abajo. Sin poder contenerme alcé la misma daga con la que había abierto el vientre de Clotilde y apuñalé con ella al tirano, una vez y otra. Amalarico no profirió ninguna queja. Al matarlo, sentí placer; el placer de la sangre del que me había hablado mi hermano Lubbo. Metí la hoja del cuchillo profunda en su pecho, abriendo la cavidad torácica. Como en las ceremonias de los antiguos druidas, extraje de su pecho el corazón. Después contemplé la faz del último rey baltingo azulada y contraída por el dolor. Yo maté a tu padre, niña, y le hice morir sin sacramentos, sin permitirle el arrepentimiento, condenándole a un castigo eterno. Y gocé de odio, de rabia y de venganza.

Enol se estremecía en el lecho, su rostro mostraba la pasión que le había dominado. Sentí compasión hacia él. Aquel padre rey no significaba nada para mí y ahora, además, le despreciaba por haber asesinado a mi madre. Enol había sido mi guardián durante años, había cuidado de mí desde que yo era una niña. Entonces le pasé la mano por la frente con suavidad.

—Calma, calma —le dije entre lágrimas—, no hables más. Nada importa ya.

—No. Debo seguir, debes conocerlo todo —me dijo mirándome y después solicitó a Mássona—. Pido perdón a Dios por ese crimen execrable.

—Qué Él tenga misericordia de ti.

—Pido perdón también por lo que a continuación os relato.

»Metí en un saco el tesoro que guardamos después durante años en la fuente y cogí la copa. Los soldados del barco me dejaron pasar sin sospechar nada de lo ocurrido con su señor. Monté a caballo y me dirigí hacia la ciudad, a la fortaleza donde tu madre agonizaba. Al llegar allí, ella ya estaba muerta. Las damas de la corte sollozaban sin saber qué hacer. Corté un mechón de sus cabellos y lo guardé en una caja de plata donde ella solía guardar sus joyas. Las lágrimas acudieron a mis ojos y me quedé allí contemplando su dulce rostro, ahora en paz.

»De pronto oí un sonido, un infante gimoteaba. Eras tú que aún vivías. Entonces, te tomé en brazos y delante del cadáver de tu madre juré que llegarías a ser reina de los godos. Ésa sería también mi venganza sobre tu padre, una descendiente de los francos estaría en el trono baltingo.

»Pronto las tropas godas entrarían en la ciudad escapando de la derrota frente a los francos. Debía huir cuanto antes. Entendí que el duque Teudis, que buscaba el poder, te mataría o te utilizaría para sus fines. Así que te envolví entre unas mantas y me dirigí afuera de la estancia. Entonces, Marforia, que tanto había amado a tu madre, me preguntó:

»—¿Adónde lleváis a la hija de Clotilde?

»—Lejos de aquí, Amalarico ha muerto y Teudis se alzará con el poder. No creo que le interese una princesa baltinga.

»—Permitid que amamante a la niña. Yo había sido destinada para ser la nodriza del hijo de Clotilde. No tengo a nadie, yo sabré cuidarla.

»Permití que nos acompañase y desde entonces veló por ti. Sé que llevaron los restos de tu madre a la tierra franca, a la ciudad del Sena, donde reposa al lado del rey Clodoveo y su esposa, la reina Clotilde.

Enol se detuvo fatigado por la larga confesión, tomó aire y siguió hablando.

—En mi huida me llegaron noticias de que Teudis había sido nombrado rey y que quería castigar al asesino de Amalarico. No le interesaba que un hombre como yo, conocedor de sus trampas y conjuras, anduviese suelto. Quería ganar para su causa a la facción que apoyaba a los baltos. Por ello, me acusó tanto del asesinato de Amalarico como de la muerte de Clotilde, y firmó la paz con los francos. Por el reino se difundía la búsqueda de Juan de Besson como el regicida, asesino de Amalarico y Clotilde. El reino godo me expulsaba, pero tampoco podía dirigirme al reino franco donde mi crimen y mi deshonor habrían ya llegado. Huyendo de la ira de Teudis me dirigí hacia el norte, al Pirineo. Con una niña recién nacida y con una mujer poco ágil, Marforia, no tenía muchos lugares donde escoger. Debía cuidar de lo único que había quedado de Clotilde. No podía ya ser monje, ni volver a Besson. En aquel momento creía que mis pecados me lo impedían y no entendía que el Dios al que adoraban los monjes hubiera muerto precisamente por hombres como yo. Acusaba al Dios de los cristianos de todos mis crímenes y en lugar de arrepentirme y pedir perdón por mis ofensas con dolor sincero, como hago ahora desde el fondo de mis entrañas, me enfurecía y me ensoberbecía. Culpé de todo lo ocurrido al Único Posible, pensé que me había abandonado. Volví a las creencias antiguas, a un Dios Bifronte que ahora me mostraba su cara más amarga. Entonces una última solución se abrió en mi espíritu, y una luz iluminó mi alma. Recordé la copa y decidí volver hacia las tierras cántabras, al país de mis antepasados. Con la copa en mi poder podía cumplir la promesa que le había hecho a mi padre: regresar como el druida capaz de acaudillar a los celtas, como el poseedor de la copa sagrada de nuestros antecesores.

»El camino al norte no fue fácil. Para evitar la persecución que el rey había decretado viajábamos por vericuetos poco frecuentados, entre montañas. Me guiaba por las estrellas, sin preguntar a nadie. Desde aquel tiempo amé a los astros de la noche que fueron una guía certera. Siempre hacia el norte, hacia la Estrella Polar, y hacia el este siguiendo el gran mar cántabro de donde procedíamos.

»Fue un milagro que no murieses, hacía tiempo que Marforia había amamantado por última vez, perdías peso y llorabas constantemente. Al fin, con un brebaje conseguí que Marforia tuviera más leche y en los poblados alguna buena mujer, en la lactancia, se compadecía de ti y te nutría.

»Viene a mi memoria el regreso a la ciudad sobre el Eo: el mar abierto y blanquecino, cubierto por una neblina nívea; la luz que inundaba la costa y la ciudad en su mayor esplendor. No existía el templo horrendo que después construyó mi hermano Lubbo. Nícer reinaba en paz entre los albiones.

»Al entrar en la ciudad, nadie me reconoció. Habían transcurrido muchos años desde que Lubbo y yo, adolescentes, habíamos embarcado para las costas del norte. Me dirigí a la fortaleza de Nícer, donde él me recibió.

»Como mi corazón estaba corrupto, desconfiaba de todos y sólo veía mal en lo que me rodeaba. Nunca pude entender la dignidad, prudencia y sabiduría de Nícer. En aquel tiempo, Nícer era un hombre maduro que había pasado ya la treintena; gobernaba Albión con rectitud y justicia. Recuerdo próximo a él a un niño alegre de unos ocho años, tu esposo Aster, y también a Baddo, su madre.

»Nícer me escuchó atentamente, sin interrumpirme, pero el príncipe de los albiones veía en los corazones de las gentes. Percibió que muchos datos eran contradictorios y algunos aspectos en mi historia, oscuros.

»Me interrogó por Lubbo, y yo contesté con evasivas.

»—Tu hermano Lubbo estuvo aquí. Hace tres inviernos. Con él llegó el mal a la tierra de los albiones. Algunos murieron y otros fueron sometidos a unos ritos inicuos. Hace un invierno fue expulsado de aquí, desde entonces estamos en paz.

»—Pero yo no soy Lubbo. Ni creo en lo que él cree.

»—No. No lo eres pero hay algo que ocultas, que no es claro. Traes la copa, pero... ¿con qué fin? ¿Quieres volver a los sacrificios?

»—No, mi señor, la copa es un cáliz de curación.

»—En cualquier caso, considero peligrosa tu estancia aquí. No te permito que vivas en Albión. El tiempo de los druidas ha pasado, pero puedes quedarte en el país de los albiones, en Arán, el lugar sagrado. Si eres digno de mi confianza posiblemente volverás a Albión. Te concedo un tiempo de prueba.

»En aquel momento me enfurecí, pero ahora entiendo que aquello era justo.

»—¡Traigo la copa sagrada! ¡Y tú la desprecias...! Es la que devolverá el poder y la sabiduría a nuestro pueblo.

»Entonces Nícer, que poseía un don profético, tomó la copa de mis manos y la elevó. La luz refulgía en ella y el jefe cántabro vio la cruz grabada en uno de sus lados. Nícer habló con una gran solemnidad, como si hubiese entrado en un trance.

»—La copa. El cáliz sagrado. —Se detuvo y con voz inspirada prosiguió—: Esa copa fue consagrada por los cristianos para un fin muy alto. No debiera ser utilizada para nada más que para ese fin.

»Nícer se detuvo aquí y, en aquellas palabras, entendí que Nícer se hallaba más cerca del cristianismo que de los antiguos ritos druídicos.

»—La copa es ahora tuya. Haz lo que quieras con ella, pero debes partir de Albión.

»Me retiré enfurecido de su presencia, pero hube de obedecer. Me sentí rechazado por el pueblo al que había pertenecido y odié al príncipe de los albiones y a mi propia gente.

»Entonces comenzaron aquellos años en la casa junto al castro de Arán, años en los que te vi crecer, y en los que los remordimientos me torturaron. No hice caso a Nícer y utilicé la copa para las sanaciones. Comprobé que la copa tenía un poder que hacía que todos los remedios fuesen eficaces. Al usarla comprendí gradualmente que su eficacia se relacionaba con la limpieza de corazón del hombre o mujer al que se aplicaba.

»Tú creciste. Esperaba, al verte crecer, volver a ver a tu madre, pero tu belleza no era la dulce y suave belleza de Clotilde. Tú eras visigoda, con la belleza fuerte y lozana de tu padre. Veía en ti constantemente los rasgos de Amalarico, por ello a menudo te trataba con dureza. A pesar de ello, siempre te quise como un padre, y mi única esperanza de redención se tornó en devolverte a la corte goda para que recuperases tu lugar.

»Ahora me doy cuenta de que, aun en eso, estaba equivocado.

»Unos años después de mi entrevista con Nícer, Lubbo dominó Albión. Sabes bien lo que ocurrió después, Lubbo ajustició a Nícer delante de su hijo Aster todavía adolescente.

Al oír el nombre de Aster fluyeron lágrimas a mis ojos y la herida en mi corazón se abrió de nuevo.

—Yo no ayudé a Nícer, ni intervine en su favor. Ahora me arrepiento. Por aquel tiempo, conseguí un prestigio entre los montañeses, que me asimilaron al antiguo Enol, por mis poderes de sanación. Hubiese podido apoyar a Nícer, y contrarrestar a Lubbo, pero no hice nada.

»Después de la caída de Albión en manos de Lubbo, debí ser cauto, más discreto y prudente. No podía enfrentarme a mi hermano, que estaba loco, y tampoco era momento de huir. Guardé la copa y la usé en contadas ocasiones.

»Durante años, mis remordimientos crecieron, en mis sueños se aparecía con frecuencia la figura de Amalarico amenazadora y la de tu madre, sufriente. De modo obsesivo relacionaba más y más mi propia redención con cumplir la promesa que me había hecho a mí mismo: devolverte al lugar que te correspondía, por eso me mantuve siempre informado de las noticias del sur.

»En un principio nada podía hacerse. Teudis, el ostrogodo, reinaba entre los visigodos, y nunca hubiera ayudado a una hija de Amalarico. Sin embargo, en el sur soplaron vientos de cambio. Los nobles visigodos añoraban la monarquía baltinga que procedía de su más noble caudillo, Alarico, saqueador de Roma, y odiaban al usurpador ostrogodo. Había en el sur, en Córduba, una facción de auténticos godos de noble estirpe que rechazaban al rey Teudis. Le imputaban haber propiciado el asesinato del último rey baltingo. Además le acusaban de violar la ley, porque contrariando los decretos que prohibían los matrimonios mixtos había contraído matrimonio con una dama hispano romana de alta alcurnia. Antes de que estos nobles pudiesen levantarse contra el rey, Teudis fue asesinado por su lugarteniente Teudisclo, que se proclamó a sí mismo rey. El cambio de poder no duró mucho. Teudisclo, bebedor y mujeriego, fue asesinado a su vez en una orgía en Sevilla.

Enol se detuvo fatigado, todo lo ocurrido se volvió vívido ante mí y pude ver con ese sentido extraño, que quizás heredé de mi madre, las muertes cruentas de los reyes godos. En el aposento sólo se escuchaba el silencio hasta que las palabras de Enol volvieron a sonar.

—En aquella época, tú ya tenías quince años y encontramos un herido en el bosque. Pero yo debía partir hacia el sur, todo estaba cambiando y parecía aproximarse la oportunidad que deseaba.

Por un momento apareció en mi mente una imagen: el druida y su hija que recogían hierbas en el bosque y un herido junto al torrente.

—Entonces, llegó al poder el peor de los reyes que nunca hubiese reinado al sur de los Pirineos: Agila. Su gobierno fue tan cruel que el grupo de nobles a favor de la dinastía baltinga se levantó. La revuelta comenzó cuando unos soldados del rey Agila profanaron en Córduba el sepulcro del mártir san Acisclo. Un noble godo de Híspalis, Atanagildo, se unió a la revuelta de Córduba y con él la ciudad se levantó en armas. Comenzó una sangrienta guerra civil entre los partidarios de Atanagildo y de Agila.

»Yo volví al sur, pensé que había llegado mi hora. Con el paso del tiempo y el odio que se había difundido contra Teudis, nadie recordaba ya que Juan de Besson había asesinado a Amalarico. Retomé mi viejo hábito de monje, y conseguí ponerme al servicio de Goswintha, la esposa de Atanagildo. Teme a Goswintha, hija, es ruin y ambiciosa, nada la detiene. Por mi estancia en la corte de Amalarico yo conocía muchos datos que a ella le interesaban. Sobre todo, Goswintha quería recuperar el tesoro de los godos que había desaparecido a la muerte de Amalarico y quiso conocer todo acerca de tu nacimiento.

»No todos se opusieron al rey Agila. Había miedo. Dos nobles de menor linaje: Liuva y su hermano Leovigildo, junto con otros, permanecieron fieles al tirano esperando prebendas. La guerra civil en el sur se enconó y murió mucha gente. Atanagildo habría perdido la guerra si no hubiese estado casado con Goswintha, la mujer fuerte. Ella pidió ayuda a los bizantinos y, en el verano del 552, Liberio, general del ejército de Justiniano, al frente de gran cantidad de tropas imperiales, desembarcó en el sur, en la Cartaginense. El sudeste de Hispania se convirtió en una provincia bizantina.

»La guerra se prolongó varios años, los mismos que tú fuiste prisionera en Albión, y en los que Aster consiguió el dominio sobre las tierras del norte.

»Yo debía permanecer en el sur, así que a través de Cassia y su gente vigilaba el tesoro escondido en la roca, y estaba pendiente de ti. Nunca pensé que te atreverías a usar la copa, pero tu amor hacia Aster lo hizo. Entonces los bagaudas te cogieron prisionera y bajo mis órdenes te trasladaron a la corte de Emérita.

»Por aquel tiempo, Córduba cayó en manos de las tropas imperiales. Goswintha entendió que si la guerra civil continuaba, los bizantinos acabarían apropiándose de gran parte de las provincias hispanas. El apoyo de los bizantinos al rey Atanagildo se volvió más que dudoso. Atanagildo me envió a Emérita, donde había establecido su corte Agila, para conseguir por algún medio que la guerra cesase. Allí, me puse en contacto con Liuva y Leovigildo ofreciéndoles una serie de promesas si apoyaban a Atanagildo y traicionaban al rey Agila. En una noche de invierno, Leovigildo y Liuva se reunieron con Goswintha y Atanagildo. A Liuva se le ofreció el ducado de una de las provincias más ricas del reino: la Septimania. Para Leovigildo, sediento de oro y el más ambicioso de los dos, hubo una doble oferta. Por un lado, el acceso al oro de los suevos y el gobierno de las tierras cántabras, para ello era imprescindible la destrucción del reducto del libre comercio en el norte, la fortaleza de Albión. Por otro, el matrimonio con una mujer de la dinastía baltinga y el tesoro de los baltos.

Goswintha conocía gracias a mí que en aquellas tierras moraba una descendiente de Amalarico. Entonces, Goswintha te ofreció como pago para que Leovigildo y Liuva traicionasen a su rey Agila. Prometió como dote el tesoro visigodo, perdido desde la muerte del último rey de los baltos y oculto por mí bajo la fuente.

Leovigildo y Liuva consiguieron la muerte de Agila, y Atanagildo, gracias a los manejos de Goswintha, llegó a ser rey. Poco tiempo después, Leovigildo fue nombrado duque de Cantabria, y con el grueso del ejército godo partió a la campaña del norte, y yo con él. El duque debía destruir la ciudad de los albiones, yo le proporcionaría el tesoro y la mujer.

»Mis propósitos se iban consiguiendo, Leovigildo, el más dotado de los nobles godos, sería tu esposo, y con él las posibilidades de recuperar el reino de tu padre, en un futuro, serían muy probables. Leovigildo deseaba ascender en el escalafón de la corte, y sabía bien que quien contrajese matrimonio con alguien de la estirpe baltinga, sería un claro candidato al trono. Un candidato a suceder al rey Atanagildo dado que éste no ha tenido hijos varones.

»Meses antes de la partida del ejército godo de Emérita yo regresé a Albión y me introduje como amigo en la ciudad. Creí que me obedecerías y me seguirías a la corte goda, pero no contaba con que en aquellas fechas eras ya la esposa, la verdadera esposa de Aster. Resolví que tu matrimonio era un concubinato, indigno de una hija de Clotilde y nieta de Clodoveo, y entonces nada me detuvo. Planeé la destrucción de Albión con Leovigildo, a quien la ambición domina. Te separé de lo que más querías y destruí la ciudad que me había dado a luz.

»Querida hija, perdóname, yo sabía cuán profundo era tu amor hacia Aster y que tu unión con él era válida delante de Dios y de los hombres. Te he condenado a vivir con alguien a quien no amas y que te tolera porque eres su paso a la corona.

Un silencio tenso atravesó la cámara donde el llamado Enol por unos, Alvio por otros y Juan de Besson por los godos, agonizaba. Entonces, hablé, y mi voz no era mía. Hablé como en un trance y por mis labios hablaron mi madre muerta y mi padre asesinado, Nícer ejecutado y Aster traicionado.

—Te juzgas demasiado duramente, mi viejo y amado Enol. El Único Posible, ese dios al que me enseñaste a amar, veló sobre mí. Fui feliz en mi infancia contigo en Arán. Me cuidaste como el padre que según tú me habías arrebatado. Por eso te amo y te agradezco tus cuidados. En cuanto a Aster, él y yo sabíamos que, de alguna manera, éramos extraños el uno al otro. Aster me dijo una vez que yo era el brillo de la luna sobre el agua, que se desvanece. Él heredó unas obligaciones hacia su pueblo en las que yo no podía interferir, y lo hice. Yo no quería que Aster acabase como su padre, me fui porque era un estorbo para él. Mi hijo crecerá libre y no verá a su padre muerto.

Tomé aliento, decir aquello, perdonar de corazón a Enol en su traición a Aster era lo que más me costaba. Era verdad que Enol, según sus palabras, había matado a mi padre; pero eso, que él consideraba un grave pecado, me era bastante más fácil de perdonar que su actuación con Aster y su traición frente a Albión.

—En cuanto al que tú dices que es mi padre, jamás me quiso como tú lo hiciste. Siempre he sabido que un hombre cruel golpeaba a mi madre. He visto con los ojos de mi mente, más allá del tiempo y del espacio, cómo aquel hombre que tú llamas Amalarico golpeaba salvajemente a una mujer. A ese hombre cruel no puedo amarle y puedo entender que la ira te dominase y lo hayas asesinado. Dios te perdonará, yo no necesito perdonarte porque no me siento perjudicada. Quiero olvidar el pasado, el odio es un mal consejero. Aster decía que era el mal en el corazón de los hombres el que causaba su ruina. Tú, Enol, ayudaste y serviste a mi madre, la quisiste. En cuanto a mi padre, quizá si tú no le hubieses asesinado otro lo habría hecho. Tú sólo fuiste el instrumento de un odio que late en este pueblo godo, al que no reconozco como mío. No, Enol, no tengo nada que perdonarte, pronto verás al Único Posible en el que crees, Él te juzgará en lo bueno y en lo malo que hayas hecho.

Enol me miró con esperanza y, después de haber oído mi veredicto, su rostro adquirió una expresión más serena . Hablé de nuevo pero dirigiéndome a Mássona.

—Padre, yo le perdono, si es así el rito de los cristianos, adminístrele la absolución.

Mássona habló con palabras de perdón y de reconciliación:

—No hay pecado por grave que sea que la misericordia de Dios no pueda perdonar.

Entonces, Mássona administró los sacramentos del perdón al antiguo druida. Enol quedó en paz. Su semblante cambió. Su faz se transformó en un rostro más allá del tiempo y del espacio y le vi en paz, como algunas veces en Arán cuando recogíamos hierbas en el bosque fuera de la mirada de los hombres.

XXXIII

Las tierras doradas del sur

En aquel tiempo, nuestro señor el rey de los godos, Atanagildo, mudó la capital del reino, de Emérita Augusta a Toledo. Desde la terraza del palacio observé el paso de las tropas que, perezosamente, cruzaron el gran puente sobre el río Anás y enfilaron el camino hacia el este. Los estandartes ondeaban al viento y el ruido de los cascos de los caballos redoblaba sobre el empedrado. Las nubes formaban vellones de lana en el cielo, como el manto de una gran oveja. De cuando en cuando, con dificultad, penetraba la luz del sol entre la espesa capa de nubes, hiriendo las armaduras y las lanzas que se alejaban. Las mesnadas de la casa baltinga partían también, con su señor Leovigildo al frente. No me pesó la partida de mi esposo, antes bien, su ida levantó la opresión que durante meses había atenazado mi pecho; pronto, los pendones de las huestes de Leovigildo se perdieron tras una colina dorada en la lejanía.

Retorné a las estancias donde descansaba el enfermo y a partir de aquel momento no me separé más de Enol. Su vida se extinguía lentamente. A menudo, el antiguo druida se sumía en la inconsciencia y entre sueños le oí hablar de Clotilde, de Amalarico, de Lubbo, de Brendan y de las tierras celtas o de la Septimania.

Le acaricié el rostro y limpié con un paño su sudor. Abrió los ojos, en ellos había una luz nueva. Me miró y dijo:

—La copa... la copa de mi pueblo. La copa del Señor... quiero verla.

Hacía tiempo que no habíamos utilizado la copa al comprobar que no producía efectos saludables en el estado del enfermo. Me levanté y la busqué. En el fondo del arcón, a un lado de la estancia brillaba de modo suave. Mostré la copa a Enol, su expresión se transformó, y su mirada reflejaba una gran dulzura. Entonces, frente al lecho de Enol, situé la copa en un tablero cubierto por un hermoso tapiz bordado en hilo de oro, para que el druida pudiese verla continuamente. Él sonrió. La contemplación de la copa le proporcionaba consuelo.

No me retiré de su lado, velando su sueño intranquilo; un sudor febril perlaba la frente de aquel que me había cuidado en mi infancia.

A media tarde, un criado anunció la presencia del obispo Mássona. El rostro de Enol se animó al oír aquel nombre, se incorporó a duras penas en la cama.

Al entrar, la fuerza del espíritu de Mássona llenó la estancia y, al observar la copa allí, el obispo se arrodilló. Miró al antiguo correligionario con afecto y comprendió enseguida la gravedad de su estado, entonces me hizo un gesto, que entendí rápidamente, y abandoné la estancia. Oí las voces de ambos al alejarme.

Mientras los dos hombres hablaban, por una poterna escondida salí del palacio y me acerqué al cauce del Anás. El río era ancho, pletórico de agua, el río más grande que nunca hubiera visto. Sus aguas me acogían en su flujo continuo hacia el mar. Pasaron las horas, el sol se dormía sobre la llanura, arrebolando el cielo; refrescaba, me arrebujé bajo el manto y pensé en mi hijo. Enol no lo conocería.

Lentamente volví al lugar de donde había partido. Al entrar en la habitación, Mássona seguía allí; sobre la mesa y junto a la copa había una cruz. La copa había sido utilizada y mostraba restos de vino, junto a ella había migas de pan. Mássona recogía todo aquello y limpiaba con gran cuidado la copa. La cara de Enol era la de un hombre colmado por una gran dicha.

Cuando Mássona se hubo retirado, Enol hizo que me acercase y con palabras quebradas por la debilidad, susurró:

—Cuando yo muera —su voz se fatigaba al hablar—, llevarás el cáliz sagrado a Mássona. Quiero que lo use para celebrar el sacrificio.

No entendí a qué se refería pero afirmé con la cabeza indicándole que le obedecería. Entonces con voz profética, Enol habló:

—Sé que esta copa pertenece a los pueblos de las montañas del norte y algún día volverá a ellos, pero no te corresponde a ti realizarlo sino al hombre nuevo que unirá las razas y los pueblos...

No entendí sus palabras, que me parecieron enigmáticas. Cerró los ojos y dejó ya de hablar. Nunca más pude preguntarle a qué se refería con aquellas palabras misteriosas.

Dormí junto a él en un catre pequeño, cerca de su lecho. Aquella noche me rendí a un sueño profundo. Cuando desperté de madrugada, aún no había amanecido, Enol ya no estaba.

La luna, en su plenitud, derramaba sus rayos, que inundaban el lecho de Enol; a través de la ventana abierta penetraba el aroma de la tierra mojada. Hacía fresco, los días habían sido lluviosos y el viento movía los cortinajes. Enol tenía el rostro sereno. Sus ojos, sin vida pero aún abiertos, miraban la copa que refulgía a la luz de la luna.

Enterraron al hombre que me había cuidado desde niña en el patio central del palacio de Mérida. Conseguí un acebo y lo planté coronando su tumba. Después, cuando me encontraba sola, a menudo me dirigía a aquel lugar donde mi antiguo preceptor reposa aún su sueño sin final.

Después de su muerte me dejé llevar por la melancolía. Los días de una primavera cálida se sucedían, pero el calor no penetraba en mi espíritu, revuelto por la añoranza del pasado y el miedo al futuro. En el terrado frente al río Anás tejía las ropas para aquel que pronto iba a nacer. Lucrecia y las damas se sentaban junto a mí pero su conversación me era ajena; no me inspiraban confianza, las consideraba espías de Leovigildo.

—La ciudad ha decaído mucho desde que se ha trasladado la corte a Toledo —habló Lucrecia sin mirarme.

—Allí sí hay fiestas, la reina Goswintha se encarga de que la mesa esté bien servida. Por la noche bufones y cómicos amenizan las veladas. En Mérida ya no hay bufones desde que la corte se ha ido.

—No. No hay nada.

—Tampoco tenemos las justas y lides a las que el séquito de Atanagildo nos tenía acostumbradas.

Entonces una de las doncellas se volvió hacia mí.

—¿Sabéis cuándo regresará el noble Leovigildo?

No dije nada, porque Lucrecia se apresuró a contestar.

—Seguramente volverá cuando nazca el heredero.

Bajé la cabeza y la angustia atenazó mi corazón, sentía preocupación por el que iba a nacer. Necesitaba a alguien con quien desahogarme, me vino a la cabeza la amable figura del obispo de Mérida; entonces recordé las palabras de Enol: «Lleva la copa a Mássona.»

Por la noche soñé con Enol y la copa; en mi sueño, mi tutor me indicaba que debía ir a ver a Mássona. Dispuse que Braulio, un hombre mayor y jefe de los siervos de la casa baltinga, que me era fiel, preparase una silla de manos. Aquél había sido uno de los últimos presentes de Leovigildo antes de partir una vez más hacia la corte de Toledo. No le gustaba que anduviese libre por la ciudad y me obligaba a que circulase escoltada. Ordenó a Lucrecia que quemase mis ropas del norte y me impuso incómodos trajes recamados en oro. Atravesé las calles de la ciudad, llevando conmigo, en un cofre, la copa de los celtas.

En el camino a la basílica, afligida, pensaba en el hijo que nacería dentro de poco tiempo. Para disipar mi angustia procuré distraerme mirando con atención las gentes de la ciudad. Envidiaba a los mendigos, a los artesanos, a las mujeres que limpiaban los quicios de sus casas. Ellos eran libres. Yo, bajo mi atuendo suntuoso, estaba presa. Mi mente iba de un lado a otro, me fijaba en una madre con su hijo pequeño en una casa humilde, a ella se acercó un hombre joven que acarició al niño. «Será el padre de la criatura», pensé. Entonces volvió a mí la preocupación por el que pronto nacería.

Atravesamos las puertas de la ciudad y campos de trigo verde se extendieron ante mi mirada, a lo lejos viñedos y junto al río Anás, cercados de hortalizas. El camino se alejaba de la muralla. Al fin, el viaje se detuvo en una iglesia extramuros, de mediano tamaño. Bajé del carruaje y le indiqué a mis criados que esperasen fuera, después entré en el templo, el interior era oscuro y frío. Apreté contra mi pecho el cofre con la copa sagrada para sentir fuerza. Aquello me consoló.

Por las ventanas de la basílica, alargadas y con arcos terminados en punta, se introducía la luz en un haz único, oblicuo. Al fondo se disponían distintas capillas en las que brillaban lámparas votivas de aceite, sujetas por cadenas de bronce. Pendiente del techo, en el centro del ábside, una cruz de hierro con un Cristo deforme era bañada por un rayo de luminosidad tibia. Tardé tiempo en acostumbrarme a la oscuridad del templo, entonces descubrí a un monje rezando.

—Quisiera ver al obispo Mássona.

—¿Sois la esposa del duque Leovigildo?

—Sí. Lo soy.

—El obispo os estaba esperando.

No entendí cómo Mássona podía conocer mi llegada. Después conjeturé que Mássona precisaba ser informado de muy pocas cosas. Todas las noticias se difundían con gran facilidad por Mérida y llegaban a la sede episcopal.

El monje me hizo descender a la cripta, allí estaban enterrados algunos mártires del tiempo de las persecuciones, y bajo el altar se hallaba la tumba de la niña mártir Eulalia. El buen monje se inclinó respetuosamente ante el sepulcro. Cruzamos varios corredores subterráneos, el ambiente era húmedo y frío. Al fin ascendimos por unas estrechas escaleras labradas en la roca madre y entramos a una vivienda. La morada de Mássona era una sencilla casa de adobe con las paredes blanqueadas, a través de la ventana abierta de par en par entraba la luz del mediodía. Fuera, una parra extendía sus hojas verdes y grandes pero aún sin fruto.

Mássona escribía bajo una ventana, con una larga pluma de ave mojada en un tintero sobre un pergamino. No pareció escuchar mi llegada. El monje se acercó a él y le tocó en el hombro. El obispo se giró y viéndome se puso de pie, me hizo una ligera reverencia con la cabeza.

—¿Qué os trae por aquí? —preguntó con amabilidad.

—El hombre que me cuidó de niña, a quien yo llamaba Enol, el que entre los francos y los godos era conocido como Juan de Besson, falleció hace ya una semana.

—El Dios Todopoderoso le tendrá en su gloria. Sufrió mucho pero ahora goza ya de la paz eterna.

Pensé que Enol estaría en paz, se habría unido a la naturaleza a la que tanto había amado, quizás en el rayo de luna que había bañado su rostro en el momento de la muerte; pero las palabras de Mássona no me servían de consuelo, no las entendía, me parecían muy simples y no me confortaban ante la pérdida de aquel al que había querido como un padre.

—Antes de morir, me hizo un único encargo.

Entonces me acerqué con el cofre a la mesa en la que Mássona había estado escribiendo. Él se levantó, apartó el pergamino y la tinta depositándolos sobre el pequeño taburete en el que había estado sentado. Retiré el envoltorio del cofre, lo situé en la mesa y después lo abrí. De su interior extraje con gran cuidado la maravillosa copa repujada en oro, decorada en ámbar y coral.

—El encargo fue que esta copa se guardase en esta basílica, bajo vuestra custodia... hasta que llegase su momento...

La emoción se asomó a los ojos del santo obispo de Mérida, que brillaron extasiados.

—Muchas guerras... mucho odio ha surgido por la posesión de este cáliz. Tú la entregas sin pedir nada a cambio, pero Juan de Besson me reveló tiempo atrás que algún día deberá volver al norte. Es la copa de los celtas y pertenece al pueblo del que vosotros llamáis Enol.

Me sorprendió que Mássona conociese los pensamientos de Enol, después me conmoví por su expresión agradecida.

—Para mí, nada hay importante que sea material, he perdido todo lo que quería.

Al ver que mis ojos se llenaban de lágrimas, Mássona habló en un tono consolador.

—Lo sé, hija mía.

El buen obispo conocía bien las causas de mi dolor; compadecido, apartó la tinta y el cálamo del taburete, después se sentó junto a mí. Entonces indicó al monje que saliese al patio pero que no se alejase mucho de allí pues podría necesitarle.

—Eres la hija de Clotilde... —suspiró meditativamente—, pero tus rasgos son los de Amalarico: recios y fuertes. Tienes la belleza de tu padre y su carácter decidido, pero no su orgullo. Tus ojos son transparentes como los de Clotilde.

—¿Conocisteis a mi madre?

—Sí. Yo era un niño que estudiaba con los monjes en la ciudad de Barcino. Allí conocí a Enol y a tu madre, alguna vez pude verla en las oraciones. Seguía con fe y con cara de desolación cada paso de las ceremonias. Tu madre sufrió mucho por ser fiel a su fe.

—Yo no soy cristiana —dije ásperamente.

—Creo que fuiste bautizada.

—Sí, pero contra mi voluntad. Un obispo arriano me bautizó en Astúrica Augusta para disponerme a la boda con Leovigildo. Yo me sometí al rito pero no creo en nada. Si Dios existe, hace tiempo que se ha olvidado de mí. Me ha quitado a mi verdadero esposo y a mi hijo. Ahora se ha llevado al que quería como padre.

—Hija mía, no eches la culpa de lo ocurrido a Dios. Los hombres buscan el poder y la gloria, y no se arredran ante nada...

—Pero ese Dios vuestro lo permite...

—Porque nos quiere libres.

—Me da igual —dije dolida—, yo he perdido a mi esposo y a mi hijo.

Mássona se compadeció de mi dolor pero no quiso seguir con aquella conversación que me hacía sufrir.

—Veo que esperas a otro hijo.

Entonces se redobló mi congoja, y de modo espontáneo, confiando en aquel que tan amable había sido conmigo, y que había cuidado a Enol, balbucí mi secreto.

—Sí, espero otro hijo y no sé de quién es. —Sollocé—. Mi esperanza y mi preocupación es que sea de...

Mássona me sonrió, se acercó junto a mí, que estaba doblada por el dolor y apoyada en la mesa, puso su mano sobre mi cabello y dijo:

—Lo es. Es de quien tú sospechas. Una madre no se equivoca en esto.

—Leovigildo me matará y matará al niño...

—No. No lo hará. Le conviene tener descendencia baltinga. Nunca preguntará nada.

Sus palabras me animaron y dije:

—Buen padre, conocéis bien la naturaleza de las cosas.

Entonces Mássona profetizó:

—Será rey de los godos, pero además conquistará una corona más alta, que durará eternamente.

No entendí sus palabras, él hablaba como si tuviese una premonición, como si viera delante de sí el futuro; después prosiguió, en otro tono de voz:

—Y tú, hija mía, has realizado lo más difícil. Perdonar a tu tutor, al que te ha hecho mal, pero sigues desafiante ante Dios haciéndole responsable de algo que no es culpa suya. Dime, hija mía, ¿cuándo te rendirás al Único Posible, a ese Dios que te busca?

Me sorprendió que Mássona calase tan profundamente en mi interior, y que nombrase a su Dios con las mismas palabras con las que Enol lo hacía. Me sentí confundida.

—Hablas con las palabras de Enol...

—El que tú llamas Enol perteneció a mi orden y buscó siempre la verdad, pero la vida de las personas es compleja. El corazón a veces traiciona al más sabio y Juan de Besson lo era. Además la soberbia oscurece la razón. Él no supo dejarse perdonar por Dios y huyó de Él.

—Al final encontró la paz.

—Sí. Lo sé. Hija mía, ven mañana a la celebración eucarística, utilizaré este antiguo cáliz. Cuando te vea entre el pueblo me parecerá ver a tu padre y a tu madre reconciliados. Y tú verás en la copa tu destino.

—Iré —prometí.

Me parece que aún es hoy cuando en Mérida, al salir el sol, antes de que nadie se hubiese levantado en el palacio de los baltos, me encamino a la basílica de Santa Eulalia. Discretamente y evitando la mirada de las gentes, tapada por un gran manto oscuro que cubre mi cabello claro y mi estado de gravidez, cruzo las calles de la ciudad. Mássona celebra el oficio divino y en sus homilías habla de la existencia de un Dios creador, del pecado del hombre y de su caída, de la redención del género humano. Sus palabras hieren mi interior. De alguna manera mutan dentro de mí y se transforman en algo extraño, como una música suave; una armonía que consigue mitigar la ansiedad de mi alma, la angustia que me atenaza desde la caída de Albión, desde mi separación de Aster.

Después, me abstraigo en la celebración, en la basílica tapizada de ramas de mirto, suntuosamente decorada; suenan las campanas y el esplendor de los cirios deslumbra mis ojos. Me detengo fascinada, a pesar mío, y ante la vista de la majestad y del gozo sagrado que irradia el recinto cesa mi aliento. Seguidamente entran los oficiantes, revestidos de hermosos ornamentos. Se llena la estancia del aroma del vino añejo que los ministros vierten en el cáliz. Al ver la antigua copa de Lubbo, refulgente y elevada al cielo, en la que se obra el mayor milagro, me estremezco. Es la copa sagrada, por la que muchos han muerto, convertida ahora en instrumento de limpieza y purificación del mundo.

En la basílica suena el solemne recitado de salmos y de

sagradas plegarias. La ceremonia se celebra con devoción y a la vez con gozo solemne, el fervor del pueblo cristiano impregna el espacio. Y aunque sé que no soy una de ellas, me siento incapaz de retirarme de allí. Me inclino aún más ocultándome tras el manto. Cerca, Braulio me aguarda.

Una vez que los fieles han abandonado el templo, permanezco en silencio, arrodillada y recogida, ajena a todo. A menudo, Mássona me manda llamar y a través de los pasadizos de la cripta de Santa Eulalia puedo acceder a la morada del prelado. Me agrada siempre conversar con Mássona, quien escucha poniendo todos sus sentidos en mis dudas y preguntas. La luz de la nueva fe, gradualmente, va penetrando en mi alma, pero el nubarrón de la incertidumbre turba aún mi mente.

—Los arrianos dicen que Cristo fue un hombre excelso, casi un dios... pero que no fue Dios. Esa doctrina parece más inteligible que la de la Iglesia de Roma, que habla de un hombre que es Dios, y un Dios que es a la vez uno y son tres.

Mássona me observa con ojos chispeantes, siempre le han gustado las disquisiciones teológicas y encuentra en mí una buena interlocutora, ávida de fe y de verdad.

—Si Cristo hubiese sido un hombre más, su sacrificio sería insuficiente. Ningún hombre puede cargar con todo el mal del mundo y Cristo lo hizo. Cristo era Dios.

—Pero sólo puede haber un Dios, el Único Posible. ¿Entonces Cristo no fue un hombre?

—Sabemos que Jesús comió, se cansó, lloró por sus amigos. Tenía un cuerpo palpable. Sí, fue un hombre. Creemos en eso, otros antes que nosotros lo vieron, ellos y otros nos lo han transmitido y ha llegado a nosotros por una cadena ininterrumpida a través de los siglos. Nuestra fe nos dice que Cristo fue hombre y Dios.

—Eso no es posible, no lo entiendo.

—Es que no es plenamente inteligible, eso es el misterio.

—¿Misterio?

Mássona se agachó mirando al suelo de tierra, entonces afirmó:

—Sí. El misterio es lo que no llegamos a comprender. Hay verdades que no caben en la cabeza del ser humano. El hombre es limitado.

—Entonces, el misterio es ininteligible.

—No. Se puede comprender algo, se puede tener luz, pero el misterio no es un absurdo, y desde luego no es irracional.

La luz de un sol que aún no ha llegado a su culmen ilumina Mérida, cuando regreso a la fortaleza junto al río Anás. Camino perezosamente porque mi estado me impide andar deprisa, y me abandono a mi instinto en un afán de libertad. Nadie reconoce en mí a la esposa de Leovigildo, tapada celosamente por el manto. Más adelante me desvío por unas callejas y me aproximo al río. Varias barcazas atestadas de bultos circulan hacia el puerto fluvial, y un gran barco —posiblemente oriental— se detiene en el atracadero. Contemplo su mole y a los marineros, los del barco hablan un lenguaje extraño, recuerdo las enseñanzas de Enol y pienso que hablan en griego. La luz es suave, rosada, y unos patos vuelan sobre el río. Después me cubre la sombra de los arcos de piedra del puente, al bordear la muralla llego al portillo que pone en comunicación el palacio de los baltos con el espacio extramuros. El pasillo que conduce al interior de la vivienda está en la penumbra iluminado por hachones de roble. Me quedo a solas en un largo corredor interno de la casa; a lo lejos se oye el agua del impluvio cayendo y la luz lejana del día. Pronto nacerá mi niño, pero él no sustituirá a Nícer, mi pequeño tan lejos de mí.

Apoyada en la pared, cerca de una antorcha, veo sobre mí la faz de Aster. Me mira. La amada figura se desvanece súbitamente. Un latido rítmico, continuo, bate en mis sienes, estiro las manos queriendo encontrarme con Aster pero él ya no está. Me deslizo en la pared de piedra, bajo la antorcha, y me tapo la cara con las manos, sin poder detener las lágrimas, me deslizo hasta acabar casi arrodillada en el suelo.

Cesó la visión, de pronto escuché tras de mí una respiración profunda acercándose, un frío intenso recorrió mi cuerpo. Al levantar la cabeza entre las manos percibí a un hombre mayor con el pelo canoso. Era Braulio.

—Ella no debe venceros. Ni el pasado tampoco —dijo.

Me ayudó a levantarme y me condujo a través de las galerías y los patios a mis habitaciones. En el recorrido le hablé:

—¿Por qué dices eso? ¿Por qué dices que ella no debe vencerme...?

—Sois el ama. Debéis haceros cargo de los asuntos de la casa. Ahora que no está vuestro esposo debéis tomar sobre vuestros hombros el peso que os corresponde. Debéis hacerlo por vuestro hijo.

Tomé fuerzas, y pensé en mi situación actual. Desde mi llegada a Mérida había vivido solamente pendiente de Enol; Lucrecia se había hecho cargo de la casa y mangoneaba todo con un despotismo improcedente.

—¿Por qué te preocupas por mí?

—Dentro de vos está el futuro de los baltos. Yo conocí a vuestro padre Amalarico.

—Era un hombre cruel.

—Sí. Lo era, pero a pesar de ello muchos le amamos porque era generoso con quien él quería y sabía hacerse querer.

Braulio estaba serio, recordaba el pasado. Comprendí que si mi madre había amado tanto a Amalarico, él no podía ser tan despreciable. Después Braulio continuó:

—No debéis temer de mí.

Lo miré agradecida, me parecía imposible que alguien se mostrase amable conmigo en aquel mundo urbano, tan ajeno al mundo rural y más familiar del que yo procedía.

Después no hablamos más, me acompañó hasta mis habitaciones, allí cerró la puerta y yo cansada por haber madrugado tanto me tumbé en el lecho. Un baldaquín bordado en oro me cubría con su sombra acogedora. Hacia el mediodía, oí que alguien aporreaba la puerta. Era Lucrecia.

—Se me ha dicho que habéis salido sola, al alba. A mi señor Leovigildo no le gustaría que su esposa, una dama baltinga, recorra las calles como si fuese una criada.

Miré su cara regordeta y aparentemente amable y le contesté recordando lo que Braulio me había dicho:

—Mi querida Lucrecia, yo soy el ama de esta casa y hago lo que me place cuando no está aquí mi esposo. Os recomiendo que no interfiráis en mi vida.

Su cara tomó un color aceitunado y se giró, despechada, para irse, molesta, cuando yo le seguí hablando:

—No os retiréis. Quiero las llaves del palacio y las despensas.

—Esas llaves me han sido confiadas por mi señor Leovigildo para que las custodie.

Mi voz sonó fría y cortante.

—Soy la dueña de esta casa, una princesa baltinga. Quiero esas llaves. A partir de ahora yo gobernaré esta casa. Me abriréis todos los almacenes.

—Ya conocéis los almacenes y los lugares comunes.

—Me enseñaréis la casa. Pero no las estancias comunes, sino todo. Haced llamad a Braulio.

Lucrecia, estupefacta por la petición, no fue capaz de negarse. No entendía qué podía querer yo con aquello.

—Este palacio es de los baltos desde tiempos de Teodorico. Aquí podéis encontrar lo que deseéis.

Una enfadada Lucrecia comenzó a caminar por los corredores del palacio, oscuros e iluminados por lámparas de aceite. La casa se distribuía en torno a tres grandes patios, en el primero se hallaban las habitaciones nobles, donde los magnates, que siempre habían vivido en la casa, recibían a su clientela, y a través del atrio se comunicaba con las calles de Mérida. En torno al segundo patio, se situaba la zona de la familia, allí estaban las habitaciones en las que había muerto Enol y donde habitaba Leovigildo; en el patio central de esta zona se situaba el acebo que daba cobijo a la tumba de mi preceptor. En la última zona, muy grande y abierta a las dos anteriores, se hallaban las dependencias de los criados, las cocinas y los almacenes.

Braulio caminaba por delante seguido de Lucrecia, que, reticente, se hacía de rogar. Me di cuenta de que el buen siervo le exigía claridad y le obligaba a abrir muchas zonas que yo no conocía.

Tras recorrer numerosas estancias, penetramos en un recinto pequeño y abovedado, por sus ventanas estrechas y profundas penetraba algún rayo de luz; sobre unas mesas de madera se apilaban pergaminos. Algunos extendidos, otros enrollados y guardados en fundas. La sorpresa de Lucrecia creció cuando me vio dirigirme a los pergaminos.

Entre aquellos escritos antiguos se guardaba la Biblia Gótica de Ulfilas, que no entendí, también encontré unos evangelios, escritos de san Jerónimo y san Agustín, así como tratados de astronomía, de medicina y hermosos textos de Virgilio y de Lucano. Todo ello me interesó e indiqué que enviasen algunos de aquellos manuscritos a mis aposentos.

Dejé que pasasen unos días, poco a poco me fui haciendo con el gobierno de la casa, permitía que Lucrecia me ayudase, pero cualquier orden debía salir de mí. Poco a poco los criados me fueron obedeciendo, pero aquello me llevó algún tiempo. Comencé a ordenar las costumbres de la servidumbre y a conseguir que la casa estuviese más limpia. Braulio me aconsejaba en todo, decía que yo poseía la fuerza de la casa baltinga y la suavidad de la princesa franca.

De entre los pergaminos que había encontrado me interesaron los evangelios; me sorprendió su sencillez, eran fáciles de leer y me abrían horizontes impensados antes.

Una mañana de sol radiante pude salir de nuevo del palacio de Mérida. Mi avanzado estado de gestación me dificultaba mucho caminar y ordené que dispusiesen un carruaje. Cuando el sol estaba alto, llegué a la morada de Mássona.

—He leído los evangelios y he llegado a una conclusión.

—¿Sí?

—Que el mensaje del cristiano es tan hermoso y tan elevado que me da igual todas esas dudas que planteáis católicos y arrianos de si Cristo es o no es Dios.

Mássona me miró divertido.

—Tu conclusión no es correcta. El cristianismo no es seguir a Séneca ni a Platón. No es un conjunto de consejos moralmente elevados, ser cristiano es seguir a un hombre al que confesamos como Dios, hay que creer totalmente en Él o si no realmente no se está creyendo.

Me quedé callada unos instantes.

—Yo seguiría a Jesús, me da igual que sea hombre o Dios.

—El dogma afecta a lo que hacemos. Te contaré algunos ejemplos. Hubo un hombre, Pelagio, él afirmó que Cristo era un hombre más. La conclusión fue que los que siguieron a Pelagio pensaban que el hombre con sólo sus esfuerzos puede alcanzar la perfección. Se volvieron unos soberbios que alcanzaban a Dios sin la ayuda de Dios. ¿Me sigues?

—Creo que sí...

—Después llegaron los puros, aquí en Hispania seguían a Prisciliano, decían que Cristo era sólo Dios. Para ellos la materia era mala, nefanda. Prohibían el matrimonio y el goce de las cosas de la tierra.

—Eso es un absurdo —dije yo con fuerza, recordando a Aster. Después hablé impetuosamente—: En el amor entre un hombre y una mujer está el amor de Dios de manera mucho más elevada que en ninguna otra realidad terrena.

Mássona sonrió ante la acalorada respuesta y exclamó:

—Creo que ahora lo entenderás. Nuestra doctrina afirma que el hombre es cuerpo y alma, que el cuerpo es bueno y querido por Dios porque Dios tuvo cuerpo en Jesucristo. Por otro lado, creemos que sólo de la divinidad de Jesucristo viene nuestra salvación. Los arrianos niegan esto y son voluntaristas y pelagianos. Ellos mismos, por su propio esfuerzo, pueden salvarse. Eso es un error.

—Pero yo veo que los arrianos no hablan de sus dogmas con la fe con la que tú lo haces.

—En fin, hay también un problema de otra índole, digamos una índole política. Los godos, yo soy godo, nos diferenciamos de los hispanos, a los que conquistamos más de cien años atrás, fundamentalmente en la religión. Los godos fuimos los primeros pueblos germánicos que penetramos en el limes del imperio, nos evangelizó el monje Ulfilas hace más de ciento cincuenta años. Mis compatriotas son arrianos porque así les fue explicado el cristianismo y no quieren mezclarse con los hispano romanos. Nuestros obispos arrianos tienen unos privilegios que perderían si obedeciesen al Papa de Roma, y nuestros magnates quieren diferenciarse de la raza hispana. Ninguno de ellos es un gran teólogo. Es un problema nacional, de identidad. Ahora mismo, los arrianos no saben muy bien lo que creen. Creen en el pueblo godo y en que son distintos. Las disputas teológicas les dan en el fondo igual.

Aquel día me fui muy pensativa al palacio de los baltos. Pensé en lo que me había dicho Mássona y recé. Por la noche tuve un sueño: vi a Aster en las montañas de Ongar, hablando con Mailoc, como yo hablaba con Mássona, en su cara había una expresión de paz.

Eso me llevó a decidirme, confesé a Mássona que quería alcanzar la fe de mi madre. Él se alegró por mí, pero me pidió que lo hiciese en secreto. Él temía a Leovigildo. Mi voz temblaba al hacer la profesión de fe. Poco sabía yo que en el norte, Aster se bautizaba de manos de Mailoc con todos los que le habían seguido desde Albión.

Entonces, cuando mi embarazo tocaba a su término, llegaron rumores de la corte de Toledo. El rey Atanagildo estaba enfermo y el palacio real era un nido de intrigas. Leovigildo y Goswintha estaban en todas ellas. Leovigildo, y con él su hermano Liuva, intrigaban para ser candidatos al trono godo. Goswintha quería controlar la sucesión de su esposo. Escuché a las damas murmurar que Leovigildo y Goswintha eran amantes. No me importó.

Llegó el parto, la luna era menguante. Fue menos doloroso que el de Nícer y me dieron a mi hijo. Le hice bautizar en secreto con el nombre de Juan, pero después Leovigildo ordenó que le llamase con un apelativo que él decía regio: Hermenegildo.

En su rostro pude descubrir los rasgos de Aster, la boca pequeña y firme del señor de los albiones; sus ojos cerrados, a los que aún no llegaba la luz, eran claros como los míos, pero sus pestañas negras me recordaban al príncipe de la caída Albión, su pelo también era castaño y oscuro, como el cabello de los cántabros. Sentí un gran consuelo y ya no me encontré sola en aquellas tierras del sur que no amaba.

El rey Atanagildo mejoró y mi esposo Leovigildo volvió a Mérida. Lucrecia intrigó para denunciar mis salidas ante Leovigildo y explicó que me había hecho cargo de la hacienda de los baltos. Durante el tiempo que mi esposo permaneció en Mérida, no pude volver a Santa Eulalia, pues me prohibió todo contacto con los ajenos al credo arriano. Como Mássona había predicho, aceptó a su hijo sin dudar, sin preguntas. No era un padre cariñoso, pero estaba orgulloso de tener un descendiente con sangre de los antiguos reyes baltos, de Alarico y de Walia, de Eurico y Teodorico.

Mi hijo va creciendo, sus rasgos son cada vez más parecidos a los de su padre. En él diferenciaré a Aster niño, adolescente y joven. Algún día le contemplaré como cuando le conocí en el arroyo del bosque herido, pero sus ojos son suaves y claros como los míos. Mi hijo Juan, Hermenegildo le llaman los godos, es impetuoso desde niño, siempre sabe lo que quiere pero su corazón es suave. Alguna vez me ha visto llorar y pone su manita contra mi cara:

—¿Quién te hace llorar, madre?

Yo sonrío y le acaricio suavemente, deseando que su padre estuviese junto a nosotros, recordando a su hermano Nícer. Mi alma sigue llorando por Aster, es una herida que no quiero que se cierre, pero el dolor no es tan lacerante como los primeros días. A veces me pregunto si habrá otra mujer en su vida, o quién estará cuidando de Nícer. A menudo veo en mi mente el mar del norte blanco, neblinoso o gris y bravío, pero pronto me despierto de los recuerdos y desde lo alto del palacio vislumbro los campos dorados de la ciudad Emérita Augusta; y el río, el río Anás, con sus aguas corriendo eternamente hacia el mar.

Desde la muerte de Enol, olvidé el arte de las curaciones, pero un día, cuando mi pequeño Juan no tendría dos años, enfermó Braulio, el criado antiguo y noble, que me había acompañado a ver a Mássona y que me era fiel. El hombre al que yo estimaba pues había servido a la casa de los baltos en los tiempos de mi padre. Los físicos no sabían qué le ocurría y ninguno quería atenderle pues sabían que su mal era mortal y si le atendían no recibirían estipendios.

Atravesé un patio con un peristilo y un estanque, después crucé una zona en la que quedaban unas antiguas termas de tiempos romanos, semiderruidas, donde en la actualidad sólo había ratones y se almacenaba grano. Por la parte trasera abierta a un patio no muy limpio se accedía a las habitaciones de los criados. La servidumbre no se mostró excesivamente sorprendida de que el ama de la casa se acercase por allí. No hice caso de las quejas de Lucrecia, que protestaba como siempre diciendo que no era digno que una dama penetrase en la habitación de un criado. Entonces, irrumpí en el cuchitril donde Braulio yacía empapado en sudor y con la respiración fatigosa. Me miró agradecido. Le desvestí ante la mirada atónita de las damas y le examiné por completo. Su hígado era grande, también me di cuenta de que sus piernas estaban hinchadas. Los físicos le habían sangrado y sus mucosas mostraban una gran palidez.

Salí de aquel cuartucho, las criadas cuchicheaban tras de mí. No les hice caso. Pensé que necesitaría algunas plantas medicinales. Ordené que me trajesen hígado de vaca, y después que lo cocieran en un caldo espeso que hice triturar, sabía que eso mejoraría la anemia de las sangrías. Pero necesitaba más, precisaba una planta tonificante con hojas en forma de dedal, pregunté por ella pero no la conocían.

Por la noche, una noche clara en la que la luna era llena, una de esas noches que yo amaba pues me recordaban a Aster, salí a los campos, cerca de la cuenca del río Anás. Las puertas de la muralla estaban cerradas pero las atravesé por el portillo del palacio de los reyes baltos sin ser vista. La luna brillaba sobre el agua del río. Empecé a buscar plantas. Comprendí que la vegetación de las cálidas tierras del sur en nada se parecía a la del norte. La luna me proporcionaba una luz clara, lo que buscaba debería estar en un lugar húmedo. Un poco más lejos divisé un bosquecillo, atravesado por un regato que fluía hacia el río Anás. En sus orillas, encontré las plantas campaniformes que deseaba.

Regresé rápidamente a la fortaleza, con una gran llave abrí el portillo y me introduje en las cocinas. Allí busqué un pocillo de cobre viejo, sabía que las propiedades de la planta saldrían a la luz al hervirlas con los restos de cianuro que habría en el fondo del cacharro de cobre. Después me lo llevé a mis habitaciones, durante la noche lo dejé enfriar y que se evaporase. Por la mañana había un lodo en el fondo del recipiente, lo revolví bien y me dirigí hacia la habitación del criado. Le di una pequeña cantidad de aquel remedio, que después tapé.

—Todos los días por la mañana te tomarás este preparado en muy poca cantidad. Debes beber mucha agua hervida con estas plantas que te harán evacuar los dañinos humores.

Dispuse que una de las jóvenes criadas cuidase de él.

En unos días, Braulio mejoró; aquello transcendió en una ciudad en la que todo se comadreaba. Los criados me preguntaban por remedios para sus males y yo aplicaba lo que sabía.

Poco a poco comencé a curar fuera del palacio, pero yo sabía que a Leovigildo no le gustaba que su esposa, una mujer noble, acudiese a los arrabales. Entonces, en secreto y por las noches, salía acompañada del fiel criado al que había curado. Las damas nobles de la ciudad me rechazaron por ello, consideraban que el papel de una princesa goda estaba en su

casa, y mi atención a los enfermos les parecía cosa de bruje-
ría. Así, me fui aislando del mundo de Emérita Augusta.

Se difundió por la ciudad una leyenda, se decía que santa Eulalia había venido a atender a los pobres, otros decían
que era la propia Virgen María. Algunos que conservaban
tradiciones romanas hablaban de la diosa Minerva, la de los
alados pies, la de los níveos brazos.

XXXIV

El hombre nuevo

Cuando mi pequeño Juan tenía tres años, Leovigildo volvió a Mérida; llegó con un viento frío que preludiaba el invierno y rodeado de sus tropas. Aquel viento arrastraba nubes oscuras y grandes que no lograron cuajar, ni cubrir por completo los cielos perennemente azules de las tierras del sur.

El motivo de la vuelta de Leovigildo era levar más hombres entre los siervos que trabajaban nuestros campos. El mismo correo que anunciaba la llegada del duque pedía a Braulio que buscase entre la clientela baltinga más soldados.

En el palacio, se adecentaron las estancias y las cuadras. Braulio, durante varios días, reclutó hombres en edad militar para incrementar las tropas del duque. Las dependencias de los criados estaban llenas de un ir y venir de gentes, de desorden y ruidos. Los patios se limpiaron y llenaron de nuevas flores pareciendo aún más hermosos. Hermenegildo no se estaba quieto, contagiado por la efervescencia del ambiente. Era un muchachito alegre que todo lo preguntaba. Con frecuencia se escapaba del cuidado del ama, y lo encontrábamos escondido en lugares impensables.

El día anterior a la venida de Leovigildo, el ama del niño apareció en la estancia donde las mujeres hilaban, azacanada y descompuesta.

—¿Otra vez se ha perdido? —dije y mi cara palideció.

—Llevo mucho rato buscándole.

—No le debéis quitar ojo.

Dejé la labor que cosía sobre mi regazo y me levanté, preocupada. Intenté tranquilizarme pensando que no podía haberle ocurrido nada malo, pero sabía que Hermenegildo era tan travieso que podía haber hecho cualquier diablura y haberse lastimado.

La última vez que se perdió lo encontramos en las antiguas termas, calado en el lodo. Otra vez en las caballerizas, tirándole de la cola a un caballo que relinchaba molesto, a punto de cocear al pequeño que reía indiferente. En otra ocasión, después de buscarle horas y horas le encontramos en el pajar, dormido, hecho una pequeña bola.

Pasaron las horas y lo que al principio no parecía más que un juego del niño se empezó a convertir en un tiempo angustioso. Revisé estancia por estancia, y todos los lugares de la casa.

Al fin, al cabo de un largo tiempo, cuando ya atardecía, apareció Braulio con él en los brazos.

—Lo he encontrado junto al puente.

Cogí a Hermenegildo, agachada a su altura, y sin poderme contener le zarandeé con ganas de abofetearle.

—¿Dónde te has metido?

—Busca... a padre... —dijo con su media lengua.

Quizá porque estaba nerviosa, sin poderlo evitar me eché a reír, después más seria, le regañé:

—No puedes alejarte del palacio. Te podría pasar algo.

—No. Yo soy fuerte.

El niño hizo un gesto que indicaba su fortaleza.

—Viene padre, con muchos hombres y caballos.

—¿Quién te ha contado todo esto?

—Luquecia —dijo el niño en su balbuceo—, dise que el duque es un gran guerrero, que mata a los malos.

Me incorporé de mi posición reclinada junto a Hermenegildo y me dirigí a Lucrecia, le hablé con rudeza.

—¿Qué le explicas a mi hijo? —dije yo muy seria.

—Lo que debe saber y nadie le ha explicado —habló el

ama con voz engolada—, que su padre es un hombre noble y que debe guardarle lealtad.

—Tiene tres años, Lucrecia, ¿no crees que es muy joven para recibir clases de protocolo?

—Nunca es pronto —dijo ella con voz avinagrada.

Me retiré con Hermenegildo, le cogí de la manita, él caminaba a mi lado sin esfuerzo. Lo llevé a la muralla.

—No te escapes más, te llevaré a ver cosas más allá del río... pero no te escapes.

Me miró con sus ojos azules tan transparentes, parpadeó con sus negras pestañas y con la cabecita afirmó que sí. Entonces le besé en el pelo y le estreché.

Aquella madrugada, los cascos de los caballos redoblaron sobre el empedrado, después se oyeron golpes sobre el gran portón de entrada, el ruido de la puerta al abrirse y por último los gritos de los criados y las voces de los soldados en el atrio. Entre aquellas voces distinguí el tono duro de Leovigildo. Apresuradamente, me levanté de mi lecho y me cubrí con un manto. Sentí miedo, hacía unos dos años que no había visto al duque. Durante aquel tiempo había olvidado que algún día él volvería y pediría lo que consideraba como suyo. Siempre había temido el reencuentro.

Tras cruzar las columnas del peristilo me encontré a mi esposo rodeado de sus hombres. Vestía una coraza labrada y se cubría con un manto ribeteado en pieles; su postura enhiesta, con las piernas entreabiertas, hacía más prominente su abdomen. Al verme fijó en mí una mirada gélida.

—Señora... —exclamó.

—Mi señor duque Leovigildo... —Me incliné respetuosamente como indicaban las normas.

—No parecéis ya la montañesa que traje de la campaña del norte. Veo que os han aconsejado bien en el vestido —prosiguió orgulloso—. Parecéis una auténtica dama goda, la mujer de un duque.

Lucrecia, que había bajado también a recibir a Leovigildo, se mostró complacida, atribuyéndose a sí misma el cambio en mi aspecto.

—Me han llegado noticias de que domináis la casa —rió—, incluso que la tiranizáis, pero de eso hablaremos más tarde.

Percibí una complicidad entre Lucrecia y mi esposo, ella le había puesto al tanto de las novedades del palacio.

—Me he hecho cargo de la administración de los bienes que fueron de mis padres.

—No me desagrada que ocupéis vuestro lugar, una mujer de vuestro linaje debe controlar a los inferiores.

Allí se heló la sonrisa de Lucrecia.

—¡Quiero ver al chico!

Entonces fue a mí a quien se le heló la sangre en las venas, y balbucí una excusa.

—Es muy tarde. Está durmiendo.

—Quiero verlo, ¡ahora!

Hice un gesto al ama y se retiró a buscar a Hermenegildo. Después, Leovigildo habló.

—¡Tenemos hambre! ¿No se va a preparar nada para unos hombres cansados y hambrientos?

—Sí, mi señor —respondí.

Di unas órdenes, Leovigildo y sus hombres pasaron a la gran sala de banquetes, pronto las mesas se llenaron de frutas, queso, vino y carne curada; al ver la comida, la comitiva del duque se abalanzó sobre ella soltando expresiones de júbilo y palabras gruesas.

Leovigildo mordía a grandes bocados una gran manzana, saciando su apetito y sin hacer apenas caso a lo que le rodeaba. Entonces el ama se acercó con Hermenegildo de la mano, el niño se frotaba los ojos cargados de sueño. Le noté enfadado como siempre que lo despertaban de un sueño profundo. El ama hizo una reverencia delante de Leovigildo.

—¡Señor! Vuestro hijo.

En el fuego de la sala los criados doraban chuletas de un buen cordero. Leovigildo dejó la manzana y se inclinó ante el niño. La mirada de Hermenegildo era desafiante, sus ojos azules aún cargados por el sueño miraron al duque sin miedo. Éste tocó su pelo castaño y levantó su barbilla, después palpó sus brazos y sus piernas, examinándole con interés. Le trataba como si fuese una bestia de carga que fuera a comprar.

—Es un chico fuerte —dijo—, será un buen guerrero.

Entonces perdió todo interés por el niño y se dirigió al fuego a comer la carne recién asada. Al darnos la espalda, Hermenegildo se abrazó a mis piernas asustado y yo le acaricié. Le llevé fuera de la sala, no quería que Leovigildo viese la debilidad del niño.

Durante la noche, Leovigildo se acercó de nuevo a mí, y el gran sufrimiento que yo consideraba olvidado volvió. Era cruel y sensual. A veces amenazaba con castigar a mi hijo, al que no amaba, por los pecados de su madre. Mis salidas nocturnas se hicieron imposibles y me recluí con las damas de mi servicio a hilar y a coser. Tampoco se me permitía acudir a Santa Eulalia ni hablar con Mássona, debía asistir a la iglesia arriana que yo despreciaba y cuyo obispo, Sunna, me causaba aversión.

Leovigildo estaba nervioso y constantemente irascible, no era hombre de vida tranquila, le gustaba la guerra o las intrigas palaciegas; pero tenía que arreglar sus asuntos en Mérida. Su presencia me resultaba en todo momento molesta. Pedí al Dios de Enol y de Mássona que se lo llevasen de mi lado.

En aquel tiempo, ocurrió que parte de la Bética, ocupada por los bizantinos, se levantó en armas contra el rey Atanagildo. Los hispano romanos se sentían más próximos al emperador de Constantinopla que a aquellos godos prepotentes y de una religión extraña a la suya. Los godos guerrearon contra los bizantinos intentando recuperar Córduba y el rey convocó a los nobles, levando tropas. Leovigildo, duque del ejército godo, hubo de partir y así yo recuperé la libertad de mis pasos y mi vida monótona pero tranquila.

Poco tiempo después de partir el duque sentí cambios en mi cuerpo, me di cuenta de que ahora esperaba un hijo de aquel a quien yo consideraba mi enemigo. Lloré en mi soledad.

Una tarde de verano me dirigí de nuevo a Santa Eulalia, el calor era tórrido y por las calles corrían grandes pelotas de hierba seca, las gentes de la ciudad dormían con la calima.

—Ese hijo que llevas dentro de ti es un nuevo don de Dios.

—Yo no lo creo así. Si no amo a su padre, ¿cómo podré quererle a él?

—Él no tiene la culpa de los hechos de su padre.

—Será así, pero a mí me costará cuidarle.

Mássona, que veía el futuro, sonrió.

—Le querrás, le querrás mucho. Incluso más que a los otros.

Después, con voz profética que no parecía salir de su garganta sino de mucho más allá, de la profundidad de sus entrañas, exclamó:

—Este hijo tuyo y de Leovigildo será el rey más grande que han tenido estas tierras, unirá a dos pueblos desunidos, vencerá a los francos y a los hombres del oriente. Será el hombre nuevo.

Cuando nació comprobé que no se parecía a mí, ni a Leovigildo. Era muy fuerte, de pura raza goda y sus cabellos fueron siempre de color rojizo. Su parto fue fácil y pronto se cogió a mí. Le quise más que a ningún otro hijo. Nació en luna llena, de plenitud. Recibió el bautismo arriano. Envié noticias de su nacimiento a Leovigildo, y aprecié que su carta se desbordaba en alegría, me ordenó que le impusiese un nombre: Recaredo. Juan, el mayor, le quiso nada más nacer, se acercaba a su cuna y la movía suavemente. Nunca hubo celos entre los dos; fueron hermanos y amigos.

XXXV

El hombre del norte

La ciudad de Mérida, atestada de mendigos, exhala un olor acre a orines, a comidas y a frituras. El palacio de los baltos se aísla del mundo urbano por un alto paredón, casi una muralla que, más allá, hacia la parte sur, se continúa con los muros de la ciudad. Bajo el paredón, fluye mansamente el río Anás. Dentro de la casa, sobre todo ahora que la ausencia de Leovigildo se prolonga, la vida es alegre. Hermenegildo y Recaredo corren persiguiéndose mutuamente o se pelean jugando a las guerras con los hijos de los criados en los jardines. Oigo sus risas y cómo tropiezan cayendo el uno sobre el otro.

Siempre conté la edad de Hermenegildo desde la luna llena en la que me separé de Aster; habían pasado más de siete años; Recaredo aún no tenía tres. Al observar a los niños desde lejos, me di cuenta de que habían detenido sus carreras y estaban sentados al lado de la fuente; el mayor modelaba con barro soldados y jinetes a caballo. Después dejaba que el sol los secase y se inventaba batallas. Recaredo intentaba imitar a su hermano, pero sus manitas no eran capaces de formar figuras con el barro y a menudo protestaba. El pequeño miró de reojo a Hermenegildo y, en un descuido de éste, arrojó los soldados a la fuente. Sin enfadarse, Hermenegildo los sacó y los situó en un lugar alto, lejos del alcance de su hermano. Entonces, Recaredo comenzó a gritar que quería sus muñecos, con un llanto caprichoso. Me acerqué a ellos y reñí al pequeño, que comenzó a hacer pucheros, le abracé entonces riéndome. Hermenegildo se acercó a nosotros y puso su mano sobre mi hombro.

—No hagas rabiar a tu hermano —le dije.

—No le he hecho nada, llora porque es pequeño y no sabe hacer hombrecitos ni caballos.

—Enséñale tú.

Me miró con resignación:

—Nunca hace lo que yo le digo, pero lo intentaré.

Hermenegildo puso en las manos de Recaredo una bola pequeña de barro y le hizo girar una mano contra la otra, fueron haciendo bolitas y las unieron formando hombrecitos, después les pusieron un palo diminuto a modo de lanza. Les ayudé un tiempo y luego me fui.

Paseando por el edificio me acerqué al lugar donde hilaban las criadas. El cielo siempre despejado y azul, lleno de luz, estaba orlado por algunos haces blancos y difusos. Braulio, fatigoso pero sano, me detuvo para preguntarme sobre asuntos domésticos; se aproximaba el invierno y había que traer leña. Las mujeres se atareaban inclinadas sobre la labor con Lucrecia al frente vigilándolas. Desde allí se divisaba el peristilo y el lugar donde los niños se entretenían. Al verme entrar en la habitación, cambiaron de tema, y la conversación murió. Seguramente estarían criticando mis salidas con Mássona y las veces que acudía sola a buscar hierbas junto al río.

—Dicen que el duque Liuva ha sido atacado por los francos en la Septimania. Las tropas de Clotario han puesto otra vez cerco a Narbona y Liuva los ha rechazado.

—El duque Liuva es un buen militar.

Pensé en Liuva y callé. Recordé las palabras de Enol —Leovigildo y Liuva habían traicionado a Agila, y éste obtenido aquella rica provincia del nordeste peninsular— y después pasó por mi mente lo que el propio Leovigildo me había relatado: Liuva, el muchacho al que mi padre había condenado por ladrón, ahora era la máxima autoridad en la

Septimania y se rumoreaba que quería alzarse con la corona. Seguí intentando concentrarme en el hilado, mientras escuchaba cotilleos de las comadres.

—Buena tajada ha cogido Liuva, o mejor dicho, buena tajada le dieron Goswintha y Atanagildo por sus «servicios». No creo que regrese a Toledo. Es en Barcino y en la Narbonense donde hay oro y riquezas, de momento envía tributos y hombres de guerra al rey. Atanagildo le recompensará con el trono.

—El rey Atanagildo no goza de buena salud, pero pasará tiempo antes de que se produzca la sucesión. De todas formas, la que tiene algo que decir es la reina, Goswintha no apoya la candidatura de Liuva. Ya sabes... ella...

Entonces se hizo un silencio en la sala y me sentí mirada por ellas. Levanté la cabeza, la que había hablado enrojeció.

—¿Qué ocurre con la reina?

La criada dudó.

—Ella apoya las pretensiones de vuestro esposo.

—¿Ah, sí...? —dije yo, inocentemente—, y ¿por qué lo hace?

De nuevo el ambiente se volvió tenso.

—Vuestro esposo es un buen militar.

—Liuva también lo es. ¿No?

Se hizo el silencio. Las mujeres se concentraron en la tarea y dejaron de murmurar. No me importaba lo que dijesen. Odiaba a Leovigildo, hubiera deseado que él nunca viniese a Mérida y continuase en la corte de Toledo, hubiese querido que se quedase para siempre con aquella mujer, Goswintha, la cual nunca me fue odiosa.

Los días pasaron lentamente, después los meses y los años. Hermenegildo y Recaredo se fortalecían y desarrollaban. Mi pasado permanecía dormido en el fondo de mi mente y llegó a serme ajeno a mí misma. Comencé a pensar que nunca había existido una época distinta a la de mi vida en Mérida. El amado rostro de Aster parecía desvanecerse en mi memoria. Alguna vez hablé de él con Mássona, le relaté sus hazañas, su pasado doloroso, su fortaleza y rectitud, su búsqueda esperanzada del Único Posible. En la distancia, la figura de Aster se trocaba más grande a mis ojos.

Mis hijos habían crecido: un preceptor les enseñaba las letras latinas y griegas; de los soldados de Leovigildo aprendían el arte de la guerra; pero las más de las veces se divertían sin miedos en el enorme palacio junto al río Anás. A menudo se unían a otros mozalbetes y emprendían batallas imaginarias en las riberas del río, junto al puente de los muchos arcos. Hermenegildo los capitaneaba, dotado de una capacidad especial de mando. Recaredo le seguía fielmente como un perrillo.

Les encontré en el patio porticado. Agachado en el pavimento de dibujos geométricos, Recaredo jugaba con Hermenegildo a las tabas, ahora era el pequeño el ganador. Al oír mis pasos, Hermenegildo se levantó y me dijo:

—¿Hoy no vas a la casa de Mássona?

Lo que Hermenegildo llamaba la «casa de Mássona» era un albergue que el obispo había fundado y donde se alojaban mendigos y gentes sin recursos que el obispo y sus monjes recogían por las calles. Mássona, a menudo, solicitaba que yo atendiese a algún enfermo. Hermenegildo me acompañaba a veces a aquel lugar, que le fascinaba y sorprendía. El palacio de los baltos era un oasis en medio de una ciudad plagada de pobreza vergonzante y de mendicidad lastimosa, yo no quería que mis hijos se aislasen del mundo real, y permitía que Hermenegildo me acompañase. Últimamente, las visitas de Leovigildo a Mérida escaseaban y eso me permitía una mayor libertad de movimientos.

—Sí —le contesté—, venía a buscarte.

Recaredo también quería ir y se cogió de mi mano para que le llevase, pero Recaredo era aún pequeño. Reí y le conduje cogido de la mano al lugar donde las criadas cosían, mientras cuidaban a los niños de la casa, y lo dejé con el ama. Él se enfadó.

Ataviada con un manto oscuro que me cubría enteramente me dispuse a salir a la calle. Hermenegildo caminaba a mi lado con sus pasos cortos, saltando. Braulio nos acompañaba.

Aun cubierta por aquel manto rústico, en las calles de Mérida no pasé desapercibida. Las mujeres que barrían las calles me miraron con desaprobación; les parecía poco honorable que la esposa de un noble se dedicase a pasear sin carruaje, sin más escolta que un viejo criado, y más aún que llevase con ella a su hijo.

Las calle se iba haciendo angosta y algo más empinada hasta llegar a los antiguos foros, donde la urbe se abría en un mercado. Era día de feria. Los labradores traían productos de los campos, se vendía lana y también tejidos. Un panadero despachaba dulces que Hermenegildo miró engolosinado, pero yo iba con prisa y pasé de largo delante del puesto de dulces. Le había prometido a Mássona ocuparme de los enfermos y, aquellos días, las ocupaciones domésticas habían retrasado la visita.

Tomamos el cardus y de nuevo, entre callejas repletas de gente y olores diversos, llegamos a la puerta de la muralla. El campo dorado se abrió ante nosotros; la luz inundaba el paisaje, el aire aunque caluroso era más fresco que el ambiente denso de la ciudad.

Extramuros, muy cerca de la basílica de Santa Eulalia, se alza el edificio donde Mássona acoge a sus enfermos: una nave alargada con arcos ojivales en la entrada. Los muros de piedra, gruesos, están hendidos por troneras por donde entra una escasa ventilación. El interior se ilumina por candiles de aceite que rarifican la atmósfera. Muchas veces yo había hablado con Mássona de la necesidad de airear aquellas estancias o de que los enfermos recibiesen la luz del sol, pero Mássona se guiaba por antiguos principios y no me hacía caso. Saludé a uno de los monjes, de nombre Justino, que velaba el descanso de los enfermos.

—Mássona quiere que veas a un escrofuloso, tiene las llagas muy abiertas. No sé si... —dijo el monje dubitativo mirando al niño.

—No te preocupes —dijo Hermenegildo—, yo aguanto.

—Ya veremos —dije yo.

Tomé agua hirviente de una olla donde cocinaban los

monjes, la introduje en una palangana. Después el monje nos guió hasta el enfermo. Hermenegildo tomó el recipiente con agua para ayudarme, sonreí al ver su cara seriecita de niño, haciendo esfuerzos al sostener la pesada palangana.

Me acerqué al enfermo, sus llagas eran desagradables. La cara de Hermenegildo palideció, entendí que se marearía. Le dije a Braulio:

—Llévate al niño a casa...

—No... —dijo él—, aguanto.

Mi voz sonó terminante.

—No, Juan. —Le llamaba siempre así cuando quería negarle algo—. No vas a aguantar y tendré que atender a dos en lugar de a uno.

Dejó la palangana llena de restos de sangre y pus y se levantó tambaleándose, el criado le arrastró hacia la puerta.

Le indiqué a Braulio que regresase a recogerme con un carruaje, no quería andar sola de noche por las calles de la ciudad y no tardaría en oscurecer.

Me demoré largo rato curando las heridas del enfermo, herví una pócima con sedantes y se la di a beber. Me miró agradecido y luego se durmió. Me incorporé fatigada, estirando la espalda, que me dolía por la postura. Miré en derredor, los enfermos se hacinaban. En una esquina, en el suelo, un hombre se cubría con un manto oscuro; presa de una premonición me acerqué a él. Reconocí en el manto la tela de sagun de los montañeses del norte. Siempre me gustaba acercarme a los mendigos del norte con la esperanza de recabar noticias de las tierras de Vindión. El hombre era achaparrado, el cabello era de color castaño en el que comenzaban a apuntar algunas canas. Tenía fiebre. Casi saltando entre los enfermos me llegué hasta él, arrodillándome en el suelo a su lado. Su pelo estaba sucio y revuelto y le puse la mano sobre el hombro. El individuo, boca abajo, temblaba de fiebre, entonces le giré. Él abrió los ojos, brillantes como los carbones de una fragua.

—¿Jana?

Me quedé muda por la sorpresa al reconocer a mi antiguo compañero de juegos del valle de Arán. Habían pasado diez años, los dos habíamos cambiado, yo era una mujer madura que pasaba ya la treintena, pero Lesso parecía mayor que yo. Prematuramente envejecido, su aspecto denotaba trabajos y penas. Seguía siendo de baja talla y parecía más un labrador que un guerrero.

—Lesso. ¿Cómo estás aquí?

—Te creíamos muerta... y vives.

—Sí. Ya ves, el tiempo ha pasado por los dos.

—Sigues siendo como la jana de los bosques.

Entonces las preguntas se agolparon en mi boca:

—Lesso, cuéntame del norte, dime cómo están Aster y Nícer. ¿Cómo llegaste aquí?

—Ésa es... una larga historia. Ahora no puedo, no tengo fuerzas.

Lesso estaba agotado y enfermo, casi no podía hablar. Su aspecto era lastimoso, había adelgazado mucho y los huesos se adivinaban bajo la piel.

Llamé al monje y lo incorporamos. Braulio no tardó en llegar y en el carruaje le transportamos al palacio junto al río Anás. En el camino casi no habló pero me miraba como si viese una aparición. Yo estaba profundamente turbada, el pasado, aquel pasado que se me desdibujaba en la memoria, se hizo de nuevo presente, y mirando al amigo, la cara de Aster se hizo nítida y clara ante mí.

XXXVI

La historia de Lesso

Alojamos a Lesso en una pequeña habitación en los aposentos de la servidumbre, le examiné detenidamente, estaba desfallecido, no había comido desde hacía varios días, en la espalda tenía cicatrices del látigo y en los brazos y las piernas heridas por arma blanca. Poco a poco fue recuperándose hasta que finalmente, cuando hubo mejorado, pudimos salir al jardín junto al peristilo. Más allá, se divisan los campos dorados de trigo y el río cruzado por barcos de distinto calado. Entonces, sentado junto a mí, Lesso contó la historia que le había traído hasta Mérida.

—Nos dejaste en una noche extraña. Después del encuentro con Enol, todos sabíamos que te irías, todos excepto Aster. Recuerdo aquella mañana: el sonido del cuerno de Aster resonando en las montañas parecía llorar la despedida. Pasó mucho tiempo hasta que Aster volvió junto a nosotros, solo y en silencio. Reemprendimos la marcha hacia Ongar, Aster no hablaba. En las noches, se separaba del grupo y no dormía. No le importaba nada, ni siquiera Nícer. Solamente Mailoc era capaz de hablar con él. Una noche les seguí, oí llorar a Aster y la sangre se me enfrió en las venas. Él quería volver atrás, y buscarte. Mailoc le recordaba sus deberes.

»—Te debes a tu gente... —decía Mailoc

»—¿Me debo a ellos...? —gritaba Aster—. ¿Qué les debo...? ¿No ha sido bastante mi padre... mis hermanos... mi madre...? Y ahora, ella. ¿Qué harán con ella? ¡Oh, Mailoc! Mi deber es ir hacia el sur y rescatarla.

»—No, hijo mío, tú sólo no podrías; esta gente que te ha seguido confía en ti y lo ha perdido todo.

»—¿Perdido...? ¿Más que yo? No. No creo que nadie haya perdido más que yo.

»En aquel momento, entendí la inmensidad de la pérdida de Aster y el arrepentimiento me llenó el corazón. Le había culpado de la muerte de Tassio y, desde la caída de Albión, me había separado de él. Percibí su agonía interior y lo grande de su dolor. Entonces volví a profesar la devoción que desde antaño me había ligado a Aster.

»Recuerdo la entrada en Ongar, tú no conoces Ongar, Jana. Ongar es un lugar recóndito de donde la neblina emerge por las mañanas del fondo de la cañada del río y lo cubre todo. De nuevo me parece volver allí. Las mujeres lloraban emocionadas al ver aquel lugar donde se sentían seguras. Una vez pasada la revuelta del camino, éste se ensanchó; la cascada del Deva se hundió detrás y debajo de nosotros. Al fondo ascendían las fumaradas de las casas de Ongar. Recuerdo que, en ese momento, Aster se giró, un brillo azabache cruzó por su mirada oscura y cogió a su hijo. Le levantó sobre su cabeza y exclamó:

»—Nícer, hijo de Aster, hijo de Nícer, mira a Ongar, mira a tu pueblo.

»Los hombres gritaron conmovidos, Mailoc bajo su espesa barba sonrió y en sus ojos brilló la alegría.

»En Ongar, las gentes salieron a recibirnos, no había gritos de júbilo, como cuando regresábamos victoriosos de las campañas contra los godos o contra Lubbo. En los rostros y en las expresiones de los ojos había dolor por la pérdida de Albión. Aster iba detrás, pero cuando entró en el poblado se escucharon clamores de alborozo:

»—Aster ha regresado. ¡Está vivo!

»—¡Aster! —sonó un clamor popular.

»—Con él estaremos seguros.

»De entre toda la multitud, un hombre fuerte de cabellos oscuros, aunque cruzados por canas, salió a recibirnos. Era Mehiar. Ambos hombres se abrazaron.

»—Supimos de la caída de Albión cuando nos dirigíamos a ayudaros. Pensé que habías muerto. Aquí todos te llorábamos.

»Al ver a Mehiar me estremecí, y recordé a mi hermano Tassio; él me distinguió entre la multitud y se acercó hacia mí.

»—Gracias a Tassio conseguimos salvarnos. Nos cubrió la huida.

»Mehiar quería agradecerme lo que mi hermano había hecho, pero yo hablé bruscamente.

»—Él fue ejecutado.

»—Lo sé. Nunca le olvidaremos.

»Bajé la cabeza entristecido, él extendió su recio brazo hacia mí, tocándome la cabeza con la mano.

»Aster hablaba con un hombre mayor, su tío Rondal. Aquel que había acudido años atrás a la elección del bosque.

»¿Recuerdas? —me dijo Lesso.

—Sí.

Pensé en cuánto tiempo había pasado desde la elección del bosque, más de veinte años. En aquel entonces, Lesso y yo éramos niños. Todo lo de los adultos nos parecía un juego. La reunión del bosque había sido la primera vez que yo había oído nombrar a Aster y le había percibido en las sombras.

—A pesar de todo, el día del regreso de los huidos de Albión fue de una dicha esperanzada. Muchos de los hombres que se salvaron del castro junto al Eo procedían de Ongar. Por otro lado, Aster era uno de los suyos, lo habían visto crecer allí y lo consideraban su señor natural, se sentían seguros con su presencia en las montañas.

»Repentinamente, sonó una música, de las casas comenzó a salir la sidra y el hidromiel; nos dieron de comer. Los huidos contaban la batalla, y algunos rimaron versos que acompañaron de melodías guerreras. Aquel día nació la balada de la caída del castro junto al Eo. Por la tarde los escapados de Albión se fueron asentando en las casas y chamizos. Aster llevó a Ulge, a Uma y a su hijo a la fortaleza de Ongar, donde vivía Rondal y era el lugar que le pertenecía por nacimiento. Allí se heredaba por línea materna, y era el tío materno el que guardaba la herencia, Rondal era hermano de Baddo, la madre de Aster.

»Poco a poco las gentes se fueron situando y oscureció en el valle. Aster nos buscó a mí y a Fusco.

»—Quiero que viváis conmigo en la fortaleza, seréis de la guardia de los príncipes de Ongar.

»—Señor, soy vuestro siervo —dije yo conmovido.

»—No —respondió Aster—, eres mi amigo. Tu hermano dio su vida por mí.

Interrumpí la narración de Lesso:

—Yo también recuerdo a Tassio, el hombre fiel.

—A veces he pensado que hubiese sido mejor que hubiese muerto cuando fue herido por la flecha y tú le curaste.

—Gracias a él yo volví a Albión y fui esposa de Aster. Pienso que cada hombre tiene su destino.

—Lo sé.

Lesso calló recordando a su hermano; entonces, impaciente, le pedí que continuase.

—Por favor, prosigue tu historia.

—No éramos muchos los hombres de Ongar, pero con los llegados de Albión, el número se había incrementado. Aster convocó un consejo en el que los de Ongar refirieron noticias desconocidas para los huidos.

»—Los godos han conquistado todas las tierras que rodean al antiguo castro de Albión y han establecido puestos de guardia, también tienen un puerto abierto por donde les llega el comercio con el norte, con los reinos aquitanos. No parece que vayan a irse tras la caída de Albión.

»—Buscan dominar a los suevos, quieren el oro de los suevos.

»Aster los escuchaba, en su rostro se veía que estaba de acuerdo en lo que iban diciendo. Rondal habló con ímpetu.

»—¡Hay que fortificar los castros!

»Todos asintieron. Entonces, la expresión del rostro de Aster cambió. Con serenidad y con fuerza, se opuso, exclamando:

»—Los castros no aguantarán los embates de las catapultas godas, son lugares débiles que al final se convierten en ratoneras para los que viven allí.

»Al hablar así, se traslucía su experiencia en Albión.

»—Estoy de acuerdo con Aster —habló Mehiar—. Yo escapé de Albión.

»—Sin castros, ¿dónde nos refugiaremos?

»—No se trata de destruirlos... pero las defensas no pueden ser las endebles murallas de adobe y piedras que construimos alrededor de nuestras casas. Esos muros sirven para ahuyentar a los animales carroñeros y a los lobos, pero no alejan la guerra ni detienen las armas godas.

»—Entonces, ¿qué propones?

»—Los godos volverán. De hecho ya han vuelto. Los que lucharon contra nosotros en el paso del Deva eran godos muy distintos de los que combatieron en Albión. El oeste de las tierras de Vindión ha sido destruido. Pienso que debemos fortificar los pasos en las montañas para proteger los castros de los valles.

»—Con eso proteges a los castros del oriente pero no los del occidente, que no tienen montañas altas, seguramente serán arrasados.

—Lo sé, las tierras del oeste las doy por perdidas. Tenemos que salvaguardar lo que queda, acoger a los que huyan, aquí y en los valles de las altas montañas de Vindión.

—Eso es condenar a muerte o a esclavitud a muchos.

—No si nos escuchan y abandonan los castros desprotegidos.

»—Me cuesta renunciar a ellos —dijo Tilego, que procedía del oeste.

»—A mí también... —suspiró Aster—, también me ocurre lo mismo. Recuerda que Albión estaba allí, en el occidente, ahora sé que nunca será reconstruido, pero presiento que nuestro lugar ahora está en los valles perdidos de Vindión, bajo el monte Cándamo y el Naranco.

»Aster se inclinó hacia el suelo; en él, trazó hendiendo el

suelo con una rama un mapa de los castros, de las montañas, de los valles y de los pasos entre montañas.

»—Aquí... —señalaba— se situará una fortaleza, con guardia siempre permanente. Aquí otra... Más allá otra... Se comunicarán mediante hogueras y fumarolas para avisarnos de la llegada del enemigo.

»—De acuerdo, pero si cerramos las montañas no es suficiente con que las cerremos sólo por el oeste, hay que fortificar la parte más oriental de Mons Vindión. ¿Sabes a lo que me refiero?

»Aster entendió las palabras de Mehiar cuando señalaba aquel lugar, el más oriental de Mons Vindión.

»—Sí. Habrá que llegar a un acuerdo con los orgeno-mescos y los luggones.

»Exclamaciones de desacuerdo y de miedo cruzaron el ambiente.

»—No... —se opuso alguno—, son carniceros y primitivos. No me fío de ellos. Dan culto a Lug, como hacía Lubbo, y a Taranis. Son traidores.

»—No lo son —dijo Aster, y después rectificó sonriendo—. Bueno, no lo son enteramente. Son pueblos célticos como nosotros y precisarán nuestra ayuda tanto como nosotros la suya. Debemos convocar la asamblea de los pueblos y las tribus.

»—Hace siglos que no se convoca. Hasta ahora los astures y las tribus cántabras del occidente no se habían comunicado con los pueblos cántabros del oriente.

»Entonces dijo Aster:

»—El mundo ha cambiado y nos enfrentamos a grandes peligros. Debemos unirnos frente al enemigo común. Ahora se aproxima el invierno y los pasos de las montañas se cerrarán. En primavera, para la fiesta de Beltene, será la reunión, en el valle de Onís. Pero ya este otoño empezaremos a construir las fortalezas de las montañas que rodean a Ongar. Hay mucho que hacer, los godos no deben darse cuenta de nuestras intenciones. Cada fortaleza tendrá su propio capitán.

»Los hombres asintieron, aceptando sus planes; después comenzó a distribuir guerreros y trabajos. Las fortalezas que Aster había diseñado protegían una gran extensión de terreno, pero quedaba aún el este por cubrir, la tierra de los orgenomescos y los luggones; si estos fuesen vencidos por los godos, su tierra sería un lugar de relativo fácil acceso hasta las tierras protegidas de Ongar. Aster dispuso que iría al este a pactar con ellos sobre la construcción de las fortalezas en Ongar.

»Al acabar la reunión, Fusco y yo nos dirigimos hacia la fortaleza de Aster, en el camino Fusco me zahería con pullas, intentando que olvidase los sucesos luctuosos de los últimos tiempos.

»La fortaleza de Ongar era un lugar formado por varias estancias que antes habían sido casas y almacenes que se comunicaban entre sí. Formaban una especie de laberinto fortificado dentro del castro. Allí vivíamos con la servidumbre entre la que se encontraba Uma y Ulge. Uma seguía con la mente pérdida, acunaba a Nícer en sus rodillas y le cantaba una canción de cuna. A Fusco y a mí nos gustaba bromear con Uma, haciéndole rabiar y quitándole al niño. Uma nunca entendió nuestras bromas. En su demencia nos miraba asombrada queriendo recuperar a su niño. Jugábamos con Nícer y lo subíamos sobre los hombros, el niño disfrutaba montando sobre nuestras espaldas como si fuésemos caballitos. Tu hijo, Jana, tiene tus mismos rasgos y tus ojos claros.

Entonces me emocioné y recordé a mi hijo mayor, a quien había perdido cuando aún no andaba.

—Nícer, ¿está bien...?

Lesso, comprensivo, adivinó mi sufrimiento.

—Será un gran guerrero, y es el orgullo de su padre...

Mis ojos se llenaron de agua; Lesso, que no gustaba de lágrimas, prosiguió.

—Unos días después de nuestra llegada a Ongar, me desperté al alba, Aster estaba ya en pie. Su sueño era liviano y desaparecía de la casa sin que supiésemos exactamente adónde iba. Un día le seguí, y vi que acudía junto a la fuente del

Deva, donde permanecía largo tiempo abstraído, mirando al sur. Después entraba en la cueva, y escuchaba desde las sombras los cantos de los monjes; cuando ellos habían acabado, solía hablar con Mailoc. Algunos comenzamos a imitarle, tal era su fuerza. Poco a poco los cantos y las palabras de los monjes fueron transformando nuestros pensamientos.

»Se aproximaba el invierno, los hombres de las fortalezas regresaron a Ongar con las nuevas de que el ejército godo había sido dispersado cuando intentaba cruzar las montañas para atacar Ongar. El plan de Aster de proteger las montañas con baluartes se había mostrado válido. Aquello alegró a nuestras gentes, que se sintieron seguras. Después llegaron las nieves y se cerraron los pasos de las montañas. Entonces cazábamos ciervos y osos en los bosques. Fusco disfrutaba con ello.

»Por aquella época Fusco comenzó a cambiar y a mostrarse diferente conmigo, de pronto le veía abstraído en algo que no sabía qué era y, raro en él, a veces estaba callado. Descubrí que una de las mujeres jóvenes del poblado, Brigetia, le miraba con buenos ojos. Me dijo que en Beltene celebrarían sus bodas. Yo me reí de él, y me sentí un poco desdeñado. Me pareció que había perdido a mi antiguo camarada.

»A finales de diciembre, en contra de lo habitual en aquellas sierras, mejoró el tiempo, un deshielo temprano pareció iniciarse y se abrieron los pasos; Aster me llamó.

»—Necesito tu ayuda.

»Lo miré sorprendido.

»—Yo... —dijo Aster, como dudando de revelar algo íntimo—. Necesito saber cómo está ella. Quiero que Fusco y tú vayáis al sur y la busquéis. Vosotros no sois grandes guerreros, sois gentes del campo y pasaréis más desapercibidos. Si no quiere volver no la forcéis, pero si sufre y necesita volver, ayudadla. Ahora, tras la construcción de las defensas, hemos rechazado a los godos y las montañas son inexpugnables. Ella podría volver... —suspiró Aster.

»—¿Cómo la encontraremos?

»—Buscad a Enol. Buscad a Leovigildo. Preguntad por la princesa de los baltos y traedme noticias de ella.

»Unos días más tarde, cuando las nubes se abrieron, en un día de sol, Fusco y yo partimos hacia el sur. Fusco no protestó aunque se notaba que le costaba dejar a Brigetia, pero no refunfuñó como acostumbraba. Fusco, como yo, te quiere, Jana.

»Mailoc nos indicó la ruta, nos dijo que fuésemos a Astúrica Augusta. Allí existía una fuerte guarnición goda. Abrigados con nuestras capas de sagun, portando una espada al cinto y un puñal de antenas, con algo de oro que Aster nos proporcionó, orgullosos de una misión importante y esperanzados con la idea de encontrarte, emprendimos el camino.

»Cuando llegamos a Astúrica, supimos que el duque Leovigildo había partido hacia el sur, nos enteramos de que con él iba una mujer rubia y triste. Entonces emprendimos los caminos de la meseta. A Fusco y a mí nos molestaba el sol brillante de aquellas tierras y los cielos siempre limpios de nubes. Hacía frío. La nieve nos detuvo en la casa de unos pastores antes de llegar a Semure.

»Avistamos al ejército godo cuando ya había cruzado el río d'Ouro, el río de Oro que llaman los lusitanos. Pronto nos dimos cuenta de que no éramos los únicos que seguíamos la comitiva. Pudimos descubrir los planes de Lubbo. Varias veces estuvieron a punto de atraparnos los soldados godos y Lubbo casi nos mata.

»La noche en la que se incendió la tienda en el campamento godo, Fusco y yo estábamos allí. Os rescatamos de las llamas a ti y a Enol. Estábamos tan nerviosos que te creímos muerta. Nos equivocamos. Debimos huir deprisa porque los soldados de Leovigildo nos perseguían.

»Regresamos al norte a través de muchas peripecias. Hacía sol porque se acercaba la primavera pero nuestro ánimo era oscuro. En el camino no hablábamos, cada uno de nosotros pensaba en cómo comunicaríamos a Aster tu muerte.

»Recuerdo la llegada a Ongar en un día lluvioso de primavera. Brigetia se acercó a recibir a Fusco, que en medio de su preocupación, sonrió. Él se retrasó con ella, yo proseguí mi camino. Al ver mi rostro apesadumbrado, Aster entendió que algo grave había sucedido. Durante días no quiso creerlo, me preguntaba una y otra vez los detalles. Después hablaba de ti como de algo sagrado y amable en su pasado. Fue entonces, en el poblado de Ongar, donde comenzó la leyenda. Decían que Aster había sido cautivado por una Jana de los arroyos, pero que él la había vencido y a Nícer le llamaron "el hijo del hada".

»Con los años, los godos de nuevo comenzaron a hostigarnos, el paso del oeste, mal guardado por los luggones, que no habían accedido a que Aster construyese baluartes, permitía que los godos se introdujesen en Ongar y nos atacasen. En una de estas escaramuzas, persiguiendo a los godos hasta la meseta, fui atrapado con más montañeses. Me condujeron a Astúrica, y allí me vendieron como siervo a un terrateniente que buscaba mano de obra para sus campos en el sur. Llegué a la villa de un rico propietario de la Lusitania y, yo, que siempre he odiado la tierra, debí cultivarla. Fui siervo en una villa del sur donde había muchos más. Los siervos que, como bien sabes, casi no existen en las poblaciones libres del norte, forman parte de la vida de los godos. Muchos lo son por nacimiento, otros como yo, porque fueron apresados en la guerra. Es difícil que un siervo escape de los predios de su señor.

»Pasaron varios años. Intenté la fuga varias veces pero una y otra vez fui apresado y después azotado brutalmente. Aún puedes ver las marcas del látigo en mi espalda. Cuando comenzaba a resignarme con mi suerte, el rey Atanagildo atacó a los bizantinos y ordenó a los nobles que se le uniesen, mi señor levó sus tropas, a las que añadió algunos siervos rústicos entre los que me encontraba yo. En el campo de batalla, el grupo que acaudillaba mi señor se situó junto a los soldados de Leovigildo. Al oír aquel nombre volvieron los recuerdos de la caída de Albión y de la muerte de Tassio. La noche previa a la batalla contra los bizantinos, coincidimos en el campamento con los hombres del duque Leovigildo. Los soldados hablaban de su señor, algunos de ellos habían participado en la campaña frente a los cántabros. Entre otras cosas, comentaron que todo el poder del duque Leovigildo provenía de haber conseguido un gran tesoro en el norte y de haberse desposado con la hija de Amalarico. Cuando repliqué que ella había muerto, me contradijeron. Me hablaron de ti, de una mujer de cabellos claros y de estirpe baltinga que vivía en Mérida. Entonces entendí mi error. La batalla contra los bizantinos fue dura, muchos murieron. Después logré escapar. Es mala cosa ser un siervo huido, pasé hambre y muchas fatigas que no nombraré. Entonces, un día, muerto de inanición y enfermo, me recogieron los monjes de Mássona junto a un camino a las afueras de Emérita. Al final, he cumplido el encargo de Aster y he llegado junto a ti.

Después de narrar la historia, a Lesso se le quebraba la voz por la fatiga. Le acompañé a su lecho, donde se acostó. Me retiré de su lado, no quería que me viese llorar. Ahora que el pasado se había abierto ante mí, las dudas me atenazaban. Si hubiera permanecido junto a Aster, las montañas habrían seguido libres, pues él era capaz de defenderlas. Hermenegildo hubiese vivido junto a su padre. Entonces una idea me calmó, no tendría a Recaredo, mi mozalbete pelirrojo, tan serio y tan fuerte. El pasado se había ido, no existía ya la posibilidad del retorno, como ocurría con las aguas del Anás, que eternamente se dirigían hacia el océano inmenso.

XXXVII

En el palacio

Hermenegildo me ayudó desde el principio a curar al montañés, noté que Lesso le producía una gran curiosidad. Me gustaba dejarles a solas, quería que mi hijo conociese las cosas de los pueblos de Vindión y de su verdadero padre. Lesso le contaba a mi hijo historias del norte: de cómo cazaban ciervos y osos, de los pasos de las montañas bloqueados por las nieves. El montañés disfrutaba con mi hijo mayor, que fijaba en él sus ojos claros, rodeados por largas pestañas negras, que parecían atravesar a quien miraba.

—¿Cuántos años tienes, muchacho?

—Ya, diez.

—¿Diez? Casi el mismo tiempo que hace desde que tu madre nos dejó.

Al decir estas palabras Lesso se detuvo y, pensativo, miró a Hermenegildo, quien no pareció darse cuenta de la expresión de los ojos de Lesso.

—Mi madre nunca habla del norte, los criados dicen que vino de allí. Que mi padre, Leovigildo, la rescató de la cautividad. Pero ella no habla del norte. A mí me gustaría saber qué pasó.

Hermenegildo estaba ansioso de conocer cosas, pero Lesso, prudente, no quiso hablar; el chico continuó:

—Los criados dicen que en el norte son paganos y hacen sacrificios humanos.

Lesso frunció el ceño y dijo despreciativo:

—¡Saben mucho los criados!

—Vamos, Lesso, cuéntame algo del norte.

Sin embargo, el montañés no contestó, los recuerdos del pasado le escocían aún como heridas mal cerradas.

—Dicen —prosiguió el chico— que mi padre, el duque Leovigildo, es un guerrero valiente, que destruyó el nido de los bárbaros del norte, que por eso el rey, nuestro señor Atanagildo, le premió con mi madre.

—Dicen muchas cosas. Y los que hablan no siempre saben lo que están diciendo.

Animado al escuchar una respuesta, Hermenegildo insistió:

—¿Desde cuándo conoces a mi madre?

—Desde siempre —contestó escuetamente Lesso.

—Dicen que es de un alto linaje, del más alto linaje que hay en estas tierras. Lucrecia dice que se parece a mi abuelo el rey Amalarico. ¿Lo conociste?

—No.

—Dicen que mi padre Leovigildo no es tan noble como ella, pero Leovigildo es muy valiente y la conquistó. Mi madre es sabia y sabe curar. Es extraña, casi nunca habla y, a veces, la he visto llorar. No hay otra mujer como ella. Dicen que me parezco a mi madre y Recaredo a mi padre.

—En eso aciertas —dijo Lesso—, tu hermano es un godo de la más pura raza y tú no.

Hermenegildo rió entonces, y dijo:

—Yo también lo soy. Soy godo de estirpe real y destrozaré a los bárbaros enemigos de mi raza y someteré a los hispanos. Seré un gran guerrero y derrotaré a los cántabros y a los astures... y echaré de estas tierras a las tropas imperiales.

Ante aquellas palabras de Hermenegildo, el montañés recordó el norte, las montañas, el verde valle de Ongar, la caída Albión... y se entristeció. Se fijó en aquel muchacho de pelo oscuro, de cuerpo fuerte y elástico y amablemente le rogó:

—Déjame, muchacho, hoy quiero descansar. Otro día...

En otro momento te contaré cosas y cuando me cure te enseñaré a luchar como luchan en el norte.

—¿De verdad?

—Sí, pero ahora... vete.

Hermenegildo se levantó, ensimismado salió al patio posterior. Una fuente cantaba y en el jardín la hierba brillaba verde, un peristilo rodeaba al atrio sostenido por columnas de capiteles corintios. Hermenegildo se introdujo en el cubículo que era su dormitorio y de un baúl sacó una pequeña espada de madera. Después atravesó el atrio y se dirigió a la calle, los dos soldados que guardaban la puerta le saludaron. Dando la vuelta al palacio de los baltos, enfiló la calle que acababa en el puente. Hacía calor. Bajo los arcos del puente y en la ribera del Anás, varios chicos jugaban a las guerras con espadas de madera. Al ver a Hermenegildo se detuvieron.

—¡Hermenegildo! ¿Dónde te escondes? Te hemos estado buscando. ¿Ya no te interesa la lucha?

—Sí, claro —contestó rápidamente mientras les sonreía amistosamente.

—¿Con quién vas? —le preguntaron.

—Me da igual... ¿quién pierde?

—Los de Antonio y Faustino.

—Voy con ellos.

Formaron dos bandos, tres a tres. Frente a Antonio y Faustino, hijos de unos libertos de la casa baltinga, jugaban Claudio y Walamir. Claudio, hijo del gobernador de la ciudad, un hispano romano de prestigio, descendía de la noble familia del emperador Teodosio. Su cabello era oscuro y sus rasgos rectos. Walamir era un muchacho godo de baja cuna, su padre era un espatario de Leovigildo, era muy fuerte y más desarrollado físicamente que los otros.

El juego consistía en atacar a los del equipo contrario con espadas de madera, cuando uno de los chicos era tocado en un lugar vital se retiraba del combate. Al final, se habían eliminado casi todos los chicos, Walamir y Hermenegildo seguían luchando. La lucha se había enconado, el que venciese daría el triunfo a su equipo. Walamir tenía el cabello pelirrojo y los ojos claros, era uno o dos años mayor que Hermenegildo. Este último, muy ágil, evitaba los golpes del otro pero, poco a poco, Walamir fue cercando a Hermenegildo contra la pared del arco del puente. Al oír los gritos, otros chiquillos más pequeños, entre ellos Recaredo, acudieron a ver el resultado del juego. Hermenegildo conseguía evitar los golpes de Walamir, y no luchaba mal: en un momento dado apuntó con la espada de madera muy cerca del corazón, pero Walamir consiguió evitar que le tocase. Finalmente, el hijo del espatario acorraló a Hermenegildo contra la pared, de tal modo que resbaló y cayó al suelo. Con la punta de la espada de madera le apuntó al gaznate.

—Vencido —dijo Walamir.

—De acuerdo, me rindo; pero la próxima vez te ganaré.

—¿Ah, sí? —Walamir se rió.

Recaredo se acercó a su hermano y le dio la mano para que se levantase.

—Nunca vas a ganar a Walamir, es mayor que tú —dijo sensatamente Recaredo.

—El hombre del norte, el herido a quien cuida madre, me ha prometido enseñarme a luchar.

—¿Dices en serio que te va a enseñar a luchar? ¡Qué suerte!

—Sí. Me lo ha prometido.

—Yo también quiero.

—No sé si querrá —dijo Hermenegildo dándose importancia—, tú eres pequeño.

Sonaron las campanas en las torres de las iglesias anunciando el mediodía. Era la hora de comer, los muchachos se dispersaron, unos yendo hacia las casas más nobles y otros hacia las de la servidumbre. Hermenegildo le contó a su hermano parte de las historias que le había relatado Lesso. Recaredo no cesaba de preguntarle sobre las luchas del norte.

Días más tarde, los niños buscaban a Lesso, que había mejorado. Lo encontraron sentado conmigo cerca de la muralla contemplando el río Anás.

—Me recuerda el Eo —me decía—, pero aquí la luz es dorada y cálida y allí junto a Albión la luz era blanca y húmeda.

—No olvidas el norte.

—No —dijo él con añoranza.

—Yo tampoco —le confesé—, mis pensamientos siempre están allí. He vuelto a tener trances. Os vi atravesando las montañas, en el cauce del Deva. Vi que os atacaban los godos antes de regresar a Albión. Os vi descendiendo el Deva, y cómo Aster elevaba a Nícer al llegar a Ongar.

Lesso me miró sorprendido.

—Sí. Fue de esa manera.

No pude seguir. Corriendo por la escalera vimos subir hacia la muralla a Recaredo y a Hermenegildo, este último llegó antes que su hermano resollando por la subida.

—Madre, Lesso prometió enseñarme a luchar.

Le repliqué sonriente:

—Y los espatarios de Leovigildo... ¿no te enseñan lo suficiente?

—Dicen que en el norte tienen la «furia salvaje» y no los derrota ningún enemigo.

—¿Y tú tienes muchos enemigos aquí? —le dije pasando mi mano por su cabello; pero él se retiró. Ya era mayor y no le gustaba que lo acariciase.

—Walamir siempre me vence.

—Walamir tiene casi catorce años y tú tienes doce.

—Un hombre —dijo muy serio Hermenegildo— debe vencer a enemigos más fuertes que él.

Al oírle, Lesso y yo no pudimos por menos de echarnos a reír; me dirigí divertida a Lesso:

—¿Le podrás enseñar algo? ¿Te encuentras bien?

—Creo que sí le podría enseñar algunas cosas.

En aquel momento llegó Recaredo.

—Yo también quiero ser un gran guerrero.

Nos reímos de él, viéndole tan pequeño; Lesso afirmó:

—Éste sí que es un terrible godo, pero todavía es pequeño, le llamaremos el godín.

A Lesso le hacía gracia el pequeño, todo en Recaredo era de pura raza germana, era juicioso y capaz, con los pies firmemente apoyados en el suelo, poseía un orgullo de casta y era persistente sin cejar en lo que deseaba.

—No permitáis que se rían de mí, madre —dijo mientras bajaba de la muralla.

Lesso bajó de la muralla, precedido por Hermenegildo y apoyado en Recaredo. Abajo comenzó a enseñarles lo que tantas veces yo había visto frente a la fortaleza de Albión y en el castro de Arán.

—Hay que luchar con el corazón, enardeciéndose de pasión; pero manteniendo siempre fría la cabeza.

Hermenegildo se batía con bravura y sin cansarse. Lesso no les enseñaba técnicas concretas sino el arte del dominio de sí, tan amado por los celtas. Al ver luchar a Hermenegildo me di cuenta de que, hasta en el modo de luchar, se parecía a su verdadero padre. Unos días más tarde, Lesso tomó una enorme hacha y atacó a Hermenegildo, haciendo que el muchacho se defendiese con una barra de hierro. Yo seguía el combate con interés desde la azotea. Lesso obligaba a Hermenegildo a retroceder pero este último se defendía bien de sus ataques. Lesso no empleaba toda su fuerza y eso enfurecía a Hermenegildo. Llegó un momento en que Hermenegildo resbaló, en ese momento Lesso se abalanzó sobre él hacha en mano mientras gritaba en broma:

—Aquí llega la furia celta.

Elevó el hacha y descargó un golpe sobre Hermenegildo, que yacía en el suelo, éste logró parar el golpe, pero el hacha, manejada con mucha fuerza por Lesso, chocó contra la barra de hierro y la partió. Me asusté y grité. El hacha estuvo a punto de destrozar al chico, pero cuando iba a clavarse en el pecho, Lesso frenó el golpe y se echó a reír, haciendo rabiar a Hermenegildo hasta que éste comenzó a soltar carcajadas.

Les dejé riéndose y peleando; recordé el tiempo pasado cuando de niña, en Arán, jugaba con Fusco y con Lesso.

Me dirigí a la parte superior de la casa donde vivía Braulio, desde días atrás notaba que quería decirme algo. Le encontré tras la cocina cortando leña.

—¿Queréis algo?

—Señora, el hombre del norte parece un prófugo de alguna hacienda, si es así podríais tener problemas con mi señor Leovigildo.

—¿Qué propones...? —Yo me fiaba siempre de las opiniones de Braulio.

—Deberíais saber quién es su amo, y plantearle un canje, por joyas o dinero.

Lesso me dio algunos datos de su antiguo amo, y Braulio pudo entender dónde vivía. Unos días más tarde, envié a Braulio con algunas joyas al lugar donde moraba el dueño de Lesso. Éste pareció sorprendido al saber que aquel siervo aún vivía. Nunca había pensado en recuperarlo así que el pago en joyas le vino bien. Braulio regresó con un burdo documento semejante a un pagaré, escrito en pizarra.

XXXVIII

Los trances

Desde la llegada de Lesso, el norte se había vuelto cercano para mí, a menudo hablaba con él del pasado, pero notaba que guardaba algo, algo que no quería revelar por completo.

Una noche tuve un mal sueño. Aster lloraba un pecado que había cometido contra mí. Yo extendía los brazos para consolarle pero no le alcanzaba, quería decirle que no existía nada que mi amor fuese incapaz de perdonar; él no me oía. Entonces me di cuenta de que en mi visión, Mailoc estaba junto a Aster. Aster decía:

—No supe negarme a ella. Ella cuida de mi hijo, está loca y enferma, piensa que yo soy Valdur.

—Debes reparar eso.

—¿Cómo?

—Cásate con ella.

En mi sueño vi a Uma, me di cuenta de que esperaba un hijo. Lloré de tristeza y de angustia. Cada vez éramos más como el agua y la luna, lejanos el uno del otro.

Por la mañana, busqué a Lesso.

—Tuve un sueño. Ese sueño me dolió mucho.

Callé un momento y dije titubeante:

—Vi a Uma, a Uma con Aster.

Lesso enrojeció.

—¡Escucha, Jana! No te lo he contado todo porque no quería hacerte sufrir. Uma se hizo dependiente de Aster, le perseguía. Cuidaba de su hijo. Aster se creía culpable de la muerte de su hermano, de su marido y de su locura. Sucedió lo que tenía que ocurrir.

—No pudo esperar...

—Él creyó que habías muerto. ¿Recuerdas? Fuimos nosotros, Fusco y yo, quienes le dimos la falsa noticia.

—¿Por qué no me lo dijiste antes?

—No era capaz de contarte... de contarte eso. Todos sabemos que te fuiste por salvar a los evadidos de Albión. Te guardamos respeto y yo no era capaz de hablar de ello, porque sabía que ibas a sufrir.

Entendí que mi sueño había sido real, que había visto el pasado. El sufrimiento que parecía dormido reapareció. Estuve varios días enferma y volvieron los trances. La servidumbre se alejaba de mí, me consideraban una bruja, peligrosa y extraña. Sólo Braulio me atendía con devoción, Braulio y Lesso. En mis visiones, Aster se me hacía presente, Uma y Aster, y un infante que no era Nícer. El recién nacido estaba en una cuna y Nícer la movía.

Después seguí teniendo trances en los que veía a través del tiempo. Visiones tangibles y muy vívidas me transportaban hasta Aster. En ellas distinguí muchos castros en el norte abandonados y las gentes emigrando hacia Ongar. Se refugiaban en los valles defendidos por las fortalezas. Los godos atacaban los castros y torturaban a las gentes, querían atrapar a los rebeldes y dominar toda aquella área. Sin embargo, no eran capaces de penetrar en lo más hondo de la cordillera de Vindión que se convirtió en un lugar inaccesible y seguro. Ongar llegó a ser una leyenda, y Aster, un ser mítico, cuyo nombre asustaba a los ejércitos visigodos.

Pero Aster sabía que no era suficiente, no bastaba que las tribus del occidente lo siguiesen, le obedeciesen y fortificasen parte de las montañas. Por ello, convocó una gran reunión —el Senado de los pueblos cántabros—; acudieron guerreros de todo lo largo y ancho de la cordillera de Vindión, pueblos que no habían vivido la tiranía de Lubbo porque eran demasiado orientales a Albión, gentes muy distintas de los pueblos del occidente.

Con los ojos del espíritu, percibí el Senado de los pueblos cántabros. A un valle impenetrable para los godos fueron llegando guerreros de distintas tribus. Me parecía estar entre ellos, podía entrever sus ropas y sus armaduras. Vestían grebas de metal para proteger las piernas, pantalones hasta la rodilla, túnicas cortas hasta medio muslo, sobre las que se protegían con corazas de bronce y hierro muy labradas. Algunos tenían un aspecto feroz. Me asusté de un hombre alto, de aspecto aterrador. Incluso sin armas, aquel hombre podía inspirar miedo a sus adversarios. Le llamaron Larus, por las palabras de los otros deduje que aquel gigante capitaneaba a los orgenomescos, el pueblo sediento de muerte. Después se hizo visible ante mí Gausón, de rostro pétreo y de cabello hirsuto, portaba dos lanzas, las armas del dios Lug, su rostro inspiraba miedo. Gausón acaudillaba a los luggones, el pueblo dedicado al dios Lug.

Lideraba a los pésicos un guerrero joven. De noble cuna, era el único superviviente de la matanza que habían causado los godos entre los principales de su pueblo. La tierra de los pésicos estaba ligada a la de los albiones, la caída del gran castro sobre el Eo conllevó la destrucción de esta tribu. Bodecio era el nombre del joven que los representaba.

Además de estos hombres, había allí, en Ongar, representación de toda la tribu y nación cántabra. De una montaña a otra a través de señales con hogueras, todos los pueblos de las montañas habían sido convocados: silenos, avarginos, noegos, moecanos.

—El avance de los godos es ya imparable —dijo Aster—, si no nos unimos, despareceremos como pueblos libres.

—¿Qué propones? —se oyó la voz ronca de Gausón.

—Este invierno, los godos no han entrado en los valles de Ongar porque los hemos protegido con fortalezas y centinelas; pero en la vertiente oriental han conseguido entrar en el círculo montañoso que resguarda Ongar. Hemos perdido algunos hombres. Las montañas de Vindión nos protegerán si nosotros las fortificamos, pero necesitamos que ocupéis los pasos del oriente y mantengáis tropas allí.

El gigante que capitaneaba los orgenomescos habló y su voz sonó enfurecida:

—Los orgenomescos no seremos como aves de corral ocultos en fortalezas. Luchamos cara a cara en campo abierto. Nuestros castros están fortificados. Los orgenomescos somos valientes, nadie se atreverá contra nosotros.

—No pongo en duda tu valentía, Larus, pero los godos tienen armas poderosas, tarde o temprano destruirán los castros y no podréis sobrevivir solos, debemos unirnos y fortificar las montañas. ¿No querrás que tus hijos sean hechos prisioneros y llevados al sur? Eso es lo que ha ocurrido en el oriente.

Entonces Gausón, principal entre los luggones, habló:

—Eso os ha pasado a los albiones, porque os habéis reblandecido. Has aceptado la doctrina de los cristianos, esa doctrina hace a los hombres blandos como mujercillas y hunde a los pueblos. Nosotros, los luggones, somos el pueblo del dios Lug, nadie ha podido derrotarnos nunca.

—Los ritos antiguos han acabado.

—Nosotros adoramos a Lug, el dios de la guerra. Perdisteis Albión porque no le ofrecisteis a Lug los sacrificios y holocaustos que merecía.

Antes de que Aster pudiera replicar, Larus habló:

—Lo que propones, Aster, es de cobardes, yo tengo otro plan —dijo Larus—, atacar cuanto antes a los godos, destruir sus campamentos y sus ciudades. Sembrar tal terror entre ellos que decidan irse de las tierras cántabras y no volver nunca más.

Ante estas palabras dichas con convencimiento y fuerza, todos aclamaron. Aster miró a Mehiar con impotencia y tristeza. No les convencerían nunca. Al oír la palabra cobardía y lucha, una embriaguez de guerra y muerte inundó el valle de Ongar.

—El valle del río de Oro tiene villas de tiempos de los romanos llenas de riquezas, hay ciudades llenas de víveres y pasan cargamentos con oro y plata procedentes del reino suevo. ¿Qué son los godos para la furia cántabra?

Los orgenomescos y los luggones de nuevo gritaron con ansia de batalla. Otros pueblos, los que se habían refugiado bajo la principalía de Aster, callaron, quizá no eran menos valientes pero habían conocido el poder y la crueldad de los godos y no se sentían con fuerza para atacar al poderoso ejército visigodo, frente a frente.

Entonces se oyó la voz firme de Rondal, tío de Aster, sus palabras eran coléricas, dichas en tono fuerte:

—Vosotros, los orgenomescos y los luggones, sois aves de rapiña. Vivís como bandidos, atacando y destruyendo. Dais albergue a los bagaudas que saquean y destruyen nuestros poblados, llevándose las cosechas. Algún día os encontraréis con lo que no queréis.

Gausón y Larus miraron amenazantes a Rondal; en ese momento intervino de nuevo Aster con voz más conciliadora.

—Los pueblos del occidente no os acompañaremos en esa campaña bárbara. Estamos heridos, recuperándonos aún de la caída de Albión y de la tiranía de Lubbo. —Luego continuó—: ¡Que el destino no os conduzca a ver la destrucción de vuestros castros, como me condujo a mí a ver la destrucción del lugar donde nací!

Le miraron como al agorero de las desgracias, pero ante su voz serena y firme no se atrevieron a contradecirle y simplemente replicaron:

—Los orgenomescos y los luggones defenderemos a nuestros hijos, si somos atacados, en la gran fortaleza de Amaia, que es inexpugnable.

—No hay lugar que no se pueda conquistar —dijo Aster, pero los hombres del oriente no le escucharon. Querían la guerra.

—Sólo os pido —continuó Aster— que me permitáis fortificar las montañas en el lado este de la cordillera y enviar allí a algunos hombres que guarden esos pasos.

Aster se paró durante unos segundos, presentía el futuro:

—Algún día tendréis que refugiaros allí.

La voz imperturbable de Aster calmó en algo a Larus, éste miró a Gausón y accedió a la petición de Aster.

—Bien —dijo el orgenomesco—, os permitiremos que fortifiquéis los pasos de montaña al oeste, pero no pondréis guardias en ellos. Es nuestro territorio. A cambio de ello, si algún día Amaia fuese cercada, jurad ante los dioses de nuestros antepasados que nos ayudarás con todos los hombres que tengas a tu alcance.

Contemplé el rostro de Aster, preocupado, y oí cómo con voz fuerte juraba ante el Único Posible. Ellos se dieron por satisfechos.

Entonces mi visión se detuvo y me desperté. Lloré porque la faz de Aster, su rostro enflaquecido y lacerado, se había desvanecido en las sombras y deseé, una vez más, estar junto a él y consolarle.

Hacía tiempo que había ya amanecido. Oí fuera a los criados trajinar y busqué a Lesso. Estaba con Braulio cortando leña y trabajando en los jardines detrás de la casa. Al verme se dio cuenta de que le buscaba:

—¿Estás bien, Jana? —me dijo—. Hace días que no te vemos. Móssona ha preguntado por ti. Los niños están asustados al ver a su madre enferma.

—He tenido trances, muchas visiones del norte —dije—, he visto a Aster.

—¿Le has visto?

—En mis trances, ¿recuerdas…? Siempre he tenido visiones.

—Sí —Lesso sonrió—. Pero pocas veces sabíamos si eran del pasado, del presente o del futuro.

—Creo que eran del tiempo presente.

—¿Qué has visto?

—Vi la reunión del Senado cántabro. Aster intentaba convencerles para que fortificasen los pasos de las montañas. Ellos se negaban y declaraban la guerra al godo.

Entonces le conté mi sueño detalladamente, le expliqué los hombres y los pueblos que había visto y el juramento de Aster.

—Sé que Aster siempre ha buscado la unión de los pueblos del norte frente a los godos. Pero las tribus del nordeste de Vindión confían demasiado en sus castros y en la valentía de sus guerreros. Sin embargo, los del occidente se refugian con Aster en Ongar y le apoyan. Ahora Aster ostenta todo el dominio del norte menos la región de los orgenomescos y los luggones, estos pueblos son la llave que cierra Vindión. Son pueblos muy salvajes, odian todo lo cristiano, nunca se aliarán con Aster; creen que su prudencia es cobardía. Si son atacados, él tendrá que ayudarles porque, si caen, la entrada a Ongar quedará al descubierto. Eso podría ser su fin.

Callamos. Siempre había pensado que tras mi huida los pueblos del norte serían eternamente libres, pero comprendí con más claridad lo que una vez Aster me había dicho: ninguna acción heroica cambia enteramente el destino de los hombres, el futuro es fruto de muchos azares no siempre previsibles, y entendí una vez más que existe una Providencia ajena a los hombres que solamente conoce el Único Posible.

XXXIX

Leovigildo

El invierno propició una tregua en la guerra y se habló
del regreso de Leovigildo. Los ejércitos godos seguían luchando frente a las tropas bizantinas pero sus embates se es-
trellaban contra las murallas de Córduba. Los nobles cordo-
beses, un tiempo favorables a Atanagildo, se habían aliado
con los imperiales, y las tropas de los visigodos, con Leovigildo entre ellas, no conseguían vencer a la antigua ciudad
hispano romana. Y es que, más cercanos a los conquistadores de oriente, por cultura y religión, que a los godos, los nobles hispano romanos apoyaban a Bizancio.

Las mesnadas de Leovigildo entraron cabalgando por el
puente sobre el río Anás. Se aproximaba el invierno y los trigales estaban secos y amarillos. En los campos los labriegos
se inclinaban hasta el suelo en la vendimia. Las vides estaban
llenas de fruto, aquel año la cosecha era buena. Hermenegildo y Recaredo, al oír las voces del vigía, se encaramaron a la
muralla, orgullosos del lucimiento de su padre. Junto a ellos,
gritaban Walamir y Claudio.

Leovigildo rodeó el palacio de los baltos, desmontó junto a la puerta y penetró en la casa. Yo le esperaba en el atrio,
rodeada de la servidumbre, junto al impluvio que contenía
el agua de las últimas lluvias. Los chicos llegaron corriendo
y se situaron detrás de mí, firmes y con cara de expectación.
Entró el duque y me saludó fríamente, de nuevo sentí aque-

lla antigua angustia ante su presencia. Se acercó a Hermene-gildo y a Recaredo que, con admiración, contemplaron sus armas bruñidas y refulgentes. Él se mostró orgulloso del crecimiento de sus hijos. Después Leovigildo se retiró a sus habitaciones y se reunió con los notables de la ciudad. Al día siguiente, fui convocada ante él. Lucrecia le había informado de mi desobediencia y de las escapadas a la iglesia de Santa Eulalia, durante el tiempo que había estado lejos.

—Señora, me dicen que salís del palacio sin escolta, que además os lleváis a vuestro hijo a un lugar de miseria, que habéis traído a un criado fugado —su voz tomaba un tono cada vez más amenazador— y que acudís a la iglesia de los hispanos. Nosotros somos godos, nobles en la ciudad. No guardáis el decoro ni el sentido de vuestra propia dignidad. Os prohíbo y os ruego que toméis buena cuenta de ello, os prohíbo que salgáis del palacio sin escolta. El siervo fugado deberá volver con su amo.

Me asusté ante sus palabras, conocía muy bien lo duro que podía llegar a ser el que se decía mi esposo.

—No volveré a salir sola —le dije temblando—. No llevaré más a mi hijo conmigo. Pero tened compasión, he pagado el rescate del siervo. Ahora es mío.

—En cualquier caso —dijo con dureza el duque—, ese hombre no es vuestro, será de la casa de Leovigildo, y tendré derecho de hacer con él lo que me plazca.

Continué con voz de súplica pues no quería perder a Lesso.

—Dejadle a mi lado, Leovigildo, el siervo es un hombre del norte al que conocí en mi juventud.

—¿Del norte? ¿Es un montañés?

—Sí.

Al oírme hablar del norte, se detuvo, como si reparase en algo, y dijo:

—Quiero hablar con ese siervo. El rey quiere reiniciar las campañas en el norte. Esta vez no se me escapará el que destroza nuestros campos de la zona del río d'Ouro. Ese que parece interesaros tanto.

Advertí en sus palabras todo el odio que profesaba a aquel al que nunca pudo capturar; después prosiguió para mortificarme:

—Nunca más tendréis tratos con Mássona. En cuanto me ausento de la ciudad, desobedecéis. Ha llegado el momento de tomar medidas consistentes.

Acobardada, le pregunté:

—¿A qué os referís?

—El rey me ha entregado como premio a mis servicios una villa cerca de Toledo. Vuestros hijos tienen la edad de ir a la corte, son ya mayores y pueden ser admitidos como espatarios del rey. Nos iremos de Mérida, vos viviréis en el campo muy cerca de Toledo, pero lejos de vuestros hijos, sobre los que influís negativamente.

La angustia me hizo perder la respiración, y amedrentada exclamé:

—No. ¡No me separéis de mis hijos!

—Ha llegado el momento. Los hijos de los nobles son educados en la corte, no entre mujerzuelas. En cuanto al montañés lo utilizaré en la primavera, el rey quiere reemprender las campañas en el norte... dado el fracaso que ha cosechado en el sur. Me interesa ese individuo que conoce el norte, él sabrá conducirme hacia cierto rebelde al que vos no habéis olvidado.

Gemí, y olvidando cualquier tono protocolario hablé:

—No puedes. No puedes hacer todo eso.

Se acercó a mí, sentí su aliento espeso y el olor a sudor de su cuerpo. Me cogió por los hombros y me zarandeó:

—Sí. Sí que puedo. Hasta ahora has sido libre, haciendo tu voluntad en Mérida. Ahora te quitaré a tus hijos, así sabrás que yo, Leovigildo, soy tu amo y señor.

Después me soltó y apartándose ligeramente de mí, prosiguió:

—Cuando llegue la primavera me llevaré a Hermenegildo a la campaña contra los cántabros, ya tiene edad para luchar, guerreará contra los cántabros y los astures y los odiará. Recaredo será paje en la corte del rey Atanagildo.

Llamaron a la puerta y anunciaron a Lesso. Su cara mostraba turbación ante aquel hombre que tenía fuerza para mandarle matar cuando quisiese. Con un gesto Leovigildo me indicó que nuestra entrevista había finalizado y que yo debía volver a mis aposentos. Al salir de allí, me costaba caminar. A lo lejos se oían las voces de Hermenegildo y Recaredo gritando con otros chicos de su edad.

Esperé a Lesso, inquieta en mis habitaciones, intentando hilar, pero el hilo se deslizaba entre mis dedos por el temblor. Lucrecia, con rostro pletórico, hablaba y hablaba de la corte y del gran Leovigildo, su señor. ¡Cuánto odiaba yo a aquella mujer! Procuré evadirme de lo que ella decía.

Pasaron dos días antes de que pudiese encontrarme con Lesso a solas para hablar del interrogatorio al que le había sometido Leovigildo. Para evitar el acecho al que Lucrecia me sometía, nos citamos en la zona de las antiguas termas, allí nadie podría oírnos.

—Quiere que le acompañe en primavera a la próxima campaña del norte —dijo Lesso lleno de preocupación—. Ha intentado averiguar si conozco los pasos de las montañas. Ha adivinado que conozco a Aster. Me ha amenazado si no colaboro.

—¿Qué harás?

—Nunca traicionaré a mi gente. Antes morir.

Me di cuenta de la angustia de Lesso. Yo sabía cuánto deseaba regresar a su tierra, pero volver al norte con los enemigos de su pueblo era la mayor desgracia para él.

—Escucha, Lesso... —dije—, cuando estés en el norte, huye, te daré oro y lo utilizarás para escapar. Después, busca a Aster, dile que estoy viva y que no le olvido. Y, por favor, cuida a Hermenegildo.

—Le cuidaré como hijo de quien es.

Entendí que quizás en sus palabras había un doble sentido. Entonces, lloré.

—Cuida de él, cuida de Hermenegildo.

Pasaron los días mientras se hacían los preparativos para la partida a Toledo. Leovigildo levó las tropas y, junto a sus hijos, otros muchos jóvenes que querían conseguir gloria y honores se asociaron a sus huestes. Entre otros, Walamir, Antonio, Faustino y Claudio. Oí a los jóvenes luchar junto a las murallas y bajo el puente. Después se acercaban al lugar donde yo trabajaba, organizando el traslado a la ciudad del Tajo.

—Madre —dijo un día Recaredo—. Hermenegildo ha vencido a Walamir.

—¿No le habrá hecho daño?

—No. Utilizó las artes que Lesso le ha enseñado. Le esperó a pie firme y sin asustarse esquivó los golpes de espada, y cuando él se descuidó, avanzó hasta someterlo.

Supe que la victoria sobre Walamir se había comentado en la ciudad. Hermenegildo había crecido y era fuerte, pero Walamir tenía fama de buen luchador y se había transformado en un muchacho muy alto y robusto, casi un gigante.

Los días transcurrieron deprisa y se aproximaba la partida hacia Toledo. Hubiera querido despedirme de mi buen amigo Mássona, pero Leovigildo me había enclaustrado, prohibiéndome toda salida; sin embargo, antes de partir de Mérida, Mássona se acercó a mi casa. Siguiendo las órdenes de Leovigildo los guardias no le dejaron entrar. Al escuchar su voz en la puerta, me acerqué y ordené a los centinelas que le permitiesen el paso. Comprobé que estaba nervioso y preocupado. Le introduje dentro de la casa y procuré que pasase desapercibido, de lejos vi que Lucrecia me espiaba. Le conduje hacia mis habitaciones, pero antes de llegar giré y me dirigí hacia un lugar alejado y secreto dentro de la casa, las antiguas termas romanas semiderruidas, llenas ahora de grano y provisiones para el invierno. Allí había podido hablar con Lesso, era un lugar intrincado, difícil de encontrar. Nos hallábamos aparentemente solos. Por una grieta en la pared de piedra entraba la luz del mediodía que brilló en el cabello oscuro de Mássona.

—¿Qué ocurre?

—He tenido una visión. Hace dos noches me desperté intranquilo. Notaba que Dios me llamaba, acudí a la iglesia.

Algo me condujo hacia el cofre donde dormía la copa de los celtas, la antigua copa que Juan de Besson nos entregó. Entonces, junto a ella, no lo creerás quizá, me pareció ver a tu antiguo preceptor, Juan de Besson, y oí su voz: «La copa pertenece a los pueblos de las montañas del norte y debe volver a ellos, nunca habrá paz si la copa no regresa al norte.» Entonces desapareció de mi vista. He comprendido que la copa debe regresar al norte. Me han informado de que Leovigildo vuelve hacia allá, que se inicia la guerra. En ella van a morir muchos hombres.

—Lo sé.

—Leovigildo odia a los cántabros. Les odia porque nunca consigue derrotarlos, porque son pueblos orgullosos y porque sabe que tu corazón está en el norte, con todo lo que dejaste atrás.

—A Leovigildo no le importan mis sentimientos. No me ama.

—Es verdad que no te ama —dijo Mássona—, pero odia que no le obedezcas y que no le admires, su vanidad está herida. Todos adulan al gran duque Leovigildo, menos tú, que le desprecias. Pienso que quiere ir al norte porque sabe que allí hay oro, pero también porque quiere humillar al jefe de los pueblos cántabros que fue tu esposo. En mi visión he comprendido que Leovigildo derrotará a los cántabros antes o después. Son pueblos indisciplinados, paganos, que viven de la rapiña.

Entonces yo protesté:

—Eso no es así. El pueblo de Aster ha sido bautizado y sé que le obedecen. Cultivan la tierra y cazan. Es un pueblo en paz.

—Pero hay otros pueblos en las montañas que no lo hacen así, muchos de ellos aún practican sacrificios humanos. Leovigildo los atacará y les vencerá, porque su ejército es disciplinado y la suerte no acompañará a los sacrificadores. Los cántabros solamente vencerán a los godos si la copa sagrada vuelve a las manos de aquellos que odian los ritos antiguos y creen en el Único Posible. La copa aunará a los pueblos y los acercará a su luz. Entonces todos se congregarán en torno a la casa de Aster y la paz reinará en los valles.

—¿Cómo sabes todo esto?

—Yo he estado en contacto con los celtas, he sido monje de la misma orden a la que perteneció Juan de Besson y conozco el pasado de ese pueblo.

En su voz había una modestia latente, nunca había hablado Mássona de su pasado. Ahora me pareció ver a Enol, en la expresión de los ojos del obispo.

—Aún hay más. Esa copa tiene algo. Algo sublime y especial. Cuando celebro la misa en ella, y bebo el vino del cáliz... mi mente se transporta a un tiempo lejano. Me parece ver una estancia alargada con varios hombres y oír la voz del Señor Jesús. Esa copa es la copa de la Cena, estaba destinada para ello pero procede de los pueblos celtas y debe volver a ellos, para que alcancen la fe del Señor.

—¿Qué podemos hacer? Leovigildo vuelve al norte, atacará en el verano. La copa pertenece a Ongar, sólo estaría segura en el cenobio de Mailoc —dije—. Allí nadie podrá profanarla y Aster sería su salvaguarda. Lesso va al norte con Leovigildo. Él podría llevarla allí.

—La copa no debe caer en manos paganas, acuérdate de lo que ocurrió con Lubbo —dijo Mássona—. No me atrevo a dar la copa a un hombre solo, un siervo en el ejército godo. Sólo la cederé si Mailoc o el propio Aster viene a por ella.

—¿Aster?

—Él vendría a por ti y a por la copa, si sabe que estás aquí. Debes encargar a Lesso que busque a Aster y a Mailoc y les cuente mi visión.

—Hablaré con Lesso.

Oímos ruidos cerca de las termas, aquella conversación era peligrosa para mí. Sigilosamente acompañé a Mássona al portillo en la muralla y me despedí de él, que me abrazó como un padre.

Al fin, hube de abandonar Mérida y lo hice con pesar, allí dejaba a mi buen amigo Mássona y mi labor como sanadora. El viaje duró varios días, atravesamos la Carpetania, sus bosques, poblados de cérvidos y jabalíes. Bosques, no muy altos, que estaban cruzados por caminos recónditos, formando un laberinto. Eran los comienzos del otoño y oí a los ciervos en berrea. Los bosques estaban vivos y el desafío de las cornamentas chocando entre los valles divertía a Hermenegildo y a Recaredo, que a menudo se escapaban para poder ver las peleas entre los machos. Lesso de una lanzada mató un jabalí. Pasados los montes de Toledo poblados de alcornoques, encinas y jara alcanzamos las tierras onduladas de vino y cereal. Los hombres se afanaban en la vendimia. Hice una señal a Lesso y él se acercó al carro donde yo viajaba.

—Esta noche —le dije— retírate a un lado, que yo te buscaré.

Cayó la noche, una noche nublada y oscura. A las mujeres nos hospedaron en la casa de unos labriegos libres y los hombres pernoctaron al raso, alrededor de la hoguera. Pude ver a Lesso que se retiraba tras unos árboles junto a un pozo.

—Antes de partir —le dije— pude hablar con Mássona. Ha tenido una visión, cree, y yo también con él, que la copa debe volver al norte. La copa está en Santa Eulalia. Si consigues escapar de los godos... busca a Aster y dile que debe recuperar la copa.

Le transmití toda la visión de Mássona y le hablé de las propiedades de la copa y de lo que había ocurrido con Lubbo.

—La copa debe regresar a Ongar. Pero no sé cómo vamos a lograrlo.

—Aster sabrá. Habla con Aster y con Mailoc.

Se oyeron ruidos en el campamento. Nos miramos, entonces me abracé a Lesso y me despedí de él.

—No sé si mañana podré decirte adiós, Lesso, viejo amigo, ten cuidado. Cada día, hasta que regreses, te echaré de menos y me acordaré de ti.

Amaneció un día frío y claro. Tras varias leguas de marcha, desde lo alto del camino divisamos la ciudad de Toledo, amurallada y rodeada por el Tajo, que formaba una gran hoz en su derredor. En el esplendor del reino de Atanagildo, Toledo se coronaba de un palacio que dominaba la ciudad, alrededor se aglomeraban las casas de adobe y piedra; entre ellas, las iglesias estrechas pero altas y rematadas de cruces y espadañas. Oímos doblar las campanas.

Aquél era el final de mi viaje, el lugar donde despediría a mis hijos. Los vi irse galopando, contentos de incorporarse a los jóvenes de la corte de Atanagildo, ahora serían espatarios, los que portan la espada del rey. Sabía que con el tiempo llegarían a los altos puestos palatinos para los que Leovigildo los había destinado. Lesso marchaba detrás de Hermenegildo. Me di cuenta de que no le quitaba ojo y comprendí que, en lo que estuviese en su mano, le protegería.

La servidumbre que me acompañaba tomó un camino hacia el este, hacia la villa romana que Atanagildo había donado a mi esposo. Braulio se acercó solícito, pero no hice caso, yo no podía dejar de mirar hacia atrás, al lugar donde Hermenegildo y Recaredo se alejaban.

La villa se circundaba por un grueso muro, casi una muralla, antes de llegar a ella se extendían campos de viñedos y de cereal. Un gran portón de madera oscura y de hierro impedía el paso a los visitantes. Al abrirse el portón, enfilamos un camino ancho rodeado por cipreses y algún pino. Junto a mí en una mula cabalgaba Braulio, deseoso de aliviar el sufrimiento que se adivinaba en mi rostro al separarme de mis hijos. En mi carromato, Lucrecia refunfuñaba descontenta de vivir en el campo alejada de la corte, y de los chismes y comadreos de la ciudad.

Más aún que el palacio de Mérida, de donde podía a menudo salir, la villa romana en el campo se transformó en una prisión, ajardinada y hermosa... pero cerrada. Además, añoraba a mis hijos. A menudo salía al camino y paseaba entre vides y olivos, entre campos de cereal, hasta que llegaba a un lugar alto. Desde allí se veía el río Tajo, ahora lleno con las lluvias del otoño; más allá del río, elevándose hacia el cielo: la capital del reino de los godos, Toledo. En lo alto de la ciudad se alzaba el palacio de los reyes y yo miraba con insistencia hacia allí pensando en mis hijos. Alguna vez, algún guerrero salía a caballo por la muralla, y rodeaba el río hasta llegar al puente. Me esforzaba en distinguir quién era pensando que quizá fueran ellos, Recaredo o Hermenegildo, que se acercaban a verme; pero esto ocurrió en raras ocasiones. Ellos se habían establecido en la corte goda, y disfrutaban de la vida palatina.

Leovigildo prácticamente no acudió nunca a la villa. Después de las cosechas se acercó a cobrar las rentas de sus siervos y entonces le supliqué que me permitiese regresar a Mérida, al palacio donde había vivido a mi llegada al reino de los godos, pero Leovigildo no quería concederme libertades.

Aquel año, en primavera, Hermenegildo cumplió los diecisiete años. Después de meses de separación, me conmoví al verlo. Sus rasgos eran recios y rectos, en su faz delgada iba creciendo una barba oscura sobre una boca pequeña, masculina e interrogadora, sus músculos se habían desarrollado; era un hombre fuerte, delgado y nervioso.

—En unos días partiremos, madre. Con la llegada del buen tiempo se inicia la campaña del norte. Sabrás que de nuevo el rey Atanagildo ha nombrado duque de los ejércitos a mi padre Leovigildo. Yo iré con él, venceremos a esos salvajes que practican sacrificios humanos y les daremos un buen escarmiento.

Acerqué mi mano a su hombro y le miré a los ojos, después suavemente con voz velada por la tristeza le dije:

—Hijo mío, recuerda que yo viví de joven con los que llamas salvajes. Sé prudente. Contigo irá Lesso, haz caso a lo que él te diga.

Él no entendió muy bien a qué me refería, la ilusión de la aventura y la entrada por primera vez en el campo de batalla le ocupaban toda la cabeza.

Entre las cosas que habíamos traído de Mérida, busqué las armas de mi padre Amalarico: un escudo hermoso con cinco capas, de hierro, bronce y plata, un casco con cimera y penacho de crines oscuras; la hermosa lanza, que sólo un hombre fuerte podía manejar. Después encargué una espada de la mejor armería de Toledo con doble hoja afilada.

El día de la partida del ejército, se me permitió acercarme a la corte y entregué a Hermenegildo los presentes en el ala del palacio real donde mis hijos moraban. Recaredo se admiró de la suntuosidad del regalo, él quería ir también a la guerra con su hermano, pero no se lo permitieron, no era más que un paje, un aprendiz de espatario en la corte.

Se organizó un desfile suntuoso, y fui invitada al lugar donde los reyes despedían al ejército que partía hacia el norte. En un estrado elevado, sombreado por estandartes y pendones, se sentaba la reina y a su lado Atanagildo. Él era casi un anciano, con largas barbas blancas y respiración fatigosa. Goswintha tendría algunos años más que yo, una cara imperiosa y decidida; su pelo era fosco y castaño y sus ojos eran claros. En el rostro de la reina pude ver restos de amargura. Con una de mis damas, Lucrecia, ascendí los escalones del estrado que me separaban de la reina, ella me acogió con un beso protocolario y me presentó al rey. Me hicieron sentar cerca de ellos. Noté cómo Lucrecia sonreía a la reina, y adiviné que se conocían de antes. No muy lejos del estrado real y cerca de nosotras divisé a Recaredo, muy serio en su papel de paje, sosteniendo un pendón de gran tamaño. Recaredo era ya un adolescente de trece años, alto y corpulento. Desfilaron las tropas, las banderas y estandartes ondeaban al viento, precedidos por trompas y fanfarrias. La reina nombró en voz alta a los nobles, que provenían de lugares distantes de su reino. Cada vez que nombraba a una de las casas nobles, señalaba también el número y valor de los hombres que aportaban a la guerra. Al fin, desfilaron las huestes de la casa de Leovigildo.

Por los informes que constantemente me llegaban sabía que Hermenegildo era un buen luchador, pero al verle revestido con las armas de su abuelo Amalarico, flamante en su caballo, sentí orgullo. A la vez, temí por él, para mí era todavía un niño de escasa edad. Con él se iba lo único que me restaba de mi pasado. Dudé del Dios de Mássona, que ahora me quitaba lo que yo amaba. Hermenegildo me saludó con una inclinación de cabeza al pasar bajo el podio. Con un trote suave, cabalgaba al frente de una parte de la mesnada de nuestra casa, en ella iban Faustino, Antonio y Walamir. Recaredo, sin preocuparse de la presencia del rey y la nobleza, agitó el estandarte, despidiendo a su hermano y a sus amigos.

Más atrás presidiendo toda la marcha cabalgaba Leovigildo, duque y jefe supremo de la campaña del norte. En los últimos años su obesidad se había hecho más marcada, el pelo le dejaba la frente al descubierto y acentuaba su cara de águila deseando atacar. No me saludó al pasar, en cambio hizo una inclinación solemne de cabeza al pasar por delante del palacio real, donde Goswintha y Atanagildo supervisaban el desfile de las tropas.

XL

Sueños del norte

Regresé a la villa junto al Tajo. A la primavera sucedió el verano, las vides se fueron llenando de uva, el trigo se tornó amarillo y después fue cosechado. Llegó el calor tórrido de agosto, que penetraba por todos los rincones de la casa. Más tarde, las gentes del campo se dispusieron para la vendimia.

Las pocas nuevas que se recibían del norte hablaban de victorias y derrotas. No veía a Recaredo, demasiado joven para salir solo de la corte. Me llené de incertidumbre, regresaron mis trances y visiones.

En mis sueños, angustiosos, volví a ver a aquel guerrero que incluso sin armas inspiraba terror por su estatura gigantesca, el jefe de los orgenomescos al que llamaban Larus. Le distinguí luchando contra innumerables enemigos. Alzaba su hacha de guerra, a su alrededor la lucha era encarnizada, y las huestes que le acompañaban iban cayendo. Le rodeaban decenas de soldados godos, él gritaba y gozaba saciando su rabia. Cuando el godo se presentaba de frente se ensañaba soltando golpes hacia delante, si el asalto le llamaba por su izquierda volvía su arma y golpeaba del revés. De pronto un adversario ardiente y seguro de su victoria, joven y muy ágil, le atacó por la espalda. Larus sin intimidarse dirigió su lanza hacia atrás. Sobresaltada me di cuenta de que el contrincante de Larus era Hermenegildo, quien sin vacilar se dirigió hacia el cántabro y le lanzó contra el casco una jabalina que atravesó su penacho sin herirle. El cántabro se enfureció de tal modo que hundió su hacha en el escudo del joven godo. En el aire resonó el ruido del escudo golpeado con todo el peso del arma. Pero el hacha estaba atrapada en la profundidad del escudo godo, entonces Hermenegildo hundió su espada sobre la mano del cántabro. La mano cayó al suelo amputada y se oyó un alarido de dolor, Hermenegildo aprovechó el momento para atravesar la garganta de Larus con su espada.

Se escuchó un gran alarido desde el campo de batalla.

—¡Larus!

—¡Larus ha muerto!

—Amaia caerá.

Entonces los cántabros, abrumados con la muerte de su jefe, se replegaron hacia una gran fortaleza situada detrás de ellos, lo hicieron de modo desordenado, gritando y gimiendo la pérdida de su capitán.

La fortaleza era Amaia, un enorme castro, mucho más grande que Albión, rodeado por una muralla envolvente, que daba tres grandes vueltas a las fortificaciones. Amaia estaba situada en una gran planicie donde acampaban las tropas godas. Detrás del castro se elevaban las montañas, altas y con las cumbres nevadas, a lo lejos oí el ruido de muchas aguas, una cascada cayendo con un ruido inimaginable; entonces me desperté.

La luz entraba en la habitación y se oía el agua de una tormenta de verano cayendo sobre el impluvio. Mi corazón latía precipitadamente al compás del sueño. Procuré calmarme. Decían que Leovigildo iba a regresar en unos días y yo temí su regreso, quizás era por ello por lo que soñaba con las guerras del norte, pero mi sueño había sido tan vívido que me costaba retornar a la realidad. Había sentido a mi hijo atrapado por aquel enorme guerrero. Desde semanas atrás no llegaban noticias fidedignas del norte. Agotada entré de nuevo en una duermevela y regresé al norte.

Entraron en Ongar unos jinetes galopando de tal modo que los caballos parecía que se iban a desplomar de un momento a otro. A lo lejos se oían los cuernos de los vigías en la atalaya anunciando su llegada. Los hombres, las mujeres y los niños salieron a las calles.

Se oyó un rumor que fue creciendo por el poblado:

—Han cercado Amaia, la fortaleza de las llanuras. La entrada al oeste de Vindión está a punto de caer.

—Larus ha muerto.

Las gentes lloraban, abierto el paso en las montañas, el acceso a Ongar quedaba expedito para el enemigo godo. De la acrópolis central del castro emergió Aster. Un Aster de pelo cano y barba gris, pero con los ojos negros y brillantes; junto a él divisé a un joven de unos veinte años de mirada translúcida y cabello claro. Su boca se abría en una expresión decidida dejando entrever una blanca dentadura, todo su rostro expresaba fortaleza, en él destacaba una nariz recta y afilada. Comprendí que era Nícer.

Los jinetes se desplomaron literalmente de sus caballos en la entrada de la fortaleza de Aster.

—Hemos podido escapar de Amaia, un ejército godo innumerable ha cercado el baluarte de los orgenomescos. Ha caído Larus, y los hombres se han batido en retirada. Resisten dentro del castro de Amaia. Sólo tú, noble Aster, y los restos del oeste sois nuestra esperanza. Si el gran castro de Amaia cae, el paso oriental estará libre. No habrá ya defensa posible, nos convertiremos en esclavos de los godos.

Aster miró a Nícer, ambos de manera instintiva llevaron sus manos a las espadas, después ayudaron a los mensajeros a levantarse.

—¡Convocad al consejo! —gritó Aster.

Sonaron trompetas y una multitud se convocó en torno al recinto central del castro. Entonces distinguí a los que habían escapado conmigo desde Albión. Pude ver a Fusco y a Mehiar, a Rondal y a Tilego. Tocaron los cuernos de caza. Ante el estruendo de trompas y cuernos, todos los hombres salieron de sus casas, congregándose frente a la fortaleza.

—Ahora nos piden ayuda, pero antes en el Senado se rieron de ti y nos llamaron cobardes —dijo Bodecio, el pésico.

Aster pareció no oír lo que decían sus hombres, organizó la campaña sin detenerse un momento y envió emisarios a todos los lugares de los valles. El mensaje era único: todos los castros, todos los guerreros que se habían sometido a la *devotio*, todos los que rendían pleitesía a Aster eran convocados.

Una masa ingente de guerreros llenó el valle de Ongar con un solo grito:

—¡Guerra! ¡Guerra! ¡Guerra al godo!

Aster levantó su lanza, el sol refulgió sobre su cota de malla y sobre su escudo, se colocó un antiguo torque al cuello que había pertenecido a su familia durante generaciones y habló a la multitud que le rodeaba.

—Si el castro sobre la llanura cae, será el fin de nuestras tierras. Lucharemos por nuestras costumbres y nuestras gentes. Hombres de las montañas, escuchad, venceremos al godo.

—¡Gloria a los pueblos cántabros!

Me desperté confusa, y quise recabar noticias de la guerra, envié a Braulio a Toledo, pero los informes que me trajo estaban atrasados y eran confusos. La campaña del norte se prolongaba, los soldados godos luchaban al oeste con los suevos, su rey Miro no claudicaba ante las tropas. Al este, los cántabros resistían, se hablaba de las hazañas de los montañeses de Vindión. Pronto se supo que Amaia había sido cercada y el nombre de Aster comenzó a conocerse en el sur. Decían que era un criminal que había azuzado a los bagaudas y que en sus tierras se realizaban sacrificios humanos.

Cruzaron rumores de que los cántabros habían detenido el cerco de Amaia. Llegaban las hazañas de mi hijo Juan, Hermenegildo, le llamaban todos; de su valor, su inteligencia, de cómo compartía triunfos con los mejores capitanes, pero yo seguía intranquila.

Las nuevas eran confusas, unos días nuestras tropas habían sido derrotadas y otros habían infligido un severo castigo al enemigo.

Volví a soñar con el norte.

Contemplé la ciudad amurallada de Amaia rodeada por incontables huestes. De su interior se escapaban lamentos de dolor, el humo de la cremación de cadáveres me recordó a Albión en tiempos de la peste. Entonces de las montañas descendieron innumerables jinetes a caballo, gritaban de modo espantoso. Eran los montañeses acaudillados por Aster. Las huestes godas se dispusieron para la batalla, disparaban flechas que como nubes de langosta cubrían a los asaltantes, ellos se protegían con escudos de bronce y piel, en los que se clavaban las flechas. Al llegar junto a los cercadores, los montañeses se dividieron en tres grupos: uno capitaneado por Aster, junto a quien cabalgaba Nícer, otro por Rondal, el último estaba formado por los luggones cuyo jefe era Gausón.

Los soldados godos no esperaban el ataque, se oyeron trompas y tubas por el campamento, aprestando a los hombres para la batalla. La lucha era cuerpo a cuerpo. De la ciudad amurallada salieron los orgenomescos, llenos de furia, deseando cobrar la revancha de los largos días de encierro. Los godos, atacados por cuatro flancos y sorprendidos, poco a poco iban perdiendo posiciones.

Nícer luchaba con denuedo, su rostro sonreía en la lid al dar golpes a diestro y siniestro. En un momento dado se liberó de sus rivales. Entonces se aproximó a él un grupo de soldados godos. Nícer manejaba con fuerza una gran espada, y su caballo asturcón con grandes patas blancas resistía los embates de los enemigos; los godos se dieron en retirada, ocultándose en un bosque. Descabalgó para perseguirlos, y entonces un combatiente más joven se enfrentó a él a campo abierto, era Hermenegildo. Los dos hermanos luchaban frente a frente, y yo sentí que mi corazón se me partía en dos. Hermenegildo cayó a tierra abatido por Nícer, pero entonces vi a Walamir y a Claudio que se acercaban a caballo y le recogían del suelo, retirándole del alcance de su hermano. Nícer se volvió buscando su montura, y una vez en ella salió en persecución de sus enemigos.

Sonó el cuerno de Leovigildo tocando retirada. Los godos levantaron el cerco de la ciudad, dejando tras de sí el campamento. Un hombre que vestía con aspecto godo pero que se cubría con el sagun del norte se escondió entre los árboles, era Lesso. Voces de alegría se oyeron dentro de Amaia. La retirada de los godos fue confusa, las tropas huían hacia el sur perseguidas por los cántabros.

Dentro de Amaia se celebró la victoria, al tiempo que se rendían las honras fúnebres a Larus. Un hombre joven y achaparrado de rostro vivo que capitaneaba ahora a los de Amaia habló:

—Gloria al principal entre los albiones, gloria al gran Aster. Por su sangre corre la savia de los grandes guerreros célticos. ¡Gloria y honor al hijo de Nícer!

Los demás corearon las palabras del capitán de los orgenomescos.

Entonces Aster tomó la palabra:

—Nadie vencerá a los pueblos del norte si permanecemos unidos, si no hay traiciones, si luchamos convencidos de nuestra libertad.

Todos aclamaron las palabras de Aster. En medio de la euforia por la victoria se oyó una voz discordante, una voz antigua y olvidada. Era un hombre joven, vestido con el sagun, pero que parecía un anciano, un hombre que nadie conocía aunque había formado parte de los albiones:

—La victoria no será completa si no conseguís la copa.

Se adelantó Mehiar.

—¿La copa?

—Los godos vencen porque en sus tierras está la copa sagrada. Albión cayó porque la copa había desaparecido.

—Esa copa es una leyenda —dijo Mehiar.

—¡No... no lo es!

Todos se volvieron, era Aster quien hablaba.

—Yo la he visto, la copa me salvó la vida dos veces, esa copa existe y sé que está con los godos. Pero, ahora, di, ¿quién eres?

El hombre se descubrió.

—¿No me reconoces, mi señor y mi amigo?

—¿Lesso?

Se oyó un rumor entre la muchedumbre. De entre ellos un hombre maduro de pelo fosco y enredado gritó alegre, era Fusco.

Aster descendió de su lugar elevado junto a los ancianos de la tribu y se dirigió hacia Lesso.

—Te buscamos por todas partes, pensamos que habías muerto.

—No, mi señor, fui prisionero de los godos. He servido largos años junto a ellos, al fin he podido escapar.

—¿Vienes del sur?

—Sí. He estado cautivo en el ejército godo.

—Entonces podrás darnos noticias de sus planes, no entiendo el motivo de la saña de los godos.

—¿No lo entendéis? Los luggones y los orgenomescos así como las tribus del este han vivido de la rapiña, han robado y destruido. Se alían a los bagaudas y les dan albergue cobrándoles parte del botín.

—Sí, pero ahora hay algo más que se me escapa.

Lesso miró a Aster con sus ojillos brillantes.

—Sí. Hay algo más. Capitanea a los godos tu viejo amigo Leovigildo, quizás eso te diga algo. Es el esposo de una mujer rubia que vino del norte.

—Ella murió —dijo con amargura Aster.

—No. No ha muerto.

—¿Cómo lo sabes?

—Porque la he visto y porque es ella quien me envía.

XLI

Goswintha

Por aquellos días, la salud del rey Atanagildo empeoró. El rey agonizaba. Aquélla era una situación nueva pues nunca un rey godo había fallecido en su cama. Goswintha me hizo llamar a la corte de Toledo. Ahora que su esposo había enfermado y ella podía dejar de ser la reina, parecía interesarse mucho por mí. Lucrecia se empeñó en acompañarme, no recataba su alegría al ver a la reina y moverse por las estancias de palacio. La reina se preocupaba por mis hijos y por la campaña del norte.

—Es duro —decía altaneramente—. Sé que lo es, que una madre tenga que separarse de sus hijos. Yo tuve que hacerlo.

Hablaba en el tono de una mujer que quiere hacer confidencias a otra. Aproveché la coyuntura para preguntar lo que realmente quería conocer:

—¿Sabéis algo del norte?

—Las noticias son confusas, esos cántabros paganos y primitivos deben ser dominados, y el rey suevo Miro, aniquilado. Sé que el año pasado, para contentar a los hispanos, Miro se hizo católico. Otro más que abjura de su raza. Nosotras, que somos germanas de pura raza goda, entendemos la importancia de la fe arriana.

Yo callé mis creencias, la reina no daba opción a discutir, imponía su criterio y sus convicciones sin dar ninguna posibilidad al diálogo.

Después prosiguió:

—Han llegado noticias de que vuestro hijo es un gran guerrero, abatió a un gigante cántabro que lideraba a los hombres de Amaia.

Recordé mi sueño. Cada vez estaba más segura de que lo que me llegaba a la mente era el presente en el norte.

—Lo sabía —murmuré.

—Así que... ¿ya os han llegado las noticias? —dijo Goswintha sin hacerme demasiado caso—. Me hubiera gustado ser la primera en daros los parabienes. Sólo yo sé cuánto se sufre con los hijos.

—Creí que no teníais hijos varones.

—Y no los tengo. Mi esposo Atanagildo, de noble cuna, y yo tuvimos dos hermosas hijas. Mi hija Brunequilda fue entregada al franco Sigeberto, vive en las nublosas tierras de Austrasia, Sigeberto la desposó en la ciudad de Metz. Decía que debía casarse con una verdadera princesa, de sangre pura y real.

—Os acordaréis mucho de vuestra hija.

La reina suspiró.

—No es por ella por quien sufro. Mi otra hija, Gailswintha, también fue entregada a los francos. Se desposó con el rey de Neustria, y fue mandada asesinar por su propio marido debido a una concubina.

Me compadecí de la reina. Había conocido aquella antigua historia por los rumores de mis criadas. Goswintha intentaba despertar mis simpatías, pero yo temía a aquella mujer.

—Por eso entiendo muy bien vuestro pesar —dijo Goswintha—, es duro tener a los hijos lejos y poco seguros.

—Yo espero que Hermenegildo vuelva pronto.

—¿Cuántos años tiene?

—Cumplió diecisiete la pasada primavera.

—Los mismos que lleváis aquí desde que llegasteis del norte... ¿no es así, Lucrecia?

—Sí —dijo Lucrecia—, vuestra majestad calcula bien.

—Me llama la atención el aspecto de vuestro hijo Hermenegildo, no se parece en nada a un godo. Y su cabello es muy oscuro.

—Es de ojos claros —dije yo—. Tiene la cara aquilina de Leovigildo.

Goswintha no se quedó conforme.

—No, no tiene nada que ver con Leovigildo. En cambio, vuestro hijo Recaredo, ése sí, ése es de auténtica raza visigoda. Es un buen paje de la corte. Además es un guerrero diestro.

—Sí —dije yo orgullosa, y pensando también en Nícer proseguí—, todos mis hijos lo son.

—Sois muy afortunada en tener hijos varones. El rey siempre me ha echado en cara que no le haya dado más que hijas. Aquí el trono es electivo; no deben ser los hijos los que hereden a los padres; quizá si hubiéramos tenido hijos, no habrían sido los herederos. Para heredar el trono sólo es necesario una sangre auténticamente goda... Y vuestros hijos, al parecer, la tienen.

Percibí la envidia que latía en aquellas palabras; después la reina siguió hablando y yo, educadamente, fingí escucharla. Entendí que sobre todas las cosas a la reina Goswintha le dominaba el afán de poder. En el fondo de su alma, su mayor preocupación era saber qué ocurriría a la muerte de su esposo. Goswintha no soportaría estar lejos de los círculos de influencia política. Después de un rato más de conversación, nos hizo unos presentes, unas joyas labradas que nos entregó a Lucrecia y a mí.

Mi sirvienta salió deslumbrada de la presencia de Goswintha, por el camino de regreso a la villa, no hacía más que hablar de la reina, de su inteligencia y de su amabilidad.

En el cielo, las aves migraban hacia el sur buscando el sol de las cálidas tierras africanas. Los días se sucedían lentamente, tristes y aburridos en la villa cercana al Tajo. A menudo paseaba abstraída en mí misma. En el campo, la soledad era completa, no había nadie excepto los siervos de la gleba que pertenecían por derecho a mi esposo. Los fui conociendo poco a poco y aplicaba mi arte en ellos. Braulio me acompañaba, siempre que podía. Con los años se fue haciendo más callado, su silencio me agradaba. Él solía observar con atención cómo curaba a las gentes. Entre los labriegos olvidé mis preocupaciones. Los siervos rústicos eran diferentes de las gentes de la ciudad y también de las gentes libres del norte. Se hallaban siempre asustados, se sentían poca cosa y me miraban con admiración, no entendían que una dama de alcurnia se dirigiese a ellos con confianza.

Mi vida transcurría plácidamente en aquella rutina que de joven me aburría pero ahora calmaba mis penas. Las vides se volvieron doradas con el otoño y los cielos en el atardecer mostraban las gamas del violeta. La campaña del norte finalizaría al llegar el invierno, entonces mi hijo volvería, y los cántabros estarían libres.

Doblaron las campanas en la ciudad de Toledo, su toque monótono e igual anunciaba un difunto, un difunto de alta alcurnia. En la finca había hombres libres, arrendatarios de algunas tierras, que bajaban a la ciudad a vender sus productos y eran los que traían las novedades, fueron ellos los que difundieron la noticia: el rey Atanagildo había muerto. Sentí inquietud, ahora comenzaría un tiempo de intrigas. Decían que el duque Leovigildo volvería de la campaña contra los cántabros y que la corte se había convertido en un nido de víboras disputándose la corona.

El aire frío se colaba por debajo de las puertas de la villa de Leovigildo. Entonces, Goswintha me llamó de nuevo a la corte. Esta vez imperiosamente, con una orden; debía quedarme en el palacio real hasta el regreso de Leovigildo. De una parte, me alegré; iba a estar cerca de Recaredo; pero también presentí que la esposa de Atanagildo maquinaba algo y yo estaba en medio de esa trama. Lucrecia se congratuló mucho con el cambio. Desde el momento en que supo que nos trasladábamos a la corte de Toledo, no cesó de hablar ni de realizar preparativos.

—Señora, debemos llevar las joyas y los trajes más suntuosos. La corte es un lugar digno. Quizás en Toledo haya algún mercader que pueda mejorar vuestro vestuario.

Los preparativos me eran indiferentes, cargaron el equipaje en unas mulas, nos acompañaron algunas damas y mi fiel sirviente Braulio. Dejamos atrás los cipreses que ornaban la entrada a la villa, descendimos por una cuesta que bajaba hacia el Tajo y cruzamos el puente. Toledo estaba lleno de mercaderías. La zona que rodeaba al palacio de los godos tenía casas de gran altura, *insulae*, las gentes sencillas y los comercios estaban en la parte más baja. El alcázar de los reyes godos dominaba la ciudad, se entraba en él por una gran puerta de bronce, vigilada por los hombres de la guardia real. Me alojaron con Lucrecia y alguno de mis sirvientes en el ala sur del alcázar.

El palacio mostraba la riqueza del usurpador godo, de las paredes pendían colgaduras y lámparas de bronce con múltiples velas iluminaban los techos. Al cruzar un corredor descubrí una ventana amplia cerrada por alabastro translúcido que permitía dejar pasar la luz. El edificio era un laberinto en el que un corredor se cruzaba con otro. Varios siervos de la corte nos acompañaron hasta el lugar que nos estaba reservado, unos aposentos comunicados entre sí y con entrada individual separada del resto del palacio. En el dormitorio principal un mirador se asomaba al Tajo. A lo lejos vi matorrales y olivos. Más allá se podía divisar las tierras donde se situaba la villa de Leovigildo, mi prisión durante los últimos meses.

Lucrecia y las criadas colocaron nuestras pertenencias. Después Lucrecia me obligó a vestirme con mis mejores galas, un traje de brocado entretejido en oro, la falda partía de un cinturón bajo el pecho. No había acabado aún el aderezo cuando se escucharon unos pasos fuertes y alguien llamó a la puerta.

Entró mi hijo Recaredo.

—¡Madre! ¡Qué guapa estáis! ¡Sois la dama más hermosa de la corte.

—¡Qué alto estás! Sí que has cambiado.

Él siguió diciendo tonterías y exageraciones. Sonreí halagada, me fijé en él y me costó reconocer en aquel adolescente corpulento al muchacho que unos meses atrás había salido hacia la corte. Su estatura era ya superior a la mía, en la cara comenzaba a dibujarse la sombra de una barba, su voz era diferente y, a menudo, dejaba escapar algún gallo. Me reí de él. Después se empeñó en mostrarme la corte con sus patios de armas, los aposentos de los criados y de los nobles, el salón del trono, ahora vacío. En un corredor donde no había nadie, el muchacho se explayó:

—Esto es un nido de intrigantes. Se rumorea que la reina Goswintha os ha traído porque quiere controlar al futuro rey. Se tendría que haber elegido ya a alguien, al morir Atanagildo, pero ella quiere seguir siendo reina. ¿Sabéis quiénes son los candidatos?

—No —respondí.

—Uno de los candidatos es mi tío Liuva, otro es mi padre. Vos y yo seremos importantes, pero hay que andar con cuidado.

Nos cruzamos con un escribano que se dirigía hacia las habitaciones de Goswintha. Recaredo calló. Después se despidió de mí porque tenía guardia en otro punto del palacio.

Me perdí en los largos pasillos de la corte. Oía los comadreos de las criadas y los cortesanos, que me eran ajenos. Nadie me conoció. Yo me movía por el palacio con la suavidad de un espíritu del bosque. Tras unos largos cortinajes escuché una conversación que entendí se refería a mi persona.

—Puede ser la próxima reina —decían.

Escuché la engolada voz de Lucrecia.

—Sí. Es de un alto linaje, desciende por línea materna de Clodoveo y Teodorico, por línea paterna de los baltos. ¡Ya sabes!

Una dama con la voz de pito, muy aguda, se opuso a Lucrecia.

—Ella tendrá un alto linaje, pero nadie la conoce en la corte y su esposo Leovigildo no lo tiene. Hay otros candidatos al trono.

—En el fondo, querida Hildoara, todo depende de la reina Goswintha —habló una mujer con la voz cascada.

—No lo creáis, mi señora, aún quedan partidarios del difunto rey Agila, en los que ella no influye —dijo la de la voz aguda.

—No mientes a ese tirano.

—Ahora es un tirano porque ha muerto y perdió la guerra. Pero antes bien que le adulaban, ese perro de Leovigildo y su hermano... —habló de nuevo Hildoara.

—Sí. Liuva... domina la Septimania. Cualquier día se proclamará rey.

—Está también Witerico —dijo la anciana—, él es un godo de pura sangre, no creo que le guste un noble de segundo grado como Liuva o Leovigildo.

—Goswintha es capaz de controlar a Witerico. Ella sabe manejar a los hombres. Ya sabéis que el candidato de Goswintha es Leovigildo.

—Pero Leovigildo está casado con la hija de Amalarico.

—Pero eso no es suficiente. No tiene detrás un clan potente como tenía el difunto Atanagildo o como tiene ahora Witerico. Leovigildo es hijo de un modesto tiufado del rey Alarico. No lleva ni una gota de sangre real. Aunque hay que reconocer que es un buen guerrero. Luchó en las campañas del norte, y venció en la Sabbaria... además dominó la ofensiva contra los bizantinos. Si no hubiera sido por él, las tropas imperiales habrían llegado hasta la corte de Toledo.

—Sí, pero ahora no está en la corte. Cualquiera se le puede adelantar.

La de voz penetrante habló de nuevo.

—Recuerda que tiene la ayuda de Goswintha, que parece estar muy bien predispuesta hacia él.

—A Goswintha no le interesa un hombre casado.

—Quizás un viudo le vendría mejor.

Se oyeron las voces temblar por la risa. Entonces la anciana habló enfadada y seria:

—No digáis eso.

Se hizo un silencio después de aquellas palabras y otra de las voces más joven dijo:

—Como si fuera la primera vez que en esta corte alguien desaparece o muere por algún motivo político.

—Podría repudiarla.

—Entonces Leovigildo perdería su relación con los baltos. No. No la repudiará.

Rieron y huí. Me deslicé tras las colgaduras donde me ocultaba. Temblando. Comencé a sentir la luz que precedía a los trances. Me encontré a Braulio, que me buscaba, y a duras penas me arrastró hacia mis habitaciones. Aún nerviosa me acerqué a la balconada, la luna estaba alta, llena y con puntos oscuros en su interior. Capté en ella un mal presagio. El aire fresco de la noche me reanimó. Después sentí frío y lentamente recorrí las estancias que me habían sido asignadas, iluminadas por la sombría luz de las antorchas; no había nadie. Pensé que Lucrecia estaría intrigando todavía en cualquier lugar de la corte. Me tendí sobre el lecho y por la ventana volví a ver aquella luna oscura que me intranquilizaba. Esa noche tuve un sueño que me condujo a los montes de Vindión.

Los albiones abandonaban Amaia, ya libre; pero tras la liberación no llegó la paz a los habitantes del castro. Se pelearon entre ellos para elegir un nuevo jefe después de la muerte de Larus. Los albiones y el resto de los pueblos no quisieron intervenir en las luchas intestinas de Amaia. Al fin, tras varias muertes, eligieron a un hombre casi anciano que, para congraciarse con Aster y los albiones, permitió que dispusiesen destacamentos en las fortalezas del este de Vindión. Sin embargo, Aster comprendió que había accedido por la precariedad de su situación, porque necesitaba apoyos fuera de su castro y que, antes o después, no iba a mantener sus compromisos.

—A pesar de su aspecto y de su rudeza —dijo Aster a Lesso—, yo me fiaba más de Larus que del nuevo jefe de los orgenomescos. Aprovecharemos esta coyuntura para reforzar las defensas, pero creo que pronto habrá problemas.

—¿Y entonces...?

—Hay que buscar la unión de los pueblos, la copa sagrada podría aunarnos en torno al culto al Único.

En el camino a Ongar, Aster continuó hablando de la copa y aprovechó para interrogar con profundidad a Lesso. Deseaba averiguar todo lo referente a mí, cómo estaba yo, qué hacía y si era feliz. El rostro de Aster oscilaba entre la alegría y la preocupación por las nuevas. Después prosiguieron hablando de la copa, Lesso le transmitió todo lo que sabía.

En Ongar les recibieron alegres por la victoria. Aster se dirigió a la acrópolis del castro. En el umbral de la fortaleza, Uma, muda y con cara perturbada, llevaba de la mano una criatura pequeña de cabellos muy oscuros y ojos negros y vivos. Nícer desmontó y besó a su madre adoptiva y a su hermana.

Aster convocó al pueblo en la explanada delante de la acrópolis.

—He de partir hacia el sur. Debemos nuestra libertad a una mujer a la que creí muerta pero vive. Los orgenomescos están de nuestra parte pero los luggones y otros pueblos no. Los pueblos cántabros se reunirán si recuperamos la copa sagrada de los celtas. La copa está en el sur en la ciudad de Emérita. Iré hacia el sur.

—Iremos contigo —dijeron varias voces.

—Te acompañaré yo —dijo Nícer.

—Mi decisión está tomada, iré sólo con Lesso, Mehiar y Tilego. No quiero arriesgar a más hombres. Deberemos atravesar casi todo el reino godo y unos pocos hombres pasarán más desapercibidos que una compañía grande. Además, los godos volverán, y no estoy seguro de que los orgenomescos respeten los pasos en las montañas. Se necesita cada hombre para guardar el territorio. ¡Sed fieles, hombres de Ongar, sed leales a la casa de Aster!

Se oyó una aclamación, Aster se emocionaba y finalmente dijo:

—No sé si volveremos. La misión no es fácil. En mi ausencia, respetaréis a Nícer, como príncipe de Ongar, hasta mi vuelta.

Nadie se atrevió a contradecir a Aster; no existían dudas ni vacilaciones en sus palabras. Después, ante la mirada suplicante de Nícer, Aster se dirigió en voz más baja hacia él.

—Debes cuidar a Uma y a tu hermana Baddo.

Se hicieron los preparativos, el grupo partió al amanecer. Antes de salir Aster habló con Mailoc en la Cova de Ongar.

Al salir de allí, vi la cara de Aster, cabalgaba con el rostro transformado, lleno de alegría y seguro de sí mismo. Después se unió a Lesso, Mehiar y Tilego, emprendiendo el camino hacia el sur.

Lesso se despidió una vez más de Fusco, asegurando:

—Volveremos con la copa y con Jana...

Los hombres galopaban deprisa, parecía que el camino se abría ante ellos. Al frente marchaban Tilego y Aster. Pronto los bosques de Vindión quedaron atrás y se abrieron campos de trigo y la luz meridional les deslumbró.

Al llegar a la meseta, cabalgaron delante de un asentamiento de labradores godos. Los labriegos huyeron escondiéndose de aquellos cuatro jinetes. Temían la amenaza de los cántabros. No diferenciaban a los albiones de aquellos luggones y orgenomescos que quizá no mucho tiempo atrás habían saqueado sus cosechas.

El ejército godo derrotado en Amaia pasó por delante del poblado dirigiéndose hacia el sur. Los labriegos avisaron a los godos de que unos hombres armados se habían refugiado en un bosque cercano. La retaguardia de las milicias germanas retrocedió para proteger a los campesinos. Al frente de aquel gran contingente de tropas iba Hermenegildo; le acompañaban Walamir y Claudio.

Los labriegos señalaron un bosque de robles que se abría en medio de la llanura, allí habían visto por última vez a los montañeses. Les advirtieron que eran varios e iban armados.

Los hombres de Hermenegildo rodearon el robledal. Mi hijo descabalgó; él y los suyos, muy despacio, se dirigieron hacia dentro del bosque. Gritaron con voz potente desafiando a aquellos que así se escondían. Aster no deseaba el enfrentamiento, su idea no era la lucha contra los godos sino llegar al sur y recuperar la copa; además sabía que cuatro hombres contra una partida del ejército godo llevarían todas las de perder. Ordenó a Lesso que se escondiese, y a los demás que permaneciesen quietos, en silencio. Los árboles, de alguna manera, les ofrecían una cierta protección frente a los atacantes. Hermenegildo y sus hombres fueron rastreando el bosque, los cántabros se replegaron sin hacer ruido hasta el claro. En aquel lugar, resguardado y cercado por los troncos de los robles se produjo el enfrentamiento cuerpo a cuerpo. Los albiones no pudieron evitar el combate.

Aster se enfrentó a Hermenegildo, se dio cuenta de que era joven pero ágil y comprendió que alguien le había enseñado el modo de luchar de los montañeses. Aster observó detenidamente a aquel guerrero, alto, muy delgado, de cabellos oscuros, que no parecía godo por su aspecto aunque vestía el atuendo enemigo. Hermenegildo atacó a Aster, con el grito de guerra de los cántabros, espada en alto. Aster no pareció darle importancia y aguardó a pie firme su acometida. Entonces, cuando el godo se acercó, Aster giró levemente el cuerpo y la espada de su adversario pasó frente a él, sin herirle. Antes de que pudiera reponerse de la sorpresa, Aster comenzó a embestirle con golpes de la espada, uno tras otro; lentamente, el joven tuvo que retroceder. Por último, Aster lo acorraló contra el tronco de un enorme roble, y apoyó su espada contra el gaznate del joven.

—¡Ríndete! —dijo Aster—. Entrega el arma.

—No lo haré.

Aster le miró sorprendido por su respuesta. El joven abrió los ojos con horror, esperando la muerte. Entonces, Aster se detuvo al fijarse en aquellos ojos claros y transparentes.

Se oyó una voz detrás:

—No le matéis, mi señor, ese joven es... es hijo del duque Leovigildo. Hacedlo por su madre.

La voz era la de Lesso.

Aster bajó la espada; al instante por detrás varios guerreros godos lo cercaron y lo tiraron al suelo.

Aster gritó:

—No queremos combate. Venimos en son de paz, dejad partir a mis hombres.

—No matéis a mi capitán, es Aster, principal entre los albiones, quizá consigáis un rescate —dijo Mehiar.

Walamir se adelantó y dio una patada a Aster caído.

—Así que... ¿tú eres el glorioso Aster? ¿El que ha puesto en jaque al ejército godo? A nuestro duque Leovigildo le gustará mucho conocerte.

—Déjalo, Walamir —habló Hermenegildo—, que sea un cautivo no te da derecho a golpearle.

—Se hará como quieras, Hermenegildo, tú lo has apresado, tu padre estará muy contento de esta captura.

Hermenegildo se mostró de acuerdo, sabía que desde tiempo atrás su padre Leovigildo guardaba un gran odio hacia aquel caudillo cántabro. Hermenegildo deseaba complacer a Leovigildo.

Entonces, se fijó en Lesso:

—¿Qué haces con esta partida de montañeses? Hace mucho tiempo que no sabemos nada de ti, te dábamos por fugado.

Lesso mintió:

—Me atraparon poco antes del ataque a Amaia.

—Está bien —concedió Hermenegildo, aunque percibió que Lesso mentía o por lo menos ocultaba algo—, soltadle.

Ataron a los cántabros y los condujeron al campamento godo, allí pude ver cómo zaherían a Aster y a los otros. Él lo tomaba con resignación.

Me desperté muy acongojada. Intuía que aquello que había visto era verdad, temblaba por Aster y por mi hijo Hermenegildo.

En la corte seguían las insidias y maledicencias. Recaredo me visitaba en mis habitaciones a menudo, era muy alegre y divertido. Contaba los comadreos con gracejo de adolescente, sin que nada pareciese afectarle.

—Dicen que la señora Hildoara ha sido nombrada la lengua más afilada del reino; tu amiga Lucrecia, la mejor conspiradora. Cada día se inventa una conjura diferente.

La presencia de Recaredo me reconfortaba. Siempre traía cuentos de peleas entre los cortesanos, o rumores políticos. Los pajes y espatarios solían estar al corriente de los sucesos de la corte.

Un día Recaredo llegó con cara seria, pensé que fingía, que traía de nuevo cuentos de la corte, pero aquel día traía una noticia importante y así fue él quien me dio la gran nueva.

—Liuva se ha autoproclamado rey de las Hispanias en Barcino.

—¿Cómo es posible?

—Hace ya seis meses que el rey Atanagildo ha fallecido. Nunca ha estado el trono vacante tanto tiempo. Dicen que es Goswintha la que detiene la elección del nuevo rey. No quiere que se proclame un rey al que ella no pueda controlar; así que finalmente Liuva ha decidido tomar la sartén por el mango y dar el golpe de estado.

—¿Cómo nos afecta eso?

—A ti y a mí, bastante. Dicen que Liuva quiere asociar al trono a mi padre, Leovigildo. De esa manera, vos, madre mía, seréis la reina y yo, con mi hermano Hermenegildo, un peligroso aspirante al trono. Cuidaos, madre, cuidaos, el país está a punto de una guerra civil otra vez. Witerico y Goswintha se oponen a nuestra familia. Corréis un grave peligro. Ahora debo irme, no deben vernos juntos. La reina puede acusarnos de conspiración.

Recaredo se fue de mi lado y me prometió que acudiría a verme en cuanto le fuese posible, también me dijo que si notaba algo extraño se lo comunicase.

Pocos días más tarde, corrieron rumores de que Leovigildo había sido hecho prisionero, después dijeron que se hallaba herido, por último que volvía victorioso con gran parte del ejército y con muchos cautivos. En realidad, nada se sabía de lo ocurrido en el norte pero conforme pasaban los días se conoció que Amaia, el objetivo más importante de los godos, permanecía en pie y que las bajas del ejército godo eran múltiples.

Leovigildo, por un emisario, anunció su llegada; en cambio, el ejército se retrasaría un tiempo aunque también volvía hacia el sur. Circulaban rumores de que Leovigildo se aproximaba a la corte de Toledo para apoyar la candidatura al trono de su hermano Liuva. Percibí que el grupo entorno a Witerico se hacía más compacto. La reina Goswintha oscilaba entre una afectuosidad extraña hacia mí y el abierto rechazo. Lucrecia se comportaba de modo todavía más curioso, algunos días desaparecía de mi presencia, mientras que otros no se separaba de mi lado.

La corte se congregó a la llegada de Leovigildo que, con el caballo exhausto, regresaba rodeado de una pequeña hueste. En torno al palacio de los reyes godos, se reunió una gran muchedumbre, que aclamaba ya a Leovigildo como rey.

Goswintha salió del palacio. Ante todo el pueblo congregado, en lo alto de la escalinata que conducía a la entrada principal del palacio, Leovigildo dobló la rodilla y besó la mano de la viuda de Atanagildo en señal de deferencia. Ella sonrió con una sonrisa torcida. Yo me encontraba unos pasos más atrás de la reina, Leovigildo me ignoró posando una gélida mirada sobre mí. Después, se introdujeron en el palacio. Leovigildo tuvo tiempo de pasar su mano sobre el cabello de Recaredo y saludarle afectuosamente, expresando que había crecido y que era ya un hombre.

La reina y Leovigildo parlamentaron en una de las salas de palacio durante mucho tiempo. Por los criados supe que ella estaba muy irritada y que él procuraba calmarla. Al fin se supo que ambos habían llegado a un acuerdo, pero nadie sabía en qué consistía exactamente.

Unos días más tarde, Leovigildo se acercó a mis aposentos. Me comunicó que yo permanecería en la corte de Toledo y que estaría permanentemente vigilada.

—En este reino —afirmó Leovigildo— solamente hay una reina, la reina Goswintha; pero aún hay partidarios de los antiguos baltos; por ellos, te respetaremos y te trataremos con honor. Procura corresponder al honor que se te otorga. Posiblemente yo alcanzaré el trono y tú... tú serás reina pero no actuarás nunca como tal.

Recaredo escuchó las palabras que me dirigía su padre. Frunció el ceño, pero no se enfrentó abiertamente a Leovigildo. Mis habitaciones fueron custodiadas por la guardia real, no se permitía el acceso a nadie que no fuese plenamente autorizado por el rey. Mi único contacto con la corte era Recaredo.

Soñaba con el norte, veía a Aster preso en un carromato, la luz entraba entre las tablas. Cerca de él cabalgaban los godos, entre ellos Hermenegildo; con frecuencia se burlaban del caudillo cántabro. Hermenegildo le defendía, sentía una extraña compasión hacia el montañés que estaba atado a los barrotes de la jaula, aherrojados con grilletes las manos y los pies. Junto a él, Mehiar y Tilego permanecían también apresados, únicamente atados al carro. Lesso les seguía de lejos.

Una noche, Lesso se acercó a la guardia que custodiaba el carromato, proporcionó a los soldados un odre de vino y consiguió emborracharles. Al alba se hallaban profundamente dormidos. Entonces, cortó las cuerdas de Mehiar y Tilego, y con su auxilio abrieron la jaula. Ayudaron a Aster a bajarse del carromato, pero sus pies apresados con grilletes hicieron un ruido metálico que despertó a algunos guardias.

—¡Huid! —dijo Aster—. Me ayudaréis más si sois libres.

Mehiar y Tilego no tuvieron más remedio que abandonar a Aster. Nadie dudó de Lesso, el fámulo de Hermenegildo. Sonaron las trompetas en el campamento y una gran cantidad de gente se reunió junto al carro. Aquella noche azotaron a Aster por haber intentado evadirse. Sentí el dolor de los latigazos.

XLII

El regreso de las tropas

Las huestes godas regresaron del norte. Desde la altura de la atalaya en el palacio real se distingue en lontananza una columna alargada de jinetes y hombres a pie, como un gran reguero de hormigas sobre una tierra ligeramente ondulada. Las colinas de color ocre y albero están parcheadas por pinceladas pardas de viñedos y olivares, a lo lejos la raña abierta y salpicada de encinas. Las tierras llanas pero desiguales finalizan en la quebrada del Tajo. El río discurre mansamente, siglos atrás rompió la piedra y formó murallones escarpados entre los que la tierra parda interrumpe el roquedo.

El camino alargado se extiende aún ante mi vista. En él, las columnas godas avanzan y, cuando el ejército se acerca al antiguo puente romano, distingo los pendones y estandartes. De entre todas las insignias se eleva la bandera de la casa de Leovigildo; tras el estandarte, Hermenegildo cabalga, erguido y orgulloso, con su cabello oscuro al viento bajo el casco de hierro. Después, al cruzar el puente, comienzo a escuchar un rumor de viento y aguas junto con el sonido de los cascos de los caballos sobre la piedra.

El ejército vuelve ufano, no han conquistado Amaia pero traen un buen botín y por todas partes se habla de la caída del jefe de los rebeldes. No se me permite salir del palacio sin guardia, pero entre la muchedumbre me escabullo de los que me custodian. Un olor a humanidad compacta me

echa para atrás, no soy capaz de pasar entre el gentío apiña-
do para ver el regreso del ejército del norte. Desde hace días
estoy más débil, intento pedirles que me dejen pasar pero
nadie escucha mi voz, amortiguada por los ruidos del ambiente. Las gentes se arremolinan en torno a la cuesta de subida hacia el palacio propalando rumores.

—Han atrapado a uno de los caudillos del norte, un criminal y asesino. Ha sido apresado por el joven hijo de Leovigildo.

Redoblan los tambores, las trompas emiten un sonido
fuerte y a la vez melancólico. El ejército enfila la calle estrecha que asciende hasta el palacio de los reyes godos.

Seguí de lejos a la comitiva, detrás de la multitud. Al
frente de las mesnadas sube Hermenegildo, sujeta las riendas
del caballo con un brazo herido, pero sonríe con una expresión alegre y abierta. Aquellos meses de lucha le han fortale-
cido, sus espaldas son anchas y la cara curtida por el viento
del norte. La multitud me arrastra hasta el palacio.

Alcancé los arcos de entrada bajo el solio real. Allí, Hermenegildo desmontó y me distinguió entre la multitud. Noté
su abrazo con un suspiro de alivio. Él ascendió al sitial de los
reyes. Leovigildo se levantó al ver a su hijo mayor, triunfante
con un gran botín de guerra. La reina Goswintha, junto a Leovigildo, hizo una señal de admiración e inclinó la cabeza. Recaredo saludó a su hermano con alegría, moviendo los brazos
con aspavientos. Las jóvenes de la corte admiraban a Hermenegildo, el vencedor de los cántabros. Las gentes gritaron en-
tusiasmadas. Me sentí orgullosa de él, al mismo tiempo me
abrumaba una sensación premonitoria y la incertidumbre.

Mientras los soldados desfilaban hacia los patios interiores, Hermenegildo fue llamado junto a la reina, y él solicitó
que yo me acercase a su lado. El desfile continuaba lentamente, y el resto de la comitiva cruzó los arcos de entrada al
palacio, comenzaron a pasar los cautivos. Entonces dudé si
mis visiones de los últimos días eran verdad o me engañaba.
Quizás el prisionero del que se hablaba no fuera Aster. Había muchos hombres heridos y faltaban algunos de los que

habían partido hacia el norte, hacía ya casi un año. Intenté distinguir a Lesso pero no estaba.

Y entonces le vi.

Entre el grupo de prisioneros, al frente, cargado de cadenas en el cuello y en los brazos, arrastrando cuerdas en los pies caminaba mi amor, aquel a quien yo había amado. Mi rostro se demudó, sentí que me fallaban las fuerzas. Portaba una larga barba y su cabello era canoso, pero toda su figura mostraba la misma nobleza y dignidad de antaño. Sin poderlo evitar, grité. Él, al oír mi voz, levantó sus ojos negros, que refulgían con el brillo de siempre. Sin verme, pero quizás intuyendo algo, levantó el brazo encadenado, sometido por las ataduras que su propio hijo le había puesto. Hermenegildo oyó mi grito y me miró sorprendido. Me apoyé en él para no caer al suelo.

—¿Qué ocurre? —habló Hermenegildo.

Las palabras se negaban a salir de mi garganta. Oí que se haría justicia con el hombre del norte, el que había resistido al empuje invasor de los godos.

Me sobrecogí de miedo y horror.

Creo que Hermenegildo mandó avisar al ama Lucrecia y a su hermano Recaredo. Leovigildo y Goswintha, ajenos a lo que me ocurría, supervisaron el paso de la tropa.

—Vuestro hijo es un gran guerrero, ha atrapado al caudillo de los cántabros —oí la voz de Lucrecia a mi lado.

—Sí —dije yo al fin en una voz casi inaudible—. Lo es.

—¿No os alegráis?

Las lágrimas corrían por mi rostro. No era capaz de detenerlas. No me tenía en pie; desde días atrás estaba muy débil. A menudo se me dormían las piernas y las manos, observé en mis uñas una marca blanca. Algo estaba ocurriendo que no lograba entender y la angustia al ver a Aster había incrementado mi mal. Lucrecia me sostuvo para que no cayese. Recaredo se acercó, él, que me conocía bien, intuyó que algo grave me ocurría. Entre Recaredo y Lucrecia me condujeron a mis aposentos.

Continuamente me preguntaban sobre mi mal y yo no podía contestar por el dolor. Al atardecer, me acerqué a la ventana intentando aspirar aire. El día fue cayendo, en el horizonte asomó una luna grande y menguante. Con esfuerzo me levanté y llegué hasta la puerta. Los guardas no me dejaron pasar, tenían órdenes de impedir que saliese. Yo sólo pensaba en Aster, apresado y cercano, más cercano que nunca lo hubiese estado en los últimos años. Comencé a meditar en mi extraña debilidad, yo nunca había sido una mujer enfermiza. Algo ocurría, ya no era útil a los planes de Leovigildo y era un obstáculo para Goswintha.

A lo lejos se escuchan las fanfarrias y la música de la fiesta. La ciudad de Toledo celebra el regreso de sus soldados. Pasan las horas, la luna seguía su camino en el cielo.

Entonces escuché pasos. Dos personas, dos hombres con espuelas se aproximaban. Discutieron con los guardias de la puerta que al fin les abrieron el paso. Eran Hermenegildo y Lesso.

Al verles, me eché a llorar; me abracé a Hermenegildo.

—¡Madre! ¿Qué ocurre? ¿No estás orgullosa de mí? He vencido en muchos combates. He atrapado al enemigo de los godos. Será ajusticiado.

—No —le interrumpí—. No sabes lo que dices. Ese hombre no puede morir. Es tu...

Entonces me detuve, contemplé a Hermenegildo con las armas de su abuelo Amalarico, con sus cabellos largos y la barba al estilo godo. Orgulloso de ser quien era. Me fallaron las fuerzas.

—Lesso. Ayúdame tú. Dile a Hermenegildo quién es ese hombre.

—Jana —dijo Lesso—. Vieja amiga. Yo no lo sé todo. Si es verdad lo que me sospecho, eres tú quien debe hablar con él.

Entonces hablé pero sólo pude decir parte de la verdad.

—Mira, hijo mío, ese hombre fue mi primer esposo, tuve otro hijo con él, tu hermano Nícer. Siempre le he amado. Necesito verle. Hablar con él. ¡Hay que salvarle!

Contemplé la faz de Hermenegildo, dolida, él se sentía godo de pura sangre, no podía entender que yo hubiese estado unida a un hombre despreciable desde su punto de vista. Comprendí que no era el momento de desvelar el pasado. El destino dispondría cuándo este hijo mío conocería la verdad, cuándo estaría maduro para asumirla.

—Madre, ese hombre es un criminal —dijo Hermenegildo—. Nadie puede salvarle.

—No me dejan salir. Estoy presa en esta corte.

—No, no estás presa, estás vigilada. Entiendo a mi padre Leovigildo, no puede permitir que hagas lo que hiciste en Mérida. Leovigildo, mi padre, va a ser proclamado rey y la reina serás tú. No puedes atender a los pordioseros como hacías en Mérida con Mássona.

—Pero hay más —dije yo—. Alguien quiere matarme.

Entonces le enseñé mis manos. Mi cara debía mostrar los rasgos de la locura.

—Estás fuera de ti. Nadie quiere matarte. La visión de ese hombre del norte te ha alterado.

—¡Ayúdame! Ayúdame, hijo mío, a llegar hasta él. No me importa otra cosa.

Hermenegildo miró a Lesso, intentando que él le ayudara a hacerme entrar en razón, Lesso sugirió:

—Debes ayudar a tu madre. Lo que dice es verdad. Ella ha sufrido mucho. Ese hombre no es un criminal. Es el más grande caudillo del norte.

—¡Estáis todos locos!

Pero Hermenegildo estaba muy conmovido ante mis lágrimas.

—Está bien. No hay guardia que no pueda ser comprada.

Esa noche, cuando la luna había desaparecido del cielo, escoltada por Hermenegildo y Lesso, me acerqué a la prisión donde Aster había sido conducido. Con varios sueldos de oro, Hermenegildo compró a la guardia. Despacio descendí por las escaleras que bajaban hasta el calabozo. Les pedí que aguardasen fuera.

Se abrió la puerta, y penetré en el interior. Sola. Mi cabello plata y oro brilló bajo la luz de las antorchas. Las fuerzas me fallaban.

Encadenado, sucio y herido se hallaba mi amor. Me miró como si despertase, como si yo fuese una ilusión de su mente.

—Aster —murmuré suavemente.

—Jana —dijo él, como en un sueño—. Te fuiste en una noche de luna y regresas en una noche de negra oscuridad. Te creí muerta. Te traicioné.

—No —dije yo—, en tu corazón no hay cabida para la traición. Sé todo lo ocurrido y nada importa ya.

Yo comencé a sollozar.

—Vas a morir.

Intentó acercar su mano a mis cabellos pero los brazos estaban amarrados a la pared por unas largas cadenas. Me aproximé a él y dejé que me acariciase el pelo, después lo abracé. Él me tocaba como si yo fuese una aparición, queriéndome hacer real.

—No existe la muerte... —musitó y después siguió hablando—: ¡Qué hermosa eres! No he podido olvidarte ni un segundo. Eres hermosa, hermosa y buena.

Entonces lloré aún más fuerte, las lágrimas manaban por mi rostro y no las aparté. Él intentó atraparlas, pero las cadenas le retenían.

—¡Oh! ¡Aster! Ya no podré salvarte. Esta vez no podré.

—Estoy otra vez junto a ti... y eso me basta. Mi pueblo sigue libre en el norte. Me han cogido a mí, pero a ellos no podrán. A Nícer tampoco.

—Nícer. Dime cómo es, cómo está.

Él sonrió con aquella expresión suya firme y serena que me aliviaba las penas del corazón.

—Le llaman el Hijo del Hada, creen que su madre fue una jana de los arroyos. Quizá tengan razón. Fuiste un hada para nosotros.

—Por mí destruyeron Albión.

—Tú fuiste la piedra de toque, Albión cayó porque estaba corrupta, en Ongar nuestro pueblo se rehizo. Ya no moramos en castros sino en los valles protegidos por fortalezas en lo alto de los riscos. Los huidos de Albión en Ongar abrazamos la única fe. Mailoc nos bautizó.

Sus palabras eran rápidas, como queriendo resumir en unas frases los años de separación. Una gran añoranza del pasado, de lo perdido me llenó.

—Querido Aster —dije yo—, hubiéramos sido felices.

—Ése no era nuestro destino. ¿Recuerdas? Tú eres el reflejo de la luna sobre el agua en una noche oscura... Yo soy el agua oscura. El brillo de la luna desaparece con facilidad cuando el viento mueve el agua o cuando amanece. Somos como el águila y el salmón. Venimos de mundos diferentes. Nada nos une.

Yo sabía que eso no era cierto, muchas cosas nos unían a Aster y a mí.

—No, Aster, nos unen muchas cosas, nos une Nícer y hay algo que no conoces.

—¿Qué?

Me miró sorprendido, su mano presa intentó acariciarme. A su cara se asomó el gran amor que siempre nos había unido.

—¿Recuerdas aquella última noche, en la que el sol y la luna brillaban alumbrándose mutuamente en el cielo?

—Nunca la olvidaré, creí morir al no encontrarte por la mañana.

—Aster, tienes otro hijo.

Él no entendió.

—El que te capturó, el joven godo al que todos llaman Hermenegildo y yo llamo Juan, es hijo tuyo.

Entonces, Aster se apoyó en la pared, pensativo.

—Estuve a punto de matarle y no fui capaz. Después, él me ha protegido durante el viaje desde el norte. Existe el destino, o una mano providente.

—¿Providente?

Suspiró y después sonrió.

—Hace pocos meses, atacamos Amaia y vencimos a los godos, después llegó Lesso. Me reveló el destino de la copa y que tú aún vivías. Decidí venir. Entonces los godos nos encontraron y luché contra el que tú llamas Juan. Pude haberle derrotado con facilidad, pero algo en él me era familiar. Después Lesso me dijo que era hijo tuyo; y no lo maté por eso; y ahora sé que mi propio hijo me ha conducido hasta ti. ¿Qué más puedo desear sino estar junto a ti, Jana de los bosques?

Al oír el viejo apelativo, las lágrimas asomaron a mis ojos y las dejé escapar sin retenerlas.

—¡Oh! Aster, vas a morir.

—¿Morir? Yo ya he muerto. Mi muerte ocurrió cuando en una noche de plenilunio te fuiste de mi vida. Después nada fue igual. Nunca he amado a otra mujer. Tú has sido la única en mi vida, mi existencia sin ti se volvió un infierno de tristeza. No me importa ya morir.

—No —grité—, no quiero que mueras. No debes morir. Moriré contigo.

Al oír mi grito, sonó el ruido de la puerta al abrirse, y la voz del carcelero que decía:

—Señora... señora... ¿estáis bien?

—Sí —musité.

—Debéis iros.

—Por favor, dejadme un instante más.

Entonces él, con sus manos encadenadas, me cogió de los hombros y me zarandeó suavemente.

—No existe la muerte. Mira más allá. Tú y yo hemos luchado contra el mal y le hemos vencido. Ahora es el tiempo de nuestros hijos. Nos encontraremos pronto.

—Yo no tengo tu fe. La fe para mí no es suficiente. Te necesito a mi lado.

—Estaré siempre a tu lado.

Sonaron las voces de Hermenegildo y Lesso hablando con los guardias fuera. Debíamos despedirnos, esta vez quizá para siempre; entonces Aster habló.

—Una única cosa. Algo más, que es muy importante. Por Lesso supe que vivías, por él también que la copa estaba cerca de ti. Vine al sur buscándote, pero también buscando la copa. Lesso habló con Mailoc y le contó lo que el obispo de Emérita había soñado.

Aster me dirigió una súplica.

—Mailoc y yo llegamos a la conclusión de que esa copa es necesaria para nuestras gentes. Esa copa fue labrada por nuestros antepasados, pero es la Única Copa, la copa con la que se celebró el sacrificio, el verdadero sacrificio del Cordero hace muchos años. Debes hacer que vuelva a Ongar con Mailoc. Entonces mi pueblo se congregará cerca del único sacrificio y nada podrá destruirlo. Querida Jana, haz que la copa vuelva a Ongar.

—Lo haré. Te juro que lo haré. Enol, antes de morir, también me dijo eso, la copa volverá al norte. Pero cada cosa tiene su momento.

Recordé a Aster en la peste, cuando nada le arredraba por sacar adelante a su gente. Ahora quería un bien mayor para su pueblo. Ése había sido siempre el verdadero obstáculo entre él y yo. No nuestra raza, ni nuestra nación ni la cuna de donde ambos proveníamos, sino su lealtad hacia un pueblo que en tantas ocasiones no le había merecido. Yo no era como él. A mí me importaba únicamente su amor, pero al final su amor me llevaba a buscar el Bien y la Verdad como él lo hacía.

El carcelero volvió a llamar a la puerta.

—Debes irte —me dijo Aster.

—No soy capaz de abandonarte.

—No es un adiós, es un hasta pronto.

En la mazmorra entró Lesso, aquel que me había querido desde niña. Me separó de Aster, entonces noté que el mismo Aster me empujaba lejos de sí.

Al día siguiente tuvo lugar la ejecución. Encerrada en los aposentos del palacio, escuché de lejos el redoble del tambor en la plaza de la ciudad. Luego todo cesó, y en mi mente resonó un cuerno de caza lejano, doloroso.

Aquella noche entré en un trance prolongado que duró días y días. Veía todo mi pasado, a Enol y a Lubbo. A menudo veía a Aster. También veía a la reina Goswintha, no sé si era real o un fantasma de mi imaginación entenebrecida.

Un día desperté. Me pareció que Aster estaba a mi lado, pero era mi hijo Hermenegildo.

—Voy a morir —le dije.

—Madre, debéis sanar. Me lo debes a mí. —Su voz sonó imperativa—. Nunca debí permitir que vierais al guerrero cántabro. Desde entonces habéis perdido la salud y quizá la razón.

—Él ha muerto. No le veré más en esta vida, yo quiero morir.

Entonces vi junto a Hermenegildo a mi hijo menor, Recaredo, vestido con una coraza y un casco.

—¿Recaredo?

—Sí, madre, soy yo. Me han permitido ir a la campaña del norte.

—¡Al norte! ¡Volvéis al norte!

Ambos se extrañaron de la entonación de mis palabras.

—Juradme que haréis lo que os pide en su lecho de muerte vuestra madre.

—Haré lo que me pidáis —dijo Hermenegildo, y Recaredo asintió con la cabeza.

—Escuchadme atentamente. Debéis ir a la ciudad de Mérida, donde vivimos cuando erais niños. Os dirigiréis al santo obispo católico, su nombre es Mássona, le pediréis una copa que él conoce y que perteneció a un hombre llamado Juan de Besson. Él os la dará. Después en el norte debéis entregarla al abad del monasterio de Ongar, se llama Mailoc.

Hermenegildo se sorprendió al escuchar mi extraña petición.

—Juradme que lo haréis.

—Lo juro —dijo Recaredo.

Oí las mismas palabras de boca de Hermenegildo, después todo se desvaneció y entré en la inconsciencia.

Un día me pareció que junto a mi lecho estaban Goswintha y Leovigildo. Creí oír la voz de ella que decía:

—No seréis rey hasta que no os deshagáis de vuestra esposa.

—No pasará mucho tiempo...

Dejé de oír la voz de Leovigildo. Nada importaba ya, sabía que mi fin se aproximaba.

XLIII

La reina sin nombre

Hija de reyes, madre de reyes, esposa de reyes y un nombre olvidado en la historia. Ahora, desde mi lecho en el gran palacio de la corte goda, la ciudad de Toledo se desdibuja en mi mente y contemplo un gran cielo azul. Después, la luz se va desvaneciendo en mi espíritu, y me introduzco en una gran oscuridad. Por mi mente pasan todos los días de mi vida, desde que fui secuestrada por unos guerreros suevos junto a un arroyo hasta ahora cuando me pierdo en la última inconsciencia.

Entonces, cuando mi alma se hunde en el infinito, oigo mi nombre pronunciado por una voz amada. No es el nombre godo al que nunca me llegué a acostumbrar, que yo olvidé y que la gente no quiso recordar ya más, sino el apodo por el que me designa el que amo.

Tras la voz, una luz se abre paso lentamente en las sombras, distingo una claridad cálida y amable. Todo cambia ante los ojos de mi espíritu, en la luminosidad del ambiente aparecen colores claros y brillantes que mi ser tarda en reconocer. Me transformo, ya no siento pena o cansancio, de nuevo soy una adolescente, casi una niña, que busca hierbas en la maleza de una arboleda umbría. Me encuentro en un bosque en verano, hace calor, trinan los pájaros, la alondra y el jilguero gorjean alegremente. Huele a mirto, a jazmín y a rosas. Los haces de un resplandor suave se introducen entre los árboles, brilla el agua de un arroyo. Entonces, percibo de dónde viene la voz y distingo delante de mí claramente la figura de Aster, joven y sin heridas. Camina hacia mí, desde lejos él me invoca de modo insistente con aquel único nombre al que mi corazón responde, nombre de bruja y de hada.

Acudo a él, que me llama. Yo respondo y sé que nada ya nunca más nos separará durante toda la eternidad.

Una luz suave nos envuelve a los dos, una luz cálida en la que el Único Posible muestra toda su belleza, tal cual es.

EPÍLOGO

Ficción y realidad

Esta novela transcurre durante un período poco conocido de la historia de la península ibérica, tejida con algunos personajes reales, pero de los que no tenemos datos históricos, por lo que cabe imaginárselos de muchas maneras, y otros claramente de ficción. El relato está documentado y basado en fuentes históricas solventes. Los nombres celtas se basan en inscripciones funerarias del norte de España de los primeros siglos de nuestra era.

En el primer libro se aúnan leyendas célticas antiguas con sucesos históricos conocidos. El origen y desarrollo de la cultura castreña del norte de España ha sido muy discutido. Parece ser que los castros y los habitantes del noroeste de España corresponden a un sustrato protocéltico muy antiguo, sobre el cual se han producido invasiones o, mejor aún, corrientes de influencia económica, cultural y social de civilizaciones célticas centroeuropeas más evolucionadas (Hallstat y La Téne).

Las leyendas sobre la fundación de Irlanda hablan de lo siguiente: los celtas irlandeses llegaron allí desde España procedentes del Mediterráneo. Son las sagas de los hijos de Miles. Aquí se incluye también la leyenda gallega de Breogán, uno de cuyos hijos vio Irlanda desde la costa gallega y emigró allí, donde fue muerto. Su padre y sus hermanos le vengaron.

Lo cierto es que desde tiempos muy remotos ha existido una influencia entre los países del círculo atlántico: Irlanda, Escocia y Gran Bretaña, la Bretaña francesa, Galicia y Asturias. Todos estos pueblos tendrían un sustrato cultural antiquísimo común, y sobre ellos actuaría el mar como elemento agregador y no disgregador de culturas.

La última migración importante de bretones hacia las costas del noroeste de España se produjo a finales del siglo V. Los pueblos célticos de Gran Bretaña emigran hacia la Bretaña francesa, Irlanda y las tierras cántabras huyendo de los conquistadores anglos y sajones. En esa época España estaba ocupada por suevos, visigodos y, más tarde, los bizantinos en el sur. Sin embargo, en el norte, en la cordillera cantábrica, pervivían pueblos de origen protocéltico, que adoraban las divinidades de la tierra. Coincidiendo con la migración, se repoblaron las estructuras castreñas, que habían sido abandonadas en el siglo I o II d.C.

Hay que tener en cuenta que los astures, cántabros y galaicos del noroeste de España nunca fueron totalmente sometidos por los godos y por los suevos. Los godos lucharon en repetidas ocasiones contra los cántabros (reinando Leovigildo y Suintila entre otros) pero no pudieron dominarlos. Los suevos establecieron un reino en Galicia que duró más de doscientos años, ocuparon algunas ciudades como Braga, pero nunca ocuparon Lugo, ni tampoco el campo y las montañas galaicas.

Los romanos pusieron en marcha el conjunto de minas de oro al aire libre de «las Médulas» en el Bierzo. Los yacimientos dejaron de explotarse al final del siglo II de nuestra era. No hay evidencia de que las minas de oro volviesen a funcionar a finales del siglo V, pero Montefurado y las Médulas constituyen un lugar tan unido a la naturaleza del pueblo astur que por eso ha sido reflejado en esta novela.

Es posible que la desaparición de la cultura de los castros tuviese que ver con los nuevos armamentos de guerra que los hacían indefendibles. De los castros se pasó a las fortalezas bajo el dominio de un señor feudal; aunque en España el feudalismo fue un fenómeno escaso debido a la Reconquista.

En el segundo libro, donde se explican muchas incógnitas de la primera parte, nos adentramos en hechos reales ocurridos en el siglo V y VI. Las peripecias de Enol se sustentan sobre la base histórica de una escuela druídica en la isla de Man. Hay datos fehacientes que tanto en la isla de Man como en Irlanda se transmitieron saberes célticos de tipo druídico hasta por lo menos el siglo X. Por otro lado, el cristianismo celta a través de sus monjes se difundió por Europa en los siglos VI y VII; prueba de ello son las abadías de Luxeuil, Saint Gall y Bobbio. Los celtas evangelizaron de una manera propia y particular, centrando su actividad alrededor de cenobios y conventos, son ellos los difusores de la confesión auricular tan propia del catolicismo y de un tipo particular de liturgia. De la cultura céltica toma algunos elementos el arte románico, sobre todo en su vertiente figurativa. No sería extraño que Clodoveo contase en su corte con un monje celta formador de sus hijos, y aquí encaja Enol.

Mássona existió, Mailoc también. Mássona fue obispo durante treinta años en Mérida y se corresponde con la época más floreciente de esta ciudad. Mailoc fue el abad de un monasterio de origen bretón en las montañas de Asturias, participó en el IV Concilio de Toledo. Para entender a Mássona, Mailoc y el personaje ficticio de Juan de Besson es preciso entender el fenómeno del monaquismo y el celibato sacerdotal. El monaquismo nace en Occidente con san Martín de Tours (siglo IV) y con san Agustín (siglos IV-V) como un fenómeno de alejamiento del mundo para buscar a Dios. El monaquismo influyó de modo significativo en el celibato sacerdotal. Existiendo hombres en la Iglesia que optaban por el celibato, de entre ellos se comenzó a escoger a los sacerdotes. Es cierto que el sacerdocio cristiano en los primeros siglos no se asoció al celibato con exclusividad, pero a partir del siglo IV, en gran parte de Occidente los sacerdotes eran célibes. Aunque es probable que las iglesias locales hayan legislado sobre la disciplina eclesiástica en torno al sacerdocio con anterioridad, lo más antiguo que nos ha llegado con respecto a este tema son las decisiones del Concilio de Elvira (entre los años 295 y 302). El Concilio de Elvira reunió a obispos de las tierras que hoy son España, y reguló que los obispos, sacerdotes y diáconos admitidos en las órdenes fueran célibes, o bien dejasen a sus legítimas mujeres si quisiesen recibir las sagradas órdenes. De todas formas, Juan de Besson es célibe no porque fuera sacerdote sino porque es monje; aunque, como se ha explicado previamente, en la época en la que vivió la mayoría de los sacerdotes ya eran célibes.

Entramos en el campo de la ficción al pretender que Amalarico y Clotilde tuvieran una hija. De haber existido ésta, habría reunido en su sangre cuatro grandes estirpes germánicas que en el nacimiento de la Edad Media controlaban Europa. Por un lado, sería nieta de Clodoveo, el legendario rey de los francos; por parte de la esposa de éste, Clotilde, descendería de los burgundios; en tercer lugar, por parte de Amalarico, sus orígenes se remontarían en línea directa al legendario Alarico, saqueador de Roma. Por último, de haber existido, Jana procedería de Teodorico el Grande, el Ostrogodo, debido a que la madre de Amalarico —Thiudigotha— era hija del gran rey de los ostrogodos.

La historia de Amalarico y Clotilde aunque novelada es verídica. Sería uno de los primeros casos de malos tratos avalado por la historia. Clotilde murió a consecuencia de las violencias ejercidas por Amalarico y estuvo enterrada en París junto a sus padres hasta la Revolución Francesa, cuando se dispersaron sus restos. Los merovingios atacaron el reino visigodo con la excusa de defender a su hermana, Clotilde, pero en la guerra subyacían motivos políticos y económicos. Los visigodos fueron derrotados cerca de Narbona y Amalarico huyó hacia Barcelona. Es real que fue asesinado en un barco atracado en el puerto de esta ciudad en el que pretendía huir con el tesoro de los visigodos; el regicida fue un franco llamado Juan de Besson. Hacer coincidir a Enol con Juan de Besson es un artificio novelístico.

El tesoro regio visigodo gozó de merecida fama, contenía piezas de inmenso valor, alguna de las cuales, como la famosa «mesa del Rey Salomón», parece que cayó en manos visigodas cuando el célebre saqueo de Roma por Alarico en agosto del 410. Su cuantía se fue incrementando gracias a las sucesivas campañas victoriosas de los godos. Las crónicas musulmanas reflejan el deslumbramiento que produjo a los invasores árabes el tesoro regio que encontraron en Toledo, al conquistar la ciudad en el siglo VIII.

La existencia de copas rituales está bien avalada entre los celtas. Los romanos conquistaron las Galias con Julio César y pudieron acceder a una de esas copas que finalmente llegó a Roma y de allí pudo pasar a Palestina. La leyenda más verídica acerca de la copa de la Última Cena la sitúa en los montes del norte de España, en el monasterio de San Juan de la Peña. Hoy en día esa copa se guarda en Valencia.

Teudis, Tedisclo, Agila y Atanagildo fueron los cuatro reyes que corresponden históricamente al período en el que transcurre la novela. Los tres primeros forman el llamado interregno ostrogodo, en el que Hispania estaba controlada por estos reyes de origen ostrogodo. Atanagildo, al parecer, fue un rey sabio y prudente, de los pocos reyes godos que falleció en su cama.

Leovigildo asienta definitivamente el reino visigodo de Toledo. Fue una personalidad debatida en su tiempo, que suscitó más elogios y acatamientos que críticas. Mássona, obispo de Mérida, Leandro, de Sevilla, e incluso san Isidoro lo respetaron como un gran rey, incluso a pesar de ser perseguidos por su política de unificación religiosa. Es curioso que un rey, tan aparentemente justo, ordenase la muerte de su propio hijo Hermenegildo. En la novela se da una explicación que indudablemente no es real. Leovigildo casó dos veces. La primera esposa de Leovigildo sería la protagonista de esta novela. No hay datos históricos sobre ella, ni siquiera su nombre. Todos los autores están de acuerdo en que descendía de una estirpe noble, y posiblemente católica, algunos la hacen provenir del gran Teodosio, emperador romano de origen hispano. En esta novela se ha preferido buscar un origen legendario y de esta manera recorrer la Europa de la Alta Edad Media en la que se estarían formando los países que hoy en día la conforman.

Aster o Astur es un personaje mítico del que parecen provenir todos los pueblos astures. Nícer fue un personaje histórico que posiblemente vivió en torno al siglo I a.C.; hoy en día aún existe en la ciudad de Vegadeo una lápida en la que se menciona a Nícer *«princeps Albionis»*. Albión es el nombre de Vegadeo y los albiones son uno de los pueblos que moraban en el occidente asturiano.

Los godos en tiempos de Leovigildo guerrearon contra los pueblos del norte. Hay datos históricos acerca de que, en esta época, estos pueblos no habían sido cristianizados, y aún en tiempo de Leovigildo se practicaban sacrificios humanos. Los godos consiguieron conquistar el occidente de la cornisa cantábrica pero no penetraron hacia la parte más oriental ni sometieron a los vascones.

Prácticamente todos los nombres de los cántabros y astures presentes en esta novela proceden de inscripciones y tumbas de los siglos I y II a.C. Los pueblos astur cántabros con los restos del reino visigodo son los que un siglo y medio más tarde inician la revuelta contra el invasor árabe. En los libros de texto clásicos se recoge una frase que resume la Reconquista: «Descendieron a la meseta gentes de espíritu libre escasamente romanizados.»

En el fondo es sobre esta gente de espíritu libre, nunca sometidos del todo por los diversos pueblos que han invadido la península, sobre lo que trata esta novela.

CRONOLOGÍA

378   Batalla de Adrianópolis.
Los visigodos penetran en el Imperio Romano.

395   Muere el emperador Teodosio,
fractura del Imperio Romano.

409   Vándalos, suevos y alanos entran en la península
ibérica.

410   Saqueo de Roma por el visigodo Alarico.
Se forma el tesoro visigodo.

475   El rey visigodo Eurico penetra en Hispania.

481-511 Reinado de Clodoveo.
499   Conversión de Clodoveo.

484-507 Reinado de Alarico II.

507   Batalla de Vouillé entre Clodoveo y Alarico II.
Muere Alarico II.

507-511 Reina Gesaleico (hijo natural de Alarico II).

511-531 Reina Amalarico.
511-526   Regencia de Teodorico el Amalo.

515	Nace Leovigildo (?).
525	Nace Goswintha.
526	Amalarico se casa con Clotilde, hija de Clodoveo.
	Barcino (Barcelona), capital del reino visigodo.
531	Muere Amalarico en Barcino.
	Es asesinado en un barco cuando huía con el tesoro de los godos a manos del franco Juan de Besson.

531-548 Reinado de Teudis.
General ostrogodo, se casó con una noble de la aristocracia hispano romana de Mérida.

531	Emérita Augusta, capital del reino visigodo.
545	Goswintha se casa con Atanagildo.
548	Asesinato de Teudis.

548-549 Reina Teudisclo.
Muere en una orgía en Sevilla, asesinado.

549-551 Reina Agila. Intolerancia,
represión de la población hispano romana.

551	Guerra civil.

Agila al encabezar un levantamiento en Córdoba, profana la tumba de san Acisclo.

551-567 Reina Atanagildo.

554	Toledo, capital visigoda.

567-572 Reina Liuva.

568 Leovigildo es asociado al trono.

568-586 Reina Leovigildo.

572	Muere Liuva.

FUENTES

ÁLVAREZ PEÑA, Alberto. *Celtas en Asturias*. Editorial Picu Urrellu, Gijón, 2002.

BARROSO, Yolanda. *Mérida, ciudad monumental*. Edición Consorcio de la ciudad monumental, Mérida, 1999.

CEBRIÁN, Juan Antonio. *La aventura de los godos*. La esfera de los libros, Madrid, 2002.

CELESTINO PÉREZ, Sebastián. *Cancho Roano*. Ed. Ánfora, Madrid, 2001.

COLLINS, Roger. *La Europa de la Alta Edad Media*. Ed. Akal, Madrid, 2000.

Concilios visigóticos e hispano romanos. Ed. J. Vives, Barcelona-Madrid, 1963.

CORZO, Ramón. *Visigótico y prerrománico*. Historia 16, Madrid, 2002.

DORRIBO CAO, Manuel y REDONDO TAXES, Manuel. *Castros de Galicia*. Ediciones do Cumio, Vigo, 2000.

FERNÁNDEZ CASTRO, María Cruz. *La Prehistoria en la Península Ibérica*. Ed. Crítica, Barcelona, 1997.

FERNÁNDEZ OCHOA, Carmen y Ángel MORILLO CERDÁN. *La tierra de los Astures. Nuevas perspectivas de la implantación romana en Asturias*. Ediciones Trea, Gijón, 1999.

G. MAY, Pedro Pablo. *Los mitos celtas*. Ed. Acento, Madrid, 1997.

GREEN, Miranda Jane. *Mitos Celtas*. Ed. Akal, Madrid, 1965

HUBERT, Henri. *Los celtas y la civilización céltica*. Ed. Akal, Madrid, 2000.

KRUTTA, Venceslas. *Los celtas*. Biblioteca EDAF, Madrid, 2002.

LAUNAY, Olivier. *Las civilizaciones celtas*. Círculo de Amigos de la Historia, editores, Madrid, 1976.

LOARTE, José Antonio. *El tesoro de los Padres*. Ediciones Rialp, Madrid, 1998.

MOXÓ, Salvador de. *Repoblación y sociedad en la España cristiana medieval*. Ed. Rialp, 1979.

ORLANDIS, José. *Historia Social y Económica de la Hispania Visigoda*. Confederación Española de Cajas de Ahorro, Madrid, 1975.

—. *Historia del reino visigodo español*. Rialp, Madrid, 2003.

—. *Historia Universal. Tomo III. Del mundo antiguo al medieval*. Eunsa, Pamplona, 1981.

—. *La vida en España en tiempos de los godos*. Rialp, Madrid, 1991.

—. *Semblanzas visigodas*. Rialp, Madrid, 1992.

PERALTA LABRADOR, Eduardo. *Los cántabros antes de Roma*. Real Academia de la Historia, Madrid, 1999.

PÉREZ DE URBEL, Justo. *San Isidoro de Sevilla. Su vida, su obra, su tiempo*. Universidad de León, secretariado de publicaciones, León, 1995.

RÍOS GONZÁLEZ, Sergio y César GARCÍA DE CASTRO VALDÉS. *Asturias castreña*. Ed. Trea, Gijón, 1998.

SAINIERO, R. *Leyendas celtas*. Akal, Madrid, 1998.

SÁNCHEZ PALENCIA, Javier. *La zona de Las Médulas*. Instituto de estudios bercianos, León, 1999.

SANTOS YANGUAS, Juan. *Los pueblos de la España Antigua*. Historia 16, Madrid, 1997.

SUÁREZ FERNÁNDEZ, Luis. *Historia de la España Antigua y Media*. Rialp, Madrid, 1976.

WOLFRAM, Herwig. *Los Godos y su historia*. Editorial Acento, Madrid, 2002.

MAPAS

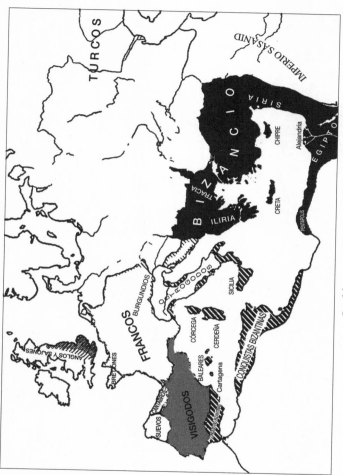

Pueblos en la Europa siglo VI

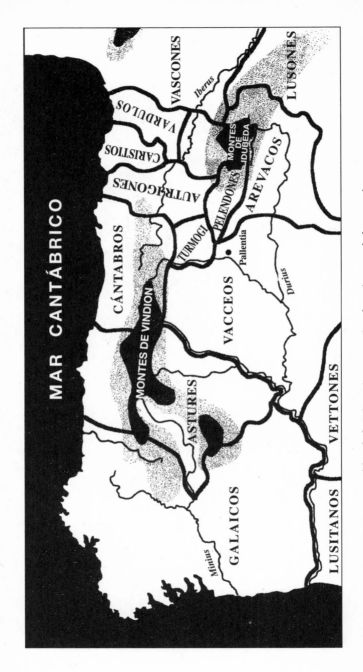

Antiguos pueblos de la Hispania septentrional en tiempos de la conquista romana

Principales tribus de los Astures, en tiempos romanos,
de ellas proceden las tribus que aparecen en la novela.

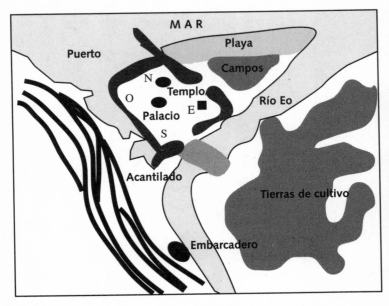

Mapa de Albión

Nota a la nueva edición

En junio de 2006 se publicó *La reina sin nombre*, que ha constituido un éxito editorial llegando a diez reimpresiones con más de cincuenta mil ejemplares vendidos. *La reina sin nombre* se desarrolla en un tiempo oscuro en la historia de España: la novela dibuja un período que va desde la muerte de Amalarico en el 531 hasta la llegada al trono de Leovigildo en el 568. Es una novela de la Hispania visigoda. No es una novela celta como se ha interpretado en algún foro. En realidad, es la biografía novelada de la primera mujer de Leovigildo, una mujer cuyo nombre no ha pasado a la historia y que fue la madre de Hermenegildo y Recaredo. En algunas crónicas medievales se hace llamar a la madre de estos dos reyes godos Teodora. Sin embargo, esto no es más que el resultado del aparato propagandístico medieval que hace descender a los reyes leoneses y castellanos de la monarquía visigoda, y que enlaza a los visigodos con los emperadores romanos. La mujer de Leovigildo sería Teodora porque descendería de Teodosio, el último emperador romano, pero esto no está nada claro. Conocemos por fuentes históricas solventes que la esposa de Recaredo se llamaba Baddo, que la de Gundemaro era Hildoara; también se conoce el nombre de algunas otras reinas visigodas, pero no está claro el nombre de la primera esposa de Leovigildo.

En la parte final de la novela se explica que los pueblos del norte de España no eran propiamente celtas, pero que estaban influenciados por corrientes migratorias, tan frecuentes en el siglo VI, causadas por las invasiones bárbaras que asolaban Europa en esa etapa complicada, oscura y difícil de la historia del continente. Lo que sabemos con certeza es que en aquella época se produjeron migraciones desde las islas británicas al norte de España. Es posible que el celtismo del norte de España se deba en parte a esas migraciones y así se afirma al final de la novela.

Aquí creo que hay que diferenciar el celtismo de lo propiamente celta. Para hablar de pueblos celtas tendríamos que remontarnos a varios siglos antes de Cristo, conocer que los celtas no constituyeron nunca una única nación y que impregnaron prácticamente toda Europa desde Turquía hasta la península ibérica. En la península ibérica, los pueblos propiamente celtas ocuparon fundamentalmente la meseta norte.

Otra cosa es el celtismo; el celtismo pervive en nuestros días en los países del eje atlántico de Europa. No sabemos bien por qué, pero Galicia y Asturias son celtas, celtas en sus costumbres, celtas en su folklore, celtas en sus leyendas. Y sobre todo celtas en sus gentes; muchas veces yendo por las calles de cualquier pueblo o lugar del norte se adivinan sujetos con unas características antropomórficas que podrían corresponder a gentes de las islas británicas o de la Bretaña francesa. Es el gran eje atlántico que ha mantenido contactos ininterrumpidos desde la época precristiana hasta el siglo XIX. Eso es lo que *La reina sin nombre*, utilizando elementos legendarios, pretende desarrollar. Así, las relaciones entre los pueblos celtas del norte de España y los pueblos de las islas británicas están relatadas en la novela por una curandera —Romila— que las describe así, como leyendas.

En la época de la conquista romana existían una serie de pueblos que fueron descritos por los historiadores romanos dentro de los astures y cántabros. Es verdad que es cuestionable la pervivencia en los siglos V y VI de los grupos étnicos que describe Estrabón en época de la conquista romana. En la novela se describen tribus de albiones, cilenos, tamaricos, luggones, etc... y esto podría ser anacrónico. Sin embargo, y como recoge Santos Yanguas en su libro *Los pueblos de la España antigua*, tras la caída del Imperio romano se produjo un resurgir de aquellos pueblos sometidos y eso se puede recoger en documentos de la época (Santos Yanguas, J., 2006). También sabemos que había distintos pueblos contra los que luchó Leovigildo; entre otros los sappos y los roccones (Peralta Labrador, E., 1998). Este último grupo, que se describe como particularmente sanguinario, es identificado por algunos autores con los luggones de los tiempos romanos, ya que la r y la l son consonantes que pueden intercambiarse, al igual que la g y la k. Los sacrificios humanos de los pueblos del norte son mencionados en época visigoda por Martín de Braga (Martín de Braga, *Sermón contra las supersticiones rurales*, ed. Albir, Barcelona, 1981). La romanización de Cantabria, tardía y superficial, nunca logró imponerse plenamente a la cultura de este pueblo. Roma no cambió sus estructuras sociales, su organización familiar, la economía ganadera o los dioses; se limitó a integrar a los cántabros dentro de su propia organización provincial y a tenerlos controlados militarmente (Peralta Labrador, E., 1998), como sucedió en otras partes del imperio.

Entre los pueblos celtas era frecuente la presencia de recipientes mágicos y de uso ritual: entre otros el famoso caldero Gundestrup, una de las fuentes que nos permite a través de sus grabados conocer cómo era la vida de los celtas. Es ahí donde conecta el otro problema que plantea la novela: el tema de la copa mágica. La copa mágica con su descripción tal y como se enuncia en la novela está tomada de una noticia que apareció en la prensa de una copa ritual hallada en Inglaterra, de mediados del siglo VI. En cuanto a la trayectoria europea de la copa sagrada de la Última Cena, hay que aclarar también lo que es ficción y lo que puede ser realidad. Al parecer, los primeros papas utilizaban una copa que según la tradición había sido usada por Jesucristo en la Última Cena. La historia afirma que, tras el martirio de san Lorenzo, esa copa fue trasladada a España, en concreto a Huesca, en el siglo V, y durante la Edad Media se escondió en el Monasterio de San Juan de la Peña y, finalmente, está conservada en la Catedral de Valencia. Lo único que la novela plantea es que la copa de la Última Cena pudo haber llegado a España no a través de los discípulos de un santo, sino tras el saqueo de Roma por Alarico, lo que parece más lógico.

La copa de Valencia consta de dos partes, una parte oriental, que es un maravilloso cuenco de ónice —piedra semipreciosa— de origen antiguo, siglo III o IV a.C., y lo que sostiene la copa, que es posterior, al parecer medieval, labrado en talleres mozárabes. Desde luego, lo que no sabemos es cómo pudo estar dispuesta la copa de ónice en el siglo VI, y ahí es donde entra la imaginación del escritor. La relación del Grial con el celtismo es algo evidente en las leyendas medievales. Imaginar una conexión inmemorial entre el Grial y los pueblos célticos no es algo descabellado, sino que entra dentro de lo que conocemos como ficción mágica. Y es que de nuevo nos hallamos ante un recurso literario. *La reina sin nombre* es la primera de una trilogía sobre la Hispania de los visigodos; es posible que en la continuación se explique cómo una copa celta llegó a estar ligada a la copa de ónice que parece ser el verdadero Grial.

Un último aspecto es la presencia del monoteísmo entre los celtas. Los celtas, el druidismo y las religiones esotéricas están de moda. Hay en el ambiente y relacionada con la New Age una serie de especulaciones en relación al celtismo. Los druidas no escribieron acerca de su religión; lo poco que sabemos se debe fundamentalmente a los monjes celtas que cristianizaron Irlanda y guardaron algunas tradiciones. Hay un planteamiento de la religión céltica que entra dentro del movimiento New Age. Yo no estoy de acuerdo con esto pero lo respeto. A mí me parece más probable que los celtas tuvieran aspectos afines al cristianismo y de ahí procediese la rápida conversión de los últimos celtas realmente pervivientes en Europa: los irlandeses. Estos celtas a través del monacato celta, en gran medida enfrentado con Roma, fueron los que cristianizaron el agro de la zona continental, fundando conventos como San Gall en Suiza y Bobbio en Italia.

Por otro lado, no es extraño que los celtas que asolaron Delfos y llegaron a Grecia conociesen la tradición filosófica griega y la escuela pitagórica. La idea de un Único Posible, es decir, un Ser Todopoderoso, enlaza con la filosofía aristotélica de un Motor Inmóvil, fuente de todo el Universo. Es ahí donde se encuadra la visión del Único Posible que aparece en *La reina sin nombre*. Lo que se relata en la novela es que dentro de la escuela druídica habría diversas tradiciones, unas más afines a una visión monoteísta y otras alejadas de ella.

Por último hay datos históricos fehacientes de que el druidismo, así como ciertas escuelas druídicas, persistió en Irlanda y sobre todo en la Isla de Man hasta el siglo X.

Es verdad que en la novela aparecen muchas incógnitas históricas que todavía no han sido totalmente resueltas; pero eso no implica que no esté fundamentada desde el punto de vista histórico. Continuamente aparecen nuevos descubrimientos arqueológicos que modifican la visión que tenemos de los tiempos antiguos, y que nos llevan a variar concepciones preestablecidas. En historia, como en muchas otras disciplinas, no hay dogmas, sino teorías expuestas a una continua revisión.

ÍNDICE

PRIMERA PARTE
BAJO UNA LUNA CELTA

SEGUNDA PARTE
EL SOL DEL REINO GODO

OTROS TÍTULOS DE LA COLECCIÓN

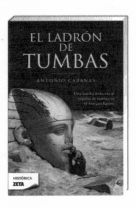

El ladrón de tumbas

ANTONIO CABANAS

«Ésta es la historia de Shepsenuré, el ladrón de tumbas, hijo y nieto de ladrones, y de su hijo Nemenhat, digno vástago de tan principal estirpe, quienes arrastraron su azarosa vida por los caminos de un Egipto muy diferente del que estamos acostumbrados a conocer, en los que la miseria y el instinto de supervivencia les empujaron a perpetrar el peor crimen que un hombre podía cometer en aquella tierra, saquear tumbas.» Con estas palabras, Antonio Cabanas presenta a los protagonistas de *El ladrón de tumbas*. Un relato donde los personajes históricos se dan la mano con los ficticios para detallar las costumbres, la lucha de las clases más bajas y la guerra de intereses entre los estratos más poderosos. Cabanas cautiva al lector al retratar todo el esplendor de la corte faraónica.

El psicoanalista

JOHN KATZENBACH

«Feliz 53 cumpleaños, doctor. Bienvenido al primer día de su muerte.»

Así comienza el anónimo que recibe Frederick Starks, psicoanalista con una larga experiencia y una vida tranquila. Starks tendrá que emplear toda su astucia y rapidez para, en quince días, averiguar quién es el autor de esa amenazadora misiva que promete hacerle la existencia imposible. De no conseguir su objetivo, deberá elegir entre suicidarse o ser testigo de cómo, uno tras otro, sus familiares y conocidos mueren por obra de un asesino, un psicópata decidido a llevar hasta el fin su sed de venganza.

Dando un inesperado giro a la relación entre médico y paciente, John Katzenbach nos ofrece una novela en la tradición del mejor suspense psicológico.

«Un thriller fuera de serie, imposible de soltar» *Library Journal*

El inocente

MICHAEL CONNELLY

El abogado defensor Michael Haller siempre ha creído que podría identificar la inocencia en los ojos de un cliente. Hasta que asume la defensa de Louis Roulet, un rico heredero detenido por el intento de asesinato de una prostituta. Por una parte, supone defender a alguien presuntamente inocente; por otra, implica unos ingresos desacostumbrados. Poco a poco, con la ayuda del investigador Raul Levin y siguiendo su propia intuición, Haller descubre cabos sueltos en el caso Roulet... Puntos oscuros que le llevarán a creer que la culpabilidad tiene múltiples caras.

En *El inocente*, Michael Connelly, padre de Harry Bosch y referente en la novela negra de calidad, da vida a Michael Haller, un nuevo personaje que dejará huella en el género del *thriller*.

Dios vuelve en una Harley

JOAN BRADY

Con treinta y siete años y una figura que no se ajusta a los cánones de belleza, Christine tiene pocas esperanzas de encontrar al hombre con quien compartir su futuro. Lo que no sabe es que Dios ha vuelto a la tierra para entregarle unas simples reglas de vida, acordes con nuestro tiempo, que harán de ella una mujer distinta y libre.

Aunque vista chupa de cuero y cabalgue una Harley Davidson, en sus ojos se halla la sabiduría y en sus palabras sencillas descubrimos lo que siempre habíamos sospechado: el camino hacia la felicidad empieza y acaba en nosotros mismos.

«Una magnífica historia que nos hace sentir vivos y libres.»
JOHN GRAY